Selected Studies of Chinese Literature
in the 20th Century

20世纪中国文学研究论文选

Selected Studies of Chinese Literature in the 20th Century

Selected Studies of Chinese Literature
in the 20th Century

20 世纪中国文学研究论文选

隋唐五代卷

丛书主编　张燕瑾　赵敏俐

吴相洲　选编

社会科学文献出版社
SOCIAL SCIENCES ACADEMIC PRESS (CHINA)

教育部人文社会科学重点研究基地

首都师范大学中国诗歌研究中心规划项目

目　录

前　言

20 世纪，中国文学研究由传统走向现代。在这一转变过程中，一大批优秀学人做出了无愧于时代的努力，取得了众多的优秀成果。温故而知新，从中选出一批标志性的成果，对于我们回顾前人走过的学术历程，更好地开拓新的工作局面，无疑是很有帮助的。

那么前人开拓性的工作表现在哪些方面呢？我想主要有以下几点：第一，提出和解决了文学史研究中的重大问题；第二，开启了文学研究新领域；第三，指出了文学研究的新方向；第四，具有很强的学术性，对后人治学有示范意义。此外，对由于受不同时期政治运动、文化思潮的影响而写出的时代烙印较强的文章，也个别收录，以作为后人回顾 20 世纪唐代文学研究史的一个标本。本着上述原则，本卷收录了论述隋唐五代文学的论文 39 篇，大体按时间来划分，如隋、初盛中晚唐及五代，同时也兼顾了研究对象的不同，如诗文之外的词、小说、变文等，以示照顾到了唐代文学研究的各个方面。一般说来，一个学者选文不超过两篇，每篇字数不超过两万。

下面就对各段收录的情况做一个具体的说明。

隋代文学只选了汪之明关于隋代文学史的信及余冠英的答信（《文学评论》1963 年第 1 期）。信讨论的是隋代文学划段的归属问题，汪之明认为应该归入后段，而余冠英则认为应该归入前段。其实如何划段，反映了对隋代文学的不同评价：即隋代文学是更像六朝文学，只作为六朝文学的延续，还是发生了很大的变化？对唐代文学产生了怎样的作用？这是很有意义的一个问题。

唐诗是唐代文学的代表样式，论者众多，成果颇丰。其中有纵论整个唐诗之作，如刘师培的《读〈全唐诗〉发微》（《国粹学报》1908 年第 4 卷第 9 期），指出《全唐诗》在编纂上的一些疏漏，为日后人们重新整理《全唐诗》指出了方向。再如陈斠玄的《唐人五七绝诗之研究》（《国学丛刊》1924 年第 2 卷第 3 期），开始了对某一体裁的专门研究。虽然分体研究在 20 世纪之前乃诗评家通常之做法，但以论文的形式进行分体研究，此文还是有开创意义的。

傅庚生的《说唐诗的醇美》（1962 年 2 月 25 日《光明日报》）则本着严羽的
"兴趣说"，专门论唐诗的韵味，对后人探讨唐诗的艺术奥秘有开启作用。陈植
锷的《唐诗与意象》（《文学评论丛刊》第十三辑，中国社会科学出版社，
1982）较为晚出，但是运用了西方的文学理论研究唐诗的意象，这在 20 世纪
80 年代初是很有新意的。此后出现了许多谈唐诗的意境、意象的文章、著作，
虽然不能说都是受到此文的影响，但起码说明这类研究在当时是代表了一定的
学术潮流的。

在初唐文学研究当中，闻一多的《宫体诗的自赎》（《当代评论》第 10
期）堪称是一篇杰作。他以诗人的敏感和才气，对梁陈以来宫体诗发展的轨迹
进行了清晰的描述，并对许多作家作品做了精妙的判断，既是一篇论文，也是
一篇美文。闻一多的《四杰》（《世界学生》第 2 卷第 7 期）一文，较早地对初
唐四杰的性格和创作进行了评判，对在新的文学研究中确立四杰的历史地位，
有着重要的作用。而程千帆的《张若虚〈春江花月夜〉的被理解和被误解》
（《文学评论》1982 年第 4 期）全面考察了《春江花月夜》自创作以来人们对这
首诗的接受过程，指出包括闻一多在内的许多人对这首诗的误解和理解。程千
帆先生在这里虽然没有使用西方的关于接受美学的理论，但他详细考察历代人
们对这首名作的理解与误解，给人以耳目一新之感，为后人研究经典的接受史
有导夫先路的作用。刘大杰的《论陈子昂的文学精神——纪念陈子昂诞生一千
三百周年》（1961 年 3 月 8 日《文汇报》）则比较全面地论述了陈子昂这位盛
唐时代的开启者的地位和作用，使陈子昂的盛唐文学的先驱地位变得更加巩
固。赵谦的《初唐七律音韵风格的再考察》（《文学遗产》1990 年第 3 期）全
面地论述了七律的发展历程，尤其是从音乐角度探索了七律在初唐形成的原
因，给人以很新的印象。

盛唐诗是唐诗发展的高峰，学人们也投入了更多的关注目光，因而留下了
许多标志性成果。马茂元的《从盛唐诗歌看民间文学与文人创作的关系》
（1959 年 8 月 4 日《文汇报》）探讨了盛唐诗人创作与乐府民歌的关系，认为盛
唐诗人的创作广泛地受到了民间文学的影响，同时创造性地提高了民歌的内容
和体制，立论辩证而切实。陈贻焮的《盛唐七绝刍议》（《论诗杂著》，北京大
学出版社，1989）一文是陈先生的老境之作，考察了盛唐七绝的由来以及所以
成为最能代表盛唐之音的形式的原因。陈先生善于作诗，他以诗人的敏感描述
盛唐七绝的特征，间以后代诗话相印证，娓娓叙来，自成美文。20 世纪的上半
叶，王维的地位没有得到应有的重视，特别是解放以后，由于受到现实主义价

值评判体系的局限，很少有人研究王维。陈贻焮的《王维的政治生活和他的思想》（1955 年 7 月 31 日《光明日报》）对王维的生活和创作进行了研究，开王维研究之先河，至 80 年代，王维研究遂成热点。

李杜自然是人们研究最多的诗人。崔宪家的《浪漫主义的诗人李白》（《国学丛刊》1932 年第 1 卷第 3 期）第一个将浪漫主义一词与李白联系起来。尽管今天看来，这一联系有很多问题，但浪漫主义却是 20 世纪人们概括李白使用最频繁的概念，影响极其广泛。陈寅恪的《李太白氏族之疑问》（《清华学报》1935 年第 10 卷第 1 期）首次提出李白的氏族问题，文章虽然不长，但开启了人们对李白族属争论的公案。如詹锳的《李白家世考异》（《国文月刊》1943 年第 24 期）就在此基础上对李白的家世进行了较为详细的考证。稗山的《李白两入长安辨》（《中华文史论丛》1962 年第 2 辑）针对前人李白一入长安的成说提出异议，也开启后人关于李白几入长安争论的先声。李长之的《李白的文艺造诣与谢朓》（《北平晨报·文艺副刊》1937 年第 16 期，）则是最早全面论述李白与谢朓关系的文章，后人在此基础上开掘，并出现了专门论述李白与谢朓关系的专著。詹锳的《李白〈蜀道难〉本事说》（《学思》1942 年第 2 卷第 8 期）较早地关注李白《蜀道难》本事问题，数十年后，这一问题也成了人们聚讼不已的公案。胡小石的《李杜诗之比较》（《国学丛刊》1924 年第 2 卷第 3 期）在唐宋人基础上重开李杜比较这一话题，此后许多学人都在这一问题上发表自己的见解，成了李杜研究的一个热点。

梁启超的《情圣杜甫》（《杜甫研究论文集》第一辑，中华书局，1962）是一篇奇文，集中阐述了杜甫的圣人情怀，反映了梁启超作为大家的高见卓识。郭绍虞的《杜甫〈戏为六绝句〉集解》（《文学年报》1932 年第 1 期）在 20 世纪 30 年代就对杜甫的《戏为六绝句》进行了深入的研究，使人们对这六首诗的解释也大体趋于一致。郭沫若的《诗歌史中的双子星座》（1962 年 6 月 9 日《光明日报》）将李杜并举，与作者后来所作《李白与杜甫》中的观点很不一致。程千帆的《一个醒的和八个醉的——杜甫〈饮中八仙歌〉札记》（《中国社会科学》1984 年第 5 期）是老境之作，一反前人对这首诗的解读，通过大量事实证明，这八个人都是因为不得志才饮酒自我麻醉的。文章写作功力深厚，足当示范之用。

白居易是唐代文学大家，20 世纪对白居易的研究较早也最为深入的无疑是陈寅恪。陈寅恪的《元白诗笺证稿》中的一系列文章不仅是研究元白的具有划时代意义的成果，而且所倡导的"诗史互证"的研究方法，得到了充分的体现。《〈长恨歌〉笺证》就是其中的代表作。罗根泽的《韩愈及其门弟子文学论》（《文艺月刊》1936 年第 9 卷第 4 期），则是较早地全面阐述韩愈文学理论的文章，特别是将韩门弟子放在一起考察，很有开启性的意义。朱自清的《论"以文为诗"》（1947 年 6 月 5 日《大华日报》）从宋人说韩愈"以文为诗"谈起，纵论历代诗文评论中的种种见解，开启了后世学人对这一问题的研究。萧涤非的《唐代法家诗人刘禹锡》（《文史哲》1975 年第 1 期）是在特殊的年代所作，可作为了解那个时代的文学研究的一个标本。王达津的《温庭筠生平的若干问题》（《南开学报》1982 年第 2 期）则是王达津的老境之作，辨析温庭筠生平的若干问题，清晰有力。

词的起源是词学研究中首先遇到的问题，人们在谈词的时候，几乎都要涉及这一问题。胡适的《词的起原》（《清华学报》1924 年第 1 卷第 2 期）就是较早的一篇。文章对唐代诗人如何从作七言律诗到长短句的过程做了揭示，并认为这是为了适应乐曲演唱的需要。这一结论在今天看来，仍然是能够成立的。龙沐勋的《词体之演进》（《词学季刊》1933 年创刊号）从相关概念和音乐的变化入手，详细考察了唐人"依声而制词"的过程，是一篇系统阐发词的发生及发展变化过程的文章。夏承焘、瞿禅的《令词出于酒令考》（《词学季刊》1936 年第 3 卷第 2 期）在词的起源研究方面更深入一步，对令词与唐人饮宴时所施行的酒令之间的渊源关系做了探讨，使人们对词的起源的认识更深入而具体。后来有的学者顺着这一思路继续开掘，写成专著，足见其对后人的启示作用。唐圭璋的《李后主评传》（《读书顾问》1934 年创刊号），则是较早对李后主这一晚唐五代重要词人生平和创作进行全面论述的文章。

汪辟疆的《唐人小说在文学上之地位》（《读书杂志》1931 年第 1 卷第 3 期）在鲁迅《中国小说史略》的基础上，详细阐发了"唐人始有意为小说"的观点，进而论述了唐代小说与诗歌、曲、骈散文、后代笔记小说之关系，为后人研究唐代小说开启了众多法门。冯沅君的《唐传奇作者身分的估计》（《文讯月刊》1948 年第 9 卷第 4 期）则详细考察了唐代科举与传奇创作之间的关系，认为是科举制度造就了新的阶层，这一阶层带来了传奇创作的繁荣。

敦煌藏经洞的发现，给 20 世纪的唐代文学研究带来了巨大的影响。王国维的《敦煌发见唐朝之通俗诗及通俗小说》（《东方杂志》1920 年第 17 卷第 18 期）虽然写得很简单，却是最早介绍敦煌发现的唐代通俗诗和小说的文章，在引领后来许多学人研究敦煌文学上有着巨大的作用。郑振铎的《敦煌的俗文学》（《小说月报》1929 年第 20 卷第 3 期）则在王国维的基础上，详细介绍和论证敦煌的俗文学，尤其是对"变文"这一形式做了更详细的论述。向达的《唐代俗讲考》（《国文季刊》第3卷第4期）对与"变文"有关的俗讲情况做了详细的考述，如"唐代寺院中之俗讲"、"俗讲之仪式"、"俗讲文学起源试探"、"俗讲文学之演变"等，较为全面地描述出俗讲及变文产生的情况。

唐代诗歌的产生与音乐有着密切的关系，唐代诗歌的许多特点的形成，都可以从音乐角度找到真正的原因，因此从音乐角度来研究唐代诗歌，无疑会解决很多问题。20世纪，在唐代音乐文学研究方面，任半塘先生无疑是走在最前面的。其《唐代"音乐文艺"研究发凡》（《教坊记笺订》，中华书局，1962）一文便是其整个唐代音乐文学研究的总纲。后来实践证明，他所列的研究计划，大部分已经完成，对唐代文学的研究产生了极其深远的影响。

正是上述诸多前辈学者的辛勤垦殖与耕耘，20世纪的唐代文学研究园圃才得以绚丽多姿，果实累累。然囿于本套丛书选录体例的制约，还有许多在唐代文学研究领域的优秀论文只能忍痛割爱；同时，受编者学识眼光所限，本卷所选论文也未必都是最具有代表性的。凡此种种不足之处，惟望方家大德，多予批评指导。

吴相洲

隋代文学是北朝文学的尾声
还是唐代文学的先驱？*

汪之明　余冠英

编辑同志：

　　一九六二年第五期贵刊发表了廖仲安等同志写的《初读〈中国文学史〉》一文，其中对《中国文学史》（中国科学院文学研究所中国文学史编写组编著）把隋代文学置于《北朝作家》一章之中的处理，表示了不同意见。他们认为，"编者对隋代文学这样的处理，不仅埋没了一代文学，而且也不符合这个统一帝国的历史面貌。隋代文学不是北朝的尾声，而是唐代的先驱"。我觉得这个意见是有道理的。

　　首先，隋代结束了将近三百年的分裂局面，统一了全国，在政治、经济和文化思想上都为唐代打下了基础。特别是隋代实行科举取士，使庶族地主阶层的力量得以壮大。唐承隋制并得到进一步的发展，终于改变了封建贵族垄断文坛的状况，对唐代文学的繁荣和作家队伍的扩大，都有直接的作用。廖仲安等同志的文章中举出秦代作比较，也有一定说服力。秦、隋同是统一全国的王朝，为什么秦汉相连而隋唐分离呢？这容易给人以自乱其例的印象。其次，我们知道，在南北朝诗歌的发展中，还逐渐呈现出南北文风相互交流的倾向。北朝作家往往因擅长南朝诗文而见重于时，南朝作家在脂粉富贵气的笼罩下，也学习北朝朴素刚健的诗风，写了不少以边塞为主题的作品。庾信就是这种南北文风交流的代表。这个倾向在隋诗中也是比较明显的。杨素、薛道衡、卢思道、虞世基等都以从军、出塞为重要题材，但又并不完全是六朝的简单模拟，而有一定的真实体会和感情，对大漠风尘的描写也有一些新的意境，可以说是唐代边塞诗的先声。隋代还企图用政治力量来改革六朝以来的浮艳文风。李谔在著名的"正文体"的奏书中说："江左齐梁，其弊弥甚，贵贱贤愚，唯务吟咏。遂复遗理存异，寻虚逐微。竞一韵之奇，争一字之巧。连篇累牍，不出月

---

* 选自《文学评论》1963年第1期。

露之形；积案盈箱，唯是风云之状。……至如羲皇舜禹之典，伊傅周孔之说，不复关心，何尝入耳？"他曾得到隋文帝的赞同和支持。尽管由于条件尚未成熟，收效不很显著；但它是继北周时代苏绰的复古运动失败后的又一个重要回合，在古文运动的发展中是值得注意的。最后，在诗歌形式上，像卢思道的《从军行》、薛道衡的《豫章行》为唐初七言歌行的发展导夫先路；薛道衡的《人日思归》、虞世基的《初渡江》等也颇有唐代五绝的情韵，至于隋炀帝的《江都宫乐歌》似乎预示着唐代律诗发展的广阔前途。

由上所述，我以为隋代文学确有一些属于唐代"先驱"的内容，属下似比属上更合理些。自然，这样做对唐代文学的叙述在技术上可能带来某些困难，但权衡主次，似应以反映历史真实面貌为重。个人的想法不一定正确，希望能得到编写组的同志们的指教。

此致

敬礼

汪之明

汪之明同志：

《文学评论》编辑部转来了您的信，对我们编写的《中国文学史》中将隋代文学放在《北朝作家》一章来叙述，提出不同意见。我们非常欢迎这种讨论。

关于隋代究竟应该和北朝还是唐朝放在一起论述，我们在编写过程中曾经反复考虑过。这部《文学史》的初稿是把隋唐连在一起的，后来所以变动的原因是：

一、我们认为：隋代文学基本上只是南北朝的尾声，而不是唐代的先驱。隋代重要的作家都是由北周入隋。他们的作风入隋以后并无重大变化。即以杨素、薛道衡等人说，他们的成就既没有超过前代，而在作品的内容与形式方面也没有跳出南北朝文风的藩篱。若论到唐诗所继承的传统，则从《诗经》《楚辞》一直到汉魏六朝的影响都很明显，并不曾从隋代诗人得到特别的启发。至于唐代盛行的律体，应该溯源于永明时代。过去的评论家常说谢朓已经开了唐诗的先声。继之而起的何逊、阴铿、徐陵、庾信等人的诗，也逐步显示出对仗工整和注意音律的特点。因此不能认为仅仅隋诗才是唐诗的先驱。

二、从隋代诗歌的情况来说，似乎也看不出像来信中所说的那样有着"南北文风交流"的倾向。北朝作家在诗歌方面很少特色。他们大抵模拟南朝作家。例如《颜氏家训·文章篇》记魏收、邢劭的爱慕任昉、沈约就是明证。庾信、王褒本是南朝人。他们到北方以后诗风有些改变，主要是生活经历和环境的影响，未必由于南北文风交流。至如来信中提到的杨素等人的出塞、从军诗作，事实上也没有超出庾信等人的境界。因此，以诗歌的情况而论，周隋两代合在一起论述似更合宜。

三、在散文方面说，北朝的独特传统比较显著。来信中所提到李谔《上隋高帝革文华书》，显然是代表了北朝统治阶级对文体的看法。这种看法和北周的苏绰确是一脉相承。正因为周隋两代在这方面的关系如此密切，所以放在一起论述也比分开方便。

四、如果从隋代的社会历史方面说，它确是结束了近三百年的分裂局面，而唐代的不少政治制度又都沿袭隋制。这些事实显然对后来的文学有重大影响。然而，正如上面所说，这些影响，在当时却尚未有显著的作用。我们认为文学史的分期不应该忽视文学本身的情况，而不必勉强使它与社会史、政治史一致。

五、来信中提到隋代和秦代的处理不同，这是由于秦代是我国第一个统一帝国，秦所实行"车同轨、书同文"的政策，对社会史和文化史影响很大，而秦代几乎没有什么文学创作，因此可以单从历史考虑，从秦划一段落。至于隋代，则多少有些作家和作品，还是应该根据它的特点，使它和魏、齐、周合在一起论述为妥。

六、我们所以从唐代开始划分一个段落，把唐代作为第二册的开端，确如来信所说，有着技术方面的考虑。这是因为唐代是我们文学史上一个繁荣昌盛的时代，而把隋代放在它前面，确实在叙述中会带来一些困难。这种技术上的困难，其实正是由前面所说的一些事实所决定的。

七、关于隋代文学的安排问题，近年来出版的一些文学史也不一致。有些文学史著作中不把隋代和唐代紧紧相联在一起，而把它和上一段紧密相联，可能和我们所考虑的相同。不过像"南北朝与隋代文学"的提法和把隋代另立一节，作为附论，放在南北朝的后面的作法，是否妥善还值得研究，因为隋代的文学基本上沿袭了魏齐周的余风，而且隋代有差不多一半的时间处于南北对立的情况。所以过去的史家如唐代李延寿的《北史》，就包括隋代。后来的学者很多沿用这一方法，把隋也包括于北朝之中。我们的文学史也就根据这一传统的做法。

我们这些看法，未敢自以为是，还希望得到更多的指教。

此复，并致

敬礼

余冠英

读《全唐诗》发微*

刘师培

《全唐诗》一书，收辑之富，为识者所共知，然卷帙既繁，考核未精，故误收之作甚多。如姚合（八函三）《使两浙赠罗隐》诗（首句"平日时风好涕流"）与罗衮之作同（十一函四）。案，合与隐不同时，王定保《唐摭言》载此诗又以为姚洎所作。衮为洎副使，或衮代洎所为，非合诗也。唐彦谦（十函五）《赠孟德茂》诗自注云："浩然子。"案，彦谦距浩然百余年，未必及见浩然之子，则此非彦谦诗矣。韩偓（十函七）《大庆堂赠宴元珰而有诗呈吴越王》，与无名氏（十一函八）之作同。案，偓未游吴越，则此非偓作矣（下文又和、再和、重和同）。薛涛《十离诗》（十一函十），据《唐摭言》以为元微之幕客薛书记作，则此非涛诗矣。张乔以进士隐九华，而乔有《省中偶作》诗（十函一），以冯唐作况，则此非乔作矣。又如白居易《东城桂》第三首（七函五）与古乐府同（惟首句"遥知天上桂花孤"，"遥知"作"可怜"），不得列入白诗也。欧阳彬诗有"桑柘斜阳里，儿孙落叶中"句（十一函九），注言"彬有子，作《田父》诗"云云，则此系彬子所作，不得谓之彬诗也。又全书之中往往一诗两见，如韩续姬（十一函十）《赠别》诗与韩熙载之诗（十一函四）同；李适《安乐公主移新宅》诗（二函二）与宗楚客之诗（一函九）同；杜牧《闻开江相国宋下世》诗（八函七）与许浑之作（八函八）同。而书中并未注明"一作某诗"（此书于二诗互见者，如李峰《西河郡太原守张夫人挽歌》注云："一作李岑诗。"朱彬《丹阳作》注云："一作陈存诗。"此三诗则否），此则辑者之疏也。自此以外，如裴度《凉风亭睡觉》诸诗（五函九），均似丁谓所为，不必定为晋公之作。又钟模《代京妓越宾答徐铉》诗（十一函六），张乔《杨花落》诗（十函一），孙光宪《采莲》诗（十一函六），薛涛《寄茗》诗（十一函十），均与他人之作重出，虽未能定其孰为误收，然考核之疏

* 选自《国粹学报》1908年第4卷第9期。

即此可见，况唐宋名家之集，伪作实繁。如李翱《戏赠》诗，皇甫湜《出世篇》（均六函四），均似后人依托，惜辑者之不知明辨也。

《全唐诗》中多载作者自注之词，亦有以后人之注误为作者之注者。如李绅（八函一）《欲到西陵寄王行周》诗云："西陵沙岸回流急。"注云："钱王以陵非吉语，改名西兴。"案，吴越建国远在绅殁之后，此必后人所增注也。徐铉（十一函五）《送从兄赴临川幕》云："金桅亭边绿树繁。"注引《方舆胜览》。此书远成于铉后，此亦后人所增注也。若夫辑者注释之词，亦多失考。如高宗（一函二）之诗有言太子纳妃、太平公主出降者，考太平公主出降在开耀元年，其时之太子乃中宗，注谓太子即弘，然弘纳裴妃系咸亨四年事，非与太平公主出降同时，则注文大非。又张昭（十一函六）有《汉宗庙乐舞辞》，传言昭为南汉人。案，诗言"高庙明灵再启图，金根玉辂幸神都"，又言"正抚薰琴娱赤子，忽登仙驾泣苍梧"，明系五代后汉高祖之乐章，非南汉之诗，则传文是误。然唐人诗序亦有讹文，如郑嵎（九函十）《津阳门》诗序，首句言开成中，又言旅邸主翁年且艾，自言世事明皇，为嵎道承平故实，诗言"翁曾豪盛客不见，我自为君陈昔时。时平亲卫号羽林，我才十五为孤儿"。注引开元以六军为亲卫事。又言"湟中土地昔湮没，昨夜收复无疮痍"，确系宣宗时事。此翁及事明皇，年必百余，而序言年且艾，此必序文之讹也。若夫诗题之字，讹者尤多，或系刊本之讹。如殷文圭（十一函一）《赵侍郎看红白牡丹因寄杨状头赞》诗，"看"字上必有脱文；又张说《节义太子杨妃挽歌》（二函四），节义者，节愍之讹也；雍陶《题宝应县》（八函六），宝应者，宝鸡之讹也（诗言"渭水梁山鸟卵看"，又言"闻说德宗曾到此"）；孙元晏（十一函七）《陆统》诗，陆统者，凌统之讹也（诗有"将军身殁有孤儿，虎子为名教读书"句）。若此之流，未易悉数。其尤甚者，如李群玉（九函三）《送秦炼师归岑公山》诗，有"北省谏书藏旧草，南宫郎署握新兰"句，必系赠谏官迁省郎之作，与炼师还山无涉。唐彦谦（十函五）《题虔僧》诗，有"也嚬眉黛托腮愁"句，与题不合。此均系诗题之有误者也。若贾岛（九函四）《寄柳舍人宗元》诗，注云："一本无宗元二字。"案，子厚未尝官舍人，当从一本之文。即诗人小传中亦有误字。如顾云《分修宣懿德三朝实录》（十函一），德系僖字之讹，萧项萧田人（十一函三），萧系莆字之讹，此则刊本之伪，均当亟为厘正者也。

《全唐诗》中所载感时伤世之诗，均可与史书互证。如杨炯（一函十）《和刘长史答十九兄》诗，言刘延嗣官润州为徐敬业所执也（故诗有"石城俯天阙"诸句，又有"危言数贼臣"句）。岑参（三函八）《骊姬墓下》诗，言武惠妃之事也（诗言"献公恣耽惑，视子如仇雠"，又言"欲吊二公子，潢汾无轻舟"，刺讥之言可见）。高适（三函十）《辟阳城》诗（诗言"何得英雄主，反令儿女欺"，又云"母仪既云失"），祖咏（二函九）《古意》诗（诗云"夫差日淫放，举国求妃嫔"，又云"楚王竟何去，独自留巫山"），李巙（二函十）《读〈前汉书·外戚传〉》（诗云"印绶妻封邑，轩车子拜郎"，又言"宠因宫掖里"），均讥杨妃之宠，兼刺玄宗之色荒。白居易（七函六）《思子台有感》（序言"祸胎不独在江充"，诗言"但以恩情生隙罅，何人不解作江充"，又言"但使武皇心似镜，江充不敢作江充"），郑还古（八函二）《望思台》（诗云"谗语能令骨肉离"），许浑《读戾太子传》（诗云"佞臣巫蛊已相疑，身殁湖边筑望思"），温庭筠（九函五）《四皓》诗（诗云"但得戚姬甘定分，不应真有采芝翁"），均刺文宗之废立，兼悼太子之沉冤。自此以外，则权德舆（五函八）《读〈谷梁〉之作》（诗云"奈何赵志父，独举晋阳兵"。又云"群臣自盟歃，君政如赘旒"），指李怀光之事言。吴融（十函七）《无题》之什（诗云"沁园芜没仵秋风"，又云"粉貌早闻残洛市，箫声犹自傍秦宫。今朝陌上相非者，曾此歌钟几醉同"），指韦保衡之事言。而戎昱（四函十）《苦哉行》，则又伤回纥之横暴（诗云"彼鼠侵我厨，纵狸授粱肉。鼠虽为君却，狸食自须足"，又云"膻腥逼绮罗"），感时抚事，情见乎词，推之李华《咏史》（三函外），王翰《飞燕篇》（同上），均指陈宫闱之失，敷陈往事，以寄讽谏之忱。罗隐《咏史》诗（十函四），韩偓《有感》诗、《观斗鸡》诗（十函七）均历指邪臣之非，比物兴怀，以写离忧之思，汇而观之，可以考见唐代之秘史矣。其足以考证人物者，其证尤多。如岑参《送许拾遗思归江南拜亲》诗（三函八），许拾遗者，即杜少陵诗中所谓许八拾遗也。李渥有《秋日登越王楼献于中丞》诗（九函三），李渥者，即《唐摭言》所记之李渥也。此亦《全唐诗》有补于考史之征。

唐人五七绝诗之研究[*]

陈斠玄

陈斠玄先生演讲 田世昌笔记

（一）诗之界说

中国诗之界说，至为纷繁。今分诗式与诗心，二者论之：

1. 诗式 近体诗篇有定句，句有定字，字有定律，句末复有韵。古诗似只有韵而无律，然据王渔洋《古诗平仄论》及赵秋谷《声调谱》，则仍有自然之音律。律也，韵也，皆所以使句调谐协，是为诗歌形式上之要素。

2. 诗心 《虞书》曰："诗言志，歌咏言，声依永，律和声。"卜商《诗关雎序》："诗者志之所之也，在心为志，发言为诗，情动于中而形于言。……"梁元帝《金楼子·立言篇》："吟咏风谣，流连哀思者谓之文。"准此以谈，则感情为诗歌内容上之要素。

合而言之，则以谐协之文字，发表感情者谓之诗。夫发表感情之具有三：一为音节（音乐），二为色采（图画），三为文字（诗歌）。故刘彦和《文心雕龙·情采篇》曰："立文之道，其理有三：一曰形文，五色是也；二曰声文，五音是也；三曰情文，五性是也。五色杂而成黼黻，五音比而成韶夏，五性发而为辞章。"然陆机《文赋》曰："诗言情而绮靡。"绮即色采，靡即音节。《金楼子·立言篇》"至如文者惟须绮谷纷披，宫徵靡曼，唇吻遒会，情灵摇荡"，亦以声音情采为文之要素。则诗歌实为无色之图绘，无声之音乐，兼有时间及空间二者之美焉。

（二）诗之起原

郑玄以为诗之道放于《虞书》诗言志，大庭，轩辕，逮于高辛，其时有亡，载籍蔑云（《诗谱序》）。降及《诗》《骚》，始著篇章。自是而后，诗分古

---

* 选自《国学丛刊》1924年第2卷第3期。

体、近体，古体复分古诗及乐府，近体复分律诗及绝句。其间最大之变迁，为五、七言代四言而兴，兹特述五、七言之起原焉。

1. 五言诗　《文心雕龙·明诗篇》："《召南·行露》，始肇半章；孺子《沧浪》，亦有全曲；暇豫优歌，远见《春秋》，邪径童谣，近在《成世》。"然《行露》前四句为五言，后二句为四言，此为杂言，非五言也。沧浪之歌，实为《楚辞》。至于优施起舞，成世歌谣，亦类格言，不似五古。则成帝以前，实无五言，刘勰所言，不足信也。他如钟嵘《诗品》所举五言之滥觞，亦不足据。《夏歌》"郁陶乎余心"，为伪古文。楚谣"名余曰正则"，亦系《楚辞》。《苏李赠答》刘彦和既已疑之于前，苏子瞻、朱彝尊复疑之于后（《贞一斋诗话》："苏李赠答或亦汉代拟作，观'俯观江汉'等句，两人离别，何由到此。"证据更确）。《古诗十九首》由"驱车上东门，游戏宛与洛"二句观之，亦东汉之制，然作者为谁，亦不复传。至于建安，其作品始可据，其作者始可考云。

2. 七言诗　沈德潜以为七言诗始于《大风》、《柏梁》，然《大风》为《楚辞》，《柏梁》复见疑于顾亭林，当以魏文帝之《燕歌行》为第一首。

由上而观，则五、七言诗之成立，实始于汉末建安，至其发生之原因，亦可得而言焉。

1. 音乐　读汉魏诗须知乐府与古诗之别。大概四言入乐，十九首则不入乐。乐府作于乐工，音节和谐而词意殊劣；古诗作于文士，音节虽不谐，而词意则甚佳也。大概文人摆脱音乐，独抒己意，当始于汉末建安。盖司马相如、枚乘之徒，当时朝廷只以俳优蓄之。至于建安七子之与曹氏父子鼓吹风雅，乃纯为重视文章（魏文帝《典论·论文》"文章经国之大业，不朽之盛事"），故有此独立之创作焉。

2. 学术　两汉学术，不出《六经》，脱离古典文学而独抒伟词，当始于建安。刘申叔先生论汉魏之际，文学变迁，颇能撮其要指。其言曰："建安文学，革易前型，迁蜕之由，可得而说：两汉之世，户习七经，虽及子家，必缘经术。魏武治国，颇杂刑名，文体因之，渐趋清峻，一也。建武以还，士民秉礼，迨及建安，渐尚通侻，侻则侈陈哀乐，通则渐藻玄思，二也。献帝之初，诸方棋峙，乘时之士，颇慕纵横，骋词之风，肇端于此，三也。又汉之灵帝，颇好俳词，下习其风，益尚华靡，虽迄魏初，其风未革，四也。"既已脱离音乐及古典之束缚而独抒情思，则上二下二之四言，不得不变而为上二下三之五言及上四下三之七言。盖人类思想由简单而趋于复杂，四言短促不复能委婉达意，其音节之呆板，又不若五、七言之流丽，此不得不变者一也。喜新厌旧，人之恒情，旧调已滥，遂成习套，豪杰之士，难出新意，故不得不别觅一途，以求自立，此不得不变者二也。又按挚虞《文章流别论》："夫诗虽以情志为本，而以成声为节，然则雅音之韵，四言为正，其余虽备曲折之体，而非音之正也。"钟嵘《诗品》曰："夫四言文约意广，取效风骚，便可多得，每苦文繁而意少，故世罕习焉。五言居文词之要，是众作之有滋味者也，故云会于流俗。岂不以指事造形，穷情写物，最为详切者耶。"一则以四言为雅音之正，一则以五言居文词之要，其持论之不同如此。考挚君生当晋世，四言余风尚盛，五言方兴未久，故有是言。以今而观之，自当以钟说为是。至于太白"四言不如五言七言又其靡也"之说，则为崇古之弊，未足信矣。

（三）绝句之起原

论绝句之起原，有绝不相同之两说。

1. 《砚佣说诗》五言绝句，截五言律诗之半也。有截前四句者，如"移舟泊烟渚，日暮客愁新。野旷天低树，江清月近人"是也。有截后四句者，如"功盖三分国，名成八阵图。江流石不转，遗恨失吞吴"是也。有截中四句者，如"白日依山尽，黄河入海流。欲穷千里目，更上一层楼"是也。有截前后四句者，如"山中相送罢，日暮掩柴扉。春草年年绿，王孙归不归"是也。

2. 《姜斋斋诗话》五言绝句，自五言古诗来；七言绝句，自歌行来。此二体本在律诗之前，律诗从此出演令充畅耳。有云绝句者截取律诗一半，或绝前四句，或绝后四句，或绝首尾各二句，或绝中两联，审尔断头刖足为刑人而已。不知谁作此说，戕人生理。

第一说以绝句在律诗后，第二说则以绝句起于律诗之前。今按王渔洋《师友诗传续录》以第一说为迂拘，而纪晓岚《四库全书总目·诗文评类》亦谓汉人已有绝句，在律诗之前，非先有律诗，截为绝句，则当以第二说为是。今更征引汉魏六朝五、七言绝句，以为例证。

1. 五言

古绝句："藁砧今何在，山上复有山；何当大刀头，破镜飞上天。"

晋孙绰《情人碧玉歌》："碧玉破瓜时，相为情颠倒；感郎不羞难，回首就郎抱。"

王献之《桃叶歌》："桃叶复桃叶，渡江不用楫；但渡无所苦，我自迎接汝。"

《子夜四时歌》："碧楼冥初月，罗绮垂新风；含春未及歌，桂酒发清容。"

以上所举，多无格律对偶，至于齐梁，则与唐人相近矣：齐谢朓《玉阶怨》："夕殿下珠帘，流萤飞复息；长夜缝罗衣，思君此何极。"梁简文帝《杂咏》："被空眠数觉，寒重夜风吹；罗帐非海水，那得度前知。"

2. 七言

《诗薮》、《品汇》以《挟瑟歌》、《乌栖曲》、《怨歌行》为七言绝句之祖。然以余考之，《乌栖曲》（梁简文帝四首，元帝四首，萧子显三首，徐陵一首）前二句与后二句异韵，其体与项王《垓下歌》相同；江总《怨歌行》卒章对结，亦非七绝正体；只北齐魏收《挟瑟歌》之音节，大致不误耳。兹引之于下：

简文帝《乌栖曲》："青牛丹毂七香车，可怜今夜宿倡家；倡家高楼乌欲栖，罗帐翠帐向君低。"江总《怨歌行》："新梅嫩柳半障羞，情去恩移那可留；团扇箧中言不分，纤腰掌上讵胜愁。"

魏收《挟瑟歌》："春风宛转入曲房，兼送小苑百花香；白马金鞍去未返，红妆玉箸下几行。"

他若武帝《白纻词》："朱丝玉柱罗象筵，飞管促节舞少年；短歌流目未肯前，含笑一转私自怜。"萧子显《春别》："衔悲揽涕别心知，桃花李色任风吹；本知人心不似树，可惜人别似花离。"亦具七言之体。至于隋人无名氏："杨柳青青着地垂，杨花漫漫晓天飞；柳条折尽花飞尽，试问行人归不归。"则更与唐人相似矣。

故无论五绝或七绝，均滥觞于汉魏，酝酿于六朝，而成立于隋唐。七言杂歌，起于《垓下》，齐梁之间，作者纷起，唯转韵既迫，音调未适。唐人一变，语半于近体，而意味深长过之；节促于歌行，而咏叹悠扬倍之；遂成文学中之超绝体制也。

（四）绝句成立之原因

绝句之起源既如上述，兹更略述其成立之原因。

1. 骈丽　　《诗薮》：汉魏诗朴质无文，至晋潘安仁陆士衡一变，至宋颜延年谢灵运而再变，至齐谢宣城而三变；文尚骈偶，多丽句矣。

2. 声调　　《齐书·陆厥传》：沈约谢朓王融周颙发明四声，以此制韵，不可增减，当时名曰永明体。唯谢王早死，沈约至梁尚存，故群谓发明声律，始于沈约云。其说详见于《宋书·谢灵运传论》，兹不复赘，只列其八病于下：

一、平头　　第一第二字不得与第六第七字同声，如"今日良宴会，欢乐难具陈"，今、欢皆平声。

二、上尾　　第五字不得与第十字同声，如"青青河畔草，郁郁园中柳"，草、柳皆上声。

三、蜂腰　　第二字不得与第五字同声，如"闻君爱我甘，窃欲自修饰"，君、甘皆平声，欲、饰皆入声。

四、鹤膝　　第五字不得与第十五字同声，如"客从远方来，遗我一书札，上言长相思，下言久离别"，来、思皆平声。

五、大韵　　第一字不得与第十字同韵，如"胡姬年十五，春日独当炉"，胡、炉同韵。

六、小韵　　除大一字外九字中不得有两字同韵，如"薄帐鉴明月，清风吹我衿"，明、清同韵。

七、旁纽　　十字中两字叠韵为旁纽，如"田夫亦知礼，迎宾延上座"，迎、宾为叠韵。

八、正纽　　有双声者为正纽，如"我本汉家子，来嫁单于庭"，家、嫁为双声。

王世贞《艺苑卮言》沈休文所载八病，如平头，上尾，蜂腰，鹤膝，大韵，小韵，旁纽，正纽，以上尾、鹤膝为最忌。休文之拘滞，正与古体相反，唯近律差有关耳。由上所谈，知绝诗之成立，实以骈俪声律为其原因焉。

（五）绝句之声律

1. 五言

一、平起顺粘格　平平仄仄平。仄仄仄平平。仄仄平平仄。平平仄仄平。

二、仄起顺粘格　仄仄仄平平。平平仄仄平。平平平仄仄。仄仄仄平平。

三、平起偏格　　平平平仄仄。仄仄仄平平。仄仄平平仄。平平仄仄平。

四、仄起偏格　　仄仄平平仄。平平仄仄平。平平平仄仄。仄仄仄平平。

2. 七言

一、平起顺粘格　平平仄仄仄平平。仄仄平平仄仄平。仄仄平平平仄仄。平平仄仄仄平平。

二、仄起顺粘格　仄仄平平仄仄平。平平仄仄仄平平。平平仄仄平平仄。仄仄平平仄仄平。

三、平起偏格　平平仄仄平平仄。仄仄平平仄仄平。仄仄平平平仄仄。平平仄仄仄平平。

四、仄起偏格　仄仄平平平仄仄。平平仄仄仄平平。平平仄仄平平仄。仄仄平平仄仄平。

律诗常有"一三五不论，二四六分明"之说，王夫之《薑斋诗话》以为"不可恃为典要。'昔闻洞庭水'，'闻''庭'二字俱平，正尔振起；若'今上岳阳楼'，易第三字为平声，云'今上巴陵楼'，则语塞而戾于听矣。'八月湖水平'，'月''水'二字皆仄自可；若'涵虚混太清'，易作'混虚涵太清'，为泥磬土鼓而已。又如'太清上初日'，音律自可，若云'太清初上日'，以求合于粘，则情文索然，不复能成佳句。又如杨用修警句云：'谁起东山谢安石，为君谈笑净烽烟。'若谓'安'字失粘；更云：谁起东山谢太傅，拖沓便不成响。足见凡言法者，皆非法也；释氏有言：法尚应舍，何况非法，艺文家知此，思过半矣。"王氏此言，谓诗当以自然成音为主，不可拘泥于法，可谓恰中肯綮。绝句中又有折腰体（谓中失粘而意不断，如王右丞"渭城朝雨浥轻尘，客舍青青柳色新；劝君更尽一杯酒，西出阳关无故人"）及拗句（以杜少陵及黄鲁直为最多，详见《诗人玉屑》），兹不尽录。《贞一斋诗话》谓："吟古诗如唱北曲，吟律诗如唱昆曲；盖古体须顿挫流漓，近体须铿锵宛转，二者绝不相蒙，始能各尽其妙。"观此则绝句之音律可知也。

（六）绝句之章法

严羽《沧浪诗话》分律诗为领联，颈联，发端，落句。杨载《诗法家数》则分起承转合，于此说也，各家意见不同。

1. 赞成者　　徐增。

2. 修正者　　王渔洋：起承转合章法皆是如此，不必拘定第几联第几句也；律绝分别，亦未前闻。

3. 反对者　　王夫之：起承转收一法也。试取初盛唐律验之，谁必株守此法者，法莫要于成章，立此四法，则不成章矣。

4. 折衷者　　沈德潜：诗贵性情，亦须论法。杂而无章，非法也；然所谓法者，行所不得不行，止所不得不止，而起伏照应，承接转换，自神明变化于其中。若泥定此处应如何，彼处应如何，不以意运法，转以意从法，则死法矣。试看天地间水流云在，月到风来，何处著得死法。

盖明清以八比试士（首起讲，二中比，三后比，末束题），故其时文人亦以八比说诗，沈氏以意运法之说，可谓知所折衷矣。

（七）绝句之修辞

此处所言之修辞，范围较大，系泛指诗人对于事物之感受（impression）及词句之表现（expression）之方式。唯此种方式，至为复杂，殊难分类。今兹所言者，特其大略耳。

1. 关于想像者　　诗人之任务，在抒写个人之感情，以引起自己及他人之愉快（for pleasure）。其所恃为最大之工具，厥为想像（imagination）。想像二字之解释，当为本非其实，依情托事，以创造惊奇之幻境。其法有三焉：

一、拟人例　　拟人（personify）一法，在诗中其用甚广。盖诗人之心理，如儿童，如疯人，虽无意志之事物，亦尝视为有感情。例如李益《江南曲》："嫁得瞿塘贾，朝朝误妾期；早知潮有信，嫁与弄潮儿。"杨巨源："水边杨柳曲尘丝，立马烦君折一枝；唯有东风最相惜，殷勤更向手中吹。"

二、直喻例　　物与人相比，或用胜字，或用不及字，以引起感情。例如皇甫曾《送王司直》："西塞云山远，东风道路长；人心胜潮水，相送过浔阳。"王昌龄《长信秋词》："奉帚平明金殿开，且将团扇共徘徊；玉颜不及寒鸦色，犹带昭阳日影来。"李白《赠汪伦》："李白乘舟将欲行，忽闻岸上踏歌声；桃花潭水深千尺，不及汪伦送我情。"

三、隐喻例　　即事写景，自寓深意。如《殿前曲》言无宠者独寒，《寒食》言恩不及他处（用王湘绮语）。微而婉，温柔敦厚，此等诗足以当之而无愧。今录其全诗于下：

王昌龄《殿前曲》：昨夜风开露井桃，未央前殿月轮高；平阳歌舞新承宠，帘外春寒赐锦袍。

王昌龄《青楼曲》：白马金鞍从武皇，旌旗十万宿长杨；楼头小妇鸣筝坐，遥见飞尘入建章。

韩翊《寒食》：春城无处不飞花，寒食东风御柳斜；日暮汉宫传蜡烛，轻烟散入五侯家。

2. 关于空间者

一、遥忆例　　用遥字或应字，推想远地情况。如少陵"遥怜小儿女，未解忆长安"句是。在绝句诗中，其例颇多，例如：

岑参《九日思长安故园》：强欲登高去，无人送酒来；遥怜故园菊，应傍战场开。

韦应物《秋夜寄丘员外》：怀君属秋夜，散步咏凉天；山空松子落，幽人应未眠。

王维《九日》：独在异乡为异客，每逢佳节倍思亲；遥知兄弟登高处，遍插茱萸少一人。

王昌龄《送别魏二》：醉别江楼橘柚香，江风引雨入船凉；忆君遥在湘山月，愁听清猿梦里长。

二、特著例　　以独字唯字只字特著一事，使感情集中于一点。例如：

李白《敬亭山》：众鸟高飞尽，孤云独去闲；相看两不厌，只有敬亭山。

施肩吾《湘竹词》：万古湘江竹，无穷奈怨何；年年长春笋，只是泪痕多。

朱放《乱后经淮阴》：荒村古岸谁家在，野水浮云处处愁；唯有河边衰柳树，蝉声相送到扬州。

3. 关于时间者

一、推进例　　以更字进一层写，使两事继续发生，而又含有比较之意，例如：

韦应物《送王枚书》：同宿高斋换时节，共看移花复栽轩；送客江浦已惆怅，更上高楼看远帆。

皇甫松《采莲子》：菡萏香连十顷陂，小姑贪戏采莲迟；偍头弄水船头湿，更脱红裙裹鸭儿。

二、重提例　　以一又字，重提旧事。例如：

张祐《江南逢故人》：河洛多尘事，江南半旧游；春风故人夜，又醉白苹洲。

杜甫《江南逢李龟年》：岐王宅里寻常见，崔九堂前几度闻；正是江南好风景，落花时节又逢君。

三、追忆例　　此例有两种，一就现在之凄凉，追忆昔时之盛况，如李白《越中怀古》是也。一就昔日之希望，慨今日之已非，如陈陶《陇西行》是也。两种写法，均极动人。今录其原诗于下：

李白《越中怀古》：越王勾践破吴归，战士还家尽锦衣；宫女如花满春殿，祇今惟有鹧鸪飞。

陈陶《陇西行》：誓扫匈奴不顾身，五千貂锦丧胡尘；可怜无定河边骨，犹是春闺梦里人。

4. 对照　　以两字对照写之，有关系时间者，有关系空间者。

一、时间对照例　　以春秋或新旧二字对照。例如：

崔国辅《怨辞》：妾有罗衣裳，秦王在时作；为舞春风多，秋来不堪着。

王昌龄《从军行》：琵琶起舞换新声，总是关山旧别情；撩乱边愁听不尽，高高秋月照长城。

二、空间对照例　　以东西或南北两字对照。例如：

韦承庆《南行别弟》：万里人南去，三春雁北飞；未知何岁月，得与尔同归。

刘方平《代春怨》：朝日残莺伴妾啼，开帘只见草萋萋；庭前似有东风入，杨柳千条尽向西。

5. 问答

一、唤起例　　此例亦有二种，一第三句作唤起势，第四句叙原因，以见勾勒。如王翰《葡萄美酒》，王之涣《凉州词》是也；一第三句先叙假设，第四句作唤起势，以见婉转，如戎昱《途中寄李三》，张仲素《塞下曲》是也（此种例子所用字面，大概为莫、何须、休）。今并录其原诗于下：

王翰《凉州曲》：葡萄美酒夜光杯，欲饮琵琶马上催；醉卧沙场君莫笑，古来征战几人回。

王之涣《凉州词》：黄河远上白云间，一片孤城万仞山；羌笛何须怨杨柳，春风不度玉门关。

戎昱《途中寄李二》：杨柳烟含灞岸春，年年攀折为行人；好风若借低枝便，莫遣青丝扫路尘。

张仲素《塞下曲》：三戍渔阳再渡辽，驿弓在臂剑横腰；匈奴似欲知名姓，休傍阴山更射雕。

二、余韵例　　结句用何处、不知、几等字，作疑问式，而不解答，以见余韵。唯五言多在句末，而七言则有在末句者，有在第三句者。例如：

王维《山中送别》：山中相送罢，日暮掩柴扉；春草年年绿，王孙归不归。

李益《鹧鸪词》：湘江斑竹怨，锦翅鹧鸪飞；处处湘云合，郎从何处归。

李益《受降城闻笛》：回乐峰前沙似雪，受降城外月如霜；不知何处吹芦管，一夜征人尽望乡。

王建《十五夜望月》：中庭地白树栖鸦，冷露无声湿桂花；今夜月明人尽望，不知秋思在谁家。

三、问答例　　第三句发问，第四句解答，以见情致。例如：

李商隐《漫成》：雾久咏芙蕖，何郎得意初；此时谁最赏，沈范两尚书。

6. 句调　　绝句诗中有流水对结格，有叠字格，有一诗而兼此两格者。例如：

李白《宣城见杜鹃花》：蜀国曾闻子规鸟，宣城还见杜鹃花；一叫一回肠一断，三春三月忆三巴。

一、流水对结例　　绝句末二句对结，本非正法；唯流水对，则仍阿法也。例如：

杜审言《赠苏书记》：知君书记本翩翩，为许从戎赴朔边；红粉楼中应计日，燕支山下莫经年。

张敬忠《边词》：五原春色旧来迟，二月垂杨未挂丝；即今河畔冰开日，正是长安花落时。

二、叠字例　　叠字在古诗中极重要，其例繁多，不可枚举。在律诗中亦常见，如杜少陵"即从巴峡穿巫峡，便向襄阳下洛阳"之类是。盖其用可以加增句调之和谐。其例凡有四种：一在第一句者，一在第二句者，一在第三句者，一在第四句者。例如：

许浑《寄桐江隐者》：潮去潮来洲渚春，山花如绣草如茵；严陵台下桐江水，解钓鲈鱼有几人。

赵嘏《江楼怀旧》：独上江楼思渺然，月光如水水如天；同来望月人何处，风景依稀似去年。

李商隐《杜司勋》：高楼风雨感斯文，短翼差池不及群；刻意伤春复伤别，人间唯有杜司勋。

裴交泰《长门怨》：自闭长门经几秋，罗衣湿尽泪还流；一种蛾眉明月夜，南宫歌管北宫愁。

（八）五七绝之比较

刘融斋《艺概》："五言上二字下三字，足当四言两句，如'终日不成章'之于'终日七襄，不成报章'是也。七言上四字下三字，足当五言两句，如'明月皎皎照我床'之于'明月何皎皎，照我罗床帏'是也。是则五言乃四言之约，七言乃五言之约矣。太白尝有'寄兴深微，五言不如四言，七言又其靡也'之说，此特意在尊古耳，岂可不达其意，而妄增闲字以为五七哉？"按此知五七言确较四言为优，而情致婉转，七言又较五言为长。所以四言终于晋代之嵇康（王湘绮语），七言盛于三唐以后。唯五言一体，钟记室谓为居文词之要，故至今仍与七言并存而不废焉。盖以言情境，则平澹天真，宜于五言；豪荡感激，宜于七言；五言尚安恬，七言尚挥霍。以言难易，则五言无闲字易，有余味难；七言有余味易，无闲字难（以上均见《艺概》）。或谓七言如挽强用长，或谓五言最难于浑成（渔洋答刘大勤谓五言绝近于乐府，七言绝近于歌行。五言难于七言，五言最难于浑成故也。要皆有一唱三叹之意乃佳）。既各有所宜，又各有难易（融斋谓七言于五言或较易亦或较难，或较便亦或较累。盖善为者如多两人任事，不善为者如多两人坐食也。此言实为确论）。故有并存之道，而无容妄分轩轾于其间也。

（九）绝句之品藻

品藻文艺，全由主观，人各异趣，鲜能尽同。然于五七绝句，则诸家之品藻颇能一致焉。

沈德潜《说诗晬语》："五言绝句，右丞之自然，太白之高妙，苏州之古澹，并入化机。而三家中太白近乐府，右丞、苏州近古诗，又各擅胜场也。他如崔颢《长干曲》，金昌绪《春怨》，王建《新嫁娘》，张祐《宫词》等篇，虽非专家，亦称绝调。"

王阮亭《唐人万首绝句选·凡例》："五言初唐王勃独为擅场，盛唐王、裴、辋川唱和，工力悉敌，刘须溪有意抑裴，谬论也。李白气体高妙，崔国辅源本齐梁，韦应物本出右丞，加以古澹。后之为五言者，于此数家求之，有余师也。"

沈、王二氏同以右丞、太白、苏州为最工五绝；至于七绝，则亦共认太白、龙标为擅场焉。

王弇州云："七言绝句，少伯与太白争胜毫厘，俱是神品。"

沈德潜《说诗晬语》："七言绝句以语近情遥，含吐不露为主。只眼前景、口头语，而有弦外音、味外味，使人神远，太白有焉。王龙标绝句深情幽思，意旨微茫。《昨夜风开露井桃》一章，只说他人之承宠，而己之失宠，悠然可思，此求响于弦指外也。'玉颜不及寒鸦色'两言，亦复优柔婉约。"

王阮亭《唐人万首绝句选·凡例》："七言初唐风调未谐，开元、天宝诸名家，无美不备，李白、王昌龄尤为擅场。"

大概太白写景入神，龙标则言情造极。李之览胜纪行，王不能为；王之宫调乐府，李亦不能为，此王、李之别也。右丞五言澹而能浓，龙标则似浓而实淡（词中温词浓而澹，韦词淡而浓），此又二王之别也。至于压卷之作，则以各有好尚，故主张不同。李沧溟推王昌龄《秦时明月》，王凤洲推王翰《葡萄美酒》，此为主气者也。王阮亭推王维之《渭城》，李白之《白帝》，王昌龄之《奉帚平明》，王之涣之《黄河远上》，此为主神者也。沈德潜推李益之《回乐峰前》，柳宗元之《破额山前》，刘禹锡之《山围故国》，杜牧之之《烟笼寒水》，郑谷之《扬子江头》，此为主兴者也（见沈德潜《说诗晬语》）。

（十）结论

王阮亭《万首绝句选》谓："开元、天宝以来，宫掖所传，梨园弟子所歌，旗亭所唱，边将所进，率皆当时名士所为绝句。"沈德潜《说诗晬语》亦谓："绝句，唐乐府也，篇只四语，而倚声为歌，能使听者低徊不倦。旗亭妓女，犹能赏之，非以扬音抗节，有出于天籁者乎？著意求之，殊非宗旨。"《贞一斋诗话》亦谓："七绝乃唐人乐章，工者最多。朱竹坨云：'七绝至境，须要诗中有魂；入神二字，未足形容其妙。李白、王昌龄后，当以刘梦得为最，缘落笔朦胧缥缈，其来无端，其去无际故也。'"故知绝诗之长，一在音节之谐适，一在情思之委婉。徒有音节，则为空响（明代七子犯此弊极深）；徒有情思，亦非佳作。以其篇只四句，尤应有弦外之音，味外之味焉。故绝句之作，难于古律（调中小令，难于长调，理亦同此）。每见今人，易视此体，当筵奋笔，动辄连篇，其几何不堕入恶道哉？

说唐诗的醇美*

傅庚生

　　唐代，由于封建社会经济的空前发展，又经历了安史之乱的急遽事变，盛与衰形成一个特别突出的锐角；诗歌从内容到形式又经过长时期的酝酿，渐臻于成熟：这样由时代背景和文学本身的发展变化交叉成一个顶峰，遂底成以诗名世的局面。

　　清康熙年间选录的总集《全唐诗》，载作家二千二百余人，诗共四万八千九百余首。这不但是在中国历代封建王朝里首屈一指，在世界诗史里也是最突出、最光辉的一页。乾隆十五年，又有《御选唐宋诗醇》四十七卷，选唐李（白）、杜（甫）、白（居易）、韩（愈）四家，宋苏（轼）、陆（游）二家诗。甄选的标准，大约不出"温柔敦厚"、"兴观群怨"八个字，所以名之为"诗醇"——诗中的雅正醇厚之音，如乾隆在序里所说的"千秋风雅之正则"，"入人者深"，是从"诗教"的角度正名的。

　　我这里试谈唐诗的醇美，是想从唐代诗人如何努力于发挥诗作的感染力，若干诗人在他们所创作的诗歌的风格韵味上已进入如何醇美的境界，作一番探索。这样做，容或在古为今用上有涓埃之助。

　　明诗义易，辨诗味难。谈诗的味道，昔人往往就要说些象征之辞，玄之又玄，堕入唯心主义的漩涡里。如司空图《二十四诗品》之一论《实境》云：

　　……情性所致，妙不自寻；遇之自天，泠然希音。

说的是"实境"，还把它推演到"天"上去了，大约他是觉得不玄就难即其妙。我认为象征也不妨，总该把话说得切近些才好。

　　吴乔《围炉诗话》云：

---

　　* 原载1962年2月25日《光明日报》。选自《文学赏鉴论丛》，陕西人民出版社，1981。

意思犹五谷也，文，则炊而为饭，诗，则酿而为酒。

这譬喻很有几分光景。那么，作诗也好，诵诗也好，都象是在和酒打交道，轻则微醺，重则中酒；把这么一种味道体现出、或是领会到，便可称为能作诗或是善赏诗的人了吧？实际上所谓"酒"，只不过是说诗的精炼和它的感染力罢了。

诗人"意在笔先"，早已安排下激动人心的种子；读者"知人论世"，也必须深揣诗人原来的生活与思想，才有一个悟入处。无论作诗或赏诗，都首先必须打点着把这一片心付出去。当然，这里边也还有根据我们今天的观点，要对它们选择以至批判，不能无区别地滥用精力；今人是不该做古人的奴隶的。陈子昂有一首《登幽州台歌》：

前不见古人，后不见来者；念天地之悠悠，独怆然而涕下。

这首散文诗倾吐出封建社会里万千文人共同的心声，极"沉郁顿挫"之能事，所以为历代读者所喜诵。今天还因为它内含着充沛的积极的浪漫主义的精神，也给予它很高的评价。它的味道是烈而醇。杜甫的《咏怀古迹五首》差堪与它比并，但已醇而不烈了。诗歌当然不一定都要求炽烈，而醇美却是不可少的。为了唐代诗歌多数是抒情诗，在醇美这方面遂最为擅场。

惟其以抒情为主，杜甫这五首诗的作意也是以"咏怀"为主，"古迹"为辅。第一首是借庾信给自己的"支离东北风尘际，漂泊西南天地间"作衬，并不是直咏庾信。第二首咏宋玉，"怅望千秋一洒泪"，也为了自己"摇落深知宋玉悲"。第三首咏昭君，正面写的是和番的前前后后，诗人的怀抱却在于："女无美恶，入宫见妒；士无贤不肖，入朝见嫉"（邹阳《狱中上书》），因此对昭君才既同情，又同感。第四、五两首咏刘先主与诸葛亮，叹君臣际遇的难逢，正是为自己不能施展抱负而发深慨。我们在诵读这些诗歌的时候，首先扣紧了"醇美"这一个环节，如同先识了酒性，才可能进而品评出它的味道来。这五首诗的意境都酽厚醇美，第三首更深沉些。

读古典诗歌，最好是密咏恬吟，往复不已。一首诗读它五十遍，大约比五十首诗各读一遍，所获为多。《朱子语类》云："而今人看文字敏底，一揭开板便晓，但于意味却不曾得；便只管看时，也只是恁地。但百遍自是强五十遍时，二百遍自是强一百遍时。"重要的是知人论世，设身处地，揣摩它的"意味"；捕捉不到它，就是始终还徘徊于门外哩！如我们读杜甫的《江南逢李龟年》：

> 岐王宅里寻常见，崔九堂前几度闻。正是江南好风景，落花时节又逢君。

杜甫说过去在岐王李范的嗣王李珍的王府和秘书监崔涤的故居里时常听到乐工李龟年的歌唱，这时在江南又遇到他。这有什么"意味"呢？只用眼睛看着酒，它是不会醉人的；需要的是亲口尝一尝。从诗歌的欣赏说，就是要知人论世、设身处地地揣摩一番。我们知道："寻常见"，"几度闻"的时候，都还在当年全盛之日；安史乱后，这些都已随着时代的推移而幻灭了。

试读《明皇杂录》的记载："天宝中，上命宫中女子数百人，为梨园弟子，皆居宜春院北。……音响殆不类人间，而龟年特承恩遇。其后流落江南，每遇良辰盛景，常为人歌数阕，座上闻之，莫不掩泣罢酒。"杜甫意识到在这个先荣后枯的典型人物身上，正具体地体现出时世的变乱，遂抓到李龟年的身世为题材，特别突出地抒摅了自己对国家盛衰的感叹。"正是江南好风景"，暗用着"风景不殊，正自有山河之异"（《世说新语·言语篇》）的故事；他在迟暮之年，"丧乱饱经过"（《寓目》），已经预感到唐帝国前途的黯淡了。"落花时节又逢君"，一个"又"字寄寓着家国丕变的深慨。"落花时节"，不只是点明暮春的时令，它还有两方面的含意：一面在身分恰合地说明了李龟年落花一般的身世，一面也对当时的社会有流水落花的伤感。诗人对祖国人民的关怀，对统治者的憎恨，对自己的抱负的走向空虚而产生的落魄的心情，都深深地寄托在这几个字里了。

诗人这些衷情酝酿成醉人的醇醪，我们沉醉于其间，就会感到它的意味深长。这二十八个字的七言绝句一首，若只从它韵致的醇美说，与《丹青引》、《剑器行》都不相上下。为了它的醇，遂能以少概多。

再试读元稹的《行宫》：

> 寥落古行宫，宫花寂寞红。白头宫女在，闲坐说玄宗。

只有二十个字，又只是安详平静地素描着行宫里一个角落的画面，它却概括了安史之乱、昔盛今衰的多少沧海桑田的变化，倾吐出诗人多少凭吊今昔的感慨。这首诗里，"寥落"、"寂寞"、"白头"、"闲坐"八个字点染之功不小。把"寂寞"和"红"连在一起，在别处应该是相矛盾的，在这里却又无比的和谐。它的简练与内涵的丰多，值得我们注意。一个"在"字，旨在说明许许多多的繁华荣盛这时都"不在"了。文在此，义在彼，也是醇厚的一个因素。二三白头宫女没有事情好做，闲坐着，回忆着，讲说着当年的明皇，当然也少不了要说到杨贵妃……而这一切，早已风流云散！诗人只写出"闲坐说玄宗"，并没有写为"垂泪悼玄宗"，但在辞意之间所流露出来的伤感反而是深沉的。虽不炽烈，却也醇美。

第一句落到"宫"字上，第二句开始又用一个"宫"字，落到"红"字上，忽然接写出"白头宫女"；这类有意的重迭与著意的反衬，是古典诗歌所考究的炼字炼意的功夫。由于它的精炼，我觉得这一首五言绝句，若只从它韵味的醇美说，比起六百多字的《连昌宫词》来，也无逊色。

当然，所谓醇美，也不专限于感伤。有时候是感染，有时候也许是诱惑。是酒的功能，也是诗人的本领。白居易有一首小诗《问刘十九》：

绿蚁新醅酒，红泥小火炉。晚来天欲雪，能饮一杯无？

绿酒红炉，已经蛮有意思，既"新"又"小"，更增强了诱惑力；又何况"晚来"没有啥事体好做了，更兼"天欲雪"，有些寒意，有些闷倦，正好饮些酒挡挡寒，解解闷。劝人饮酒，最好不要一开口就说"一举累十觞"，因此只问道："能饮一杯无？"我想这位刘十九见了这二十个字是一定命驾无疑的了。这首劝酒的诗，本身就带有醇美的酒意。

杜甫《拨闷》云："闻道云安曲米春，才倾一盏即醺人。"酒是这般的为好，诗也是这般的为好。因此李重华说："与其鲁酒千钟，不若云安一盏。"（《贞一斋诗说》）

有人说："唱戏的人是疯子，看戏的人是傻子。"从某一个现象说，这话也有些道理，台上台下共同追逐的是艺术的感染。艺术是要求老老实实的，难免过火一些，甚至带有一些傻气。

王国维《人间词话》云："诗人必有轻视外物之意，故能以奴仆命风月；又必有重视外物之意，故能与花鸟共忧乐。"我觉得挥斥风月，却也并不是"轻视"它们；与花鸟共忧乐，也并不是"有意"地那么做。诗能写到入化的境界，首先要求诗人在思想感情上与外物入而与之俱化。人与物化，就是想象力廓清了一切障碍而还原到自然去了，这不带一些傻气还成？

杜甫《舍弟观赴蓝田取妻子到江陵喜寄三首》之二结句云：

> 巡檐索共梅花笑，冷蕊疏枝半不禁。

人高兴了，把梅花也看成如笑脸相迎，也象是"不禁"其喜似的。《燕子来舟中作》结句云：

> 暂语船樯还起去，穿花贴水益沾巾。

诗人"久客惜人情"，连燕子的飞来飞去，都觉得它是依恋不舍的样子。你说这些都是诗人在有意地骗取人们的同情吗？我说不是的，他真的是与花鸟共忧乐了。这一股子傻劲儿就融成诗歌的醇美。

再进一步分析这个醇美，"醇"似乎是有关诗人思想感情的事，"美"似乎是有关诗人联想想象的事。如老杜的《见萤火》结句云：

> 沧江白发愁看汝，来岁如今归未归？

情愈深的愈能驱策想象，想象愈丰的愈能起其情，二者相辅相成，共同达成醇美的境界。当然，这仅仅是从道理上分析，不能强为划分，说哪里是醇，哪里是美，二者原是相结合的。我们只能说：上一句白发愁看，是以情即景，偏于以醇抒其情；下一句涉及明年的事，是想象的深化，偏于以美起其情。于是情愈笃，愁愈深，想象愈滋润，诗句也愈益醇美了。

李商隐《写意》结句云：

> 三年已制思乡泪，更入新年恐不禁。

两句只抵得杜诗"来岁如今归未归"一句；不过它的基数是"三年"，又用"制泪"、"恐不禁"，在想象上这么一张一弛，也发挥出他的感染力来。从意境的醇美说，上举二诗都不及刘长卿的《新年作》：

> 乡心新岁切，天畔独潸然。老至居人下，春归在客先。岭猿同旦暮，江柳共风烟。已似长沙傅，从今又几年？

前面的几句，步步紧，也步步蓄，最后说已经和贾谊的被贬谪在长沙相象了，还不知道这样下去，更要沉沦到几许年？虽已说破，意境仍然是浑涵的，含而不露，所以为高。这诗的意境，好比江河之水，千回万转，最后泄尾间而注于海，汪洋无复涯涘，醇美的味道就越来越浓重了。

杜甫的《九日蓝田崔氏庄》云：

老去悲秋强自宽，兴来今日尽君欢。羞将短发还吹帽，笑倩旁人为正冠。蓝水远从千涧落，玉山高并两峰寒。明年此会知谁健，醉把茱萸仔细看。

此诗与上面的《新年作》结构相似，结句也最有力量。作律诗，多半都尽瘁于中间颔、颈两联，到结句已成强弩之末，很难凑泊。象这一类万泉汇海的篇章，曾不多觏，故特为拈出。

古典诗歌，尤其是以醇美擅长的，怕不能不论含蓄。昔人一谈到它，就和"温柔敦厚"的诗教联系起来，当然是封建社会文人的偏见，应予批判；但却不必因此而废含蓄。诗的醇美正是与含蓄相依附的。

王昌龄《长信怨》云：

奉帚平明金殿开，暂将团扇共徘徊。玉颜不及寒鸦色，犹带昭阳日影来。

这首诗也有些含蓄。昔时有人推它为七言绝句的压卷，必然是激赏它那个"怨而不怒，哀而不伤"的有契于"诗教"的神旨。若论意境的含蓄，它还不如刘禹锡的《春词》：

新妆宜面下朱楼，深锁春光一院愁。行到中庭数花朵，蜻蜓飞上玉搔头。

此诗没有从正面说破，却把"愁"发散到"深锁春光一院"中了。深深的院落，诗中人在百无聊赖中数着中庭的花朵，悄无声息地占卜着自己的心期凤愿，至于"蜻蜓飞上玉搔头"。其静默如此，其惆怅可知。含蓄得愈深，愈透出醇美的丰神。

又如白居易的《宫词》：

泪尽罗巾梦不成，夜深前殿按歌声。红颜未老恩先断，斜倚熏笼坐到明。

意境也很含蓄，可是因为明说出"红颜未老恩先断"，就未免有些浅露了。它就不如张祜的《赠内人》含蓄更深：

> 禁门宫树月痕过，媚眼惟看宿鹭窠。斜拔玉钗灯影畔，剔开红焰救飞蛾。

飞蛾投火，也正是宜春院里宫人的身世，在玉钗剔开灯焰的当时，宫人的心理活动是些什么？亦近亦远，亦曲亦直，所以为工。灯畔斜拔玉钗，是诗人由"畔"字联想到"斜"字，这样一个境界，这样一个动作，既暗示出宫人的美，也描绘出她的韵。这样的摹写意态与炼字炼句，也增强了此诗醇美的丰神。倘把"斜拔"玉钗改为"手把"玉钗，就意味索然了。

含蓄在诗歌里的运用大约依靠两个支柱：一是诗人深挚的感情，一是诗人丰富的想象。有了这两个支柱，就能够驱使一切，粘连一切；就能够淳蓄得深沉，延展到广远。甚至于还能够无理而有情，看朱成碧，以假当真。李白《渡荆门送别》结句云：

> 仍怜故乡水，万里送行舟。

自西徂东的扬子江水也成为有意识的、有如惜别的故人了。张泌《寄人》有句云：

> 多情只有春庭月，犹为离人照落花。

落花和离人有同情，春月又多情如此。你说这是诗人的想象在那里强拉硬拽吗？又不是。离人的心里确实又是在怜惜着落花，感激着月色的。可惜的是封建社会里一般文人的生活圈子太小，视野也短浅而窄狭；只有现实主义的诗人才能够充之以广阔开朗的思想，但他们又往往要痛快淋漓地去暴露与批判现实，不讲什么含蓄了。尽管这样，可是流传下来的更醇美的诗，仍然是较含蓄的。陈陶《陇西行四首》之二云：

> 誓扫匈奴不顾身，五千貂锦丧胡尘。可怜无定河边骨，犹是春闺梦里人。

巧妙地用梦境把边塞与春闺、生与死的界限给化除了，诗的本旨那个反对封建帝王穷兵黩武的思想反倒含而不露。这么一含蓄，感染力更显得强了些，也很自然。可见诗的醇美，要想达到更高的境界，还是要冲破狭小的生活圈子，充之以对广大人民的同情心。无可讳言的，陈陶这一首诗，里面说的又是"貂锦"和"春闺"之类，仍然有一定的局限性；但这是不该对昔人苛责的了。

　　诗歌是否醇美，也仰仗着赏诗的人能否发掘它。有些流传既广，大家已经读得烂熟的诗，由于后世人从原意一加引伸，已经领会到另一个方向去，顿失原诗的醇美之致了。如王之涣的《登鹳雀楼》：

　　　　白日依山尽，黄河入海流。欲穷千里目，更上一层楼。

或注云："借登楼来比人的造诣，立足愈高，那就眼界愈阔。"对这两句诗，后人确已多半作这样的领会了；但这并不是诗人的原意，是读诗的人把一首抒情诗解为说理诗了。这首诗原来是抒发对祖国山河热爱的感情的。他另有一首《出塞》：

　　　　黄河远上白云间，一片孤城万仞山。羌笛何须怨杨柳，春风不度玉门关。

可以两相参证。或注云："塞外之地，春光不度，不产杨柳。篇中劝以何须怨，而怨更深。"这也是从字面上一引伸而爽失原意了。此诗是从横吹曲《折杨柳》借题发挥（塞外倘若"不产杨柳"，怎么会有《折杨柳》的曲调?），主旨并不在"怨"，恰恰是借羌笛的怨反衬出对祖国热爱的感情，说是只有我们的祖国才有春光，洋溢着旺盛的民族自豪感，和前诗的"欲穷千里目"，想尽情地观赏祖国的山河，是同样的胸襟格调。这样浪漫主义的豪情壮语，是当时封建社会经济上升期的反映，意境是开廓爽朗的。它好比醇美的甘醴，别有沁人心脾的味道，不同凡响。若从"怨"字上去领会《出塞》诗，就难免要"酒酸不售"了。若从"造诣"上去领会《登鹳雀楼》，就是用读宋诗的眼光去读唐诗了。

　　纪昀《四库全书总目提要》云："诗至唐而极其盛，至宋而极其变；盛极或伏其衰，变极或失其正。"他所说的"变失其正"，大约就指的是入宋以后，变抒情诗为说理诗了。至少可以这样说，唐诗多半寄理于情，宋诗往往寓情于理。吴之振《宋诗钞序》云："宋人之诗，变化于唐，而出其所自得，皮毛落尽，精神独存。"所谓的"精神"，有很大的成分是以理路入诗。说宋诗别创一格则可，说它是"化臭腐为神奇"，未免过誉。

　　如苏轼《登玲珑山》结句云："脚力尽时山更好，莫将有限趁无穷。"黄庭坚《清明》结句云："贤愚千载知谁是，满眼蓬蒿共一邱。"都讲的是"不以有涯随无涯"，"一死生、齐彭殇"的老庄思想；渐渐走向以理服人，却不是以情感人了。正如严羽《沧浪诗话》所说："近代诸公，乃作奇特解会，遂以文字为诗，以才学为诗，以议论为诗。夫岂不工，终非古人之诗也。盖于一唱三叹之音，有所歉焉。"创作诗歌，不专心致志于如何生展它的感染力，把它看成说理的附庸，就迹近于炊米为饭，不象是酿米为酒了。这是宋诗不能与唐诗争衡的主要原因，也是词为什么代诗而兴的一个关键。因此在"醇美"这一个论点上，就只能说唐诗了。

韩愈《读荀》云："孟氏醇乎醇者也，荀与扬，大醇而小疵。"他是用儒家的传统思想为尺度去衡量文事的。我们今天读唐诗，似乎也可以区别出：有的醇美，有的大醇而小疵，有的小醇而大疵，也有大醇而大疵的。

毛主席教导我们说："无产阶级对于过去时代的文学艺术作品，也必须首先检查它们对待人民的态度如何，在历史上有无进步意义，而分别采取不同态度。有些政治上根本反动的东西，也可能有某种艺术性。内容愈反动的作品而又愈带艺术性，就愈能毒害人民，就愈应该排斥。"（《在延安文艺座谈会上的讲话》）对唐诗的学习，我们必须批判地学习，吸收其精华，剔除其糟粕。凡是醉人的东西，都可能发生副作用的。但在继承和借鉴中，要我们有胆有识，若在心里总是提防着怕受到封建的毒素而戴上手套去拿古人的书本，那末，"不入虎穴，焉得虎子？"也就体会不出唐诗真正的醇美味道来。这里有一个辩证的关系。主席又说："我们决不可拒绝继承和借鉴古人和外国人，那怕是封建阶级和资产阶级的东西。"掌握了这个辩证关系，有胆有识，入乎其内又能够出乎其外，深深地体会出唐诗的醇美之实，又不会沉溺于其间，应该说是继承和借鉴的正当门路。我过去却是"才近糟床，遽如沉湎"的人，可能是收获不多而中毒不小。这里侈谈唐诗的醇美，倘或有痴人说梦的嫌疑时，希望能够得到同志们的批评与指正。

唐诗与意象[*]

陈植锷

一

是有真迹，如不可知。
意象欲出，造化已奇。

这是唐代司空图《诗品》一书对诗人创作过程的描述。此处使用的"意象"一词，是我国古典诗歌艺术的一个重要概念。

关于"意象"的涵义，目前流行着各种各样的解释，比如心理学上是一种说法，美学上又是另一种说法。作为文艺学上的名词，它究竟具有怎样的意义呢？前不久赵毅衡同志撰《意象派与中国古典诗歌》一文[1]，从比较文学的角度，介绍了西方现代文学史上一个异军突起的新诗派——意象派（Imagism），引起了人们对这个问题的重视。本文试图站在中国古代文学和古代文论的立场上，以古典诗歌，主要是唐诗为实例，作些初步的探讨。

何谓意象？在讨论这个问题以前，我们先看三联中唐人的诗：

"窗里人将老，门前树已秋。"（韦应物《淮上遇洛阳李主簿》）
"树初黄叶日，人欲白头时。"（白居易《途中感秋》）
"雨中黄叶树，灯下白头人。"（司空曙《喜外弟卢纶见宿》）

再读一段六朝人的散文：

---

* 选自《文学评论》编辑部编《文学评论丛刊》第十三辑，中国社会科学出版社，1982。

[1] 《外国文学研究》1979年第4期。

"木犹如此，人何以堪！"（《世说新语·言语篇》）

仔细寻味可以发现，四者句式都很工整；结构大体相同，都是一句说树，一句说人；所要表达的意思也完全一样，无非都是叹惜岁月易逝，年华易衰。但前引三联我们称之为"诗"，"木犹如此"两句却只是散文，这是什么原因呢？其间的区别，就在于表达方式的不同。前三例是通过两个各自独立的物象并行组合，让读者得之言外。后一例则是依靠关联词语，运用逻辑推理的方式，直接说出。而抽象的语法关系和逻辑结构，却是诗歌必须摆脱的，摆脱得越彻底越好。

根据这一原则，前引三诗也不是都写得一样好。白诗所表达的侧重在时间观念，上、下句还靠时态动词"初"、"欲"来联结。韦诗虽然不局限于时间观念，但又以方位介词"里"、"前"把空间范围限得过死。司空之诗则舍去了这一切，纯以"雨中—黄叶树—灯下—白头人"几个视觉事象的并置，暗示出深沉的思想感情。黄叶树，已足以引起年华易衰的联想，何况是在"雨中"；满头白发，岁月蹉跎，本已可叹，复在灯下，倍加凄然。"雨中"、"灯下"，既是一个时间的事象，又是一个空间的事象，它们和"黄叶树"、"白头人"互相组合，构成了一幅透射性极强的立体图画，一如电影中所见。真是"虽词语寂寥，而意象靡尽"①！无怪乎明代谢榛《四溟诗话》在引录了上述三诗以后，赞叹说："三诗同一机杼，司空为优：善状目前之景，无限凄感，见乎言表。"在诗歌艺术中，这种通过一定的组合关系，表达某种特定意念而让读者得之言外的语言形象，如"黄叶树"、"白头人"等等，就叫意象。

"意象"两字，语出《易传·系辞（上)》"子曰：圣人立象以尽意"。首先把"意象"熔铸成新词并用之于文艺批评的是刘勰。他在《文心雕龙·神思》篇中提出过"窥意象而运斤"，但未作出理论上的说明。《文心雕龙·比兴》篇赞曰：

物虽胡越，合则肝胆。拟容取心，断辞必敢。

此处"容"即象，"心"即意，"辞"即言。胡越之物象的组合而成为肝胆化的意象，一个最方便的例子就是《古诗十九首》的：

胡马依北风，越鸟巢南枝。

---

① 胡应麟：《诗薮·内编》卷三。

两句并未道及游子，但无限乡思，溢于言表。此处运用的就是意象组合的手法。马儿冲着逆风而梳鬃，鸟儿拣取向阳的枝条栖息，这只是生物适应环境的一种本能，彼等何尝有意，但因与诗人的心意契合，便带上了只有人类才具备的怀旧之情。因此，当诗人只是将它们按照一定的组合关系在作品中呈现出来，不加任何说明，读者自可"超以象外，得其环中"①。所谓诗歌艺术的"象外之象"②，正像电影的"蒙太奇"。北地之马与朔漠之风相依，南国之鸟与向阳之枝相恋，景非一时，物非一地，但两个镜头一组接，便产生了画面与画面之间的第三个意义：远游之人与故土之亲相思。无怪乎有人说，懂得了电影蒙太奇艺术，才能够更好地欣赏中国古典诗歌。其实从艺术发展的源流来讲，诗歌意象创造的艺术，实在可以称得上电影蒙太奇的祖宗。比如当代一些描写革命战争的国产故事片，如《闪闪的红星》等在表现战争的艰苦和胜利的希望时，常常在流血牺牲的镜头之后，切入漫山遍野映山红盛开的画面，很难说没有借鉴过"记取章江门外血，他年化作杜鹃红"一类诗句所包含的意象。其实蒙太奇本身，据说就是由发明者苏联大导演爱森斯坦从中国象形字中受到启示的。而英美意象派诗人由中国的象形字结构和中国古典诗歌的表现技巧直接受到启发，从下引这个流派的早期理论家赫尔姆（Huime）所提出的法则便可一目了然：

> 譬如某诗人为某些意象所打动，这些意象分行并置时，会暗示及唤起其感受之状态……两个视觉意象构成一个视觉和弦。它们结合而暗示一个崭新面貌的意象。③

这就是意象派的鼻祖美国诗人庞特（Pater）不断追求的"并置脱节法"。

实际上，对于中国古典诗歌来说，这种所谓并置脱节的意象创造，并不完全是人为的，从某种程度上讲，也是由汉语的特点所决定的。每一个接触中国古典诗歌的人，首先注意到的大抵都会是它的严整的格律和特殊的句法。我国源远流长的古典诗歌，由四言而五言而七言，其句法虽也经历了从简单到复杂的发展过程，然就总体而言，基本上是一种罗列的句式。与欧美一些国家（斯

---

① 司空图：《诗品》。

② 司空图：《与极浦书》。

③ 转引自美国加州大学叶维廉先生《中国古典诗与英美现代诗——语言、美学的汇通》。

拉夫语系，即所谓曲折语）及日本等国（阿尔泰语系，即所谓粘着语）相比，他们的诗歌语言都是依靠语尾形态的变化或格助词的附加连成一条"线"的，而中国古典诗歌的语言（汉藏语系，即所谓孤立语），则是"点"的。"晴川历历汉阳树，芳草萋萋鹦鹉洲"（崔颢《黄鹤楼》）、"鸡声茅店月，人迹板桥霜"（温庭筠《商山早行》）等纯粹的"词组诗"自不必论，即使某些诗句大体上符合于现代汉语常见的主、谓、宾结构，也基本上是依靠词组结合成句的（诗人有时为了避免这种刻板的主谓宾结构，故意采取变换语序的办法以保持词组的独立性，如杜甫《秋兴》第八首的"香稻啄余鹦鹉粒，碧梧栖老凤凰枝"）。欧美译者要把中国古诗翻译过去，最感棘手的也就是这种词组成句的并置形式。据多年从事这一工作的叶维廉先生说，中国诗受翻译者及欣赏者歪曲最厉害的亦是这种超脱语法的所谓罗列句式，而最能体现中国诗歌艺术特色的，恰恰也正是这种句式。每个民族都有适应本民族语言习惯和艺术传统的诗歌形式及形象塑造的手段，但最能发现这种特点的往往却是骤然接触这一语种和文学的人。从这个意义上讲，在西方现代文学史上曾经风靡一时的英美意象派，后来虽然没有引起普遍的重视，他们的可贵探索，却正好可以启发我们把语言现象同文学现象结合起来，更加深入地从事中国古典诗歌及其理论的研究。

"但肯寻诗便有诗，灵犀一点是吾师。夕阳芳草寻常物，解用都为绝妙词。"[①] 如果把文学语言的表现同诗歌艺术形象的塑造结合起来加以考虑，我们可以发现，所谓意象，出现在诗歌里面，就是一些表象性的词汇。这些与自然生活、社会生活中某一特定的形体或事象相对的语词（或词组），依其表现功能大致可分为以下三类。第一，以此一物拟指他一物者，如前引"黄叶树"、"白头人"，称之为比喻性的意象。第二，以某一特定的物象暗示人生之某一事实者，如上述"胡马"、"越鸟"，称之为象征性的意象。但在具体的作品里头，还有一些既不是取来比喻什么，也并无特定的象征意义的语词，而作为诗歌整体形象的一个有机组成部分，同样占有很大的比重。我们把它称作描述性的意象。以王昌龄的《长信秋词》为例：

> 奉帚平明金殿开，且将团扇共徘徊。
> 玉颜不及寒鸦色，犹带昭阳日影来。

---

① 袁枚:《遣兴》。

此处"玉颜"喻指班婕妤，"寒鸦色"影射赵飞燕，黑白对比，白不如黑，即所谓比喻性的意象。"团扇"两字，隐括旧传班姬《怨歌行》一首大旨；"昭阳"一语，实即赵飞燕的代名词。两者即所谓象征性的意象。"平明"、"金殿"等等，乃为全诗场景铺垫所需，初无比喻或象征之意，即所谓描述性的意象。全诗主要就是由上述意象的组合，形成一种共存并发的空间张力，塑造了一幅色彩鲜明的图画，借以抒发封建社会下层文士不得志时的自我内心世界。由此例我们还可以知道，一首诗中的意象，虽然可以大致区分为以上三种，但体现全诗美学价值的精华所在，却往往多是前两类即比喻性和象征性的意象，本文着重讨论的，主要也就指这两类。

这里应该指出，我们把意象分为描述性、比喻性、象征性三类，只是相对具体的诗歌作品而言，至于从整个诗歌艺术的创造来说，某个特定的意象究竟属于哪一类，有时候是很难截然分清的。例如：

> 我徂东山，慆慆不归。我来自东，零雨其濛。
>
> ——《诗·豳风·东山》

此处"雨"用以烘托离别，是一个描述性的意象。又：

> 济岱江行，邈焉异处。风流云散，一别如雨。
>
> ——王粲《赠蔡子笃》

这里的"雨"，又是一个比喻性的意象。到了唐人笔下，它又成了送别时常用的象征性意象。略举数例如后：

> 画栋朝飞南浦云，珠帘暮卷西山雨。
>
> ——王勃《滕王阁诗》
>
> 渭城朝雨浥轻尘，客舍青青柳色新。
>
> ——王维《送元二使安西》
>
> 寒雨连江夜入吴，平明送客楚山孤。
>
> ——王昌龄《芙蓉楼送辛渐》

后来诗人又把王维诗中的描述性意象"渭城"作为离情别绪的象征：

僧寻野渡归吴岳，雁带斜阳入渭城。

——韦庄《汧阳间》

而上述王勃诗中的象征性意象 "南浦"、王维诗中的 "柳色"，当它们在 "春草碧色，春水渌波，送君南浦，伤如之何"（江淹《别赋》）与 "昔我往矣，杨柳依依；今我来思，雨雪霏霏"（《诗·小雅·采薇》）中第一次出现的时候，也无非是两个一般的描述性意象。关于诗歌意象这种相对独立、历史继承的关系，下面讨论意象的艺术特征时还要详细谈到。

古典诗歌以意象胜者，莫过于有唐一代。唐朝的近体诗，特别是绝句，更是创造了五彩缤纷的意象世界。有人曾把有唐比作诗的天国。意象，正是嵌镶在这个天国屏幕上的繁星。随着唐诗的丰收，诗歌意象的艺术创造，更成为唐诗人的自觉追求。由本文开头所引司空曙 "雨中黄叶树，灯下白头人"，与结构相同的韦应物、白居易的诗相比以意象的高超技巧胜，可见这种刻意追求之一端。这种有意识追求的另一标志是：此时还出现了从理论上对意象艺术特征的探讨。

意象作为诗歌艺术的一个基本理论而在唐代得到发扬，最明显的例子就是文章开头所引唐末诗人司空图的《诗品》。但据今天保存的一些资料来看，早在盛唐时期的王昌龄，就已经对意象的艺术特点作了比较系统的论述。今传昌龄《诗格》云：

> 诗有三格：一曰生思。久用精思，未契意象，力疲智竭，放安神思，心偶照境，率然而生。二曰感思。寻味前言，吟讽古制，感而生思。三曰取思。搜求于象，心入于境，神会于物，因心而得。①

王昌龄的诗，在唐代有很高的地位，当时就被推为 "诗格"。当他还在世的时候，殷璠编《河岳英灵集》，选得最多的就是王昌龄的诗（十六首），王维（十五首）、李白（十三首）尚在其次。昌龄以 "诗家天子" 的诗坛巨擘的地位，将意象的理论作出概括和总结，并规定为作诗的模式，可见意象理论在唐代受到的重视。其所谓 "诗有三格"，揭橥了意象的三个基本特征：

一、意象的主观象喻性；二、意象的递相沿袭性；三、意象的物我同一性。以上三点，虽然说不上周密详备，但已具荦荦大端，兹为赓述如后。

---

① 《诗学指南》卷三。

二

前面在举例说明意象涵义的时候，曾经认为"雨中黄叶树，灯下白头人"与"胡马依北风，越鸟巢南枝"是意象的成功创造。但细细按来，这两幅动人的画面，在实际生活中却是根本不存在的。雨夜暗黑也，灯光如豆，岂可见室外之树，复辨其叶黄乎？同理，胡马依北风而鸣，越鸟择南枝而栖，一在北国，一在南疆，两者也不可能出现在同一场景之中。但千百年来人们反复传诵着、袭用着，从不觉得其"假"，反而只感到它美。诗人这种为表达一定意念的需要，选取能够引起某种联想的具体物象来抒发内心世界的特点，我们把它叫做意象的第一个特征：主观象喻性。昌龄《诗格》"久用精思，未契意象，力疲智竭，放安神思，心偶照境，率然而生"，正是从理论上为这个特征作了概括的说明。昌龄论"境"，有"物境"、"情境"、"意境"之分，此处"境"与"心"对举，当指外物之境。昌龄的贡献在于：一、他明确地指出了意象的产生是心物感应，即"心偶照境"的结果，所谓"象生于意"，此"意"并不属于描写对象（物境）本身，而在于它所触发的诗人的主观感受（心、神）——关于这一点，可以本文第一部分对"胡马依北风"两句的分析为例。作为意象主观象喻性的理论基础，"心物感应"说是我国传统的哲学观念。昌龄本人在别的地方也曾经作过更加明确的论述："人心至感，必有应说，物色万象，爽然有如感会。"[①] 二、昌龄还以切身体会，指出意象的契合是一个"率然而生"的过程。换言之，意象是刹那间形象和观念触发性的复合体。

关于意象是刹那间形象和观念猝然相遇的复合体，一个最典型的例子便是诗人们常常要在自己的作品中描写的所谓"错觉"。如李白《早发白帝城》的"两岸猿声啼不住，轻舟已过万重山"，以"啼不住"的猿声同轻舟、万重山组合，极写船速之快，其实是出于飞速穿行时听到前后相续的猿啼所产生的错觉。王维《使至塞上》的"大漠孤烟直，长河落日圆"，以大漠与孤烟并置、长河与落日相衬，写诗人骤然置身于广漠之地所产生的视觉方面的错觉，更是众所周知的了。所谓"错觉"，有时其实是有意为之的。如白居易诗："风吹古木晴天雨，月照平沙夏夜霜。"（《江楼夕望招客》）出句以风吹古木发出的声音拟夏日阵雨之声，对句以霜华遍地的灰白颜色状江滨沙滩之色。但其意义

---

① 《文镜密府论》。

不在其声其色，而在于以这两个出于错觉的比喻性意象的叠置，突出杭州望海楼夏夜之清幽凉适，此即所谓"妙在言其用而不言其名"的"象外句"①。诗人还有描写嗅觉方面错觉的，如杜甫"雨洗娟娟净，风吹细细香"（《严郑公同宅咏竹》）。竹何尝有香，但"香竹"的意象却屡见于诗人的吟诵，如李贺也有"竹香满幽寂，粉节涂生翠"（《昌谷诗》）之句。李白还有"瑶台雪花数千点，片片吹落春风香"（《酬殷明佐见赠五云裘歌》），是写香雪的。描写触觉方面之错觉的，如张若虚《春江花月夜》"空里流霜不觉飞"。霜由地上的露水凝结而成，并不象雨一样从天而降，诗人这样写，是为了突出月夜的寒冷和幽寂。张继"月落乌啼霜满天"，亦同此理。李白"飞霜早淅沥"（《古风》三十八）则更进一步把这种主观意想之中的触觉突现出来，似乎可以诉诸视觉和听觉。空里飞霜、千里猿啼、香的竹子、直的孤烟，在现实世界中是不可能存在的（诗人还常常描写现实生活中根本不存在的意象，外国人感到最不好翻译的《文心雕龙》之"龙"，即是一例）。这种处于观念形态的艺术形象同处于物质形态的现实形象之间，或者说艺术同实际的人生之间所存在的非一致性，文艺心理学家们把它称之为"心理的距离"。大作家曹雪芹在《红楼梦》第四十八回借香菱的口论述王维的"大漠孤烟直，长河落日圆"两句说："这'直'字似无理，'圆'字似太俗。合上书一想，倒象是见了这景的。"诗人创造了不符合生活逻辑的意象，但无论是创作者一方，还是欣赏者一方，都认为它比现实的形象更真实、更美妙。"作者得于心，览者会以意"。这种艺术和实际人生所存在的"心理的距离"，是意象具有主观象喻性的一个很好的证明。

多年来我们喜欢引用西方近代文论中的浪漫主义、现实主义这样两个标准来衡量中国的古典诗歌。这对于区别李白、杜甫等人一些在创作方法上有明显倾向的作品的风格似乎勉强可以说得通。但实际上，古典诗歌中的大量作品是难以运用这两种方法来区分的。我国古代诗歌，相对于浪漫主义来说，它是写实的；相对于现实主义来说，它又带有若干理想的成分。我国古代诗人所创造的意象，其与现实生活的距离，不象一些西方理想派作者那样，离得太远；也不象某些写实派那样，摆得太近，甚至于完全失去距离。因为他们所使用的是与两者都不尽相同的另外一种创作方法。欧美诗人把受中国古典诗歌影响而形成的诗歌流派称之为"意象派"，可以说正是看到了中国古典诗歌同西方近代

---

① 魏庆之：《诗人玉屑》卷三。

写实派和理想派的区别。弄清这种区别，对于古典文学的批评工作是十分重要的。因为一定的创作方法都处于一定的文学观指导之下，要真正对文学遗产作出实事求是的评价，首先就必须了解古代作家用以指导创作的基本文学观，了解古之文学观同今之文学观有哪些不同。可是，当我们在使用现实主义和浪漫主义这样两个标准来批评中国古典诗歌的时候，在实际上已经把今天的文学观同古代的文学观混为一谈了。这样做的同志，把唯物主义的反映论同现实主义的创作方法等同起来，以为只有从实际生活出发进行创作才是反映生活。

无庸置疑，主张文学必须描写"身之所历，目之所见"的实有之事，在我国古代也是有了的。"触景生情"云云，即其一例。但这并不妨碍他们按照另外的文学观从事创作。古代流传下来的大量作品，把其中许多抒情诗看作是按照"文学是作家的自我表现"的指导思想，从观念出发寻找形象写出来的，恐怕更符合实际一些。下面不妨举一些历来传为诗界美谈的例子来说明。据北宋陶岳《五代史补》载，某次唐僧齐己曾把自己的一些诗作拿到袁州让郑谷看。其中《早梅》一首有"前村深雪里，昨夜数枝开"两句。郑谷说："'数枝'非早也，未若'一枝'。"（按：从意象组合的角度讲，与"深雪"并置，"一枝"确实比"数枝"强）齐己听了非常佩服，从此士林称郑谷为"一字师"①。从今天作诗的眼光来看，这种方法是很成问题的。试问，到底齐己所见昨夜之梅是数枝开了呢，还是一枝开了？如果数枝，郑谷擅改为一枝，使原来真实的变为不真实，怎么能称为"一字师"？如是一枝，齐己为什么偏要说数枝呢？他如使贾岛获得盛名的"推敲"等等，也同此理。此类一枝数枝、或推或敲的斟酌（即意象经营），与所谓触景生情是完全不同的两种写诗方法。这种从观念出发寻找形象的作法，正是我们所讲的意象的主观象喻性。

这种文学观的差异，也十分敏感地反映在文学批评所使用的标准之上。例如今天我们的诗人写出了"蘸着海水磨刺刀"之类的诗句，马上就会遭到极大的非难。但古代诗人纯以意象的组合拼凑成的诗句，尽管不合生活的逻辑，例如前引"雨中黄叶树，灯下白头人"，评论者不但照样说它"善状目前之景"，而且还推为佳作。因为在他们看来，意象，本来就是心灵的产物；诗歌，即是作者的自我表现。只要能使"无限凄感，见乎言表"，就是好诗。

强调诗人的主观感受，认为文学是作家的自我表现，乃是我国古代文论中

---

① 魏庆之：《诗人玉屑》卷六。

一个源远流长的基本文学观。所谓"诗言志"、"文以气为主"、"文以意为主"、"诗以情为主"，说的都是这个意思。意象的主观象喻性，正是这种文学观在诗歌创作中的具体表现。这种文学主张偏重于作者的自我内心世界，从形式上看，不免带有主观唯心主义的倾向。但就其实质讲，作者的精神世界，本来就是他们实际生活的反映。并且作者这种在特定情况下所表现的精神面貌、思想感情，又是过去时代一部分有共同生活遭遇的知识分子都可能有的精神生活现象（这一点可参看下文"意象的递相沿袭性"）。诗人在作品中表现自己，也就等于反映了整个社会生活的一个局部或侧面。因此，尽管一些作家在从事创作的时候，常常感到不过说出了自己心中要说的话，并非有意于以反映现实为己任，但他们的作品仍然是一定的社会生活在意识形态领域中的反映。

造成古今文学观的差异，原因是多种多样的。光就文学自身的发展规律来看，文学样式的不同恐怕是一个重要的因素。我国古代特别是唐宋时期，文学体裁主要是抒情诗，元明以来小说、戏剧等叙事文学才逐渐发达。这两者是有区别的。一般说来，主张文学以自我表现为主，对抒情诗的创作来说，似乎更加适宜一些。因此直至今天，这种文学主张仍然被一部分当代诗人作为自己的创作指导思想。例如艾青同志不久前就提出："写诗的人常常为表达一个观念而寻找形象"①，"在万象中'抛弃着、拣取着、拼凑着'选择与自己的情感与思想能揉合的，塑造形体"②。他还以自己的诗作《珠贝》为例吟道：

> 观念在心里孕育，结成了粒粒真珠。

意象，正是这样一些由诗人心中的观念转化而成的粒粒真珠。悠悠"骚人"心，千载乃相关。相隔十几个世纪的盛唐诗人王昌龄和当代诗人艾青，各由自身从事诗歌创作的甘苦出发，得出了大致相同的看法，这个事实本身，就给了我们以很好的启示。

今天的一些读者，往往不了解意象的主观象喻性这一特点，以为古人诗中所写的都是实有之事，便以现实生活去一一比附，因而得出可笑的结论。例如一九七八年十一月二十六日《江西日报》上曾经发表过如下的一段议论：

---

① 艾青：《形象思维和艺术魅力》，见1979年3月18日《南方日报》。
② 艾青：《诗论》，第139页。

《枫桥夜泊》诗中的"乌啼"解释为"乌鸦叫"、"江枫"解释为"江边的枫树",几乎已成定论。在高中读书时,有一次我把这首诗解释给一个农村老公公听,他笑着说:"乌鸦怎么会在月亮落下去的时候叫呢?"使我心里"咯登"一下:是呀,谁听过乌鸦这样叫呢?

一九六七年初,我慕名到苏州"枫桥"游览,满以为桥畔群枫成林,那知道在桥拱的石缝中找到一株小小的枫树,顿觉十分扫兴。

(寒山寺)老和尚讲的,与世传大有不同。原来,"乌啼"乃一地名,在枫桥西面。"月落乌啼"不应解作"月亮落下去,乌鸦叫起来"或者"乌鸦看见月亮落下去而叫唤起来",而应解释为"月亮在乌啼那个方向落下去了"。"江枫"也是两座桥的名称。"江"是"江村桥","枫"就是"枫桥"。"江枫渔火"不是"江边的枫树和江中的渔火",而是"江村桥和枫桥之间的江中渔火"。

这里评述的是盛唐诗人张继的名作《枫桥夜泊》。全诗如下:

> 月落乌啼霜满天,江枫渔火对愁眠。
> 姑苏城外寒山寺,夜半钟声到客船。

根据意象的理论,我们可以知道,"乌啼"、"江枫",一从听觉方面塑造了意象,一从视觉方面塑造了意象,两相映照,使诗歌显得声情并茂。作为意象,它们是全诗艺术形象(即意境,详后)的关键之点。经评论者这样一分析,原来不过串连了三个小小的地名。再加上第三句的姑苏城和寒山寺,全篇简直是拼缀地名的游戏。如此索然寡味之诗,何以流传至今仍脍炙人口,倒是大可怀疑的了。

对于这种以今天的实际生活去比附古人诗歌的作法,我们自然不妨借用年来报刊上讨论此诗"夜半钟"问题所使用过的方法,摘引大量关于"乌夜啼"和"江枫"的现成诗句证明古之乌能夜啼、枫桥本自有枫。而且要做到这一点并不太费力,本文后头就引有多首含有"乌夜啼"意象的唐诗。但是假使有人从另一个角度,用同样的方法证明评论者提出的两条生活逻辑自古已然,也并不困难。

"乌啼"之为地名,不知何据。考苏州地方志,吴江县南旧有"乌夜村"。其得名之由据南宋范成大《吴郡志》卷九《古迹》条载:

　　晋穆帝后，何准（按：据《晋书·本传》当作何准）女，寓居县南，产后于此。将产之夕，有群乌夜惊聚落。尔后，乌更鸣，众共异之，及明大赦。

　　可见在古代，"乌夜啼"也是作为怪异事来记载的。农村老公公的质疑不为无理。无独有偶，笔者某次曾对一位日本朋友讲解此诗，说到"月落乌啼"，她也说："乌鸦是在太阳下山的时候叫的呀！"可知一般情况下"乌不夜啼"，乃是古今中外相同的生活常识。

　　又：张继诗"江枫渔火对愁眠"，南宋龚明之《中吴纪闻》（卷一）著录时作"江村渔火对愁眠"。关于枫桥之无枫，前人曾有以科学原理驳正者。清代王端履《重论文斋笔录》评《枫桥夜泊》诗云：

　　　江南临水多植乌桕，诗人类指为枫。不知枫生山中、性最恶湿，不能种之江畔也。此诗"江枫"二字，亦未免误认耳。

江淹诗："吴江泛丘墟，饶桂复多枫。"杜牧诗："远上寒山石径斜，白云深处有人家。停车坐爱枫林晚，霜叶红于二月花。"都是题咏枫生山中的例子。陆游诗："乌桕赤于枫，园林九月中。"杨万里诗："乌桕平生老染工，错将铁皂作猩红。"可知乌桕和枫被诗人误而为一是有可能的。梅尧臣诗："青苔井畔雀儿斗，乌臼树头鸦舅鸣。"杨慎诗："杜鹃花下杜鹃啼，乌臼树头乌舅栖。"此乃江南水乡之常景。将张继此诗的头两句连在一起考虑，王氏之说，也并不是没有可能。

　　由此可见，乌啼也罢、江枫也罢，真实与否，是很难说清楚的。说者或辩其有，或辩其无，立论虽然不同，方法却只有一个，都是斤斤计较于实际生活，把艺术的真实同生活的真实混为一谈。这些说法，看起来似乎很科学，其实根本不可能对此诗作出科学的解释。根据意象的艺术特征，张继此诗的美学价值并不在是否如实地描写了枫桥夜景，而在于通过意象的组合，展现了作者的内心世界。这里除了意象的主观象喻性以外，还牵涉到意象的另一个特征。

三

　　昌龄《诗格》其二曰："寻味前言，吟讽古制，感而生思。"此处所谓"前言"、"古制"，就是指前人或他人诗歌中所创造的意象。在欣赏古典诗歌的时候，我们常常会注意到，一些艺术感染力很强的意象，往往成为被不同时期，不同作者所袭用，有时甚至在同一作家的不同作品中也反复出现的、意思大体相同的现成词组，根据意象的主观象喻性，诗人取来表达一定观念的形象，并非一定是实有之事。这些具有某种现成意义和习惯用法的语词，作者可以借以表达某种特定的思想感情。诗人这种有感于现成的意象而创造新作品的现象，我们把它叫做意象的递相沿袭性。

目前西方流行一种研究诗歌的新理论——帕利—劳德理论。根据帕利、劳德的研究，起源于口头文学的古代诗歌有一个重要的特点。即诗中出现的景物不一定是故事中实有之事。诗人无非借助于习惯和联想，根据现成的思路，引出某种固定的情绪。例如欧洲古代史诗描写恐怖战争时往往出现鸷鸟猛兽。在《芬斯堡》一诗中，丹麦人格斯莱夫之死的场景是在室内，描写中竟也出现了盘旋的渡鸟。用近代眼光看，这一情节似乎是不合理的。但由于这已经是一条现成的思路，歌者唱到这里，便忍不住要用渡鸟来渲染恐怖气氛，听众也自然领会，产生了共鸣。从效果看，这种描写却是合理的。所谓"现成思路"，也叫"后文的先声"，指的也就是这种意象的递相沿袭性。

帕利—劳德理论，是根据师生两人对南斯拉夫民歌创作的研究提出的。所谓"现成思路"，照他们的说法只是口头文学的特点。但以短小的抒情诗为主而绝少象另外一些国家那样以鸿篇巨制的叙事诗见长的中国古诗，由《诗经》、《楚辞》而两汉乐府而唐近体诗而宋元词曲，其与咏唱的关系是十分密切的。今之所谓诗歌，在古代亦称作"歌诗"。关于唐诗特别是唐人绝句与歌唱的关系前人之说已备，不待详述。这里只想指出，即使是那些格律森严，反复推敲而成的律诗，也是大量采用"现成思路"即具有递相沿袭性的意象的。例如前引王维的五律《使至塞上》，大家往往都只注意它的颈联，即上文所述由错觉产生的具有主观象喻性的意象的成功创造，殊不知它的颔联"征蓬出汉塞，归雁入胡天"，同时又是意象递相沿袭性的一个绝妙的例证。王维奉使出塞是开元二十五年的春天，如果说"归雁入胡天"还可以算写实的话，作为秋天特有的景物"征蓬"，突然不伦不类地出现在一幅春天的画图里，则只能说是按照现成的思路，塑造了一个递相沿袭的意象罢了。前代行役诗以飞蓬的意象入诗者颇众，如曹操《却东西门行》："鸿雁出塞北，乃在无人乡"、"田中有转蓬，随风远飘扬"。由此我们还可以进一步知道，王诗之"归雁"与其说是实写其景，毋宁说也是出于"寻味前言，吟讽古制，感而生思"，而与"征蓬"组接在一起的另一条现成思路。

了解意象具有递相沿袭性这样一个特征之后，我们就可以回过头来解决前文提出的关于"乌啼"、"江枫"的真实性问题了。最早创造出"乌啼"这个意象的是六朝乐府诗。旧传刘义庆《乌夜啼》云：

> 笼窗窗不开，乌夜啼，夜夜望郎来。

庾信也有《乌夜啼》一首，末云：

> 讵不自惊长泪落，到头啼乌恒夜啼。

大意都是写女子听到乌鸦夜鸣而引起离愁别恨。后来"乌啼"遂成为一条渲染离情别绪的现成思路。三唐诸子，以乌啼意象入诗者屡见不鲜。即以大诗人李、杜为例。李白集中出现这个现成词组凡五次，全是思妇游子之吟。写得最好的除《乌夜啼》一首之外，还有《庐江主人妇》（其他三首是《杨叛儿》、《扶风豪士歌》、《三五七言》）。其末云：

> 为客裁缝君自见，城乌独宿夜空啼。

杜甫更喜欢用这个意象，集中共咏"乌啼"八次，都与客愁乡思有关。依次见于《哀王孙》、《发秦州》、《出郭》、《遣怀》、《晴》、《舟月对驿近寺》、《暮归》、《过南岳入洞庭湖》诸诗。《暮归》一首中两联曰：

> 霜黄碧梧白鹤栖，城头击柝复乌啼。
> 客子入门月皎皎，谁家捣练风凄凄。

此处，"乌啼"与"鹤栖"相衬，跟征蓬与归雁对举一样，也是两个现成思路的组合。关于"鹤栖"，从前有人提出过"鹤不木栖，恐是白鹊"[1]的怀疑，其实根据意象的主观象喻性，诗人眼前有没有鹤一类的禽鸟都是无关紧要的，作者这里不过是运用了由《别鹤操》点化而来的另一条与离情别绪有关的现成思

---

[1] 仇兆鳌：《杜诗详注》卷二二。

路罢了。关于"乌啼"和"鹤别"这两个富于递相沿袭性的意象的组合，早在杜甫之前就有人做过了。如（南朝）陈·陆琼诗：

> 鹤别霜初紧，乌啼月正圆。

杜甫以后，继续沿用者亦甚多。如李端《送从兄赴洪州别驾兄善琴》：

> 鹤舞月将下，乌啼霜正繁。

如果说上述诗人都这么凑巧地看见了这二种禽类在此唱彼和，是难以令人置信的。这除了说明意象的递相沿袭性外，更无别解。

　　由上引诸例我们还可以知道，乌啼意象的可感性极强的时候，一般都是与"夜"联系在一起的。"相思相见知何日，此时此夜难为情"。夜深人静之际，正是无限相思之时，更何况传来声声摧人心肝的"乌啼"。从意象组合的原则来讲，这无疑是一种精心拼接的再创造。这一意象使用得多了、习惯了，变成了现成的思路，夜乌之啼，也就成了人人都可以接受的"常理"。真正在情理之内的白日乌啼，倒不太能登大雅之堂了。相反的是，有时甚至写白天的景致，也要揉进"夜乌啼"的现成词组。例如刘长卿《登余干古县城》：

> 官舍已空秋草绿，女墙犹在夜乌啼。
> 平江渺渺来人远，落日亭亭向客低。

由此可见，张继客中而闻"乌啼"，正象别的一些诗人所做过的一样，无非是有感于前人或他人现成的意象，"心偶照境，率然而生"，借他人之酒杯，浇自家之块垒。无论乌啼与否，白天黑夜，皆不必深究也。

　　如果说月夜为相思提供了一种典型的氛围，而江边，则常常使人想起送别的场景。"江枫"之作为离情别绪的现成思路而形诸歌咏，从《楚辞·招魂》的"湛湛江水兮上有枫，目极千里兮伤春心"到阮籍的"湛湛长江水，上有枫树林"，以及初唐崔信明的名句"枫落吴江冷"，乃至于明代冯琦的"万里江枫夜，相思秋已深"，其间感叹"君不见满川红叶，尽是离人眼中血"（《董西厢》）者，当不下千计。其作为意象而具有递相沿袭性，更是不言而喻。

　　其实，《枫桥夜泊》诗末句的"夜半钟"也是这一类意象。关于"夜半钟声到客船"，自欧阳修《六一诗话》引前人成说提出质疑以来，这场笔墨官司，一直打到今天。近年来报刊上讨论此一段公案者不乏其文，然诸家所引用的材料，大体没有超过历代诗话所载，所采用的方法，也基本相同，无非是摘引大量古人使用"夜半钟"意象的诗句，证明寒山寺确有夜半敲钟的习惯。其中最有说服力者是以唐诗证唐诗，所引大率是中、晚唐白居易、皇甫冉、司空曙、王建、许浑、陈羽、于鹄、于邺、温庭筠等人之诗。引证材料可谓多矣，但忘了一件重要的事实，即这些诗创作的年代，没有一首是在张继《枫桥夜泊》（作于天宝末年）以前的。其实，在张继写出这首名噪一时的绝句之先，寒山寺是否有半夜鸣钟的习惯，张继是否真的恰在夜半时分停泊枫桥，甚或张继是否有了枫桥夜泊的事实才作此诗，都是无关紧要的。明代胡应麟说得好：

> 张继"夜半钟声到客船"。谈者纷纷，皆为昔人愚弄。诗流借景立言，惟在声律之调，兴象之合，区区事实，彼岂暇计？无论夜半是非，即钟声闻否，未可知也。①

"兴象"即意象。以"意"论诗六义之一的"兴"，首见于钟嵘《诗品·序》"文已尽而意有余，兴也"。殷璠《河岳英灵集·序》"言常有余，都无兴象"，是以兴象为意象之始。后人论诗，相沿混用，其义实同，胡氏亦然。如同是"古体"，《诗薮·内编》卷一谓"古诗之妙，专求意象"，卷二复谓"《十九首》及诸杂诗……兴象玲珑"。此处胡氏以"惟声律之调，兴象之合"论诗，《诗薮·内编》卷五"作诗大要不过二端，体格声调，兴象风神而已"，均源于《文心雕龙》"寻声律而定墨"，"窥意象而运斤"。

应麟论诗，偏重于考据，而上引议论却道出了意象艺术创造的真谛，真可谓通达人也。

不过话得说回来，前人引述了唐代以及后世如宋人陆游、孙觌、胡埕，明人唐寅、居节，清人徐崧、王士祯等等关于"夜半钟"意象的大量诗句来印证《枫桥夜泊》一诗，对我们还是有帮助的。这些材料可以启发我们，帮助我们进一步了解意象具有递相沿袭性这样一个重要的特征。而在诗歌领域里首先创造了"夜半钟"意象的，正是张继本人。以张继此诗对当时及后世的影响来

---

① 胡应麟：《诗薮·外编》卷四。

看，这种说法是可以成立的。《枫桥夜泊》一诗影响之大，甚至引起了苏州地名的更改。"愁眠山"之得名于"江枫"句①，已为众所周知。枫桥之名"枫"，其实也始于此诗。这一记载保存于《大清一统志·苏州府(二)》，实为研究此诗不可多得之材料，特为标举如下：

> 枫桥，在吴县阊阖门外西九里。宋周遵道《豹隐纪谈》："旧作封桥，后因唐张继诗相承作枫，今天平寺藏经多唐人书，背有'封桥常住'字。"

周遵道系宋人，去张继不远，其所著《豹隐纪谈》，原书已佚，无从旁搜，然其证据乃当时尚可见及之唐人题签，不同于一般浮泛而谈之笔记小说，是为可信。此外我们还可以找到其他旁证材料。如北宋朱长文《吴郡图经续记》卷中《寺院门》载：

> (枫桥) 旧或误为"封桥"，今丞相王郇公顷居吴门，亲笔书张继一绝于石，而"枫"字遂正。

可见枫桥之旧名封桥，到北宋还在沿用，使丞相不得不亲书张继此绝立石正名。《枫桥夜泊》，唐高仲武编入《中兴间气集》 (这是保存此诗最早的本子) 时原题作《夜泊松江》，《吴郡图经续记》和南宋范成大《吴郡志》著录此诗时又作《晚泊》。两题孰是孰非，有待详考，然均无"枫桥"两字，足证此桥之名枫，必在斯诗之后。由此可推见，前述关于张继赋此诗时枫桥不一定有枫的怀疑，是事出有因的。

四

前面通过对《枫桥夜泊》诗几个主要意象"乌啼"、"江枫"、"夜半钟"的具体分析，证明了古人诗歌中用来表现某种特定观念和情绪的景物，有时候不一定是耳闻目睹的实有之事，而常常是一些具有某种固定意义和习惯用法的现成词组。此类根据意象的主观象喻性和递相沿袭性写出来的诗歌，从全篇

---

① 毛先舒:《诗辨坻》。

看，是一个情景交融、玲珑剔透的整体；拆散开来，又是一些相对独立、自成片段的配件。这种适合汉民族语言特点的诗歌艺术表现，曾经被某些古代诗歌批评家作为理想的美学标准。例如南宋张炎在《词源》一书中谈到吴文英的词时说：

> 梦窗如七宝楼台，眩人眼目；拆碎下来，不成片段。

这里对吴梦窗的批评是否符合实际，当作别论。从他所打的比方来看，不失为一个切中意象创造之第一义的妙喻。

好像一件完整美观的工艺品是由许多事先预制的片段按照一定的图样装搭而成，有时候一首诗歌，也正是由诗人手头储备的意象根据某种组合关系连缀成篇。这些诗歌配件的来源，一是凭熟记，"熟读唐诗三百首，不会吟诗也会吟"，说的正是这种情况；一是靠类书，从唐初的《艺文类聚》开始，到清代集大成的《佩文韵府》，正是这些分类意象即诗歌部件的大仓库。

有鉴于此，说者或谓中国文学习惯于从传统的文化中寻找创作的材料，而不重视从文学的唯一源泉——当代的实际生活发掘矿藏，喜欢用典使事，自是中国古代诗歌的一大特色，但如果我们认为诗人沿用前人或他人的现成意象，只是一种千篇一律的模仿的话，那就大大地错了。诚如前述。诗人在自己的作品中使用现成的思路，只是为了借助某种习惯和联想，其所表现的，还是自己在某种特定环境中的思想和情绪。即就张继《枫桥夜泊》而言，乌啼虽然脱胎于前人的意象，同样吟咏的是离恨别苦，但它既不象庾信《乌夜啼》那般的哀婉缠绵，也不象李白《庐江主人妇》那样的怨从中生。"月落乌啼霜满天，江枫渔火对愁眠"，诗中刚刚传达出一丝淡淡的客愁，马上又淹没在赴奔前程的路途劳顿之中了："姑苏城外寒山寺，夜半钟声到客船。"这正是盛唐时期那些对仕途还没有完全丧失信心的知识分子特有的精神生活现象。由此可见，诗人笔下虽然借用的是"前言"、"古制"，但作为一种意象的再创造，它们所反映的还是当时的实际生活。这是因为当诗人利用某种带有约定俗成的感情色彩之景物来表现内心世界时，作者的"我"是完全安息在这个意象之上了。这就是我们要讲的意象的第三个特征：物我同一性。在王昌龄《诗格》里叫做："搜求于象，心入于境，神会于物，因心而得。"

这里值得注意的是再次出现了"境"的概念。"境"字，按其本义是疆界、区域的意思。如《文心雕龙·诠赋》篇"与诗画境"，即指赋由诗六义之一的附庸蔚为大国而言。以"境"论诗，当自昌龄《诗格》始：

> 诗有三境：一曰物境。欲为山水诗，则张泉石云峰之境，极丽绝秀者，神之于心，处身于境，视境于心，莹然掌中，然后用思，了然境象，故得形似。二曰情境。娱乐愁怨，皆张于意而处于身，然后驰思，深得其情。三曰意境。亦张之于意而思之于心，则得其真矣。①

此处"意境"一词，与"物境"相对，与"情境"相近，实指"娱乐愁怨"之类，与后来王国维用以修正"境界"说，特指以情（即《诗格》所谓"情境"）、景（即《诗格》所谓"物境"）为两原质之"意境"含义不同。上文已经指出，"心偶照境"之"境"，与"心"对举，当指"诗有三境"之一的物境。前引"心入于境"之"境"并同。然"心"既"入于境"，"神"既"会于物"，其所产生的艺术形象，当与后世所谓情景交融之"意境"相同。前此，学术界不少专家指出"意境"说的正式提出始自昌龄《诗格》，洵为的见。而所谓意象的物我同一性，实际上说的也就是意象与意境的关系。前文对庾信、李白、张继三诗的分析，其实也就是着眼于意境的不同。同样的语言材料，到了诗人们的笔下，由于要表现的内心世界各不相同，就使它们根据不同的组合关系，构成了新的意境。而意象的物我同一性，也就因此得到了体现。

关于意象与意境的关系，由于从前对意象的专门研究不够，一些讨论意境问题的文章提到意象的时候，大体是把它作为意境的一个别称来使用。其实关于意象与意境是两个不同的文论概念，只要通过简单的词素对比法就可以明白。"意"，是大家都有的。不同的词素"象"，指具体的形貌和物象；境，指整体的生活场景。两者既有联系，又有区别，总的来说，前者与语词相当，后者与全篇对应，一大一小，"境生于象外"②，意境由整首诗意象的总和中产生，是十分清楚的。

另外我们还应当注意到，作为艺术形象理论的两个分支，"意象"说与"意境"说在今天的诗歌评论中是平行使用、各取所需的，但就其产生、形成和发展的过程而言，则是两种不同的历史形态。别林斯基在谈到"艺术的观念"时

---

① 《诗学指南》卷三。
② 《刘禹锡集》，第173页。

曾经指出:

> 每一个幼年民族中都可以看到一种强烈的倾向,愿意用可见的、可感觉的形象,从象征起,到诗意形象为止,来表现他们的认识范围。①

我国艺术形象理论的形成和发展,正是经过了这样一个由小到大、从简单到复杂的历史过程。如前所述,"意象"说萌芽于初民造字与占卜的取象,在我国第一部系统的文论专著《文心雕龙》中即正式提出,至唐而得到进一步的发展并臻于成熟。而"意境"说,虽于六朝佛教典籍"境界"一词的翻译已肇其端(详敏泽先生《论魏晋至唐关于艺术形象的认识——兼论佛学输入对于艺术形象理论的影响》,《文学评论》一九八〇年第一期),但正式形成却在盛、中唐之际。昌龄《诗格》之所以值得重视,就因为它不仅为"意象"说作了总结性的概括说明,而且为"意境"说在此后的发展揭开了序幕。

作为艺术形象理论的这一历史发展过程在当时文论著作中的反映,昌龄以前,多言"取象";昌龄以后,方始兼论"取境"。如殷璠、皎然、刘禹锡、遍照金刚、司空图等人皆有所述。以皎然《诗式》(卷一)为例,其论"取象"曰:

> 取象曰比,取义曰兴,义即象下之意。凡禽鱼草木、人物名数,万象之中义类同者,尽入比兴。

其论"取境"则曰:

> 取境偏高,则一首举体便高;取境偏逸,则一首举体便逸。

前者相当于"禽鱼草木、人物名数"等具体物象,后者着眼于"一首"即全篇的构思。可见在唐人的观念里,这种区分是明显的。正象我国别的一些古代文论的术语常有科学性不强的毛病一样,后世使用"意象"、"意境"两词,自然免不了有概念模糊的地方,但当他们分析到具体的诗歌作品时,还是比较清

---

① 《古典文学理论译丛》第十一辑,第59页。

楚的。试各举一例如下。关于"意象"的一段见于《唐子西语录》：

> 谢玄晖诗云："寒城一以眺，平楚正苍然。""平楚"犹"平野"也。吕延济乃用"翘翘错薪，言刈其楚"，谓"楚木丛"，便觉意象殊窘。凡五臣之陋，类若此。①

上引谢朓的两句诗见于《郡内登望》。"翘翘错薪，言刈其楚"见《诗·周南·汉广》。此处以"意象"论谢诗"平楚"一语，"意象"与语词相对，十分明确。

"意境"（境界）的用例，如王国维在《人间词话》中说：

> 古今之成大事业、大学问者，必经过三种之境界："昨夜西风凋碧树。独上高楼，望尽天涯路。"此第一境也。"衣带渐宽终不悔，为伊消得人憔悴。"此第二境也。"众里寻他千百度，回头蓦见，那人正在，灯火阑珊处。"此第三境也。

根据"取境之时，须至难至险，始见奇句"（《诗式》）、"有境界则自成高格，自有名句"（《人间词话》）的原则，王国维论词，沿用我国古代诗话系统的体例，基本上是以一个或几个"名句"（即中心句）概指全篇。此处以三词论三种境界，显然着眼于一首的意境。

现在再回到前面的问题。"意象"说的成熟与"意境"说的形成，都发生在盛、中唐之际而均以王昌龄的《诗格》为标志。作为艺术形象理论的两种不同历史形态，刚好一前一后、互相衔接，它们之间究竟有什么联系呢？关于文学批评史上这一重要的事实，有许多值得探讨的地方。作为原因之一，是不是可以这样讲："意境"说的形成乃随"意象"说发展与创新的要求应运而生。如前所述，诗人在作品中使用的意象，常常是一些长期形成的现成思路。诗歌艺术这种递相沿袭、历史继承关系的一个积极结果是使意象日趋纯熟化、定型化，造成了唐诗空前繁荣的局面。但这种意象的凝定发展到一定的限度，同时也就开始走向它的反面，导致诗歌语言的老化。这一点前人就已经看出来了。

---

① 胡仔：《苕溪渔隐丛话前集》卷十四。

如《陈辅之诗话》载：

> 荆公尝言："世间好语言，已被老杜道尽；世间俗言语，已被乐天道尽。"
> 然李赞皇云："譬之清风明月，四时常有，而光景常新。"又似不乏也。①

李赞皇即中唐的名相李德裕。德裕字文饶，曾以同平章事进封赞皇伯。此段引
语见于《李文饶文集·外集》卷三：

> 世有非文章者曰："辞不出于《风雅》，思不越于《离骚》。模写古人，何
> 足贵也？"余曰："譬诸日月，虽终古常见，而光景常新，此所以为灵物也。"

将上述两段话互相参看可以了解，这种诗歌语言老化的趋势，到中唐已经相当
严重了。"模写古人，何足贵也"云云，就是对这一现象所表示的不满。最明
显的一个例证便是白居易诗的"老妪能解"。韩孟诗派倡"唯陈言之务去"而
宁可走"奇崛"、"艰辛"的险径，其实也就是为了避免这一趋势而作的努力。
宋代王安石发出"世间好语言，已被老杜道尽……"的慨叹。其实，号称"语
不惊人死不休"的杜甫，后来黄庭坚等人还不是以"无一字无来处"的赞语兜
尽了他的老底。而与老杜并称的李白呢，当他还在世的时候，就被杜甫看穿了
"李侯有佳句，往往似阴铿"的秘密。因此从某种意义上讲，与其把"意境"
说的产生看作由唐诗意象的繁荣所推动，毋宁说是为唐诗意象老化的趋势所促
成。随着这种老化现象的不断加剧，诗歌的发展与意象的创新也就成了问题。
对于这个问题的回答，前面提到的唐、宋两位丞相的两段议论，反映了两种不
同的意见。其一是要通过"取境"即谋篇和构思的不同，尽量提高意象的物我
同一性，赋予旧形象以新意义，使之"虽终古常见，而光景常新"。其二是注
重"造语"和"炼字"，务求"意新语工，得前人所未道者，斯为善也"。两种
做法，各有千秋。作为理论上的主张，宋人多倡后说；由唐诗的实践看，成功
者多属前一种做法。王昌龄在总结盛唐诗歌意象创造经验的基础上提出的"搜
求于象，心入于境，神会于物，因心而得"即属前说。利用常见的意象，根据
不同的组合关系把它们融汇进不同诗篇的意境之中，以表现特定生活环境中的

---

① 胡仔：《苕溪渔隐丛话前集》卷十四。

"我"，唐诗意象创新的这一特点，在李杜等人的作品中得到了完满的表现。以最常用的"月"的意象为例。一生与月结成了诗中伴的李谪仙且不论，光就杜甫而言，仅据粗略的统计，不算复合同组，单用"月"的，就达101次之多。而随着诗歌意境的不同，其所呈现的物我同一性，也就各不相同。试举两例如下。其一是《春宿左省》：

> 花隐掖垣暮，啾啾栖鸟过。
> 星临万户动，月傍九霄多。
> 不寝听金钥，因风想玉珂。
> 明朝有封事，数问夜如何？

其二是《秦州杂诗》二十首之七：

> 莽莽万重山，孤城石谷间。
> 无风云出塞，不夜月临关。
> 属国归何晚，楼兰斩未还。
> 烟尘一长望，衰飒正摧颜。

二诗相隔仅仅一年，但随着作者个人遭遇的不同，其所表现的思想情绪也就大不一样。下诗作于乾元二年（759）杜甫弃官客秦州以后，篇中的"月"，作为一个递相沿袭性的意象，虽然表示的无非仍是望乡之思，但因在沉沉夜色笼罩下的关塞之上，与万重山中的一片孤城、无风而飘动的一丝薄云相映，包含了多少慷慨悲凉的"浮云游子意"和"春风吹不尽"的"玉关情"！上诗《春宿左省》作于乾元元年（758）杜甫刚得官左拾遗。对国家大事寄予满怀希望之时，诗中"月"的意象同"万户"、"九霄"、"金钥"、"玉珂"等对衬，不唯没有一丝儿客愁的味道，而且简直是前途光明的象征了。

诗歌意象这种由物我同一性而产生的多义性，不但与创作者的取境艺术有关，有时候与欣赏者的思维活动也有很大的关系。再以王昌龄的绝句《芙蓉楼送辛渐》为例：

---

① 欧阳修《六一诗话》引梅尧臣语。

> 寒雨连江夜入吴，平明送客楚山孤。
>
> 洛阳亲友如相问，一片冰心在玉壶。

此诗作于天宝元年，时昌龄在江宁丞任内。首句"雨"作为赠别的象征性意象已如前述，末句"冰心"，作为一个比喻性的意象，后人曾有种种不同的解说。从品质着眼的，认为是说自己"清白"，并引鲍照《白头吟》首句"直如朱丝绳，清如玉壶冰"作证。热衷于做官的，则引唐代姚崇《冰壶诫·序》，以为是表白自己为官的"清廉"。自命清高者则以为是"言己之不牵于宦情也"①。虽然"清白"、"清廉"、"清高"，都离不开一个"清"字，但各人的具体感受已自不同。而闻一多先生则提出了完全两样的解释。他说："冰心是说心灰意冷"②。作者未必然，读者未必不然。联想到闻先生所生活的时代，对这种解释，我们也就不会感到奇怪了。

上述种种说法，当然不可能全与作者的原意符合，但从各个不同的角度去看，又都能自圆其说、言之成理。正如金开诚老师在他的一系列文艺心理学方面的论著中反复提到的："诗歌艺术效果之充分显现，有待于作者和读者共同发挥形象思维的作用。"③ 诗歌意象的酝酿和产生，正是这样一种作者与读者的共同创造。或者说，意象是作者与读者沟通思想感情的桥梁。"作者得于心，览者会以意。"当读者透过意象的组合把握诗人的"我"的时候，他自己的"我"也进入诗歌的境界中去了。从这一点上说，所谓"物我同一"，这个"我"，既是诗歌作者的我，又是无数个读者的"我"。因此从某种意义上讲，诗人在作品中使用具有递相沿袭性的意象，有时候反而更能借助一定的习惯和联想，调动读者的形象思维，使他们一道参加到意象的再创造中来。宋人由于过分强调"造语"与"炼字"，有时候就忘了这个道理，以致陷入冥思苦索而不自知。即以王安石为例，其名篇《泊船瓜州》曰：

> 京口瓜州一水间，钟山只隔数重山。

---

① 沈德潜:《唐诗别裁集》卷十九。

② 《闻一多先生说唐诗》，《社会科学辑刊》1980年第1期。

③ 金开诚：《语言与形象》，《北京大学学报》1979年第4期。

春风又绿江南岸，明月何时照我还？

据洪迈《容斋续笔》等记载，第三句的"绿"字，当初他曾用过许多字，先用"到"，又改作"过"，再改作"入"，再改作"满"，都不合意，最后才选定"绿"字。关于这一段文学史上的佳话，说者皆谓王安石为了搜求"绿"的意象而数易其稿，精神可嘉，殊不知此公实际上是为了避免下绿字绞尽脑汁，终而至于白费心思。诚然，用在这首诗中，"绿"无疑是最恰当的，但它有一样不好，那就是不符合"得前人所未道者"这个标准。并且它又偏偏是王安石所瞧不起的"其识污下，诗词十句九言妇人、酒耳"①的李白咏女人的诗里也用过了的。白诗《侍从宜春苑奉诏赋》有句："东风已绿瀛州草，紫殿红楼觉春好。"王安石尝以杜甫、韩愈、欧阳修、李白编为四家诗，"十句九言妇人、酒"云云，亦非泛泛的浏览所敢断言，其对李白的诗比较熟悉自不待言。然则王安石创作此诗时的思维活动真相究竟如何虽然不得而知，在其下这个"绿"字以前心中先有唐人用过的同类意象却是不难逆料的。"得前人所未道者"之新意，"得前人所未道者"之工语，在这两者不可得兼的去就权衡之间，王安石选择了前者。这一选择无疑是十分好的。"绿"作为一个递相沿袭性的意象，虽然唐人屡次用过了（李白以外，唐人以此意象入诗者还有丘为《题农父庐舍》"东风何时至，已绿湖上山"等），但组合在《泊船瓜州》一诗的意境之中，却有了全新的意义，它使我们联想起古人题咏游子思妇诗中大量使用过的一条现成思路，即脱胎自《楚辞·招隐士》"王孙游兮不归，春草生兮萋萋"两句中的"春草"这个意象（关于"春草"作为离情别绪的象征性意象而具有递相沿袭性，可以本文第一部分所引江淹《别赋》等为例），但又"妙在言其用而不言其名"。这恰好证明在所谓"世间好语言，被老杜说尽"之后，诗人如能善于"心入于境，神会于物"，同样可以创造出崭新的诗歌意象来。

搜求于象，心入于境。意新语工，以意新为主，还是以语工为主，唐诗的成功之处在此，某些宋诗的失败之处也在此。其间的原因，只要我们把北宋前期同南渡以后作家们关于文学的主张略加比较，便可一目了然。王禹偁(954~1001)《答张扶书》说：

---

① 僧惠洪：《冷斋夜话》。

> 夫文,传道而明心也。古圣人不得已而为之也……惧乎心之所有,不得明乎外;道之所蓄,不得传乎后,于是乎有言焉。

朱熹(1130~1200)《语类》一三九则说:

> 道者文之根本,文者道之枝叶。惟其根本乎道,所以发之于文皆道也。三代圣贤文章皆从此心写出,文便是道。

可见宋王朝刚刚建立的时候,文人们还敢于在倡言"传道"的同时,强调文学作品应当展示自己的内心世界。到了朱熹把文即是道、道即是心这种唯理论的说教作为文学创作的根本原则,作家们要在作为文学正宗的诗文中表现自己,已经极少有实际上的可能。这就是为什么诗歌意象的创新在社会思想比较解放的唐代可以取得巨大的成就,而到了程朱理学在中国封建社会后期的统治地位确立以后,却每况愈下,一蹶不振的根本原因。这样,文学的黄金时代,也就由历史悠久的诗,逐渐让位给封建统治阶级禁锢还不是太严的词、曲等文艺样式了。

宫体诗的自赎*

闻一多

　　宫体诗就是宫廷的，或以宫廷为中心的艳情诗，它是个有历史性的名词，所以严格地讲，宫体诗又当指以梁简文帝为太子时的东宫及陈后主、隋炀帝、唐太宗等几个宫廷为中心的艳情诗。我们该记得从梁简文帝当太子到唐太宗宴驾中间一段时期，正是谢朓已死，陈子昂未生之间一段时期。这其间没有出过一个第一流的诗人。那是一个以声律的发明与批评的勃兴为人所推重，但论到诗的本身，则为人所诟病的时期。没有第一流诗人，甚至没有任何诗人，不是一桩罪过。那只是一个消极的缺憾。但这时期却犯了一桩积极的罪。它不是一个空白，而是一个污点，就因为他们制造了些有如下面这样的宫体诗。

　　　　长筵广未同，上客娇难遍。还杯了不顾，回身正颜色。（高爽《咏酌酒人》）
　　　　众中俱不笑，座上莫相撩。（邓鉴《奉和夜听妓声》）

这里所反映的上客们的态度，便代表他们那整个宫庭内外的气氛。人人眼角里是淫荡，

　　　　上客徒留目，不见正横陈。（鲍泉《敬酬刘长史咏名士悦倾城》）

人人心中怀着鬼胎。

　　　　春风别有意，密处也寻香。（李义府《堂词》）

对姬妾娼妓如此，对自己的结发妻亦然（刘孝威《都县寓见人织率尔赠妇》便

＊原载《当代评论》第 10 期。选自闻一多所著《唐诗杂论》，上海古籍出版社，1998。

是一例)。于是发妻也就成了倡家。徐悱写得出《对房前桃树咏佳期赠内》那样一首诗，他的夫人刘令娴为什么不可以写一首《光宅寺》来赛过他？索性大家都揭开了，

> 知君亦荡子，贱妾自倡家。（吴均《鼓瑟曲有所思》）

因为也许她明白她自己的秘诀是什么。

> 自知心所爱，出入仕秦宫。谁言连屈尹，更是莫遨通？（简文帝《艳歌篇》十八韵）

简文帝对此并不诧异，说不定这对他，正是件称心的消息。堕落是没有止境的。从一种变态到另一种变态往往是个极短的距离，所以现在像简文帝《娈童》，吴均《咏少年》，刘孝绰《咏小儿采莲》，刘遵《繁华应令》，以及陆厥《中山王孺子妾歌》一类作品，也不足令人惊奇了。变态的又一类型是以物代人为求满足的对象。于是绣领、袍腹、履、枕、席、卧具……全有了生命，而成为被玷污者。推而广之，以至灯烛、玉阶、梁尘，也莫不踊跃的助他们集中意念到那个荒唐的焦点，不用说，有机生物如花草莺蝶等更都是可人的同情者。

> 罗荐已擘鸳鸯被，绮衣复有葡萄带。残红艳粉映帘中，戏蝶流莺聚窗外。（上官仪《八咏应制》）

看看以上的情形，我们真要疑心，那是作诗，还是在一种伪装下的无耻中求满足。在那种情形之下，你怎能希望有好诗！所以常常是那套褪色的陈词滥调，诗的本身并不能比题目给人以更深的印象。实在有时他们真不像是在作诗，而只是制题。这都是惨淡经营的结果：《咏人聘妾仍逐琴心》（伏知道），《为寒床妇赠夫》（王胄）。特别是后一例，尽有"闺情"、"秋思"、"寄远"一类的题面可用，然而作者偏要标出这样五个字来，不知是何居心。如果初期作者常用的"古意"、"拟古"一类暧昧的题面，是一种遮羞的手法，那么现在这些人是根本没有羞耻了！这由意识到文词，由文词到标题，逐步的鲜明化，是否可算作一种文字的裸裎狂，我不知道，反正赞叹事实的"诗"变成了标明事类的"题"之附庸，这趋势去《游仙窟》一流作品，以记事文为主，以诗副

之的形式，已很近了。形式很近，内容又何尝远？《游仙窟》正是宫体诗必然的下场。

我还得补充一下宫体诗在它那中途丢掉的一个自新的机会。这专以在昏淫的沉迷中作践文字为务的宫体诗，本是衰老的、贫血的南朝宫庭生活的产物，只有北方那些新兴民族的热与力才能拯救它。因此我们不能不庆幸庾信等之入周与被留，因为只有这样，宫体诗才能更稳固的移殖在北方，而得到它所需要的营养。果然被留后的庾信的《乌夜啼》、《春别诗》等篇，比从前在老家作的同类作品，气色强多了。移殖后的第二三代本应不成问题。谁知那些北人骨子里和南人一样，也是脆弱的，禁不起南方那美丽的毒素的引诱，他们马上又屈服了。除薛道衡《昔昔盐》、《人日思归》，隋炀帝《春江花月夜》三两首诗外，他们没有表现过一点抵抗力。炀帝晚年可算热忱的效忠于南方文化了，文艺的唐太宗，出人意料之外，比炀帝还要热忱。于是庾信的北渡完全白费了。宫体诗在唐初，依然是简文帝时那没筋骨、没心肝的宫体诗。不同的只是现在词藻来得更细致，声调更流利，整个的外表显得更乖巧、更酥软罢了。说唐初宫体诗的内容和简文帝时完全一样，也不对。因为除了搬出那僵尸"横陈"二字外，他们在诗里也并没有讲出什么。这又教人疑心这辈子人已失去了积极犯罪的心情。恐怕只是词藻和声调的试验给他们羁縻着一点作这种诗的兴趣（词藻声调与宫体有着先天与历史的联系）。宫体诗在当时可说是一种不自主的、虚伪的存在。原来从虞世南到上官仪是连堕落的诚意都没有了。此真所谓"萎靡不振"！

但是堕落毕竟到了尽头，转机也来了。

在窒息的阴霾中，四面是细弱的虫吟，虚空而疲倦，忽然一声霹雳，接着的是狂风暴雨！虫吟听不见了，这样便是卢照邻《长安古意》的出现。这首诗在当时的成功不是偶然的。放开了粗豪而圆润的嗓子，他这样开始，

> 长安大道连狭斜，青牛白马七香车。玉辇纵横过主第，金鞭络绎向侯家！
> 龙衔宝盖承朝日，凤吐流苏带晚霞。百丈游丝争绕树，一群娇鸟共啼花。……

这生龙活虎般腾踔的节奏，首先已够教人们如大梦初醒而心花怒放了。然后如云的车骑，载着长安中各色人物 panorama 式的一幕幕出现，通过"五剧三条"的"弱柳青槐"来"共宿娼家桃李蹊"。诚然这不是一场美丽的热闹。但这颠狂中有战栗，堕落中有灵性。

> 得成比目何辞死，愿作鸳鸯不羡仙。

比起以前那光是病态的无耻——

> 相看气息望君怜，谁能含羞不肯前！（简文帝《乌楼曲》）

如今这是什么气魄！对于时人那虚弱的感情，这真有起死回生的力量。最后，

> 节物风光不相待，桑田碧海须臾改。昔时金阶白玉堂，即今唯见青松在！

似有"劝百讽一"之嫌。对了，讽刺，宫体诗中讲讽刺，多么生疏的一个消息！我几乎要问《长安古意》究竟能否算宫体诗？从前我们所知道的宫体诗，自萧氏君臣以下都是作者自身下流意识的口供，那些作者只在诗里。这回卢照邻却是在诗里，又在诗外，因此他能让人人以一个清醒的旁观的自我，来给另一自我一声警告。这两种态度相差多远！

> 寂寂寥寥杨子居，年年岁岁一床书。独有南山桂花发，飞来飞去袭人裾。

这篇末四句有点突兀，在诗的结构上既嫌蛇足，而且这样说话，也不免暴露了自己态度的褊狭，因而在本篇里似乎有些反作用之嫌。可是对于人性的清醒方面，这四句究不失为一个保障与安慰。一点点艺术的失败，并不妨碍《长安古意》在思想上的成功。他是宫体诗中一个破天荒的大转变。一手挽住衰老了的颓废，教给他如何回到健全的欲望；一手又指给他欲望的幻灭。这诗中善与恶都是积极的，所以二者似相反而相成。我敢说《长安古意》的恶的方面比善的方面还有用。不要问卢照邻如何成功，只看庾信是如何失败的。欲望本身不是什么坏东西，如果它走入了歧途，只有疏导一法可以挽救，壅塞是无效的。庾信对于宫体诗的态度，是一味的矫正，他仿佛是要以非宫体代宫体。反之，卢照邻只要以更有力的宫体诗救宫体诗，他所争的是有力没有力，不是宫体不宫体。甚至你说他的方法是以毒攻毒也行，反正他是胜利了。有效的方法不就是对的方法吗？

　　矛盾就是人性，诗人作诗本不必对自己的行为负责。原来《长安古意》的"年年岁岁一床书"，只是一句诗而已。即令作诗时事实如此，大概不久以后，

情形就完全变了，骆宾王的《艳情代郭氏答卢照邻》便是铁证。故事是这样的：照邻在蜀中有一个情妇郭氏，正当她有孕时，照邻因事要回洛阳去，临行相约不久回来正式成婚。谁知他一去两年不返，而且在三川有了新人。这时她望他的音信既望不到，孩子也丢了。"悲鸣五里无人问，肠断三声谁为续！"除了骆宾王给寄首诗去替她申一回冤，这悲剧又能有什么更适合的收场呢？一个生成哀艳的传奇故事，可惜骆宾王没赶上蒋防、李公佐的时代。我的意思是：故事最适宜于小说，而作者手头却只有一个诗的形式可供采用。这试验也未尝不可作，然而他偏偏又忘记了《孔雀东南飞》的典型。凭一枝作判词的笔锋（这是他的当行），他只草就了一封韵语的书札而已。然而是试验，就值得钦佩。骆宾王的失败，不比李百药的成功有价值吗？他至少也替《秦妇吟》垫过路。

这以"一抔之土未干，六尺之孤何托"，教历史上第一位英威的女性破胆的文士，天生一副侠骨，专喜欢管闲事，打抱不平、杀人报仇、革命、帮痴心女子打负心汉，都是他干的。《代女道士王灵妃赠道士李荣》里没讲出具体的故事来，但我们猜得到一半，还不是卢郭公案那一类的纠葛？李荣是个有才名道士（见《旧唐书·儒学·罗道琮传》，卢照邻也有过诗给他）。故事还是发生在蜀中，李荣往长安去了，也是许久不回来，王灵妃急了，又该骆宾王给去信促驾了。不过这回的信却写得比较像首诗。其所以然，倒不在

　　梅花如雪柳如丝，年去年来不自持。初言别在寒偏在，何悟春来春更思。

一类响亮句子，而是那一气到底而又缠绵往复的旋律之中，有着欣欣向荣的情绪。《代女道士王灵妃赠道士李荣》的成功，仅次于《长安古意》。

和卢照邻一样，骆宾王的成功，有不少成分是仗着他那篇幅的。上文所举过的二人的作品，都是宫体诗中的云冈造象，而宾王尤其好大成癖（这可以他那以赋为诗的《帝京篇》、《畴昔篇》为证）。从五言四句的《自君之出矣》，扩充到卢骆二人洋洋洒洒的巨篇，这也是宫体诗的一个剧变。仅仅篇幅大，没有什么，要紧的是背面有厚积的力量撑持着。这力量，前人谓之"气势"，其实就是感情。有真实感情，所以卢骆的来到，能使人们麻痹了百余年的心灵复活。有感情，所以卢骆的作品，正如杜甫所预言的，"不废江河万古流"。

从来没有暴风雨能够持久的。果然持久了，我们也吃不消，所以我们要它适可而止。因为，它究竟只是一个手段，打破郁闷烦躁的手段；也只是一个过

程，达到雨过天青的过程。手段的作用是有时效的，过程的时间也不宜太长，所以在宫体诗的园地上，我们很侥幸的碰见了卢骆，可也很愿意能早点离开他们，——为的是好和刘希夷会面。

> 古来容光人所羡，况复今日遥相见？愿作轻罗著细腰，愿为明镜分娇面。（《公子行》）

这不是什么十分华贵的修词，在刘希夷也不算最高的造诣。但在宫体诗里，我们还没听见过这类的痴情话。我们也知道他的来源是《同声诗》和《闲情赋》。但我们要记得，这类越过齐梁，直向汉晋人借贷灵感，在将近百年以来的宫体诗里也很少人干过呢！

> 与君相向转相亲，与君双栖共一身。愿作贞松千岁古，谁论芳槿一朝新！百年同谢西山日，千秋万古北邙尘。（《公子行》）

这连同它的前身——杨方《合欢》诗，也不过是常态的，健康的爱情中，极平凡、极自然的思念，谁知道在宫体诗中也成为了不得的稀世的珍宝。回返常态确乎是刘希夷的一个主要特质，孙翌编《正声集》时把刘希夷列在卷首，便已看出这一点来了。看他即便哀艳到如：

> 自怜妖艳姿，妆成独见时。愁心伴杨柳，春尽乱如丝。（《春女行》）
> 携笼长叹息，逶迤恋春色。看花若有情，倚树疑无力。薄暮思悠悠，使君南陌头。相逢不相识，归去梦青楼。（《采桑》）

也从没有不归于正的时候。感情返到正常状态是宫体诗的又一重大阶段。唯其如此，所以烦躁与紧张都消失了，只剩下一片晶莹的宁静。就在此刻，恋人才变成诗人，憬悟到万象的和谐，与那一水一石一草一木的神秘的不可抵抗的美，而不禁受创似的哀叫出来：

> 可怜杨柳伤心树！可怜桃李断肠花！（《公子行》）

但正当他们叫着"伤心树"、"断肠花"时，他已从美的暂促性中认识了那玄学家所谓的"永恒"——一个最缥缈，又最实在，令人惊喜，又令人震怖的存在，在它面前一切都变渺小了，一切都没有了。自然认识了那无上的智慧，就在那彻悟的一刹那间，恋人也就变成哲人了：

> 洛阳城东桃李花，飞来飞去落谁家？洛阳女儿好颜色，坐见落花长叹息：——今年花落颜色改，明年花开复谁在！……古人无复洛城东，今人还对落花风。年年岁岁花相似，岁岁年年人不同。（《代白头翁》）

相传刘希夷吟到"今年花落……"二句时，吃一惊，吟到"年年岁岁……"二句，又吃一惊。后来诗被宋之问看到，硬要让给他，诗人不肯，就生生地被宋之问给用土囊压死了。于是诗谶就算验了。编故事的人的意思，自然是说，刘希夷泄露了天机，论理该遭天谴。这是中国式的文艺批评，隽永而正确，我们在千载之下，不能，也不必改动它半点，不过我们可以用现代语替它诠释一遍，所谓泄露天机者，便是悟到宇宙意识之谓。从蜣螂转丸式的宫体诗一跃而到庄严的宇宙意识，这可太远了，太惊人了！这时的刘希夷实已跨近了张若虚半步，而离绝顶不远了。

如果刘希夷是卢骆的狂风暴雨后宁静爽朗的黄昏，张若虚便是风雨后更宁静更爽朗的月夜。《春江花月夜》本用不着介绍，但我们还是忍不住要谈谈。就宫体诗发展的观点看，这首诗，尤有大谈的必要。

> 春江潮水连海平，海上明月共潮生。滟滟随波千万里，何处春江无月明！江流宛转绕芳甸，月照花林皆似霰。空里流霜不觉飞，汀上白沙看不见。

在这种诗面前，一切的赞叹是饶舌，几乎是渎亵。它超过了一切的宫体诗有多少路程的距离，读者们自己也知道。我认为用得着一点诠明的倒是下面这几句：

> ……江畔何人初见月？江月何年初照人？人生代代无穷已，江月年年只相似。不知江月待何人？但见长江送流水！

更迥绝的宇宙意识！一个更深沉、更寥廓、更宁静的境界！在神奇的永恒前面，作者只有错愕，没有憧憬，没有悲伤。从前卢照邻指点出"昔时金阶白玉堂，即今唯见青松在"时，或另一个初唐诗人——寒山子更尖酸地吟着"未必长如此，芙蓉不耐寒"时，那都是站在本体旁边凌视现实。那态度我以为太冷酷，太傲慢，或者如果你愿意，也可以带点狐假虎威的神气。在相反的方向，刘希夷又一味凝视着"以有涯随无涯"的徒劳，而徒劳的为它哀毁着，那又未免太萎靡，太怯懦了。只张若虚这态度不亢不卑，冲融和易才是最纯正的，"有限"与"无限"，"有情"与"无情"——诗人与"永恒"猝然相遇，一见如故，于是谈开了——"江畔何人初见月？江月何年初照人？……江月年年只相似，不知江月待何人？"对每一问题，他得到的仿佛是一个更神秘的更渊默的微笑，他更迷惘了，然而也满足了。于是他又把自己的秘密倾吐给那缄默的对方：

白云一片去悠悠，青枫浦上不胜愁。

因为他想到她了，那"妆镜台"边的"离人"。他分明听见她的叹喟：

此时相望不相闻，愿逐月华流照君！

他说自己很懊悔，这飘荡的生涯究竟到几时为止！

昨夜闲潭梦落花，可怜春半不还家。江水流春去欲尽，江潭落月复西斜！

他在怅惘中，忽然记起飘荡的许不只他一人，对此情景，大概旁人，也只得徒唤奈何罢？

斜月沈沈藏海雾，碣石潇湘无限路。不知乘月几人归，落月摇情满江树！

这里一番神秘而又亲切的，如梦境的晤谈，有的是强烈的宇宙意识，被宇宙意识升华过的纯洁的爱情，又由爱情辐射出来的同情心，这是诗中的诗，顶峰上的顶峰。从这边回头一望，连刘希夷都是过程了，不用说卢照邻和他的配角骆宾王，更是过程的过程。至于那一百年间梁、陈、隋、唐四代宫庭所遗下了那分最黑暗的罪孽，有了《春江花月夜》这样一首宫体诗，不也就洗净了吗？向前替宫体诗赎清了百年的罪，因此，向后也就和另一个顶峰陈子昂分工合作，清除了盛唐的路，——张若虚的功绩是无从估计的。

卅年八月廿二日陈家营

四　杰[*]

闻一多

　　继承北朝系统而立国的唐朝的最初五十年代，本是一个尚质的时期，王杨卢骆都是文章家，"四杰"这徽号，如果不是专为评文而设的，至少它的主要意义是指他们的赋和四六文。谈诗而称四杰，虽是很早的事，究竟只能算借用。是借用，就难免有"削足适履"和"挂一漏万"的毛病了。

　　按通常的了解，诗中的四杰是唐诗开创期中负起了时代使命的四位作家，他们都年少而才高，官小而名大，行为都相当浪漫，遭遇尤其悲惨（四人中三人死于非命）——因为行为浪漫，所以受尽了人间的唾骂，因为遭遇悲惨，所以也赢得了不少的同情。依这样一个概括，简明，也就是肤廓的了解，"四杰"这徽号是满可以适用的，但这也就是它的适用性的最大限度。超过了这限度，假如我们还问到：这四人集团中每个单元的个别情形，和相互关系，尤其他们在唐诗发展的路线网里，究竟代表着那一条，或数条线，和这线在网的整个体系中所担负的任务——假如问到这些方面，"四杰"这徽号的功用与适合性，马上就成问题了。因为诗中的四杰，并非一个单纯的、统一的宗派，而是一个大宗中包孕着两个小宗，而两小宗之间，同点恐怕还不如异点多，因之，在讨论问题时，"四杰"这名词所能给我们的方便，恐怕也不如纠葛多。数字是个很方便的东西，也是个很麻烦的东西。既在某一观点下凑成了一个数目，就不能由你在另一观点下随便拆开它。不能拆开，又不能废弃它，所以就麻烦了。"四杰"这徽号，我们不能，也不想废弃，可是我承认我是抱着"息事宁人"的苦衷来接受它的。

　　四杰无论在人的方面，或诗的方面，都天然形成两组或两派。先从人的方面讲起。

　　将四人的姓氏排成"王杨卢骆"这特定的顺序，据说寓有品第文章的意义，这是我们熟知的事实。但除这人为的顺序外，好像还有一个自然的顺序，

　　* 原载《世界学生》第 2 卷第 7 期。选自闻一多所著《唐诗杂论》，上海古籍出版社，1998。

也常被人采用——那便是序齿的顺序。我们疑心张说《裴公神道碑》"在选曹见骆宾王、卢照邻、王勃、杨炯",和郗云卿《骆丞集序》"与卢照邻、王勃、杨炯文词齐名",乃至杜诗"纵使卢王操翰墨"等语中的顺序,都属于这一类。严格的序齿应该是卢骆王杨,其间卢骆一组,王杨一组,前者比后者平均大了十岁的光景。然则卢骆的顺序,在上揭张郗二文里为什么都颠倒了呢?郗序是为了行文的方便,不用讲。张碑,我想是为了心理的缘故,因为骆与裴(行俭)交情特别深,为裴作碑,自然首先想起骆来。也许骆赴选曹本在先,所以裴也先见到他。果然如此,则先骆后卢,是采用了另一事实作标准。但无论依哪个标准说,要紧的还是在张郗两文里,前二人(骆卢)与后二人(王杨)之间的一道鸿沟(即平均十岁左右的差别)依然存在。所以即使张碑完全用的另一事实——赴选的先后作为标准,我们依然可以说,王杨赴选在卢骆之后,也正说明了他们年龄小了许多。实在,卢骆与王杨简直可算作两辈子人。据《唐会要》卷八二,"显庆二年,诏征太白山人孙思邈入京,卢照邻、宋令文、孟诜皆执师赀之礼"。令文是宋之问的父亲,而之问是杨炯同僚的好友。卢与之问的父亲同辈,而杨与之问本人同辈,那么卢与杨岂不是不能同辈了吗?明白了这一层,杨炯所谓"愧在卢前,耻居王后",便有了确解。杨年纪比卢小得多,名字反在卢前,有愧不敢当之感,所以说"愧在卢前",反之,他与王多分是同年,名字在王后,说"耻居王后",正是不甘心的意思。

比年龄的距离更重要的一点,便是性格的差异。在性格上四杰也天然形成两种类型,卢骆一类,王杨一类。诚然,四人都是历史上著名的"浮躁浅露"不能"致远"的殷鉴,每人"丑行"的事例,都被谨慎的保存在史乘里了,这里也毋庸赘述。但所谓"浮躁浅露"者,也有程度深浅的不同。杨炯,相传据裴行俭说,比较"沉静"。其实王勃,除擅杀官奴那不幸事件外(杀奴在当时社会上并非一件太不平常的事),也不能算过分的"浮躁"。一个人在短短二十八年的生命里,已经完成了这样多方面的一大堆著述:

　　《舟中纂序》五卷,《周易发挥》五卷,《次论语)十卷,《汉书指瑕》十卷,《大唐千岁历》若干卷,《黄帝八十一难经注》若干卷,《合论》十卷,《续文中子书序诗序》若干篇,《玄经传》若干卷,《文集》三十卷。

能够浮躁到哪里去呢?同王勃一样,杨炯也是文人而兼有学者倾向的,这满可以从他的《天文大象赋》和《驳孙茂道苏知几冕服议》中看出。由此看来,王杨的性格确乎相近。相应的，卢骆也同属于另一类型，一种在某项观点下真可目为"浮躁"的类型。久历边塞而屡次下狱的博徒革命家骆宾王不用讲了，看《穷鱼赋》和《狱中学骚体》，卢照邻也不像是一个安分的分子。骆宾王在《艳情代郭氏答卢照邻》里，便控告过他的薄幸。然而按骆宾王自己的口供，

> 但使封侯龙颔贵，讵随中妇凤楼寒？

他原也是在英雄气概的烟幕下实行薄幸而已。看《忆蜀地佳人》一类诗，他并没有少给自己制造薄幸的机会。在这类事上，卢骆恐怕还是一丘之貉。最后，卢照邻那悲剧型的自杀，和骆宾王的慷慨就义，不也还是一样？同是用不平凡的方式自动的结束了不平凡的一生，只是一悱恻，一悲壮，各有各的姿态罢了。

这几乎是不可避免的发展：由年龄的两辈，和性格的两类型，到友谊的两个集团。果然，卢骆二人交情，可凭骆的《艳情代郭氏答卢照邻》诗来坐实，而王杨的契合，则有王的《秋日饯别序》和杨的《王勃集序》可证。反之，卢或骆与王或杨之间，就看不出这样紧凑的关系来。就现存各家集中所可考见的说，卢王有两首同题分韵的诗，卢杨有一首同题同韵的诗，可见他们两辈人确乎在文酒之会中常常见面。可是太深的交情，恐怕谈不到。他们绝少在作品里互相提到彼此的名字，有之，只杨在《王勃集序》中说到一次"薛令公朝右文宗，托末契而推一变；卢照邻人间才杰，觅清规而辍九攻"，这反足以证明卢骆与王杨属于两个壁垒，虽则是两个对立而仍不失为友军的壁垒。

于是，我们便可谈到他们——卢骆与王杨——另一方面的不同了。年龄的不同辈，性格的不同类型，友谊的不同集团，和作风的不同派，这些不也正是一贯的现象吗？其实，不待知道"人"方面的不同，我们早就应该发觉"诗"方面的不同了。假如不受传统名词的蒙蔽，我们早就该惊讶，为什么还非维持这"四"字不可，而不仿"前七子"、"后七子"的例，称卢骆为"前二杰"，王杨为"后二杰"？难道那许多迹象，还不足以证明他们两派的不同吗？

首先，卢骆擅长七言歌行，王杨专工五律，这是两派选择形式的不同。当然卢骆也作五律，甚至大部分篇什还是五律，而王杨一派中至少王勃也有些歌行流传下来，但他们的长处决不在这些方面。像卢集中的

> 风摇十洲影，日乱九江文。（《赠李荣道士》）
> 川光摇水箭，山气上云梯。（《山庄休沐》）

和骆集中这样的发端

> 故人无与晤，安步陟山椒……（《冬日野望》）

在那贫乏的时代，何尝不是些夺目的珍宝？无奈这些有句无章的篇什，除声调的成功外，还是没有超过齐梁的水准。骆比较有些"完璧"，如《在狱咏蝉》之类，可是又略无警策。同样，王的歌行，除《滕王阁歌》外，也毫不足观。便说《滕王阁歌》，和他那典丽凝重，与凄情流动的五律比起来，又算得了什么呢！

杜甫《戏为六绝句》第三首说"纵使卢王操翰墨，劣于汉魏近《风》《骚》"。这里是以卢代表卢骆，王代表王杨，大概不成问题。至于"劣于汉魏近《风》《骚》"，假如可以解作王杨"劣于汉魏"，卢骆"近《风》《骚》"，倒也有它的妙处，因为卢骆那用赋的手法写成的粗线条的宫体诗，确乎是《风》《骚》的余响，而王杨的五言，虽不及汉魏，却越过齐梁，直接上晋宋了。这未必是杜诗的原意，但我们不妨借它的启示来阐明一个真理。

卢骆与王杨选择形式不同，是由于他们两派的使命不同。卢骆的歌行，是用铺张扬厉的赋法膨胀过了的乐府新曲，而乐府新曲又是宫体诗的一种新发展，所以卢骆实际上是宫体诗的改造者。他们都曾经是两京和成都市中的轻薄子，他们的使命是以市井的放纵改造宫庭的堕落，以大胆代替羞怯，以自由代替局缩，所以他们的歌声需要大开大阖的节奏，他们必需以赋为诗。正如宫体诗在卢骆手里是由宫庭走到市井，五律到王杨的时代是从台阁移至江山与塞漠。台阁上只有仪式的应制，有"缔句绘章，揣合低印"。到了江山与塞漠，才有低徊与怅惘，严肃与激昂，例如王的《别薛昇华》、《送杜少府之任蜀州》和杨的《从军行》、《紫骝马》一类的抒情诗。抒情的形式，本无须太长，五言八句似乎恰到好处。前乎王杨，尤其应制的作品，五言长律用的还相当多。这是该注意的！五言八句的五律，到王杨才正式成为定型，同时完整的真正唐音的抒情诗也是这时才出现的。

将卢骆与王杨对照着看，真是一个说不尽的话题。我在旁处曾说明过从卢骆到刘（希夷）张（若虚）是一贯的发展，现在还要点醒，王杨与沈宋也是一脉相承。李商隐早无意的道着了秘密：

> 沈宋裁辞矜变律，王杨落笔得良朋。当时自谓宗师妙，今日惟观属对能。（《漫成章》）

以沈宋与王杨并举，实在是最自然、最合理的看法。"律"之"变"，本来在王杨手里已经完成了，而沈宋也是"落笔得良朋"的妙手。并且我们已经提过，杨炯和宋之问是好朋友。如果我们再知道他们是好到如之问《祭杨盈川文》所说的那程度，我们便更能了然于王杨与沈宋所以是一脉相承之故。老实说，就奠定五律基础的观点看，王杨与沈宋未尝不可视为一个集团，因此也有资格承受"四杰"的徽号，而卢骆与刘张也同样有理由，在改良宫体诗的观点下，被称为另一组"四杰"。一定要墨守着先入为主的传统观点，只看见"王杨卢骆"之为四杰，而抹煞了一切其他的观点，那只是拘泥，顽冥，甘心上传统名词的当罢了。

将卢骆与王杨分别的划归了刘张与沈宋两个集团后，再比较一下刘张与沈宋在唐诗中的地位，便也更能了解卢骆与王杨的地位了。五律无疑是唐诗最主要的形式，在那时人心目中，五律才是诗的正宗。沈宋之被人推重，理由便在此。按时人安排的顺序，王杨的名字列在卢骆之上，也正因他们的贡献在五律，何况王杨的五律是完全成熟了的五律，而卢骆的歌行还不免于草率、粗俗的"轻薄为文"呢？论内在价值，当然王杨比卢骆高。然而，我们不要忘记卢骆曾用以毒攻毒的手段，凭他们那新式宫体诗，一举摧毁了旧式的"江左余风"的宫体诗，因而给歌行芟除了芜秽，开出一条坦途来。若没有卢骆，哪会有刘张，哪会有《长恨歌》、《琵琶行》、《连昌宫词》和《秦妇吟》，甚至于李杜高岑呢？看来，在文学史上，卢骆的功绩并不亚于王杨。后者是建设，前者是破坏，他们各有各的使命。负破坏使命的，本身就得牺牲，所以失败就是他们的成功。人们都以成败论事，我却愿向失败的英雄们多寄予点同情。

论陈子昂的文学精神[*]

——纪念陈子昂诞生一千三百周年

刘大杰

沈宋横驰翰墨场，风流初不废齐梁。

论功若准平吴例，合著黄金铸子昂。　（元好问）

从文学思想斗争和文学发展的观点来说，陈子昂在唐代文学史上有重要的地位。他的文学理论和诗歌散文的创作，对唐代文学起了积极推进作用，后来的李白、杜甫、白居易、元稹、韩愈、柳宗元诸大家，都在不同程度不同角度上受到他的启发和影响。他们在诗文里，对于陈子昂都表示了崇高的敬意，予以很高的历史评价。在唐代三百年的文学史上，他是第一个树起鲜明的文学革新的旗帜，是转变一代风气的开路人。

一

陈子昂（公元661～702）字伯玉，四川梓州射洪人。他的家庭豪富，但政治地位不高。他有一位博览群书秘学、轻财重义、爱游侠、好服食的父亲。这样的家庭环境和精神感染，对陈子昂的思想、性格起了一定的影响。"子昂奇杰过人，姿状岳立。始以豪家子，驰侠使气。至年十七八未知书。尝从博徒入乡学，慨然立志，因谢绝门客，专精坟典，数年之间，经史百家，罔不该览。尤善属文，雅有相如、子云之风骨"（《陈氏别传》）。卢藏用在这里写出了他青少年时代的精神面貌，并且暗示出：他并没有受过正统的儒家教育。只经过三四年的努力学习，他就能精通古典，吸取菁华，创作诗文，上攀先辈。这固然由于他自己的觉悟和刻苦用功，同时也显示出这位青年过人的智慧和才能。二十一岁，他离开故乡，出三峡，北上咸京，祖国山河的壮丽辽阔，历史上的

＊原载 1961 年 3 月 8 日《文汇报》。选自《刘大杰古典文学论文选集》，湖南人民出版社，1984。

名胜古迹，初步扩大了青年诗人的眼界。他二十四岁举进士，擢灵台正字，三十三岁，任右拾遗。他又两度从军，先从乔知之，后从武攸宜，出入西北、东北的边陲。三十四岁，坐"逆党"入狱。在这些实际的政治生活里，陈子昂得到了丰富的教育，封建政治下人民群众的穷困生活，封建统治阶级内部的激烈斗争，边疆实际情况的错综复杂，酷吏的专横残暴，以及在这样的政治环境下进步知识分子所受到的政治打击与迫害等等，使他感到强烈的不满和反抗。这些教育和体会，提高了他对于文学理论的认识和要求，提高了他作品的思想内容和风格。他的《登幽州台歌》、《蓟丘览古赠卢居士藏用》和《感遇》诗中的一些优秀诗篇，都是他的政治生活实际体验的反映。由于封建政治环境的险恶，隐士生活和黄老之言，更容易进入他的头脑。"达兼济天下，穷独善其身。诸君推管乐，之子慕巢夷。……卢子尚高节，终南卧松雪。宋侯逢圣君，骖驭游青云。而我独蹭蹬，语默道犹懵。"（《同宋参军之问梦赵六赠卢陈二子之作》）。谄媚逢迎、青云直上，是宋之问的道路。陈子昂是鄙视的，他在理想与现实的矛盾中，向往着卢藏用的生活。在《陈氏别传》中，一再指出："在职默然不乐，私有挂冠之意"；"君归宁旧山，有挂冠之志"。在这里固然也显示出他的消极的一面，但他毕竟和那些身在江湖心怀魏阙的隐士们不同，他是满怀热情参加过积极的政治斗争，在险恶的环境和无法克服的苦痛矛盾中，才走上消极反抗的道路。三十八岁他辞官还乡，在射洪西山，过着种树采药的生活。即使如此，封建统治者的爪牙，仍然不肯放过他，终为县令段简所陷害，死于狱中，年四十二岁。

陈子昂十几年的政治生活，都在武则天掌权和称帝时代，前人讥为不忠，这种封建正统观点当然是错误的。武后称帝，他写过《上大周受命颂表》和《大周受命颂》四章，这是官场的应酬，算不得什么大污点。他既不是李唐宗室一派，也不是武后的忠臣。但是他刚果强毅，正直开明，具有远大的政治抱负和政治热情，想施展自己的才能，在社会上做一番事业。"感时思报国，拔剑起蒿莱"（《感遇》三十五），写出了他这种怀抱。他一再上书武后，直言正谏，痛陈利害。在《谏用刑书》、《谏政理书》、《答制问事》、《上军国利害事》、《上蜀川安危事》、《上益国事》、《上西蕃边州安危事》、《谏雅州讨生羌书》诸文中，表现了他进步的政治见解。在这些文章里，可以看出他的政治眼光非常广阔，观察事物的眼力也非常锐敏。他注意到当时政治、经济、人民生活和边陲军事多方面的问题。特别如安民、筹边、措刑、任贤、反贪暴、轻徭役各项，反复论述，深刻透彻，都能切中时弊，针砭现实，在当时确实富于战斗性的积极意义。他的政治立场，虽说终于是为封建统治阶级服务的，但他毕竟是封建阶级中具有清醒头脑、富于正义感和进步思想的知识分子，他处处关心国家兴亡的命运和人民大众的生活。"幽居观大运，悠悠念群生"（《感遇》十七）；"圣人不利己，忧济在元元"（《感遇》十九），他一再在诗歌散文里，表现出这种同情人民的思想感情。可是，在当日的政治环境中，象陈子昂这样抱有进步政治理想的知识分子，是无法取得政治上的实权，去施展自己的抱负的。封建统治者并不信任他，有时也敷衍他，真正给他的是种种猜疑和迫害。他先后入狱，终于被害，正说明了陈子昂在封建社会中的政治命运和悲剧。《陈氏别传》说他："言多切直，书奏辄罢之"，"子昂知不合，因箝制下列，但兼掌书记而已"，在这些真实的记载中，显示出他政治上的实际遭遇。古代那些封建正统观念的历史家和批评家们，说他诣媚武后、图取富贵、品格低劣的种种谰言，实际是对陈子昂的诽谤和诬蔑。"位下曷足伤，所贵者圣贤。有才继骚雅，哲匠不比肩。公生扬马后，名与日月悬。……终古立忠义，感遇有遗篇"（陈拾遗故宅），杜甫对陈子昂的文学成就和政治品质，作了这样高的评价。

二

中国文学在建安、正始以后，特别是在南朝时期，形式主义成为一股逆流，风靡泛滥，诗歌、辞赋以及各种文体，无不蒙受着深厚的影响。在当时阶级矛盾和民族矛盾的严重危机和黑暗现实中，文学几乎全部掌握在宫廷贵族文人们的手里，这些剥削阶级的寄生虫们，养尊处优，荒淫腐朽，逃避社会现实，漠视人民生活。形于创作，见诸诗文，必然是追求形式技巧、缺少社会内容。刘勰所说的"俪采百字之偶，争价一句之奇。情必极貌以写物，辞必穷力而追新"（《明诗》）；李谔所说的"竞一韵之奇，争一字之巧。连篇累牍，不出月露之形；积案盈箱，唯是风云之状"（《上隋文帝书》），都指出了这一时代形式主义文学的真实面貌。结果是：依附宫廷的涂写色情，丑态百出，用脂粉歌舞来麻醉自己的肉体；寄情丘壑的描绘自然，逍遥自在，用山水花草来安慰自己的灵魂。它们的价值尽管有高下的不同，但基本上都是逃避现实，脱离实际，讲究辞藻，追求形式，形成文学上的空虚与贫困，形成文学史上华艳卑弱的文风。在前后几百年的长期文学历史上，除了一些民歌和陶渊明、左思、鲍照的诗文，刘勰、钟嵘的文学理论以外，再就很难感到文坛上有什么强烈的生命和动人的光辉。庾信北上，他文风上确实有了转变，苍茫雄健的北国风光，国破家亡的流寓生活，在他的头脑里给了不少营养，究因体质虚弱，旧习过甚，在残余的华艳里，渗透着浓厚的没落者的感伤。《哀江南赋》这样好的题材，被他用各种怪僻的典故和美丽的辞藻，堆砌成为一座七宝楼台，令人感到只是一堆锦绣的烟雾。真使人惊奇，这几百年的文学，竟低沉到如此的地步！

唐代初期，封建统治者在农民起义和阶级斗争的教育中，采取了一系列安定社会发展经济的措施，来缓和阶级矛盾，在隋代末期破坏不堪的社会经济和劳动生产力，又恢复转来，逐步得到繁荣和发展。下及开元，唐帝国达到了政治、经济、军事各方面强大力量的高峰。这一百年的历史，主要都在前进上升，唯有文学事业却是缓步不前，远远地落在后面。我们只要稍稍翻阅一下这时期的作品，到处都可以看到徐庾的阴魂和齐梁宫体的魅影。虞世南、杨师道、上官仪、沈佺期、宋之问（沈宋也有极少数较好的作品）诸人的诗文创作，放在新兴大唐帝国的文坛上，显得多么的虚弱。后代的文学史家，真是无可奈何地只好请出隋末的隐逸诗人王绩来，稍稍装点一下当日的门面。由此我们可以体会到：一方面由于宫廷贵族的享乐生活，需要歌功颂德、辞藻华美的文学形式；宫廷诗人脱离社会生活，也只能写出那些歪曲现实粉饰太平的形式主义作品。同时也说明了几百年来风靡泛滥的形式主义文风，还在各方面笼罩着影响着初唐的文坛，要打破、摧毁这种反动顽固的力量，并不是轻而易举的事。形式主义和宫廷诗人结了不解之缘，真要打破、摧毁它们，有待于具有勇气和进步思想的新起的青年作家们，来担负这艰巨的任务。

七世纪下半期，文坛上露出了曙光。王杨卢骆四位新进的青年诗人，不凭借政治势力和宫廷关系，真是赤手空拳地完全凭着自己的创作，敲破了初唐文坛的大门。他们都很年轻，出身也大都寒素，政治失意，坎坷不平。但在文学上都很有修养，很有才华，同样具有雄心大志，想用自己的作品，同那些达官贵人们抗衡。他们的特点是：在当日的文学环境中，力求创造与解放，克服落后消极的部分，吸取优良的因素，在缓慢的过程中，向前进展。他们一些代表作品，确实初步突破了长期流行的宫体诗的狭小内容，洗去了或是初步洗去了前人的淫靡与庸俗，赋予诗歌以新的生命。但也无法否认，他们还有不少的弊病和缺点。首先是：在他们的笔下，仍然残留着相当浓厚的富贵华艳的宫体气息，缺少现实生活的思想内容，表面上是风华有余，骨子里是血肉不足。同时，他们的文学思想觉悟还不够高，不能明确认识到形式主义的病根，不能有意识地去摆脱、反对这种影响，因此也就不能提出较高的文学原则，不能指出文学发展的正确道路。在这一时期，真能横制颓波、指出方向、高举文学革新的大旗，转变一代风气的，就不能不待于青年诗人陈子昂了。

> 东方公足下：文章道弊五百年矣。汉魏风骨，晋宋莫传，然而文献有可征者。仆尝暇时观齐梁间诗，彩丽竞繁，而兴寄都绝，每以永叹。思古人常恐逶迤颓靡，风雅不作，以耿耿也。一昨于解三处见明公咏孤桐篇，骨气端翔，音情顿挫，光英朗练，有金石声。遂用洗心饰视，发挥幽郁，不图正始之音，复睹于兹，可使建安作者相视而笑。（《修竹篇序》）

在这篇以书代序的短文里，我们要注意陈子昂在文学思想上的重要内容。

一、他首先一般地批判了建安正始以后到武后时期几百年的形式主义文学的总倾向，特别对齐梁年间的诗歌，表示强烈不满，文字之间，轻重程度很有不同。一方面显示出他对文学历史发展过程的深刻认识，同时也说明他观察文学的眼力非常锐敏，能够从实际出发，从一般中看到特殊，集中力量，攻击要害，在批判中显得旗帜鲜明。

二、他在反对形式主义文学逆流的批判中，肯定了诗歌历史中的进步主流，指明风雅、汉魏、正始诗歌的优良传统和艺术成就，反映出他在文学发展的总趋势中所认识到的文学思想斗争的历史道路和正确观点。

三、他在肯定诗歌历史的进步主流中，特别提出"风骨"、"兴寄"两个特点，来说明进步诗歌的精神实质。他在这方面一面是受到《文心雕龙》和《诗品》的启发，更重要的是由于当日社会基础、文学环境和他自己在文学实践中的教育和体会，进一步认识到"风骨"和"兴寄"在诗歌创作中的重要意义和作用。刘勰谈过风骨，钟嵘谈过风力，它们的含义如何，今天暂不讨论，但在陈子昂的文章里，风与骨不能分开，是把它作为一个完整的艺术概念，其实际意义是在诗歌创作中内容与形式统一以后所表现出来的艺术精神力量，而其主要的构成因素，是反映现实社会生活的思想内容。风雅之篇，汉魏之作，正始之音，它们能够成为进步主流，正因为它们或多或少地具有这种风骨，所谓"骨气端翔，音情顿挫"，就是这种艺术精神力量的说明。陈子昂反对"彩丽竞繁"的形式主义，追求诗经的风雅、汉魏的风骨和正始的声音，并不是无原则的复古，而是批判性地创造性地继承和发扬遗产的优良传统，指出诗歌发展的正确道路，具有文学革新的积极意义。所谓"兴寄"，也就近于刘勰所谈的比兴，这有关于创作精神和创作方法。简言之，诗歌创作要能"托物寄兴"、

"因物喻志"，也就是要有内容和理想，坚决反对那些言之无物、无病呻吟、专讲辞藻格律的作品。从"风骨"和"兴寄"两个特点，他非常概括地说明了进步诗歌和形式主义诗歌的主要分歧和它们本质上的差别。

四、陈子昂在序文里，表达了他在文学革新运动中的自觉性和主动精神。他看到齐梁间"彩丽竞繁"的诗歌，"每以永叹"，"思古人常恐逶迤颓靡，风雅不作，以耿耿也"，从这里我们可以体会到他这种自觉性和主动精神在文学革新中所起的积极作用。

陈子昂不同于刘勰和钟嵘的，是既有理论指导创作，又有创作来扩大理论的影响。他不同于四杰的，是在文学思想上具有较高的觉悟，创作上发挥了较大的力量，因而取得了更大的成就和影响。在这样的条件下，陈子昂在唐代文学思想斗争史上得到了重要的历史地位。"崛起江汉，虎视函夏，卓立千古，横制颓波，天下翕然，质文一变"（《陈伯玉文集序》），卢藏用把他强烈的文学革新精神和历史价值，提到很高的原则，作出了正确的评价。韩愈说他"国朝盛文章，子昂始高蹈"（《荐士》诗），元好问说他"论功若准平吴例，合著黄金铸子昂"（《论诗绝句》），他们都是从他的历史意义、思想影响来评价他，是很正确的。陈子昂这种力抗几百年来形式主义的反动思潮，树起文学革新的鲜明旗帜，勇往直前破旧立新的精神，在文学思想斗争中坚持正确道路的强烈意志，就是在今天看来，仍然具有积极意义。

三

武则天的政治历史，在某些方面确实具有进步意义。她大刀阔斧地打垮了关陇的贵族集团，加强科举制度，积极扶植政治上的新兴力量，这对于唐代下一阶段的政治文化的发展，起了显著作用。但我们必须指出：当日官吏的贪暴专横，徭役赋税的繁重和人民生活的困苦，都是不能否认的现实。

> 曩属北胡侵塞，西戎寇边，兵革相屠，向历十载。关河自北，转输幽燕，秦蜀之西，驰骛湟海，当时天下疲极矣。重以大兵之后，屡遭凶年，流离饥饿，死丧略半。（《谏用刑书》）
>
> 夫妻不得相保，父子不得相养。自剑以南，爰至河陇秦凉之间，山东则有青徐曹汴，河北则有沧瀛恒赵，莫不或被饥荒，或遭水旱，兵役转输，疾疫死亡，流离分散，十至四五，可谓不安矣。（《上军国利害事三条》）

在陈子昂的这些文字里，反映出当日社会民生的实际情况。当日的历史特点，在阶级矛盾的普遍基础上，表现得更突出更尖锐的是封建统治阶级内部的矛盾和斗争。特别是武则天称帝以后，她为了巩固政权，一方面是任用亲信，另一方面是采取告密和严刑的残暴统治，于是武承嗣、武三思、武懿宗、薛怀义、张易之、张昌宗这些皇亲宠佞，索元礼、周兴、来俊臣这一批爪牙，掌揽朝政大权，作威作福。结果是杀人杀得多的可以升大官，告密告得多的可以获重赏。这批酷吏，"相与私畜无赖数百人，专以告密为事，欲陷一人，辄令数处俱告，事状如一。俊臣与司刑评事洛阳万国俊共撰'罗织经'数千言，教其徒网罗无辜，织成反状，构造布置，皆有支节。太后得告密者，辄令元礼等推之，竞为讯囚酷法，有'定百脉'、'突地吼'、'死猪愁'、'求破家'、'反是实'等名号。或以椽关手足而转之，谓之'凤凰晒翅'；或以物绊其腰，引枷向前，谓之'驴驹拔撅'；或使跪捧枷，累甓其上，谓之'仙人献果'；或使立高木，引枷尾向后，谓之'玉女登梯'；或倒悬石缒其首，或以醋灌鼻，或以铁圈毂其首而加楔，至有脑裂髓出者。每得囚，辄先陈其械具以示之，皆战栗流汗，望风自诬"（《通鉴·唐纪十九》）。这样的政治恐怖，在陈子昂的诗文里，都得到了证实。他说："顷年以来，伏见诸告密，囚累百千辈，大抵所告者皆以扬州为名。及其穷究，百无一实，陛下仁恕，又屈法容之。傍讦他事，亦为推劾。遂使奸恶之党，决意相仇；睚眦之嫌，即称有密。一人被讼，百人满狱，使者推捕，冠盖如云。"（《谏用刑书》）《感遇》诗云："深居观元化，悱然争朵颐。馋说相啖食，利害纷嗫嚅"（第十）；"怨憎未相复，亲爱生祸罗。瑶台倾巧笑，玉杯殒双娥"（十二）；"贵人难得意，赏爱在须臾。莫以心如玉，探他明月珠"（十五）。他在这些诗句里，曲曲折折地描绘出当日的政治空气，吐露出非常悲愤的感情。"云海方荡潏，孤鳞安得宁"（二十二）；"倾夺相夸侈，不知身所终"（第五），真令人感到是非莫辨、玉石俱焚、人人自危、朝不保夕的恐怖。这样政治环境，这样无比残酷和激烈的封建统治阶级内部的斗争，直接影响到陈子昂的思想变化和文学创作精神。他的主要作品，都产生在这一个时期，我们了解这一时期的历史特点，在理解他的文学精神上有很大的帮助。

　　陈子昂和阮籍的历史时代固然不同，但在封建统治阶级内部激烈的政治斗争所给予作家的精神影响方面，陈子昂和阮籍有许多近似的地方。"不图正始之音，复睹于兹"（《修竹篇序》），"怅尔咏怀，曾无阮籍之思"（《上薛令文章启》），他这样欣赏正始之音和尊重阮籍，从这里我们可以体会到他们在文学精神上共同基础的一面。他强调汉魏诗歌的风骨，自己的作品并不能提高到汉魏乐府歌辞的水平，他的《感遇》诗虽说大大地突破了齐梁的形式主义，提高了诗歌的风格，然其大部分作品的成就，仍然在阮籍《咏怀》诗的左右徘徊。《感遇》诗中所表现的那种隐晦曲折的比兴和那种游仙之情和无常之感，在《咏怀》诗中虽说表现得更为浓厚，但它们的基调是相同的。颜延年说阮籍的诗"志在刺讥，而文多隐避"，正是他们诗歌创作的共同倾向。"徘徊何所见，忧思独伤心"（《咏怀》）；"徂落方自此，感叹何时平"（《感遇》），他们的思想感情，何等近似！

但陈子昂毕竟和阮籍不同，最重要的是：阮籍的生活领域非常狭小，只是周旋于达官名士之间，纵酒谈玄，反抗礼法。他对于封建统治阶级内部激烈斗争的黑暗环境有深刻的体会，但他远离现实，视野不广，看不到社会矛盾和人民穷困生活的真实面貌，因此他只能写出《咏怀》和《大人先生传》一类的诗文。陈子昂则不同，他从青年时代起，就熟悉人民生活，从政以后，关心国家大事，积极参加政治斗争，一再上书，正言直谏，后又两度出征。在实际的政治生活中，他受到种种挫折。这一切丰富了他的生活，提高了他的认识，使他在文学理论和文学创作上具有比较广阔的社会现实的思想基础。由于他在封建统治阶级内部激烈斗争中所受到的恐怖政治的实际影响，虽有不少作品追随了阮籍的创作倾向，但正因为他具有比较广阔的社会现实的思想基础，他又能前进一步，创造出一些在内容和风格上不同于阮籍的诗文。"蜀中诸州百姓所以逃亡者，实缘官人贪暴，不奉国法，典吏游容，因此侵渔。剥夺既深，人不堪命，百姓失业，因即逃亡"（《上蜀川安危事》）。他在这里说明了封建社会人民穷苦的根源和封建剥削政治的腐朽本质。他的《答制问事》、《谏政理书》、《谏用刑书》、《谏雅州讨生羌书》一类的文章，不仅形式上初步突破了骈俪的文风，更重要的是在内容上具有鲜明的政治倾向。

丁亥岁云暮，西山事甲兵，赢粮匝邛道，荷戟争羌城。严冬阴风劲，穷岫泄云生。昏曀无昼夜，羽檄复相惊。拳跼竟万仞，崩危走九冥。籍籍峰壑里，哀哀冰雪行。圣人御宇宙，闻道泰阶平。肉食谋何失，藜藿缅纵横。（《感遇》二十九）

本为贵公子，平生实爱才。感时思报国，拔剑起蒿莱。西驰丁零塞，北上单于台。登山见千里，怀古心悠哉！谁言未亡祸，磨灭成尘埃。（《感遇》三十五）

前不见古人，后不见来者。念天地之悠悠，独怆然而涕下。（《登幽州台歌》）

垂拱三年（687），武后准备开凿蜀山道路，由雅州进攻四川西南的羌族，他在《谏雅州讨生羌书》里，非常正确地论辩了这次战争的失策，第一首诗正是描绘这种非正义战争带给人民的苦难。第二首诗表现了书生报国的政治热情。《登幽州台歌》是陈子昂最富于代表性的作品，它以高古苍凉的调子，集中地唱出了在封建政治环境中，进步知识分子由于理想与现实的矛盾所造成的悲愤感情。这四句短诗，具有《离骚》和《天问》基本情调中重要的一面。这类倾向鲜明的作品，在阮籍的《咏怀》诗里，就很少看见。其他如"呦呦南山鹿"，"圣人不利己"，"荒哉穆天子"，"苍苍丁零塞"，"微霜知岁宴"，"朔风吹海树"，"兰若生春夏"，"林居病时久"诸篇，或是描写边陲，或是讽刺荒淫，或是批判朝政，或是抒写悲愤，都是较好的作品。总的来说，陈子昂的诗歌确实存在着阮籍的色彩情调，但有些作品，已经从"咏怀"诗前进了一步，愈来愈同李白接近了。陈子昂好纵横之学，追慕鲁仲连、燕昭王一类人物，他那种傲岸不群的性格，豪迈果敢的精神，常常令人想起李白的面影来。"观其逸足骎骎，方将抟扶摇而凌太清，猎遗风而薄嵩岱"（《陈伯玉文集序》），卢藏用这样描绘，固然有些夸张，但在这里确实可以看到陈子昂的精神形象的特点。这种精神形象的特点，到了李白就更为具体和生动了。我们可以说，陈子昂的诗歌创作，是一手抓住阮籍，另一只手又伸给李白，他站在中间，头是向前看的。从"咏怀"到"感遇"到李白的"古风"和其他乐府诗篇，我们看到了文学思想发展的历史道路，看到了他们的作品在形式主义潮流中所起的进步作用和战斗意义。

基于这样的理解，积极浪漫主义是陈子昂文学精神中的主要倾向。陈子昂的文学理论集中地表现在《修竹篇》的序文里，《修竹篇》那首诗，应当是他的理论实践的范例。他自己说："故感叹雅作，作修竹诗一篇，当有知音，以传示之。"他这样重视这首诗，希望有知音来传示它，我们把这首诗来简略地加以分析，是很有必要的。诗的内容并不复杂，他把自己比为一根竹子，来陈诉他的理想。在第一段里描绘了它的坚贞品质："龙种生南岳，孤翠郁亭亭……岁寒霜雪苦，含彩独青青。岂不厌凝冽，羞比春木荣。春木有荣歇，此节无凋零。"第二段接下去，借那根竹子后来被雕成乐器演奏天庭的象征，来说明自己学成业就，从事政治，将要大展怀抱的理想。他这样写着："信蒙雕砑美，常愿事仙灵。驱驰翠虬驾。伊郁紫鸾笙。结交嬴台女，吟弄升天行。携手登白日，远游戏赤城。低昂玄鹤舞，断续采云生。永随众仙逝，三山游玉京。"从这里我们体会到了他所说的"兴寄"的实质，明确了他的创作方法的主要倾向。他的《感遇》诗，大都表现了这种倾向。他在诗中驱使着龙种、凤鸣、金奏、玉英、天庭、仙灵一类夸张的语言，使用着升天行、登白日、戏赤城、游玉京一连串非现实的字眼，香草美人的比喻，飞天入地的构思，从现实中寄托理想，从比喻中表达志愿，这样的创作方法和语言特点，在屈原、曹植、阮籍以及后来李白诸人的作品里，到处可以看见。他们在程度上虽有不同，作品的现实意义与艺术成就也很有高下，但创作方法的基本精神和倾向是一脉相通的。

不满黑暗现实，反抗黑暗现实，从不满和反抗中，表达自己的理想，是陈子昂浪漫主义的基本特征。他的文学理论是如此，诗歌创作也是如此。不满形式主义，反对形式主义，在不满和反抗中，表达追求汉魏风骨和正始之音的理想。不满当日的政治现实，反抗当日的政治现实，在不满和反抗中，寄托着自己的民为邦本的政治理想和对古代政治家的怀念。在当日封建恐怖政治的环境里，诗人的理想与现实存在着无法克服的矛盾，因此他在诗歌里表现出反抗现实的愤慨不平的感情和悲凉感慨的情调。他的《登幽州台歌》、《蓟丘览古赠卢居士藏用》和《感遇》中的一些篇章，都体现出他这种精神。

在陈子昂的作品里，也还存在着一些缺点。诗歌反映的社会内容不够广阔，消极因素还占有一定的地位，诗歌的语言和体裁还不够丰富，缺少变化，散文中的骈俪气息还有不少的残余等等，都是无可否认的。这一切都有待于李白、杜甫、白居易、韩愈诸大家们出来，再来提高发展，争取更大的成就，把唐代文学推到一个高峰。但在七世纪下半期的唐代文坛，陈子昂完成了他的历史任务。他用他的文学理论和创作，击破了几百年来形式主义的反动思潮，转变一代风气，替后来的进步文学铺平了道路，这是他在文学上的主要成就，也就是他所完成了的光荣的历史任务。

一九六一年二月

张若虚《春江花月夜》的
被理解和被误解*

程千帆

在古代传说中，卞和泣玉和伯牙绝弦是非常激动人心的。它们一方面证明了识真之不易，知音之难遇；而另一方面，则又表达了人类对真之被识，音之被知的渴望，以及其不被识不被知的痛苦的绝望。当一位诗人将其心灵活动转化为语言，诉之于读者的时候，他是多么希望被人理解啊！但这种希望往往并不是都能够实现的，或至少不都是立刻就能够实现的。有的人及其作品被淹没了，有的被忽视了，被遗忘了，而其中也有的是在长期被忽视之后，又被发现了，终于在读者不断深化的理解中，获得他和它不朽的艺术生命和在文学史上应有的地位。

在文坛上，作家的穷通及作品的显晦不能排斥偶然性因素所起的作用，这种作用，有的甚至具有决定性。但在一般情况下，穷通显晦总是在一定的历史社会条件下发生的，因而是可根据这些条件加以解释的。探索一下这种变化发展，对于文学史实丰富复杂面貌形成过程的认识，不无益处。本文准备以一篇唐诗为例，研究一下这个问题。

张若虚的《春江花月夜》今天已成为家喻户晓的唐诗名篇之一。当代出版的选本很少有不选它的，而分析评介它的文章，也层见叠出。但是回顾这位诗人和这一杰作在明代以前的命运，却是坎坷的。从唐到元，他和它被冷落了好几百年。

钟嵘《诗品》卷中评鲍照云："嗟其才秀人微，故取湮当代。"张若虚也正是这样一个人。他的生平，后人所知无多。[①]他的著作，似乎在唐代就不曾编集成书[②]，现在流传下来的，就只有见于《全唐诗》卷一百十七的两篇诗，一篇极出色的《春江花月夜》（它同时作为乐府被收入卷二十一的相和歌辞中）和另一篇极平常的《代答闺梦还》。

张若虚既无专集，则《春江花月夜》只有通过总集、选本或杂记、小说才

＊ 选自《文学评论》1982 年第 4 期。

能流传下来。但今存唐人选唐诗十种，依其编选断限，只芮挺章《国秀集》有将其诗选入之可能，然而此集并无张作。又今传唐人杂记小说似亦未载张诗。据友人卞孝萱教授所考，现存唐人选唐诗十种之外，尚有已佚的唐人选唐诗十三种③，此十三种，宋时大抵还在，张诗或者即在其内，因此得以由唐保存到宋。

但宋代文献如《文苑英华》、《唐文粹》、《唐百家诗选》、《唐诗纪事》等书均未载张作。我们今天所能见到的最早的《春江花月夜》，是《乐府诗集》卷四十七所载。这一卷中，收有清商曲辞吴声歌曲《春江花月夜》共五家七篇，张作即在其中。

这篇杰作虽然侥幸地因为它是一篇乐府而被凡乐府皆见收录的《乐府诗集》保存下来了，但由宋到明代前期，还是始终没有人承认它是一篇值得注意的作品，更不用说承认它是一篇杰作了。

元人唐诗选本不多，成书于至正四年（1344）的杨士宏《唐音》是较好的和易得的。其书未录此诗。明初高棅《唐诗品汇》九十卷，拾遗十卷。虽在卷三十七，七言古诗第十三卷中收有此诗，但他另一选择较严的选本《唐诗正声》二十二卷，则从删削，可见在其心目中，《春江花月夜》还不在"正声"之列④。

但在这以后，情况就有了改变。嘉靖时代（十六世纪中叶），李攀龙的《古今诗删》选有此诗⑤，可以说是张若虚及其杰作在文坛的命运的转折点。接着，万历三十四年（1606）成书的臧懋循《唐诗所》卷三，万历四十三年（1615）成书的唐汝询《唐诗解》卷十一及万历四十五年（1617）成书的钟惺、谭元春《唐诗归》卷六选了它。崇祯三年（1630）成书的周珽《删补唐诗选脉笺释会通评林》七言古诗，盛唐卷二，崇祯四年（1631）成书的曹学佺《石仓历代诗选》唐卷二十，明末成书而具体年代不详的陆时雍《唐诗镜》九，盛唐卷一及王夫之《唐诗评选》卷一选了它。清初重要的唐诗选本，也都选有此诗。如成书于康熙元年（1662）的徐增《而庵说唐诗》卷四，成书于康熙五十二年（1713）的《御选唐诗》卷九，成书于乾隆二十八年（1763）的沈德潜《重订唐诗别裁》卷五，成书于乾隆六十年（1795）的管世铭《读雪山房唐诗钞》卷八等。其中几种，还附有关于此诗的评论。自此以后，就无需再列举了。

再就诗话来加以考察，则如胡仔《苕溪渔隐丛话》前后集、魏庆之《诗人玉屑》、何文焕《历代诗话》所收由唐迄明之诗话二十余种，郭绍虞《宋诗话辑佚》所收诗话三十余种，均无一字及张若虚其人及此诗。诗话中最早提到他和它的，似乎是成书于万历十八年（1590）的胡应麟《诗薮》。

《春江花月夜》的由隐而之显，是可以从这一历史阶段诗歌风会的变迁找到原因的。

首先，我们得把这篇诗和初唐四杰的关系明确一下。《旧唐书·文苑传上》云："杨炯与王勃、卢照邻、骆宾王以文词齐名，海内称为王、杨、卢、骆，亦号四杰。"这一记载说明四杰是初唐代表着当时风会的、也被后人公认的一个流派。⑥ 他们的创作，则不仅是诗，也包括骈文，而诗又兼各体。

既然四杰并称是指一派，那么即使其中某一位并无某体的作品，谈及其对后人影响时，也无妨笼统举列。如今传杨炯诗载在《全唐诗》卷五十的，并无七古，而后人论擅长七古之卢、骆两人对后世七古之影响，也每举四杰，而不单指两人。明乎此，我们就可以知道，许多人认为张若虚的《春江花月夜》属于初唐四杰一派，是很自然的了。胡应麟《诗薮》内篇卷三云：

> 张若虚《春江花月夜》流畅婉转，出刘希夷《白头翁》上，而世代不可考。详其体制，初唐无疑。

这是依据诗的风格来判断其时代的。胡应麟所谓初唐，即指四杰。故《诗薮》同卷又云："王、杨诸子歌行，韵则平仄互换，句则三五错综，而又加以开合，传以神情，宏以风藻，七言之体，至是大备。"又云："王、杨诸子……偏工流畅。"又管世铭《读雪山房唐诗钞》卷八，七古凡例云：

> 卢照邻《长安古意》，骆宾王《帝京篇》，刘希夷《代悲白头翁》，张若虚《春江花月夜》，何尝非一时杰作，然奏十篇以上，得不厌而思去乎？非开、宝诸公，岂识七言中有如许境界？

这段话既肯定了这些七言长篇是杰作，又指出了它们境界的不够广阔高深，而对于我们所要证明的问题来说，管氏所云，也与胡氏合契，即《春江花月夜》的结构、音节、风格与卢、骆七古名篇的艺术特色相一致。如果这两家之言还只是间接地说到这一点，那么，沈德潜《唐诗别裁》卷五则直接了当地说明了这篇作品"犹是王、杨、卢、骆之体"。

正因为张若虚这篇作品是王、杨、卢、骆之体，即属于初唐四杰这个流派，所以它在文学史上，也在长时期中与四杰共命运，随四杰而升沉。

如大家所熟知的，陈子昂以前的唐代诗坛，未脱齐、梁余习。四杰之作，

对于六朝诗风来说，只是有所改良，而非彻底的变革。⑦所以当陈子昂的价值
为人们所认识，其地位为人们所肯定之后，四杰的地位便自然而然地下降了。
杜甫《戏为六绝句》之二云：

> 王杨卢骆当时体，轻薄为文哂未休。
> 尔曹身与名俱灭，不废江河万古流。

又之三云：

> 纵使卢王操翰墨，劣于汉魏近《风》《骚》。
> 龙文虎脊皆君驭，历块过都见尔曹。

不管后人对这两篇的句法结构及主语指称的理解有多大的分歧⑧，但有一点是
明确的，即当时有人对四杰全盘否定，而杜甫不以为然。在晚唐，李商隐《漫
成五章》之一云：

> 沈宋裁辞矜变律，王杨落笔得良朋。⑨
> 当时自谓宗师妙，今日惟观对属能。

在北宋，陈师道《绝句》云：

> 此生精力尽于诗，末岁心存力已疲。
> 不共卢王争出手，却思陶谢与同时。

李商隐和陈师道虽然非常尊敬杜甫，但却缺少他们的伟大前辈所具有的那样一
种清醒的历史主义观点，即首先肯定四杰在改变齐、梁诗风，为陈子昂等的出
现铺平道路的功绩，同时又看出了他们有其先天性的弱点和缺点，即和齐、梁
诗风有不可分离的血缘关系。胡震亨《唐音癸签》卷二十五云：

> "当时自谓宗师妙，今日惟观对属能。"义山自咏尔时之四子。"尔曹身
> 与名俱灭，不废江河万古流。"杜少陵自咏万古之四子。

这话很有见地。要补充的是：李商隐和陈师道这种片面的看法，也是时代的产

物，只是他们不能象杜甫那样坚持两点论罢了。陈子昂《陈伯玉文集》卷一，《与东方左史虬〈修竹篇〉序》已经指斥"齐、梁间诗采丽竞繁，而兴寄都绝"。而韩愈的抨击就更加猛烈，在《荐士》中说："齐梁及陈隋，众作等蝉噪。搜春摘花卉，沿袭伤剽盗。"将其说得一无是处了。而文学史实告诉我们，韩愈这种观点，对晚唐、北宋诗坛具有很大的影响和约束力。《四库全书总目》卷一百六十五，《薛嵎〈云泉诗〉提要》云：

> 宋承五代之后，其诗数变，一变而西昆，再变而元祐。三变而江西。江西一派，由北宋以逮南宋，其行最久。久而弊生，于是永嘉一派以晚唐体矫之，而四灵出焉。然四灵名为晚唐，其所宗实止姚合一家，所谓武功体者也。其法以清切为宗，而写景细琐，边幅太狭，遂为宋末江湖之滥觞。

其所为宋诗流变勾画的轮廓，大体如实，根据我们对"诗分唐宋乃风格性分之殊，非朝代之别"的认识⑩，则宋代诗风，始则由唐转宋，终于由宋返唐，虽四灵之作，不足以重振唐风，但到了元代，则有成就的诗人如刘因、虞、杨、范、揭、萨都剌、杨维桢，都无不和唐诗有渊源瓜葛，而下启明代"诗必盛唐"的复古之风，⑪也是势有必至的。

从李东阳到李梦阳，他们之提倡唐诗，主要是指盛唐，并不意味着初唐四杰这一流派也被重视。真正在杜甫《戏为六绝句》以后，几百年来，第一次将王、杨、卢、骆提出来重新估价其历史意义和美学意义的，则是李梦阳之伙伴而兼论敌的何景明。

《何大复先生集》卷十四有《明月篇》一诗，诗不怎么出色，但其序却是文学批评史上的重要文献。其文云：

> 仆始读杜子七言诗歌，爱其陈事切实，布辞沉着，鄙心窃效之，以为长篇圣于子美矣。既而读汉、魏以来歌诗及唐初四子者之所为而反复之，则知汉、魏固承《三百篇》之后。流风犹可征焉。而四子者，虽工富丽，去古远甚，至其音节，往往可歌。乃知子美辞固沉着，而调失流转，虽成一家语，实则诗歌之变体也。夫诗，本性情之发者也，其切而易见者，莫如夫妇之间，是以《三百篇》首乎雎鸠，六义首乎风。而汉、魏作者，义关君臣朋友，辞必托诸夫妇，以宣郁而达情焉，其旨远矣。由是观之，子美之诗博涉世故，出于夫妇者常少，致兼雅颂，而风人之义或缺，此其调反在四子之下欤？……

即使在"诗必盛唐"的风气之下，这种意见也是很令人震惊的，因为它和传统观点距离得太远了，认为四杰歌行在杜甫之上，有谁敢承认呢？无怪王士禛《渔洋山人精华录》卷五《戏仿元遗山论诗绝句三十二首》之二十一有"接迹风人《明月篇》，何郎妙悟本从天。王杨卢骆当时体，莫逐刀圭误后贤"之叹了。⑫

何、王二人所论，谁是谁非，不属于本文范围，姑不置论，但何景明以其当时在文坛的显赫地位，具此"妙悟"，发为高论，必然会在"后贤"心目中提高久付湮沉的"王杨卢骆当时体"的地位，则是无疑的。四杰的地位提高了，则属于四杰一派的作品也必然要被重视起来。这也就是为什么自李攀龙《古今诗删》以下，众多的选本中都出现了张若虚《春江花月夜》的理由所在。这篇诗是王、杨、卢、骆之体，故其历史命运曾随四杰而升沉。这是我们理解它的起点。

当明珠美玉被人偶然发现，发出夺目的光彩之后，它就不容易再被埋没了。后来者的责任只是进一步研究它，认识它，确定它的价值。从晚明以来的批评家对这篇杰作的艺术特色，作了许多有益的探索，其中涉及主题、结构、语言、风格等。这些，已别详拙撰《张若虚〈春江花月夜〉集评》，这里就不再复述。

值得注意的是，经过许多人长期研究之后，清末王闿运在这个基础上，大胆地指出了这篇作品之于四杰歌行，实乃青出于蓝而胜于蓝，冰生于水而寒于水。陈兆奎辑《王志》卷二《论唐诗诸家源流（答陈完夫问）》条云：

> 张若虚《春江花月夜》用《西洲》格调，孤篇横绝，竟为大家。李贺、商隐，挹其鲜润；宋词、元诗，尽其支流。宫体之巨澜也。

这为后人经常引用的"孤篇横绝，竟为大家"的评语，将张若虚在诗坛上的地位空前地提高了。因为"大家"二字，在我国文学批评术语中，有其特定的含义，它是和"名家"相对而言的。只有既具有杰出的成就又具有深远的影响的人，才配被称为"大家"。只靠一篇诗而被尊为"大家"，这是文学史上绝无仅有的。王、杨、卢、骆四人就从来没有获得过这种崇高的称号。因此，这一评语事实上是认为，张若虚的《春江花月夜》，一方面，是出于四杰（王氏对前人此论没有提出异议），而另一方面，又确已超乎四杰。这是对此诗理解的深化。

抗日战争时期，闻一多在昆明写了几篇《唐诗杂论》，其中题为《宫体诗的自赎》的一篇，对张若虚这篇杰作，作了尽情的歌颂。闻先生认为："在这种诗面前，一切的赞叹是饶舌，几乎是渎亵。"诗篇的第十一句到第十六句，比起篇首八句来，表现了"更夐绝的宇宙意识，一个更深沉更寥廓的境界，在神奇的永恒面前，作者只有错愕，没有憧憬，没有悲伤"。对于第十一、十二、十五句中提出的每一问题，"他得到的仿佛是一个更神秘的更渊默的微笑，他更迷惘了，然而也满足了"。对于第十七句以下，开展了征夫、思妇的描写，则认为"这里一番神秘而又亲切的，如梦境的晤谈，有的是强烈的宇宙意识，被宇宙意识升华过的纯洁的爱情，又由爱情辐射出来的同情心"。闻先生因此赞美说："这是诗中的诗，顶峰上的顶峰。"

将近四十年之后，李泽厚先生对上述闻先生对此诗的评价，进一步作出了解释⑬。他不同意闻先生说作者"没有憧憬，没有悲伤"的说法，而认为："其实，这首诗是有憧憬和悲伤的，但它是一种少年时代的憧憬和悲伤……所以，尽管悲伤，仍然轻快，虽然叹息，总是轻盈。""永恒的江山，无限的风月给这些诗人们的，是一种少年式的人生哲理和夹着悲伤、怅惘的激励和欢愉。闻一多形容为'神秘'、'迷惘'、'宇宙意识'等等，其实就是这种审美心理和艺术意境。"李先生的著作如何科学评价是一回事，不过，在对《春江花月夜》理解这一点上，李先生的说法，比起闻先生来，显然又跨进了一步。

闻、李两位的论点显然不是王闿运及其以前的批评家所能措手的。与此相较，我们对梁启超《中国韵文里头所表现的情感》一文（载《饮冰室合集》）中有关此诗的评论，也感到平庸。这只是接受过现代的哲学、美学以及对马克思主义有所研究的学者才能如此地看问题，从而得出前所未有的新结论。他们对此诗意义的探索，无疑地丰富了王氏所谓"孤篇横绝，竟为大家"二语的内涵，即提高了这篇作品的价值和地位。而其所以能发前人之所未发，也显然带有鲜明的时代烙印。这，应当说，是对此诗理解的进一步深化。

以上，就是张若虚这篇《春江花月夜》由明迄今的逐步被理解的情况。与此同时，它也难免有被误解的地方。如王闿运和闻一多都将张氏此诗归入宫体，现在看来，就是一种比较重要的，不能不加以澄清的误解。

《旧唐书·音乐志二》云：

> 《春江花月夜》、《玉树后庭花》、《堂堂》，并陈后主作。叔宝常与宫中女学士及朝臣相和为诗，太乐令何胥又善于文咏，采其尤艳丽者以为此曲。⑭

这，也许就是王、闻二位将张若虚的《春江花月夜》当成宫体的依据。他们一则赞美它是"宫体之巨澜"，一则肯定它"替宫体诗赎清了百年的罪"，着眼点不同，然而都是误解。

这是因为，在历史上，宫体诗有它明确的定义。《梁书·简文帝纪》云：

> 雅好题诗，其《序》云："余七岁有诗癖，长而不倦。然伤于轻艳，当时号曰宫体。"

同书《徐摛传》云：

> 摛属文好为新变，不拘旧体，为太子家令，兼掌管记，寻带领直。文体既别，春坊尽学之。宫体之号始此。

《隋书·经籍志》集部序云：

> 梁简文之在东宫，亦好篇什。清辞巧制，止乎衽席之间；雕琢蔓藻，思极闺闱之内。后生好事，递相放习，朝野纷纷，号为宫体。流宕不已，迄于丧亡，陈氏因之，未能全变。

唐杜确《〈岑嘉州集〉序》云：

> 梁简文帝及庾肩吾之属，始为轻浮绮靡之辞，名曰宫体。自后沿袭，务为妖艳。

这都是宫体的权威性解释。根据这些材料，可见宫体的内容是"止乎衽席之间"，"思极闺闱之内"，而风格是"轻艳"、"妖艳"、"轻浮绮靡"，始作者则是为太子时的萧纲以及围绕在他周围的宫廷文人如徐摛、庾肩吾诸人。

如果上面所说的符合于历史事实，那么，我们就不能不承认，宫体和另外大量存在的爱情诗以及寓意闺闱而实别有托讽的诗是有本质上的区别的。在描写肉欲与纯洁爱情所使用的语言以及由之而形成的风格也是有区别的，不应混为一谈。而王闿运与闻一多的意见恰恰是以混淆宫体诗与非宫体的爱情诗的界限为前提的。

在王简辑《湘绮楼说诗》卷一中，王闿运曾认为："沈休文旧有《六忆诗》，亦宫体也。"这话是有道理的⑮。但他称张若虚《春江花月夜》为"宫体之巨澜"，这个宫体，就已经超出了它的原始意义⑯。而为了证明这一论点，他竟认为二李以及宋词、元诗都和这一杰作有渊源关系，又扯得更远了。王氏弟子陈兆奎在他的老师这段意见之后，加了如下的按语：

> 奎案：昌谷五言不如七言，义山七言不如五言，一以涩练为奇，一以纤绮为巧，均思自树一帜，然皆原宫体。宫体倡于《艳歌》、《陇西》诸篇。子建、繁钦，大其波澜，梁代父子，始成格律。相沿弥永，久而愈新。以其寄意闺闼，感发易明，故独优于诸格。后之学者，已莫揣其本矣。

进一步说明了王氏师弟之所谓宫体，实即以男女之情为题材的抒情诗，所以他们进而把爱情诗的源流当作宫体的源流。这是一种既没有文献根据，也完全不符合历史事实的说法。因此，我们认为，王闿运对张若虚以孤篇而成大家的评语，固然可以使我们加深对于《春江花月夜》的理解，但他认为这篇诗乃是宫体，却是一种误解。

同样，闻一多也把宫体诗的范围扩大了，虽然他走得没有王氏师弟那么远。在这方面，闻先生的观点是矛盾的。一方面，他清醒地指出："宫体诗就是宫廷的，或以宫廷为中心的艳情诗，它是个有历史性的名词。所以严格的讲，宫体又当指以梁简文帝为太子时的东宫及陈后主、隋炀帝、唐太宗等几个宫廷为中心的艳情诗。"这是完全正确的。可是，另一方面，接着他又把初唐一切写男女之情乃至不写男女之情的七言歌行名篇，都排起队来，认为是宫体诗，说它们的出现是宫体诗的自赎。这些作品有卢照邻的《长安古意》，骆宾王的《艳情代郭氏答卢照邻》、《代女道士王灵妃答李荣》，刘希夷的《公子行》、《代悲白头翁》，而排尾则是张若虚的《春江花月夜》。结论是："《春江花月夜》这样一首宫体诗……向前替宫体诗赎清了百年的罪。"但这些与"以宫廷为中心的艳情诗"关涉很少，甚至毫无关涉的作品，有什么理由说它们是宫体或是宫体经过异化后的变种和良种呢？闻先生没有论证。我们检验一下两者的血缘关系，实在无法承认这是事实。

梁、陈文风，影响初唐，这是不成问题的，但已经发生变化的隋代文风也同样影响初唐，而闻先生却没有付与足够的注意，所以他主观地认为："北人骨子里和南人一样，也是脆弱的，禁不起南方那美丽的毒素的引诱……除薛道衡《昔昔盐》、《人日思归》、隋炀帝《春江花月夜》三两首外，他们没有表现过一点抵抗力。"从作家当时的创作实践来看，这些话也都是不符合事实的。和闻先生选出来作为这一个历史时期污点的标本的若干篇宫体诗对照，标举雅正的沈德潜在他所选的《古诗源》中，也选了若干首北朝及隋诗。这些作品，正显示有些诗人禁得起南方那美丽的毒素的引诱，他们表现了相当强的抵抗力。在《古诗源·例言》中，沈氏已经指出：

> 隋炀帝艳情篇什，同符后主，而边塞诸作，矫然独异，风气将转之候也。杨处道（素）清思健笔，词气苍然。后此射洪、曲江，起衰中立，此为之胜、广矣。①

而《隋书·文学传序》对于这一时期的文学，更有一段在今天看来基本上仍然正确的叙述。它说：

> 梁自大同之后，雅道沦缺，渐乖典则，争驰新巧。简文、湘东，启其淫放；徐陵、庾信，分路扬镳，其意浅而繁，其文匿而采。词尚轻险，情多哀思。格以延陵之听，盖亦亡国之音乎！周氏吞并梁、荆，此风扇于关右。狂简斐然成俗，流宕忘反，无所取裁。高祖初统万机，每念断雕为朴，发号施令，咸去浮华。然时俗词藻，犹多淫丽，故宪台执法，屡飞霜简。炀帝初习艺文，有非轻侧之论。暨乎即位，一变其风。其《与越公书》、《建东都诏》、《冬至受朝诗》及《拟饮马长城窟》，并存雅体，归于典制。虽意在骄盈，而词无浮荡，故当时缀文之士，遂得依而取正焉。

这些论述都证明了，和宫体诗，更正确地说，是和梁、陈轻艳的诗风相对立，早在卢照邻的《长安古意》等篇出现之前，已经有许多作为新时代新局面先驱的作品，而这一方面在文学上，是许多有见识的作家抵抗毒素的结果，另一方面，在政治上，是隋帝国统一后，要求文艺服从当时政治需要的结果。

隋炀帝在中国文学史上是一个不可忽视的作家，有一种比较独特的二重性。他是宫体诗的继承者，又是其改造者。就拿《春江花月夜》来说吧，据《旧唐书·音乐志》的记载，陈后主等所撰的，无疑地是属于宫体的范畴，虽然它们已经亡佚，今天无从目验。但隋炀帝所写如下两篇：

> 暮江平不动，春花满正开。
> 流波将月去，潮水带星来。
>
> 夜露含花气，春潭漾月辉。
> 汉水逢游女，湘川值两妃。

闻先生也不能不将其归入对南方美丽毒素的引诱有抵抗力的作品之列。

《乐府诗集》卷四十七收《春江花月夜》七篇，以上面隋帝两篇为首，以下是隋诸葛颖一篇：

> 花帆度柳浦，结揽隐梅洲。
> 月色含江树，花影拂船楼。

唐张子容两篇：

> 林花发岸红，气色动江新。
> 此夜江中月，流光花上春。
> 分明石潭里，宜照浣纱人。
>
> 交甫怜瑶佩，仙妃难重期。
> 沉沉绿江晚，惆怅碧云姿。
> 初逢花上月，言是弄珠时。

这五篇，就是张若虚在写《春江花月夜》时所能读到的部分范本，闻先生既然将隋炀帝的那两篇放在对南方美丽的毒素有抵抗力的作品范畴之中，那么，似乎也难以将诸葛颖和张子容的三篇放在对毒素有抵抗力的作品范畴之外。

由此可见，作为乐府歌辞的《春江花月夜》虽然其始是通过陈后主等的创作而以宫体诗的面貌出现的。但旋即通过隋炀帝的创作呈现了非宫体的面貌。而张若虚所继承的（如果说他对其前的《春江花月夜》有所继承的话），正是隋炀帝等的而非陈后主等的传统。作品俱在，无可置疑。

闻先生忽视了在隋代就已经萌芽的诗坛新风，而将宫体诗的"转机"下移到卢、骆、刘、张时代，这就无可避免地将庾信直到杨素、隋炀帝等人的努力抹杀了，而同时将卢、骆、刘、张之作，划归宫体的范畴，认为他们的作品的出现，乃是"宫体诗的自赎"，就更加远于事实了。这也只能算是对《春江花月夜》的误解。

王闿运与闻一多所受教育不同，思想方法亦异，但就扩大了宫体诗的范围而导致了对《春江花月夜》的误解来说，却又有其共同之点。这就是对复杂的历史现象理解的表面性和片面性。

以上就是我们所知道的从明代以来这篇杰作的被理解和被误解的大概情况。每一理解的加深，每一误解的产生和消除。都能找出其客观的和主观的因素。认识，是无限的。今后，对于张若虚《春江花月夜》的理解将远比我们现在更深。虽然也许还不免出现新的误解。

———————

① 明高棅《唐诗品汇》卷三十七将他列入"有姓氏，无字里世次可考九人"中的一人。迄今为止，只有胡小石（光炜）师所撰《张若虚事略考略》尽可能地搜集了有关这位诗人的资料，然仍甚简略。文载艺林社编《文学论集》，亚细亚书局一九二九年出版。

② 《旧唐书·经籍志》及《新唐书·艺文志》均未著录张集，亦未著录张氏其他著作。

③ 卞先生所撰《失传之唐人选唐诗小考》尚未发表，此据其一九八一年六月二十日致作者信。

④ 《唐诗正声》二十二卷，《增订四库简明目录标注》卷十九著录，云："又一本称《正音》，三十二卷。"未见，不知有张氏此诗否。

⑤ 《四库全书总目》卷一百八十九。《李攀龙〈古今诗删〉提要》云："流俗所行，别有攀龙《唐诗选》。攀龙实无是书，乃明末坊贾割取《诗删》中唐诗，加以评注。别立斯名。"我未能见到《古今诗删》，知道《诗删》中有张若虚的《春江花月夜》，是根据托名李编的《唐诗选》卷二所载此诗而推断出来的。

⑥ 闻一多《四杰》一文（载《唐诗杂论》，《闻一多全集》第三册）认为王、杨长于五律而卢、骆长于歌行，因此四杰应当分为两组，是不对的。刘开扬《论初唐四杰及其诗》（载《唐诗论文集》）已加辩证，我们同意刘先生的意见。

⑦ 彭庆生《陈子昂诗注》附录诸家评论中，论及此点者不少，可以参阅。

⑧ 郭绍虞《杜甫〈戏为六绝句〉集解》对诸家异说，搜罗详尽，分析精审，可以参阅。

⑨ 马茂元《论骆宾王及其在"四杰"中的地位》（载《晚照楼论文集》）引此诗，注云："这里举'王、杨'以概'卢、骆'，是因为受到诗句字数的限制；不说'卢、骆'或'四杰'而说'王、杨'，是因为平仄声和对仗的关系。"此说其是。杜、李之举卢、王以概四杰，亦同。

⑩ 钱锺书说。见《谈艺录》此条。

⑪《明史·李梦阳传》: "梦阳才思雄骛,卓然以复古自命……倡言文必秦汉,诗必盛唐,非是者勿道。"

⑫《四库全书总目》卷一百七十一,《〈大复集〉提要》云: "王士禛《论诗绝句》……乃颇不以景明为然,其实七言启自汉氏,率乏长篇。魏文帝《燕歌行》以后,始自为音节。鲍照《行路难》始别成变调,继而作者,实不多逢。至永明以还,蝉联换韵,宛转抑扬,规模始就。故初唐以至长庆,多从其格,即杜甫诸歌行,鱼龙百变,不可端倪,而《洗兵马》、《高都护骢马行》等篇,亦不废此体。士禛所论,以防浮艳涂饰之弊则可,必以景明之论足误后人,则不免于惩羹而吹齑矣。"按何、王两家立论虽然针锋相对,但都是将"风人之义"与流转之调,即内容与形式作为一个有机统一体来讨论的。《提要》却偏就七言长篇形式多变这一点来扬何抑王,未免隔靴搔痒。又按沈德潜《说诗晬语》卷上云: "四语一转,蝉联而下,特初唐人一法,所谓'王杨卢骆当时体'也。"这种说法,也只是从形式上着眼,不免简单化,其失与《提要》同。

⑬《美的历程》第七章《盛唐之音》第一节《青春·李白》。

⑭《乐府诗集》卷四十七引此文作《晋书》,显属误记。《晋书》怎么能记陈后主的事呢? 郭茂倩未免太疏忽了。

⑮ 王瑶《中古文学风貌》第四篇《隶事·声律·宫体——论齐、梁诗》云: "宫体之名虽始于梁简文帝,但这种内容和发展的趋向却是宋、齐以来就逐渐显著了。正和追求形式美的情形一样,内容也在逐渐地变化;这变化是有意的,它象征着宫廷和士大夫生活的堕落。从山水到宫闱,虽然同样是有闲,同样是诗,但由逃避到刺激,诗和生活同样堕落到了极限。如果我们要选一个有代表性的人物来检讨,最好还是沈约,因为他最懂得什么是当时对文学的要求,和文学需要顺着那个方向发展,而且又寿高位显,对别人奖掖提倡的影响很大。虽然他死时梁简文帝才十岁,宫体之名还未成立,但他集子里已然有了很多这一类的诗。"所论极为精当。

⑯ 如果我们要追溯张若虚这篇诗的渊源,除了形式显然出于四杰歌行之外,在意境、布局各方面,实在深受南朝乐府民歌《西洲曲》的影响,所以王氏也说它"用《西洲》格调"。其所写离妇之思也与宫体情调截然不同,而与《西洲曲》接近。

⑰ 沈氏另一著作《说诗晬语》卷上亦载此说。又刘熙载《艺概》卷二云: "隋杨处道诗甚为雄深雅健。齐、梁文辞之弊,贵清绮不重气质,得此可以矫之。"可与沈说参证。

初唐七律音韵风格的再考察[*]

赵 谦

七律，焦循谓之有唐"一代之胜"[①]，是因为五古、七古在唐以前已大量制作，五律和绝句也先于唐朝的建立而产生。而七律的孕育和诞生是异常艰难的。在初唐漫长的一百年间，力能扛鼎的四杰力创五律，未染七律；撞响诗文革新洪钟的陈子昂，其大量五古不出汉、魏人之范围，集中无一七言律诗；沈佺期在完成七律"回忌声病，约句准篇"（《新唐书·文艺传》）的定型任务中作出了艰辛努力。初唐七律风格的嬗变之途更是布满荆棘。七律音韵和风格在初始阶段呈现出的此种复杂现象值得我们认真考察和深思。

一 音韵：蹒跚而颠踬的步履

七律音韵的发展经历了三个阶段。

第一阶段，发轫期，亦可称滥觞期。时间：梁简文帝大宝元年至唐贞观初年，约80年。这一阶段，七律音韵所应具备的要素在七言诗中已经出现，诸如：句中节拍字的平仄交错；一联之间上下句的平仄对立；押平声韵；相粘；对偶。但大多数未统一和体现在一篇中。七律的体制由未形成到初具雏形，为唐初七律的发展准备了条件；但在音韵上仍无明显的规律可寻。其发展有三种情形。

第一种情形：七言六句。如梁简文帝的《和萧侍中子显春别诗四首》其二："蜘蛛结网满帐中，芳草结叶当行路。红脸脉脉一生啼，黄鸟翩翩有时度。故人虽故昔经新，新人虽新后应故。"句式齐整，三联均为对仗，但只有一个律句，押仄声韵。梁元帝的《春别应令诗四首》其二，亦为七言六句，第一、二联对偶，有三个律句，押平声韵。

---

[*] 选自《文学遗产》1990年第3期。

[①] 焦循：《易余仑录》卷十五，清嘉庆己卯（1819）刻本。

第二种情形：七言六句，末二句缀以五言。以梁简文帝《杂句春情诗》为例："蝶黄花紫燕相追，杨低柳合露尘飞。已见垂钩挂绿树，诚知淇水沾罗衣。两童夹车问不已，五马城南犹未归。莺啼春欲驶，无为空掩扉。"诗以"杂句"标题，尚未脱尽五言衣履，但诗中已出现三个律句。第二联对偶。梁元帝《闻筝》体制与其父同，有一处相粘，对偶在第一、三联，可见，此种情形的七言诗对偶尚无固定位置。

第三种情形：七言八句，体制与七律同，七律音韵所应具备的要素出现在一篇中，可谓七律的雏形。如北周庾信的《乌夜啼》："促柱繁弦非子夜，歌声舞态异前溪。御史府中何处宿，洛阳城头那得栖。弹琴蜀郡卓家女，织锦秦川窦氏妻。讵不自惊长泪落，到头啼乌恒夜啼。"诗中有六个律句；每联之间上下句平仄基本对立；一处相粘；中二联对偶。这些均暗合唐七律的要求，可谓天才的契合。隋炀帝的《江都宫乐歌》（扬州旧处可淹留）亦可视为发轫之作，诗中仅有一句不合律则，一处相粘，对偶位置亦在中二联。庾信、隋炀帝在七律体制和音韵上所作的努力，为七律发展史写下了光辉的第一页。

高祖武德至贞观初的十多年间，七律的音韵没有取得任何进展，出现了停滞不前的局面。王绩的《北山》诗，倒退了半个多世纪，其篇制与梁时相仿，诗中只有四个律句。七律诗本处于草创阶段，遇上这样一位性情放旷之人，是不可能取得突破性进展的。值得一辨的是，《全唐诗外编》收了一首王绩的《绩溪岭》诗[①]，诗曰："羸马缘溪湾复湾，乾坤别自一区寰。林深村落多依水，地少人耕半是山。磴道险如过栈道，丛关高似度函关。观风欲问苍生事，旋采童谣取次删。"诗录自《康熙徽州府志》之二。此诗断非王绩所作，理由有四：一、两《唐书》本传，均未载王绩行迹至徽州（今安徽歙县），王绩的莫逆之交吕才所作《王无功文集序》记王绩行踪甚详，亦未提及绩至歙县事。二、绩在大业十年至十三年浪游中原、吴越，纵使他到过歙县；但此时纵情山水、佯狂傲世的王绩，是写不出"观风欲问苍生事"这样关怀民瘼之诗的。三、此篇不见《王无功文集》诸清抄本，而《康熙徽州志》又晚出，且未明诗之出处。四、成熟之七律尚待半个世纪之后，而此篇除第五句为三仄尾外，其他均合律则，实不可信。

与王绩同时，由隋入唐的陆敬、沈叔安各作《七夕赋咏成篇》一首，沈诗

---

① 《全唐诗外编》下册，中华书局，1982，第332页。

只有三个律句，陆诗只有四个律句，其音韵与七律相距甚远。

第二阶段，韵律宽松期。亦称为有意识的探索期。时间：贞观初至武则天长安年间，约75年。此期间尚未出现完全合律之诗，但众多诗人在七律音韵方面作了艰辛的有意义的探索，如陈子良、上官仪、杨师道、许敬宗、武三思，尚包括崔日用、宗楚客和沈佺期、宋之问的部分诗。这些诗自有其韵律特征：起、尾联韵律宽松，中二联韵律谨严。如陈子良《于塞北春日思归》诗："我家吴会青山远，他乡关塞白云深。为许羁愁长下泪，那堪春色更伤心。惊鸟屡飞恒失侣，落花一去不归林。为何此日嗟迟暮，悲来还作白头吟。"中二联全合律则，而起、尾两联平仄不对立。上官仪的《咏画障》亦如此，中二联韵律很严，而起、尾两联之平仄均有不对立的地方。

此期间的诗坛发生了一件极有意义的事情：上官仪作《和太尉戏赠高阳公》，全诗十八句，起始八句为平声韵："薰炉御史出神仙，云鞍羽盖下芝田。红尘正起浮桥路，青楼遥敞御沟前。倾城比态芳菲节，绝世相娇是六年。惯是洛滨要解佩，本是河间好数钱。"这八句诗截下来便是一首每句合则的律诗，唯起始二句平仄不对立，第七句为三仄尾，上联对句与下联出句均相粘。惜上官仪以游戏态度作诗，此诗不能算七律体制，而解决七律相粘难题的桂冠不得不戴李峤、沈佺期诸人的头上。

第三阶段，成熟期。时间：中宗神龙初年至玄宗开元初年，约10年。中宗神龙、景龙年间，已出现李峤、苏颋、李适、宋之问、沈佺期等人全合律则的七律。但创作情形尚不稳定，其中有不合律则之作。此期间，七律音韵发展中最有意义的事情是：一首诗的上联对句与下联出句均相粘，迈出了七律音韵探索道路上最为艰难的一步。七律的不相粘，把本应是浑融一气的韵调撕成四个碎片，互不联缀，读起来如行坎坷之路，韵不协和，气不流畅，此乃近体诗之大敌。老庄哲学对中国文艺影响最大，对诗歌创作亦然。如果说"音声相和"[①]（音声由互相对立而谐和，从任继愈说）是解决近体诗中平仄交错和平仄对立的哲学基础；那末，"大音希声"[②]（希声，在考察近体诗的音韵效果时，可理解为浑融一体的韵调）则是解决近体诗相粘问题的哲学基础。七律四联一经相粘，全篇音韵便浑然一体，无断裂之痕。这是充分发挥七律表情达意功能，

---

①② 《老子》第二章、第四十一章。参见任继愈《老子新译》，上海古籍出版社，1985，第64、151页。

创造七律整体美、浑融美的关键一步。因为唯有音韵的浑然一体，才能达到意绪浑融一体，这为七律诗创作高潮的到来廓清了道路。

睿宗景云至玄宗开元初年，随着音乐文化政策的大开放，七律创作颇丰，几年间七律创作的总数约占前九十年之一半。在李峤、苏颋、李适、宋之问、沈佺期的努力尝试中，七律诗也臻完善。代表作家除上述诸人外，尚有苏味道、李义诸人。值得注意的是：在七律创制定型的工作中，苏颋的功绩比宋之问要大，苏颋七律13首，仅次于沈佺期；宋之问5首，唯《南庄》一首全合律则，《函谷关》一首，因首句阙二字，尚不能断定是否合律则。但在创造七律多元化风格方面，宋之问功劳颇大。功绩卓著者，唯称沈佺期，尽管他的创作重点在五律，但他的《独不见》（又题《古意呈补阙乔知之》）乃音韵与意绪浑成之作，标志着七律在音韵与音绪的结合达到了一个新阶段。

二 音乐：七律分娩的助产婆

七律自庾信的七言八句初具雏形至唐玄宗开元初年的完全成熟，经历了一个半世纪之多的艰难历程。其间有几代诗人辛勤的探索，有在坎坷途中奔走的颠踬，有天才诗人偶然的契合（虽不是完全的），有左右摇摆、徘徊不前的时期。总之，七律孕育的过程是极其痛苦的。这种现象与音乐的消长有着直接的关系，与宫廷音乐的发展至为密切。

梁、陈、北周、隋朝，是音乐文化的开放时代，南北音乐的交流既广泛又密切，民间歌乐、宫廷音乐发展很快[①]，所以，七律的雏形出现亦较早，梁简文帝的《乌夜啼》是齐整的七言八句，两联对偶，三个律句，庾信的同题之作几合唐人七律。《乌夜啼》属清商曲，是从民歌基础上发展创制的宫廷乐曲，唐代所存清商曲六十三曲中尚有此曲（见《新唐书·礼乐志》）。史载陈后主："于清乐中，造《黄鹂留》及《玉树后庭花》、《金钗两臂垂》等曲，与幸臣等制其歌辞，绮艳相高，极于轻薄。男女唱和，其音甚哀。"（《隋书》卷一三《音乐志》）而当时宫女参加演唱的人，"以千百数"（《南史》卷一二《陈后主张贵妃传》），如此庞大的演出队伍在宫中演唱"绮艳"、"轻薄"之曲，可

---

① 参见杨荫浏《中国音乐史》；吴钊、刘东升《中国音乐史略》；张世彬《中国音乐史述论稿》。

见其音乐开放的程度。为了演唱的需要，陈后主不仅吸收民歌"吴声"、"西曲"的精华，自制宫廷音乐，且自创歌辞，所传七言六句的《玉树后庭花》即是其一："丽宇芳林对高阁，新妆艳质本倾城。映户凝娇乍不进，出帷含态笑相迎。妖姬脸似花含露，玉树流光照后庭。"其内容不外是美张贵妃、孔贵嫔之容色；但此辞仅比七律少二句，有五个律句，一处相粘；上下句之节拍字只有一个未能平仄对立。可见此时用于配合宫廷演奏的歌辞在音韵方面是有较严要求的。

隋代音乐文化更是大发展。隋炀帝为满足其侈靡的生活，亲定九部乐，且令白明达创新声十四曲。至江都所作《泛龙舟》即是为演唱需要而作，此辞为齐整的七言八句，六个律句，一处相粘。其《江都宫乐歌》已几合唐人七律："扬州旧处可淹留，台榭高明复可游。风亭芳树迎早夏，长皇麦陇送余秋。绿潭桂楫浮青雀，果下金鞍跃紫骝。绿觥素蚁流霞饮，长袖清歌乐戏州。"

值得注意的是：此数朝宫廷音乐的大发展是建立在民歌、民乐繁荣创作的基础上的。所以，五言四句、七言四句之民歌极为繁富，其中有不少已暗合唐人绝句。此种情形，延至唐代，经久不衰。

唐代，广泛吸收和发扬外域东西方各国的音乐文化和国内各少数民族的民间音乐，是各族音乐的进一步交融和大发展时代，从中央到地方的各级政府都设有专门的音乐机构。这是唐代音乐文化发展的一般情形。唐代近体诗的创作与乐、歌、舞的关系是怎样的呢？唐人绝句与民歌、民乐关系密切，有关这方面的记载特别多。五律可乐、可歌的情形亦时见载籍[①]。初唐绝句与五律的创作数量大，发展快。七律与宫廷乐、歌、舞关系密切，而在唐初一百年间，宫廷音乐的发展受到限制；所以，七律创制甚少，有关这方面的记载亦寥寥。

唐初音乐文化发展呈现出的特殊状态，我们从《唐会要》、《通典》、《旧唐书·音乐志》、《新唐书·礼乐志》等史料中可看到。贞观十六年，伐高昌，得其乐，方将隋炀帝所定九部乐增定为十部乐。陈、隋二朝宫廷肆加演奏的乐曲，如《玉树后庭花》、《泛龙舟》被禁，有唐一代，此二乐曲之歌辞颇为寥寥。郭茂倩《乐府诗集》搜罗宫廷乐辞甚详赡，而在《玉树后庭花》题下只收陈后主七言一首，张祜五言四句一首，《泛龙舟》则仅见炀帝之作（《乐府诗集》卷四十七）。其原因，郭氏在《杂曲歌辞》叙历代新声之弊时说得很清楚：

---

① 参见《全唐诗话》、《梦溪笔谈》、《丹铅总录》等。

"……陈之将亡也，有《玉树后庭花》；隋之将亡也，有《泛龙舟》。所谓烦于淫声，争新怨衰，此又新声之弊也。"（《乐府诗集》卷六十一）尽管唐太宗说过"悲欢之情，在于人心，非由乐也。……何有乐声哀怨，能使悦者悲乎"（《旧唐书·音乐志》）这样冠冕堂皇的话，而此二乐曲在唐代遭朝野唾骂，严加禁止是事实。

《唐会要》卷三十四《论乐》记载武德元年至玄宗先天二年的音乐活动，共21条，其中有14条对音乐活动内容持否定意见的。兹逐录三则以明之：

> 武德元年六月十四日，万年县法曹孙伏枷上书曰：百戏散乐，本非正声，有隋之末，始见崇用，此谓淫风，不可不改。……方新定天下之业，起义功臣，行赏未遍，高才硕学，尤滞草莱，而先令胡舞，致位五品，鸣玉曳组，趋驰廊庙，恐非创规模，贻子孙之道也。

> 贞观六年，监察御史马周上疏曰：臣闻教化之道，在于求贤审官，为政之本，必于扬清激浊，故孙子曰：唯名与器，不可以假人。是言慎举之为重也。臣见王长通、白明达，本自乐工，舆舆杂类；韦槃提、斛斯正则，更无他材，独解《调马来》格。纵使术逾侪辈，材能可取，止可厚赐钱帛，以富其家，岂得列在士流，超授官爵，遂使朝会之位，万国来庭，邹子伶人，鸣玉曳缕，与夫朝贤君子，比肩而立，同坐而食，臣窃耻之！

> 神龙二年九月，敕：三品已上，听有女乐一部；五品已上，女乐不过三人。皆不得有钟磬。乐师凡教乐，淫声过声凶声慢声，皆禁之。淫声者，若郑卫；过声者，失哀乐之节；凶声者，亡国之音，若桑间濮上；慢声者，惰慢不恭之声也。

即便是到了先天元年，皇太子（玄宗时为太子）令宫臣就率更寺阅女乐，尚遭到太子舍人贾曾措辞激烈的谏净（《唐会要》卷三十四）。可见，初唐一百年间，宫廷音乐仅用于祭祀、宴筵、庆典，所用宴乐、清商居多，而十部乐中，有八部来自外域或国内其他少数民族，其演奏内容都不同程度地遭到抵制。这固然是出于君臣上下对皇祚永固的考虑，但确实阻碍了音乐文化的发展，延缓了七律成熟的进程，致使七律音韵的完善在唐代又经历了近一个世纪之久。当然，还有另外一个原因：七律被用来歌颂升平，应制奉和，纳入了宫廷生活的圈子，作家们采用业已成熟的多种诗歌形式，而对内容萎靡，形式又较生疏的七律取冷淡态度。武周时期的不少七律在音韵方面尚不及庾信之作，这是一个不容讳忌的令人扼腕喟叹的事实!

歌辞为了适应音乐之节奏,必须讲究句式、押韵和平仄。歌辞的创作和音乐的发展是相互促进的。唐代配合宫廷演奏的歌辞留传下来的甚少,胡震亨认为:"辞之近郑、卫者,既尽为之删,其稍近雅者,又复不亟存一二,唐乐章之挂漏独甚,史家固不能辞其责也。"(《唐音癸签》卷十二)从现存的用于宫廷演唱的七言歌辞来看,其句式和音韵与七律体制极接近。由隋入唐的谢偃所作《乐府新歌应教》①十二句中,有十个律句,十个偶句,每联上下句平仄都对立,且有两处相粘。

开元初年,姚崇、苏颋、李乂、卢怀慎等十臣作《龙池篇》一至十章,其中卢、苏、李所作之四、七、八章全合七律规则,其他七篇大多是个别地方不合律则(《乐府诗集》卷七)。《龙池乐》为坐部使六曲之一(杜佑《通典》卷一四六),歌辞的韵调要与音乐节奏相契合;所以,其辞与七律音韵调相同。

张说在开元初作《乐世辞》:"十五红妆倚绮楼,朝承握槊夜藏钩。君臣一意金门宠,兄弟双飞玉殿游。宁知宿昔恩华乐,变作潇湘离别愁。地湿莓苔生舞袖,江声怨叹入篌篌。自怜京兆双眉妩,会待南来五马留。"全篇仅一处失粘,其他均合律则。故任二北先生说:"此辞乃一首七律,中间插二句。"②在《敦煌曲初探》中,他说得更为清楚:"张说《乐世》七言十句,一意贯彻,且对仗、起结分明,并非七绝二首多二句,亦非三首少二句,不能不承认其自为一体,殊堪注意。"③这些歌辞的创作对七律音韵的臻于完善起了促进作用。玄宗先天及开元初年,音乐文化在玄宗倡导下,有了前所未有的发展趋势,故此时的七律创制亦多,而七律亦完全成熟了。张说七言八句的《舞马千秋岁乐府词三首》虽创作稍晚,但可从中考见七言歌辞与乐、舞的关系是多么的密切!

唐玄宗设千秋节,每年值此节宫中欢宴歌舞三日。两《唐书》、《唐会要》、《明皇杂录补遗》皆载当时舞马之情形:引蹀马三十四,奋首鼓尾,纵横应节。又施三层板床,乘马而上,旋转如飞。或命壮士举一榻,马舞于榻上。乐工数人立左右前后。而拢马人著彩衣,执鞭于床上舞。敬括在《季秋朝

① 《全唐诗》,中华书局本,第492页。

② 《唐声诗》(下),上海古籍出版社,1982,第595~596页。

③ 《敦煌曲初探》,上海文艺联合出版社,1954,第49页。

宴观内人马伎赋》中描述更为生动："鸿骞龙矫……应繁鼓以顿挫，历层台而超越，何登降之骄悍！乍回旋以抑扬。……徒观其匪疾匪徐，以舞以蹈。旋中规而六辔沃若，动合节而万人鼓噪。"（《全唐文》卷三五四）三百匹马之顿挫、超越、登降、抑扬、疾徐皆要中规、合节，尤其是登三层板床，在壮士所举榻上舞蹈，不仅马群要配合默契，人与马也要行动有节有制；否则，岂不人马俱伤？而马是听音乐指挥的，音乐中又杂有歌辞，可见，这种舞马伎对音乐、歌辞的要求是极为严格的。无怪乎，张说《舞马词》三首，韵调与七律完全相合。在音乐的大开放时代，音乐、舞伎对歌辞的创作提出了更高的要求，这就促成了七律音韵的完善，加速了七律创制定型的过程。玄宗初年，七律创作之繁丰，几占前九十年三分之一，且完全成熟，这与玄宗弘扬音乐文化是密不可分的。

三　风格：一元与多元

富丽堂皇、高元华亮是初唐七律的主要风格特征。关于此，前人早有评论。胡应麟谓：初唐七律"体裁明密，声调高华"（《诗薮》内编卷五），胡震亨云："自景龙始创七律，诸学士所制，大都铺扬景物，宣诩宴游，以富丽竞工。"（《唐音癸签》卷十）在论及此种风格形成的原因时，胡应麟说："初唐七言律缛靡，多谓应制使然，非也，时为之耳。"（《诗薮》内编卷五）这"时"似应包含三方面的因素。其一是六朝文风的影响。其二是唐初提倡雅颂、中和的文艺精神和朝野上下趋尚文质彬彬的文风。太宗亲撰《晋书·文苑传序》，他称陆机云："文藻宏丽，独步当时；言论慷慨，贯乎终古。言词迥映，如朗月之悬光；叠意回舒，若重岩之积秀。千条析理，则电拆霜开，一绪连文，则珠流璧合。其词深而雅，其义博而显。故是远超梅、马，高蹑王、刘，百代文宗，一人而已。"其三是板荡过后、功业垂成，人们喜庆国家统一、期冀安宁的心态。

此类诗的内容及其意义：在颂圣、祝寿、欢筵、游苑的题材中，歌颂大一统局面，再现创业的艰难，期冀皇祚永固；宣传皇权的至高无上，皇威的煊赫；对新王朝充满信心，充溢着渴望建功立业、报效朝廷的儒家理性精神。诗中之物皆具有挺拔的气势，楼台、亭阁皆耸入云霄，象征皇权的至高无上。如："碧树青岑云外耸，朱楼画阁水中开。"（李峤《太平公主山亭》）"重崖对耸霞文驳，瀑水交飞雨气寒。"（苏味道《嵩山石淙》）"飞楼半入南山雾，

飞阁旁临东墅春"；"历乱旌旗转云树，参差台榭入烟霄。"（赵彦昭《大明宫》，《奉和初春》）

此类诗的第二个特征是：用拟人化手法写物会人意，物我同乐。旨在表明皇威不啻统摄万民，且统摄万物。如：苏颋"细草遍承回辇处，轻花微落奉筋前"（《奉和春日》）；沈佺期"山鸟初来犹怯啭，林花未发已偷新"（《大明宫》）；武平一"波摇岸影随桡转，风送荷香逐酒来"（《兴庆池》）。第三个特征是：以大多数量词夸张地描绘出宫殿、苑囿的景色和仪仗的气势。如："鸟和百籁疑调管，花发千岩似画屏"（李峤《石淙》）；"七叶仙蓂依月吐，千株御柳拂烟开"（苏颋《大明宫》）；"云间树色千花满，竹里泉声百道飞"（沈佺期《南庄》）。臣僚们所处的宫廷环境，造成了他们的艺术审美趣尚。这种趣尚与后来欧洲十七世纪的宫廷艺术极其相似，丹纳在《艺术哲学》中描述道：在这种环境中成长的人，他们的趣味"爱端整，因为他们是在重礼节的社会中教养出来的。十七世纪所有的艺术品都受着这种趣味的熏陶：波桑和勒舒欧的绘画讲究中和、高雅、严肃；芒沙和贝罗的建筑以庄重、华丽、雕琢为主；勒诺德尔的园林以气概雄壮，四平八稳为美。从贝兰尔、勒格兰、里谷、南端伊和许多别的作家的版画中，可以看出当时的服装……无一不留着那种趣味的痕迹。""作品结构匀称，绝对没有突如其来的事故，想入非非的诗意。……对白全用工整的诗句，象涂着一层光亮而一色的油漆。"[1]从这个比较中，我们可以看出：七律孕育、诞生在这样的环境中，要想茁壮成长，是不太容易的；要完全脱离宫廷的富艳，更须作出艰辛的努力。这种努力，初唐七律诗人在竭力去做，成功，失败，与之俱生。

历代的唐诗评论者皆认为：初唐七律风格就此富丽堂皇、高元华亮一种。胡应麟、胡震亨如是说，近人方管和当今治唐诗的学者亦然。而初唐七律的风格实际是多元的，准确些说，是有了向多元化风格发展的良好开端，对后世七律创作的影响也是多方面的。

缠绵悱恻，幽约细密之风格。陆敬、沈叔安、何仲宣等以牛郎织女故事为题材的《七夕赋咏成篇》，歌颂真挚的爱情，写得情深意婉。何仲宣诗曰："日日思归勤理鬓，朝朝伫望懒调梭。凌风宝扇遥临月，映水仙车远渡河。历历珠星疑拖珮，冉冉云衣似曳罗。通宵送意终无尽，向晓离愁已复多。"诗以

---

① 《艺术哲学》，人民文学出版社，1963，第56、57页。

织女心态变化为线索，表达了织女对牛郎的浓郁相思和真挚的爱恋，意绪上浑融一体，缠绵悱恻之情写得极幽约细密。即便是应制诗，也有写得凄冷幽约，婉转达情的。如宋之问《三阳宫侍宴应制得幽字》，前四句曰："离宫秘苑胜瀛洲，别有仙人洞壑幽。岩边树色含风冷，石上泉声带雨秋。"这种风格的诗对晚唐李义山、温飞卿、韩偓、韦庄等人的七律产生了很大影响。

慷慨悲怆的风格。郭震的《寄刘校书》，发抒荣辱朝昏、风尖易老、世事顽洞的感慨，沉著动人。宋之问《送中书侍郎来济》诗曰："暖暖去尘昏灞岸，飞飞轻盖指河梁。云峰衣结千重叶，雪岫花开几树妆？深悲黄鹤孤舟远，独对青山别路长。却将分手沾襟泪，还用持添离席觞。"写别情依依，怅恨绵绵，意绪深长。沈佺期的《独不见》、《遥同杜员外审言过岭》更是具有慷慨悲怆风格的佳作。此种风格的诗对盛唐及尔后七律各种题材的创作均有很大影响。

婉丽明秀之风格。以上官仪《咏画障》和宋之问《和赵员外桂阳桥遇佳人》最明显。上官仪之作，描绘画障之风景人物，属辞婉丽："芳晨丽日桃花浦，珠帘翠帐凤凰楼。蔡女菱歌移锦缆，燕姬春望上琼钩。新妆漏影浮轻扇，冷袖飘香人浅流。未减行雨荆台下，自比凌波洛浦游。"画面色调明朗，秾艳清新，流溢馨香。宋氏之作，描绘桂阳桥之风景和佳人玉面红妆、秀发怡人，也极婉丽明秀之致。这类诗对中唐"大历十子"和元、白诸人影响颇大。

晦涩艰深之风格。此类风格的初唐七律流传甚少，但风格明显，独标一帜。以武后时期的徐彦伯为代表。其《石淙》诗云："碧淀红涔嵒嶂间，淙嵌㳘岨洀成湾。琪树璇绢花未落，银芝窀窀露初还。八风行殿开仙榜，七景飞舆下石关。张茑席云平圃宴，焜煌金记蕴名山。"行文错涩，语辞艰僻，若汉赋之雕绘满眼，佶屈聱牙。徐为"河东三绝"，武后选三教珠英，取文辞士皆天下选，而彦伯李峤居首。《新唐书》本传称他为"晚为文，稍强涩，然当时不及也"（《新唐书》卷一一四）。从他现存的五言诗来看，徐确实颇富才学，他力图改变初唐七律应制诗的富丽堂皇、高元华亮的风格，力辟艰深晦涩一途，但响应者寥寥。考察现存初唐七律，唯酷爱文字训诂的睿宗稍染此风，其《石淙》起联云："奇峰嶾嶙箕山北，秀崿岹峣嵩镇南。"尽管徐之尝试失败了，但他给中唐艰深晦涩、奇崛险怪一派以有力的启示。

初唐一百年间，留存至今的七律约一百三十首，应制诗近百首，占四分之三。这些诗的主要风格是富丽堂皇、高元华亮，虽然艺术成就不高，但椎轮为大辂之始，草创之功匪小。另四分之一的作品，呈现出多元化的风格，可以说，唐七律诗风格的主要流派在初唐七律中均已显露端倪，沾溉后人匪浅。

四 转变：内在机制与出路

初唐七律，尤其是应制诗，艺术成就不高的原因，在于破坏了诗歌创作的内在机制：情感、比兴、力度。重新引进、调整这些机制，便是七律创作的出路。

情感——有情感的地方就有美。

初唐七律的儒家理性精神太强，艺术感性经验很贫乏。不敢言情，故创作风格较单一。五代徐铉《肖庶子诗序》云："人之所以灵者，情也。情之所以通者，言也。其感情之深，思之远，郁积乎中，不可以言尽者，则发为诗。"（《全唐文》卷八八一）梁启超云："天下最神圣的莫过于情感……（它）是人类一切动作的原动力。"（《中国韵文里头所表现的情感》）寄内诗，应写得缠绵悱恻，情感细腻动人。而苏颋的《寄内》诗，全篇只有"别离不惯无穷忆"一句。就连这点具有人情味的思想也未能痛快淋漓地表达，便似乎大逆不道，旋即自责自谴："莫误卿卿学太常。"可见，初唐七律中感情的枯窘、感性的受压抑到了何等地步！在这方面，苏颋这位文人连刘邦、项籍都不如！张耒说："世之言雄暴虓武者，莫如刘季、项籍。此两人者，岂有儿女之情哉？至其过故乡而感慨，别美人而涕泣，情发于言，流为歌词，含思凄婉，闻者动心焉。此两人者，岂其费心而得之哉？直寄其意耳。"（《张右史文集·贺方回乐府序》）

情是千差万别的。只要敢于在作品中抒发真情实感，就会创造出作品的个性。言情是摧挫初唐七律宫廷诗风和打破僵化的创作思维模式的决定性力量。闻一多在论及卢照邻、骆宾王洋洋洒洒的五言宫体诗时说："这也是宫体诗的一个剧变。仅仅篇幅大，没有什么，要紧的是背面有厚积的力量撑持着。这力量，前人谓之'气势'，其实就是感情。有真实感情，所以卢骆的来到，能使人们麻痹了百余年的心灵复活。有感情，所以卢骆的作品，正如杜甫所预言的，'不废江河万古流'。"[1]

转变的过程迟缓，契机已经出现。杜审言的《春日京中有怀》，直接抒发仕途失意的愁绪和美人迟暮的感慨，诗题即以"有怀"标之。郭震、宋之问、沈佺期也开始在七律中发抒个人的炽烈情感，其情也不是肤浅之情，而具有广

---

[1] 《闻一多全集》第3卷，三联书店，1982，第17页。

泛的社会意义和表现出深层心态。沈之《遥同杜员外审言过岭》，似写于沈因交张易之流驩州（今属越南）时。诗抒写遭黜受贬、离家去国的惨怛之情，描写了炎炎南方、崇山瘴疬的险恶环境，期冀早日还朝，在封建社会士大夫阶层中具有普遍意义。

有了真情实感，还应有恰当的高明的表现手法。比兴，就是初唐七律作家所遇到的一个古老而新鲜的问题。

比兴——诗歌灵魂的回归。

比兴，是诗歌情感的载体。或谓之诗歌的太阳，有了它，诗的世界便充满光辉，流溢璀璨绚烂的色彩。没有它，便永远是浑沌困扰的黑暗。明李东阳谓："所谓比与兴者，皆托物寓情而为之者也。盖正言直述则易于穷尽而难于感发，唯有所寓托，形容模写，反复讽咏以俟人之自得，言有尽而意无穷。"（《怀麓堂诗话》）吴乔云："有比兴则实句变为活句，无比兴则实句变成死句。"（《围炉诗话》）

唐初七律以赋为主，几无比兴。某些作家已意识到这一点，姚崇的应制诗《石淙山》已蕴含着转变契机："二室三涂光地险，均霜揆日处天中。石泉石镜恒留月，山鸟山花竞逐风。周王久谢瑶池赏，汉主悬惭玉树宫。别有祥烟伴佳气，能随轻辇共葱葱。""石泉石镜"句，在写景中寄寓了宰臣的另一番深意：石泉石镜映着皎洁星月，似乎亘古如此；但人事是不断变化的，社会是不断向前发展的，作为一国之主的帝王，须把注意力放在社会人事方面。颈联以前代帝王励精图治事，警策君主勿耽溺于酒宴声色之中。这几乎是初唐近百年应制诗中所未有过的洪钟巨响，足以震聋发聩。"能随轻辇"句，表面上是写宰臣以能与帝主共享壮丽山川的翠色而自豪，实则寄寓了辅弼之臣欲社稷平安、江山不移的诚挚愿望。姚崇之诗，有了比兴寄托，增加了七律容量，增强了七律表情达意功能。因为有了比兴，全诗便具有澹动延宕、无滞无碍的流动美。

力度——艺术追求的目的。

丹纳在论弥盖朗琪罗的绘画时说："他做的许多解剖，画的无数的素描，经常对自己作的内心分析，对悲壮的情感和反映在肉体上的表情的研究，在他不过是手段，目的是要表达他所热爱的那股勇于斗争的力。"[①] 叶梦得《石林诗

———————

① 《艺术哲学》，人民文学出版社，1963，第13页。

话》谓："七言难于气象雄浑，句中有力。"他把韩愈与刘禹锡同贺裴晋公破蔡州的七律作了比较，认为韩不若刘。初唐七律中具有力度的作品太少了！但这种艺术目的仍是有人在孜孜屹屹的追求。武则天有句"万刃高岩藏日色，千寻幽涧浴云衣"（《石淙》），景象雄浑阔大，表现了中国第一个有作为的女皇帝的才情和气魄。刘宪诗曰"柳色梅芳何处所，风前雪里觅芳菲"（《立春日》），景物描写中表现了两方面的力度：其一是柳和梅同凄风凛雪的抗争。这种抗争，是人类同各种不利环境斗争的自然泛化形式。这说明：描写只不过是手段，表达那股勇于斗争的力才是目的，才是诗的特质。其二是，柳色、梅芳的美是朦胧、缥缈的，而游苑者对自然美的追求是热诚、执著的。"风前雪里觅芳菲"，正是人类追求美好事物的勇于斗争的力的具体表现。此诗给死寂沉闷的宫廷诗坛吹进了一缕清冷而夹带着馥郁之气的春风，如大西北的琉璃世界绽开的一朵璀璨之花。

音韵与意绪的浑融——七律最高境界。

沈佺期的《独不见》即如是。诗以乐府"杂曲歌辞"旧题标之，但在体制和音韵上是完全成熟的七律："卢家少妇郁金堂，海燕双栖玳瑁梁。九月寒砧催木叶，十年征戍忆辽阳。白狼河北音书断，丹凤城南秋夜长。谁为含愁独不见，更教明月照流黄。"诗的浓郁相思和非战情绪通过时空境界的艺术展现表达出来。颔联的时间境界：阴历九月，时值深秋，北方寒凛，思妇在"无边落木萧萧下"的氛围中赶制寒衣，内（心）热外（气候）寒形成强烈反差。十个深秋皆在企盼中度过，也在寄托（赶制寒衣）中度过。颈联则表现出超诣的空间境界：白狼河，丹凤城，地域上本相距甚远。"南"、"北"二词加强了空间的广袤、深邃感，且具有更深的意蕴。作者将战争的无情、妻室的多情，朔方之凛冽，南方之燠暖天衣无缝连在一起。在极有限的七律篇幅中蕴涵着深刻丰富的艺术辩证法。诗人还用强烈的对比渲染悲怆的意绪：孤独的少妇与双栖之海燕；社会意象与自然意象的对比。这种强烈对比使用惆怅之情愈加绵密，孤独之思愈益深邃而缥缈。胡应麟评此诗"结语几成蛇足"（《诗薮》内编卷五），实乃愚骏之见。此诗的意绪高度浓缩在句式整饬、音韵谐畅的四联中，使人不觉是律诗。反过来说，若作者不藉七律这种形式，思妇凄怆深厚、精微幽约的意绪不可能传达得如此超诣。从这一点来说，律诗的短处正是它的长处。"气因律而生，节假律而明，才得律而清焉。"（殷璠《河岳英灵集集论》）又正如黑格尔老人所称："内容和完全适合内容的形式达到独立完整的统一，因而形成一种自由的整体，这就是艺术的中心。"① 沈佺期的高振唐音之作，标志着七律走出了布满棘草的泥淖，预示着一个姹紫嫣红的七律创作的时代的到来。《独不见》可谓七律发展史上的第一面大纛和第一座丰碑！

---

① 黑格尔:《美学》第2卷，商务印书馆，1979，第157页。

从盛唐诗歌看民间文学与
文人创作的关系 *

马茂元

　　历来说我国古代诗歌的优良传统，不是"风""雅"同举，就是"风""骚"并称，都是就民间歌谣和文人创作这两大体系而言的，两者之间，是有区别的，但又是互相联系着的。一个有出息的诗人，往往把民间未经琢磨的文学珠玉，看成是哺育自己的最可宝贵的养料。同时，民间文学的提高，又有赖于文人的锻炼与加工。两者相辅相成，推动了文学发展史的巨轮向前飞动。"楚辞"的奠基者伟大的诗人屈原，首先就在这方面树立了一个光辉的榜样。

　　建安诗人，多半是乐府诗①的作者，他们受到民歌的影响很深。黄节曾说曹植的诗，"文采缤纷，而不离闾巷歌谣之质"②。文人普遍的熟悉乐府，重视民歌，是造成建安文学的全面繁荣，构成"建安风骨"的重要因素之一。他们感伤离乱，歌咏人生，"慷慨以任气，磊落以使才"③。虽然讲究辞藻的修饰，但"造怀指事，不求纤密之巧；驱辞逐貌，惟取昭晰之能"④。"以情纬文，以文被质。"⑤表现出文人创作和民间文学的高度结合。两晋以下，文人拟乐府、仿民歌的风气，不但没有断绝，而且似乎更加热闹起来。其中也曾出现过像鲍照那样在这方面有突出成就的诗人。可是一般说来，这时期的诗人多半是站在官僚贵族的立场，从兴趣出发，用猎奇的眼光去对待民间文学，特别是民间流行的恋歌，因而他只可能从形式上去摹拟；精神实质，完全不是那么一回事。经过他们复制出来的作品，往往和统治阶级腐化堕落的生活内容联系起来，损害了民间文学的纯洁性。举个例子来说吧。象当时流行最广的《采莲曲》，描绘江南地区柔和明媚的水国风光，采莲女郎活泼健康的生活情态，本来是一首极为美丽动人的民歌。可是在梁元帝肖绎手里，就变成了这样的一首：

> 碧玉小家女，来嫁汝南王⑥。
> 莲花乱脸色，荷叶杂衣香。

＊选自1959年8月4日《文汇报》。

因持荐君子，愿袭芙蓉裳。

原来在他的眼光里，这些民间的"小家碧玉"，只不过是以采莲作为卖弄姿色的手段，达到"因持荐君子，愿袭芙蓉裳"，"来嫁汝南王"的目的而已。在这里面，我们看见了统治阶级污浊的灵魂渗入民间传统的题材，歪曲了生活的真实。像这样的例子，是举不胜举的。

人们有句老话："诗莫盛于唐。"唐诗分初、盛、中、晚四期，开元、天宝时期的盛唐诗歌⑦，又是"盛"中之"盛"。文学史上总是把盛唐与建安相提并论。当然这两个时代不同，情况并不完全一样。可是，民歌的学习，成为诗坛上普遍的风气；民间文学，真正在文人创作中开花结果。从这一点来看，盛唐和建安，确实有些相类似。

号称"初唐四杰"的王、杨、卢、骆，就写有不少的乐府诗。何景明曾说他们的诗，"音节往往可歌"⑧，指出是得力于乐府的。象沈佺期的"九月寒砧催木叶，十年征戍忆辽阳"⑨，"可怜闺里月，偏照汉家营"⑩，更是万口流传的名句。象陈子昂的《登幽州台歌》，在短短的四句之中，表现出一种四顾苍茫，百端交集之感。朴质刚健的风格，极似北朝民歌中的《敕勒歌》、《陇头歌辞》，决不是六朝文人诗中所能看到的。这说明唐代诗歌一开始，就在学习乐府民歌方面取得了一定的成绩。

到了开元、天宝时期，这种情况有着更大的发展。比较突出代表这方面成就的诗人，有崔颢、崔国辅、王维、王昌龄、王之涣、高适、岑参和李白、杜甫。乐府民歌对诗体影响最显著的，是歌行和绝句。

崔颢和崔国辅的绝句，源本六朝民歌，前人论诗，都不约而同地注意到这点。象《长干曲》四首（君家住何处），用《子夜歌》问答体写长江下游商业地区青年男女的恋情，在如此短小的篇幅里，情趣之生动活泼，对话之曲折尽情，语言之洗炼自然，可说是达到了化境。

王维集里的歌行，多半是少作，可见他的诗是从乐府入手的。不过这些作品，还存在着一些铺彩摛文的藻绘痕迹；深得乐府民歌神髓的，应该是他的绝句诗。来自民间的东西，是会受到群众欢迎的。通过诗人创造性的艺术实践的提高，它又会在群众中流传，给群众文艺增添新的财富。描写相思离别的诗也不知多少，可是"渭城朝雨"（《送元二使安西》）一篇，在过去，一直是别席离筵的绝唱，被谱成乐府歌辞里的《阳关三叠》。

代表高适和岑参最成功的作品，是乐府体的歌行。高诗运用南朝乐府和美的音调，整齐的韵律（如四句一换韵，平仄互转等），而其中贯注着一股雄直奔放的气势，激昂奋发的精神。岑诗活跃着北方民歌参差错落的意味，往往不拘常格，破偶为奇，给人以一种突兀不平凡的感觉。他们都能"有所变而后大"，创造自己独特的风格。

王之涣诗，存留下来的不多。"黄河远上"（《凉州词》）一篇，在当时，就成为最著名的乐府歌辞，流传下"旗亭画壁"的佳话①。并曾被后人推为唐代绝句压卷之作。"二王"在当时是齐名的。王昌龄的绝句，可说首首象晶莹澄澈的珠玑一样，无往而不活跃着浓厚的民歌气息。我们试把"荷叶罗裙"（《采莲曲》）一篇，和上引肖绎同题的那首比较一下，就会发现在类似的描写之中，它却洗净了统治阶级在采莲女身上所涂上一层侮辱性的污泥，而还给她们以活泼而美丽的原来形象。他如"秦时明月"（《出塞》）、"奉帚平明"（《长信秋词》）、"闺中少妇"（《闺怨》）等篇，那更是脍炙人口的名作。

明朝的文艺批评家王世贞评盛唐的七言绝句，认为王昌龄和李白"争胜毫厘，俱是神品"⑫。又说："七言绝句，盛唐主气，气完而意不尽工；中、晚唐主意，意工而气不甚完。然各有至者，未可以优劣论也。"⑬所谓"神品"，所谓"气"，特别是"气完而意不尽工"，"意工而气不甚完"，这话看来似是很玄妙，难以解释。但我认为王氏确实能够搔着痒处，不过他知其然而不知其所以然，因而就说得似是而非。

假如我们能从民歌的特色去考虑问题，那就会恍然大悟了。民间歌谣，写的都是人人所熟悉的眼前景物，形象往往很单纯，并没有什么特殊新鲜的意思。可是它那从生活源泉里所流溢出来的真实感受，象陈年老酒一样，却沁人心脾，耐人寻味。盛唐绝句，多半能吸取民歌精神，达到了这种境界，它的妙处，很难求之于语言笔墨之间。中唐以后的李益、刘禹锡、张籍、白居易、郑谷等，也还保存着这个特色，这和杜牧、李商隐等人以凝炼精美、曲折尽意见长，风格是各不相同的。

关于盛唐诗歌风貌，严羽在《沧浪诗话》里曾经说出了这样一个总的感觉：

　　盛唐诸人，惟在兴趣。羚羊挂角，无迹可求。故其妙处，透彻玲珑，不可凑泊。如空中之音，相中之色，水中之月，镜中之象，言有尽而意无穷。

"惟在兴趣"，这话抽掉了文艺作品具体的社会内容，当然是一种错误的唯心主义观点的表现。可是他为什么会有这样一个印象呢？客观上却说明了盛唐诗歌和民间文学之间的关系这样一个问题。

事实上，盛唐诗人和他们所创作的各体诗歌，也都在不同程度上受到了乐府民歌的影响。殷璠早就指出了"交质半取，《风》《骚》两挟"⑬这一特点。因为文人作品中有民歌民谣的"质"，所以他们的风格，往往是华美而不浓腻，清奇而不纤巧，豪放而不粗野，细致而不破碎，清新而不僻涩，流利而不浮滑，厚重而不呆板，沉着而不粘滞。总之，他们能够寓工力技巧于自然浑成之中，不假雕琢，没有斧凿痕迹。严氏所谓"无迹可求"、"不可凑泊"，大概就是这个意思。这样的诗，读了之后，当然会感到"言有尽而意无穷"了。

这确实是盛唐诗歌艺术特色的一个重要方面。这和"文彩缤纷，而不离闾巷歌谣之质"的建安文学，不正是先后同揆吗？中、晚唐后，这情况有些变更，但余韵犹存；到了宋朝，文人诗里的民歌气息，就愈来而愈稀薄了。宋诗总的来说，不如唐朝之盛，这该也是重要原因之一。

在乐府民歌方面取得更大成就的，是李白和杜甫。

李白不仅以绝句擅长，他的歌行体更是境界广阔，极变化之能事。如人们所熟知的《将进酒》、《行路难》等篇，倜傥纵横，俊逸豪迈，近似鲍照的乐府诗，而高出于鲍照之上；《战城南》等篇，突兀奇崛，质朴有味，深得汉代《铙歌》遗意；《长干行》、《子夜吴歌》、《关山月》等篇，寓奔迸热情于清新秀美、自然蕴藉之中，发展了南朝乐府民歌中健康的一面，至于《远别离》、《蜀道难》、《乌夜啼》、《梦游天姥吟》这一类的诗篇，则寄托深微，想象丰富，瑰丽的色彩，诙诡的情趣，幽芳逸韵，上接《楚辞》，更是上述那些诗人所不能比拟的。

在李白的这些作品里，深刻地体现了人民的情，集中地表达了人民的愿望；抒写了一个伟大作家的政治抱负。和屈原一样，他所表现的积极浪漫主义精神，对民间文学的提高，是异常明显的。

杜甫和李白同样达到了学习民歌的最高成就，而杜甫则开创了另一个新的局面，替下一阶段诗歌发展拓展了更为宽广的道路。

我国古典诗歌在数量上占最大比重的是抒情诗，《诗经》和《楚辞》都是这样。"感于哀乐，缘事而发"⑮的汉乐府出现以后，这情况才有一些改变。现存的汉乐府中，其内容有叙事，有说理，有抒情；但真正表现它的特色的，显然是叙事诗。象《孤儿行》、《陇西行》、《陌上桑》、《妇病行》、《十五从军征》、《上山采蘼芜》等，都是具有代表性的作品。特别是《孔雀东南飞》一篇，不但有错综复杂、首尾完整的故事情节的描写，而且有鲜明的人物性格的刻画，更标志着我国古代叙事诗发展的完全成熟阶段。

汉代乐府民歌的光耀照亮了文人的诗坛，建安时代曾经出现了不少富有社会意义的优秀的叙事诗。可是两晋、南北朝这一个漫长时期里，无论民间歌谣或文人创作，绝大部分都是抒情短章，叙事诗几乎成为广陵绝响。象《木兰辞》那样的作品，真是绝无而仅见的。

初、盛唐文人的乐府诗，主要还是发展了民间抒情短歌的优良传统；李白的造诣，可说是这方面成就的总结。天宝末期，由于社会矛盾加深，许多激动人心的生活事件，给诗歌内容提供了新的题材，引起了诗人们思想上和创作上一系列巨大的变化。具体的客观之现实描写，就很自然地成为一种新的时代要求。在李白的乐府诗里，也曾出现过象《丁督护歌》、《东海有勇妇》那样的叙事诗，可是用旧的诗题来反映新的生活事件，总不免要受到一些限制和束缚：不是标题和内容完全不相关；就是转弯抹角，借古述今，给作品罩上了一层迷茫的烟雾，掩盖了他的鲜明性和现实性。前者如《丁督护歌》，后者，《东海有勇妇》就是这样的情况。

杜甫"即事名篇，无复依傍"[16]的乐府诗的出现，才真正解除了传统因袭的枷锁，打破了这样一个沉闷的僵局，在唐代诗歌全面革新中，是一件大事。

他的《兵车行》、《丽人行》等篇，不仅不袭用旧题，而且在字句和声调上，也不拘泥于乐府民歌迹象的规抚。可是它那崭新的时代主题，崭新的语言风格，却真正提高了"感于哀乐，缘事而发"的精神，发挥了这一诗体的战斗作用，使之成为及时地反映现实，批判政治的有力武器。九世纪初，白居易就是直接在杜甫这种创作思想的影响下掀起了一个"为时而著，为事而作"[17]的"新乐府运动"。张籍、王建的乐府诗以及后来皮日休的"正乐府"，也都是沿着这条道路向前发展的。

杜甫的抒情短诗，也极有民间歌谣意味；特别是他后期在蜀中所写的一些七言绝句，如《漫兴》之类，拗峭波折，于盛唐诸人外，别出蹊径。正如李东阳所说，"有古竹枝意"[18]，是得力于当地的民歌的。后来刘禹锡的《竹枝词》，语言、音调和意境，都有些相类似之处，可以印证[19]。不过杜甫学习民歌的最高成就，主要还是体现在他的叙事诗上。从《兵车行》、《丽人行》到"三吏"、"三别"，他逐渐把叙事诗推向成熟的高峰，发展了乐府民歌中叙事诗的优良传统。在这些诗篇里，诗人笔底所描绘的生活图画和所创造的人物典型，乃是他所生活时代特有的东西的综合与概括，如高尔基所说："除了它的和谐、它的美丽这些美学价值以外，它对于我们还具有无可争辩的历史文献之价值。"[20] 假如我们把这些诗篇和汉乐府诗中的叙事诗、建安诗人拟乐府的叙事诗以及抒情诗中含有较多叙事成份的作品，如曹操的《蒿里行》、王粲的《七哀诗》、陈琳的《饮马长城窟行》、阮瑀的《驾出郭北门行》等比较一下，就会发现它们在精神上一脉相承之处；但同时更清楚地看到在发展过程中演进的痕迹。这里限于篇幅就不可能一一去分析了。

从上面简单的论述中，就能看出盛唐诗人是如何广泛地接受民间文学的优良影响，又是如何创造性地提高了民歌内容及其体制。这些都不难从事实中得到考证。

最近，在文学史讨论中，大家对民间文学和作家文学的看法颇有分歧。谁是主流的问题，争论得非常激烈。我以为：

第一，民间文学和作家文学必须结合起来，加以考察。优秀的作家文学，往往渗透了民间的血液；我们现在所能看到的广泛流传的民间文艺作品，也少不了文人的写定与加工，两者往往有不可分割的关系。我们既要看到民间文学对文人的作用和影响，也要看到文人对民间文学的发展与提高。上述的建安和盛唐时代，就是范例。把民间文学和作家文学孤立起来，就很难透过文学史上的复杂现象理解其实质；把两者对立起来，在文学史上争地位，更是没有必要的。

第二，从文学史的现象看来，民间文学和作家文学两者之间的发展，也是不平衡的。两汉四百年间的诗歌园地里，只有采自民间的乐府，独占春光；桓灵以前的文人诗歌，就没有开放出鲜艳的花朵。开元、天宝，文人的诗歌极盛；而流传下来的优秀民歌，却为数不多。

第三，民间文学和作家文学之间的作用和影响，也不可一概而论。例如南朝民歌中有一些低级色情的东西，可能就是出自文人的"加工"。齐、梁的"宫体"诗人，也很感兴趣于民歌，但他们却没有接受到民歌的健康影响。这和上述建安和盛唐的情况，又是不相同的。

假如我们能够就各个时期、各个阶段丰富而复杂的文学现象，进行一些具体的分析，考察其流变，剖析其继承传统关系，则我们文学史的研究，将会在党的领导下，逐步深入下去。

一九五九年七月十六日深夜于上海师范学院

① 乐府诗来源有二：一是统治阶级所撰制的祭祀宗庙的乐章，二是采自民间的歌曲。文人拟作的乐府诗，都是指后者，而不是指前者。

② 见《诗品疏》。

③ 刘勰评建安诗语，见《文心雕龙·明诗篇》。

④ 见同上。

⑤ 沈约评曹氏父子诗语，见《宋书·谢灵运传论》。

⑥ "汝南王"，一本作"江南王"。

⑦ 最早提出"盛唐"这一名词的，是宋朝严羽的《沧浪诗话》，指的是从景云（唐睿宗李旦的年号，即公元710年）到天宝末（755）。但一般的都是把开元、天宝作为盛唐。

⑧ 《明月篇序》中语，见《明诗综》卷三十。

⑨ 《独不见》诗中的句子。《独不见》是乐府"杂曲歌辞"的旧题。

⑩ 《杂诗》中的句子。这诗原是一首五律，流传到开元期间，前面四句，被截成乐府歌辞，见宋人郭茂倩所编《乐府诗集》卷七十九《近代曲辞·伊州歌》。

⑪ 见《集异记》，《全唐诗》卷九引。

⑫ 见《艺苑卮言》卷四。

⑬ 见同上。

⑭ 见《河岳英灵集·集论》。

⑮ 班固论乐府民歌语，见《汉书·艺文志》。

⑯ 元稹论杜甫乐府诗语，见《古题乐府序》。

⑰ 见《与元九书》。

⑱ 见《怀麓堂诗话》。

⑲ 刘禹锡的《竹枝词》也是蜀中所作。见《竹枝词引言》。

⑳ 见《俄国文学史·果戈理论》。

王维的政治生活和他的思想[*]

陈贻焮

　　王维少年时代是得意的。他出身于官僚地主家庭（高、曾、父三代都作过司马），能诗会画，多才多艺，活动于京洛两都，甚为当时权贵所器重。《太平广记》说他曾经化装为乐工，随岐王入公主府，因进奏《郁轮袍》而得解头。这事不一定可信。但在开元九年、当他二十一岁时就以进士擢第这却是事实。

　　王维在仕途中第一次碰到的阻碍，是当他二十多岁，在任大乐丞时，因伶人舞黄狮子而坐累，谪济州司仓参军。此时他是很愤懑不平的。他在《被出济州》诗中埋怨"微官易得罪，谪去济川阴。执政方持法，明君无此心"，又担心"纵有归来日，多愁年鬓侵"。他在《济上四贤咏》中称道崔录事：

> 解印归田里，贤哉此丈夫。
> 少年曾任侠，晚节更为儒。
> 遁世东山下，因家沧海隅。
> 已闻能狎鸟，余欲共乘桴。

惋惜成文学：

> 宝剑千金装，登君白玉堂。
> 身为平原客，家有邯郸娼。
> 使气公卿座，论心游侠场。
> 中年不得志，谢病客游梁。

但他也并不只是一味地叹息，还尖锐地讽刺了那些世袭承恩的权贵，说他们

───────────
　*　原载 1955 年 7 月 31 日《光明日报》。选自《唐诗论丛》，湖南人民出版社，1980。

"幸有先人业，早蒙明主恩。童年且未学，肉食骛华轩"（《济上四贤咏·郑霍二山人》），而为象他那样有志而不得逞的郑、霍二山人抱屈："郑公老泉石，霍子安丘樊。卖药不二价，著书盈万言。息阴无恶木，饮水必清源。吾贱不及议，斯人竟谁论！"（同上）

王维贬济州后官职、行止不明，从其诗集中略可窥见其活动情况之一斑：他除了较长期待在济州，还到过郑州、荥阳、滑州、荆州等地。干什么虽不详细知道，大概也不外如他在《宿郑州》诗中所说的是去"穷边徇微禄"，即到各处作小官罢了。

王维重新回到长安，该是开元二十一至二十二年的事。这时他已三十开外了。从这以后，他就一直没有离开过京都。

王维回长安重作京官，主要是由于张九龄的提拔。《新唐书》本传说："张九龄执政，擢（维）右拾遗。"从《上张令公》、《献始兴公》两诗中可以知道这是他干谒张九龄的结果。《上张令公》诗说："贾生非不遇，汲黯自堪疏。学易思求我，言诗或起予。尝从大夫后，何惜隶人余。"可知他在此以前一直是不得志的，要求仕进的心情是迫切的。

王维的干谒张九龄，不能单纯地理解为个人的投靠，实际上他是作为张九龄政治主张的拥护者和支持者而要求参加工作的。

开元二十三年王维拜右拾遗后所作《献始兴公》（张九龄在开元二十三年封始兴县伯）诗说：

> 宁栖野树林，宁饮涧水流。
> 不用食粱肉，崎岖见王侯。
> 鄙哉匹夫节，布褐将白头。
> 任智诚则短，守仁固其优。
> 侧闻大君子，安问党与雠。
> 所不卖公器，动为苍生谋。
> 贱子跪自陈，可为帐下不？
> 感激有公议，曲私非所求。

作者在诗中首先表白自己是有气节的，不得其人，是可以"不食粱肉"、"布褐白头"的；其次说明决定自己投效与否的，不是与执政者是"党"或是

"雠"，而是政治主张的同异；接着他着重标榜出张九龄的"不卖公器"、"为苍生谋"的政绩，表示自己的赞同；最后更请求张九龄应从自己择人的公正标准来擢用他，表示他的干谒并非出乎"曲私"。

当然，纯出乎"曲私"之求，也可以说得极其光明磊落，但若将这诗较深入地加以分析，是可以相信王维说的并非一味阿谀。

王维说张九龄"所不卖公器，动为苍生谋"，实可以看作为张九龄政治的考语。张在执政前曾经上书主张当政者应注意郡县地方官的选择与任用，提倡作地方官。应该把认真选择出来的干才首先用为刺史、县令，而高级中央机关的官吏应从有多年政治锻炼、有政绩的地方官中去选拔。他反对当时那种把那些犯罪的京官贬作地方官，或用不得当的人去滥竽充数的措施，认为这样作实际上贬低了地方官的价值，致使能干的人不愿或不安心去作地方官。至于为什么要注意地方官的选拔与任用呢，用他自己的话说，是因为"六合元元之众，县（'悬'本字）命于县令，宅生于刺史"，而"甿庶，国家之本，若务本之职，乃为好进者所轻，承弊之民，遭不肖所扰，圣化从此销郁"①。张九龄的这个主张虽说实质上还是代表着地主阶级的利益，还是从封建统治的"治"、"乱"着眼，但也不可否认它对人民大众有利，包括了人民大众的要求。因此，这主张在"用牧守之任，为斥逐之地"②的当时提出，是有进步性和符合于人民要求的，客观上是"为苍生谋"的。

此外，张九龄同历来其他具有较开明的政治见解的人们一样，认为"国家赖智能以治"③，因此坚决反对阿私，反对朋党，反对以一诗一判取士，反对不以贤而以资授职，尤其反对以"名器"假人。关于后者，他曾不止一次见诸行动。史传上记载了他的两件最突出的事，这些事都是发生在王维上诗以前。一次是开元十三年玄宗封泰山，张说为宰相，多引两省录事、主书及所亲摄官升山，超阶至五品。他认为不好，说："官爵者，天下公器，先德望，后劳旧。今登封告成，千载之绝典，而清流隔于殊恩，胥史乃滥章袯，恐制出，四方失望。"④张说没有听他的，果然受到舆论的指责。

一次是当他执政后，开元二十三年春正月，玄宗因张守珪破奚、契丹有功，想要他作宰相，张九龄表示反对。玄宗问他只给以名义而不授实职如何，他说："不可。惟名与器不可以假人，君之所司也。且守珪才破契丹，陛下即以为宰相，若尽灭奚、厥，将以何官赏之？"⑤

王维上诗后，开元二十四年，他还反对过加给牛仙客尚书职，也不同意给他实封。理由还是"名器不可以假人"，认为牛仙客"本河湟使典，今骤居清要，恐羞朝廷"。又说牛的功绩不过是"实仓库、修器械"，这还是边将份内事，不足为功。赏其勤，赐之金帛就可以了。接着他又反对李林甫为相，认为"宰相系国安危，陛下相林甫，臣恐异日为庙社之忧！"⑥

由此可见"不卖公器"、"为苍生谋"，确实是张九龄政治的特色。王维在献诗中对此着重提出，不仅是赞美，更在于表示自己的政治见解与立场的一致。王的干谒既是为了"不卖公器"、"为苍生谋"的政治理想的实现，因此就自认"曲私非所求"了。

王维主观认为这样，实际上是否真实呢？我看，不见得是假的，理由是：一、他虽出身官僚家庭，但非煊赫之家，实际上属于张九龄为代表的庶族地主阶级知识分子的所谓"清流"，他们相同的阶级地位也就决定了他们相同的政见；二、他近十年的失意，深感仕途的不平——一方面是"斯人竟谁论"的贤才遭弃；另一方面是"多出金张门"的权贵阿私，这当然会促使他拥护"授职以贤"、"不假公器"、"为苍生谋"的开明政治。

张九龄要求搞好国家的基层政治，要求任用贤能，反对朋比阿私，反对名器假人，虽也是"贞观之治"以来"布衣卿相"的基本政治主张，但在当时大贵族腐化政治势力日渐抬头的时期，更显出它所特具的极现实的斗争意义。张九龄反对以"公器假人"，李林甫讥他"书生不达大体"⑦，实质上这正是斗争的尖锐化。张九龄就正是用了"不卖公器、为苍生谋"的政治主张沉重地击中了朋党阿私的李林甫一派反动势力的要害，因此成了李党的眼中钉，终为李党逐出庙堂而后已。

诚然，"安史之乱"是唐代盛衰的分水岭，而实际上盛衰的契机早在开元盛世张九龄见放、李林甫得势时就伏下了。张九龄的被逐，不仅是他个人政治生活的结束，同时也是李唐王朝在隋末农民运动推动下所产生的开明政治的结束。这无怪《资治通鉴》作者编写到这里时要叹息："（玄宗）即位以来，所用之相，姚崇尚通，宋璟尚法，张嘉贞尚吏，张说尚文，李文纮、杜暹尚俭，韩休、张九龄尚直，各其所长也。九龄既得罪，自是朝廷之士，皆容身保位，无复直言"⑧了。

王维的政治主张趋近张九龄，而且还受到张的器重和提拔。因此，当张在政治上受到排挤，贬为荆州长史以后，王维是相当沮丧的。这时他曾写了一首《寄荆州张丞相》的诗，表示他的心情和态度，说：

所思竟何在，怅望深荆门。

> 举世无相识，终身思旧恩。
>
> 方将与农圃，艺植老丘园。
>
> 目尽南飞雁，何由寄一言！

王维的这种心情和态度是不难理解的。张九龄的见逐，对他说来不仅意味着个人政治靠山的丧失，更是封建开明政治的幻灭。王维自视是"宁栖野树林，宁饮涧水流。……任智诚则短，守仁固其优"的，这时教他处在巧诣邪险、朋党倾轧的政治环境中，当然不免要感到"举世无相识，终身思旧恩"，只好"方将与农圃，艺植老丘园"了。

自"感激有公议，曲私非所求"的热衷进取到"方将与农圃，艺植老丘园"的黯然思退，为时不过短短的三年（这正是张九龄执政的三年）。这样急骤的转变，若不从他的政治遭遇着眼，是很难获得中允的解释的。

这之后王维虽然仍在仕途辗转，宦海浮沉，表面上也有晋升，不能算不得意，但内心是矛盾的、有隐忧的。他有一首《赠从弟司库员外绐》的诗：

> 少年识事浅，强学干名利。
>
> 徒闻跃马年，苦无出人智。
>
> 即事岂徒言，累官非不试。
>
> 既寡遂性欢，恐招负时累。
>
> 清冬见远山，积雪凝苍翠。
>
> 皓然出东林，发我遗世意。
>
> 惠连素清赏，夙语尘外事。
>
> 欲缓携手期，流年一何驶！

这诗就暗藏着诗人的这个矛盾，这个隐忧！

既然说"即事岂徒言，累官非不试"，为什么还"发我遗世意"呢？作者在同诗中也已经作过回答，说这不过是因为"既寡遂性欢，恐招负时累"罢了。

前面说过，自从张九龄给李林甫排挤掉以后，贞观以来的开明政治是结束了，而从此开始了大贵族集团的腐化政治与黑暗统治。作为第一个腐化政治集团首领的李林甫是一个极其柔佞多狡的人。他一面深结宦官及妃嫔，私挟皇储；一面对那些"凡才望功业出己右及为上所厚、势位将逼己者，必百计去之，尤忌文学之士。或阳与之善，啖以甘言而阴陷之"⑨。当张九龄去朝后，他更是肆无忌惮，曾公开召集谏官们训示：

> 今明主在上，群臣将顺之不暇，乌用多言？诸君不见立仗马乎？食三品料，一鸣辄斥去，悔之何及！⑩

补阙杜琎上书言事，明日即黜如下邦令。而其时，王维却正担任谏官的职守，在这种黑暗的政治重压下，何况他还是张九龄的旧人，又怎教他不感到"既寡遂性欢，恐招负时累"呢？

了解这，我们才会了解他在《终南别业》诗中说"中岁颇好道，晚家南山陲"，在《谒璿上人》诗中说"少年不足言，识道年已长"和在前引《赠从弟司库员外绿》诗中说"少年识事浅，强学干名利。徒闻跃马年，苦无出人智"这些话时的真实的思想感情。"高人王右丞"之所以"识道"，不能说与他的现实遭遇毫无关系。

这以后，王维的态度是越来越变得消极了。他一方面也随波逐流，应酬应酬李林甫，说他"上宰无为化，明时太古同"⑪，一方面却隐于官，"退朝之后，焚香独坐，以缠诵为事"⑫，或"与道友裴迪，浮舟往来，弹琴赋诗，啸咏终日"⑬。虽然如此，牢骚不满的情绪也往往不免从这位"识道"的"高人"解嘲的苦笑中透露出来。如象他作库部员外时（天宝元年起为库部员外，正值李林甫执政），他的朋友苑咸曾嘲笑他久未迁除，说他"应同罗汉无名欲，故作冯唐老岁年"。他答道："仙郎有意怜同舍，丞相无私断扫门。扬子解嘲徒自遣，冯唐已老复何论。"（《重酬苑郎中》）——丞相是无私的，只怪自己的老朽无能了。这诗若与司马光批评李林甫在位时"虽奇才异行，不免终老常调，其以巧谄邪险自进者，则超腾不次，自有他蹊矣！"⑭的话相对照，则有深意了。王维在这里虽不是"怒目金刚"，但也算不上"无名欲"的"罗汉"，他还是一个不满现实的人。

我们说王维中年以前接近当时比较进步的政治力量，思想感情中也的确存在着进步的和积极的因素，而这些因素却又是他许多诗歌带有人民性与积极意义的根据，但并不能就此过分地对他，尤其对他晚年给以夸大的评价。后期王维是消极的，是妥协的。他不满意不良政治倾向、不满意李林甫，但也不能不去歌功颂德。我们不认为他甘愿背叛朝廷，去作安禄山的官，但他毕竟不敢明显地表现出自己的反抗。他不愿巧谄以自进，但又不干脆离去。他不甘同流合污，但又极力避免政治上的实际冲突：把自己装点成不官不隐、亦官亦隐的

"高人"，保持与统治者不即不离的关系，始终为统治者所不忍弃。这些，我们不应只看作为佛学对他所产生的坏影响，相反，他的学佛，也应看作为他思想意识中妥协一面发展的必然结果。王维对自己消极妥协的一面不是不自觉而是有着自己的理论根据的。他在他六十来岁写的《与魏居士书》中说：

> 古之高者曰许由，挂瓢于树，风吹瓢，恶而去之。闻尧让，临水而洗其耳。耳非驻声之地，声无染耳之迹，恶外者垢内，病物者自我，此尚不能至于旷士，岂入道者之门欤？降及嵇康，亦云："顿缨狂顾，逾思长林而忆丰草"。顿缨狂顾，岂与俯受维絷有异乎？长林丰草，岂与官署门阑有异乎？……近有陶潜，不肯把板屈腰见督邮，解印绶，弃官去，后贫，《乞食诗》云："叩门拙言辞"，屡乞而多惭也。尝一见督邮，安食公田数顷，一惭之不忍，而终身惭乎？

至于他的主张，他引了孔子的话作根据，解释说：

> "我则异于是，无可无不可。"可者适意，不可者不适意也。君子以布仁施义，活国济仁为适意。纵其道不行，亦无意为不适意也。苟身心相离，理事俱如，则何往而不适？

这一席话，岂不足以说明王维后期圆通哲学的实质吗？

一九五五年一月十一日

---

① ② ③ ④ 见《新唐书·张九龄传》。
⑤ ⑥ ⑦ ⑧ ⑩ ⑭ 见《资治通鉴》卷二一四。
⑨见同书卷二一五。
⑪ 《和仆射晋公扈从温汤》。
⑫ ⑬ 《旧唐书·王维传》。

盛唐七绝刍议*

陈贻焮

多年来说诗重思想和现实意义的评价，轻艺术成就和美学价值的探讨。盛唐七绝以短小精悍的形式从各个侧面具体而微地展现所谓"盛唐气象"，历来脍炙人口，时贤又好选名篇细加赏析，终因所写多非重大题材、意义不够深刻而未受到应有的重视。我不揣谫陋，综论此题，自惭创获无多，但望能起到抛砖引玉的作用，促使同好对之作深入的研究。

一

为了有助于加深对盛唐七绝之所以盛行及其艺术特色的认识，先来回顾一下七绝这一诗歌形式的发生发展过程，无疑是有必要的。明人胡应麟在《诗薮》内编卷六中曾对之着重加以探讨。现择要摘录数则，并参合己意，稍作阐述。胡应麟说：

> 五七言绝句，盖五言短古，七言短歌之变也。五言短古，杂见汉魏诗中，不可胜数，唐人绝体，实所从来。七言短歌，始于《垓下》，梁陈以降，作者坌然。第四句之中，二韵互叶，转换既迫，音调未舒。至唐诸子，一变而律吕铿锵，句格稳顺，语半于近体，而意味深长过之；节促于歌行，而咏叹悠永倍之，遂为百代不易之体。

现存五言短古很多，较为熟悉的如汉代的《枯鱼过河泣》"枯鱼过河泣，何时悔复及？作书与鲂鲏，相教慎出入"、《古绝句》"藁砧今何在？山上复有山。何当大刀头？破镜飞上天"等等即是。不管这些作品叫乐府还是叫古诗，大都是民歌。说五言绝句出自这样的一些民歌，这是不错的。所要补充的是，南北

* 选自《论诗杂著》，北京大学出版社，1989。

朝乐府民歌（尤其是吴歌、西曲）更是唐人五绝最近的渊源，不应忽视。项羽的《垓下歌》："力拔山兮气盖世，时不利兮骓不逝。骓不逝兮可奈何，虞兮虞兮奈若何！"七言四句，每句都有"兮"字，两仄韵两平韵，除了换韵这一点，其余和四句连押仄韵的《蒲梢天马歌》相同："天马徕兮从西极，经万里兮归有德。承灵威兮降外国，涉流沙兮四夷服。"此外如汉诗中崔骃的《安封侯诗》"戎马鸣兮金鼓震"首、张衡的《叹》"大火流兮草虫鸣"首、魏诗中曹植的《歌》"望云际兮有好仇"首，晋诗中傅玄的《云歌》"白云翩翩翔天庭"首、张翰的《思吴江歌》"秋风起兮佳景时"首、熊甫的《别歌》"祖风飙起盖山陵"首、《越谣歌》"卿虽乘车我戴笠"首、《大风谣》"大风蓬勃扬尘埃"首，宋诗中有王韶之的《咏雪离合诗》"霰先集兮雪乃零"首，等等，大多每句带"兮"或句句押韵若柏梁体，也有"二韵互叶"而全用平韵或全用仄韵的，只是最后一首一、二、四句押平韵三句末尾不押韵而用仄声字若近体七绝，但都是七言四句的短歌。汉魏晋宋流传下来的这类短歌虽然不多，但也并非绝无仅有。可见在这一历史时期内，从民间到文坛，确乎存在过这种远未定型的七言四句的诗体。因此，不能简单地认为七言短歌仅仅"始于《垓下》"，而应该说渊源于《垓下歌》所代表的这一诗体。

至于说"梁陈以降，作者坌然"，那末具体情况究竟又是怎样呢？胡氏接着回答道：

> 《品汇》谓《挟瑟（琴）歌》、《乌栖曲》、《怨诗行》为绝句之祖。余考《乌栖曲》四篇，篇用二韵，正项王《垓下》格。唐人亦多学此，如李长吉"杨花扑帐春云热"之类。江总《怨诗》卒章俱作对结，非绝句正体也；惟《挟瑟（琴）》一歌，虽音律未谐，而体裁实协。唐绝咸所自来，然六朝殊少继者。

又说：

> 简文《乌栖曲》四首，奇丽精工，齐梁短古，当为绝唱。如"郎今欲度畏风波"，太白《横江词》（"郎今欲渡缘何事？如此风流不可行"）全出此；"可怜今夜宿娼家"，子安《临高台》全用此。至"北斗横天月将落，朱唇玉面灯前出"，语特高妙，非当时纤词比。余人竞拟皆不逮，惟江总"桃花春水木兰桡"一首，差可继之。齐梁并倡靡丽之轨，然齐尚有晋宋风，间作唐

短古耳。至律绝诸体，实梁世诸人兆端。简文《春别》诗"桃红李白"、"别观葡萄"，及题雁"天霜河白"三首，皆七言绝也。王筠元唱"衔悲掩涕"一首亦同。湘东"日暮徙倚渭桥西，正见浮云与月齐。若使月光无远近，应照离人今夜啼"，意度尤近，但平仄多同，粘带时失耳。《挟瑟（琴）歌》，北齐魏收作，亦相先后，则七言绝体缘起，断自梁朝，无可疑也。齐汤惠休《秋思行（引）》云："秋寒依依风过河，白露萧萧洞庭波。思君未光光已灭，渺渺悲望如思何！"梁以前近七言绝体，仅此一篇，而未成就。

这里提到的所有作品均存，现择要抄录于后。

梁简文帝《乌栖曲》其一：

> 芙蓉作船丝作绋，北斗横天月将落。采桑渡头碍黄河，郎今欲渡长风波。

其四：

> 纤作屏风银屈膝，朱唇玉貌灯前出。相看气息望君怜，谁能含羞不自前。

简文帝《和萧侍中子显春别诗四首》其一：

> 别观蒲萄带实垂，江南豆蔻生连枝。无情无意犹如此，有心有恨徒别离。

其四：

> 桃红李白若朝妆，羞持憔悴比新芳。不惜暂住君前死，愁无西国更生香。（焌案：此组诗其二七言六句，可见每首四句之格尚未定型。）

萧子显《春别诗四首》其四：

> 衔悲揽涕别心知，桃花李花任风吹。本知人心不似树，何意人别似花离！（焌案：此组诗共二七言六句。其三的韵脚为"春"、"尘"、"巾"、"新"，仍是柏梁体句句押韵法。）

北齐魏收《挟琴歌》：

> 春风宛转入曲房，兼送小苑百花香。白马金鞍去未返，红妆玉箸下成行。

陈江总《怨诗二首》：

> 采桑归路河流深，忆昔相期柏树林。奈许新缣伤妾意，无由故剑动君心。
> 新梅嫩柳未障羞，情去恩移那可留。团扇箧中言不分，纤腰掌上讵胜愁！

江总《乌栖曲》：

> 桃花春水木兰桡，金羁翠盖聚河桥。陇西上计应行去，城南美人啼春曙。

从这些例子中大致可以看出：

一、梁陈七绝确如胡氏所说主要采用《垓下》格。梁简文帝的两首《乌栖曲》，每首的意思倒也浑然一体，只因"转换既迫，音调未舒"，念起来就不如唐绝那样悠扬舒缓。可见这种《垓下》格的押韵方法多少有碍于诗意的完美表现，音律本身就存在要求进一步发展的趋势。

二、从宋齐之间的汤惠休到梁简文帝、萧子显，到北齐魏收，到陈江总，都有一、二、四句皆押同一平韵的七言绝句（如前所论，在现存作品中，此前只有宋王韶之的《咏雪离合诗》如此押韵，但每句仍带"兮"字）。这样押法在南朝乐府民歌（五言）和后代的民歌中很普通。虽然这一时期这种押法的作品现存极少，却一直不断，而且越来越多。可见这不仅直接受到民歌的影响，同时也体现了言律上的自然趋势。唐以后的五七言绝句和竹枝词等民歌大多这么押韵，也比较便于吟咏和歌唱，足证这种音律上的自然趋势确乎是存在的。

三、由于七绝体制短小，要想写好就得注意构思的精致。七绝每句比五绝多两个字，语调就容易显得流利婉转些；加之梁陈诗人多用来写宫体诗，颇重用辞设色（可参看前引之作）；又深受江南民歌的影响。因此无形中便形成了一种幽雅清丽的风格。所有这些，无疑为唐人七绝的创作提供了有益的艺术借鉴。综上所述，不难看出这种七绝体裁发展到这一时期，只要逐步克服"平仄多同，粘带时失"的毛病，自觉地做到全首声调的和谐，那就自会过渡到唐人七绝这种"百代不易之体"了。

对于这个过渡，胡氏也曾提出过自己的看法：

> 庾子山《代人伤往》三首，近绝体而调殊不谐，语亦未畅。惟隋末无名氏："杨柳青青著地垂，杨花漫漫搅天飞。柳条折尽花飞尽，借问行人归不归？"至此七言绝句音律，始字字谐合，其语亦甚有唐味。右丞"春草年年绿，王孙归不归"祖之。

案庾信《代人伤往》现仅存二首。另有《秋夜望单飞雁》亦是七绝。前二首皆二、四句押韵，头两句对仗。后一首一、二、四句押韵，唐绝多采此格。这三首诗平仄都不调，写得也不算成功，在此体的应用上并无多大突破。

现存隋炀帝的《凤艒歌》值得注意：

> 三月三日向江头，正见鲤鱼波上游。意欲垂钓往撩取，恐是蛟龙还复休。

这诗在作法和声口上显示了所受民歌影响之深，而这种影响对唐绝格调的形成并非可有可无的。

至于胡氏提到的那首隋末无名氏送别之作"杨柳青青著地垂"首，《东虚记》曾加以解释说："此诗作于大业末年，指炀帝巡游无度，民穷财尽，望其返国，五子作歌之意也。"私意以为，不作此深解，诗味似更浓。清沈德潜评："竟似盛唐人手笔"（《古诗源》）。从内容到形式，这确乎是一首极其成熟极其完美的七绝，从而进一步证明此体音律始备于隋末之说不谬。

二

前面一再提到所谓绝句的格律究竟又是怎样的呢？不妨先看清人施补华《岘佣说诗》中的这段话：

> 五言绝句，截五言律诗之半也。有截前四句者，如"移舟泊烟渚，日暮客愁新。野旷天低树，江清月近人"是也；有截后四句者，如"功盖三分国，名成八阵图。江流石不转，遗恨失吞吴"是也；有截中四句者，如"白日依山尽，黄河入海流。欲穷千里目，更上一层楼"是也；有截前后四句者，如"山中相送罢，日暮掩柴扉。春草年年绿，王孙归不归"是也。七绝

亦然。
· ·

试代举例说明之：如杜审言的《渡湘江》"迟日园林悲昔游，今春花鸟作边愁。独怜京国人南窜，不似湘江水北流"，即截前四句者；如李益的《夜上受降城闻笛》"回乐峰前沙似雪，受降城外月如霜。不知何处吹芦管，一夜征人尽望乡"，即截后四句者；如杜甫的《绝句四首》其三"两个黄鹂鸣翠柳，一行白鹭上青天。窗含西岭千秋雪，门泊东吴万里船"，即截中四句者；如杜牧《山行》"远上寒山石径斜，白云生处有人家。停车坐爱枫林晚，霜叶红于二月花"，即截前后四句者。所以有人又称绝句为"截句"。这种说法古已有之。胡氏不同意，曾辩驳说："绝句之义，迄无定说。谓截近体首尾或中二联者，恐不足凭。五言绝起两京，其时未有五言律。七言绝起四杰，其时未有七言律也。但六朝短古，概曰歌行。至唐方曰绝句（炆案：庾信《和侃法师三绝》为五绝三首、《听歌一绝》为五绝一首，可见早有此称，胡氏之说欠审）。又五言律在七言绝前，故先律后绝耳。"案：南齐周颙受印度梵音学的启发，发现汉字有平上去入四种声调，沈约等继而创"四声八病"之说，自觉运用声律写诗，形成"永明体"的新体诗（《后魏书·夏侯道迁传》载道迁每咏孔融诗曰："坐上客恒满，樽中酒不空。"这两句完全可以看作为后世五律中平仄合律、对仗如法的一联，但只是不自觉的暗合）。在这个基础上，经过长时期的创作实践，逐渐形成了平仄、对仗等格律严格的近体诗。近体以律诗为代表。一般文学史多认为南北朝阴铿、徐陵、庾信等的一些作品已暗合五律规格。至于七律，则庾信的《乌夜啼》，隋炀帝的《江都宫乐歌》、《江都夏》等篇已初具雏形，到杜审言就完全合律。沈佺期、宋之问的贡献主要在于把已经成熟的形式肯定下来，最后完成律诗"回忌声病，约句准篇"的任务，使后人有明确的规矩可以遵循。根据前面的论述两相对照，可知绝句律化的过程和律诗发展的过程大致相当，而且渊源各异，决不可能等律诗完全定型然后再作如前所述的种种截取才形成律绝。可见胡氏对"截句"说表示怀疑是有道理的。虽然如此，"截句"说却巧妙而准确地概括了绝句的全部格律，这对初学者来说仍然是很有用处的。至于胡氏说"七言绝起四杰"，则可商榷。

王勃现存七绝六首，无一首完全合律。其中一首押仄韵，二首转韵，这三首属古绝。一首仅三、四句合律，一首仅句中平仄协调。《秋江送别二首》其一差可，也失粘："早是他乡值早秋，江亭明月带江流。已觉逝川伤别念，复看津树隐离舟。"

杨炯七绝无存。

卢照邻存五首，多不协律。

骆宾王存一首，平仄不调。

胡氏承认至隋末无名氏"杨柳青青著地垂"首"始字字谐合"七绝音律。"四杰"只有三人写过七绝共十二首，数量虽较多，却无一首完全合律，除非胡氏当时另有所据，不然不得谓"七言绝起四杰"。

那末，自觉写出完全合律的七绝，又始于何时何人呢？现将初唐名家集中有关七绝创作的情况简介如下：

沈佺期八首，只一首失粘。

宋之问六首，只一首失粘。

杜审言三首全合律，其中《赠苏绾书记》"知君书记本翩翩，为许从戎赴朔边？红粉楼中应计日，燕支山下莫经年"、《渡湘江》（见前）写得也很好。

郭震七首全部合律，水平都不低，其中《惜花》尤佳："艳拂衣襟蕊拂杯，绕枝闲共蝶徘徊。春风满目还惆怅，半欲披离半未开。"

武则天一首，合律且佳："看朱成碧思纷纷，憔悴支离为忆君。不信比来常下泪，开箱验取红榴裙。"（《如意娘》）

此外更统计上官婉儿、李峤、崔湜、阎朝隐、李适、苏颋、徐彦伯、李乂八人共存二十六首，其中完全合律十七首，失粘五首，失对二首，全不协律二首；且多侍宴、雅集唱和之作。

到了初盛唐之交的张说，存七绝十六首，其中完全合律八首，失粘失对七首，古绝一首。

作品现存有限，统计又不完全，但仍可看出：一、和七律一样，七绝的格律经过沈、宋和杜审言等人的努力最后得以定型。此后写作七绝的人渐多，且能较自觉地掌握这一形式，从而为士林所重，登上了大雅之堂。二、初唐七绝创作，成就虽不甚突出，但其格律及写作技巧逐渐为更多的人所掌握，且间有佳作，到张说笔下则初显实绩，预示着盛唐繁荣局面的即将到来。胡应麟说："唐初五言绝，子安诸作已入妙境。七言初变梁陈，音律未谐，韵度尚乏。惟杜审言《度（渡）湘江》、《赠苏绾》二首，结皆作对，而工致天然，风味可掬。至张说巴陵之什，王翰出塞之吟（燚案：翰存七绝四首皆合律），句格成就，渐入盛唐矣。"所见大致相同，可参看。

鲁迅说："歌，诗，词，曲，我以为原是民间物，文人取为己有，越做越难懂，弄得变成僵石，他们就又去取一样，又来慢慢的绞死它。"这话固然不错，但也要看到文人在取为己有以后的长期的创造性劳动，看到在慢慢的绞死它以前还曾促使它有过发展与繁荣。就拿七绝来说，它的发展与繁荣，不是就有赖于许多代文人创造性的艺术实践么？充分重视民间物和生活体验，又鼓励诗人创造性的艺术实践和广泛的艺术借鉴，我想，现今的新诗也同样会有很大发展的。

<h1 style="text-align:center">三</h1>

　　盛唐诗歌特盛，各种体裁都涌现出大量佳作，七绝亦然。之所以如此，自有其政治经济、社会风尚、时代精神、文化艺术各方面的种种原因，而诗歌本身诸如题材的开拓、形式的提供、表现艺术的日趋成熟等等在其中所起的作用也不应低估。如前所论，七绝的格律恰好在初盛唐之交基本完备，这无疑为盛唐七绝的繁荣提供了极为有利的条件。

　　盛唐七绝的繁荣首先显示在作者和作品数量的激增上。明人赵宦光、黄习远重编《万首唐人绝句》，厘正洪迈原本采辑之失，并作《唐风四始考》具体区分初、盛、中、晚四唐的起讫，然后将五言（六言附）七言分开各按四唐顺序"厘诗归人，厘人归代"而加以编次。这种四唐的具体划分以及各段内类别的排列（即《唐绝发凡》所谓"今于四唐卷首，冠以帝王，次名臣，次隐沦，次释道，次闺秀，次仙鬼，外夷终焉"），虽也不无可议之处，但大体上仍有利于考察唐人七绝各个时期的发展情况。该书共收七绝七七九三首，除"释子、羽客"和"宫闱、女郎、神仙、鬼怪"分两卷全唐合编四九五首外，初唐一二八首、盛唐四九二首、中唐三四七九首、晚唐三一九九首。光凭这些数字，也能得出初唐开先声、盛唐始盛和中晚唐大为普及的总印象。

　　更能显示盛唐七绝之盛的，是各家多有名篇且各具特色。比如孟浩然于此体不甚擅长，而其《送杜十四之江南》却写得词朴意真、一往情深："荆吴相接水为乡，君去春江正渺茫。日暮征帆泊何处？天涯一望断人肠。"王之涣存五绝二首、七绝四首。其五绝《登鹳雀楼》古今说诗多借作"盛唐之音"的例证。其七绝《凉州词》"黄河远上白云间"首亦脍炙人口，当时竟传出"旗亭画壁"的佳话，清代王渔洋则举之合王维的"渭城"、李白的"白帝"、王昌龄的"奉帚平明"为唐人七绝压卷之作。常建的《塞下曲》"天涯静处无征战，兵气销为日月光"，固然"句亦吐光"（沈德潜语），显示出所谓"盛唐气象"来；就是他写幽境雅致的《三日寻李九庄》亦复生意盎然，毫无枯寂消沉之感："雨歇杨林东渡头，永和三日荡轻舟。故人家在桃花岸，直到门前溪水流。"高适、岑参是以歌行著称的边塞诗人，他们也用七绝写边塞风情，如高的《营州歌》"营州少年厌原野，狐裘蒙茸猎城下。虏酒千钟不醉人，胡儿十岁能骑马"、岑的《赵将军歌》"九月天山风似刀，城南猎马缩寒毛。将军纵博场场胜，赌得单于貂鼠袍"等；写旅情别绪，如高的《别董大》"千里黄云白日曛，北风吹雁雪纷纷。莫愁前路无知己，天下何人不识君"，岑的《武威送刘判官赴碛西行军》"火山五月行人少，看君马去疾如鸟。都护行营太白西，角声一动胡天晓"、《碛中作》"走马西来欲到天，辞家见月两回圆。今夜不知何处宿，平沙万里绝人烟"、《逢入京使》"故园东望路漫漫，双袖龙钟泪不干。马上相逢无纸笔，凭君传语报平安"等；甚至写相思幽怨，如岑的《春梦》"洞房昨夜春风起，遥忆美人湘江水。枕上片时春梦中，行尽江南数千里"等。这些作品或富新奇感，或胸襟开阔，或意气风发，或感情强烈，或风清骨峻，或情采华赡，无不从各个侧面直接间接地显示出盛唐诗人的乐观精神和浪漫气质。此外，刘方平七绝的感受精微而不纤巧，如《夜月》"更深月色半人家，北斗阑干南斗斜。今夜偏知春气暖，虫声新透绿窗纱"，《春怨二首》"纱窗日落渐黄昏，金屋无人见泪痕。寂寞空庭春欲晚，梨花满地不开门"、"朝日残莺伴妾啼，开帘只见草萋萋。庭前时有东风入，杨柳千条尽向西"等；贺知章七绝的风趣和天真，如《回乡偶书》"少小离家老大回，乡音无改鬓毛摧。儿童相见不相识，笑问客从何处来"、《咏柳》"碧玉装成一树高，万条垂下绿丝绦。不知细叶谁裁出，二月春风似剪刀"；贾至七绝的清越，如《西亭春别》"日长风暖柳青青，北雁归飞入窅冥。岳阳楼上闻吹笛，能使春心满洞庭"、《巴陵与李十二裴九泛洞庭》"枫岸纷纷落叶多，洞庭秋水晚来波。乘兴轻舟无近远，白云明月吊湘娥"；严武七绝的英爽，如《军城早秋》"昨夜秋风入汉关，朔云边月满西山。更催飞将追骄虏，莫遣沙场匹马还"；都竞以风格各异的华章为盛唐繁荣的诗坛添香增色。例举名家名作如上而不须详析，就足以见出这一时期七绝创作之盛及其艺术造诣之高了。

四

正由于有如此深广的基础，当时才会在这一领域中涌现出李白、王昌龄、王维这三位大家，创作了大量珍品，从而使盛唐七绝跃居四唐之首位。这三家的七绝各擅其妙，成就俱高。这里排列的名次或稍存轩轾，论述的先后则视行文的方便而定。且先谈王维。

王维多才多艺，能诗善画，精通音律，书法也好，在诗歌创作上他还是个全才。他各体擅长，五古、七古、五律、七律、五排、五绝、七绝，甚至六绝中都有佳作。他素以田园山水诗人著称，其实他所采用的题材也很广泛。比如他的七绝就很少写田园山水，而是像当时其他人一样，多写思乡、送别、闺怨、游侠、边塞以及种种生活感触。

他十七岁写的《九月九日忆山东兄弟》"独在异乡为异客，每逢佳节倍思亲。遥知兄弟登高处，遍插茱萸少一人"，至今传诵不衰。林庚先生是诗人，他以诗人独有的敏感，曾敏锐地觉察出这首小诗和另二首七古的时代艺术特色来："这一个结合着民间习俗的诗篇，出自一个十七岁的少年之口，对于这一个少年时代，是具有着深深的感染力的。而他十八岁（或说十六岁）所写的《洛阳女儿行》，十九岁时所写的《桃花源行》，又都已是广泛流传的七古佳作；这一个少年天才的表现，正说明那是一个解放的少年的时代，活跃的青春的时代。"（《中国文学简史》上卷）尽管封建社会中的诸般矛盾在当时照样一应俱全，盛唐究竟是我国历史上最繁荣昌盛的时代。生在这样的时代，对于像王维这样一些志大才高的青年士子来说，他们的前途和"用武之地"确乎是相对地要广阔得多，这就无怪乎他们在总体上（因为决不能说任何人在任何时候）有"海阔凭鱼跃，天高任鸟飞"之感了。林先生用诗的语言说"那是一个解放的少年的时代，活跃的青春的时代"，我认为这话不仅富于诗意也很有概括力。海阔天空，各奔前程，行旅别离自然频繁。"黯然销魂者，唯别而已矣。"即使不是流亡道路、贬谪边荒，别离总难免伤情。只是盛唐时的士子，大多受时代精神的鼓舞，抱负不凡，情绪乐观，每逢思乡惜别，固然一往情深，却不至过于哀伤。就拿这首诗来说：少小离家，平日也免不了想家。今逢重阳，想到家乡兄弟们登高时遍插茱萸而少我一人，就深感节日比平时更令人思念亲友了。"每逢佳节倍思亲"是人之常情。"遍插茱萸少一人"，虽是偶然想到却在情理之中。一全一偏，一虚一实，两者相辅相成，竟如此成功地抒写了这种既感人又健康的情怀，这无疑是中晚唐那些为生离死别而苦吟哀叹的诗篇所不能比拟的。他的《送元二使安西》也是一首很富于时代特色的送别名篇：

渭城朝雨浥轻尘，客舍青青柳色新。劝君更尽一杯酒，西出阳关无故人。

跟高适的"莫愁前路无知己，天下何人不识君"相比，这诗末二句情调似乎显得低沉得多。其实不然。名声再大，普天之下未必人人尽识。当时边庭幕府多文士，既是奉使安西，所遇未必无一故人。一个这么说，一个那么说，都不只是为了出语惊人，更是在各找理由来慰藉友人、抒己惜别深情，岂可仅凭字面遽定情调的高低？照我看来，高诗虽是宽慰之辞却极爽朗豁达，王诗状送别时的欣欣向荣的感觉而毫无萧索落寞之意，无不散发出盛唐气息。再看王维的《送沈子福归江东》，这一特色就更明显了：

> 杨柳渡头行客稀，罟师荡桨向临圻。惟有相思似春色，江南江北送君归。

友人春日乘船归江东，诗人感到自己心中无限的依恋惜别之情，就像眼前春色的无边无际，因而忽发奇想：让我的相思情意也像这无处不在的春色，从江南江北，一齐扑向你，跟随着你归去吧！——多么美丽的想象，多么蕴藉而深厚的感情！将外界的春色比拟内心的感情，寓情于景，情与景妙合无间，极其自然。"状难写之景如在目前"，便算是诗家能事，这里藉难写之景以抒无形之情，功夫当然又深了一层。写离情别绪哀而不伤，形象丰满，基调明快，这是盛唐诗歌的特色。五代牛希济《生查子》末二句云："记得绿罗裙，处处怜芳草。"写的是少妇对远行人临别的叮咛。这话也讲得非常之含蓄，非常之婉转，非常之好。与王诗"惟有"二句相比较，手法相同，思路近似，都极富艺术魅力，但感情一奔放一低徊，风格一浑成一婉约，无不鲜明地显示出各自的时代特色。此外，像他的《寒食汜上作》："广武城边逢暮春，汶阳归客泪沾巾。落花寂寂啼山鸟，杨柳青青渡水人"，写得旅情摇曳、境地孤清，却也春意益然。又如《失题》："清风明月苦相思，荡子从戎十载余。征人去日殷勤嘱：'归雁来时数寄书！'"写闺怨一往情深却极蕴藉。情深，感染力就强；蕴藉，留给读者想象的余地就多：这也是"盛唐之音"，尤其是盛唐七绝的特点。《云溪友议》载安史乱起，唐明皇入蜀，宫廷音乐家李龟年流浪到了湖南，曾于湘中采访使筵上唱"红豆生南国"、"清风明月苦相思"二诗，满座的人听了，莫不望着明皇所在的方向叹息。在我看来，这两首诗不仅本身有很强的艺术感染力，而且还最富"盛唐之音"的特点，因此在彼时彼地彼境由当日梨园乐工演唱，就更会令满座痛感盛世难再而怅然若失了。

初盛唐时期，国力日隆，幅员广阔，出将入相者代不乏人。因此边疆不仅对游侠少年，也对那些意欲投笔从戎报国立功的有志之士有很强烈的吸引力。

杨炯说"宁为百夫长,胜作一书生"(《从军行》),王维说"岂学书生辈,窗间老一经"(《送赵都督赴代州得青字》),这就是这种心情的表露。王维曾奉命出使塞上,其纪行志异之作如《使至塞上》、《出塞作》、《凉州赛神》等等,颇有生活实感;而前首"大漠孤烟直,长河落日圆"一联,尤其脍炙人口。不过,他的那组《少年行四首》,就未必作于那次出塞以后,当如当时诗人们好写的《少年行》一样,只是泛咏游侠少年。这组诗其一写得很豪爽,艺术上也很成功:"新丰美酒斗十千,咸阳游侠多少年。相逢意气为君饮,系马高楼垂柳边。"光看这首诗,由于写得比较含蓄,这些少年虽与杜甫《少年行》中那个傲慢无礼的少年有别:"马上谁家白面郎,临阶下马坐人床。不通姓字粗豪甚,指点银瓶索酒尝。"更不同于卢照邻《长安古意》中那些纵欲行凶的侠客:"挟弹飞鹰杜陵北,探丸借客渭桥西。俱邀侠客芙蓉剑,共宿娼家桃李蹊。"而他们的行径比李白《少年行》中所写的也不见得高明多少:"五陵年少金市东,银鞍白马度春风。落花踏尽游何处?笑入胡姬酒肆中。"不过,若将王维这四首《少年行》当作若断若续的整体,待读了其二"出身仕汉羽林郎,初随骠骑战渔阳。孰知不向边庭苦,纵死犹闻侠骨香",其三"一身能擘两雕弧,虏骑千重只似无。偏坐金鞍调白羽,纷纷射杀五单于",其四"汉家君臣欢宴终,高议云台论战功。天子临轩赐侯印,将军佩出明光宫",就会知道这些纵饮高楼的游侠少年,都原来是甘愿为国捐躯、或已立功、或将受赏的英雄。将渊源于《结客少年场行》的《少年行》从游侠引向边塞,而且写得如此之理想化、如此之富于浪漫色彩,其意义不止在于诗人藉之抒发了自己的豪情壮志,更在于反映了当时有志之士渴望为国立功的普遍心情。曹植的《白马篇》,开游侠与边塞题材相结合之先声,"言人当立功为国,不可念私也"(沈德潜语),与此组诗心有相通处。建安、盛唐,一乱一治,而士林俱重理想、尚功业,故二者的时代精神与文学思潮异中有同。

五

如上所述,王维在七绝创作上的成就固然很高,而盛唐诗人中最擅长此体的仍当首推李白和王昌龄。

李白是伟大的浪漫主义诗人。他意气风发,思如泉涌,壮浪纵恣,不受拘束,除七律稍逊,其余各体俱长,尤以七绝妙绝千古。

《苕溪渔隐丛话》说:"荆公云:诗人各体所得,'清水出芙蓉,天然去雕饰'，此李白所得也。"屈绍隆《粤游杂咏序》说："诗以神行，使人得其意于言之外，若远若近，若无若有，若云之于天，月之于水，心得而会之，口不得而言之，斯诗之神者也。而五七言绝，尤贵以此道行之。昔之擅其妙者，在唐有太白一人，盖非摩诘、龙标之所及。"前者谓太白诗天然清丽。私意以此评其绝句最为恰当。后者讲得似乎玄一些，其实不过是说绝句尤贵空灵飘逸、意味深长，而太白最擅其妙，旁人莫及。大致说来，这也是不错的。且看太白的《峨眉山月歌》：

峨眉山月半轮秋，影入平羌江水流。夜发清溪向三峡，思君不见下渝州。

今人编年以此为作者二十六岁离蜀时作。平羌江即青衣江，流至乐山县入岷江。清溪即清溪驿，在今四川犍为县峨眉山附近。君指峨眉山月。在清溪驿乘船往三峡时，见半轮峨眉山月的影子随着平羌江水在流动。多想你呀，不见你同我一起下渝州！太白最喜欢月亮，总是把它看作是自己最亲密的朋友，如说"暮从碧山下，山月随人归"（《下终南山过斛斯山人宿置酒》）、"举杯邀明月，对影成三人"（《月下独酌》）、"床前明月光，疑是地上霜。举头望明月，低头思故乡"（《静夜思》）等等。正因为如此，所以当他一到渝州，不见峨眉山月同来，就顿起离愁了。他后来写的《峨眉山月歌送蜀僧晏入中京》："我在巴东三峡时，西看明月忆峨眉"，即提到当时这一情事，可见印象之深。这诗声情清新宛转如流水。似不着意，措辞实佳。"半轮秋"，形象而见时序，且富感情色彩。——作这样一些解释，虽嫌粗浅，还是有得可说的。至于它何以看似寻常，教人读了却觉得很美很受感动呢？这就像屈绍隆说的，"心得而会之，口不得而言之"了。王琦注引王凤洲说："此是太白佳境，二十八字中有峨眉山、平羌江、清溪、三峡、渝州，使后人为之不胜痕迹矣，可见此老炉锤之妙。"又引王麟洲说："谈艺者有谓七言律一句中不可入两故事，一篇中不可重犯故事。此病犯者固多，拈出亦见精严。吾以为皆非妙悟也。作诗到精神传处，随分自佳，下得不觉痕迹，使一句两入，两句重犯，亦自无伤，如太白《峨眉山月歌》，四句入地名者五，古今目为绝唱，殊不厌重。蜂腰、鹤膝、双声、叠韵，沈休文三尺法也，古今犯者不少，宁尽汰之耶？"说四句入地名者五而殊不厌重，见此老炉锤之妙，固然不错；但不如说其所以如此，主要在"作诗到精神传处，随分自佳"较中肯綮。"不依规矩，不能成方圆。"规矩也不是随便可以废得的。但艺术到了神乎其技的境地，也还是可以作到"从心所欲，不逾矩"的。太白二十六岁作诗即能到此境地，非惟才逸，功力亦深。《杨升庵外集》说："庄周、李白，神于文者也，非工于文者所及也。文非至工，则不可为神，然神非工之所可至也。"《朱子语类》说："李太白诗，非无法度，乃从容于法度之中，盖圣于诗者也。"认为"神于文""圣于诗者"殆天授，"非工之所可至"，但首先又非作到"至工"能"从容于法度之中"不可，这无疑是很辩证很有道理的。我们说（尤其是学）太白诗应作如是观。

他的《宣城见杜鹃花》也是这样一首本色天然、感人至深却难尽言其妙的佳作：

> 蜀国曾闻子规鸟，宣城还见杜鹃花。一叫一回肠一断，三春三月忆三巴。

子规鸟一名杜鹃，暮春昼夜悲啼，蜀地最多。王维《送梓州李使君》"万壑树参天，千山响杜鹃"，即谓此。杜甫亦曾多次咏及蜀地杜鹃。《本草》说"其鸣若曰：'不如归去！'"所以过去一般行旅、送别诗中常提到它。杜鹃花，即映山红，杜鹃啼时盛开，或因其花鲜红而联想到杜鹃啼血的传说，故名。《牡丹亭·惊梦》有"遍青山啼红了杜鹃"句，虽出自后人之作，亦可资参考。暮春三月，因见杜鹃花而想到子规鸟，而引起思乡之情，虽然很自然，却也平常。第三句三"一"字，第四句三"三"字，乍看像是文字游戏，若细玩味，便觉平常感触中蕴深情，而后二句连数字加以反复咏叹，自有荡气回肠之致。它如《赠汪伦》"李白乘舟将欲行，忽闻岸上踏歌声。桃花潭水深千尺，不及汪伦送我情"等等，拙甚、俗甚、率甚，却至工、至雅、至真。读此等诗，不求妙悟，而仅仅满足于词句的赏析或构思的揣摩，那还是不很够的。

陶渊明借五柳先生以自况，说他"好读书，不求甚解；每有会意，便欣然忘食"。但有时也难免要同朋友们"奇文共欣赏，疑义相与析"。"赏析"一词即出此，可见由来已久，尤其对学习文学来说，确是一种行之有效的好方法。这里，我不过想提醒一点，方法再好，也不宜作过头。如果不问创作路数、作品特色，赏析起来，一律从深从细，或不重"会意"，只顾一厢情愿地探讨诀窍、总结规律，那是没有多大意义的。这毛病，不仅我们会犯；就连过去那些很懂行的诗家，有时也难保不犯。比如沈德潜在《唐诗别裁集》中选太白七绝颇当，总评亦中肯："七言绝句，以语近情遥、含吐不露为贵。只眼前景、口头语而有弦外音，使人神远，太白有焉。"但于《越中览古》"越王勾践破吴归，战士还家尽锦衣。宫女如花满春殿，只今惟有鹧鸪飞"之后，却加批语说："三句说盛，一句说衰，其格独创。"这话就不怎么高明了。即使总结出其格确系太白所独创，对学诗说诗究竟有多大意义呢！

同中晚唐像李义山这样一些作家的精美作品相比，盛唐李太白的七绝主要仗情意的醇厚、韵味的深长取胜，倒不太注意构思和表现手法的创新。不妨拿他的《春夜洛城闻笛》和《与史郎中钦听黄鹤楼上吹笛》作个比较。前诗说："谁家玉笛暗飞声，散入春风满洛城。此夜曲中闻折柳，何人不起故园情。"后诗说："一为迁客去长沙，西望长安不见家。黄鹤楼中吹玉笛，江城五月落梅花。"一因听到吹奏那诉说离愁别绪的《折杨柳》曲而顿起思乡之情，一因闻《梅花落》笛曲而生花雨纷飞之想，思路相同。何况前意在其《塞下曲》中尚有类似的表现："笛中闻折柳，春色未曾看。"王之涣也解道："羌笛何须怨杨柳，春风不度玉门关。"为了极力形容笛声传得远，不是说"散入春风满洛城"，就是说"江城五月落梅花"。可见这两首诗的构思和手法并没有什么新着儿。虽然如此，却仍旧很新鲜、很丰满、很感人、很美，这岂不充分显出它们所体现的"盛唐之音"的特色和魅力来了么？且回头再看"散入"、"江城"二句。虽说二者都是为了极力形容笛声传得远，但它们给读者的感受却很不一样：散入春风传满洛城，是文学夸张，讲得也很美，但指的仍是笛声；笛声传满江城，因所奏《梅花落》而生出落英缤纷的幻觉，这样，给人的感觉就更强烈更美丽。时下加新式标点作注释，多将"折柳"、"落梅花"标书名号，有的还说《落梅花》即《梅花落》，因押韵而倒置。这么一来，幻觉顿消，便索然无味了。只要有美丽而富于诗意的真情实感，不须苦吟，照样能写出好诗来，李白等盛唐诗人就正是这样作的。除了个人的天才，时代的因素也是不能忽视的啊！

讲"盛唐气象"、"盛唐之音"，自然离不开"盛唐"这个具体的历史时期。"盛唐"怎样划分呢？"渔阳鼙鼓动地来，惊破霓裳羽衣曲。"它的下限，再晚恐怕也不能超过这条线。历史分期可以一刀切，盛唐诗人、"盛唐之音"虽应与之相当却不能一刀切，仍须视作家作品的主要特征和倾向而加以大略的区分。比如李白、杜甫都经历了安史之乱，而且写过反映战乱和忧国忧民的作品（杜去世较李晚，这类作品也更多）。但他们都是在盛唐昂扬进取的时代精神的感召下成长起来，深受当时空前繁荣的物质文明精神文明的熏陶和开明政治的鼓舞，逐渐形成"愿为辅弼"或"窃比稷与契"的理想和大志，而且他们的文学修养和诗歌创作艺术当时已完全成熟。因此，当他们一旦发觉现实远非想象的那么美妙，尤其是"太平盛世"的美梦为安禄山的叛乱所彻底破灭以后，他们自然会感发于中而形于吟咏，或抨击，或揭露，或伤民生疾苦，或叹报国无门。正由于他们原先壮志凌云，胸襟开阔，以天下为己任的初衷不改，再加上文学功底又很深厚，如今写起愤世或伤乱的诗来，其震撼人心的力量也必然很大，犹如枪炮的坐力一样。中唐以后刻意写作现实主义或浪漫主义诗歌的不仅很多而且更自觉，有的甚至还写得很深刻很有水平，可总觉得缺少那么一股子冲劲和执著劲，思想感情也嫌不那么深广。我想这主要是他们没能像李、杜一样，有幸得到"盛唐"的哺育和教养，练出一身"神力"所致。如此说来，将李、杜划归盛唐，也是有一定道理的。

有了这样的理解，我们就不会认为前面将贾至的《西亭春别》、《巴陵与李十二裴九泛洞庭》，严武的《军城早秋》这几首安史乱起以后的作品算作盛唐七绝，有什么不合适的了。因为从教养和成熟的时期看，他们都是盛唐诗人，而这些诗的写法也是盛唐的啊！

把盛唐诗人的积极乐观看作是天真无知，把"盛唐之音"看作是歌功颂德、粉饰太平，那起码是不完全正确的（因为确实也存在着这样一些因素）。盛唐之盛主要建立在封建剥削的经济基础之上，政治斗争此起彼伏，哪能真的"天下太平"毫无矛盾呢？总的来说，士大夫们都或多或少分享了"承平之世"为统治阶级所备办的"盛筵"，但每个人处在这矛盾照样四伏的现实社会里，一生之中，总难免会遇到挫折和不幸，会藉诗歌来抒发自己的苦闷和悲哀。因此不能误以为盛唐诗人总是笑口常开，而盛唐诗歌总是报喜不报忧的。这是一方面。另一方面，盛唐到底是盛唐，同乱世比起来，生在这个时代的士大夫们是有福了。只要他们尚未陷于绝境，即使举进士不第，还可以应制举、献赋、干谒、佐戎幕，冀得一进身之阶；再不然，浪迹江海、退隐山林，进可应征召，退可独善其身，计亦大佳。因此就一般而论，他们遭厄运而总存希望，抒愁怀却不过于感伤。比如李白得知好友王昌龄被贬为龙标县尉，龙标县（今湖南黔阳县）附近有雄、樠、西、沅、辰五溪，当时很荒僻，因此很为他担心，就作《闻王昌龄左迁龙标遥有此寄》说："杨花落尽子规啼，闻道龙标过五溪。我寄愁心与明月，随风直到夜郎西。"盛唐人属辞好警绝：给亲友捎句话，不说己心不染俗尘仍然纯洁明澈，却说"一片冰心在玉壶"（王昌龄《芙蓉楼送辛渐》）；春日登眺，不说神驰故里，却说"天畔登楼眼，随春入故园"（杜甫《春日梓州登楼》）；等等。太白讲得更耸人听闻："狂风吹我心，西挂咸阳树。"（《金乡送韦八之西京》）你看，他们的器官真神奇，居然会因情绪的波动而离开各自的躯体自由飞翔或止息。在这首七绝里，太白又把那颗心交付给明月，让它随风一直飞到夜郎西边，去安慰王昌龄，去分担他的愁苦。沈德潜说："即'将心寄明月，流影入君怀'意。出以摇曳之笔，语意一新。"——这样写，固然充分表达了诗人闻至友远谪时的震惊和深忧，却显得很天真很滋润很有诗意，毫无元稹《闻乐天授江州司马》那种面色煞白、嗒然若丧的绝望神情："残灯无焰影幢幢，此夕闻君谪九江。垂死病中惊坐起，暗风吹雨入寒窗。"友谊都深，情境恰同，二作俱佳而迥异；除了诗人个性与具体情况的不同，还应看到盛唐与中唐诗风的差别。

太白七绝佳什尚多，像《黄鹤楼送孟浩然之广陵》的江永情遥，《清平调词》的丰满高华，《早发白帝城》的明快洒脱，《望庐山瀑布》其二的想落天外，《望天门山》的开豁壮丽等等，无不各擅风姿，却共同显示出盛唐诗歌的时代特色和最高成就。

六

在七绝的创作上堪与李白比肩的是王昌龄。他的七绝也写得很优美大方，饶有"盛唐之音"，却比较讲究炼意与经营。比如《青楼曲二首》其一就是一首自出机杼之作：

> 白马金鞍从武皇，旌旗十万宿长杨。楼头小妇鸣筝坐，遥见飞尘入建章。

王夫之说，读此诗"想知少妇遥望之情，以自矜得意，此善于取影者也"（《薑斋诗话》）。只要有光，物体总有影子。至于影子是否显露得恰到好处，则取决于光源与物体之间的角度。作诗与此有相仿佛处。如果生活中有所感发，写出的诗歌又能取得由此及彼、意在言外的绝妙艺术效果，就像此诗只写楼头少妇所见所为，却能想知她"遥望之情，以自矜得意"。之所以能想知如此，是诗中暗示了那"白马金鞍从武皇"的队伍里面，一定有少妇的"良人"在。其实，杨慎早就领悟到这层意思了。他说："此诗咏游侠恩幸，有如此之夫，有如此之妇，含讽感时，意在言表。"（《升庵诗话》）——王夫之把这种诗歌表现手法叫作"取影"，倒也形象，很能说明问题。对照其二，则知升庵、薑斋对其一言外之意的领悟是正确的："驰道杨花满御沟，红妆缦绾上青楼。金章紫绶千余骑，夫婿朝回初拜侯。"潘德舆评："此诗两首，极写富贵景色，绝无贬词，而彼时淫奢之失、武事之轻、田猎之荒、爵赏之滥，无不一一从言外会得，真绝调也。"（《养一斋诗话》）相形之下，其二稍逊。题材不同、手法近似，而差可与其一媲美的当推《闺怨》：

闺中少妇不知愁，春日凝妆上翠楼。忽见陌头杨柳色，悔教夫婿觅封侯。

徐增说："'凝妆'人都不解。女儿面色略带黄，古妇人妆饰，要作女儿模样，采花须上黄粉，轻拂月弯状于额际，谓之'凝妆'，至'凝妆'时，省着已是丈夫的。"（《而庵说唐诗》）据梁简文帝《美女篇》"约黄能效月"、卢照邻《长安古意》"纤纤初月上鸦黄"和李贤墓壁画，六朝、唐代女子确有以黄粉"轻拂月弯状于额际"的打扮。不过，这里的"凝妆"，当解作严妆、盛妆、艳妆（初唐谢偃《乐府新歌应教》"青楼绮阁已含春，凝妆艳粉复如神"。"凝"、"艳"对举可见），不宜坐死为抹额黄"要作女儿模样"。少妇不识愁滋味，春日兴起作盛妆登楼，忽见陌头柳色而生闺怨。这样，以反衬见情，意味深长，"闺中身份自好"（黄牧村《唐诗笺注》）。如果以为她"要作女儿模样"，"至'凝妆'时，省着已是（有）丈夫的"，那岂不把这"闺中少妇"曲解成一个竟忘了自己嫁没嫁人的"傻大姐"了？求细求深，弄巧反拙，用这种办法来说空灵、蕴藉的盛唐七绝，无疑是很不合适的。晚唐李商隐的《为有》："为有云屏无限娇，凤城寒尽怕春宵。无端嫁得金龟婿，辜负香衾事早朝"，写闺怨亦善用意，而"闺中身份"稍逊前诗。此不仅见个人趣味，亦见时代诗风。两相比照、揣摩，或能对盛唐七绝的特点和优点有所领悟。

王昌龄也好咏宫怨，大多美而不艳、哀而不伤，意境绝妙。比如他的《春宫曲》，就很值得细细品味和琢磨：

昨夜风开露井桃，未央前殿月轮高。平阳歌舞新承宠，帘外春寒赐锦袍。

卫皇后字子夫，本平阳主讴者。武帝过平阳主，主见先所储美人，帝不悦。既饮，讴者进，帝独悦子夫，得幸，平阳主因奏子夫送入宫。元朔元年生男据，遂立为皇后。诗中明言"平阳"，杨升庵以为此咏赵飞燕事，不当；而谓此"亦开元末纳玉环事，借汉为喻也"，不为无因。黄牧村说："此借咏卫皇后事，以例君王之宠幸者。'昨夜风开露井桃'其初承恩幸；'未央前殿月轮高'，言正位中宫。而究其始，则自平阳歌舞，本微贱，以更衣得幸，言外有风刺，而语意极温柔敦厚，风人之遗。"刘豹君说："言桃生露井上，得春风而始开，兴起宫人之承宠者。月轮高，则夜深矣。言平阳歌舞之人新承恩宠。帘外春寒，则帘内未必寒也。乃恩宠已极，即夜宴未寒，忽指以为寒，而遂以锦袍赐之。夫不寒而有锦袍之赐，承宠者之荣也，而以失宠者观之，倍觉难堪矣。"（《唐诗合选详解》）比较起来，刘豹君的解说最得作者用心，可参看。黄牧村说此借咏卫皇后事"以例君王之宠幸者"，指出其典型意义，较升庵直谓此写"纳玉环事"为优。而所谓"昨夜"句言初承恩幸、"未央"句言正位中宫云云，则大谬。此诗"取影"亦妙，乃从旁观角度，以帘外轻寒、殿前朗月烘托宫中新得宠姬、长夜欢娱情境，写得高雅脱俗、美丽清婉、流转浑成。正由于语含蓄而意深长，读之者故各有所得，方可谓之"温柔敦厚"得"风人之遗"。若任意"探微索隐"，将之曲解为每句都藏有暗示以揭人阴私的歌谣，如首句兴起却坐实为"初承恩幸"，次句写景竟误作"正位中宫"，三、四句明明指赐新宠歌者锦袍却说是"以更衣得幸"，这就不是说诗，而是在解"推背图"了。这种无视诗歌本身的艺术特色而死抠"微言大义"的作法由来已久；今人但求拔高作品的思想性为作家争席位，有时也难免会犯这个毛病。在我看来，这类作品的美学价值大于其认识价值，即使其中不无讽刺，我们也决不能重其所轻、轻其所重。

沈德潜说："王龙标绝句，深情幽怨，意旨微茫。'昨夜风开露井桃，一章，只说他人之承宠，而己之失宠，悠然可思，此求响于弦指外也。"（《说诗晬语》）这样解释很有意思，既见"取影"之妙，本身也不无根据。因为诗中写承宠却露凄清之感，这情调同那些明写宫怨的诗篇是相通的。如《西宫春怨》说：

　　西宫夜静百花香，欲卷珠帘春恨长。斜抱云和深见月，朦胧树色隐昭阳。

《汉书·外戚传》载汉成帝立赵飞燕为皇后；其女弟合德为昭仪，居昭阳舍。《三辅黄图》误以赵飞燕居昭阳殿。夜静花香，欲卷帘因恨长乃止。斜抱云和之琴以自遣，不意在西宫深处却瞥见了月光，和那朦胧树色隐蔽着的昭阳殿！——言辞淡雅，稍加涂抹，稍点春恨，则其人宛在，其情可感。这种艺术，可算是到家了。胡应麟说："太白《长门怨》：'天回北斗挂西楼，金屋无人萤火流。月光欲到长门殿，别作深宫一段愁。'江宁《西宫曲》：'西宫夜静百花香……'李则意尽语中，王则意在言外。然二诗各有至处，不可执泥一端。大概李写景入神，王言情造极。王宫词乐府，李不能为；李览胜纪行，王不能作。"比照得好，二家的专长和特色抓得准，评议通达公允，对今天的说诗人很有启发。

另一首手法相同而哀怨尤深的宫词是《长信秋词》：

> 奉帚平明金殿开，且将团扇共徘徊。玉颜不及寒鸦色，犹带昭阳日影来。

还是沈德潜的笺评言简意赅："昭阳宫，赵昭仪所居。宫在东方，寒鸦带东方日影而来，见己之不如鸦也，优柔婉丽，含蕴无穷，使人一唱而三叹。""玉颜"二句构思极精工而不纤巧，以婉曲的语言写失宠妃嫔心态，妙在"绝世传神，不语而神伤"（《唐贤三昧集笺注》）。

江宁也有写女子欢快情事的作品，以《采莲曲》其二最佳：

> 荷叶罗裙一色裁，芙蓉向脸两边开。乱入池中看不见，闻歌始觉有人来。

黄牧村说："梁元帝《碧玉诗》'莲花乱脸色，荷叶染衣香'，意所本。'向脸'字却妙，似花亦有情。乱入不见，闻歌始觉，极清丽。"对照所本，便可看出这诗创新之处全在于将叶裙一色、面若莲花这一比较一般的构思想得更活一些，更多变化一些而已。王维的"竹喧归浣女，莲动下渔舟"（《山居秋暝》）、杜甫的"青惜峰峦过，黄知橘柚来"（《放船》），都善写物我相对处于运动之中的视听感受，与此用意近似，可参读。其一不如此首通体完美，而其第三第四两句"来时浦口花迎入，采罢江头月送归"，非止"对结流动"（谭元春语），"描写采莲之景如画"（唐汝询语），而且风流蕴藉，唱叹有情，读之发人遐想。

王昌龄这类写妇女题材的七绝大多造诣极高，历来深得好评。王夫之说："艳诗有述欢好者，有述怨情者，《三百篇》亦所不废。顾皆流览而达其定情，非沉迷不反，以身为妖冶之媒也。嗣是作者，如'荷叶罗裙一色裁'，'昨夜风开露井桃'，皆艳极而有所止。至如太白《乌栖曲》诸篇，则又寓意高远，尤为雅奏。其述怨情者，在汉人则有'青青河畔草，郁郁园中柳'，唐人则'闺中少妇不知愁'，'西宫夜静百花香'，婉娈中自矜风轨。迨元、白起，而后将身化作妖冶女子，备述衾裯中丑态，杜牧之恶其蛊人心、败风俗，欲施以典刑，非已甚也。"（《薑斋诗话》）船山衡文，独具只眼。有时也难免偏激，如此处指责元、白，虽非无的放矢，似嫌太过。但认为艳诗固可作，以寓意高远者为上，不然亦须自矜风轨而有所止，不得沉迷不反，这是很有见地的。但有两点需要补充：一、太白《草创大还赠柳官迪》有云："造化合元符，交媾腾精魄。"但以论道语出之，又当别论。其《寄远》"一为云雨别，此地生秋草。……何由一相见，灭烛解罗衣"、《对酒》"玳瑁筵中怀里醉，芙蓉帐底奈君何"，亦不无可议，惟少伯艳诗（多为七绝）尽遵风轨，不堕恶道。二、船山虽极赞太白《乌栖曲》诸篇寓意高远，却以少伯艳诗嗣响《三百篇》，绍武《十九首》，这评价也就很不低了。"荷叶"诸绝寓意难称高远，之所以受激赏者，不过在于以雅调写真情实感且臻于妙境而已。这岂不是在充分肯定少伯这类作品艺术成就和美学价值么？

胡震亨说："王少伯七绝宫词闺怨，尽多诣极之作，若边词'秦时明月'一绝，发端句虽奇，而后劲尚属中驷，于鳞遽取压卷，尚须商榷。"（《唐音癸签》）少伯七绝宫诗闺怨固佳，"秦时明月"一绝遽取压卷亦大可不必，但其七绝边词中佳作不少，应加以客观评价，切忌从个人爱好或意气出发任意褒贬。且看这首《出塞二首》其一：

　　秦时明月汉时关，万里长征人未还。但使龙城飞将在，不教胡马度阴山。

"龙城"一作"卢城"。阎若璩《潜邱札记》说："'卢'是也。李广为右北平太守，匈奴号曰飞将军，避不敢入塞。右北平，唐为北平郡，又名平州，治卢龙县。《唐书》有卢龙府，有卢龙军。"又汉武帝时卫青北伐匈奴，至龙城。注家多以为"龙城飞将"系合此二典故喻扬威边陲的名将。如依前说，既然以唐之"卢龙"代汉之北平，与其简作"卢"城，毋宁简作"龙"城。何况后说亦可通。从语词的声情考虑，仍宜作"龙城"。此诗主旨甚明，"盖言师劳力竭，而功不成，由将非其人之故，得飞将军备边，边烽自熄，即高常侍《燕歌行》归重'至今人说李将军'也。防边筑城，起于秦汉，明月属秦，关属汉，诗中互文"（沈德潜语）。所谓互文，即谓秦汉时的明月秦汉时的关，这么说有助于理解字面意思，但作为诗读却不宜如此。"江畔何人初见月？江月何年初照人？人生代代无穷已，江月年年只相似。"（张若虚《春江花月夜》）人事代谢而明月依然，难免生此奇想。此亦近似：今时明月亦即秦时明月，想它当时必定照见过征人久戍无还的悲惨景象。这样，就可凭借月光而神驰千载之上，加强真切的感受。"汉时关"所起作用亦然，同是"万里长征人未还"的历史见证。秦汉相连，见长时期边氛不靖，从而生出思名将御边之想。此诗发端句自是警策，通篇亦佳，不得谓"后劲尚属中驷"。

从贞观到开元的这一时期，唐王朝国力强盛，政治也较开明。当时一般有雄心壮志的士大夫，大都意气风发，十分活跃。他们不仅想通过科举入仕，以施展自己的抱负，还向往边塞军旅生活，希望为国立功。这一时期，尤其在其后天宝年间杨国忠执政时，唐王朝虽也发动过一些不义战争，但当时大多数发生在边境上的战争却是防御性的、正义的。从王昌龄的诗中可以看出他曾经到过西北边塞。正因为如此，他的边塞诗（多是七绝），既能真切地抒写边愁，也能热情洋溢地讴唱壮志。这只须咏诵一下他的这几首《从军行》就知道了：

烽火城西百尺楼，黄昏独坐海风秋。更吹羌笛关山月，无那金闺万里愁。（其一）

琵琶起舞换新声，总是关山旧别情。撩乱边愁听不尽，高高秋月照长城。（其二）

青海长云暗雪山，孤城遥望玉门关。黄沙百战穿金甲，不破楼兰终不还。（其四）

大漠风尘日色昏，红旗半卷出辕门。前军夜战洮河北，已报生擒吐谷浑。（其五）

黄昏戍楼独坐，凉生瀚海秋风。更何况笛奏《关山月》曲，怎不教人念及相隔万里的闺中而起乡愁呢！有时以歌舞相娱，可是琵琶奏出的新声总离不开关山离别之情。撩起征人边愁的音乐在耳边响个不停，那高高的秋月已经照上了长城。——前两首的意思大致如此。只是诗人到过边塞，深谙征人思乡之苦，又领略过凄清情境之美，加上艺术造诣很高，写出来自会语婉而情长了。其四前二句写景寥廓而饶边塞情调；后二句"作豪语看亦可，然作归期无日看，倍有意味"（沈德潜语）。作为敏感的诗人，他出塞有豪情也有边愁，发为吟咏，自然兼而有之。这正是此诗真实处深厚处；若以为"不破"云云纯是"愤激之词"（黄牧村语），就浅了。他的边愁真切感人决非无病呻吟，他的豪语同样有很充实的内容亦非夸口。因为像其五中所描绘的那胜利在当时的边塞并不罕见，这无疑会给诗人带来希望和信心。用船山的话说，其五"取影"亦妙：大漠扬尘，日色昏暗，刚出师便如此，即将展开的战斗其艰苦就可想而知了。写得紧张得很也振奋得很。没想到恰在这时却传来捷报，说前军昨夜在洮河北打了一战，已经把敌人的首领活捉了。——一张一弛赢得似乎很容易，其实最见己方力量的无比强大。一以当十，小中见大，非大手笔莫办。风大故红旗半卷，犹如岑参"风掣红旗冻不翻"句的体察入微；合老杜的"落日照大旗，马鸣风萧萧"，鼎足而三，皆善写军旅之景。

他的送别诗也写得很好。《芙蓉楼送辛渐》其一："寒雨连江夜入吴，平明送客楚山孤。洛阳亲友如相问，一片冰心在玉壶"，更是脍炙人口的名篇。末句设譬自矢清操，鲍照《白头吟》"清如玉壶冰"已言之在先，并无新意，却依然清绝无比，这就不能不佩服诗人的纯真和诗艺的高超了。

通过以上简论，或可见出太白、少伯七绝成就之一斑。至于二家的特色，胡应麟论之颇中肯，现摘录如下，权当小结：

> 李词气飞扬，不若王之自在；然照乘之珠，不以光芒杀直。王句格舒缓，不若李之自然；然连城之璧，不以追琢减称。李作故极自然，王亦和婉中浑成，尽谢炉锤之迹；王作故极自在，李亦飘翔中闲雅，绝无叫噪之风：故难优劣。然李词或太露，王语或过流，亦不得护其短也。

胡氏又说："盛唐绝句，兴象玲珑，句意深婉，无工可见，无迹可寻。中唐遽减风神，晚唐大露筋骨，可并论乎！"这话不可理解得太死太绝对。因为"盛唐人诗，亦有一二滥觞晚唐者，晚唐人诗，亦有一二可入盛唐者"（《沧浪诗话》）。不过，观其大体，所论亦不无道理。

马克思曾在《〈政治经济学批判〉导言》中写道：

> 一个成人不能再变成儿童，否则就变得稚气了。但是，儿童的天真不使成人感到愉快吗？他自不该努力在一个更高的阶梯上把儿童的真实再现出来吗？每一个时代的固有的性格不是纯真地活跃在儿童的天性中吗？为什么历史上的人类童年时代，在它发展得最完美的地方，不该作为永不复返的阶段而显示出永久的魅力呢？有粗野的儿童，有早熟的儿童，古代民族中有许多是属于这一类的。希腊人是正常的儿童。他们的艺术对我们所产生的魅力，同这种艺术在其中生长的那个不发达的社会阶段并不矛盾。这种艺术倒是这个社会阶段的结果，并且是同这种艺术在其中产生而且只能在其中产生的那

些未成熟的社会条件永远不能复返这一点分不开的。

同欧洲中世纪相比，盛唐的物质文明和精神文明，应该说是人类封建历史阶段内发展得最为完美的了。即使不把盛唐诗人称之为人类少年时代的正常少年，但他们广阔的生活天地，丰富的精神世界，健康的思想感情，天真的浪漫气质，良好的文化教养，以及在此基础上所产生的具有永久魅力的优秀文艺作品，却同盛唐那永远不能复返的社会条件分不开，而为后世发展到更高社会阶段的人们所追慕所赞赏。如前所论，既然盛唐七绝最能显示当时的时代精神，在艺术上还是一种高不可及的范本，那为什么不可以理直气壮地对之加以充分肯定和高度评价呢？

一九八六年九月廿九日于镜春园

浪漫主义的诗人李白[*]

崔宪家

一

"李白斗酒诗百篇，长安市上酒家眠。天子呼来不上船，自称臣是酒中仙。"——杜甫

提起李白，马上会令人联想到天上的太白李金星，是一位"吾亦不火食"的仙人，关于他的出世，就有极神秘的传说，世人所崇拜的风流才子，恐怕也多数以他为典型吧！关于他的诗，世人多以李杜并称，诗圣杜甫，诗仙李白，诗圣可学，而诗仙不可学，又几乎成了极其普遍的论调。他爱酒，他爱月，他爱游山林，人们谈到自然主义的诗，在中国历史上，便会联想到他。同时在我们的心目中，他和爱酒，爱月，爱山林的陶靖节，又迥乎不同，他有不羁的天才，他有造成他斗酒诗百篇的环境，他又生在诗歌极盛思想解放的唐代，而且在开元的盛世，因为他具有这些条件，使他能充分地发展他的天才。但是他究竟没带着仙骨，究竟还是人间的谪仙人，他却不安于处在人间，他的狂放，他的倨傲，——在他的行动上和诗歌上表现出来，于是中古浪漫主义诗人的独一无二的交椅，被他占据了。

二

任何一个文学家的表现，都脱不了自身的环境、个性和思想的关系，这是谁也不能否认的。陶渊明受儒家的陶冶，经过魏晋紊乱的刺激，而又处在箪瓢屡空的环境之下，才完成他的田园诗人；杜工部受过无限的颠沛流离，才有他痛恶战争的作品；有南宋之偏安，辽金的侵凌，才有爱国的诗人陆放翁；李白

* 选自《国学丛刊》1932 年第 1 卷第 3 期。

之所以形成一个浪漫主义的诗人，自然有他的背景，现在让我们检查一下吧！

（一）道家思想的影响　道家思想产生在东周紊乱状态之下，西汉变成所谓黄老，汉末张道陵假托他创了五斗米教，晋葛洪又把他发展了一下，五胡之乱，儒家的思想，渐渐不能维系社会，又有几个小皇帝，非常的抬举他，他的势力因而膨胀起来。延及唐代，因为皇室姓李的关系，把老子认做祖先，并封以太上玄玄皇帝。所以道家在当时很受人们的尊崇，睿宗时，各地道观，已达一千六百余，唐玄宗又特别喜欢道家，至于命家家备《道德经》一卷，官吏登庸试验，也从这书里出题。这位浪漫诗人李太白，就是受道家洗礼的一个。

> 我本楚狂人，凤歌笑孔丘。手持绿玉杖，朝别黄鹤楼。五岳寻仙不辞远，一生好入名山游……早服还丹无世情，琴心三叠道初成。遥见仙人彩云里，手把芙蓉朝玉京。先期汗漫九垓上，愿接卢敖游太清。（《寄卢侍御虚舟》）

我们读他这首诗，就可以看出他脑子里充满了道家的天国。在天宝初年，他和道士吴筠同隐于郯中，他的好友贺知章，做到礼部侍郎，因病恍惚，也上疏请度为道士。他狂笑孔丘，他讥笑瘦诗人杜甫。他又嘲笑鲁儒，"鲁叟谈五经，白发死章句。问以经济策，茫如堕烟雾。足著远游履，首戴方山巾。缓步从直道，未行先起尘……"（《嘲鲁儒》），但是他却景仰托道避谷的张子房，"……我来圯桥上，怀古钦英风……"（《经圯桥怀张子房》）。他进谒老君庙，称老子为先君，见那庙宇的尘浓草深，灶灭烟沉，禁不住黯然伤神，吐出"独伤千载后，空余松柏林"的怅然情绪。

从这些情形看来，他如何景仰道家，可想而知了。

（二）自身环境的的关系　白父为任城县尉，他幼年当然是个丰衣足食的公子，他"十五好剑术，遍干诸侯，三十成文章，历抵卿相"。他的朋友，有的是国公，有的是侍郎，有的是……他在皇宫里醉卧过，他喝过御手调的羹汤，他承受过皇帝宠臣高力士脱靴的敬礼。他虽没见用于皇室，却赠他许多金子，他非如陶靖节的箪瓢屡空，而享到李后主"花满渚，酒满瓯"的快乐；他虽然沉迹江湖，使他的老婆，如同太常之妻，但高起兴来，可以"把酒顾美人，请歌邯郸词"（《邯郸南亭观妓》）。当那"燕草垂碧丝，秦桑低绿枝"，春色惹人愁的时节，他可以拥抱着妓女，酣醉在桃花帐里（见《携妓登梁王栖霞山》)。他没听过妻儿泣饥号寒的哭声，没尝过北风吹破茅屋的痛苦，当安禄山造反的时节，他正为永璘王的上宾，没得享颠沛流离的生活。天灾人祸，击不破他的酒壶，染不污他的清流，遮不住他的明月。总而言之，统而言之，他有酒可喝，有妓可携，满足了孟夫子所谓"食色性也"的性的享受，所以才能游山逛水，才想炼丹修道，披云卧雪，向人们所不敢梦想的快乐方面追求——我们相信一个"秋暖儿号寒，丰年妻泣饥"的穷酸，绝对表现不出"问余何事棲碧山，笑而不答心自闲。桃花流水渺然去，别有天地非人间"这样安适的态度；我们更相信一个饱尝世事变乱、风霜炎凉的人，即令不为"身后千载名"，也愿取得政权，尽其所能，把社会弄到安宁的地步，以解脱自身和同阶级的痛苦，当然没闲心并且顾不得去游山逛水，修仙学道了。这位谪仙人李白呢？有了遨游的条件，具备修仙的须要，无怪乎他的歌声，只配仙人去听，而不能了解我们啊！

（三）孤傲的个性　　"青莲居士谪仙人，酒肆藏名三十春。湖州司马何须问！金粟如来是后身。"（《答湖州司马问白是何人》）啊！他这种狂放的神情，自命不凡的气概，是何等的逼人！无怪乎他轻视天子，奴视高力士啊！即令他有求于人的时节，他从没低声下气，请人家"哀而怜之"。"虽长不满七尺，而心雄万夫"，"日试万言，倚马可待"。诚然，这位谪仙人，配得上这些词句来形容，但是，他那种夸大狂的神情，可谓表现的十足了！他自己好饮酒，便说："古来圣贤皆寂寞，惟有饮者留其名。"他自己行为浪漫，是不受羁勒的骏马，就讥笑俗儒们的缓步直道，行路振起周围的飞尘。他所以不出而任事，完全是为他个人的自由，他自以为仙人，当然不愿辱居人下。"安能摧眉折腰事权贵，按我不得开心颜？""人生在世不称意，明朝散发弄扁舟。"有了这种自尊和爱自由的精神，在文学上自然也不受各种格式的限制，而能充分的表现出自己的个性和人格。因为这几种原因，他的诗歌，在意识上表现倾慕神仙的要求，在取材上表现出资产阶级的背景，在修辞和气势上，表现出豪放不羁、活泼自由的天才，而确定他独成一家的地位。

三

在社会的经济制度、政治制度没达到合理的状况以前，一切的一切，都充满了矛盾现象，人们生在这矛盾的社会，对于人生的追求，到处可以发现许多矛盾，儒家的诱人安于现况，知足不辱，只能欺骗愚昧的下层民众，作怯懦的人们的护符和自慰的口头禅，而不能消除人们欲不能达的内心痛苦。佛家的来生的幸福，究竟是不可捉摸，不能满足人生的需要。道家的炼丹修道，长生不老，统一六国威震四夷的秦皇汉武，都失败了。这都是造化小儿给人们以不可避免的矛盾，他给人们以无限制的享乐欲望，而又使人无时能达到圆满的欲望。人们在人生的长途中追逐，往往因所欲不遂而悲哀——自然因经济的地位不同，其悲哀的程度也不同，就是这位自以为脱离尘世的谪仙人，也免不了发生许多矛盾，而引起苦笑的悲哀——虽然他是达观的人。

> ……我来逢真人，长跪问宝诀。粲然启玉齿，授以炼药说。铭骨传其语，悚身已电灭。仰望不可及，苍然五情热。吾将營丹砂，永与世人绝。

我们读他这段诗，可以想见他如何的追慕神仙，但是神仙究竟不可求得，他事实上还是人间的谪仙人，他无时不在恣情的享受人间快乐，他有时也想建功立业，有所作为。"……荣贵当及时，春华宜韶灼……身没岂不朽，荣名在麟阁。""……苟无济代心，独善亦何益。""余亦草间人，颇怀拯物情。"但是他又说："但乐生前一杯酒，何须身后千载名。"他又说："辞粟卧首阳，屡空饥颜回。当代不乐饮，虚名安用哉？"（见《月下独酌》）

从他这种种意识的表现，可以发现许多矛盾。既然自知为草间人，却想着炼丹；既然想"永与世人绝"，又感觉到"苟无济代心，独善亦何益"；一方面讥笑"虚名安用哉"，又感到"身没岂不朽，荣名在麟阁"。这真是些不易解决的矛盾。固然有人说：诗人是有二重人格的，情之所至，不自禁的歌唱出来。事实上言为心声，尤其是诗人，说的更坦白、直率、真挚，而无所掩饰，因为情所驱使，非吐不快，绝非临杀头的士大夫所谓"天子圣明，臣罪当诛"的言不由衷的话所可比拟——李白之所以发现这些矛盾，因为他太聪明，为自己打算的太周到了。

他本想作官，但是他瞻前顾后，不禁预先的害起怕来：

> ……吾观：自古贤达人，功成不退皆殒身。子胥既弃吴江上，屈原终投湘水滨。陆机雄才岂自保，李斯税驾苦不早……（《行路难》）

这种"既吃肉，又怕腥"的矛盾，使他犹豫了，他若是个生活维艰的穷酸呢？当然无可犹豫了，他的环境，在前边已经说过，为他自身计，当然不如明哲保身，于是乎才唱出"何须身后千载名"的调子，博得人们喝彩——后来竟抱着"南风一扫胡尘净，西入长安到日边"的豪气，扶助永璘王，未免是千虑之失——这也正是他的聪明处。

他既然不屑于名利，自然是恣情的享乐。但是，"人生若梦，为欢几何"，给他一个不可避免的愁苦。所谓仙人也者的天才，也不得不发出哀凄的情绪。"君不见黄河之水天上来，奔流到海不复回；君不见高堂明镜悲白发，朝如青丝暮成雪……"（《将进酒》），"……今日非昨天，明天还复来。白发对绿酒，强歌心已摧……"（《携妓登梁王栖霞山》）他没办法了，只有恣情的狂饮，抱着"人生得意须尽欢，莫使金樽空对月"的人生观，实行他"呼儿将出换美酒，与尔同销万古愁"的生活；用酒中仙来代替他倾慕的营丹仙，在沉醉中梦游蓬莱，乘月飞天去了！我们且看他的《月下独酌》吧！

> ……已闻清比圣，复道浊如贤。圣贤既已饮，何必求神仙。三杯通大道，一斗合自然。但得酒中趣，勿为醒者传。
> ……一樽齐生死，万事固难审。醉后失天地，兀然就孤枕……
> 穷愁千万端，美酒三百杯。愁多酒虽少，酒倾愁不来……蟹螯即金液，糟邱是蓬莱。且须饮美酒，乘月醉高台。

从这几首诗内，酒对李白所发生的作用，不外乎消愁，妄生死，代替仙宫。有时酒也不能解除他的苦闷：

> ……抽刀断水水更流，举杯消愁愁更愁。人生在世不称意，明朝散发弄扁舟。

前边已经说过，他到底是人间的仙人，虽然避世，仍然免不去"为欢几何"的苦闷，还得须要酒来麻醉自己，终于饮酒过度，伤身而死，这就是这位浪漫诗人的下场。可是，现在还有人，正在赞扬他的清高，羡慕他的风流，想着东施效颦呢！不然的话，我们的人生，应向哪里追求，我们的文艺，将来要表现些甚么？我们要唱些甚么唱儿，来安慰我们的心，倒是很有意思的问题啊！

一九三一年十月十四日于师大宿舍

李白的文艺造诣与谢脁*

李长之

像李白在事业上有他惟一的向往的人物鲁仲连一样，在文艺上也有他最崇拜的一个人物，这便是谢脁。他在集中提到谢脁的时候非常之多，特别是到了谢脁所常到的地方，便更令他追怀无穷：

> 江山如画里，山晚望晴空，两水夹明镜，双桥落彩虹；人烟寒橘柚，秋色老梧桐，谁念北楼上，临风怀谢公？

《秋登宣城谢脁北楼》

> 谢亭离别处，风景每生愁，客散青天月，山空碧水流；池花春映日，窗作夜鸣秋，今古一相接，长歌怀旧游。

《谢公亭》（原注：盖谢脁范云之所游）

李白的晚年，从夜郎之放被赦回以后，便徘徊于宣城的附近，大概也就正因为宣城是谢脁的足迹所在的缘故了。在李白追怀谢脁的诗中，尤其以《宣州谢脁楼饯别校书叔云》为最佳：

> 弃我去者昨日之日不可留，乱我心者今日之日多烦忧，长风万里送秋雁，对此可以酣高楼。蓬莱文章建安骨，中间小谢又清发，俱怀逸兴壮思飞，欲上青天揽明月。抽刀断水水更流，举杯消愁愁更愁，人生在世不称意，明朝散发弄扁舟。

李白对于谢脁的诗，崇拜得很认真，——我说过，李白什么事都很认真的。他在《新林浦阻风寄友人诗》中有："明发新林浦，空吟谢脁诗。"这是因为谢

---

* 原载《北平晨报·文艺副刊》1937 年第 16 期。选自马鞍山李白研究所、中国李白研究会合编《20 世纪李白研究论文精选集》，太白文艺出版社，2000。

朓有《之宣城出新林浦向板桥》：

> 江路西南永，归流东北骛。天际识归舟，云中辨江树。旅思倦摇摇，孤游昔已屡。既欢怀禄情，复协沧州趣。嚣嚣自兹隔，赏心于此遇，虽无玄豹姿，终隐南山雾。

他在《酬殷佐见赠五云裘歌》中有："我吟谢朓诗上语，朔风飒飒吹飞雨"，这是因为谢朓有《观朝雨》：

> 朔风吹飞雨，萧条江上来。既洒百常观，复集九成台。空蒙如薄雾，散漫似轻埃。平明振衣坐，重门犹未开。耳目暂无扰，怀古信悠哉！戢翼希骧首，乘流畏曝鳃，动悉无兼远，歧路多徘徊。方同战胜者，去翦北山莱。

其他如他在《游敬亭寄侍御》中有："我家敬亭下，辄继谢公作，相去数百年，风期宛如昨。"这是因为谢朓有"交藤荒且蔓，樛枝丛复低"的敬亭山诗；他在《金陵城西楼月下吟》中有："月下沉吟久不归，古来相接眼中稀，解道澄江净如练，令人长忆谢玄晖。"这是因为谢朓有："余霞散成绮，澄江静如练"的《晚登三山还望京邑》诗，在李白以前的其他任何诗人，都没有像谢朓这样使他赞叹，激赏过！

李白对于谢朓，我疑惑不止是因为诗之故而纪念他的，恐怕与谢朓的遭遇也有关：

> 天上何所有，迢迢白玉绳，斜低建章阙，耿耿对金陵。汉水旧如练，霜江夜清澄，长川泻落月，洲渚晓寒凝。独酌板桥浦，古人谁可征？玄晖难再得，洒酒气填膺。

> 《秋夜板桥浦泛月独酌怀谢朓》

从"洒酒气填膺"看，知道李白是为他的不幸的收场而抱不平的。我们知道，谢朓是生于公元四六四年，早于李白之生二百三十七年，他小时就好学，有美名，因为"逢昏属乱，先蹈祸机"（《南齐书》卷四十七《谢朓传》）。他下狱死的时候才三十六。他善草隶，长五言诗，沈约曾经常说："二百年来，无此诗也！"

就谢朓的传上的话，说他"文章清丽"；《诗品》上则一方面说他"微伤细密"，一方面又说"奇章秀句，往往警遒"，前者大概是由于"丽"得过分之故，后者却就是"清"的注脚。李白对于谢朓的推崇处则也只在"清"而不在"丽"。李白一则说"中间小谢又清发"，再则说"诗传谢朓清"（《送储邕之武昌》），语凡数见，说到谢朓的"丽"处，却几乎只字没有。谢朓是李白在文艺上最爱的一个人物，因此在我们诗人便只道其长，而不言其短了。

李白对于文艺的见解，是见之于他那《古风》头一首，他说："大雅久不作，吾衰竟谁陈。""正声何微茫，哀怨起骚人"，我们可以清楚地知道他的见地是古典的。在同一首诗里他又说："自从建安来，绮丽不足珍，圣代复元古，垂衣贵清真。"便又知道他所提出来的标准即是"清真"。谢朓够这个标准，所以他推崇谢朓。

因为我们把"清真"两个字看得太惯了，不大理会它的特殊的意义，现在我要特别提醒的，乃是李白这一种文学说，是从他的道教思想一贯下来的。"清真"，在李白用，并不限于对诗，乃是指一种风度，所以他形容王右军时便有："右军本清真，潇洒在风尘。"而这一种风度，却又直然是道教人格的理想，所以他说："还家守清真，孤洁一秋蝉，炼丹费火石，采药穷山川。"（《留别广陵诸公》）

从潇洒、孤洁的字样看，我们可以把握清真的意义。清就是不浊，所以说潇洒；真就是不虚饰，不矫揉，这样当然不能随和流俗了，因此便又说孤洁。李白如何而有这样潇洒不浊的理想？这完全是因为李白有了"道"和"运"的观念以后，所以自然觉得"一身自潇洒，万物何嚣喧"了的缘故。李白如何而有不虚饰，不矫揉，认真而不从流俗的理想？这就完全是因为李白由道教的"自然"观念出发，而爱淳朴，而以为现在"朴散不尚古，时讹皆失真"之故，（参看李长之所著的《道教徒的诗人李白及其痛苦》之第三章《道教思想之体系与李白》中所谓道教的第一个根本概念，和第三个根本概念）。在不经意之间，一个诗人的精神是多么有着体系性和统一性，现在我们可以看得出！

在谢朓的诗里，因为时代之故，清则有之，"真"却还没能充分地表现出来，李白的诗却就非常显然了，极其真。我常觉得李白的可爱，就在他"真"得不掩其矛盾，"真"得不掩其有棱角，一会儿是陶潜，一会儿是孔子，一会儿是谢安，一会儿是鲁仲连，又是神仙，又是说客，又是宰相，又是大将，在不了解他的人，一定有莫名其妙之感了。

我现在再举他一首诗，以见他那像孩子样的纯真，或者天真吧：

小妓金陵歌楚声，家僮丹砂学凤鸣。我亦为君饮清酒，君心不肯向人倾。
《出妓金陵子呈卢六》

我想恐怕从来的诗人不会把内心对人的怨和不满写得这么露骨的。这真好像一个小孩子张着手向大人要糖而得不到的神情了！他也非常重视这种真，所以他说："若使巢由桎梏于轩冕兮，亦奚异乎夔龙蹩躠于风尘？哭何苦而救楚？笑何夸而却秦？吾诚不能学二子沽名矫节以耀世兮，固将弃天地而遗身。白鸥兮飞来，长与君兮相亲。"（《鸣皋歌送岑徵君》）到了他一认真的时候，就是他所喜欢的鲁仲连也奚落起来了！他一认真，便对于所热切追求的富贵，也撒手弃之了，因此也就无怪乎他事业上失败了，——然而这是光荣的失败！

以上所说的"真"是从内容上说起的，表现在技巧上的"真"却便是"自然"。"自然"就正是不虚饰，不矫揉，朴实无华，一点儿人工斧凿痕不能有的光景。这在李白的诗中是做到的。"小时不识月，呼作白玉盘。"（《古朗月行》）"郎今欲渡缘何事？如此风波不可行。"（《横江词》）"南船正东风，北船来自缓，江上相逢借问君，语笑未了风吹断。"（《寄韦南陵冰余江上乘兴访之遇寻颜尚书笑有此赠》）"两人对酌山花开，一杯一杯复一杯。我醉欲眠卿且去，明朝有意抱琴来。"（《山中与幽人对酌》）都自然到可惊的地步！这种自然，是超过了谢朓的。

不错，清真是李白对于诗所要求的一个标准；不错，李白以这个标准而选择到了谢朓。但是李白自己的诗，却决不能以清真尽之。李白诗的特色，还是在他的豪气，"黄河之水天上来"，这是再好也没有的对于他的诗的写照了！在一种不能包容的势派之下，他的诗一无形式！或者更恰当地说，正是康德(kant)那意见，天才不是规律的奴隶，而是规律的主人。李白是充分表现出来了！他的才气随时可以看得出来："顿惊谢康乐，诗兴生我衣，襟前林壑敛暝色，袖上烟霞收夕霏。"（《酬殷佐明见赠五云裘歌》）他的观察，随时有出奇独得处："秋浦锦驼鸟，人间天上稀，山鸡羞绿水，不敢照毛衣。"（《秋浦歌》）

说到根本处，我们还得归到老话，所有这一切，只是由于生命力充溢之故，而这生命力，又经过道教的精神洗礼之故。因此，他毫无尘土气，他一空倚傍；在那精神的深处，光芒四射而出，万物经这光芒的照耀，跑到了他的笔端的，也便都有着剔透玲珑的空灵清新之感了！"我觉秋兴逸，谁云秋兴悲。"（《秋日鲁郡尧祠亭上宴别杜补阙范侍御》）这代表了李白一切的洒脱的风度。

　　凡是李白最成功的作品，例如那"西上莲花山，迢迢见明星……俯视洛阳川，茫茫走胡兵"的《古风》，"五花马，千金裘，呼儿将出换美酒，与尔同销万古愁"的《将进酒》，"清风朗月不用一钱买，玉山自倒非人推。舒州杓，力士铛，李白与尔同死生，襄王云雨今安在，江水东流猿夜声"的《襄阳歌》，"头陀云月多僧气，山水何曾称人意……我且为君槌碎黄鹤楼，君亦为吾倒却鹦鹉洲"的《赠韦南陵》，"我本楚狂人，凤歌笑孔丘……五岳寻仙不辞远，一生好入名山游"的《庐山谣》，"平生不下泪，于此泣无穷"的《江夏别宋之悌》，"仰天大笑出门去，我辈岂是蓬蒿人"的《南陵别儿童入京》，"抽刀断水水更流，举杯消愁愁更愁"的《宣州谢朓楼饯别》，"古人今人若流水，共看明月皆如此，唯愿当歌对酒时，月光长照金罇里"的《把酒向月》，"三杯通大道，一斗合自然"的《月下独酌》，这些统统有一个共同点，这就是往往上下千古，令人读了，把精神扩张到极处，我们那时的精神乃是像一匹快马一样，一会儿驰骋到西，一会儿驰骋到东，为李白的精神所引导着，每每跃跃欲试地要冲围而出了。其内容如此，所以在表现上，便似乎没有形式，没有规律了，——却到底仍不如说他是真正主宰着形式与规律了的。

　　因李白生命力充溢之故，他所取材的歌咏的对象多半是雄大壮阔的："浙江八月何如此，涛似连山喷雪来"（《横江词》），"墨池飞出北溟鱼，笔端杀尽中山兔"（《草书歌行》），"日出东南隅，似从地底来……吾将囊括大块，浩然与溟涬同科"（《日出入行》），这种局势，可以说在中国四千年来的诗坛上少有第二人！

　　就文学史的意义上说，李白的出现，是一个大改革，所以李阳冰的《草堂集序》有："至今朝诗体，尚有梁陈宫掖之风，至公大变，扫地并尽，今古文集，遏而不行，唯公文章，横被六合，可谓力敌造化欤。"不过我们的意思并不是以为李白是第一个改革者，我们却是以为李白是改革的完成者。在这种消息上，我们便可以明白韩愈对于李杜的称赞"李杜文章在，光焰万丈长，不知群儿愚，那用故谤伤。蚍蜉撼大树，可笑不自量"了，其根由正在于同是反对梁陈，李白者正是诗坛上的复古运动家韩愈呢！

　　李白在事业上想追踵鲁仲连，结果并没能如鲁仲连那样得意，但他在文学上称赞谢玄晖，造诣却超过了谢玄晖万万了！

李太白氏族之疑问*

陈寅恪

李阳冰《草堂集序》云：

> 李白，字太白，陇西成纪人。凉武昭王暠九世孙，蝉联珪组。世为显著，中叶非罪谪居条支，易姓与（"与"字缪本作"为"）名。然自穷蝉至舜，累世不大曜，亦可叹焉。神龙之始，逃归于蜀。复指李树而生伯阳。惊姜之夕，长庚入梦。故生而名白，以太白字之。

范传正《唐左拾遗翰林学士李公新墓碑》云：

> 公名白，字太白，其先陇西成纪人。绝嗣之家，难求谱牒。公之孙女搜于箱箧中，得公之亡子伯禽手疏十数行，纸坏字缺，不能详备。约而计之，凉武昭王九代孙也。隋末多难，一房被窜于碎叶，流离散落，隐易姓名。故自国朝已来漏于属籍。神龙初，潜还广汉，因侨为郡人。父客以逋其邑，遂以客为名。高卧云林，不求禄仕。公之生也，先府君指天枝以复姓。先夫人梦长庚而告祥，名之与字咸所取象。

寅恪案，《新唐书》四十《地理志》云：

> 安西大都护府，初治西州。显庆二年平贺鲁，析其地，置濛池、昆陵二都护府，分种落，列置州县，西尽波斯国，皆隶安西，又徙治高昌故地。三年，徙治龟兹都督府，而故府复为西州。（有保大军，屯碎叶城。）

又四三下云：

* 原载《清华学报》1935 年第 10 卷第 1 期。选自《金明馆丛稿初编》，生活·读书·新知三联书店，2001。

> 焉耆都督府。（贞观十八年灭焉耆置。有碎叶城。）
>
> （中略）
>
> 西域府十六、州七十二。
>
> （中略）
>
> 条支都督府，领州九。
>
> （中略）
>
> 右隶安西都护府。

是碎叶、条支在唐太宗贞观十八年即西历六四四年平焉耆，高宗显庆二年即西历六五七年平贺鲁，隶属中国政治势力范围之后，始可成为窜谪罪人之地。若太白先人于杨隋末世即窜谪如斯之远地，断非当日情势所能有之事实。其为依托，不待详辨。至所以诡称隋末者，殆以文饰其既为凉武昭王后裔，又何以不编入属籍，如镇远将军房、平凉房、姑臧房、敦煌房、仆射房、绛郡房、武陵房等之比故耳（参阅《新唐书》七十上《宗室世系表》"兴圣皇帝十子"条及七二下《宰相世系表》"陇西李氏"条）。

又考《太白集》二六《为宋中丞自荐表》云：

> 臣伏见前翰林供奉李白，年五十有七。

寅恪案，太白为宋若思作此表时在唐肃宗至德二载，即西历七五七年。据以上推其诞生之岁，应为武后大足元年，即西历七〇一年。此年下距中宗神龙元年，即西历七〇五年，尚有四年之隔。然则太白由西域迁居蜀汉之时，其年至少已五岁矣。是太白生于西域，不生于中国也。又考李序"神龙之始逃归于蜀，复指李树而生伯阳"，及范碑"公之生也，先府君指天枝以复姓"之语，则是太白至中国后方改姓李也。其父之所以名客者，殆由西域之人其名字不通于华夏，因以胡客呼之，遂取以为名，其实非自称之本名也。夫以一元非汉姓之家，忽来从西域，自称其先世于隋末由中国谪居于西突厥旧疆之内，实为一必不可能之事。则其人之本为西域胡人，绝无疑义矣。

又《续高僧传》三四《感通篇》上《隋道仙传》云：

释道仙，本康居国人。以游贾为业，梁、周之际往来吴、蜀，行贾达于梓州。

又同书三五《感通篇》中《唐慧岸传》云：

释慧岸者，未详何人。面鼻似胡，言同蜀汉。

又杜甫在夔州作《解闷》十二首之二云：

贾胡离别下扬州，忆上西陵故驿楼。为问淮南米贵贱，老夫乘兴欲东游。

据此，可知六朝、隋唐时代蜀汉亦为西胡行贾区域。其地之有西胡人种往来侨寓，自无足怪也。太白既诡托陇西李氏，又称李阳冰为从叔（见《献从叔当涂宰阳冰五言诗》）。阳冰为赵郡李氏（见《唐文粹》七七舒元舆《玉箸篆志》及《宣和书谱二》等）。故太白之同时人及后来之人亦以山东人称太白（杜甫《苏端薛复筵简薛华醉歌》及元稹《唐检校工部员外杜君墓志》），盖谓其出于赵郡李氏也。《旧唐书》一九〇下《文苑传·李白传》既载不可征信之"父为任城尉，因家焉"之语，又称白为"山东人"。不知山东非唐代州县之名。若依当时称郡望之惯例，固应作"赵郡人"，即使以家住地为籍贯，亦当云"兖州或鲁郡任城人"。旧史于此诚可谓进退两无所据者矣（参钱大昕《二十二史考异》一八）。

李白两入长安辨*

稗 山

历来的李白研究者和他的年谱编写者，都简单地认为李白生平只到过一次长安①，因此对李白的历史研究和诗歌编年都发生了一定的困难。本文试图从李白诗歌中探索他曾经两入长安的问题，并加以轮廓的描述。

一 关内诸诗所引起的疑问

李白集中的关内（包括长安、华州、邠州、坊州等地）诸诗，根据诗题及其内容可以确指的尚有数十首，很可以使我们了解他那一时期的思想情况和具体活动，是进行这项研究的可靠资料。这几十首诗大体上反映了以下几方面的内容：（一）供奉翰林时期。如《清平调词》、《宫中行乐词》、《侍从宜春苑奉诏赋》等。 （二）交游投赠。如《玉真公主别馆苦雨赠卫尉张卿》、《翰林读书言怀呈集贤诸学士》等。 （三）有关隐居终南山的。如《下终南过斛斯山人宿置酒》、《春归终南山松龙旧隐》等。 （四)游览名胜。如《杜陵绝句》、《登太白峰》等。(五)出游邠、坊州的。如《登新平楼》、《豳歌行上新平长史兄粲》、《酬坊州王司马与阎正字对雪见赠》等。这些诗，过去都被认为是供奉翰林时期的作品。

但是，在我们仔细读了这些诗以后，就会发现其中存在着不少疑问，而最主要的就是思想感情的复杂矛盾和时间先后上的混乱抵牾。

这里先谈思想感情方面的问题。关内诸诗，从思想感情的性质来看，大体可分为三类。第一类是意气发皇、踌躇满志，显示他身入翰林青云得意的。第二类是忧谗畏讥、牢骚怨望，显示他遭受政治挫折后的心情的。这些都可以一望而知，不待深究。惟有第三类，它表现为穷愁潦倒、渴望遇合，显示出进身

* 原载《中华文史论丛》1962 年第 2 辑。选自马鞍山李白研究所、中国李白研究会合编《20 世纪李白研究论文精选集》，太白文艺出版社，2000。

无门、彷徨苦闷的。这也就是最能引起怀疑的，必须深入探讨的部分。例如下面这些诗句便是：

> 翳翳昏垫苦，沉沉忧恨催。清秋何以慰，白酒盈吾杯。……弹剑谢公子，无鱼良可哀！（《玉真公主别馆苦雨赠卫尉张卿》）
> 而我竟何为，寒苦坐相仍。长风入短袂，内手如怀冰。……摧残槛中虎，羁绁韝上鹰，何时腾风云，搏击申所能？（《赠新平少年》）
> 主人苍生望，假我青云翼。风水如见资，投竿佐皇极。（《酬坊州王司马与阎正字对雪见赠》）
> 宁知流寓变光辉，胡霜萧飒绕客衣。寒灰寂寞凭谁暖，落叶飘零何处归。（《鶪歌行上新平长史兄粲》）
> 徘徊六合无相知，飘若浮云且西去。（《赠裴十四》）

上引这些诗，大部分是他出游邠、坊时的作品，不难看出他是怀着一种潦倒苦闷、渴望政治出路的心情的。这和他那些待诏金门、春风得意的作品，固然迥不相同，就是和那些受谗被放以后之作，也有严格的区别。试举两首被放前后的作品以资比较：

> 青蝇易相点，白雪难同调，本是疏散人，屡贻褊促诮。云天属清朗，林壑忆游眺……功成谢人间，从此一投钓。（《翰林读书言怀呈集贤诸学士》）

这是他在翰林被谗思归的作品。

> 落羽辞金殿，孤鸣托绣衣，能言终见弃，还向陇西飞。（《初出金门寻王侍御不遇咏壁上鹦鹉》）

这是他已出翰林、还山以前的作品。

> 昔视秋蛾飞，今见春蚕生。……急节谢流水，羁心摇悬旌，挥涕且复去，恻怆何时平。（《古风·第二十二首》）

这是即将离长安东归时的作品。所有这些诗，都有着一个共同特点，那就是把自己遭受政治挫折和怨愤依恋之情，写得非常具体，和上面所举的一般地发抒落魄不偶、希求遇合者完全不同。明眼人不难看出，这两类诗歌不可能是同一时期的作品。詹锳在《李白诗文系年》里有鉴及此，所以把李白的邠、坊之行，系于出翰林以后东归之前。这比起王琦等人笼统看成长安时期的作品来，自然是前进了一步。但这样处理，还是不能说明为什么李白在新受打击，创巨痛深而出游邠、坊之时，却绝无一首诗具体地反映出他的政治遭遇和牢骚痛苦？也不能解释这个经过皇帝亲自召见，一度得意而又刚被放还的李白，怎么可能马上希望东山再起？而他又如何能把这个希望寄托于官卑职小的坊州司马等人的身上？更不必说，李白既是被放还山，就不可能在关内长期漫游这一点了。因此，詹氏之说，还是难以令人信服的。

其次是时间上的疑问。历来的研究者，都认为李白在天宝初供奉翰林，虽说在长安首尾三年，实际只有一年多。可是，我们看他的关内诸诗，至少已经反映出供奉翰林，隐居终南山，出游邠、坊这几件重要事迹，其他交游酬酢，登山玩水还不计算在内。在短短一年多中，他的生活竟然如此多变，已觉不大合理，何况这许多事件在时间上也每每发生抵触，难以安排。仍以邠、坊之行为例。上面说到《李白诗文系年》是把这次出行系于出翰林以后东归以前的。依照《系年》的说法，李白于天宝二年秋入京，三载夏出游邠、坊，四载春方回长安，旋即东归。果真如此，则李白在长安只能度过一个秋天，也就是入京之年的秋天。但李白的长安秋日诸诗，却表明了不是同一年秋日之作。《侍从游宿温泉宫作》有"霜伏悬秋月，霓旌卷夜云"句，分明是秋日之作；而《玉真公主别馆苦雨》也是秋日之作，却说"翳翳昏垫苦，沉沉忧恨催""弹剑谢公子，无鱼良可哀"，这里难道有一点和供奉翰林的心情相似吗？即使说这是初到长安未入翰林时的作品，也不好讲；因为李白是被召入京的，他对自己的前途满有把握，他离家时就说过，"仰天大笑出门去，我辈岂是蓬蒿人"。现在才到长安，忽然变得这样愁苦，岂不成了无病呻吟？再如，《登新平楼》有"怀归伤暮秋"之句，明系出游邠州时的季秋所作，而同时又有从人温泉宫所作的"霜伏悬秋月"之句，也是写的季秋，这岂不是有分身之术了吗？类乎此的问题还有。因此在时间安排上也是不能没有疑问的。

关内诸诗所表现的思想和行踪的矛盾复杂，只能引导我们作出另一种推论：这些作品虽然同以长安之行为背景，却不是作于同一时期，也就是说，李白不止一次到过长安。

二 两次长安之行

我们现在试从李白诗中钩稽出两次长安之行的线索并比较其不同的所在。

李白第一次长安之行，可以作这样的描述：这一次李白是从南阳启程的，其时是夏间六月。他说："游子东南来，自宛适京国，飘然无心云，倏忽复西北。"② 这是说他从南阳到长安，然后又到了坊州。又说："忆昨去家此为客，荷花初红柳条碧。"③ 这里的"此"是泛指当时的关内道，不是专指邠州。詹锳认为"去家"是离长安，"此"指邠州，只是为了要符合他系邠、坊之行于出翰林之后的主张，其实并不正确；何况李白在长安也无家之可言。李白到长安后，大约即在终南山寓居。当时终南山是隐士和道流的胜地，李白既多这方面的朋友，自然可能以终南山为暂住之处。当然，李白不会真的隐居起来，而是经常到长安进行活动，以谋求政治上的出路，他在《留别王司马嵩》诗中，曾经表达过他此次来到长安的意图是"愿一佐明主，功成还旧林"（这位王嵩，应该就是那个坊州王司马）。八九月间，他会见了崔宗之，有互相唱和之作。崔赠李白诗说："凉秋八九月……李侯忽来仪，把袂苦不早。"接着又描绘他："袖有匕首剑，怀中茂陵书。双眸光照人，词赋凌子虚。"纯是初相识口吻，和魏颢初见李白时所说"眸子炯然，哆如饿虎"如出一辙，可见李白风采之动人。这时他还认识了玉真公主，有《玉真仙人词》的投谒之作，又有《玉真公主别馆苦雨》诗，表明他也曾为玉真之客。他和贺知章相识，可能也在此时；另外当然还结识了一些文人和官员，如诗中所提到的卫尉张卿、裴十四之流。他在长安活动的具体情况，已无可考，但可以肯定没有获得什么结果，所以又于秋末离开长安出游邠、坊。"徘徊六合无相知，飘若浮云且西去"，就是指此而言。但从此他却名闻长安。正如杜甫所说，"昔年有狂客，号尔谪仙人……声名从此大，汩没一朝伸"，为以后被玄宗召见取得了舆论资本。他在邠州和坊州度过了一个冬天，第二年春又回到终南山，所以说，"我来南山阳，事事不异昔……蔷薇缘东窗，女萝绕北壁。别来能几日，草木长数尺"。④完全是小别数月后的情景，和他这次的行踪是相符合的。倦游归来以后，大约五月间，终于抱着活动无成的悲愁东归梁园，去过他那纵酒消愁的生活。有名的《梁园吟》是这样写的：

我浮黄河去京阙，挂席欲进波连山。

天长水阔厌远涉，访古始及平台间。……
平头奴子摇大扇，五月不热疑清秋。

这里应该注意的是：第一，李白这次东归是取道黄河的。他本拟浮河东下，可能是再往齐、鲁或作江南之游，只是因为风浪的关系才半途登岸。第二，在这首诗里虽然也表达了悲愁的心情，却一点也没有反映什么政治上的挫折。过去人们都把它定为被放还山时的作品，其实是不对的。⑤李白第一次长安之行的大体经过就是如此。

这里还有一个问题必须附带解决。有些人根据《旧唐书·地理志》，说关内道邠州，在天宝元年改称新平郡，因此李白的新平之作，一定在天宝元年之后，应当列为奉召入京时期的作品。这一说似乎很有力量，但实际也不然。细检《地理志》原文是：邠州，"隋北地郡之新平县，义宁二年割北地郡之新平、三水置新平郡。武德元年改为邠州。……开元十三年改豳为邠，天宝元年改为新平郡"。可知新平原系隋代旧称，不始于天宝，因此李白在诗中得以今名（邠州）古名（新平）并用，与《豳歌行》的豳字，不用今称邠字，同一道理。同时，《地理志》坊州条下又云："天宝元年改为中部，乾元元年复为坊州。"李白诗如果真的作于天宝初年，何以不称坊州为中部？人们又何以不据此而把这些诗推迟到乾元元年？可见用地名的更改来证明写作年代，并不完全可靠，必须结合其他条件来研究，方能得出正确的结论。

李白第二次到长安的经过，又是怎样呢？

我们知道，这一次他是从南陵启程的，时间是秋季。这有"黄鸡啄粟秋正肥"之句可证。关于这一次被召入京，究竟由于谁的推荐，历来颇有异说。《旧唐书》本传说是由于吴筠的介绍，《新唐书》又说是由于贺知章，而魏颢《李翰林集序》则说，"因持盈法师（即玉真公主）达，白亦因之入翰林"。李白自己则是这样说的："天宝初，五府交辟，不求闻达，亦由子真谷口，名动京师，上皇闻而悦之，召入禁掖。"⑥好像没有经过谁的推荐，这自然是自高身价的说法，不能尽信。我以为贺知章、玉真公主推荐之说是可靠的。不但魏颢和李白极有交谊，所言较为可信，而且我说过，李白第一次到长安时，就认识了玉真公主，也可能认识了贺知章。贺、李相识，一般都认为在奉召入京之后，但并没有什么确凿的证据，仅是因为李阳冰、范传正等叙述李白在翰林时曾与贺知章等纵饮而产生的错觉。《本事诗》就说"李白初自蜀至京师，舍于逆旅，贺知章闻其名，首访之"。这里说李白自蜀至京师，固然失实，但也透露出唐人原有他们相识在供奉翰林以前的一种传说，这个"初"字，很可玩味。揆之情理，如果承认李白被召是由于贺知章等人的推荐，则他们当早已相识，而最好的时机应该就是李白初游长安之际。那么，玉真公主等为什么要到这时才向玄宗推荐呢？这也有个道理。按，天宝元年正月诏将"前资官及白身人，有儒学博通、文辞英秀及军谋武艺者，所在具以名荐京"⑦。吴筠的入京，当与此诏有关，而李白此时受到了"五府交辟"。同时，玉真公主等又乘机进言，因而受到再一次的征召。他在《别内赴征》诗中说，"王命三征去未还"，足见被征不止一次，所以他就怀着极为乐观的心情而去。《李白诗文系年》相信吴筠推荐之说，认为李白于天宝元年赴京，在时间上过于急促（因为吴筠与李白本年夏尚在会稽同游），因此改为二年秋，并将其出京时间顺延至天宝四载。这是因为他没有考虑到征召的动力出自唐政府的上层，初不待吴筠到京后的推荐，在时间上固不嫌其急促也。

李白被放还山是在天宝三载春。这次东归的行程和上次不同，他走的是商州大路（有《春陪商州裴使君游石娥溪》等诗）。他后来追忆当时的情况说：

> 昔献长杨赋，天开云雨欢。当时待诏承明里，皆道扬雄才可观。……浮云蔽日去不返，总为秋风摧紫兰。角巾东出商山道，采秀行歌咏芝草。

又说："西出苍龙门，南登白鹿原，欲寻商山皓，犹恋汉皇恩。"⑧透露了他的取道商州原是预定计划，与第一次浮河东下中途变计者完全不同。这两次东归路线的不同，也证明了他确曾两次进入长安。

三 初入长安的时间估计

李白第一次入长安的年月，因缺乏直接资料，尚难确指，但还是可以作一些间接的推断。

大家比较公认的是，开元二十三年以前是李白的"安陆十年"期间。这一时期的前段，他经常往来于襄汉、江浙之间；后段则较多南阳、洛阳、梁园之间的活动，没有西入长安的迹象。开元二十三年出游太原，从此开始了他的西北一带的行踪。开元二十四年春，他还在太原和元参军一道游晋祠，⑨离太原当在这以后。同时唐玄宗于开元二十二年正月率领他的政府机构就食洛阳，直到二十四年十月方回长安。李白到长安去作政治活动，自不能早于此时。他在

《忆旧游寄谯郡元参军》诗中，历述他和元的交游离合，其中在叙述同游晋祠之后，接着就说："此时行乐难再遇，西游因献长杨赋，北阙青云不可期，东山白首还归去。"可知他离太原后，不久就西游长安，至少也表示这中间没有什么重要的可纪行踪。如果把这里所说的西入长安理解为就是供奉翰林的一次，那么，不难设想，他对这位知己总得说几句牢骚话，不会用"北阙青云不可期"轻轻了结这一重公案的；而"青云不可期"的意义，正切合于第一次的活动无成而不切合于第二次的遭谗被放，也是很显然的。因此，李白此行当在二十五年的夏季至二十九年之间。其次，李白在《对酒忆贺监》诗序中曾说，"太子宾客贺公于长安紫极宫，一见呼余为谪仙人"。按肃宗立为太子在二十六年六月，贺任太子宾客，当在同时，则李白第一次到长安似乎又不能早于二十六年。不过此诗是以后所作，而贺又是以太子宾客致仕的，所以这个称谓，也难以为确据。此外，有人说李白和王昌龄在荆襄相会是在开元二十八年，我以为是可信的，则此时李白显已不在长安。根据这些情况，似可进一步推论这一次行程，约在开元二十六年夏至二十八年春之间。王琦和黄锡珪的李白年谱，在这几年中几乎都是空白，绝无可系的行事和作品，其原因也许就在于没有发现这一次的长安之行吧。

关于李白的生平事迹，人们知道得实在太少了。不但在前人的心目中，他飘飘然得太久了，几乎成为一个传奇式的人物，就是在今天，我们对他的理解也还未达到论世知人的地步，因此，如何进一步研究这位诗人，还存在着不少困难。我想，假使我们能从各方面点滴地探索出他的历史和生活，或许可以把他从半空中拉回地面上来；那时我们也将看到，他是更像一个普通人而不太像"谪仙人"的。这虽然不免有点煞风景，但却可能更接近于历史真实，更有助于我们的研究。当然，李白本身亟待探讨的问题还很多，我这里所进行的工作，只是一种尝试，只是"不贤者识其小"而已。

---

① 清凌扬藻《蠡勺编》卷二十二云："开元初自蜀入京，贺知章以谪仙人呼之。未久，还蜀。遂下荆门，娶于许氏，因久寓巴陵、洞庭之间。再入长安，客游山东。与元丹邱营石门幽居，携家与居焉。其送杜子美于石门，访范山人于苍耳林，皆此际事。未几，又入长安应制，赋诗忤贵妃，乃赋秦楼月，以寓恋阙意。"据此，凌氏以为李白曾三入长安。其中开元初一次，其误显然，不必深论；再入长安云云，未知何据，谓与杜甫同游石门，访范山人即在此次，亦属非是。但由此可见，前人对这问题，并非完全没有不同的看法。此条系朱金城同志见告，附此志谢。

② 王琦注《李太白全集》，《酬坊州王司马与阎正字对雪见赠》。

③ 同上，《幽歌行赠新平长史兄粲》。

④ 同上，《春归终南山松龙旧隐》。

⑤ 这首诗已见于敦煌唐人写唐诗残卷中，题为《梁园醉歌》。这个残卷大约成于天宝年间，共收李白诗四十三首，没有一首可以指出是写在被放还山以后的，可见李白天宝三载离长安后，他的诗作不大容易很快地传入京城了。这也是很可注意的情况。

⑥ 《李太白全集》，《为宋中丞自荐表》。

⑦ 《旧唐书·玄宗纪》。

⑧ 《李太白全集》，《别韦少府》。

⑨ 参看《忆旧游寄谯郡元参军》。

李白家世考异*

詹 锳

　　太白家世见于记载者，当以李阳冰《草堂集序》及范传正《翰林学士李公新墓碑》为最早。阳冰序云：

　　　　李白，字太白，陇西成纪人，凉武昭王暠九世孙。蝉联珪组，世为显著。中叶非罪，谪居条支，易姓与名。然自穷蝉至舜五世不大曜，亦可叹焉。神龙之始，逃归于蜀。复指李树而生伯阳。

范碑云：

　　　　公名白，字太白，其先陇西成纪人。绝嗣之家，难求谱牒。公之孙女搜于箱箧中，得公之亡子伯禽手疏十数行。纸坏字缺，不能详备。约而计之，凉武昭王九代孙也。隋末多难，一房被窜于碎叶，流离散落，隐易姓名，故自国朝以来，漏于属籍。神龙初潜还广汉，因侨为郡人。父客以逋其邑，遂以客为名。

历来言太白家世者，大都据之。王琦《李太白年谱》亦云：

　　　　阳冰序乃太白在时所作，所述家世必出于太白自言。传正碑据太白之子所手疏。二文序述无有异词，此其可信而无疑者也。

近人陈寅恪先生撰《李白氏族之疑问》一文（载《清华学报》十卷一期），据《新唐书·地理志》以证白出于凉武昭王后之说为不可信。其言有曰：

　　* 原载《国文月刊》1943 年第 24 期。选自詹锳所著《李白诗论丛》，人民文学出版社，1984。

碎叶条支在贞观十八年平焉者，显庆二年平贺鲁隶属中国势力范围之后，始可成为窜谪罪人之地，若太白先人于杨隋末世即窜谪如是之远地，断非当日情势所能有之事实。至所以诡称隋末者，殆以文饰其既为凉武昭王后裔，又何以不编入属籍，如镇远将军房、姑臧房、敦煌房、仆射房、绛郡房、武阳房等之比故耳。

因疑白之先人本为西域胡族而寓居西蜀者。发前人所未道，其说至为特异。余读先生斯文而疑之者累年，乃经多事搜讨，其间亦颇有与先生之论相合者。兹略陈之。

太白集中所称同宗诸人每见于吕夏卿所为《新唐书》《宗室世系》、《宰相世系》二表。按二表可信之程度虽少[①]，但其中李氏各房世系先后则并无可疑之处。李唐氏族问题，近世亦有辩难[②]，然有一点为各家所首肯者，即二表所载李氏各条当为唐室自述其宗系旧文。是则欲考唐代诸李联宗是否舛误，二表犹足为据。今将表中与白诗相当者胪列于后。

《感时留别从兄徐王延年从弟延陵》（卷十五）按延年为高祖子徐王元礼之曾孙，而高祖为凉武昭王七世孙，是延年为凉武昭王十一世孙，则白亦当为十一世孙。

《鸣皋歌奉饯从翁清归五崖山居》（卷七）按常山公清为太宗之孙，于凉武昭王为十世孙，又赵郡李氏东祖房有名清者二人：一为李系之十世孙，一则十一世孙。据吕氏二表考之，李系与凉武昭王俱为秦将军昙之二十五世孙。则清于凉武昭王当为十世或十一世孙。

---

① 宋史三百三十一吕夏卿传云："吕夏卿，泉州晋江人，学长于史，贯穿唐事，博采传记杂说数百家，折衷整比，又通谱学，创为世系诸表，于唐书最有功云。"实则吕氏二表淆乱史实不一而足。乾隆殿本《新唐书》附考证已摘举两表之误数十条，沈炳震且为《唐书宰相世系表订讹》十二卷，近人亦有据唐人碑板遗文以证其失者。

② 辩论李唐氏族之文，其著者有陈寅恪先生《李唐氏族之推测》(《历史语言研究所集刊》三本一分)，《李唐氏族推测后记》(《集刊》三本四分)，《三论李唐氏族问题》(《集刊》五本二分)，《李唐武周先世事迹杂考》(《集刊》六本二分)，刘盼遂《李唐为蕃姓考》(《女师大学术季刊》一卷四期，二卷一期)，《李唐为蕃姓三考》(《燕京学报》十五期)，日人金井之忠《李唐源流出于夷狄考》(《文化》二卷六号)，及朱希祖《驳李唐为胡姓说》(《东方杂志》三十三卷十五期)。

《饯校书叔云》（卷十八）按嗣敷城郡公云为高祖子道王元庆之曾孙，于凉武昭王为十一世孙。

《宣州谢朓楼饯别校书叔云》（一作《陪侍御叔华登楼歌》）（卷十八）按《文苑英华》题作《陪侍御叔华登楼歌》，当以后者为是。《旧唐书·李华传》："华字遐叔，天宝中为监察御史，累转侍御。"白死，华作墓志。据《宰相世系表》，华为赵郡李氏东祖房系之十世孙，于凉武昭王当为十世孙，则白当为十一世孙。

《献从叔当涂宰阳冰》（卷十二）《宣和书谱》："李阳冰字少温，赵郡人，官至将作少监。"按将作少监阳冰为赵郡李氏南祖房真之八世孙，真于秦将军县为二十六世孙，较凉武昭王下一世，则阳冰于凉武昭王当为九世孙，而白当为十一世孙。

《题瓜州新河饯族叔舍人贲》（卷二十五）按贲为高宗子许王素节之孙。高宗为凉武昭王九世孙，则贲当为凉武昭王十二世孙。李既称贲为族叔，则白当为十三世孙。

《幽歌行上新平长史兄粲》（卷七）按赵郡李氏东祖房系之九世孙粲为濮州刺史，则粲于凉武昭王当为九世孙。

《赠从兄襄阳少府皓（一作晤）》（卷九）《赠临洺县令皓弟》（卷九）按赵郡李氏东祖房系之九世孙皓为许州司马，是皓于凉武昭王当为九世孙。

《陪族叔刑部侍郎晔及中书舍人至游洞庭》（卷二十）按刑部侍郎晔为大郑王亮之四世孙，于凉武昭王为十世孙，则白当为十一世孙。

《赠从弟宣州长史昭》（卷十二）《书情寄从弟邠州长史昭》（卷十四）按吕氏二表中名昭者甚多，不知何者为是。

一　蔡王房五世孙昭双流令。　凉武昭王十一世孙。

二　姑臧大房丞之七世孙昭。　凉武昭王九世孙。

三　赵郡李氏东祖房系之九世孙名昭者二人，一为武进丞。于凉武昭王当为九世孙。

四　又十世孙昭金吾长史。　于凉武昭王当为十世孙。

《赠从弟洌》（卷十二）《送族弟凝之滁求婚崔氏》（卷十六）按洌与凝俱右卫长史防之子，为姑臧大房丞之八世孙，是洌凝俱为凉武昭王十世孙。

《送族弟绾从军安西》（卷十七）按姑臧大房丞之七世孙绾吏部郎中，于凉武昭王为九世孙。

《鲁中送二从弟赴举之西京（一作送族弟锃）》（卷十七）按赵郡李氏东祖房系之后有名锃者三人：一为系之九世孙，其余二人俱为十世孙，则锃于凉武昭王当为九世或十世孙。

《寻阳送弟昌峒（缪本作昌岠）鄱阳司马作》（卷十八）按当以昌岠为是。大郑王亮之六世孙昌岠为辰锦观察使，是昌岠为凉武昭王十二世孙。

《泾川送族弟锌》（卷十八）按赵郡李氏东祖房系之十一世孙锌为河南参军，是锌于凉武昭王当为十一世孙。

《登黄山凌歊台送族弟溧阳尉济充泛舟赴华阴》（卷十八）《溧阳濑水贞义女碑铭》（卷二十九）有云："县尉广平宋陟丹阳李济"，与此当是一人。按《宗室世系表》定州刺史乞豆之五世孙济，其侄麟相肃宗。郇王祎之四世孙济为宗正卿。又有赵郡李氏东祖房系之十世孙济，三人俱为凉武昭王十世孙。

《与从侄杭州刺史良游天竺寺》（卷二十）按太宗子纪王慎之曾孙有名良者二人：一为抚州别驾，一为桂府都督袭丹阳公，二者皆为凉武昭王十二世孙。又有赵郡李氏东祖房勰之十世孙良，勰与凉武昭王俱为秦将军昙之二十五世孙，则良于凉武昭王当为十世孙。又东祖房系之十世孙良光禄丞，于凉武昭王亦当为十世孙。

《秋日于太原南栅钱阳曲王赞公贾少公石艾尹少公应举赴上都序》（卷二十七）："有从兄太原主簿舒才华动时。"按丹阳房粲之四世孙舒官工部郎中。粲本姓丙，高祖时以避世祖名赐姓李氏。

以上所引世系表中诸人，虽未必一一与李集中所称者相合，而李诗之真伪亦待考证，然若徐王延年，若刑部侍郎李晔，若赵郡李华、李阳冰，皆其灼然可见者，而就此数条考之，已可知白当为凉武昭王十世或十一世孙。若通体而观之，则白之行辈似在凉武昭王九世至十三世孙之间，且于丙氏之赐姓李氏者亦称同宗。于此可证其本非宗室，而于联宗之际则漫为之说，乃生出此等奇异之现象。然大抵以自称凉武昭王九世孙之时为多，以其辈分在当时为最高故也。至遇显贵，则又不敢自居高辈，乃降一二世以相联属，斯殆亦攀高结贵之一术耳。

按唐人联宗之法亦至可笑。张尔岐《蒿庵闲话》云：

> 近俗喜联宗，凡同姓者，势可藉，利可资，无不兄弟叔侄者矣。此风大盛于唐，其时重旧姓，故竞相依附。至于每放一榜，诸中式人与主司同姓则为侄，其母与主司同姓则为甥，其妻与主司同姓则为侄婿，与主司之母同

姓则为表侄，与主司之妻同姓则为妻侄。姓稍孤僻，或上推至祖曾祖母，必求有当。交互组织，无非嫡亲骨肉，真异事也。又有可异者，杜子美《重送刘十弟判官》诗云："分源豕韦派，别浦雁宾秋。年事推兄忝，人才觉弟优。"注云："刘杜本一姓，故公与刘十为兄弟。"习俗移人一至此乎？

则白之每逢李姓辄结为兄弟叔侄之亲，亦不足怪。

又范碑曰："绝嗣之家，难求谱牒。公之孙女搜于箱箧中，得公之亡子伯禽手疏十数行，纸坏字缺，不能详备。约而计之，凉武昭王九代孙也。"试思以十数行字焉能道尽其世系，何况又"纸坏字缺，不能详备"耶！盖传正作碑之时，亦本知其谱牒不足为据，而又不得不曲为之说，故曰"约而计之凉武昭王九代孙"耳。《唐会要》卷六十五云：

> 天宝元年七月二十二日诏：殿中侍御史李彦允等奏称与朕同承凉武昭王后，请甄叙者，源流实同，谱牒犹著。自今已后，凉武昭王孙室已下绛郡姑臧敦煌武阳等四公子孙，并宜隶入宗正寺编入属籍。

天宝初太白方为翰林供奉，而又称李彦允为从祖（见《草堂集序》），如自述世系确有可据，正宜乘此时机"隶入宗正寺编入属籍"，则何致终白之身而仍听其"漏于属籍"耶！

寅恪先生曰：

> 考李阳冰序"神龙之始，逃归于蜀。复指李树而生伯阳"，又范碑"公之生也，先府君指天枝以复姓"之语，则是太白至中国后方改姓李也。其父之所以名客者，殆由西域之人，其名字不通于华夏，因以胡客呼之，遂取以为名，其实则非自称之本名也。

若白之先世果本李姓，则阳冰序及范碑径称白生后始复本姓可矣，而阳冰则曰"指李树以生伯阳"，传正则曰"指天枝以复姓"，无乃多此一举？是则白之姓李本出偶然，而非复姓明矣。然白之冒姓李氏而称陇西亦自有故，杨慎《升庵全集》卷五十"李姓非一"条云：

> 《姓氏谱》（唐吕才等撰，今佚）："李氏凡十三望，以陇西为第一。"

唐时重族系，虽帝系之贵，亦自屈居第三，而让陇西为一，则陇西之李与唐氏之李不同族明矣。……按唐本李暠之后，乃夷狄非中国人。……汉世李广为陇西李氏，至唐犹然。然据唐人《姓氏谱》，则陇西与唐室了不相干，而李氏称陇西者，往往冒唐宗室，又矛盾矣。唐自高祖即位，太宗高宗继之，武后杀唐子孙殆尽。至开元末四十年而太白诗云："我李百万叶，柯条布中州"（《赠清漳明府侄聿》），是又可疑。盖唐人十三望之李皆冒称宗室，既不封以禄位，惟虚名夸人曰天潢仙派而已。唐帝亦乐其族姓之繁，不暇考其真伪也。……大抵唐人族姓多冒滥，如令狐楚入相后，天下姓胡者改胡为狐，而上加令字以附之。呜呼！宰相之势不过十年，而人竞改姓以附之，况堂堂一统天子三百年之久，其冒附不知几百千矣。……小说云："陇西李氏高自标榜，有女，人不敢求婚，及年长，父母以囊装昏夜潜送于少年无妻者。"是自高者，乃所以自辱也。

则白亦俗人之见，而欲"高自标榜"耳。

且太白家世见于白之诗文所自叙者亦不一致。《赠张相镐》诗云："本家陇西人，先为汉边将。"《寄上吴王》诗云："小子忝枝叶，亦攀丹桂丛。"《与韩荆州书》云："白陇西布衣，流落楚汉。"而《上安州裴长史书》则云：

> 白本家金陵，世为右姓。遭沮渠蒙逊之难，奔流咸秦。因官寓家。少长江汉。

杨慎谓："观太白自叙之书云：'白家世本金陵。'此其自状明甚，而诗中赠九姓李者皆曰吾宗，则又可疑。唐之先仕于后周岂有金陵之籍哉。"（《升庵全集》卷五十六）遂断曰："按此则唐诗白为陇西人唐之宗室谬也。"（《丹铅续录》卷三）胡应麟《续笔丛》曰："凉武昭王之世，南北瓜分已久，即云先世金陵，后迁陇蜀，亦万万不通。盖后人因白侨寓白门而伪作此书。"而王琦《太白集注》则曰："白本家金陵至少长江汉二十余字必有缺文讹字，否则金陵或金城之误亦未可知。断为伪作者非是。"按是书亦见于《唐文粹》，而此二十余字各本并无异文，疑其有缺文讹字亦失臆断。《全唐文》于此数句下注云：

> 谨按：此二句不可解。……《新唐书》云："白兴圣皇帝九世孙，隋末以罪徙西域，神龙中逃还，客巴西。"窃思白既为兴圣九世孙，世为西州右

姓，如自沂其族望，则金陵或系金城之讹。否则定因前凉张氏侨置建康郡于敦煌，人遂目此建康为金陵，故下句云："遭沮渠蒙逊之难，奔流咸秦。"按崔鸿《十六国春秋》云："沮渠蒙逊杀昌光酒泉太守叠滕，共推建康太守段业为凉州牧。"应即此事。若云江左金陵，则白虽因崔宗之官金陵曾经游此，并非世居。且与下句遭沮渠蒙逊之难云云，俱不可通矣。

按侨置敦煌之建康郡，是否尚有金陵之称，固属疑问，至白之称敦煌，不取本名，而故道其侨置之号尤不可解。是则《全唐文》注殆亦勉为说辞。意者白上安州裴长史书时年方而立（据王琦《李太白年谱》），阅历未深，自道家世，漫无定说。迨年事益长，交游愈广，始一律自称陇西耳。盖白自身本无定说，而为之注者必欲曲为之解，岂非徒劳也哉！且陇西成纪乃唐时之郡望通称。善乎刘知几之言曰：

> 作史者为人立传，其地皆取旧史施之于今，为王氏传云琅琊临沂人，为李氏传陇西成纪人，欲求实录，不亦难乎！（《史通·习俗篇》自注）

是则所谓陇西李氏者，本不必一一尽为宗室，何况白之世系是否出自陇西又至可疑耶！

至白幼年寓居之地，前修考辨已繁。《升庵诗话》"太白怀乡句"条云：

> 太白《渡荆门》诗："仍连故乡水，万里送行舟。"《送人之罗浮》诗："尔去之罗浮，我还憩峨嵋："又《淮南卧病寄蜀中赵征君蕤》诗云："国门遥天外，乡路远山隔。朝忆相如台，夜梦子云宅。"皆寓怀乡之意。……苏颋《荐西蜀人才疏》云："赵蕤术数，李白文章。"
> "蜀国会闻子规鸟，宣城还见杜鹃花。一叫一回肠一断，三春三月忆三巴。"此太白寓宣州怀西蜀故乡之诗也。太白为蜀人，见于刘全白志铭，曾南丰集序，杨遂故宅祠记及自叙书，不一而足，此诗又一证也。

《丹铅续录》卷三"李白条"云："考太白全集如《悲清秋赋》云：'余以鸟道计于故乡兮，不知去荆吴之几千。'《上安州裴长史书》云：'见乡人相如大夸云梦之事，云楚有七泽，遂来观焉。'观此则太白为蜀人无疑矣。"清李调元又有李白故里考，证其为蜀人。见《童山文集》。太白《题嵩山逸人元丹丘山居》

诗称"家本紫云山"。按紫云山在蜀之绵州彰明县南四十里。又《代寿山答孟少府移文书》称"近者逸人李白自峨嵋而来"。此外唐代诗人所歌者若：

> 项斯《经李白墓》："游魂应到蜀，小碣岂旌贤。"
> 姚合《送李余及第归蜀》："李白蜀道难，羞为无成归。"
> 又《送杜立归蜀》："谁为李白后，为访锦官城。"
> 郑谷《蜀中》："云藏李白读书山。"
> 皮日休鲁望昨以五百言见贻，过有褒美，内揣庸陋，弥增愧悚，因成一千言，上述吾唐文物之盛，次叙相得之欢，亦迭和之微旨也："玉垒李太白，铜鞮孟浩然。"

亦足为太白家寓西蜀之证。是白幼年居蜀，殆无疑问。

惟《旧书》本传云："李白山东人，父为任城尉，因家焉。"与诸说独异。按杜甫《苏端薛复筵简薛华醉歌》云："近来海内为长句，汝与山东李白好。"元稹《杜工部墓志铭》亦称"山东人李白"，《旧书》殆出于此。考山东一名见于唐人载籍者非一，今略举数条，以见其所指之地域：

> 王维据《旧书》本传为太原祁人，而有《九月九日忆山东兄弟》诗。
> 李商隐灞岸诗："山东今岁点行频。"冯浩注云："会昌二年八月回鹘乌介可汗掠云朔北川，乃征发许蔡汴滑等六镇之师会军于太原。"
> 崔祐甫博陵人（据《旧唐书·崔沔传》。祐甫沔之子），其所作《卫尉卿洪州都督张公遗爱碑》云："祐甫山东鄙人。"
> 《通鉴》开元十二年六月："上以山东旱，命台阁名臣以补刺史。壬午以黄门侍郎王丘，中书侍郎长安崔沔，礼部侍郎知制诰韩休等五人出为刺史。"《新唐书·王丘传》："山东旱饥，议以中朝臣为刺史，乃以丘与中书侍郎等并为山东刺史。"《旧唐书·王丘传》作"于是以丘为怀州刺史"。《新唐书·崔沔传》谓斯时沔出为魏州刺史，韩休传谓斯时休出为虢州刺史。
> 《旧唐书·列女传》："崔绘妻卢氏幽州范阳人也。为山东著姓。"

而其见于李诗者，则有：

> 《访道安陵遇盖寰为予造真箓临别留赠》："挥毫赠新诗，高价掩山东。"
> 《五月东鲁行答汶上翁》："顾余不及仕，学剑来山东。"

可见唐代山东一名所指地域甚广。《旧唐书·张行成传》云：

> 太宗尝言及山东关中人，意有同异。行成正侍宴，跪而奏曰："臣闻天子以四海为家，不当以东西为限。若是则示人以益隘。"

则山东当与关中或关西对言，初无一定地域可指。《唐诗纪事》卷十八云："子美所谓汝与山东李白好，盖白自号也。"且甫赋《苏端薛复筵简萧华醉歌》之时，方寓长安，而白已东去，故甫遂以山东称之，以喻其不在关中。至元稹则一方因袭杜诗，一方以白寓家东鲁而甫居杜陵，故曰："是时山东人李白亦以奇文取称，时人谓之李杜。"盖明二人之并世东西两相对垒也。其《代曲江老人百韵》诗云："李杜诗篇敌，苏张笔力匀。"可证。胡震亨曰："山东者乃当时关东泛称。（《战国策》顿驷语秦始皇：山东战国有六。）意白时正寓关东故耳。旧史传曰，不书郡望，援杜句直书为山东人，史例之变。然实非以其尝家任城而云山东也。齐鲁之称山东，自元始。于唐此地尚隶河南，未有今山东称。"（《唐音癸签》卷二十九《谈丛》五）后钱大昕遂以此书为旧书之失（见《二十二史考异》卷十八），信然。若杨慎据魏颢《李翰林集序》有"世号为李东山"之语，谓杜诗传写误倒其字（见《升庵全集·李诗选题辞》），则钱谦益《杜诗笺注》及《四库提要》已辨其非，兹不具论。

又《旧唐书》称白"父为任城尉，因家焉"亦未可信。按白曾自称："予为楚壮士，不是鲁诸生。"且白《上安州裴长史书》云："东游维扬，不逾一年，散金三十余万。"试思以太白如此豪富之家，其父讵肯远涉万里，为一任城县尉耶！宋钱希白《南部新书》竟又因《旧书》之误，而证白非蜀人，则所谓小说家言，更不足论矣。

寅恪先生疑白本为西域胡人，作者亦得旁证数则。

刘全白翰林学士李君碣记："天宝初，玄宗辟翰林待诏，因为和蕃书，并上《宣唐鸿猷》一篇，上重之。"范传正碑亦称其"论当世务，草答蕃书，辩如悬河，笔不停辍"。然白何以精于西域文字耶？

《上安州裴长史书》："曩昔东游维扬，不逾一年，散金三十余万。有落魄公子，悉皆济之。此则是白之轻财好施也。又昔与蜀中友人吴指南同游于楚，指南死于洞庭之上。白禫服恸哭，若丧天伦，炎月伏尸，泣尽而继之以血。……遂权殡于湖侧，便之金陵。数年来观，筋肉尚在。白雪泣持刃，躬申洗削，裹骨徒步，负之而趋。寝兴携持，无辍身手。遂丐贷营葬于鄂城之东。……此则是白存交重义也。"魏颢《李翰林集序》谓白"少任侠，手刃数人"。白《赠从兄襄阳少府皓》诗自称："托身白刃里，杀人红尘中。"(据缪本，今通行本无此二句) 其乐府中亦盛赞杀人之事，如《结客少年场行》："笑尽一杯酒，杀人都市中。"《侠客行》："十步杀一人，千里不留行。"此种豪侠之风亦与中华之传统文人不类。

《扶风豪士歌》云："脱吾帽 (《文苑英华》作"脱君帽"，按"君"字是也)，向君笑。饮君酒，为君吟。"桂馥谓："李太白诗：脱君帽，向君笑。初不解其义。《通鉴》元魏城阳王微脱尔朱荣帽欢舞盘旋。注引李诗为证云：脱帽欢舞盖夷礼也。"(《札朴》卷六) 但太白何从而习此夷礼耶？

至白之像貌，则魏颢《李翰林集序》云："眸子炯然，哆如饿虎。"亦极特异，惜不知其髭须如何耳。

意者白之家世或本商胡，入蜀之后，以多赀渐成豪族，而白幼年所受教育，则中西语文兼而有之。如此于其胡性之中，又加之以诗书及道家言，乃造成白诗豪放飘逸之风格。李诗之所以不可学者其在斯乎？

李白《蜀道难》本事说*

詹　锳

　　李白乐府杳冥惝恍，纵横变幻，极才人之致，而《蜀道难》一诗尤为千古绝唱，自来论太白诗者莫不称之。然世人皆赞其奇，至于究其取意何在，则异说纷纭，莫衷一是。推原其故，实由说诗者各本成见，强作解人，捉风捕影，转滋牴牾。而夷考其实则大都郢书燕说，无当本真。兹本无征不信之旨，就往旧杂说，一一辨其是非，并抒己见，以就正于并世诸君子焉。原诗曰：

　　噫吁嚱危乎高哉！蜀道之难，难于上青天。蚕丛及鱼凫，开国何茫然。尔来四万八千岁，不与秦塞通人烟，西当太白有鸟道，可以横绝峨嵋巅。地崩山摧壮士死，然后天梯石栈相钩连。上有六龙回日之高标，下有冲波逆折之回川。黄鹤之飞尚不得过，猿猱欲渡愁攀援。青泥何盘盘，百步九折萦岩峦，扪参历井仰胁息，以手抚膺坐长叹。问君西游何时还？畏途巉岩不可攀。但见悲鸟号古木，雄飞雌从绕林间，又闻子规啼夜月，愁空山。蜀道之难难于上青天，使人听此凋朱颜。连峰去天不盈尺，枯松倒挂倚绝壁，飞湍瀑流争喧豗，砯崖转石万壑雷。其险也若此，嗟尔远道之人胡为乎来哉？剑阁峥嵘而崔嵬，一夫当关，万夫莫开。所守或匪亲，化为狼与豺。朝避猛虎，夕避长蛇，磨牙吮血，杀人如麻。锦城虽云乐，不如早还家。蜀道之难难于上青天，侧身西望长咨嗟。

　　殷璠《河岳英灵集》论李白诗云：“至如《蜀道难》等篇，可谓奇之又奇。然自骚人以还，鲜有此体调也。”璠与太白同时，而不言诗意所本。今所见各家解说，自晚唐始。兹略依时代先后征引之。

　　李绰（唐人）《尚书故实》（又名《尚书谈录》）：“陆畅尝为韦南康作《蜀道易》，首句曰：‘蜀道易，易于履平地。’南康大喜，赠罗八百疋。……

　　* 原载《学思》1942年第2卷第8期。选自詹锳所著《李白诗论丛》，人民文学出版社，1984。

《蜀道难》，李白罪严武也。畅感韦之遇，遂反其词焉。"《刘宾客嘉话录》所记并同。

范摅（唐懿宗时人）《云溪友议》："严武……拥旄西蜀，累于饮筵对客骋其笔札，杜甫拾遗乘醉而言曰：'不谓严挺之乃有此儿也。'武恚目久之，曰：'杜审言孙子拟捋虎须耶？'合坐皆笑，以弥缝之。武曰：'兴公等饮馔，所以谋欢，何至于祖考邪？'房太尉琯微亦有所忤，忧怖成疾，武母恐害损忠良，遂以小舟送甫下峡，母则可谓贤也，然二公几不免于虎口矣。李太白作《蜀道难》，乃为房杜危之也。其略曰：'剑阁峥嵘而崔嵬，一夫当关，万夫莫开。所守或匪人，化为狼与豺。朝避猛虎，夕避长蛇，磨牙吮血，杀人如麻。锦城虽云乐，不如早还家。蜀道之难难于上青天，侧身西望长咨嗟。'杜初自作《阆中行》：'豺狼当路，无地游从。'（按杜少陵集无《阆中行》，其《发阆中》诗云：'前有毒蛇后猛虎，溪行尽日无村坞。'《云溪友议》所引疑是此诗之误。）或谓章仇大夫兼琼为陈子昂拾遗雪狱，高侍御适与王江宁昌龄伸冤，当时同为义士也。李翰林作此歌，朝右闻之，皆疑严武有刘焉之志。"

《新唐书·严武传》："武为剑南节度使，房琯以故相为部内刺史，武慢倨不为礼。最厚杜甫，然欲杀甫数矣。李白为《蜀道难》者，乃为房杜危之也。"又《韦皋传》："天宝时，李白为《蜀道难》，以斥严武；陆畅更为《蜀道易》，以美韦皋。"

杨遂（宋初人）《李太白故宅记》："《蜀道难》可以戒为政之人矣。"盖亦指罪严武而言。

钱易《南部新书》（大中祥符中撰）："《蜀道难》或曰作于天宝初，或曰作于天宝末。二说皆出于后世。以意逆之，曰：此为房杜危之也。陆畅去白未远，作《蜀道易》，以美韦皋，传之当时。而《蜀道难》之词曰：'锦城虽云乐，不如早还家。'其意必有所属，房杜之说盖近之矣。"

按严武之镇成都，乃肃宗上元二年事，此诗若为刺严武而作，当在上元二年以后。

孟棨《本事诗》（成于唐僖宗光启二年）"高逸"第三："李太白初至京师，舍于逆旅，贺监知章闻其名，首访之。既奇其姿，复请所为文，出《蜀道难》以示之，读未竟，称叹者数四，号为'谪仙'。解金龟换酒，与倾尽醉，期不间日，由是称誉光赫。"

王定保（五代人）《唐摭言》卷七："李太白始自西蜀至京，名未甚振，因以所业赘谒贺知章，知章览《蜀道难》一篇，扬眉谓之曰：'公非人世之人，可不是太白星精耶?'"

缪氏影印北宋本《李太白集》于《蜀道难》题下注曰："讽章仇兼琼也。"

沈括《梦溪笔谈》卷四："前史称严武为剑南节度使，放肆不法，李白为之作《蜀道难》。按孟棨所记，白初至京师，贺知章闻其名，首诣之。白出《蜀道难》，读未毕，称叹数四，时乃天宝初也。此时白已作《蜀道难》，严武为剑南乃在至德以后肃宗时，年代甚远。盖小说所记，各得于一时见闻，本末不相知，率多舛误，皆此文之类。李白集中称刺章仇兼琼，与《唐书》所载不同，此《唐书》误也。"

《苕溪渔隐丛话前集》卷五引《洪驹父诗话》（驹父名刍，绍圣进士）："《新唐书·严武传》云：'武在蜀放肆，房琯以故宰相为部内刺史，武踞慢不为礼，最厚杜甫，然欲杀甫数矣。李白作《蜀道难》，乃为房与杜危之矣。'《新唐书》据范摅《云溪友议》言之耳。按《唐摭言》载李白始自西蜀至京，道未甚振，因以所业赟谒贺知章，知章览《蜀道难》一篇曰：'子谪仙人也。'按白本传，天宝初因吴筠被召，亦至长安，时往见贺知章，则与严武帅蜀，岁月悬远，尝见李集一本于《蜀道难》题下，注讽章仇兼琼也，考其年月近之矣。谓危房杜者非也，《新唐书》第弗深考耳。"

萧士赟《分类补注李太白诗》于本篇下云："有客曰：《洪驹父诗话》云云（见前），沈存中笔谈云云（即前引《梦溪笔谈》），子以何说为是乎？予曰：以臆断之，其说皆非也。史不足征，小说传记反足信乎！所谓尝见李集一本于《蜀道难》下注讽章仇兼琼者，黄鲁直尝于宜州用三钱买鸡毛笔，为周维深作草书《蜀道难》，亦于题下注云：'讽章仇兼琼也。'然天宝初天下乂安，四郊无警，剑阁乃长安入蜀之道，太白乃拳拳然欲严剑阁之守，不知将何所拒乎！以此知其不为章仇兼琼也。尝以全篇作诗意，与唐史参考之，盖太白初闻禄山乱华，天子幸蜀时作也。若曰为房琯杜甫章仇兼琼而作，何至始引蚕丛开国，终言剑阁之险，复及所守匪亲，化为豺狼等语哉。引喻非伦，是以知其不为章与房杜也。唐史哥舒翰兵败，潼关不守，杨国忠倡幸蜀之策，当时臣庶皆非之。马嵬父老遮道谏曰：'宫阙，陛下家居；陵寝，陛下坟墓。今舍此欲何之?'又告太子曰：'若殿下与至尊皆入蜀，中原百姓谁为主?'建宁王倓亦曰：'今殿下从至尊入蜀，若贼兵烧绝栈道，则中原之地，拱手授贼。'既上至扶风，士卒潜怀去就，往往流言不逊。比至成都，从官及六军至者千三百人而已。太白深知幸蜀之非计，欲言，则不在其位；不言，则爱君忧国之情不能自已，故作诗以达意也。'噫吁嚱危乎高哉！蜀道之难难于上青天'，极路险难之形容，言当时欲从君于难者，至蜀之难如上天之难也。'蚕丛及鱼凫，开国何茫然，尔来四万八千岁，不与秦塞通人烟'，言蕞尔之蜀，僻在一隅，自古声教所不及，虽秦塞之近，且不相通，非可为中国帝王之都也。'西当太白有鸟道，可以横绝峨嵋巅'，言五丁未开道之前，唯长安正西太白山仅有鸟道，可以横绝峨嵋之巅，非人迹所能往来也。'地崩山摧壮士死，然后天梯石栈相钩连'，言五丁既开道之后，梯栈相连，始与秦通，今焉安处于蜀，设若烧绝栈道，则中原道断矣。'上有六龙回日之高标，下有冲波逆折之回川'，言其险上际于天，下极于地也。'黄鹤之飞尚不得过，猿猱欲渡愁攀援'，言鸟兽犹惮其险，人其可知也。'青泥何盘盘，百步九折萦岩峦'，历言蜀道险难之所也。'扪参历井仰胁息，以手抚膺坐长叹'，参与井为蜀分野，扪参历井，言环蜀之境，道里险难，所在皆然。令人敛胁屏气而息，唯有抚膺长叹而已也。'问君西游何时还'，'君'字实指明皇，非泛然而言，犹杜子美《北征》诗，'恐君有遗失'及'君诚中兴主'之义。言既西幸蜀矣，何时可还中原而为生灵之主也？'畏途巉岩不可攀'，言忠臣义士虽欲从君于难，道路险阻不可以猝然攀附也。'但见悲鸟号古木，雄飞雌从绕林间。又闻子规啼夜月，愁空山'，言朝夕之间，空山丛木，惟有禽鸟飞鸣，则人迹之稀少可知也。复申之曰：'蜀道之难难于上青天'，言其险之极，一言之不足，再言之也。'使人听此凋朱颜'，乃太白自述感伤于心而形诸颜色也。'连峰去天不盈尺，枯松倒挂倚绝壁。飞湍瀑流争喧豗，砯崖转石万壑雷。其险也若此，嗟尔远道之人胡为乎来哉'，备言蜀道险难之状，疏远之臣若白者，虽欲从君于难，胡为而能来也。'剑阁峥嵘而崔嵬，一夫当关，万夫莫开。所守或匪亲，化为狼与豺'，言赞帝西幸者，不过谓有剑阁之险而已，然守关者任非其人，豺狼反噬，此则尤可忧也。'朝避猛虎，夕避长蛇，磨牙吮血，杀人如麻'，言蜀与羌夷杂处，如虎如蛇，朝夕皆当避之，其或变生肘腋，是又可忧之大者也。'锦城虽云乐，不如早还家'，言蜀都之乐，不如早还中国之乐也。复申之曰：'蜀道之难难于上青天，侧身西望长咨嗟'。再言之不足，故三言之，谓从君于难者，至蜀之难，真如上天之难矣。夫如是，则白也侧身西望吾君，惟有长叹咨嗟以致吾惓恋之意云耳。诗意亦微而显矣。客曰：'是则然矣，《上皇西巡南京歌》胡为而作耶？'予曰：'《蜀道难》，是初闻上皇仓卒幸蜀之时，见得事理不便者如此，情发于中，不得已而言也。《西巡南京歌》，是事已定之后所作，成事不说，遂事不谏，朝廷处分已定，何必更为异议乎。'客又曰：'太白《为宋中丞撰请都金陵表》，胡为称美蜀中，欲使上皇安居之耶？'子曰：

'操辞者，太白也。命意者，宋中丞也。太白方依于中丞，乃不从中丞之意而自为异论乎？此又不待辩而自明也。'"

胡震亨《李诗通》："此诗说者不一，有谓为严武镇蜀放恣，危房琯杜甫而作者，出范摅《云溪友议》，新史所采也。有谓为章仇兼琼而作者，沈存中洪驹父驳前说而为之说者也。有谓讽玄宗幸蜀之非者，萧士赟注语也。兼琼在蜀，无据险跋扈之迹可当斯语，而严武出镇在至德后，玄宗幸蜀在天宝末，与此诗见赏贺监在天宝初者，年岁亦皆不合，则此数说似并属揣摩。愚谓《蜀道难》，自是古相和歌曲，梁陈间拟者不乏，讵必尽有为而作！白蜀人，自为蜀咏耳。言其险更著其戒，如云'所守或匪亲，化为狼与豺'，风人之义远矣。必求一时一人之事以实之，不几失之凿乎！"

《日知录》卷二十六"新唐书"条："《严武传》，李白作《蜀道难》者，乃为房杜危之也，此宋人穿凿之论，其说又见《韦皋传》，盖因陆畅之《蜀道易》而造为之耳。李白《蜀道难》之作，当在开元天宝间。时人共言锦城之乐，而不知畏途之险，异地之虞。即事成篇，别无寓意。及玄宗幸蜀，升为南京，则又为诗曰：'谁道君王行路难，六龙西幸万人欢。地转锦江成渭水，山回玉垒作长安。'一人之作，前后不同如此，亦时为之矣。"

沈德潜《唐诗别裁》："诸解纷纷，萧士赟谓禄山乱华天子幸蜀而作为得其解。臣子忠爱之词，不必寻常穿凿。"又于"锦城虽云乐"二句下注云："恐蜀地有发难之人，则乘舆危矣，故望其早还帝都也，通篇结穴。"

陈沆《诗比兴笺》："按萧氏说迥出诸家之上，彼《唐摭言》谓贺知章曾见此诗者，亦犹陈子昂《感遇》诗刺武后时事，见于杜陵忠义之褒，而《旧唐书》顾谓其少作，见许于王适，皆道听途说，未尝真读其诗者也。"

《唐宋诗醇》："解此诗者几如聚讼，惟萧士赟谓为禄山乱华，天子幸蜀而作者得之。盖其诗笔势奇崛，词旨隐跃，往往求之不得而妄为之说。……'蚕丛及鱼凫'，至'以手抚膺坐长叹'，极言山川道途之险，以还题意，而其非寻常游幸之地，已见言外。'问君西游何时还'，正指幸蜀事。当日，仓皇西幸，扈从萧条，栈道崎岖，霖铃悲感。鸟号鹍啼，写出凄凉之状。故曰：'使人听此凋朱颜'，此为明皇悲也。以下重写离字，而以'其险也若此'二句束之。'远道之人'盖指从者而言，故承以'剑阁峥嵘'六句。楚芳贾云：我能往寇亦能往，蜀之险不必可恃。故为危之之词，以致其忠爱之意。若如诸说所云，为守蜀者发，于义为不伦矣。'猛虎'六句直言避乱。而祝其早还，通篇结穴在。……若徒赏其文章之奇，而不审其深情远意，未为知白者也。胡震亨谓其泛说事理，故包括大而有合乐府讽世立教本旨，盖亦穷于解矣。"

近人徐嘉瑞著《颓废之文人李白》一文（见《小说月报》十七卷号外"中国文学研究"专号），于《蜀道难》亦有解说。其言有云："因为前人误认《蜀道难》是天宝初年所作，所以有一般人揣测说讥章仇兼琼的，假如这种揣测是实，那么'所守或匪亲，化为狼与豺'两句怎么讲法？'所守'两字是皇上对节度使的口气。《远别离》的次序在《蜀道难》之前，假定《蜀道难》是天宝初年作的，那末《远别离》当然和幸蜀无关，纯粹是咏舜南巡的事了。但是请问'我纵言之将何补，皇穹窃恐不照余之忠诚，雷凭凭兮欲吼怒，尧舜当之亦禅禹'。和舜南巡有何关系？并且把舜倒拉来做陪客，更可见不是咏舜南巡了。又'君失臣兮龙为鱼，权归臣兮鼠变虎'。更和舜无干系。现在假定《远别离》不是天宝初年所作，是咏幸蜀，那么《蜀道难》也可类推了。二诗大约在玄宗出长安后作。《远别离》乍看是为舜南巡崩于苍梧而作，但是'我纵言之将何补'以下，就完全是说幸蜀的事了。……唐明皇出了长安以后，四方的人都不知道他去什么地方，连生死都不知道……当时的谣言很大，所以说，'或言尧幽囚，舜野死。九疑联绵皆相似，重瞳孤坟竟何是？'可以断定是潼关初破后所作的。李白起初听见谣言说明皇生死未卜，才作了《远别离》。忽然得了确实消息，才知道他是去四川，大吃一惊的说：'噫吁嚱危乎高哉，蜀道之难难于上青天'。以下又说一大篇咨嗟太息愁眉不展的话，都是抱怨唐明皇千错万错，不应该去四川。……杨国忠早.已打算去四川，他自领剑南节度使，令副节度崔圆阴具储待。现在杨国忠既被杀，崔圆是他的私党，可靠不可靠还不一定。又国忠被杀后，将士都说：'国忠谋反，其将士皆在蜀，不可往。'所以他说：'所守或匪亲，化为狼与豺'。'朝避猛虎'是指安史，'夕避长蛇'是指崔圆和蜀中将士。"

关于此诗之解说见于各家诗话者甚多，然其取意大抵已不外乎此，兹所以一一援引者，特恐沿袭既久，或谓本文偶不及载，而终不识其非，转致遗误。无已，故仍录之，而驳正焉。

综上诸家之说，可得四种：一、罪严武，二、讽玄宗幸蜀，三、讽章仇兼琼，四、即事成篇别无寓意。其间一二两说与《本事诗》及《唐摭言》所载相牴牾，而三四两说则否。

按此诗与《远别离》并见于《河岳英灵集》。集序云："昭明太子撰文选后，相效著述者十有余家，咸自尽善。……大同至于天宝，把笔者近千人……开元十五年后，声律风骨始备矣。实由主上恶华好朴，去伪从真，使海内词场，翕然尊古。……粤若王维、昌龄、储光羲等二十四人，皆河岳英灵也。此集便以河岳英灵为号，诗二百三十四首，分为上下卷，起甲寅终癸巳（《文苑英华》作乙酉）。"由上文观之，"主上"定指玄宗，而玄宗朝之癸巳年为天宝十二载，乙酉年为天宝四载。是《蜀道难》与《远别离》二诗至晚亦当作于天宝十二载之前，而一二两说之不可信无庸置辨矣。

今进而论第二说：按章仇兼琼事迹，除略见于其太府君碑文外，唯有两唐书《吐蕃传》及《杨国忠传》。碑文自是谀辞，不足论。《旧唐书·吐蕃传》云："开元二十七年诏以华州刺史张宥为益州长史剑南防御使，主客员外章仇兼琼为益州司马防御副使。宥既文吏，素无攻战之策，兼琼遂专其戎事。俄而兼琼入奏，盛陈攻取安戎之策，上甚悦。……拔兼琼令知益州长史事代张宥节度。二十八年……引官军入（安戎）城尽杀吐蕃将士，使监察御史许远率兵镇守。上闻之甚悦。其年十月吐蕃又引众寇安戎城。及维州，章仇兼琼遣裨将率众御之。时属凝寒，贼久之自引退。"《新唐书·杨国忠传》云："剑南节度使章仇兼琼，与宰相李林甫不平，闻杨氏新有宠，思有以结纳之为奥助，使（鲜于）仲通之长安，仲通辞以国忠见。……兼琼喜，表为推官，使部春贡长安。……国忠至京师，见群女弟致赠遗。……诸杨日为兼琼誉。……兼琼入为户部尚书兼御史大夫，用其力也。"兼琼为人略可概见，实无跋扈之迹可寻。太白《答杜秀才五松山见赠》诗云："闻君往年游锦城，章仇尚书倒屣迎。飞牋络绎奏明主，天书降问回恩荣。"观其语气，亦断不致以兼琼比诸豺狼也。讽章仇兼琼之说，疑自《云溪友议》误传。《云溪友议》云："或谓章仇兼琼为陈子昂拾遗雪狱。"实则陈子昂为射洪令段简所杀，在武后时。章仇兼琼至蜀在开元末，时代迥不相及。范摅所记有误。后人不察其义略去下半句，遂渐讹成"讽章仇兼琼'耳。曾国藩《十八家诗钞》以"讽章仇兼琼也"六字为太白自注。按《河岳英灵集》、《敦煌唐写本诗选残卷》（罗振玉影印）、《文苑英华》及《唐文粹》选录此诗均无此六字，倘是太白自注，诸书断不致略去，则其出于后人所加明矣。

但若谓太白此诗如"羚羊挂角，无迹可求"，而诿之为"即事成篇，无所取意"，亦不尽然。苟能贯通全集并详考太白之身世，则此诗之背景亦可探悉。按太白有《剑阁赋》，题下自注云："送友人王炎入蜀。"赋中写剑阁之险，与此诗极为近似。如：

咸阳之南直望五千里，见云峰之崔嵬。前有剑阁横断，倚青天而中开。——诗："西当太白有鸟道，可以横绝峨嵋巅。""剑阁峥嵘而崔嵬"，又："连峰去天不盈尺。"

上则松风萧然瑟飕——诗："枯松倒挂倚绝壁。"

有巴猿兮相哀——诗："猿猱欲渡愁攀援。"又："但见悲鸟号古木，雄飞雌从绕林间。"

旁则飞湍走壑，洒石喷阁，泓涌而惊雷——诗："飞湍瀑流争喧豗，砯崖转石万壑雷。"

送佳人兮此去，复何时兮归来？——诗："问君西游何时还？"

望夫君兮安极，我沉吟兮叹息。——诗："侧身西望长咨嗟。"

又有《送友人入蜀诗》云："见说蚕丛路，崎岖不易行。山从人面起，云傍马头生。芳树笼秦栈，春流绕蜀城。升沉应已定，不必问君平。"其中"见说蚕丛路"一联，与《蜀道难》"蚕丛及鱼凫，开国何茫然"同一出典。"山从人面起"一联，即极写蜀道之难也。"秦栈"为自秦入蜀之栈道，诗称"芳树笼秦栈"，可见送别之地当在秦中。末联则忠告友人之词，谓功名不可强求也。

意者《剑阁赋》、《送友人入蜀》及此诗俱是先后之作。《蜀道难》，《敦煌唐写本诗选残卷》作"古蜀道难"，则其本为规模古调当可想见。阴铿《蜀道难》云："蜀道难如此，功名讵可要。"王炎入蜀，或为求取功名，而功名终不可得。其后太白《自溧水哭王炎》诗云："逸气竟莫展，英图俄夭伤"，盖深惜之。今诗中称"其险也若此，嗟尔远道之人胡为乎来哉"，即取阴铿"蜀道难如此，功名讵可要"之意也。又诗虽题《蜀道难》，而全诗所叙仅及剑阁。外乎此者止"锦城虽云乐，不如早还家"二句，而此二句复不见于《敦煌唐写本诗选残卷》，是否后人所加尚不可知。是诗与《剑阁赋》内容绝无二致矣。至"一夫当关"以下四句亦别无寄托。"一夫当关，万夫莫开"，言剑阁一带栈道之狭，设欲入蜀，别无他道可由。"所守或匪亲"，"亲"字一作"人"，《河岳英灵集》、《文苑英华》及《云溪友议》所引正作"人"，按"人"字是也。杜甫《发阆中》诗云："前有毒蛇后猛虎，溪行尽日无村坞。"蔡梦弼《草堂诗笺》："喻盗贼也。""所守或匪人，化为狼与豺。朝避猛虎，夕避长蛇，磨牙吮血，杀人如麻。"言守此"万夫莫开"之关者或非其人，而变为盗贼。此辈杀人如麻，凶残有如豺狼，故须朝夕避之。（一说谓毒蛇猛虎皆系实写，盖当时蜀地荒凉，本自如此。则此数语乃言守此"万夫莫开"之关者，或非人类，而为豺狼。途经此处设有人守之，尚属幸运，若遇豺狼守之则危矣。故途中不得不"朝避猛虎，夕避长蛇"，因其"磨牙吮血，杀人如麻"也。义亦可通。）

《剑阁赋》开首即称咸阳，而此诗亦有"不与秦塞通人烟"、"西当太白有鸟道"等语，似白之送王炎当在长安或咸阳。诗所以称"问君西游何时还"、"侧身西望长咨嗟"者，盖蜀地位秦之西南，太白有《西巡南京歌》，又《万愤词投魏郎中》亦谓玄宗幸蜀曰"迁白日于秦西"，则由秦去蜀自可称曰"西游"，自秦望蜀中亦可称曰"西望"也。此诗之作，当在天宝初间，时太白方在长安未久，尚未得志。其后遇贺知章，因出近作示之，贺遂叹为谪仙人耳。

细察往说，实以萧士赟所解，最为详尽，一若真能探悉作者之肺腑然，其后复经各家加以补充，屡有发明，至今几已成为定论。今据《河岳英灵集》，始知其为完全无稽之谈。甚矣，说诗之难也如此！考此诗所以异说纷纭之故，实由诗中描写蜀道，迷离惝恍，其趣在有意无意之间，令人莫可捉摸。世以为太白蜀人，写蜀道特为亲切。不知此诗所写在栈道之险，而太白生平未尝一至剑阁，《送友人入蜀》诗云："见说蚕丛路，崎岖不易行"可以见之。全诗既为凭空想像之词，故不得不出以飘忽之笔。吾人但从平易处求之，则虽不中不远矣。

李杜诗之比较*

胡小石

李白及杜甫在诗界的位置，已为大家所公认，要想在短期中把他两位详细的比较，确是一件难事，今就平日见到的略谈几句。

既名之曰比较，必定先要定出一种公共的标准，若标准不同，便无所用其比较了。李杜二人，倒有比较的可能性：因同为诗人，同为盛唐时诗人，且同为后世所宗仰而在文学史上占极重要的位置的诗人。

凡同时齐名的文人或诗人，如曹刘潘陆陶谢韩孟元白温李苏黄等等，都好用来比较。然而最重要的，不在求其同，而在求其异，因为凡能同时共享盛名的文人或诗人，都各有其特殊之点，独到之处。不然，便有一人为首领，一人为附庸了，还有什么比较呢？

以李杜诗互相比较的，颇不乏人，最著的分两派：

1.根据于地理的：以杜为河南偃师县人，住长安最久，可作北方诗人代表。李生于四川，后又到湖北，可作南方诗人代表。杜诗风格最踏实，李诗则很浪漫，也足见南北诗人的不同。日本人研究李杜的诗，多从此处入手。如笹川种郎之《支那文学史》，便主此说，近来国人受他的影响很不少。以地域关系，区分文学派别，本来无可非议，不过只适宜用于交通不便，政治不统一的时候，如南北朝时便是一例：北朝多产经师及散文家，而南朝则多产诗人。又如五代词人不居中原，而散居十国。这都是由于政治中心不统一，而交通太梗阻了的缘故。自从庾子山本以南人，避难到北周后，北周文学，稍有可观，他的作风糅合南北，也可说是使南北朝文学趋向一致的先声。隋既代周平陈，南北统一，如薛道衡、杨素等都是北人。即唐初四杰，即有北人三个。沈宋也是北人，温李也是北人，他们的作风，均非常华绮，并无南北的区分。可见自交通

---

* 原载《国学丛刊》1924 年第 2 卷第 3 期。选自《杜甫研究论文集》第一辑，中华书局，1962。

便利、政治统一以后，以地理作区分，是靠不住的。

2.根据于思想的：有人以李白代表道家，杜甫代表儒家，李之作品，多有超出人世之感。杜甫则句句不脱离社会。这话有一部分对的。李白尚理想，重虚无，固是道家思想，至于飞升远举之谈，竟成方士化了。人总不能离社会而独立，如屈子、阮籍之思想最浪漫，只因为不得志于世间，乃谋所以超出世间，正因其不能忘却世间呵！李白少有功名之志，至晚年乃郁结，由于精神之衰败。李杜的思想，并不是根本上不相同，所以此处也不必引申了。

李杜同为诗人，最好侧重二人艺术上之表现，来作比较。在未讲他们本身作品之先，且把诗之过程略为说明。

一、《三百篇》：最早的诗而且最优美。可是四言句法，不易作好，汉后四言诗人不多，如韦，东方，均不甚著名，只到嵇康为止。王湘绮主张此说。但汉代把诗当作经书，不用读文学的眼光去研究。所以虽是很早的诗而影响于后人很小。李白曾言："五言不如四言，七言又其靡也。"这是他崇经的门面话，他所作以七言诗最好，五言次之，四言最坏。

二、古诗：《古诗十九首》与所谓苏李诗均包括在内。作者姓名，湮没无闻。但可信其为汉人之作，为后世作诗之祖。自汉以来，其影响极大。

三、建安：建安为诗之极盛时代，七子天才卓越，诗至此时，乃大变化，五言七言都正式成立。从前没有专家诗人，到此才出现。

四、正始：当时王弼、何晏为思想界代表，谈玄之风盛，遂影响及于文学，文学诗一变而为哲学诗。

五、太康：《文心雕龙》说："采缛于正始，力柔于建安。"当时潘左张陆能把正始的玄学诗，还成文学诗的本来面目。

六、元嘉：此时为山水诗发育时代，颜谢为首，颇盛极于一时。

七、永明：南齐之沈约、王融、谢朓为当世词宗，四声八病，始于此时，格律与限制均严，他们之诗，后人称曰新体。是表示由古诗变为今诗的一种过渡时期。

总之由建安至元嘉，诗的形式变化少，内容变化多。至于永明时，诗之形式的变亦著。

八、宫体：梁简文时成立，外形用永明体裁，内容则以咏闺情，表怨思，色彩靡丽，一变而为徐陵及庾信一派（信初学宫体，入北周后诗风又一变）。二变为唐初四杰，他们受庾信之影响颇大，三变为沈宋之律体，形式虽少变，仍以关于闺情怨思的为多，故仍归之于宫体一派。据《唐书·文艺传》叙曰：

"唐有天下三百年，文章无虑三变。高祖太宗，大难始夷，沿江左余风，绮句绘章，揣合低昂，故王杨为之伯。"

即舍《三百篇》不论，由汉至唐初，经过三种变化，形式则由古体而今体，内容则由文学诗而玄学诗，而山水诗，而闺情诗，绮丽风华，唐初仍不能脱去此种习气。物极必反，于是有李杜二公出，于开天之间，为变换风气之两大家。中国诗风最盛，而又得多数好诗之时代，大家公认为唐朝。其实说来，唐人作诗之动机，却大可笑。按科举制度始于隋，入唐更盛。唐之选举法多而普遍的则为进士、明经两科。而唐时经术不发达，又以进士科为最普遍，人人以进士及第为荣，唐代诗人之特别多者，乃因科举的关系。凡想得进身阶之人，不得不努力学做试帖诗（五言六韵），恰似明清人之工八股文一样。

可是考进士的诗虽有钱起之《湘灵鼓瑟》"曲终人不见，江上数峰青"，崔曙之《明堂火珠》"夜来双月满，曙后一星孤"等佳句，但有些稍伟大诗家，往往不善此体，如韩柳之试帖诗，疵瑕百出。又如贾浪仙落第，乃作诗讥讽时政。孟东野未及第时，大发牢骚，有如《儒林外史》上的人物。反不及宋人作诗之动机，为兴趣而作，可以说是为作诗而作诗。

唐代诗人中成就最大的，首推李杜，而二人于科举都不得意，又均非进士。未必他两人的诗不好吗？于此可见当时风气之所趋，而李杜之特立精神，都以推翻时尚为主，求其心之所安。功名值得什么！

李杜既是同时，且为好友。李年龄较大于杜，而不同于时尚则一。然而他二人所走的路，是完全不相同，且先说李白：

我们尝谓太白仙才横逸，不可羁縻。那知他正是一位复古派的健将，在太白之前的诗家而倾向复古的人，如陈子昂、张九龄之五古（陈之《感遇》诗效阮之《咏怀》），孟浩然之用五律以描写山水，皆为他之先导。可惜他们天才不及太白的伟大，故成绩不甚巨。至太白则不同了，他自己说："梁陈以来，艳薄斯极，沈休文又尚以声律，将复古道，非我而谁？"所以他作的《古风》诗五十九首，开口便道："大雅久不作，吾衰竟谁陈。王风委蔓草，战国多荆榛。"又说："自从建安来，绮靡不足珍。"这是他论诗的大主张。又从他今存的诗的形式上看，古诗占十分之九以上，律诗不到十分之一，五律尚有七十余首，七律只有十首，而内中且有一首止六句。《凤凰台》、《鹦鹉洲》二诗，都效崔颢《黄鹤楼》诗。然《黄鹤楼》诗也非律诗，因为只收古诗的《唐文粹》中亦把此诗收入。自从沈约以后，作诗偏重外表，太白很不满意这种趋向，乃推翻今体而复古诗（指建安时的），而且在他古风内，可以找出很多不同的来源。因为太白的才气大，分别学古人，又能还出古人的本来面目。他的五古学刘桢，往往又阑入阮籍，七古学鲍照与吴均，五古山水诗又学谢朓，以下便看不上了。可是魏晋人作诗，多成一色，如陶阮之单笔，颜谢之复笔。惟太白之诗，却不一色。七古多单笔，五古描写诗多复笔。或人反诘道："太白诗既是复古，何以诗中乐府占多数至一百一十五首？杜甫说：'李侯有佳句，往往似阴铿。'阴不是陈人吗？"不过我可回答说：凡是反对那种风气之人，其于那种风气，必有极深的研究。太白对于梁陈以来的诗风很有了研究，所以才觉不满意而欲复建安之古。故李阳冰说："唐初诗体，尚有梁陈宫掖之风，至青莲而大变，扫尽无余。"这是真知李白的人之言，以下则谈杜甫。

太白不满意于永明而复至建安。至于杜甫，可是不同了。他的意思，不惟不满意于齐梁，且不以太白之学魏晋为然。以为永明、建安，均为古体，何必厚彼薄此？少陵以为作诗当以"清新"为贵，古代诗人，都可以学习，而同时于古代诗，都当推翻。学古人并非古人有什么好意，乃以古人供我刍狗之用。少陵正是诗国中一位狂热的革命家！他革前代诗人之命，我们又从何处看出呢？

甲、用字　《古诗十九首》，用字甚寻常，造语亦宽泛，然而情致极好，连成整篇，即成佳制。可谓那时有美章而无美句。至于太康后，可以找出美句。从齐梁至初唐，才可以找出美字。如咏月：《古诗》"明月何皎皎，照我罗窗帏"可为佳篇。大谢的"照之有余晖，揽之不盈掬"可谓佳句。沈约的"方辉竟户入，圆影隙中来"可谓佳字。太白作诗多为一气呵成，或有时不免轻于下笔。至于工部就很重锻炼，很讲苦吟，他曾说："语不惊人死不休"，又佩服阴铿、何逊，因六朝诗人至阴何才讲求炼字。少陵有时直用何语，南宋黄伯思《东观余论》曾举出许多证据来，可见"颇学阴何苦用心"之句不虚。世俗相传李白调笑他说："借问别来太瘦生，总为从来作诗苦。"但用字又从何处下手呢？从前把字分为三种，曰实（名词）德（形容词）业（动词）。名词用法，古今无大变换。最注意的是动字，因一个动字的关系，能把一诗的态度完全更换。而杜诗中之用字，又极其妙，如"风急春灯乱，江鸣夜雨悬"之悬字，"爽携卑湿地，声拔洞庭湖"之拔字，都非杜以前的诗人所用得出的。

乙、内容　杜诗的内容，最要的分两种：一是描写时事，一是输入议论。前人作诗的内容，不外以下几种：叙情（朋友之情夫妇之爱），以《十九首》

为代表。描写山水，以二谢陶公为代表。玄谈，以正始时阮籍等为代表。而用诗以描写时事的则很不多，如蔡文姬的《悲愤诗》，王粲的《七哀》诗，庾子山的《咏怀》诗，不过寥寥数首而已。至于诗中加入议论，尤为少见。以诗描写时事的受历史化，以诗输入议论的受散文化，善于描写时事而融化散文的风格的，不能不推子美为第一人，虽孟浩然之能变五律之描写宫闺而为描写山水，王维且引之为同调，但非咏时事。杜之五古，描写议论处最多，如《奉先咏怀》、《北征》之后半皆是。后之昌黎，实受其影响，至半山，山谷，后山诸人，推波助澜，达于极端。杜之七古更多以描写议论时事见长。以前纯粹七言诗，为《燕歌》、《白纻》（皆优美之抒情诗）、《行路难》（玄谈），后之李颀、李白二人均受鲍照影响。杜之七古亦然，更兼得二李之长，能把无论什么话都装在诗内。宋人效之，有时觉失大雅，而杜则无不雅的。少陵五律最长最有名的如《秦州杂诗》二十首之类。可认为从庾信《咏怀》诗化出。这是唐人所未走的路。

丙、声调　自声病之说盛行后，古诗变为律诗。开天间诗又起而反对，然太白还是爱做乐府，占三卷之多。子美不作乐府，他把诗和乐的性质，完全分离。且看王渔洋的《古诗平仄论》及赵秋谷的《声调谱》，渔洋发见古诗的平仄，矜为独得之秘，他说七古凡用平韵的后三字必是平声，尤以第五字为最要，随便举例：如昌黎诗"五岳祭秩皆三公，四方环镇嵩当中"。东坡诗"春江绿涨葡萄醅，武昌官柳知谁栽？"若改第五字平声为仄，便成律调。东坡七古学韩，韩又学杜，然最初变化的，还数王昌龄的《箜篌引》。惟杜则用之最多。又七绝之最早作家为释汤惠休的《秋思引》"秋塞依依风渡河，白雪萧萧洞庭波，思君未光光不灭，渺渺悲望如思何？"梁人七绝更多。隋无名氏作"杨柳青青着地垂，杨花漫漫搅天飞，柳条折尽花飞尽，为问行人归不归？"太白七绝，受此调影响，所以音调很和谐，惟《山中问答》一首句句用拗体为例外。至老杜则以拗体占多数，和谐者例外。我曾作《杜诗音调谱》，得一定例，全首以前二句拗者为多，前二句又以第一句拗者为多。此种诗山谷最喜之。总之，子美作诗，内容及声律，都极力求避前人旧式，所谓用一调即变一调，后来宋人能学他的善变处。至于明人只学得他的高腔大调罢了。

以上把两家的大略说过。我们可以说李杜都可称为成功的诗人。可见成功不必在趋时尚，他们虽是至好的朋友，各走一路，不为苟同，今括前言，以为比较。

李守着诗的范围，杜则抉破藩篱。李用古人成意，杜用当时现事。李虽间用复笔，而好处则在单笔；杜的好处，全在排偶。李之体有选择，故古多律少；杜诗无选择，只讲变化，故律体与排偶都多。李诗声调很谐美，杜则多用拗体。李诗重意，无奇字新句，杜诗则出语警人。李尚守文学范围，杜则受散文化与历史化。从《古诗十九首》至太白作个结束，可谓成家；从子美开首，其作风一直影响至宋明以后，可云开派。杜甫所走之路，似较李白为新阐，故历代的徒弟更多。总而言之，李白是唐代诗人复古的健将，杜甫是革命的先锋。

情圣杜甫[*]

梁启超

一

今日承诗学研究会嘱托讲演，可惜我文学素养很浅薄，不能有甚么新贡献，只好把咱们家里老古董搬出来和诸君摩挲一番，题目是《情圣杜甫》。在讲演本题以前，有两段话应该简单说明：

第一：新事物固然可爱，老古董也不可轻轻抹杀。内中艺术的古董，尤为有特殊价值。因为艺术是情感的表现，情感是不受进化法则支配的；不能说现代人的情感一定比古人优美，所以不能说现代人的艺术一定比古人进步。

第二：用文字表出来的艺术——如诗词歌剧小说等类，多少总含有几分国民的性质。因为现在人类语言未能统一，无论何国的作家，总须用本国语言文字做工具；这副工具操练得不纯熟，纵然有很丰富高妙的思想，也不能成为艺术的表现。

我根据这两种理由，希望现代研究文学的青年，对于本国二千年来的名家作品，着实费一番工夫去赏会他，那么，杜工部自然是首屈一指的人物了。

二

杜工部被后人上他徽号叫做"诗圣"。诗怎么样才算"圣"，标准很难确定，我们也不必轻轻附和。我以为工部最少可以当得起情圣的徽号。因为他的情感的内容，是极丰富的，极真实的，极深刻的。他表情的方法又极熟练，能鞭辟到最深处，能将他全部完全反映不走样子，能像电气一般一振一荡的打到别人的心弦上。中国文学界写情圣手，没有人比得上他，所以我叫他做情圣。

我们研究杜工部，先要把他所生的时代和他一生经历略叙梗概，看出他整

* 选自《杜甫研究论文集》第一辑，中华书局，1962。

个的人格：两晋六朝几百年间，可以说是中国民族混成时代。中原被异族侵入，搀杂许多新民族的血；江南则因中原旧家次第迁渡，把原住民的文化提高了。当时文艺上南北派的痕迹显然，北派真率悲壮，南派整齐柔婉，在古乐府里头，最可以看出这分野。唐朝民族化合作用，经过完成了，政治上统一，影响及于文艺，自然会把两派特性合冶一炉，形成大民族的新美。初唐是黎明时代，盛唐正是成熟时代。内中玄宗开元间四十年太平，正孕育出中国艺术史上黄金时代。到天宝之乱，黄金忽变为黑灰。时事变迁之剧，未有其比。当时蕴蓄深厚的文学界，受了这种激刺，益发波澜壮阔。杜工部正是这个时代的骄儿。他是河南人，生当玄宗开元之初。早年漫游四方，大河以北都有他足迹，同时大文学家李太白、高达夫都是他的挚友。中年值安禄山之乱，从贼中逃出，跑到甘肃的灵武谒见肃宗，补了个"拾遗"的官，不久告假回家。又碰着饥荒，在陕西的同谷县几乎饿死。后来流落到四川，依一位故人严武。严武死后，四川又乱，他避难到湖南，在路上死了。他有两位兄弟一位妹子，都因乱离难得见面。他和他的夫人也常常隔离，他一个小儿子，因饥荒饿死，两个大儿子，晚年跟着他在四川。他一生简单的经历大略如此。

他是一位极热肠的人，又是一位极有脾气的人。从小便心高气傲，不肯趋承人。他的诗道："以兹悟生理，独耻事干谒。"（《奉先咏怀》）又说："白鸥没浩荡，万里谁能驯。"（《赠韦左丞》）可以见他的气概。严武做四川节度，他当无家可归的时候去投奔他，然而一点不肯趋承将就，相传有好几回冲撞严武，几乎严武容他不下哩。他集中有一首诗，可以当他人格的象征：

> 绝代有佳人，幽居在空谷。自言良家子，零落依草木。……在山泉水清，出山泉水浊。侍婢卖珠回，牵萝补茅屋。摘花不插鬓，采柏动盈掬。天寒翠袖薄，日暮倚修竹。（《佳人》）

这位佳人，身分是非常名贵的，境遇是非常可怜的，情绪是非常温厚的，性格是非常高抗的，这便是他本人自己的写照。

三

他是个最富于同情心的人。他有两句诗：

> 穷年忧黎元，叹息肠内热。（《奉先咏怀》）

这不是瞎吹的话，在他的作品中，到处可以证明。这首诗底下便有两段说：

> 彤庭所分帛，本自寒女出。鞭挞其夫家，聚敛贡城阙。（同上）

又说：

> 况闻内金盘，尽在卫霍室。中堂舞神仙，烟雾蒙玉质。煖客貂鼠裘，悲管逐清瑟。劝客驼蹄羹，霜橙压香橘。朱门酒肉臭，路有冻死骨。（同上）

这种诗几乎纯是现代社会党的口吻。他做这诗的时候，正是唐朝黄金时代，全国人正在被镜里雾里的太平景象醉倒了。这种景象映到他的眼中，却有无限悲哀。

他的眼光，常常注视到社会最下层，这一层的可怜人那些状况，别人看不出，他都看出；他们的情绪，别人传不出，他都传出。他著名的作品"三吏"、"三别"，便是那时代社会状况最真实的影戏片。《垂老别》的：

> 老妻卧路啼，岁暮衣裳单。孰知是死别，且复伤其寒。此去必不归，还闻劝加餐。

《新安吏》的：

> 肥男有母送，瘦男独伶俜。白水暮东流，青山犹哭声。莫自使眼枯，收汝泪纵横。眼枯即见骨，天地终无情。

《石壕吏》的：

> 三男邺城戍。一男附书至，二男新战死。存者且偷生，死者长已矣。

这些诗是要作者的精神和那所写之人的精神并合为一，才能做出。他所写的是否他亲闻亲见的事实，抑或他脑中创造的影像，且不管他；总之他做这首《垂老别》时，他已经化身做那位六七十岁拖去当兵的老头子，做这首《石壕吏》时，他已经化身做那位儿女死绝衣食不给的老太婆，所以他说的话，完全和他们自己说一样。

他还有《戏呈吴郎》一首七律，那上半首是：

> 堂前扑枣任西邻，无食无儿一妇人。不为家贫宁有此，只缘恐惧转须亲。……

这首诗，以诗论，并没什么好处，但叙当时一件琐碎实事，———一位很可怜的邻舍妇人偷他的枣子吃，因那人的惶恐，把作者的同情心引起了。这也是他注意下层社会的证据。

有一首《缚鸡行》，表出他对于生物的泛爱，而且很含些哲理：

> 小奴缚鸡向市卖，鸡被缚急相喧争。家人厌鸡食虫蚁，未知鸡卖还遭烹。虫鸡于人何厚薄，吾叱奴人解其缚。鸡虫得失无了时，注目寒江倚山阁。

有一首《茅屋为秋风所破歌》，结尾几句说道：

> ……安得广厦千万间，大庇天下寒士俱欢颜。风雨不动安如山。呜呼！何时眼前突兀见此屋，吾庐独破受冻死亦足。

有人批评他是名士说大话，但据我看来，此老确有这种胸襟，因为他对于下层社会的痛苦看得真切，所以常把他们的痛苦当做自己的痛苦。

四

他对于一般人如此多情，对于自己有关系的人，更不待说了。我们试看他对朋友：那位因陷贼贬做台州司户的郑虔，他有诗送他道：

> ……便与先生应永诀，九重泉路尽交期。

又有诗怀他道：

> 天台隔三江，风浪无晨暮。郑公纵得归，老病不识路。……（《有怀台州郑十八司户》）

那位因附永王璘造反长流夜郎的李白，他有诗梦他道：

> 死别已吞声，生别常恻恻。江南瘴疬地，逐客无消息。故人入我梦，明我长相忆。恐非平生魂，路远不可测。魂来枫林青，魂返关塞黑。君今在罗网，何以有羽翼。落月满屋梁，犹疑照颜色。水深波浪阔，毋使蛟龙得。（《梦李白》二首之一）

这些诗不是寻常应酬话，他实在拿郑、李等人当一个朋友，对于他们的境遇，所感痛苦和自己亲受一样，所以做出来的诗，句句都带血带泪。

他集中想念他兄弟和妹子的诗，前后有二十来首，处处至性流露。最沉痛的如《同谷七歌》中：

> 有弟有弟在远方，三人各瘦何人强。生别展转不相见，胡尘暗天道路长。前飞驾鹅后鹙鸧，安得送我置汝旁。呜呼！三歌兮歌三发，汝归何处收兄骨。

> 有妹有妹在钟离，良人早没诸孤痴。长淮浪高蛟龙怒，十年不见来何时。扁舟欲往箭满眼，杳杳南国多旌旗。呜呼！四歌兮歌四奏，林猿为我啼清昼。

他自己直系的小家庭，光景是很困苦的，爱情却是很秾挚的。他早年有一首思家诗：

> 今夜鄜州月，闺中只独看。遥怜小儿女，未解忆长安。香雾云鬟湿，清辉玉臂寒。何时倚虚幌，双照泪痕干。（《月夜》）

这种缘情旖旎之作，在集中很少见。但这一首已可证明工部是一位温柔细腻的人。他到中年以后，遭值多难，家属离合，经过不少的酸苦。乱前他回家一次，小的儿子饿死了。他的诗道：

> ……老妻寄异县，十口隔风雪。谁能久不顾，庶往共饥渴。入门闻号啕，幼子饿已卒。吾宁舍一哀，里巷亦呜咽。所愧为人父，无食致夭折。（《奉先咏怀》）

乱后和家族隔绝，有一首诗：

> 去年潼关破；妻子隔绝久。……自寄一封书，今已十月后。反畏消息来，寸心亦何有。……（《述怀》）

其后从贼中逃归，得和家族团聚，他有好几首诗写那时候的光景。《羌村三首》中的第一首：

> 峥嵘赤云西，日脚下平地。柴门鸟雀噪，归客千里至。妻孥怪我在，惊定还拭泪。世乱遭飘荡，生还偶然遂。邻人满墙头，感叹亦歔欷。夜阑更秉烛，相对如梦寐。

《北征》里头的一段：

> 况我堕胡尘，及归尽华发。经年至茅屋，妻子衣百结。恸哭松声回，悲泉共鸣咽。平生所娇儿，颜色白胜雪；见耶背面啼，垢腻脚不袜。床前两小女，补绽才过膝；海图拆波涛，旧绣移曲折；天吴及紫凤，颠倒在短褐。老夫情怀恶，呕泄卧数日。那无囊中帛，救汝寒凛慄！粉黛亦解苞，衾裯稍罗列。瘦妻面复光，痴女头自栉；学母无不为，晓妆随手抹；移时施朱铅，狼藉画眉阔。生还对童稚，似欲忘饥渴。问事竞挽须，谁能即嗔喝。翻思在贼愁，甘受杂乱聒。

其后挈眷避乱，路上很苦。他有诗追叙那时情况道：

> 忆昔避贼初，北走经险艰。夜深彭衙道，月照白水山。尽室久徒步，逢人多厚颜。……痴女饥咬我，啼畏虎狼闻。怀中掩其口，反侧声愈嗔。小儿强解事，故索苦李餐。一旬半雷雨，泥泞相牵攀。……（《彭衙行》）

他合家避乱到同谷县山中，又遇着饥荒，靠草根木皮活命，在他困苦的全生涯中，当以这时候为最甚。他的诗说：

> 长镵长镵白木柄，我生托子以为命。黄独无苗山雪盛，短衣数挽不掩

胫。此时与子空归来，男呻女吟四壁静。……（《同谷七歌》之二）

以上所举各诗写他自己家庭状况，我替他起个名字叫做"半写实派"。他处处把自己主观的情感暴露，原不算写实派的作法。但如《羌村》、《北征》等篇，多用第三者客观的资格，描写所观察得来的环境和别人情感，从极琐碎的断片详密刻画，确是近世写实派用的方法，所以可叫做半写实。这种作法，在中国文学界上，虽不敢说是杜工部首创，却可以说是杜工部用得最多而最妙。从前古乐府里头，虽然有些，但不如工部之描写入微。这类诗的好处在：真事愈写得详，真情愈发得透。我们熟读他，可以理会得"真即是美"的道理。

五

杜工部的"忠君爱国"，前人恭维他的很多，不用我再添话。他集中对于时事痛哭流涕的作品，差不多占四分之一，若把他分类研究起来，不惟在文学上有价值，而且在史料上有绝大价值。为时间所限，恕我不征引了。内中价值最大者，在能确实描写出社会状况，及能确实讴吟出时代心理。刚才举出半写实派的几首诗，是集中最通用的作法，此外还有许多是纯写实的。试举他几首：

> 献凯日继踵，两蕃静无虞。渔阳豪侠地，击鼓吹笙竽。云帆转辽海，粳稻来东吴。越裳与楚练，照耀舆台躯。主将位益崇，气骄凌上都。边人不敢议，议者死路衢。（《后出塞五首》之四）

读这些诗，令人立刻联想到现在军阀的豪奢专横——尤其逼肖奉、直战争前张作霖的状况。最妙处是不著一个字批评，但把客观事实直写，自然会令读者叹气或瞪眼。又如《丽人行》那首七古，全首将近二百字的长篇，完全立在第三者地位观察事实。从"三月三日天气新"，到"青鸟飞去衔红巾"，占全首二十六句中之二十四句，只是极力铺叙那种豪奢热闹情状，不惟字面上没有讥刺痕迹，连骨子里头也没有。直至结尾两句：

> 炙手可热势绝伦，慎莫近前丞相嗔。

算是把主意一逗。但依然不著议论，完全让读者自去批评。这种可以说讽刺文学中之最高技术。因为人类对于某种社会现象之批评，自有共同心理，作家只要把那现象写得真切，自然会使读者心理起反应，若把读者心中要说的话，作者先替他倾吐无余，那便索然寡味了。杜工部这类诗，比白香山《新乐府》高一筹，所争就在此。《石壕吏》、《垂老别》诸篇，所用技术，都是此类。

工部的写实诗，什有九属于讽刺类。不独工部为然，近代欧洲写实文学，那一家不是专写社会黑暗方面呢？但杜集中用写实法写社会优美方面的亦不是没有。如《遭田父泥饮》那篇：

> 步屧随春风，村村自花柳。田翁逼社日，邀我尝春酒。酒酣夸新尹，畜眼未见有。回头指大男，"渠是弓弩手。名在飞骑籍，长番岁时久。前日放营农，辛苦救衰朽。差科死则已，誓不举家走。今年大作社，拾遗能住否？"叫妇开大瓶，盆中为吾取。……高声索果栗，欲起时被肘。指挥过无礼，未觉村野丑。月出遮我留，仍嗔问升斗。

这首诗把乡下老百姓极粹美的真性情，一齐活现。你看他父子夫妇间何等亲热；对于国家的义务心何等郑重；对于社交，何等爽快何等恳切。我们若把这首诗当个画题，可以把篇中各人的心理从面孔上传出，便成了一幅绝好的风俗画。我们须知道：杜集中关于时事的诗，以这类为最上乘。

六

工部写情，能将许多性质不同的情绪，归拢在一篇中，而得调和之美。例如《北征》篇，大体算是忧时之作。然而"青云动高兴，幽事亦可悦"以下一段，纯是玩赏天然之美。"夜深经战场，寒月照白骨"以下一段，凭吊往事。"况我堕胡尘"以下一大段，纯写家庭实况，忽然而悲，忽然而喜。"至尊尚蒙尘"以下一段，正面感慨时事，一面盼望内乱速平，一面又忧虑到凭藉回鹘外力的危险。"忆昨狼狈初"以下到篇末，把过去的事实，一齐涌到心上。像这许多杂乱情绪迸在一篇，调和得恰可，非有绝大力量不能。

工部写情，往往愈拗愈紧，愈转愈深，像《哀王孙》那篇，几乎一句一意，试将现行新符号去点读他，差不多每句都须用"。"符或"；"符。他的情感，像一堆乱石，突兀在胸中，断断续续的吐出，从无条理中见条理，真极文章之能事。

工部写情，有时又淋漓尽致一口气说出，如八股家评语所谓"大开大合"。这种类不以曲折见长，然亦能极其美。集中模范的作品，如《忆昔行》第二首，从"忆昔开元全盛日"起到"叔孙礼乐萧何律"止，极力追述从前太平景象，从社会道德上赞美，令意义格外深厚。自"岂闻一缣直万钱"到"复恐初从乱离说"，翻过来说现在乱离景象，两两比对，令读者胆战肉跃。

工部还有一种特别技能，几乎可以说别人学不到，他最能用极简的语句，包括无限情绪，写得极深刻。如《喜达行在所三首》中第三首的头两句：

> 死去凭谁报，归来始自怜。

仅仅十个字，把十个月内虎口余生的甜酸苦辣都写出来，这是何等魄力。又如前文所引《述怀》篇的：

> 反畏消息来。

五个字，写乱离中担心家中情状，真是惊心动魄。又如《垂老别》里头：

> 势异邺城下，纵死时犹宽。

死是早已安排定了，只好拿期限长些作安慰（原文是写老妻送行时语），这是何等沉痛。又如前文所引的：

> 郑公纵得归，老病不识路。

明明知道他绝对不得归了，让一步虽得归，已经万事不堪回首。此外如：

> 带甲满天地，胡为君远行。
> 万方同一概，吾道竟何之。（《秦州杂诗》）
> 国破山河在，城春草木深。
> 亲朋无一字，老病有孤舟。（《登岳阳楼》）
> 古往今来皆涕泪，断肠分手各风烟。（《公安送韦二少府》）

之类，都是用极少的字表极复杂极深刻的情绪，他是用洗练工夫用得极到家，所以说："语不惊人死不休。"此其所以为文学家的文学。

悲哀愁闷的情感易写，欢喜的情感难写。古今作家中，能将喜情写得逼真的，除却杜集《闻官军收河南河北》外，怕没有第二首。那诗道：

> 剑外忽闻收蓟北，初闻涕泪满衣裳。却看妻子愁何在，漫卷诗书喜欲狂。白日放歌须纵酒，青春结伴好还乡。即从巴峡穿巫峡，便下襄阳到洛阳。

那种手舞足蹈情形，从心坎上奔迸而出，我说他和古乐府的《公无渡河》是同一样笔法。彼是写忽然剧变的悲情，此是写忽然剧变的喜情，都是用快光镜照相照得的。

七

工部流连风景的诗比较少，但每有所作，一定于所咏的景物观察入微。便把那景物做象征，从里头印出情绪。如：

> 竹凉浸卧内，野月满庭隅。重露成涓滴，稀星乍有无。暗飞萤自照，水宿鸟相呼。万事干戈里，空悲清夜徂。（《倦夜》）

题目是《倦夜》，景物从初夜写到中夜后夜，是独自一个人有心事，睡不着，疲倦无聊中所看出的光景，所写环境，句句和心理反应。又如：

> 风急天高猿啸哀，渚清沙白鸟飞回。无边落木萧萧下，不尽长江滚滚来。……（《登高》）

虽然只是写景，却有一位老病独客秋天登高的人在里头。便不读下文"万里悲秋常作客，百年多病独登台"两句，已经如见其人了。又如：

> 细草微风岸，危樯独夜舟。星垂平野阔，月涌大江流。……（《旅夜书怀》）

从寂寞的环境上领略出很空阔很自由的趣味。末两句说："飘飘何所似，天地一沙鸥。"把情绪一点便醒。

所以工部的写景诗，多半是把景做表情的工具。像王、孟、韦、柳的写景，固然也离不了情，但不如杜之情的分量多。

八

诗是歌的笑的好呀还是哭的叫的好？换一句话说：诗的任务在赞美自然之美呀抑在呼诉人生之苦？再换一句话说：我们应该为做诗而做诗呀，抑或应该为人生问题中某项目的而做诗？这两种主张，各有极强的理由；我们不能作极端的左右袒，也不愿作极端的左右袒。依我所见：人生目的不是单调的，美也不是单调的。为爱美而爱美，也可以说为的是人生目的；因为爱美本来是人生目的的一部分。诉人生苦痛，写人生黑暗，也不能不说是美。因为美的作用，不外令自己或别人起快感；痛楚的刺激，也是快感之一；例如肤痒的人，用手抓到出血，越抓越畅快。像情感怎么热烈的杜工部，他的作品，自然是刺激性极强，近于哭叫人生目的那一路；主张人生艺术观的人，固然要读他。但还要知道：他的哭声，是三板一眼的哭出来，节节含着真美；主张唯美艺术观的人，也非读他不可。我很惭愧：我的艺术素养浅薄，这篇讲演不能充分发挥"情圣"作品的价值；但我希望这位情圣的精神，和我们的语言文字同其寿命；尤盼望这种精神有一部分注入现代青年文学家的脑里头。

杜甫《戏为六绝句》集解*

郭绍虞

少陵《戏为六绝》，开论诗绝句之端，亦后世诗话所宗；论其体则创，语其义则精；盖其一生诗学所诣，与论诗主旨所在，悉萃于是，非可以偶而游戏视之也。考杜集编年诸本，此六绝均在上元二年，时少陵已五十岁，则为其晚年之作，故能精当如是。第惜其为韵体所限，不能如散体之曲折达意，故代词之所指难求，韵句之分读易淆；遂致笺释纷纭，莫衷一是；少陵诗学，求明反晦，解人难索，为之兴叹。爰立二例，以为集解，一曰比观众说，一曰以杜证杜。诸家歧说，非荟萃而比观之，不能别其是非，明其短长，故为分类排此，使异点所在皎然易知。至于加以抉择，斟酌去取，则又一以少陵论诗主旨为衡：本其集中其他论诗之句，穿穴比附，作为旁证，则一贯非难，而诸家曲说，昭昭然白黑分矣。批郤导窾，非敢自是，管窥蠡测，冀有一得。初不谓此寥寥六绝，竟会发生尔许议论也。至诸家旧说其展转称引与无关弘旨者则不备载云。

一

解题

（张戒《岁寒堂诗话》）《戏为六绝句》诗，非为庾信王杨卢骆而作，乃子美自谓也。方子美在时，虽名满天下，人犹有议论其诗者。……子美忿之，故云"尔曹身与名俱灭，不废江河万古流"；"龙文虎脊皆君驭，历块过都见尔曹"也。然子美岂其忿者，戏之而已：其云"或看翡翠兰苕上，未掣鲸鱼碧海中"。若子美真所谓掣鲸鱼碧海中者也。而嫌于自许，故皆题为戏句。

（钱谦益《读杜二笺》）作诗以论文，而题曰《戏为六绝句》，盖寓言以

* 原载《文学年报》1932年第1期。选自《杜甫研究论文集》第一辑，中华书局，1962。

自况也。韩退之之诗曰，"李杜文章在，光焰万丈长。不知群儿愚，那用故
谤伤；蚍蜉撼大树，可笑不自量"。然则当公之世，群儿之谤伤者或不少矣。
故借庾信四子以发其意。嗤点流传，轻薄为文，皆暗指并时之人也。一则曰
尔曹，再则曰尔曹，正退之所谓群儿也……题之曰"戏"，亦见其通怀商榷，
不欲自以为是。后人知此意者鲜矣。

（杨伦《杜诗镜铨》）六首逐章承递，意思本属一串。庾信四杰特借作影
子，非谓诗道以此为至也。下四章俱属推开，旧解仍黏定前文，故多辗转不
合。昌黎诗："李杜文章在，光焰万丈长，不知群儿愚，那用故谤伤。蚍蜉
撼大树，可笑不自量。"当公之世其排诋者亦不少矣。故借庾信四子以发其
意，皆属目寓意，非如遗山《论诗绝句》通论古今人之诗也。然别裁伪体，
转益多师，学诗之道实不出此。

案上说谓六绝为少陵自况，姑举三家以概其余，下准此。

（仇兆鳌《杜诗详注》）此为后生讥诮前贤而作，语多跌宕讽刺，故云戏也。

（沈德潜《杜诗偶评》）当时愚人必有轻薄老成者，故发此以正之；论庾
信王杨四子，而少陵之诗品亦于是见：频呼尔曹，盖悲闵之也。

（翁方纲《石洲诗话》）《六绝句》皆戒后生之沿流而忘源也。其曰"今
人嗤点"，曰"尔曹轻薄"，曰"今谁出群"，曰"未及前贤"，不惜痛诋今人
者，盖欲俾之考求古人源流，知以古人为师耳。

（浦起龙《读杜心解》）后生轻薄，附远而谩近。盖远者论定既久，不敢
置喙。至于近人则哆口诋诃，以高自夸诩；剽窃古人影响，博其谈资，究于
古人所谓师承派别之源流，茫乎未有闻焉。少陵痌焉，而作是诗，故前三章
错举近代诗人以立案。金源元好问《论诗绝句》三十首托体于此。

案上说皆谓六绝主旨在告诫后生。

（卢世㴤《读杜私言》）《戏为六绝》《存殁口号》《解闷》等作几二十
首，子美平生好古怜才论文求友，一片真精神毕见于此。试举凡情论之：学
古人而阳以傲古人也，妒今人而因以贬今人也，操戈入室，拔本塞源，单欲
显出自己，辄忍上搉前修，贵贱耳目，党同伐异，妄自张大，无佛称尊，如
轻薄之咍王杨卢骆者，种种恶习，最伤大雅。夫子美则不然；其言曰"不薄

今人爱古人"，"清词丽句必为邻"，温柔敦厚，蔼然可掬。……至庾信之老健，卢王之风骚，信从只眼玄鉴得之，岂同俗论！……以如是大文章大议论，第于断句小诗，悠然寄兴：掣鲸鱼于碧海，攀屈宋而方驾，举一毫端，建宝王刹，其子美之绝句乎？

（朱彝尊《曝书亭杜诗评本》）诗最忌议论，议论虽卓，犹戏也。《六绝》论诗之源流，当祖风骚固矣。然递相承述，则舍六朝初唐无从入也，可谓卓识确见，独冠古今矣。题之曰"戏"，寓意甚深。

（吴见思《杜诗论文》）《六绝》为今人论文之作，然此辈岂足论文者哉！故曰"戏"也。

（张缙《读书堂杜诗注解》）《六绝》为诗道指南，如"劣于汉魏近风骚"，"未掣鲸鱼碧海中"，"不薄今人爱古人"，"别裁伪体亲风雅"，公已明明为千古学诗者指出正派。读《六绝》可以知诗学矣，趋今议古，世世相同，惟大家持论极平，著眼极正。

（吴瞻泰《杜诗提要》）此《六绝》是公自道其本源之学，而作诗之实也。今世研揣声病，寻章摘句者，目杜为村夫子，而踵撼树之迹比比矣。读此不爽然失哉！

（清高宗《唐宋诗醇》）以诗论文，于绝句中，又属创体：此元好问《论诗绝句》之滥觞也。六朝四子之文，自是天地英华不可磨灭，其所成就虽逊古人，要非浅薄疏陋之徒所可轻议，宜甫之直言诃之也。翡翠兰苕，鲸鱼碧海，所见何其高阔，上亲风雅，转益多师，解人不当尔耶？此六诗固不当以字句工拙计之。

（吴景旭《历代诗话》）尝读杜集《戏为六绝》，此便是老杜诗话。其一绝云："才力应难跨数公，凡今谁是出群雄。或看翡翠兰苕上，未掣鲸鱼碧海中。"盖言前辈之不易贬，又言其不易效也。

（史炳《杜诗琐证》）《戏为六绝》，杜公一生谭艺之宗旨，亦千古操觚之准绳也。……总而论之，前三章警戒后生不可轻视庾王数公，盖其文体虽不及汉魏之高古，然非才美学富，莫之能为，则亦终归于身名俱灭；而后世之高心空腹者，可以返而从事读书矣。后三章则公不欲以数公自限，而超然出群，由汉魏屈宋以几于风雅，亦即以勉励后生。盖数公文胜于质，不免意为词累，必其寻源风雅，然后足以通讽谕，而尽忠孝，明乎得失之迹。此诗文之极致所以有裨于世道人心也。公指点到此，后世之夸多斗靡者，可以进而深求古义矣。

案上说皆以六绝为少陵论诗谈艺之作。

（宗廷辅《古今论诗绝句》）予撰《古今论诗绝句》举杜六绝冠首，亦从旧说云尔。虽各家诠解不同，其以为论诗则一也。反复求之殊为不安，奋然自下己意一扫从前成说，知我罪我，以待识者。古人铸题，极为不苟：如是论诗，何不曰"戏成论诗六绝"乎：且第一首"赋"字，第二首"文"字，作何安顿？如引《文选》为说，《文选》亦是以文概诗，未闻可指诗为文也。读者审之。

案此以六绝不尽论诗，与诸家说不同。

绍虞案此六绝主旨，昔贤均谓为论诗，惟宗氏以为第一首论赋，第二首论文，第三首始论诗，以下诸首则汇而论之。其说与诸家异。案第二首与第三首均论初唐四杰，两首意思本属一贯，必欲离而为二，似亦有所未安。且元遗山《论诗三十首》之论潘岳，谓"心画心声总失真，文章宁复见为人。高情千古《闲居赋》，争信安仁拜路尘"。其论陆机亦有"斗靡夸多费览观，陆文犹恨冗于潘"之语。使以宗说绳之，得勿谓此三十首不尽谕诗耶！须知少陵《六绝》意在针砭后生，庾信四子不过借以发意，无论论诗论文均可不必拘泥求之。且即使少陵本意以第一第二两首为分指赋与文而言，亦未尝不可窥其论诗宗旨与诗学所诣。盖论体虽别，究理则通也。故解此六绝，与其着眼于其所论之体，无宁注意于其作之之动机。由其所以作此六绝之动机言，要不外上述三说：其谓为寓言自况者，以为嫌于自许故曰戏。其谓为告诫后生者，以为语多讽刺故曰戏。其谓为自述论诗宗旨者，则又以为诗忌议论故曰戏，或以为此辈不足论文故曰戏。实则上述诸说皆有可通。少陵作此六绝之动机，或诚不免因于蚍蜉撼树之辈好为谤伤，有所激发，遂托于庾信四子以寓其意，则对于后生之轻侮老成自不禁有深恶痛绝之辞。因愤激而深恶痛绝之，因深恶痛绝而指斥之，因指斥而又告诫之教诲之，则于指点之中而论诗宗旨亦自然流露矣。论诗宗旨既已全盘托出，则此即少陵一生学诗薪向所在，谓为自况，亦未为非。杨伦史炳二家之说似已见到此点。是故解释此题，正不必泥于一端言也。

二

庾信文章老更成，凌云健笔意纵横。今人嗤点流传赋，不觉前贤畏后生。

（王若虚《滹南文辨》）杜诗云："庾信文章老更成，凌云健笔意纵横。今人嗤点流传赋，不觉前贤畏后生。"尝读庾氏诸赋，类不足观，而《愁赋》尤狂易可怪；然子美雅称如此，且讥诮嗤点者。予恐少陵之语未公，而嗤点者未为过也。

案此为驳杜说者，可不论。

（宗庭辅《古今论诗绝句》）此首论赋。庾子山之赋，自魏晋而下，允称独步。少陵奋迅起而绍之，非特词旨藻丽，其一种沉郁顿挫，极有神似之处，入之深故言之切。《哀江南》一篇冠绝古今，乃作于入周之后，已在暮年，故云"老更成"也。"凌云健笔意纵横"七字，是庾赋切实注脚，假移作评诗即非是。唐自开宝以降，国初淳庞之气浸漓，后生辈多觉前贤古拙，姿情评泊，至令绝世名篇供其嗤点，譬之风狂猘狗，何足与校。"不觉"者愤词也，非逊词也。

案此虽未驳杜说，但谓为论赋，与滹南同。

（郭知达《九家集注杜诗》）赵（次公）云："诗云'虽无老成人，尚有典刑'，老成者，以年则老，以德则成也。文章而老更成，则练历之多为无敌矣。故公诗又曰：'波澜独老成'也。"嗤点，嗤笑点检之也。……后生言在后时所生，不必以年少为后生也。今人嗤点其赋则亦公自谓矣。庾信生于前故谓之前贤；公生于后，故谓之后生。此又反其本传中语也。（案《周书·庾信传》云："信文采绮艳为世所尚，谓之'庾体'，宿学后生竞相模范。"赵注谓反其语，则是言今人不学其体也。）

案上说以后生为少陵自言，与以后诸章不合，其说难通。

（邵二泉《杜诗分类集注》）公见时尚浮华，每欲人以庾信为法，而以杨王卢骆为戒。故言庾信文章老益成格，笔势纵横而有凌云气象，今人嗤点者未为知道，而后生宿学自不能不起畏于前贤也。

（卢元昌《杜诗阐》）庾信文章清新独绝，老而弥健，意复纵横，彼轻薄者，何足语此。所以流传之赋漫为今人嗤点，使前贤如庾信者反畏后人之姗笑，是可叹也。

（朱彝尊《曝书亭杜诗评本》）点，点窜也。言子山之赋本佳，而今既嗤点之，点者未必无说，前贤已矣，安得不反畏之乎。

（吴见思《杜诗论文》）庾信之才老而更成，其高峻则笔势凌云，其阔大则意思纵横也。流传至今，反为今人嗤点，则前贤反畏后生矣。

（仇兆鳌《杜诗详注》）首章推美庾信也。开府文章老愈成格，其笔势则凌云超俗，其才思则愈纵横出奇，后人取其流传之赋，嗤笑而指点之，岂知前贤自有品格，未见其当畏后生也。当时庾信诗赋与徐陵并称，盖齐梁间特出者。前贤指庾公，后生指嗤点者。

（张缙《读书堂杜诗注解》）此见今人嗤点之非，前贤实胜后人。公诗有"流传江鲍体"句，便括庾信在内。"前贤"谓庾信。

（浦起龙《读杜心解》）首章提出"老更成"三字，便为后生顶门一针。末句谓听其嗤点无忌惮之言，不觉前贤且生畏矣；为前贤称屈，正使后生知警也。

（翁方纲《石洲诗话》）不觉前贤畏后生，此反语也，言今人嗤点昔人，则前贤应畏后生矣。嬉笑之词，以此辈不必与庄论耳。

（吴瞻泰《杜诗提要》）举一庾信以概六代之前贤。嗤点前贤，徒自薄耳！前贤岂真畏后生耶？反言见意。

（汪师韩《诗学纂闻》）首章云："今人嗤点流传赋，不觉前贤畏后生。"乃诘问之言。今人诋毁庾信之赋，岂前贤如庾者，反畏尔曹后生耶？

（史炳《杜诗琐证》）"庾信文章"云云，言庾文不专绮丽，亦且老健纵横：今人嘲笑其赋，遂不觉前贤之畏后生。"后生"即今人，乃当时浅学之徒。赵注以为公之自谓，与上二句赞美意不贯。又"不觉"，觉也，仇注以为未见其当畏后生，语亦非。

案上皆统解全诗，其意偏重在后生之嗤点前贤，虽有正言反语之分，要犹无多歧解。

（杨慎《丹铅总录》）庾信之诗为梁之冠冕，启唐之先鞭。史评其诗曰"绮艳"，杜子美称之曰"清新"，又曰"老成"。绮艳清新，人皆知之；而其老成，独子美能发其妙。余尝合而衍之曰：绮多伤质，艳多无骨，清易近薄，新易近尖。子山之诗绮而有质，艳而有骨，清而不薄，新而不尖，所以为老成也。若元人之诗非不绮艳，非不清新，而乏老成。宋人诗强作老成态度，而绮艳清新概未之有。若子山者，可谓兼之矣。不然，则子美何以服之如此。

案上泛论庾诗。

绍虞案杨慎之说虽仅论庾信之诗，与解全首有别；然其说入妙，颇得子美论诗之旨。杜老诗风，即在能兼清新老成二者，故其推尊庾信，亦即在此。杜之称严武云："诗清立意新。"（《奉和严中丞西城晚眺》）称孟浩然云："清诗句句尽堪传。"（《解闷十二首》）此清新之说。至其《敬赠郑谏议》诗所谓"毫发无遗憾，波澜独老成"者，则又老成之义。是亦子美论诗兼主清新老成二者之证。此即求之《六绝句》中亦可得其解。清新之意，所谓"清词丽句必为邻"也；老成之说，又所谓"或看翡翠兰苕上，未掣鲸鱼碧海中"也。盖清新老成二者相反而适以相成。而其所以相成，所以能兼之之故，要又在"不薄今人爱古人"一语（此说又须活看与下文解不同）。不薄今人，则齐梁以来悉在可师之列；爱古人则汉魏以上更为渊源所自。师齐梁所以取其清新；亲风雅，又所以法其老成。萧子显云："若无新变不能代雄。"（《南齐书·文学传论》）此齐梁间诗之所以趋于清新。陈子昂云："窃思古人，常恐逶迤颓废，风雅不作。"（《与东方左史虬修竹篇叙》）此唐诗之所以返于老成。此所以清新而又老成的境界，正须从"不薄今人爱古人"中来也。不明此意，则杜氏论诗宗旨不得而知，而此六绝句亦无从获解。观于钱谦益之解此六绝谓其"惜时人之是古非今"，而翁方纲乃谓"六首俱以师古为主"，歧解纷纭，正相反背，盖即由各执杜说一端而已。或乃病杨氏之解"老更成"为老成，为未明少陵诗意。殊不知"老更成"三字，至为明显，卢元昌、吴见思、仇兆鳌、浦起龙诸人亦均解为"老而弥健"，升庵通识，其智岂出此诸人下！且证诸少陵他诗，更有"自笑狂夫老更狂"（《狂夫》），"阶面青苔老更生"（《院中晚晴怀西郭茅舍》），"交情老更亲"（《奉简高三十五使君》）诸句，句法正同。又其《咏怀古迹》诗亦有"庾信生平最萧瑟，暮年诗赋动江关"之句，亦正与"庾信文章老更成"一语相互发明。升庵博学亦岂不知之，顾其独以老成与清新对举而言者，亦以此首之论庾信文章，本重在下一句"凌云健笔意纵横"之语。凌云健笔意纵横，则与所谓"清新"云者不尽相同。是故凌云健笔之句固为评其老而更成之文，而亦未尝不可以"老成"二字概括尽之。盖以凌云健笔一语不可与清新二字对举而言，故即用诗中"老成"二字连缀为词。曰老成，则凌云健笔意纵横之意自在，且可与"清新"对举而言矣，此正与卢世㴐、史炳诸氏之称老健者相同，焉得遽以语病讥之。须知升庵此节，本非解其全诗，而老成二字亦只取为形容凌云健笔一语。若欲泥而求之，谓为误解，斯真不免太重字句矣。

三

杨王（一云王杨）卢骆当时体，"轻薄为文"哂未休。尔曹身与名俱灭，不废江河万古流。

（郭知达《九家集注杜诗》）赵（次公）云："杨炯不伏王勃而畏卢照邻，尝曰'愧在卢前，耻居王后'，炯意欲云'卢杨王骆'，而公今云'杨王卢骆'，则公语中已见品第矣。四子之文大率浮丽，故公以之为轻薄为文而哂之未休也。孔子曰'是故哂之'，下一哂字，而许与见矣。唐人玉泉子之书载王杨卢骆有文名，人议其疵曰：'杨好用古人姓名，谓之点鬼簿，骆好用数对，谓之算博士。'然则公以之为当时体，亦岂过为抵排之说哉！"

（刘克庄《后村诗话续集》）杜子美笑王杨卢骆文体轻薄，然卢《病梨赋》未易贬驳，骆檄武氏多警策语。王《边上有怀》云："城荒犹筑怨，碣毁尚铭功。"杨挽诗云："青鸟新兆去，白马故人来。"亦佳句也。

案上说皆言少陵轻贬四子，刘氏虽为四子辩护，然解此诗实误。

（宗廷辅《古今论诗绝句》）此首论四六。隋唐以前，以骈俪为文，单行为笔，故梁昭明撰集八代之作，名曰《文选》，明其不取朴率也。第二句"文"字著眼。王杨卢骆是唐初四杰。"当时体"，谓相传共守之体。"轻薄"则指后生辈。是时昌黎未出，天下尚不知古文，哂之者非哂其四六，哂其体之古拙，犹赋之嗤点庾信尔。"尔曹"二句，不啻大声疾呼矣。

案上说谓少陵推尊四子，与后述诸家同，惟言此首仅论四六，为稍异耳。考宋时洪迈刘克庄诸家之说，亦均就四子赋檄记序碑碣诸文论之，则此亦非宗氏创见，而洪刘诸氏不以之仅仅指文似更较通达也。

（葛立方《韵语阳秋》）李太白杜子美诗皆掣鲸手也。……然李不取建安七子，而杜独取垂拱四杰，何耶？南皮之韵，固不足取，而王杨卢骆亦诗人之小巧者尔；至有"不废江河万古流"之句，褒之岂不太甚乎！

（曾季狸《艇斋诗话》）古人于前辈，未尝敢忽，虽不逮于已者，亦不敢少忽也。以韩退之之于文，杜子美之于诗，视王杨卢骆之文，不啻如俳优，而王绩之文，于退之犹土苴尔。然退之于王勃《滕王阁记》，王绩《醉乡记》，方且有歆艳不及之语；子美于王杨卢骆之文，又以为当时体而不敢轻议。古人用心忠厚如此，异乎今人露才扬已，未有寸长者已讥议前辈。此皇甫持正所以有衙官老兵之论。（案衙官非持正语）

（吴大受《诗筏》）太白仙才，然其持论不鄙齐梁；子美诗圣，然其持论尚推卢骆。譬之沧海，百川细流无不容纳，所谓"不薄今人爱古人"也。虚心怜才，殊为可师。今之名流，递相培击，破帜立帜，争名丧名，较之李杜，度量相越，岂不远哉！

（宋长白《柳亭诗话》）"王杨卢骆当时体，轻薄为文哂未休"，初唐四杰草昧初开，未脱陈隋风调，射声逐影之俦不免随人轩轾。少陵虚怀乐善，为后来轻于毁誉者戒，故曰"尔曹身与名俱灭，不废江河万古流"。诚取之也，诚重之也。

（马星翼《东泉诗话》）子美于古人，多所推尊：不特苏李曹刘为所服仰，即阴何鲍庾亦极口赞扬，下至王杨卢骆似可少贬焉，犹以为江河万古。此子美所以转益多师，集其大成，后世学者所当效也。

案上说皆言少陵推尊四子。诸家虽不尽以杜之推尊为然，而其解释此诗则均谓杜于四子初未贬抑。

（洪迈《容斋四笔》）王勃等四子之文皆精切有本原，其用骈丽作记序碑碣，盖一时体格如此，而后来颇议之。杜诗云云，正谓此耳。"身名俱灭"以责轻薄子，"江河万古流"，指四子也。

（卢世㴶《读杜私言》）若王杨卢骆为轻薄所哂，几无完肤，而子美直骂轻薄身名俱灭，仍以万古江河还诸四杰，匪惟公道，抑见刚肠。

（卢元昌《杜诗阐》）岂独庾信！王杨卢骆号为四杰，亦当时一体未可妄议。何今文轻薄，反加姗笑哉！岂知轻薄之文身名俱灭，彼四杰者，其文章浩淼，自与江河同流万古，轻薄者多见不知量耳。"轻薄为文"，谓今人文体轻薄，非谓轻薄四杰，如点鬼簿算博士云云。

（吴见思《杜诗论文》）杨炯、王勃、卢照邻、骆宾王当时文体杰出。今日轻薄之流为文何似而哂之哉！以尔之文，不过身名俱灭耳。四公之文，则长江大河流传万古，亦何损乎！

（浦起龙《读杜心解》）此与首章同旨，逗出"轻薄为文"四字，则于文之所谓体者，不足与言，宜于一时成体之文而哂之矣。首章下二，反言以警醒之，此则正言以点破之。

案上说亦谓其推尊四杰，惟以"轻薄为文"四字为指后生嗤点之辈。

（仇兆鳌《杜诗详注》）此表扬庾信四子也。四公之文当时杰出，今乃轻薄其为文而哂笑之，岂知尔辈不久销亡，前人则万古长垂，如江河不废乎！

（汪师韩《诗学纂闻》）次章云："杨王卢骆当时体，轻薄为文哂未休。""轻薄为文"四字，乃后生哂四家之语，非指后生辈为轻薄人也。

（史炳《杜诗琐证》）王杨卢骆云云，言四子文体自是当时风尚；乃嗤其轻薄者至今未休，曾不知尔曹身名俱灭，而四子之文不废，如江河万古常流，所谓"当时体"者，非贬辞也。赵注据《玉泉子》称"时人之议杨好用古人姓名谓之点鬼簿，骆好用数对谓之算博士"，而云"公以为当时体，岂过为抵排"，是认作贬辞矣。轻薄为文，乃讥哂四子者之言；卢注以后生自为轻薄之文而反哂前辈，亦与上句不贯。

案上亦谓其推尊四杰，惟以"轻薄为文"四字，为后生哂四子之语。

绍虞案自来解此诗者有二歧说。谓为少陵讥哂四子者，赵次公刘克庄邵二泉诸人是也。谓为推尊四子者则自洪迈葛立方以来诸家皆然。考杜《偶题》诗云："后贤兼旧制，历代各清规。"所谓"历代各清规"者，正是"当时体"之绝妙解释，则所谓当时体者初无贬抑之意。且此六绝中又有"转益多师是汝师"之语，则知其于杨王四子亦在可师之列。故知谓子美笑王杨卢骆文体轻薄者妄也。然谓杜推尊四子，而以轻薄为文指后生嗤点之辈，则亦未当。赵注据《玉泉子》称"时人之议杨好用古人姓名谓之点鬼簿，骆好用数对谓之算博士"，此正时人讥哂之证。唐史载裴行俭语称"勃等虽有文才而浮躁浅露"，此又四子立身为文不免轻薄之证。故"轻薄为文"四字确为讥哂四子之语。但此非出于杜，而出于时人。故杜于四子，初无贬抑之意，而于时人之妄肆雌黄者，反不以为然也。

四

纵使卢王操翰墨，"劣于汉魏近风骚"；龙文虎脊皆君驭，历块过都见尔曹。

（王十朋《集百家注编年杜陵诗史》）赵次公曰："言汉魏之文去古未远，终有风骚之气，而卢王之文比之为劣。谓文章之妙如龙文虎脊之马，皆可充君之驭，然或过都而蹶，则犹不为不良马也。'尔曹'指卢王矣。"

（张表臣《珊瑚钩诗话》）斯文盛于汉魏之前，而衰于齐梁之后，杜老云："纵使卢王操翰墨，劣于汉魏近风骚。"又云："窃攀屈宋宜方驾，恐与齐梁作后尘。"意谓是耳。

案上说皆言少陵贬抑四子，以尔曹指卢王。

（刘辰翁《评点杜子美集》）第三诗又只借卢王反复言之，以为纵使不及汉魏风骚，毕竟皆异材也。尔曹自负不浅，然过都历块乃可见耳。所以极形容前辈之未易贬也。注谓卢王为尔曹，是全失先后语意。

（刘濬《杜诗集评》）李因笃云："龙文虎脊，卢王其选也；尔曹哂卢王矣，假令历块过都则立见其败耳。"

案上说又言少陵推尊四子，以尔曹指后生。

（钱谦益《读杜小笺》）卢王之文体虽劣于汉魏，而其源流实出于风骚，此所以不废江河万古流也。"劣于汉魏近风骚"，"别裁伪体亲风雅"，公于此点出金刚眼睛矣。

（汪师韩《诗学纂闻》）又一解："卢王操翰墨劣于汉魏"九字相连，言卢王比之汉魏则劣，然其于风骚之旨则近矣。

（张缙《读书堂杜诗注解》）此言卢王诗体之正，而今人小伎无当大用。"纵使卢王"一首言卢王之文体虽劣于汉魏，而其源流实出于风骚，此所以万古流传也。"龙文虎脊"正指卢王文之藻丽。"君驭"谓卢王能驾驭而用之也。"过都历块"，言用之于大处也。"见尔曹"言其小巧伎俩立见，如驽骀之不堪驱策，岂敢望龙文虎脊者乎？即下翡翠兰苕亦此意。

（许宝善《杜诗注解》）谓逊于汉魏却近于风骚，即不懈而及于古意。历块过都，言试之乃见优劣。

案上说亦言少陵推尊卢王，惟以"劣于汉魏"连读，以"近风骚"重读。谓虽劣于汉魏而转近风骚。其说盖始于钱谦益。钱氏《初学集·徐元叹诗序》云："王杨卢骆见哂于轻薄者今犹是也。亦知其所以劣汉魏而近风骚者乎？"与其《读杜小笺》之解同。仇兆鳌《杜诗详注》已辨其误。

（宗廷辅《古今论诗绝句》）此首论诗。承上文四杰而言，故篇首加"纵使"二字，言四六已如彼矣，即使推究其诗，亦且如下句也。"劣于汉魏近风骚"，常解则云比之汉魏则劣，而于风骚为近。或疑风骚在汉魏之上，岂有劣于汉魏而转近风骚之理。遂谓"劣于"二字另读，"汉魏近风骚"五字当连读，更为周折。试取工部全诗读之，岂有如此磊堆句法乎？大抵四子风骨矫然，而词采瑰美，汉诗止十九首及苏李各篇，皆淳古淡泊之音；骚则伟丽矣。汉赘以魏，骚冠以风，不过牵连而及，以成句法，古人多有之，所谓词不害义也。犹之首句单举卢王，并非绌杨骆不算，亦是举二子以概四子云尔。下二句引马为喻也。昔晋王济有马癖，甚爱所乘马，其叔湛谓近见督邮马当胜之，但刍秣不至耳。济戒养与己马等，湛又曰，此马任重方知之，平路无以别也。于是当蚁封之内试之，济马果蹶，而督邮马如常。又唐宁王善识马，一日马牙人麴神奴呈二马，神骏如一，而一须千缗，一五百缗。王令如言付钱，众宾莫喻其价悬殊。王曰，"当为验之"即令鞭辔驰驱，往复数四，笑谓座客辨否，皆曰"不知"，王乃顾千缗者曰，"此马缓急百返，蹄下不起纤尘，彼十过之后尘埃起矣，所以减价之半也"。众乃服。杜盖用此意。龙文虎脊四字，虽是赞马，亦暗合伟丽意。乃古人精巧处亦细到处。

案此亦以"劣于汉魏"连读，"近风骚"重读，谓四子于诗劣于汉之淡泊，近于骚之伟丽也。惟于首句"纵使"二字解总未安。

（汪师韩《诗学纂闻》）"汉魏近风骚"五字相连，言卢王亦近风骚，但劣于汉魏之近风骚耳。

（浦起龙《读杜心解》）四杰于时尤近，必嗤点更多，故此章申言之，举卢王而杨骆可知。风骚为韵语之祖，后来格调变移，造端于汉之苏李，继轨于魏之建安，至唐初诸子出，而体裁又变。要之皆同祖风骚也。故言纵使卢王翰墨劣于汉魏之近风骚者，要亦国初之风骚也。譬犹天闲上驷，顿足云霄，吾见驽马之竭蹶而不副矣。上抑下扬极有分寸。

（戴第元《唐宋诗本》）吴氏昌祺曰："卢骆诸诗广陈隋之遗制，如汉武建章，令阿房减色，不必以苍古律之。子美曰'劣于漠魏近风骚'不其然乎？"

案上说亦言少陵推尊卢王，惟以"汉魏近风骚"五字连读，谓卢王为劣于汉魏之近风骚者。

（卢元昌《杜诗阐》）举卢王而杨骆在中矣。尔曹哂未休者，得毋以四公文劣于汉魏之近风骚。纵使云然，乃拟之于马，四公皆龙文虎脊，为君王所驭，尔曹特未历块过都耳。试一历块过都，才穷力尽，尔曹不及四公，较然见矣。

（仇兆鳌《杜诗详注》）承上章，言纵使卢王操笔，不如汉魏近古，但似此龙文虎脊皆足供王者之用，若尔曹薄劣之材，试之长途当自蹶耳。奈何轻议古人耶？纵使二字紧接下句，"劣于"二字另读，"汉魏近风骚"连读，此本卢注。龙文虎脊，比四子才具过人；历块过都，比今人未谙此道。龙虎之骏皆见重于汉庭，故曰君驭。《杜臆》指后生为君，非是，下文另有尔曹在也。

案上说以龙文虎脊指卢王，历块过都指尔曹。前举刘辰翁李因笃诸氏之说，皆然。

（朱鹤龄《杜工部诗注》）龙文虎脊虽堪充驭，然必试之历块过都，尔曹方可自见耳。极言前辈之未易贬也。

（吴见思《杜诗论文》）接上言纵使卢王操翰，已不如汉魏之作近古矣，时代不同故也。苟得此意，则庾信也，王杨卢骆也，风骚也，皆足取资于古，如马之龙文虎脊，尽可充驭，而过都历块一往无前矣。

案上说以龙文虎脊历块过都均指尔曹。

（吴瞻泰《杜诗提要》）承上章而下，作一抑一扬之波，以显出四君龙文虎脊，可驭之以过都历块，岂屑与尔曹相较哉！君指卢王。

　　（史炳《杜诗琐证》）纵使卢王云云，言卢王诸人翰墨，虽不及汉魏之近风骚，然其才力雄骏，如龙文虎脊之马，堪充君驭，而超越都邑如历片土，俯视尔曹，真下乘耳。

案上说以龙文虎脊历块过都均指卢王。

　　绍虞案是诗歧解关键所在，即在"尔曹"二字；以尔曹指卢王则定为贬辞，赵次公邵二泉诸家是也；以尔曹指后生，则又为赞辞，自刘辰翁以来诸家皆然。按本诗语意若以尔曹指卢王，则先后不贯，且与少陵论诗宗旨亦不相类，故以尔曹指后生者为是。然即以尔曹暂指后生，并解为赞美四子之词，而于"劣于汉魏近风骚"一语，又多以异读而歧解。钱笺谓劣于汉魏而近于风骚，则赞意为多；诸家解为劣于汉魏之近风骚者，则贬意为多。宗注谓劣于汉之淳古而近于骚之伟丽，则赞与贬又均。夫劣于汉魏则不能近于风骚，钱氏之说显与文学演进之序相背；而魏异淳古，风非伟丽，定以汉魏风骚为连类及之之词，亦有未安。故自以"汉魏近风骚"五字连读为宜，然如赵次公辈谓汉魏近于风骚而卢王比之为劣，则亦非是。盖此句上文有"纵使"二字，可知"劣于"一句正为少陵称引后生之言，而非少陵之语。赵氏不知，故不得其解，定为贬辞耳。陈子昂云："汉魏风骨，晋宋莫传。"推尊汉魏自是唐初复古者之论调。大抵当时后生，拾其唾余，侈谈往昔，诋諆并时，故少陵以是为言耳。须知少陵此诗本承上一章言。时人之讥哂四子者，每谓其轻薄为文，正以其劣于汉魏之近风骚耳。四子之劣于汉魏之近风骚，少陵非不知之，顾不以是薄之者，则当时文体如是，固非四子之病也。当时文体如是，而四子独能杰出流俗，自侪不朽，则龙文虎脊自有其不废江河者在，固非身与名俱灭之尔曹，所能望尘追及矣。此所以断言为"才力应难跨数公"也；此又所以断言为"未及前贤更勿疑"也。（历块过都一语，出王褒颂"过都越国蹶若历块"之句。诸家训蹶为僵，故或指卢王，或指后生，均作贬辞。惟史炳训蹶为跳，谓指四子，作为赞辞，似较诸说为长。然解"见尔曹"为俯视尔曹亦似未安。少陵此句盖仍即过都越国之意，言过都越国则自见才分高下，丝毫勉强不得。不过经少陵变易改窜，称为"历块过都"，于是诸家解此，便只重在蹶字上着眼。实则正不必如此，须知此正少陵善于用典之处，毋庸泥解为也。）前首重在辩护四子，故谓为"当时体"；此首重在指斥后生，故又云"历块过都见尔曹"。一于辩护之中兼含指斥之意，一于指斥之余仍兼辩护之辞，合两诗而统观之则意自显矣。

五

才力应难跨（或作夸）数公，凡今谁是出群雄？或看翡翠兰苕上，未掣鲸鱼碧海中。

（郭知达《九家集注杜诗》）赵（次公）云：数公指庾信杨王卢骆与夫汉魏诸人也。自众人观之，才力未见超跨之。……群字亦指数公，而出群雄则盖自负矣。或看翡翠两句，言数公者不过文采华丽而已，而公所自负其出群雄者，始掣鲸鱼于碧海；非钓手之善，气力之雄，安能然哉！

（钱谦益《读杜二笺》）"凡今谁是出群雄"，公所以自命也。兰苕翡翠，指当时研揣声病、寻章摘句之徒，鲸鱼碧海，则所谓"浑涵汪洋，千汇万状，兼古人而有之"者也。亦退之所谓"横空盘硬，妥帖排奡，垠崖崩豁，乾坤雷硠"者也。论至于此，非李杜谁足以当之，而他人有不抚然自失者乎！

（刘濬《杜诗集评》）李因笃云：言未必能跨数公，而实非可以自限。故于四子虽极推之，然独立出群，亦正在此。若时人何足与较高下哉！翡翠兰苕，秀丽之至，所谓清新俊逸也。诗不到此地位，终是凡胎，自唐迄今知之者鲜矣。然则此初盛诸子所同，而鲸鱼碧海，出群独立，惟公一人而已。

案上说与张戒《岁寒堂诗话》之说相同，均谓为少陵自许之辞。

（蔡梦弼《草堂诗笺补遗》）以翡翠喻，言今之为文者，只得其小巧耳。谓为文之雄健未有能如鲸鱼之掣浪也。

（邵二泉《杜诗分类集注》）诗言方今才人安得跨越前贤。谁是英雄出群之士！所谓文章不过如禽在草间，祗成小巧而已。岂能手掣大鱼于碧海之中，以为天下之奇观哉！

（卢元昌《杜诗阐》）合数公观之，尔曹才力总难跨比，则以凡今之人出群者少耳。彼兰苕之上翡翠徘徊，碧海之中鲸鱼吞吐。夸轻薄，议前贤，是或看翡翠，但爱今人靡丽；未掣鲸鱼，一窥数公浅深耳。前贤可轻侮否！

（吴见思《杜诗论文》）接上言，其才其力，终不能过此数公也。今发愤为雄者，谁能出群耶？小景清裁如集翡翠于兰苕者或有之，其深心大力如掣鲸鱼于碧海者，岂有之乎！

（仇兆鳌《杜诗详注》）此兼承上三章。才如庾杨数公，应难跨出其上。今人亦谁是出群者！据其小巧适观，如戏翡翠于兰苕，岂能钜力惊人，若掣鲸鱼于碧海乎？

（浦起龙《读杜心解》）此总前三章而与为等量之，见小家大家判若霄壤。下二，与前章相似；但前章意在表暴四杰，此章意在针砭凡今，语气各有归重。江左以还辞条丰硕，取多而用弘。唐初不改风尚，虽或结体浮靡，然未有以轻材虚器，滥竽述作者。迨乎景光摹揣之诗作，近于后人别趣别肠之旨，弊且流为束书蔑古，叩寂张空，而风雅道沦矣。想少陵之世，俗学已开，读此诗下二，知其有深惧也。

（史炳《杜诗琐证》）才力应难云云，言今人才力应无出庾王数公之上者，就今论之，谁是出群之雄乎？不过容色鲜新，如兰苕翡翠，未有才力横绝，如掣鲸鱼碧海者，盖力能掣鲸，斯为跨越数公矣。

（宗廷辅《古今论诗绝句》）前三首分论古人，此首递论今人。数公指庾信及王杨卢骆，是说古人；"凡今谁是出群雄"，是说令人。古人才力甚大，著"应难"二字，有许多佩服之意；今人亦未可一概抹煞，著"谁是"二字，有许多想望之意。翡翠兰苕喻文采鲜妍，乃今人所擅之一能；鲸鱼碧海喻体魄伟丽，数公之才力却是如此。其广狭大小，岂可相提并论哉。

案上说均不言少陵自许，较为近是。

（顾嗣立《寒厅诗话》）老杜《论诗绝句》，"或看翡翠兰苕上，未掣鲸鱼碧海中"。俞犀月曰，"此词家大家之分也"。

（江浩然《杜诗集说》）查慎行曰："此名家大家之分。"

（杨绳武《诗文四则》）少陵诗："或看翡翠兰苕上，未掣鲸鱼碧海中。"元遗山诗："有情芍药含春泪，无力蔷薇倚晚枝。拈出退之山石句，始知渠是女郎诗。"呜呼！此古人所以必严文章流别也。大抵文章之道，未论妍媸，先别高下。果其根柢盘深，气骨厚重，笔力坚刚，虽间有未醇，无伤大雅。若骨少而肉多，词丰而意弱，力量既薄，根柢亦浮，纵完好可观，不登上乘。然或欲避平钝，转入离奇，牛鬼蛇神，獐头鼠目，则又在所必禁。少陵又云，"波澜独老成"，昌黎亦云："妥帖力排奡。"波澜而必于老成，排奡而必于妥帖，则知不老成不足为波澜，不妥帖亦不足为排奡矣。

案此虽不泥于解诗而说亦通达。

绍虞案解此诗者有二说:一则谓为寓言自况,一则以为仍指庾信四子。案少陵之诗,浑涵汪洋,千汇万状,诚有鲸鱼碧海境界,然谓为自许则亦未安。(李因笃知其说之不可通也,乃谓"未必能跨数公而实非可以自限,故于四子虽极推之,然特立出群亦正在此"。此则不免强少陵之诗以就己说。)盖此诗所谓鲸鱼碧海云云,正指才力而言。此首即承前三首说。数公即指庾信四子。尔曹好作嗤点,好哂人者,究竟谁是出群雄乎?才力薄弱,未能逮其凌云健笔之文,未能明其江河万古之故,未能步其龙文虎脊之尘,又安得不流为纤小娟媚而未掣鲸鱼碧海中乎!此则所谓"历块过都见尔曹"也。人皆知庾信之清新,而不知庾信之老成。仅知庾信之清新,不免小巧适观,如戏翡翠于兰苕。必兼知庾信之老成,才能钜力惊人,若掣鲸鱼于碧海。彼作齐梁后尘者,固不足以语此,即仰攀屈宋侈言汉魏者,亦岂足以知此哉!杨慎能于清新老成二语看出关系;杨绳武又能于翡翠兰苕鲸鱼碧海二语看出关系:杜老有知,当亦心许此二杨为知己也。

六

不薄今人爱古人,清词丽句必为邻。窃攀屈宋宜方驾,恐与齐梁作后尘。

(钱谦益《读杜二笺》)不薄今人以下,惜时人之是古非今,不知别裁而正告之也。齐梁以下,对屈宋言之皆今人也。盖曰:吾岂敢以才力出群而妄自跨大乎?于古人则爱之,于今人则不敢薄,期于清词丽句,必与古人为邻,则可耳。今人目长足短,自谓窃攀屈宋而转作齐梁之后尘,不亦伤乎!

(浦起龙《读杜心解》)此与末章,乃推广而正告之;意重在不薄今人边。统言今人,则齐梁而下四杰而外皆是:统言古人,则汉魏以上风骚以还皆是。窃攀恐后,直指附远谩近之病根而药之也。

(史炳《杜诗琐证》)不薄今人云云,言我并不薄今人,爱古人。今有清词丽句亦必与为邻矣,我所以窃攀屈宋谓宜与之并驾者,恐但学庾信四子,未免步齐梁之后尘耳。

(张燮承《杜诗百篇》)言我不专爱古人而薄今人者,以其清词丽句,终必有近于风骚者也。若徒言远追屈宋,妄自矜诩,吾恐转落齐梁后耳。

案上说均以 "不薄今人" 四字连读 "爱古人" 三字另读，而以今人指庾信四子，与首章所云 "今人" 不合。仇兆鳌诸氏均已辨之。

（卢元昌《杜诗阐》）凡吾谓今人轻薄不宜嗤点前人者，非薄今人偏爱古人。凡以今人作文，其清词丽句必与古人为邻，窥其意窃欲攀屈宋而方驾，讽其义祇恐齐梁不若，转落数公后尘耳。然则屈宋未易拟，齐梁未可嗤也。

（杨伦《杜诗镜铨》）此首 "今人" 及下首 "前贤" 字俱承第一首来，并跟上 "凡今" 句，言我非敢薄今人而专爱古人也。但庾信四杰辈体格虽似略卑，其清词丽句终必有近于风骚者，所以能长久不废。今人好自矜诩，其果有卓卓可传者乎。俗子多好为高论，得少陵痛下针砭。

（翁方刚《石洲诗话》）第五首，"不薄今人爱古人" 句，皆作不肯薄待今人说。愚窃以为不然。使如此说，则下三句俱接不去矣。其曰 "轻薄为文哂未休"，即指今人之好嗤点古人者，此句之 "今人" 犹是也，薄乎云者，即上轻薄之薄，言今无出群之雄，而翻身嗤点前辈，则此风乃今时之薄也。故反言以醒之，曰若不此之薄而不古之爱（文法犹如 "不有祝鮀之佞而有宋朝之美"），则必逐逐于词句之巧丽而已。吾知其不深求古人立言之意，而惟是一词之美，一联之丽，必依附为邻而已耳，揣其意亦岂不谓从此可以方驾屈宋哉！然自我观之，"恐与齐梁作后尘" 也。如此则不流于伪体不止，与下章 "未及" 句亦复针锋相接也。别裁伪体，正是薄之也；亲风雅，正是爱之也。杜陵薄今人嗤点之辈，至于如此，与尔曹身名俱灭之言，未免太刺骨矣。故题之曰戏也。（案郑献甫《补学轩文集·书〈石洲诗话〉后》云："甚且妄解杜诗以就己说，如'不薄今人爱古人'句，谓向不今人之薄而古人之爱乎？其句法与'不有祝鮀之佞而有宋朝之美'同。尤属学究作讲章呓语。"）

案上说亦以 "不薄今人" 四字连读，"爱古人" 三字另读，惟以今人指后生。卢杨二氏解不薄为非薄，翁氏解不薄为何不薄，说均未安。

（汪师韩《诗学纂闻》）今人爱古人五字相连，言古人之清词丽句，今人爱之，其意原不可薄，但其根柢浅陋，齐梁且不能及，又安知所谓屈宋哉！

（仇兆鳌《杜诗详注》）此戒其好高而骛远也。言今人爱慕古人，取其清词丽句而必与为邻，我亦岂敢薄之。但恐志大才庸，揣其意窃思仰攀屈宋，论其文终作齐梁后尘耳。知古人未易摹仿，则知数公未可蔑视矣。……今人指后生轻薄者，古人指屈原宋玉辈。庾信四杰乃齐梁嫡派也，钱笺以庾信数公当今人，与首章所称今人者不合矣。

案上说亦以"今人"指后生，惟以"不薄"二字另读，"今人爱古人"五字连读，说最近是。

（张远《杜诗会粹》）言非有心于薄今人而必爱古人也。若有清词丽句，必与邻而亲之，意欲方驾屈宋也。否则不免为齐梁之后尘耳。齐梁诗格轻丽，故云。

案上说以清词丽句指今人之诗，卢元昌翁方纲史炳诸氏之说亦同。惟张史二氏言今人有清词丽句必引与为邻，而卢氏谓今人之清词丽句期与古人为邻，翁氏又恐今人逐逐于字句之巧丽，其意为稍异耳。

（邵二泉《杜诗分类集注》）诗言己之所以不薄今人而爱古人者，盖以古人词清句丽真可为邻也。是以窃攀屈宋而愿与之齐躯，但恐古人不容易及，而反与齐梁作后尘耳。

案上说又以清词丽句指古人之诗，前举钱谦益汪师韩仇兆鳌诸氏之说皆然。惟邵钱二氏以指杜之宗古，而仇汪二氏则以指今人之慕古耳。

（宗廷辅《古今论诗绝句》）此首承今人古人，而复揣自己也。不薄今人，承翡翠兰苕句，言今人所能如此，似无可薄；爱古人，承鲸鱼碧海句，言古人所能如此，实有可爱。"清词丽句必为邻"，言于古今人中择其清词丽句以为依傍也。下二句始明己志。公许契稷，流离陇蜀，乃心唐室，正与被谗见放忧国爱君之屈子，同此遭际，同此心思，故云"方驾"也。曰"窃攀"曰"宜"有极欲思齐而又不敢卤莽之意。齐梁当时文体，李谔所谓"连篇累牍，不出月露之形；积案盈箱，惟是风云之状"者。曰"恐与作后尘"，有深惧沾染之意，言其不以是为工也。言屈原而兼宋玉者，亦不过牵连而及。说见前篇。

案上说又以清词丽句指古今人之诗。

（刘辰翁《评点杜子美集》）我是薄他，他自谓方屈贾，却恐更堕数公后耳。

（张缙《读书堂杜诗注解》）此公自言诗学之止，而讥今人过于好高。"必为邻"，谓引为同调也。"窃攀"，指尔曹一辈，谓妄希最上，反出六朝之下。

案上说重在解后二句，以窃攀指后生，前举钱谦益卢元昌仇兆鳌翁方纲汪师韩诸氏之说，皆然。

（郭知达《九家集注杜诗》）赵（次公）云："此公之志也。古人则指言屈宋也。《论语》：'必有邻'。'为邻'字，如天与地为邻也。'窃攀'二语，言公窃自追攀屈原宋玉，宜与之并驾矣。"

（吴瞻泰《杜诗提要自序》）子美之诗，驾乎三唐者，其旨本诸《离骚》，而其法同诸左史。不得其法之所在，则子美之诗，多有不能释者，其旨亦因之而愈晦。三闾之作骚也，疾王听之不聪，悲一世之温蠖，故离忧郁结，常托于源兰湘芷之间，以冀君之一悟。流连比兴，有国风之遗焉。少陵遭两朝板荡之余，播迁蜀夔，卒无所见于时。故其诗沉郁顿挫，常自写其慷慨不平之气，以致情于君父。举凡山川跋涉草木禽鱼，一喜一愕，咸寄于诗。盖先有物焉，蓄于其中而后肆焉。此作诗之本，所以有"窃攀屈宋宜方驾"之语也。

案上说亦解后二句，以窃攀指少陵自谓，与前举史炳宗廷辅之说相同。

（郭知达《九家集注杜诗》）赵（次公）云："恐与字如孔子谓子贡曰，'汝与回也孰愈'之'与'，言恐共齐梁之人，皆作屈宋后尘尔。"一云，"公所以必追逐屈宋者，惟恐不超过齐梁而翻与之作后尘。盖齐梁诗体格轻丽，公所不取也。亦皆有义。"（案史炳《杜诗琐证》云"夫学屈宋而不至，亦不失为汉魏，何至遂同齐梁！且齐梁文人才美学高，诚未易及；公所以切责今人之嗤点。然实不脱轻艳习气，非能步屈宋后尘者。公岂作是妄语乎！"）

案上说解"恐与"为恐共，殊误，诸家皆不如是。

（吴见思《杜诗论文》）按上言，既不必薄今人，不可不爱古人也。清词

丽句，极力模仿，与为比肩；而所云清丽者，必拟屈宋，但不可过为纤艳入
于齐梁耳。

案此解"恐与"句合清词丽句一语而合解之，最为近似。

　　绍虞案此诗多歧解之故：一在于"今人"二字之异指（或以指卢数公或以
指后生），二在于"不薄今人"句之异读（或以"今人爱古人"五字相连，或
以"不薄今人"四字相连）。三在于"清词丽句必为邻"句，或以清丽为戒，
或以清丽为主；其以清丽为主者或以指今人之词句，或以指古人之词句，或又
以泛指古今人之词句。其期合于古人之清词丽句者又或以为是今人之蕲向，或
以为是少陵之宗旨。四在于"窃攀屈宋"二句，究指后生之窃攀乎？抑指少陵
之窃攀乎？而其所以恐作齐梁后尘之故，岂果由于古人才高未易摹仿欤？抑或
由于但学四子以此自限欤？抑或由逐逐于字句之巧丽，不求古人立言之意欤？
凡此种种并为本章歧解所由。今案首章"今人嗤点流传赋"句所言之"今人"
既指后生，则本章之"今人"亦以指后生为宜。"今人"既指后生，则以"今
人爱古人"五字相连更较近似（卢元昌翁方纲二家之解"今人"亦指后生，但
仍以"不薄今人"四字连读，盖卢氏解不薄为并不薄，翁氏解不薄为何不薄，
似均非少陵意思）。而所谓清词丽句云者，不必指今人，亦不必指古人，只是
少陵论诗宗旨而已。其意盖言今人以爱古人之故，嗤点庾信之赋，讥哂四子之
文，矫正一时风气，其意原不可薄。但建安以来清词丽句，自有不废江河者
在，并非侈言宗古，便可卑视齐梁也。大抵时人论诗，自陈子昂始言"齐梁间
诗采丽竞繁而兴寄都绝"；李白继之，亦言"自从建安来，绮丽不足珍"。于是
后生从风，发为狂言，附远谩近，是古非今，故少陵作此箴之耳。然又恐后生
辈随人脚跟，本无主见，误会少陵之意，以为古不足慕，故其下语极有分寸。
且又正告之曰所谓清词丽句云者，只宜如初写黄庭恰到好处。屈宋之文精采绝
艳，足以衣被词人，故欲攀与方驾，固不欲其如涂涂附，愈趋愈下，以作齐梁
后尘也。"窃攀"二语，正是并行之句，一以示其蕲向所在，一以明其鉴戒之
旨。积极消极二者兼顾，于是所谓"清词丽句必为邻"者，其义始可得而寻
（以前诸家之解此诗者惟吴见思发此义）。《昭明文选序》云："踵其事而增
华，变其本而加厉，物既有之，文亦宜然。"文学之趋于雕缛，本亦必然之势。
此正少陵所谓"前辈飞腾入，余波绮丽为"者（《见偶题》）。《颜氏家训·文章
篇》云："今世音律谐静，章句偶对，讳避精详，贤于往昔多矣。"文学之偏
于雕缛，亦非可一笔抹杀谓为不足珍者。此又少陵所谓"熟精《文选》理"之

意(见《宗武生日》)。则知前数章之不贬庾信四子，意盖在是。颜之推又云：
"古之制裁为本，今之辞调为末，并须两存，不可偏废。"文章道弊，诚宜之以
古矫。此亦正是少陵"亲风雅"之旨。则知此章之不欲为齐梁后尘，意又在
是。故其论庾信四子则极言其才力之不可及，而以鲸鱼碧海为极诣。其论古人
则又言非不可爱，但须以清词丽句为标的。一于清新中看出其老成，一于老成
中兼取其清新，双管齐下，而少陵论诗之旨于是大明，此则所谓别裁伪体也。

七

未及前贤更勿疑，递相祖述复先谁？别裁伪体亲风雅，转益多师是汝师。

（邵二泉《杜诗分类集注》）"前贤"即首章之"前贤"，当指庾信言。
裁，革去也。伪体，指四子言。亲《风》《雅》，当以《风》《雅》为师，
不独止于庾信也。多师，以贤圣为师。汝字，亦指四子言。此六绝句议论文
体，终始以四子为言，令人以浮薄为戒也。故诗言四子未及前贤断无足疑。
彼此自相祖述，更谁复先！若能痛自裁革浮薄之体，而以风骚为师，以如是
之才华，宁患不及，益当多师上古，须知此上古之人，真汝四子之师也。惜
乎其未能尔。

案上说以此诗为针对四子而言，非是。

（孙奕《履斋示儿篇》）老杜《戏为诗》曰，"未及前贤更勿疑，递相祖
述复先谁"，所谓夫子自道也。尝观其《后出塞》曰，"借问大将谁，恐是
霍嫖姚"，句法得之郭景纯《游仙诗》"借问大将谁，云是鬼谷子"。《送十
一舅》云"虽有车马客，而无人世喧"，句法得之渊明《杂诗》"结庐在人
境，而无车马喧"。《春日忆李白》云："何时一尊酒，重与细论文。"即孟
浩然"何时一杯酒，重与李膺倾"之体。《复愁》云："月生初学扇，云细
不成衣。"即李义府"镂月成歌扇，裁云作舞衣"之体。《醉歌》云："天
开地裂长安陌，寒尽春生洛阳殿"，即灵运"日映昆明水，春生洛阳殿"之
体也。

（王嗣奭《杜臆》）今人才力未及前贤，以其递相祖述，愈趋愈下，无能
为之先者，必也别裁其伪体而上亲于《风》《雅》，始知渊源所自，前贤皆

可为师。是转益多师，而汝师即在是矣。此亦公之自道也。公诗祖述三百而旁搜诸家，以集其成。如楚骚汉魏诗，乐府铙歌，齐梁以来，甚多仿效，而公独无之。然独其诗皆三百之嫡派，古人之雁行也。其所师可知矣。如孔子识大识小无不学而贤不贤皆师矣。不如是何以谓之集大成哉！别裁，谓区别而裁去之。

（江浩然《杜诗集说》）查慎行曰："欲攀屈宋而反后齐梁，此伪体之弊也。故以此意结之。别裁伪体舍先生其谁，末句两师字或自家警策之词。"

案上说皆谓为少陵自况之词。

（杨慎《升庵诗话》）杜少陵诗曰："不及前人更勿疑，递相祖述竟先谁。别裁伪体亲风雅，转益多师是汝师"，此少陵示后人以学诗之法：前二句戒后人之愈趋愈下，后二句勉后入之学乎其上也。盖谓后人不及前人者，以递相祖述日趋日下也。必也区别裁正浮伪之体，而上亲《风》《雅》，则诸公之上，转益多师，而汝师端在是矣。此说精妙，杜公复生必蒙印可，然非予之说也，须溪语罗履泰之说而予衍之耳。

（仇兆鳌《杜诗详注》）末勉其虚心以取益也。

案上说谓为少陵教人之词。

（朱弁《风月堂诗话》）魏曹植诗出于《国风》，晋阮籍诗出于《小雅》，其余递相祖袭，虽各有师承，而去《风》《雅》犹未远也。自魏晋至宋，雅奥清丽，尤盛于江左。齐梁已下不足道矣。唐初尚矜徐庾风气，逮陈子昂始变。若老杜则凛然欲驾屈宋而能允蹈之者。其余以诗名家，尚多有江右体制。至五季则扫地无可言者：唐人尚不能及，况晋宋乎，晋宋间不能及，况《风》《雅》乎！

（蔡梦弼《草堂诗笺补遗》）递相祖述，言齐梁相习为轻薄之文，无有慨然以《风》《雅》正体倡先者。多师，言意尚之不一也。

（钱谦益《读杜二笺》）则又正告之曰，今人之未及前贤，无怪其然也。以其递相祖述，沿流失源，而不知谁为之先也。《骚》《雅》有真《骚》《雅》，汉魏有真汉魏，等而下之，至于齐梁唐初，靡不有真面目焉。舍是则皆伪体也。别者区别之谓，裁者裁而去之也，果能别裁伪体则近于《风》

《雅》矣。自《风》《雅》以下至于庾信四子孰非我师，虽欲为嗤点轻薄之流，其可得乎！故曰"转益多师是汝师"。呼之曰"汝"，所谓尔曹也，哀其身与名俱灭，谆谆然呼而瘝之也。

（卢元昌《杜诗阐》）由此观之，今人不及前贤，断断无疑，以及递相祖述，沿流失真，似此沿习，更复先谁耶？盖《骚》《雅》有真《骚》《雅》，汉魏有真汉魏，等而下之，齐梁亦有真齐梁，果能辨别真伪，裁去伪体，则直追《风》《雅》，下而屈宋庾信王杨卢骆，谁非汝师者。当此之时，转益多师之不暇，而莫非汝师也。亦可知所取法矣。

（张溍《读书堂杜诗注解》）递相祖述，言时辈自相学拟，难分优劣，而欲进之以古人也。别，分别；裁，裁去。欲其删除伪体而多法前人也。别裁伪体，即递相祖述恶习，惟裁割别去之，魔气既净，乃可托胎《风》《雅》。又益以庾信卢骆王杨，多师，方能有得。

（杨伦《杜诗镜铨》）"递相祖述复先谁"，谓时辈自相学拟无能相尚也。风骚有真风骚，汉魏有真汉魏，下而至于齐梁初唐，莫不有真面目焉。循流溯源，以上追《三百篇》之旨则皆吾师也。苟徒放言高论，而不能虚心以集益，亦终不离于伪体而已矣。此公之所以为集大成欤。

案上说均以递相祖述为沿流失源。前举邵二泉王嗣奭诸氏之说。亦然。

（郭知达《九家集注杜诗》）赵（次公）云："陆机《豪士赋序》云：'巍巍之盛，仰邈前贤。'此两句功用可敌。陆机《文赋》云：'必所拟之不殊，乃闇合乎曩编，虽杼轴于予怀，怵他人之我先。'则公之意矣。唐《乾封郊祀诏》曰：'其后递相祖述，礼仪纷杂。'而在文意言之，则沈休文作《谢灵运传论》曰：'异轨同奔，递相师祖。'李善注《文选》亦曰：'诸引文证，皆举先以明后，以示作者必有所祖述也。'然则祖述者，文人乌能辄已耶！故虽孔子亦曰'祖述尧舜'，岂专自己出哉！"……公今指言浮华者谓之伪体，欲裁约之，以近《风》《雅》。亦无常师，多求之前人以取其所长，乃为师耳。汝师者，自谓之辞。

（吴见思《杜诗论文》）指上言，今人之才力不及前贤，递相祖述，又复谁先耶！王杨之先有汉魏，汉魏之先有屈宋，不知祖述而信意自裁，所谓伪体也。岂能亲《风》《雅》乎？惟求之多师而自开堂构，是真汝师耳。

（浦起龙《读杜心解》）前贤所包者广，蹠近代作家于《风》《雅》之班，而统谓之前贤也。《风》《雅》亦非专指《三百》，凡往近作者皆是。递相祖述，前贤各有师承，如宗支之代嬗也。"祖述"字本《曲台记》，是好字眼，钱氏解为沿流而失源，误矣。以齐梁以下为沿流，正是后生附远谩近之张本。不且自相矛盾耶！"复先谁"者，诘其轻嗤轻哂，妄分先后也。此三字，正笼起"多师"二字，下乃开示法门，别裁其翡翠兰苕窃屈宋后齐梁之伪体，而惟降心易气，多师汝师，不独《风》《骚》汉魏，遥溯渊源，即齐梁国初，悉皆宗仰。此中灼见祖述源流，而后为能得师；而后为亲《风》《雅》。倾倒至此，其诱掖后进，一片婆心，千古为昭矣。

案上说又以递相祖述，为前贤各有师承。

（杨慎《升庵诗话》）宋人论诗云："今人论诗，往往要出处，关关雎鸠，出在何处。"此语似高而实卑也。何以言之？圣人之心如化工，然后矢口成文，吐辞为经。自圣人以下，必须则古昔，称先王矣。若以无出处之语，皆可为诗，则凡道听途说，街谈巷语，酗徒之骂坐，里媪之詈鸡，皆诗也，亦何必读书哉。此论既立，而村学究从而演之曰，"寻常言语口头话，便是诗家绝妙辞"。噫，《三百篇》中，如《国风》之微婉，《二雅》之委蛇，《三颂》之简奥，岂寻常口头话哉！或举宋人语问予曰，"关关雎鸠，出在何处？"予答曰："在河之洲，便是出处。"此言虽戏，亦自有理。盖诗之为教，多识于鸟兽草木之名，关关，状鸟之声，雎鸠，举鸟之名。河洲，指鸟之地：即是出处也。岂必祖述前言，而后为出处乎？然古诗祖述前言者，亦多矣，如云"先民有言"，又云"人亦而言"，或称"先民有作"，或称"我思古人"，《五子之歌》述"皇祖有训"，《礼》引逸诗称"昔吾有先正，其言明且清"，《小旻》刺厉王，而错举《洪范》之五事，《大东》伤赋敛，而历陈保章之诸星，此即古诗述前言援引典故之实也，岂可谓无出处哉，必以无出处之言为诗，是杜子美所谓伪体也。

案上说以无出处者为伪体。

（钱谦益《读杜小笺》）别，分别也；裁者，裁而去之也。别裁伪体以亲《风》《雅》，文章流别可谓区明矣。又必转益多师，递相祖述，无效嗤点轻薄之流，而甘于未及前贤也。裕之诗云："论诗宁下涪翁拜，未作江西社里人。"又云："传语闭门陈正字。可怜无补费精神。"别裁之道，思过半矣。

（林昌彝《射鹰楼诗话》）江西宜黄陈少香先生皆灿论诗极精。尝谓昌彝曰，诗欲其真不欲其伪；最初为真，后起非真；信于己者为真，绚于人者非真；足于己者为真，袭于人者非真。是故读书有真种子，作文有真血脉，而作诗有真气骨。得其真则一花一木，一水一石，一讴一咏，皆有天趣，足以移人。失其真则虽镂金错采，累牍连篇，吾不知其中何所有也。古今论诗有二，曰性情，曰格调。性情真也，袭格调而丧其面目，伪矣；格调亦真也，离性情而饰其衣冠，伪矣。此杜少陵所以有别裁伪体之说也。

案上说以性情不真者为伪体。此与邵二泉杨慎诸人谓浮伪之体，其意相同。

　　翁方纲《石洲诗话》）六首俱以师古为主，卢王较之近代，则卢王为今人之师也（公有近代惜卢王之句），汉魏则又卢王之师也，《风》《骚》则又汉魏之师也，此所谓转益多师。言其层累而上，师又有师，直到极顶，必须《风》《雅》是亲矣。此乃汝师，汝知之乎！盖深嫉今人之依墙靠壁，目不见方隅者，而以此儆觉之也。卢王亦且必祖述汉魏，汉魏亦且必祖述《风》《骚》，知此中之谁先，则知今人之所以不古若矣，故曰"未及前贤更勿疑"也。

案上说解多师只主《风》《雅》。

　　（沈德潜《杜诗偶评》）"转益多师"即"焉不学"意。

　　（汪师韩《诗学纂闻》）"递相祖述复先谁"，言后生所祖述者伪体也。伪体不知所自来，故曰复先谁，末句云"转益多师是汝师"，"多师"指卢王言，如卢王之近《风》《骚》，乃汝所当师者也。

　　（浦起龙《读杜心解》）齐梁体制，少陵亟称之，乃其自为诗不闻有好溢，燕女趋数敖辟之音；宋人力黜之，而诗反纤薄。然则古人所为《风》《雅》者，有本领焉，有原委焉。孔子删诗不废郑卫，宜昆山顾氏论真氏《正宗》有执理太甚，使徐庾不得为人，陈隋不得为代之叹也。

　　（史炳《杜诗琐证》）未及前贤云云，言今人断不及前贤，然各有渊源，递相祖述，复以何者为先乎？此正不必限以时代宗派也。但须区别裁汰浮伪之体，而亲近《风》《雅》，则古今多师，莫非汝师矣。

（宗廷辅《古今论诗绝句》）此首举古人今人而以诏后生也，"前贤"即古人，言古人之不可及，既无可疑矣。然时代有递嬗，诗人即缘时代递生，古人有佳处即今人亦非无佳处，有心祖述将从何途措手乎？为人之道常远小人而亲君子，故三人行必有我师。为学之道当斥伪体而亲《风》《雅》，别以定识，裁以定力，识力既精，趋向不惑，自然能择善而从，不善而改，则古今虽千源万派，皆汝之师，何必暧暧昧昧，颛守一家哉。

案上说解多师为择善而从，不限时代宗派。

绍虞案少陵《偶题》诗云："文章千古事，得失寸心知。作者皆殊列，名声岂浪垂。"则庾信四子，推尊当时，流传后世，亦自有不可企及者在，岂若尔曹后生声名俱灭者比，此所以谓"未及前贤更勿疑"也。是以未及前贤云云，仍当指尔曹后生言，而"前贤"两字亦即是首章"不觉前贤畏后生"之前贤，虽不必仍指庾信，而庾信四子要均在前贤作者之列。夫后生之未及前贤，固勿容疑矣，然递相祖述，果将以谁为先乎？元稹《杜工部墓铭》谓："好古者遗近，务华者去实。"此正说明当时风气。则所谓"递相祖述复先谁"云者，正是当时急待解决之问题。而少陵则正告之曰，亦惟有别裁伪体以亲《风》《雅》，而多师为师而已。伪体云者，不真之谓。其沿流失源甘作齐梁后尘者，固不免于伪；即放言高论，不能虚心以集益者，亦何莫非伪体乎。"好古者遗近，务华者去实"，各执一端，两无是处，于是指示正鹄，而以"转益多师"为宗旨。少陵至是，盖已将其论诗主指和盘托出无余蕴矣。元稹之论在诗称其"上薄《风》《骚》，下该沈宋，言夺苏李，气吞曹刘，掩颜谢之孤高，杂徐庾之流丽，尽得古今之体势，而兼昔人之所独专"，亦正说明少陵诗学。盖其所以集大成者在是，而其所教导后生者亦即此旨也。少陵诗云："摇落深知宋玉悲，风流儒雅亦吾师。"又云，"李陵苏武是吾师"，"孟子论文更不疑"，以及"读书破万卷"、"熟精文选理"诸语，盖均多师之谓。岂若附古非今之流，放言高论，转以自限者哉！

诗歌史中的双子星座*

郭沫若

在八世纪初期，我国唐代的政治、经济和文化有了高度的发展。它不仅在中国的封建文化史上形成了一个高峰，而且对世界文化也有极大的贡献。中国的造纸法，就是在这个时期，经过中亚细亚，再传到欧洲去的。绝对的年限有人说是公元716年，也有人说是750年，但总是在八世纪的上半期。造纸法的推广应该是推动世界文化前进的一个巨大的物质力量。

但是，到了公元755年却爆发了有名的安史之乱，就是安禄山和史思明的叛乱。这个叛乱经历了七八年之久，使中国的中原地带遭受到极大的破坏。单拿人口的死亡来说，由754年的约五千三百万人，减少到764年的一千六百余万人。人口减少了70%。叛乱平定后，唐代的统治虽然还维持了下来，然而地方割据形成了四分五裂的局面，外族不断侵入，阶级矛盾和民族矛盾都不断地尖锐化，已经遭受了严重灾难的人民在重重的压迫和剥削之下继续遭受着难以形容的慢性的灾难。

伟大的诗人杜甫（712~770）正生活在这样变化急剧的时代。他的生活就和时代的急变一样，仿佛由天上掉到了地下。从755年以后一直到他的逝世，十五六年间所度过的基本上是流浪的生活，饥寒交迫的生活，忧心如捣的生活。但就在这样的生活当中，他接近了人民，和人民打成了一片。这就使得他有了机会认识到封建制度下的阶级社会的本质。"朱门酒肉臭，路有冻死骨"这样的响彻千古的名句，不在这样的生活中是不能产生的。

安史之乱在历史上给中国人民带来了巨大的灾难，然而也给我们带来了一个伟大的诗人。没有经过安史之乱以后的生活，不曾与人民同呼吸、共患难，杜甫是不能成其为杜甫的。他的现存的诗篇有一千四百多首，90%左右是安史

---

* 原载 1962 年 6 月 9 日《光明日报》。选自《杜甫研究论文集》第三辑，中华书局，1963。

这篇东西本来是纪念杜甫诞生一千二百五十周年会上的开幕词。《光明日报》希望全文发表，我同意了。我对于原文略有所删改，而另外安上了一个题目。

之乱以后的作品。他的早期的作品，数量既少，质量也并不很高。从这一个角度来说，安史之乱对杜甫是不幸中之幸，对中国文化也是不幸中之幸。这由无穷的血泪换来的杜甫，中国人民向来就宝贵他，今后也永远要宝贵他。

时代和境遇逼迫着杜甫不能不睁开内在的眼睛，不能不"穷年忧黎元，叹息肠内热"（一年到头在替老百姓发愁、伤心，感觉着心肝五脏在受着煎熬）。这就是他的诗歌能有巨大成就的根本原因。他对于人民的灾难有着深切的同情，对于国家的命运有着真挚的关心，不管自己多么困苦，他总是踏踏实实地在忧国忧民。而这忧国忧民的热情，十余年间，始终没有衰歇过。安史之乱以后，举凡政治上、经济上的重大事件，杜甫所能接触到的人民的疾苦和愿望，他用他的笔蘸满着血泪，把它们写了出来。他的诗歌是当代的一面镜子。他所反映的现实，既真实而又生动，沉痛感人，千古不朽。实在的，艰难玉成了我们的诗人。

杜甫是尽了他的最大的努力，发挥了他的主观能动性的。作为有骨气的人，他没有在困难面前低头；作为杰出的诗人，他更是发挥了他的力量。请看他作诗的秘诀吧。他不是说过"语不惊人死不休"吗？他是拼着他的生命在那儿写诗的。他的写作态度是多么认真、刻苦、呕心沥血！他的亲密的朋友，我们中国的另一位伟大诗人李白（701~762），也曾经说过：杜甫作诗太辛苦了，他把身子搞得很瘦[1]。这应该是知道甘苦者的说话，"铁杵磨成针"的故事，不是和李白本人关联着的吗？任何有成就的历史人物，没有不是从勤学苦练中得来的。杜甫自不能例外。他和人民同命运、共甘苦，既从现实生活中积累了丰富的经验，而又向古代的诗人和民间的诗歌虚心学习，把古代的和民间的语言加以锤炼，而创造性地从事诗歌天地的开拓。因而他的诗歌便十分突出地具有严格的格律、深刻的表现、充沛的气势、雄厚的魄力，形式与内容相合无间，而使人不得不深受感动。思想性和艺术性，在杜甫的诗歌里，得到了高度的结合。这就是从勤学苦练中所得来的硕大的果实。

我们在这里需要特别指出一点：杜甫诗歌的思想性的特征之一，是反对战争，渴望和平。这是在他诗歌中所贯串着的一条红线，这是代表着人民的共同愿望的。但和一般的人民一样，杜甫所反对的战争是侵略性的战争；他所渴望

---

[1] 《唐诗纪事》卷十八李白项下有云："饭颗山头逢杜甫，顶戴笠子日卓午。借问因何太瘦生？总为从前作诗苦。"诗为李白集中所不载，学者或疑为伪。但和杜甫作诗的态度相符，恐未必即是假托。

的和平是无侵略的和平。在他的前期，处在所谓开元盛世，唐玄宗李隆基和他下面的一些穷兵黩武者企图开拓疆土，四处发动战争，结果搞得民穷财困，四处打败仗。那时的战争是不义的战争，杜甫是无条件地反对的。作于751年的《兵车行》，便是绝好的代表作。但到安史之乱以后，情况便不同了。自那时以后，唐朝衰颓了下来，中国时时受着外来的侵犯，有时连首都都沦陷了。这时期的杜甫是在沉痛中反抗侵略的，作于759年的《新婚别》，便是典型的例证。诗里写一位新嫁娘，刚刚结婚一天，第二天的清早便送她丈夫出征。她在沉痛之中向她丈夫说："勿为新婚念，努力事戎行。"这很深刻而鲜明地表明了人民的爱国心，也很深刻而鲜明地表明了杜甫是一位反侵略的爱国诗人。

当然，杜甫是生在一千多年前的人，他不能不受到历史的局限。例如他的忠君思想，他的"每饭不忘君"，便是无可掩饰的时代残疾。他经常把救国救民的大业，寄托在人君身上，而结果是完全落空。封建时代的文人，大抵是这样，不限于杜甫。这种时代残疾，我们不必深责，也不必为他隐讳，更不必为他藻饰。例如有人说杜甫所忠的君是代表祖国，那是有意为杜甫搽粉，但可惜是违背历史真实的。我们要实事求是地来研究杜甫，学习杜甫，去其糟粕而取其精华。学习他，我们同时要超过他。这样，我们才能更好地建设我们的社会主义的新文艺，特别是社会主义的新诗歌。

我们今天在纪念杜甫，但我们相信，一提到杜甫谁也会联想到李白。李白和杜甫是像兄弟一样的好朋友。他们在中国文学史上的地位就跟天上的双子星座一样，永远并列着发出不灭的光辉。李白比杜甫大十一岁，他主要代表了开元时代，但他对于所谓开元盛世并不是盲目陶醉的。他早就预感到在那虚假的升平景象之下会发生急变，而且想亲身干预这种急变。在安史之乱以后，他虽然还生活了七年，但他是生活在比较安定的东南地区，他对于流离战乱的情境没有亲身的经历，故把诗歌赛跑中的接力棒移交给杜甫了。他们两位都称职地完成了他们的时代使命，是毫无疑问的。今年是杜甫诞生的一千二百五十周年，也恰巧是李白逝世的一千三百周年。我们希望在纪念杜甫的同时，我们的心中也能纪念着李白。我们要向杜甫学习，也要向李白学习，最好把李白和杜甫结合起来。李白和杜甫的结合，换一句话说：也就是浪漫主义和现实主义的结合。诗歌的接力棒又在我们的手里了。我们要无愧于李白和杜甫。我们要不断地努力，在三面红旗的照耀之下，为建设社会主义的新诗歌、新文艺，而贡献出全部力量，完成我们的时代所交给我们的文艺使命！

一个醒的和八个醉的*

——杜甫《饮中八仙歌》札记

程千帆

《饮中八仙歌》是杜甫诗作中一个具有独特意义的存在，本文不同意前人所论此诗反映盛唐诗人共有的"不受世情俗务拘束，憧憬个性解放的浪漫精神"的说法，而逐一稽检诗中人物与作者的有关史料，探寻诗中诸人当时的真实心理状况与杜甫的创作心理，论述此诗在艺术上的成就，以求考定其在杜甫诗作发展轨迹中的位置。本文认为诗中的"饮中八仙"在当时是欲有所为而被迫无所为，为世俗所拘，不得已而沉湎于醉乡，即通过"浪迹纵酒"，而"以自昏秽"。而杜甫与他们的关系则可归结为"一个醒的和八个醉的"。杜甫是当时社会中的一个先觉者，他感觉到了表面美妙的社会政治情况之下的实际不妙，开始从唐代盛世的沉湎中清醒过来，但最初的感觉还不是深刻的，所以在《饮中八仙歌》中杜甫是面对一群不失为优秀人物的非正常精神状态，怀着错愕与怅惋的心情，睁着一双醒眼客观地记录了八个醉人的病态。它是杜甫从当时流行风气中挣脱出来的最早例证。据此，本文认为此诗不可能作于杜甫初到长安的年代里，而应更迟一些。艺术上，此诗以前所未有的创新手法，在沉湎于酒这一共同点下通过极简练的写意笔法勾勒出了八个不同的个性化典型，在形式上它看去无头无尾，每段互不相关，仅以所写皆酒徒与句尾皆押同韵维系全篇，更多地采用了空间艺术的形式。

《饮中八仙歌》——杜甫诗作中清醒的现实主义的起点。这就是本文的论旨。

一

天宝五载（746），杜甫结束了他的长期漫游生活，在长安住了下来，一住就是十年，消磨掉了他的整个生命的约六分之一，而在这约六分之一的时间里，他创作了现存诗篇约十分之一。在这十年中写的诗虽不算多，但却有一些杰作，为安史乱后诗人攀登祖国五七言古今体诗的顶峰作了思想上和艺术上的

---

* 选自《中国社会科学》1984 年第 5 期。

充分准备。

在这个时期的作品中，写于天宝十四载（755）冬天的《自京赴奉先县咏怀五百字》特别引人瞩目，有人认为它是杜甫长安十年生活的总结，是诗人跨越自己和别人此前已达到的境界的一个新起点①。从诗篇本身发射的强烈光芒证明，这一点是无可置疑的。然而，我们也不难看出，这篇诗的出现，并非一个突如其来的、孤立的现象。在诗人写成这篇总结式的杰作之前，他已经过一段很长的探索历程，才由迷茫而觉醒，成就了他的最清醒的现实主义。写于与此同时的许多其他诗篇，足以互证。

但《饮中八仙歌》在长安十年，甚至在杜甫毕生的诗作中，都是很独特的。评注家们早已注意到它在艺术上的创造性。② 不断地在艺术上进行新探索，是杜甫自己规定的、死而后已的任务。这篇诗体现了他在诗形上一次独一无二、几乎是空前绝后的大胆尝试，这是很明显的。但这篇诗是作者在什么心情之下写成的？其所采用的这种特殊形式和诗篇内在意义的关系又是如何？都还是需要进一步探索的问题。

讨论到诗人写作这篇诗的心情，就不能不涉及它产生的年代。浦起龙《读杜心解》卷首《少陵编年诗目谱》天宝五载至十三载（754）下云："开、宝间诗，于全集不过十分之一，有不得专系某年者。"这似乎不是浦氏一家之言，从宋以来，为杜诗编年的学者，对安史乱前的作品，大都采取了这种宜粗不宜细的想法和做法。如黄鹤《黄氏补千家集注杜工部诗史》卷二论《饮中八仙歌》年代云："蔡兴宗《年谱》云天宝五载，而梁权道编在天宝十三载。按史，汝阳王天宝九载（750）已薨，贺知章天宝三载（744）、李适之天宝五载、苏晋开元二十二年（734）并已殁。此诗当是天宝间追忆旧事而赋之，未详何年。"此说不失为阔通之论，故为仇氏《杜诗详注》所采。

当代学人始有申蔡说认为"这大概是天宝五载杜甫初到长安时所作"，理由是他"往后生活日困，不会有心情写这种歌"。③ 说得详细一点，则是这种论

① 冯至：《杜甫传·长安十年》。
② 参看王嗣奭《杜臆》卷一、沈德潜《唐诗别裁》卷六、仇兆鳌《杜诗详注》卷二、浦起龙《读杜心解》卷二之一、吉川幸次郎《杜甫诗注》卷一等。
③ 萧涤非：《杜甫研究》（山东人民出版社本）卷下，第10页。根据这卷书改订重新出版的《杜甫诗选注》第14页同。陈贻焮《杜甫评传》第五章《"应诏"前后》第五节"李杜文章在，光焰万丈长"中说："（萧）这估计是可信的。"山东大学中文系古典文学教研室选注《杜甫诗选》第8页也说："这首诗大约是他到长安头一、二年里所写的。"此外，四川省文史研究馆编《杜甫年谱》系此诗于天宝三载，竟全然不顾诗中已明文提到天宝五载李适之罢相之事，未免太疏忽了。

点的持有者认为：《饮中八仙歌》乃是杜甫以自己的欢乐心情描绘友人们的欢乐心情的作品。而诗人这种欢乐的心情，只有初旅长安那一段时期中才可能具有，因而这篇诗的作期也决不会太迟。

由于史料的限制，今天要考证出《饮中八仙歌》的确实作期，不免近于徒劳。但杜甫写这篇诗时的心理状态却还是可以探索的，值得探索的。如果这些问题得到了正确的答案，反过来，也有助于我们确定此诗的大体年代。

二

八仙原是汉、晋以来的神仙家所幻设的一组仙人。旧题后汉牟融的《理惑论》中就提到"王乔、赤松八仙之篆"①。陈沈炯《林屋馆记》也提到"淮南八仙之图"②。先友浦江清教授据此二证指出："汉、六朝已有八仙一词，所以盛唐有'饮中八仙'。"又云："据李阳冰说：'当时李白浪迹纵酒，以自昏秽，与贺知章、崔宗之等目（或作自）为八仙之游，朝列赋谪仙人诗凡数百首'③。所以'饮中八仙'一名非杜甫所创。而且杜甫诗中有苏晋而无裴周南。一说有裴周南④。而八仙之游在天宝初，苏晋早死了⑤。要之，唐时候有八仙一空泛名词，李白等凑满八人，作八仙之游，而名录也有出入。"⑥

浦先生还认为，所谓"饮中八仙"，并非固定的哪八个人，而且也并非同时都在长安。这是事实。由此，我们也无妨推断，这不固定的八个人，乃至杜甫和他们，也不一定彼此都是朋友，都有往来⑦。浦先生对我们的宝贵启示是：杜甫虽然极为成功地塑造了这八位酒徒的形象，但诗篇所要显示的主要历史内容，并非是他们个人的放纵行为，而是他们这种放纵行为所反映的当时政治社

———————

① 释僧祐：《宏明集》卷一引牟融《理惑论》第二十八篇。

② 载《艺文类聚》卷七十八。

③ 据李阳冰《草堂集序》，载王琦注《李太白全集》卷三十一。

④ 范传正《唐左拾遗翰林学士李公新墓碑》："时人又以公及贺监、汝阳王、崔宗之、裴周南等八人为酒中八仙。"此文亦载王注《李太白全集》卷三十一。

⑤ 据《旧唐书·苏珦传》附子晋传，晋以开元二十二年卒，年五十九。

⑥ 浦江清：《八仙考》，载《清华学报》第11卷第1期，又《浦江清文录》。

⑦ 叶梦得《避暑录话》卷上："（李）适之以天宝五载罢相，即贬死袁州，而子美十载方以献赋得官，疑非相与周旋者，盖但记能饮者耳。"此说甚通。

会情况、一种特定的时代风貌。有的学者注意到了这一点，以为诗篇所写的是盛唐诗人们所共有的"不受世情俗务拘束，憧憬个性解放的浪漫精神"①。从表面上看，是可以这么理解的。但如根据现存史料，将这些人的事迹逐一稽检，就不难看出，这群被认为是"不受世情俗务拘束，憧憬个性解放"之徒，正是由于曾经欲有所作为，终于被迫无所作为，从而屈从于世情俗务拘束之威力，才逃入醉乡，以发泄其苦闷。这当然也可以认为是具有个性解放的憧憬，但这种憧憬，却并不具有富于理想的、引人向上的特征。如果按照通常的说法，浪漫精神有积极的和消极的之分，则"饮中八仙"的浪漫精神很难说是从属于前者。李阳冰说李白"浪迹纵酒"，是"以自昏秽"，是很深刻的。事实上，"饮中八仙"都是如此。

现在，让我们来依次看看这八个人。

从唐史所载简略行事来看，贺知章是一位善于混俗和光的官僚，"言论倜傥，风流之士"，"晚年尤加纵诞，无复规检"②。天宝三载（744），他出家当了道士，回到家乡会稽，不久就以八十六岁的高龄逝世。他流传的事迹既少，作品也不多，但仍然可以看出，就文学才名来说，他在当时颇有地位；而就政治来说，他却是以开元盛世的一个点缀品而存在的。他晚年辞了官，出了家，还了乡之后，曾以愉快的心情作了题为《还乡偶书》的七绝二首。第一首即"少小离家……"是人们所熟知的。但更能表达他脱离了名利场以后的轻松心绪的，却是第二首："离别家乡岁月多，近来人事半销磨。惟有门前镜湖水，春风不改旧时波。"③ 这首诗，一个善于吟味的读者，是应当可以体会其十分丰富的内涵的。元稹在《连昌宫词》里，濡染大笔，以浓墨重彩直写开天治乱："姚崇宋璟作相公，劝谏上皇言语切。燮理阴阳禾黍丰，调和中外无兵戎。长官清平太守好，拣选皆言由相公。开元之末姚宋死，朝廷渐渐由妃子……"④ 而在贺知章笔下，却出之以淡墨点染。"近来人事半销磨"寥寥七字，不也透露着当时政局的大转折吗？不同的是，贺知章虽然身当其境，而他所作出的反应，却不过是"常静默以养闲，因谈谐而讽谏"⑤。讽谏既无实效，剩下的也就只是养闲

---

① 参见陈贻焮《杜甫评传》第5章第5节。这一意见，与胡适《白话文学史》及刘大杰《中国文学发展史》有关此诗的论点相近。

② 《旧唐书·文苑传》本传。

③ 《全唐诗》卷一百十二。

④ 《元稹集》卷二十四。

⑤ 《旧唐书·文苑传》载肃宗乾元元年（758）追赠贺知章礼部尚书诏。

了。但这一点轻轻的感喟，也可以证明，他并不以自己所处的时代和遭际为满足。

杜甫笔下的汝阳王李琎是兼有狂放和谨慎两重性格的矛盾统一体，或一位貌似狂放实极谨慎的贵族。《饮中八仙歌》所写"三斗始朝天"的狂者和《八哀诗》诗中所写"谨洁极"的郡王就是一个人，不仅是符合事实的，也是可以理解的①。 从唐朝开国起，在皇位继承这个对于封建政权来说是至关重要的问题上，激烈的权力斗争始终没有中断过。从高祖到睿宗的皇子们，由于直接或间接卷入这种性质的斗争而死于非命的，不在二分之一以下，也从没有一位长子能够身登大宝②。李琎的父亲李宪本是睿宗的长子。可是在讨平韦后及太平公主，兴复唐室的事业中，第三子隆基即后来的玄宗却立了大功。于是明智的李宪便坚决要求根据立贤不立长的原则，推让玄宗作太子，从而避免了重蹈高祖时代长子建成与太宗之间所发生的那种家庭悲剧的覆辙，并获得了一个很体面的下场，死后被破例谥为"让皇帝"。但李琎，作为李宪的长子，是天然处在一种嫌疑地位的。更使得这位郡王感到尴尬的，则是他相貌出众，又长了一部和他高祖父太宗一般的"虬须"③。 认为人的相貌体现富贵贫贱并和命运很有关系这种迷信，起源甚早，先秦以来，颇为流行。以至唯物主义思想家如荀况、王充都不得不在他们的著作中作出专题批判④。可是这种习惯的落后思想，在它还对统治阶级有利的时候，是无法清除的。据两《唐书》本纪，开国皇帝高祖李渊就是"骨法非常，必为人主"。而且，"贵人必有贵子"。太宗李世民更是"龙凤之姿，天日之表"。李琎既然如杜甫所写的那样，自然也就难免嫌猜。唐人小说记载玄宗精于相术，曾判断安禄山只不过是一条猪龙，成不了大

---

① 杜甫提供有关李琎的史料，比两《唐书》丰富，除《饮中八仙歌》外，《赠特进汝阳王二十韵》、《八哀诗·赠太子太师汝阳郡王琎》都较详细地描写了这位贵族。

② 太宗是高祖次子，高宗是太宗第九子，中宗是高宗第七子，睿宗是高宗第八子，玄宗是睿宗第三子。

③ 杜甫《八哀诗》："汝阳让帝子，眉宇真天人。虬须似太宗，色映塞外春。"又其《送翟任王砅评事使南海》云："次问最少年，虬髯十八九。"少年指太宗。此外，段成式《酉阳杂俎》前集卷一《忠孝》云："太宗虬须，常戏张弓挂矢。"钱易《南部新书》癸卷："太宗文皇帝虬须上可挂一弓。"亦可互证。

④ 参看《荀子·非相篇》、《论衡·骨相篇》及姚振宗《〈隋书·经籍志〉考证》卷三十六，子部五行家。

气候①。又判断李琎虽然一表堂堂，却并不是帝王之相②。但这并不能排除别人对此作出相反的判断，如果在政局变化中，有人需要利用李琎的天人眉宇作号召的话。李琎显然意识到这一点，故而就明智而机警地以"谨洁"和狂放来表示自己既非做皇帝的坯子，也绝无那种野心。他终于在富贵尊荣中得保首领以没。这位郡王看来品德不错，也能礼贤下士，所以杜甫对他颇有好感。但在送他的两篇篇幅不算短的诗中，竟除谏猎一事外，举不出他对朝廷有何献纳，而谏猎，也不过是沿袭司马相如的老一套而已③。我们可以推测，李琎对当时政治社会问题不可能没有意见，但他也不可能提出来。因为喝酒总比进谏安全，这一点他十分明白。

李适之是恒山王承乾之后，官至左相，故《新唐书》将其列入《宗室宰相传》。他"以强干见称"，"性简率，不务苛细，人吏便之"。虽然嗜酒，但"夜则宴赏，昼决公务，庭无留事"。然而由于性格粗疏，终于被口蜜腹剑、不学有术的阴谋家李林甫所排挤，服毒自杀了④。诗篇特地概括了这位宗室宰相下台后写的诗句⑤。泄露了杜甫对他的悲剧的丰富同情。

崔宗之曾被喜欢识拔后进的前辈韩朝宗所引荐⑥。为人"好学，宽博有风检"⑦。后以侍御史谪官金陵，与李白交游唱和⑧。侍御史"掌纠举百僚，推鞫

---

① 姚汝能《安禄山事迹》卷上："玄宗……尝夜宴禄山，禄山醉卧，化为一黑猪而龙首。左右遽言之。玄宗曰：'猪龙也，无能为者。'"

② 《守山阁丛书》本南卓《羯鼓录》："琎，宁王长子也。姿容妍美，秀出藩邸，元宗特钟爱焉……夸曰：'花奴（琎小字）姿质明莹，肌发光细，非人间人，必神仙谪堕也。'宁王谦谢，随而短斥之。上笑曰：'大哥不必过虑，阿瞒自是相师（上于诸亲，常自称此号）。夫帝王之相，须有英特越逸之气，不然，有深沉包育之度。若花奴但端秀过人，悉无此相，固无猜也。当得公卿间令誉耳。'"

③ 司马相如上书谏猎，见《史记》本传。

④ 《旧唐书》本传。

⑤ 《汉书·汲郑传》："下邽翟公为廷尉，宾客亦填门，及废，门外可设雀罗。后复为廷尉，客欲往。翟公大书其门，曰：'一死一生，乃知交情；一贫一富，乃知交态；一贵一贱，交情乃见。'适之罢相后赋诗云："避贤初罢相，乐圣且衔杯。为问门前客，今朝几个来。"即用其事。

⑥ 《新唐书·韩朝宗传》："喜识拔后进，尝荐崔宗之、严武于朝。当时士咸归之。"

⑦ 见《新唐书·崔日用传》。

⑧ 见《旧唐书·文苑传》及《新唐书·文艺传》李白传，计有功《唐诗纪事》卷十九。

狱讼"①。他以"有风检"的性格来从事这种工作，在政治不够清明的时代，必然无法忠于职守，为所当为。这也许就是他后来被贬谪的原因。《世说新语·言语篇》："谢太傅（安）问诸子侄：'子弟亦何预人事，而正欲使其佳？'诸人莫有言者。车骑（谢玄）答曰：'譬如芝兰玉树，欲使其生于庭阶耳。'"诗美宗之为"玉树"，正暗示他是齐国公崔日用之子，注家或未留意。② 同书《简傲篇》"嵇康与吕安善"条注引《晋百官名》："（阮）籍能为青白眼，见凡俗之士，以白眼对之。"此事人所共知。"白眼望青天"，可见在这位出身高门的"潇洒美少年"目中，人间无非凡俗，所以只好不看厚地而看高天了。这就刻画出了他内心的寂寞。

苏晋"数岁能属文"，被人誉为"后来王粲"。开元十四年，知吏部选事。当时已用"糊名考判"，而他却"独多赏拔"，即不以弥封的考卷，而以平日的名声为重，来选拔做官的人。因此"甚得当时之誉"③。可是后来与世推移，却皈依佛法，吃长斋了。但又常常要喝酒，这便破坏了佛教信徒应当坚持的戒律。我们不妨认为：以禅避世，以醉逃禅，是苏晋思想感情变化的三个阶段。禅可因酒而逃，说明宗教对他来说不过是一种寄托。信教是寄托，饮酒又何独不然？所以诗篇写的虽只是酒与禅之间的矛盾，而实质上则是二者与其用世之心的矛盾。

李白是人们所熟知的。《饮中八仙歌》所写有关他的情节，亦见范传正所撰《李公新墓碑》④，可能是诗人受玄宗尊宠时的事实。但其所写是李白醉后失态，如此而已。决非如苏轼所说的"戏万乘若僚友"⑤。这在以皇帝为天然尊长的封建时代里，是绝无可能的。这种错误的想法与将李白当成一个完全超现实人物的观点有关。王闿运曾经指出："世言李白狂，其集中《上李长史书》但以误认李为魏洽，举鞭入门，乃至再三谢过，其词甚卑，何云能狂乎？

① 《旧唐书·职官志三》。

② 仇注引《世说新语·容止篇》："毛曾与夏侯玄共坐，时人谓蒹葭倚玉树。"所谓失之毫厘。

③ 两《唐书·苏珦传》附晋传。

④ 《碑》云："他日，泛白莲池，公不在宴。皇欢既洽，召公作序。时公已被酒于翰苑中，仍命高将军扶以登舟，优宠如是。"

⑤ 苏轼：《李太白碑阴记》，载王注《李太白全集》卷三十三。

又自作荐书令宋中丞上之，得拜拾遗，诏下已卒，亦非轻名爵者。"①可见李白不仅不能做到"戏万乘若僚友"，即苏轼同时说的另一句"视俦列如草芥"也难于真正做到。我在另外一个地方，曾经这样地评论李白："自从贺知章称之为谪仙人，后人又尊为诗仙，这就构成了一种错觉，好像李白之所以伟大，就在他的人和诗具有他人所无的超现实性。这是可悲的误会。事实上，没有一位伟大的浪漫主义者是完全超现实的，李白何能例外？开元、天宝时代的其他诗人往往在高蹈与进取之间徘徊，以包含得有希冀的痛苦或欢欣来摇荡心灵，酝酿歌吟。李白却既毫不掩盖他对功名事业的向往，同时又因为自己绝对无法接受那些取得富贵利禄的附加条件而弃之如敝屣。他热爱现实生活中一切美好的事物（当然也包括物质享受在内），而对其中不合理的现象毫无顾忌地投之以轻蔑。这种已被现实牢笼，却不愿意接受，反过来却想征服现实的态度，乃是后代人民反抗黑暗势力与庸俗风习的一股强大的精神力量。这也许就是李白的独特性。"所以，《饮中八仙歌》中李白的形象也只是不胜酒力，并非故意装乔。杜甫恰如其分地透露了他尊敬的前辈性格中固有的世俗性成分与突出的超现实性成分的巧妙融合。这与王闿运之观人于微，即微知著相同，都比苏轼及其追随者故意抬高李白的论点更有助于我们完整地理解李白。

对于张旭的生平，特别是他在政治方面的事迹，今日所知甚少。宋朱长文称其"为人倜傥闳达，卓尔不群，与游者皆一时豪杰"②。大概也是根据现存关于他的书法艺术史料加以概括之辞。但《饮中八仙歌》所写这位书家的形象，证以现存其他记载，却是真实的③。书法作为客观世界的形体和动态美的一种反映，它必然（尽管是非常曲折而微妙的）会表现出书家的对整个生活的看法和自己的审美趣味、理想。他"善草书而嗜酒，每醉后呼叫狂走，索笔挥洒，变化无穷"④。"或以头濡墨而书，既醒自视，以为神，不可复得也"⑤。又曾对邬彤说："'孤蓬自振，惊砂坐飞。'予师而为书，故得奇怪，凡草圣尽

① 《湘绮楼日记》光绪五年己卯（1879）三月十日。

② 《吴郡图经读记》卷下。

③ 参看唐张瓘《书断》、宋阙名《宣和书谱》卷十八、宋陈思《书小史》卷九、元陶宗仪《书史会要》卷五。

④ 《旧唐书·文苑传》贺知章传。

⑤ 《新唐书·文艺传》李白传附张旭传。

于此矣。"① "孤蓬"二句,出鲍照《芜城赋》②,它成功地写出了在荒寒广漠的境界中大自然的律动。张旭用来形容自己草书的风格,是值得玩味的。从诸书所载及易见的张书真迹如《古诗四帖》等看来,他所追求的是对已经成型的书法规范的突破,要以自己创造的点画与重新组合的线条来征服空间。这也就反映了他对现实世界的不驯服态度。

除《饮中八仙歌》外,焦遂仅以隐士形象出现于唐人小说袁郊《甘泽谣》中。③但在杜甫笔下,焦遂主要的却是一位思辨者。赵彦材云:"《世说》载……诸名贤论《庄子·逍遥游》,支道林卓然标新理于二家之表。又江淹拟张廷尉诗云:'卓然凌风矫。'……《新唐书》云:'李白自知不为亲近所容,益骜放不修,与焦遂等为酒八仙。'则遂亦平昔骜放之流耳。饮至五斗而方特卓,乃所以戏之,末句又以美之。"④仇兆鳌云:"谈论惊筵,得于醉后,见遂之卓然特异,非沉湎于醉乡者。"所释能得诗意。简单地说,焦遂是酒后吐真言,只有喝到一定程度,才能无拘束地发挥他那骜放的风格和高谈雄辩的才能,树义高远,不同凡响。⑤这和描写张旭醉后作草,用意正同。即他们平时的性格是受抑制的,只有借酒来引爆,才能产生变化,完成本性的复归。⑥

如果我们对这八个人的思想行为的论述不甚远于事实,那就可以断定,"饮中八仙"并非真正无忧无虑,心情欢畅的欢乐,而是作者已经从沉湎中开始清醒过来,而以自己独特的艺术手段对在这一特定的时代中产生的一群人物作出了客观的历史记录。他们之间的关系可以归结为:一个醒的和八个醉的。

---

① 陈思:《书小史》卷九。

② 载《文选》卷十一。

③ 《分门集注杜工部诗》卷十师古注引《唐史拾遗》:"遂与李白号为酒八仙,口吃,对客不出一言,醉后酬结如注射,时目为酒吃。"钱谦益《注杜诗略例》云:"注家所引《唐史拾遗》,唐无此书,亦出诸人伪撰。"又云:"蜀人师古注尤可恨。……焦遂五斗,则造焦遂口吃,醉后雄谈之事。流俗互相引据,疑误弘多。"《康熙字典》丑集下口部吃字下即引《唐史拾遗》此文,盖不免于流俗之见。又吉川幸次郎《杜甫诗注》亦及师注引《唐史拾遗》,虽不信其说,然误以师古为师尹(即师民瞻),亦非。

④ 郭知达《九家集注杜诗》卷二引。

⑤ 《汉书·成帝纪》:"使卓然可观。"颜注:"卓然,高远之貌也。"

⑥ 杨伦《杜诗镜诠》卷一评云:"独以一不醉者作结。"似失诗旨。

三

《旧唐书·李林甫、杨国忠等传论》云："开元任姚崇、宋璟而治，幸林甫、国忠而乱。"这和元稹《连昌宫词》的论调是一致的。这种意见虽不无将历史变革的原因简单化之嫌，但他们指出玄宗一朝之由治而乱，其转变并不开始于天宝改元以来，而是开元时代就已经开始，这却是正确的。如果我们把开元二十二年（734）李林甫拜相作为这一重大转变的显著标志，大致不会与史实相差过远。

杜甫是玄宗登基那一年（712）出生的。他在高宗、武后以来封建经济日益上升、国势日益发展的大环境中度过了自己的童年和青年时代。所以从唐帝国的繁荣富强中形成的社会风气在杜甫笔下也有所反映。在《忆昔》中，他详细地描写过"开元全盛日"的情况①；在《壮游》中，他又详细地叙述了自己从幼至长的浪迹生涯②。这就是说，他在到长安之前，乃至初到长安的时候，是和当时的许多诗人一样，沉浸在盛唐时代"那种不受世情俗务拘束，憧憬个性解放的浪漫精神"中的。如果我们将杜甫的《今夕行》③与李白的《行路

---

① 《忆昔》二首之二："忆昔开元全盛日，小邑犹藏万家室。稻米流脂粟米白，公私仓廪俱丰实。九州道路无豺虎，远行不劳吉日出。齐纨鲁缟车班班，男耕女桑不相失。"

② 《壮游》："往者十四五，出游翰墨场。斯文崔魏徒，以我似班扬。七龄思即壮，开口咏凤凰。九龄书大字，有作成一囊。性豪业嗜酒，嫉恶怀刚肠。脱略小时辈，结交皆老苍。饮酣视八极，俗物多茫茫。东下姑苏台，已具浮海航。到今有遗恨，不得穷扶桑。王谢风流远，阖闾丘墓荒。剑池石壁仄，长洲芰荷香。嵯峨阊门北，清庙映回塘。每趋吴太伯，抚事泪浪浪。枕戈忆勾践，渡浙想秦皇。蒸鱼闻匕首，除道哂要章。越女天下白，鉴湖五月凉。剡溪蕴秀异，欲罢不能忘。归帆拂天姥，中岁贡旧乡。气劘屈贾垒，目短曹刘墙。忤下考功第，独辞京尹堂。放荡齐赵间，裘马颇清狂。春歌丛台上，冬猎青丘旁。呼鹰皂枥林，逐兽云雪冈。射飞曾纵鞚，引臂落鹙鸧。苏侯据鞍喜，忽如携葛强。快意八九年，西归到咸阳。……"

③ 《今夕行》："今夕何夕岁云徂，更长烛短不可孤。咸阳客舍一事无，相与博塞为欢娱。凭陵大叫呼五白，袒跣不肯成枭卢。英雄有时亦如此，邂逅岂即非良图。君莫笑刘毅从来布衣愿，家无儋石输百万。"

难》[①]、王维的《少年行》[②]合读，就可以非常清楚地看出这一点。

但与此同时，我们却从杜诗里察觉到一点与众不同的生疏信息，那就是一种乐极哀来的心情，例如《乐游园歌》[③]、《渼陂行》[④]之类。这是由于他通过自己的生活实践逐步认识到：当时政治社会情况表面上似乎很美妙，而实际上却不很美妙了乃至很不美妙。他终于作出了《自京赴奉先县咏怀五百字》那样的总结。《乐游园歌》、《渼陂行》等写诗人自己之由乐转哀，由迷茫而觉醒，显示了形象思维和逻辑思维的和谐一致，所以篇终出现了"此身饮罢无归处，独立苍茫自咏诗"和"少壮几时奈老何，向来哀乐何其多"这种发自内心深处的富有思辨内蕴的咏叹。而《饮中八仙歌》则在很大的程度上是直觉感受的产物。杜甫在某一天猛省从过去到当前那些酒徒之可哀，而从他们当中游离出来，变成当时一个先行的独特存在。但他对于这种被迫无所为，乐其非所当乐的生活悲剧，最初还不是能够立即体察得很深刻的，因此只能感到错愕与怅惋。既然一时还没有能力为这一群患者作出确诊，也就只能记录下他们的病

---

① 《行路难》三首之一："金樽清酒斗十千，玉盘珍羞直万钱。停杯投筯不能食，拔剑四顾心茫然。欲渡黄河冰塞川，将登太行雪满山。闲来垂钓碧溪上，忽复乘舟梦日边。行路难！行路难！多歧路，今安在？长风破浪会有时，直挂云帆济沧海。"载王琦注《李太白文集》卷三。

② 《少年行》四首："新丰美酒斗十千，咸阳游侠多少年。相逢意气为君饮，系马高楼垂柳边。""出身仕汉羽林郎，初随骠骑战渔阳。孰知不向边庭苦，纵死犹闻侠骨香。""一身能擘两雕弧，虏骑千重只似无。偏坐金鞍调白羽，纷纷射杀五单于。""汉家君臣欢宴终，高议云台论战功。天子临轩赐侯印，将军佩出明光宫。"载赵殿成注《王右丞集》卷十四。

③ 《乐游园歌》："乐游古园萃森爽，烟绵碧草萋萋长。公子华筵势最高，秦川对酒平如掌。长生木瓢乐真率，更调鞍马狂欢赏。青春波浪芙蓉园，白日雷霆夹城仗。阊阖晴开昳荡荡，曲江翠幕排银牓。拂水低回舞袖翻，缘云清切歌声上。却忆年年人醉时，只今未醉已先悲。数茎白发那抛得，百罚深杯亦不辞。圣朝已知贱士丑，一物自荷皇天慈。此身饮罢无归处，独立苍茫自咏诗。"

④ 《渼陂行》："岑参兄弟皆好奇，携我远来游渼陂。天地黤惨忽异色，波涛万顷堆琉璃。琉璃汗漫泛舟入，事殊兴极忧思集。鼍作鲸吞不复知，恶风白浪何嗟及！主人锦帆相为开，舟子喜甚无氛埃。凫鹥散乱棹讴发，丝管啁啾空翠来。沉竿续缦深莫测，菱叶荷花净如拭。宛在中流渤澥清，下归无极终南黑。半陂以南纯浸山，动影袅窕冲融间。船舷暝戛云际寺，水面月出蓝田关。此时骊龙亦吐珠，冯夷击鼓群龙趋。湘妃汉女出歌舞，金支翠旗光有无，咫尺但愁雷雨至，苍茫不晓神灵意。少壮几时奈老何，向来哀乐何其多！"

态。这样，这篇诗就出现了在一般抒情诗中所罕见的以客观描写为主的人物群像。同样，这篇诗也就很自然地成为《今夕行》与《乐游园歌》、《渼陂行》的中间环节。它是杜甫从当时那种流行的风气中挣扎出来的最早例证。在这以后，他就更其清醒了，比谁都清醒了，从而唱出了安史之乱以来的时代的最强音。从《自京赴奉先县咏怀五百字》起，杜诗以其前此所无的思想深度和历史内容，显示了无比的生命力，而且开辟了其后千百年现实主义诗歌的道路。列宁说过："当然，在具体的历史环境中，过去和将来的成分交织在一起，前后两条道路互相交错。……但是这丝毫也不妨碍我们从逻辑上和历史上把发展过程的几个大阶段分开。"① 杜甫的创作，在安史之乱前后显然不同，至少应当分为两个大阶段来研究。但如果我们注意到《饮中八仙歌》是杜甫在以一双醒眼看八个醉人的情况之下写的，表现了他以错愕和怅惘的心情面对着这一群不失为优秀人物的非正常精神状态，因而是他后期许多极为灿烂的创作的一个不显眼的起点，这并非是不重要的。这也正是过去和将来交织在一起，前后两条道路互相交错的一例。

由于我们认为《饮中八仙歌》的产生过程有如上述，所以也认为它不可能写于初到长安不久的年代里，而应当迟一些，虽然无法断定究竟迟多久。

四

关于本篇在艺术上的创造，前人所论已多，无须重复。我们只想着重地指出一点，即诗人在这里找到了最恰当的、能够突出地表现那个正在转变的时代的素材和与之相适应的表现方法和表现形式。

沉湎于酒，是这八个人所共同的，但在杜甫笔下，他们每一个人都显示了各自行为、性格的特点，因而在诗篇中展现的，就不是空泛的类型，而是个性化了的典型。他们的某些事迹，如上文所已经涉及的，莫不显示了自己不同于他人的生活道路和生活观点，虽然最后总起来可以归结为"浪迹纵酒"，"以自昏秽"，或如颜延年之咏刘伶："韬精日沉饮，谁知非荒宴。"② 如贺知章"骑马似乘船"，以切吴人；李琎"恨不移封向酒泉"，以切贵胄；以及宗之仰

---

① 《社会民主党在民主革命中的两种策略》，载《列宁全集》第9卷，人民出版社，1959，第70页。

② 颜延年：《五君咏·刘参军》，载《文选》卷二十一。

天，苏晋逃禅，张旭露顶，焦遂雄辩，都是其习性在某些特定情况下的自然流露，而为诗人所捕捉。如果不是非常熟悉他们，是很难了然于心中，见之于笔下的。由于将深厚的历史内容凝聚在这一群酒徒身上，个性与共性得到高度统一，所以开元天宝时代的历史风貌在诗篇中便显得非常突出。

《饮中八仙歌》在形式上的最大特点便是就一篇而言，是无头无尾的，就每段言，又是互不相关的。它只是就所写皆为酒徒，句尾皆押同韵这两点来松懈地联系着，构成一篇。诗歌本是时间艺术，而这篇诗却在很大的程度上采取了空间艺术的形式。它像一架屏风，由各自独立的八幅画组合起来，而每幅又只用写意的手法，寥寥几笔，勾画出每个人的神态。这也说明，杜甫在写这篇诗时，有他独特的构思，他是想以极其简练的笔墨，描摹出一群富有个性的人物形象，从而表现出一个富有个性的时代——开元天宝时代。

我们都很熟悉杜甫善于用联章的方式来表现广阔的生活内容，因此很钦佩他晚年所写的《八哀》、《诸将》、《秋兴》等组诗。《饮中八仙歌》却反过来，将一篇诗分割为八个相对独立的组成部分，而又众流归一地服从于共同的主题。虽然其后这种形式没有得到继续的发展，但终究是值得重视的创造。①

一位能够将自己的姓名在文学史上显赫地留传下来的诗人，其成长过程几乎无例外地是这样的：他无休止地和忠实地观察生活，体验生活，与此同时，也不倦怠地和巧妙地反映生活，表现生活。为了能够这样，他不得不煞费苦心，在生活中不断深入，在艺术上不断创新，努力突破别人和自己所已达到的境界。他所走过的人生道路和创作道路，每每留下了可供后人探索的鲜明轨迹。而这些纵横交错的轨迹的总和便体现了文学史的基本风貌。

《饮中八仙歌》是杜甫早期诗作发展轨迹上一个值得注意的点——清醒的现实主义的起点。

———————

① 吉川幸次郎《杜甫诗注》曾举出清吴伟业的《画中九友歌》是摹仿《饮中八仙歌》之作。这也许是事实。但我们不能不遗憾地指出，吴作只是狗尾续貂，他作为一个内行，根本不应当做这样一件不量力的事。

《长恨歌》笺证[*]

陈寅恪

《白氏长庆集》二八《与元九书》云：

> 及再来长安，又闻有军使高霞寓者，欲聘倡妓。妓大夸曰："我诵得白学士《长恨歌》，岂同他妓哉！"由是增价。

《全唐诗》第一六函白居易一六编集《拙诗成一十五卷因题卷末戏赠元九李二十》云：

> 一篇长恨有风情，十首秦吟近正声。每被老元偷格律，苦教短李伏歌行。世间富贵应无分，身后文章合有名。莫怪气粗言语大，新排十五卷诗成。

寅恪案：自来文人作品，其最能为他人所欣赏，最能于世间流播者，未必即是其本身所最得意，最自负自夸者。若夫乐天之《长恨歌》，则据其自述之语，实系自许以为压卷之杰构，而亦为当时之人所极欣赏，且流播最广之作品。此无怪乎历千岁之久至于今日，仍熟诵于赤县神州及鸡林海外，"王公妾妇牛童马走之口"（元微之《白氏长庆集序》中语）也。

虽然，古今中外之人读此诗者众矣，其了解之程度果何如？"王公妾妇牛童马走"固不足论，即所谓文人学士之伦，其诠释此诗形诸著述者，以寅恪之浅陋，尚未见有切当之作。故姑试为妄说，别进一新解焉。

鄙意以为欲了解此诗，第一，须知当时文体之关系。第二，须知当时文人之关系。何谓文体之关系？宋赵彦卫《云麓漫钞》八云：

> 唐之举人，先藉当世显人以姓名达之主司，然后以所业投献。逾数日又

---

[*] 选自陈寅恪所著《元白诗笺证稿》，上海古籍出版社，1982。

投，谓之温卷，如《幽怪录》、《传奇》等皆是也。盖此等文备众体，可以见史才、诗笔、议论。至进士则多以诗为贽。今有唐诗数百种行于世者是也。

寅恪案：赵氏所述唐代科举士子风习，似与此诗绝无关涉。然一考当日史实，则不能不于此注意。盖唐代科举之盛，肇于高宗之时，成于玄宗之代，而极于德宗之世。德宗本为崇奖文词之君主，自贞元以后，尤欲以文治粉饰苟安之政局。就政治言，当时藩镇跋扈，武夫横恣，固为纷乱之状态。然就文章言，则其盛况殆不止追及，且可超越贞观开元之时代。此时之健者有韩柳元白，所谓"文起八代之衰"之古文运动，即发生于此时，殊非偶然也。又中国文学史中别有一可注意之点焉，即今日所谓唐代小说者，亦起于贞元元和之世，与古文运动实同一时，而其时最佳小说之作者，实亦即古文运动中之中坚人物是也。此二者相互之关系，自来未有论及之者。寅恪尝草一文略言之，题曰《韩愈与唐代小说》，载哈佛大学《亚细亚学报》第一卷第一期。其要旨以为古文之兴起，乃其时古文家以古文试作小说，而能成功之所致，而古文乃最宜于作小说者也。拙文所以得如斯之结论者，因见近年所发现唐代小说，如敦煌之俗文学，及日本遗存之《游仙窟》等，与洛阳出土之唐代非士族之墓志等，其著者大致非当时高才文士（张文成例外），而其所用以著述之文体，骈文固已腐化，即散文亦极端公式化，实不胜叙写表达人情物态世法人事之职任。其低级骈体之敦煌俗文学及燕山外史式之《游仙窟》等，皆世所习见，不复具引。兹节录公式化之墓志文二通以供例证如下。

《芒洛冢墓遗文》四编三《安师墓志》云：

> 君讳师，字文则，河南洛阳人也。十六代祖西华国君，东汉永平中，遣子仰入侍，求为属国，乃以仰为并州刺史，因家洛阳焉。

又《康达墓志》云：

> 君讳达，自（字？）文则，河南伊阙人也。
> □以□
> 因家河□焉。

今观两志文因袭雷同公式化之可笑，一至若此，则知非大事创革不可。是昌黎河东集中碑志传记之文所以多创造之杰作，而谀墓之金为应得之报酬也。夫当时叙写人生之文衰弊至极，欲事改进，一应革去不适描写人生之已腐化之骈文，二当改用便于创造之非公式化之古文，则其初必须尝试为之。然碑志传记为叙述真实人事之文，其体尊严，实不合于尝试之条件。而小说则可为驳杂无实之说，既能以俳谐出之，又可资雅俗共赏，实深合尝试且兼备宣传之条件。此韩愈之所以为爱好小说之人，致为张籍所讥。观于文昌遗书退之之事，如《唐摭言》伍"切磋"条（参《韩昌黎集》一四《答张籍书注》、《重答张籍书注》，及《全唐文》六八四张籍《上韩昌黎书》、《上韩昌黎第二书》）云：

> 韩文公著《毛颖传》，好博簺之戏。张水部以书劝之。其一曰，比见执事多尚驳杂无实之说，使人陈之于前以为欢，此有以累于令德。其二曰，君子发言举足，不远于理，未尝闻以驳杂无实之说为戏也。执事每见其说，亦拊抃呼笑，是挠气害性，不得其正矣。

可知也。

是故唐代贞元元和间之小说，乃一种新文体，不独流行当时，复更辗转为后来所则效，本与唐代古文同一原起及体制也。唐代举人之以备具众体之小说之文求知于主司，即与以古文诗什投献者无异。元稹李绅撰《莺莺传》及歌于贞元时，白居易与陈鸿撰《长恨歌》及传于元和时，虽非如赵氏所言是举人投献主司之作品，但实为贞元元和间新兴之文体。此种文体之兴起与古文运动有密切关系，其优点在便于创造，而其特征则尤在备具众体也。

既明乎此，则知陈氏之《长恨歌传》与白氏之《长恨歌》非通常序文与本诗之关系，而为一不可分离之共同机构。赵氏所谓"文备众体"中，"可以见诗笔"（赵氏所谓诗笔系与史才并举者。史才指小说中叙事之散文言。诗笔即谓诗之笔法，指韵文而言。其笔字与六朝人之以无韵之文为笔者不同）之部分，白氏之歌当之。其所谓"可以见史才""议论"之部分，陈氏之传当之。后人昧于此义，遂多妄说，如沈德潜《唐诗别裁》八选《长恨歌》评云："迷离恍惚，不用收结，此正作法之妙。"又《唐宋诗醇》二二云："结处点清长恨，为一诗结穴。戛然而止，全势已足，不必另作收束。"

初视之，其言似皆甚允当。详绎之，则白氏此歌乃与传文为一体者。其真正之收结，即议论与夫作诗之缘起，及见于陈氏传文中。传文略云：

（王）质夫举酒于乐天前曰，乐天深于诗，多于情者也。试为歌之如何？乐天因为《长恨歌》。意者不但感其事，亦欲惩尤物，窒乱阶，垂于将来也。歌既成，使鸿传焉。世所不闻者，予非开元遗民，不得知。世所知者，有《玄宗本纪》在。今但传《长恨歌》云尔。

此节诸语正与元氏《莺莺传》末结束一节所云

时人多许张为善补过者。予尝于朋会之中，往往及此意者，使夫知者不为，为之者不惑。贞元岁九月，执事（？）李公垂宿于予靖安里第，语及于是。公垂卓然称异，遂为《莺莺歌》以传之。崔氏小名莺莺，公垂以命篇。

适相符合。而李氏之《莺莺歌》，其诗最后数语亦为：

诗中报郎含隐语，郎知暗到花深处。三五月明当户时，与郎相见花间语（语字从董解元西厢本，他本作路）。

然则《莺莺歌》虽不似《长恨歌》之迷离恍惚，但亦不用所谓收结者，其故何耶？盖《莺莺传》既可谓之《会真记》（见拙著《读莺莺传》，载《历史语言研究所集刊》第十本第一分。今附于第四章后），故《莺莺歌》亦可谓之《会真歌》。《莺莺歌》以"与郎相见"即会真结（会真之义与遇仙同，说详拙著《读莺莺传》），与《长恨歌》以长恨结，正复相同。至于二诗之真正收结，则又各在其传文之中也。二诗作者不同，价值亦异，而其体裁实无一不合。盖二者同为具备众体之小说中之歌诗部分也。后世评《长恨歌》者，如前所引二例，于此全未明了，宜乎其赞美乐天，而不得其道矣。

更取韩退之小说作品观之（详见拙著《韩愈与唐代小说》，载哈佛《亚细亚学报》第一卷第一期），如《昌黎集》二一《石鼎联句》序及诗，即当时流行具备众体之小说文也。其序略云：

二子（侯喜、刘师服）因起谢曰："尊师（轩辕弥明）非世人也，其伏矣，愿为弟子，不敢更论诗。"道士奋曰："不然，章不可以不成也。"又谓刘曰："把笔来，吾与汝就之。"即又唱出四十字为八句，书讫便读。读毕，谓二子曰："章不已就乎。"二子齐应曰："就矣。"

寅恪案：此八句四十字，即石鼎联句之末段。其词云：

> 全胜瑚琏贵，空有口传名。岂比俎豆古，不为手所撜。磨砻去圭角，浸
> 润著光精。愿君莫嘲诮，此物方施行。

此篇结句"此物"二字，即"石鼎"之代称。亦正与李公垂之《莺莺歌》，即
《会真歌》之"与郎相见"，白乐天《长恨歌》之"此恨绵绵"，皆以结局之词
义为全篇之题名，结构全同。于此可以知当时此种文章之体制，而不妄事评赞
矣。复次，洪氏《韩公年谱》云：

> 或谓轩辕寓公姓，弥明寓公名，盖以文滑稽耳。是不然，刘侯虽皆公门
> 人，然不应讥诮如是之甚。且言弥明形貌声音之陋，亦岂公自词耶？而《列
> 仙传》又有弥明传，要必有是人矣。

《朱子考异》云：

> 今按此诗句法全类韩公。而或者所谓寓公姓名者。盖轩辕反切近韩字，
> 弥字之意又与愈字相类，即张籍所讥与人为无实驳杂之说者也。故窃意或者
> 之言近是。洪氏所疑容貌声音之陋，乃故为幻语，以资笑谑，又以乱其事
> 实，使读者不之觉耳。若《列仙传》，则又好事者，因此序而附著之，尤不
> 足以为据也。

寅恪案：朱子说甚谛，其深识当时文章体裁，殊非一般治唐文者所及。故不嫌
骈赘，并附于此，以资参校。

何谓文人之关系？《白氏长庆集》二八《与元九书》云：

> 与足下小通，则以诗相戒。小穷，则以诗相勉。索居，则以诗相慰。同
> 处，则以诗相娱。

元白二人作诗，相互之密切关系，此数语已足以尽之，不必更别引其他事
实以为证明。然元白二人之作诗，亦各受他一人之影响，自无待论。如前引

《全唐诗》第一六函白居易一六编集《拙诗成一十五卷因题卷末戏赠元九李二十》诗"每被老元偷格律"句乐天自注云：

> 元九向江陵日，尝以拙诗一轴赠行，自后格变。

又"苦教短李伏歌行"句自注云：

> 李二十尝自负歌行，近见予乐府五十首，默然心伏。

盖《白氏长庆集》二《和答诗十首》序略云：

> （元和）五年春，微之左转为江陵士曹掾。仆职役不得去，命季弟送行，且奉新诗一轴致于执事，凡二十章，欲足下在途讽读。及足下到江陵，寄在路所为诗十七章，皆得作者风。岂仆所奉者二十章，遽能开足下聪明使之然耶？何立意措辞与足下前时诗，如此之相远也。

又《元氏长庆集》二四《和李校书新题乐府二十首》序云：

> 予友李公垂，贶予乐府新题二十首。雅有所谓，不虚为文。予取其病时之尤急者，列而和之，盖十二而已。

今《白氏长庆集》三四两卷所载新乐府五十首，即因公垂微之所咏而作也。其所以使李氏心伏者，乃由当时文士各出其所作互事观摩，争求超越，如《白氏长庆集》二《和答诗十首》序云：

> 旬月来多乞病假，假中稍闲，且摘卷中尤者，继成十章，亦不下三千言。其间所见，同者固不能自异，异者亦不能强同。同者谓之和，异者谓之答。

今并观同时诸文人具有互相关系之作品，知其中于措辞（即文体）则非徒仿效，亦加改进。于立意（即意旨）则非徒沿袭，亦有增创。盖仿效沿袭即所谓同，改进增创即所谓异。苟今世之编著文学史者，能尽取当时诸文人之作品，考定时间先后，空间离合，而总汇于一书，如史家长编之所为，则其间必有启发，而得以知当时诸文士之各竭其才智，竞造胜境，为不可及也。

据上所论，则知白陈之《长恨歌》及传，实受李元之《莺莺歌》及传之影响，而微之之《连昌宫词》，又受白陈之《长恨歌》及传之影响。其间因革演化之迹，显然可见。兹释《长恨歌》，姑就《莺莺歌》及传与《长恨歌》及传言之，暂置《连昌宫词》不论焉。据《莺莺传》云：

> 贞元岁九月，执事（？）李公垂宿于予靖安里第，语及于是。公垂卓然称异，遂为《莺莺歌》以传之（此节上已引）。

贞元何年，虽阙不具。但贞元二十一年八月即改元永贞，是传文之贞元岁，决非贞元二十一年可知。又《莺莺传》有"后岁余，崔已委身于人，张亦有所娶"之语，则据《才调集》五《微之梦游春七十韵》云：

> 一梦何足云，良时事婚娶。当年二纪初，佳节三星度。朝蕣玉佩迎，高松女萝附。韦门正全盛，出入多欢裕。

《韩昌黎集》二四《监察御史元君妻京兆韦氏夫人墓志铭》云：

> 夫人于（韦）仆射（夏卿）为季女。爱之，选婿得今御史河南元稹。稹时始以选校书秘书省中。

及《白氏长庆集》六一《河南元公墓志铭》（《旧唐书》一六六《元稹传》同）云：

> （贞元十八年）年二十四，试判入四等，署秘省校书。

是又必在贞元十八年微之婚于韦氏之后（微之时年二纪，即二十四）而《莺莺传》复有："自是绝不复知矣。"则距微之婚期必不甚近。然则贞元二十年乃最可能者也。又据《长恨歌传略》云：

> 元和元年冬十二月，太原白乐天自校书郎尉于盩厔。鸿与琅琊王质夫家于是邑，暇日相携游仙游寺，话及此事。乐天因为《长恨歌》。

此则《长恨歌》及传之作成在《莺莺歌》及传作成之后。其传文即相当于莺莺传文，歌词即相当于莺莺歌词及会真等诗，是其因袭相同之点也。至其不同之点，不仅文句殊异，乃特在一为人世，一为仙山。一为生离，一为死别。一为生而负情，一为死而长恨。其意境宗旨，迥然分别，俱可称为超妙之文。若其关于帝王平民（莺莺非出高门，说详拙著读《莺莺传》）。贵贱高下所写之各殊，要微末而不足论矣。复次，就文章体裁演进之点言之，则《长恨歌》者，虽从一完整机构之小说，即《长恨歌》及传中分出别行，为世人所习诵，久已忘其与传文本属一体。然其本身无真正收结，无作诗缘起，实不能脱离传文而独立也。至若元微之之《连昌宫词》，则虽深受《长恨歌》之影响，然已更进一步，脱离备具众体诗文合并之当日小说体裁，而成一新体，俾史才诗笔议论诸体皆汇集融贯于一诗之中（其详俟于《论连昌宫词》章述之），使之自成一独立完整之机构矣。此固微之天才学力之所致，然实亦受乐天新乐府体裁之暗示，而有所摹仿。故乐天于"每被老元偷格律，苦教短李伏歌行"之句及自注"元九向江陵日，尝以拙诗一轴赠行，自后格变"，"李二十尝自负歌行，近见吾乐府五十首，默然心伏"之语，明白言之。世之治文学史者可无疑矣。

又宋人论诗，如魏泰临《汉隐居诗话》、张戒《岁寒堂诗话》之类，俱推崇杜少陵而贬斥白香山。谓乐天《长恨歌》详写燕昵之私，不晓文章体裁，造语蠢拙，无礼于君。喜举老杜《北征》诗"未闻夏殷衰，中自诛褒妲"一节，及《哀江头》"昭阳殿里第一人，同辇随君侍君侧"一节，以为例证。殊不知《长恨歌》本为当时小说文中之歌诗部分，其史才议论已别见于陈鸿传文之内，歌中自不涉及。而详悉叙写燕昵之私，正是言情小说文体所应尔，而为元白所擅长者（见拙著《读莺莺传》）。如魏张之妄论，真可谓"不晓文章体裁，造语蠢拙"也。又汪立名《驳隐居诗话》之言（见汪本一二）云：

> 此论为推尊少陵则可，若以此贬乐天则不可。论诗须相题，《长恨歌》本与陈鸿王质夫话杨妃始终而作，犹虑诗有未详，陈鸿又作《长恨歌传》，所谓不特感其事，亦欲惩尤物，窒乱阶，垂于将来也。自与《北征》诗不同。若讳马嵬事实，则长恨二字便无着落矣。

是以陈鸿作传为补《长恨歌》之所未详，即补充史才议论之部分，则不知此等部分，为诗中所不应及，不必详者。然则汪氏不解当日小说体裁之为何物，犹有强作解事之嫌也（见校补记第四则）。歌云：

汉皇重色思倾国，御宇多年求不得。杨家有女初长成，养在深闺人未识。天生丽质难自弃，一朝选在君王侧。回眸一笑百媚生，六宫粉黛无颜色。

《容斋续笔》二"唐诗无讳避"条略云：

唐人歌诗，其于先世及当时事，直词咏寄，略无隐避。至宫禁嬖昵，非外间所应知者，皆反复极言，而上之人亦不以为罪。如白乐天《长恨歌》讽谏诸章，元微之《连昌宫词》始末，皆为明皇而发。杜子美尤多。此下如张祜赋《连昌宫》等三十篇，大抵咏开元天宝间事。李义山《华清宫》等诸诗亦然。今之诗人不敢尔也。

寅恪案：洪氏之说是也。唐人竟以太真遗事为一通常练习诗文之题目，此观于唐人诗文集即可了然。但文人赋咏，本非史家纪述。故有意无意间逐渐附会修饰，历时既久，益复蔓衍滋繁，遂成极富兴趣之物语小说，如乐史所编著之《太真外传》是也。

若依唐代文人作品之时代，一考此种故事之长成，在白歌陈传之前，故事大抵尚局限于人世，而不及于灵界，其畅述人天生死形魂离合之关系，似以《长恨歌》及传为创始。此故事既不限现实之人世，遂更延长而优美。然则增加太真死后天上一段故事之作者，即是白陈诸人，洵为富于天才之文士矣。虽然，此节物语之增加，亦极自然容易，即从汉武帝李夫人故事附益之耳。陈传所云"如汉武帝李夫人"者，是其明证也。故人世上半段开宗明义之"汉皇重色思倾国"一句，已暗启天上下半段之全部情事。文思贯澈钩结如是精妙。特为标出，以供读者之参考。寅恪于此，虽不免有金人瑞以八股文法评《西厢记》之嫌疑，然不敢辞也（可参新乐府章李夫人篇）。赵与峕《宾退录》九云：

白乐天《长恨歌》书太真本末详矣，殊不为鲁讳。然太真本寿王妃，顾云杨家有女云云。盖宴昵之私，犹可以书，而大恶不容不隐。陈鸿传则略言之矣（见校补记第一则）。

又史绳祖《学斋占毕》一云：

唐明皇纳寿王妃杨氏，本陷新台之恶，而白乐天所赋《长恨歌》，则深没寿邸一段，盖得孔子答陈司败遗意矣。春秋为尊者讳，此歌深得之。

寅恪案：关于太真入宫始末为唐史中一重公案，自来考证之作亦已多矣。清代论兹事之文，如朱彝尊《曝书亭集》五五《书杨太真外传后》，杭世骏《订讹类编》二"杨氏入宫并窃笛"条，章学诚《章氏遗书外编》三《丙辰劄记》等，似俱能持之有故，言之成理，而以朱氏之文为最有根据。盖竹垞得见当时不甚习见之材料，如《开元礼》及《唐大诏令集》诸书，《大宗实斋》不过承用竹垞之说，而推衍之耳。今止就朱氏所论辨证其误，虽于白氏之文学无大关涉，然可藉以了却此一重考据公案也。

《曝书亭集》五五《书杨太真外传后》略云：

《太真外传》，宋乐史所撰。称妃以开元二十二年十一月归于寿邸。二十八年十月玄宗幸温泉宫，使高力士取于寿邸，度为女道士，住内太真宫。此传闻之谬也。按《唐大诏令（集）》载开元二十三年十二月二十四日遣户部尚书同中书门下（平章事）李林甫，副以黄门侍郎陈希烈，册河南府士曹参军杨玄璬长女为寿王妃。考之《开元礼》，皇太子纳妃，将行纳采，皇帝临轩命使。降而亲王，礼仪有杀，命使则同。由纳采而问名，而纳吉，而纳征，而请期，然后亲迎，同牢。备礼动需卜日，无纳采受册即归寿邸之礼也。越明年，武惠妃薨，后宫无当帝意者。或奏妃姿色冠代，乃度为女道士。勅曰，寿王瑁妃杨氏，素以端毅（寅恪案：毅章氏引作悫），作嫔藩国。虽居荣贵，每在清修。属太后忌辰，永怀追福，以兹求度。雅志难违，用敦弘道之风，特遂由衷之请，宜度为女道士。盖帝先注意于妃，顾难夺之朱邸，思纳诸禁中，乃言出自妃意。所云作嫔藩国者，据妃曾受册云然。其曰太后忌辰者，昭成窦后以长寿二年正月二日受害，则天后以建子月为岁首，中宗虽复旧用夏正，即正月行香废务，直至顺宗永贞元年，方改正以十一月二日为忌辰。开元中犹循中宗行香之旧，是妃入道之期当在开元二十五年正月二日也。妃既入道，衣道士服入见，号曰太真。史称不暮岁礼遇如惠妃。然则妃由道院入宫，不由寿邸。陈鸿《长恨传》谓高力士潜搜外宫，得妃于寿邸，与外传同其谬。张俞《骊山记》谓妃以处子入宫，似得其实。而李商隐《碧城》三首，一咏妃入道，一咏妃未归寿邸，一咏帝与妃定情系七月十六日，证以"武皇内传分明在，莫道人间总不知"。是足当诗史矣。

寅恪案：朱氏考证之文，似极可信赖。然一取其他有关史料核之，其误即见。其致误之由，在不加详考，遽信《旧唐书》五一《后妃传·玄宗杨贵妃传》所云：

> （开元）二十四年（武）惠妃薨。

一语，但同书同卷与《玄宗杨贵妃传》连接之《玄宗贞顺皇后武氏传》云：

> 惠妃以开元二十五年十二月薨。

而竹垞所以未及注意此二传记载之冲突者，殆由《新唐书》七六《后妃传·玄宗杨贵妃传》亦承用旧传"开元二十四年武惠妃薨"之文。朱氏当日仅参取新书杨妃传，而未别考他传及他书。不知新书七六《后妃传》于《玄宗贞顺皇后武氏传》，特删去旧传"开元二十五年薨"之语。岂宋子京亦觉其矛盾耶？夫武惠妃薨年为开元二十五年，非二十四年，可以两点证明。第一，《旧唐书·武惠妃传》薨于开元二十四年之记载与其他史料俱不合。第二，武惠妃薨于开元二十四年于当时情事为不可能。先就第一点言之，如：
《旧唐书》九《玄宗纪》下云：

> （开元二十五年）十二月丙午，惠妃武氏薨，追谥为贞顺皇后。

《新唐书》五《玄宗纪》云：

> （开元二十五年）十二月丙午，惠妃薨。丁巳追册为皇后。

《会要》三"皇后"门略云：

> 玄宗皇后武氏。后幼入宫，赐号惠妃。开元二十五年十二月七日薨（年四十）。赠皇后，谥曰贞顺。

《通鉴》二一四《唐纪》三十《玄宗纪》云：

> （开元二十五年）十二月丙午，惠妃武氏薨，赠谥贞顺皇后。

《大唐新语》——《惩戒篇》云：

> 三庶以（开元）二十五年四月二十二日死。武妃以十二月毙（薨？）。

可知武惠妃开元二十五年薨说，几为全部史料之所同，而《旧唐书·杨贵妃传》武惠妃开元二十四年薨说，虽为《新唐书·杨贵妃传》所沿袭误用，实仍是孤文单纪也（今本乐史《杨太真外传》上云："（开）元二十一年十一月（武）惠妃即世。"乃数字传写讹误，可不置辨。又可参刘文典先生《群书斠补》。）

再就第二点言之，《旧唐书》一百七《废太子瑛传》叙玄宗之杀三庶人即太子瑛鄂王瑶光王琚事略云：

> 及武惠妃宠幸，（瑛生母赵）丽妃恩乃渐弛。时鄂王瑶母皇甫德仪，光王琚母刘才人亦渐疏薄。瑛于内第与鄂光王等自谓母氏失职，尝有怨望。惠妃女咸宜公主出降于杨洄。（开元）二十五年四月，杨洄又构于惠妃。言瑛兄弟三人，常构异谋。玄宗使中官宣诏于宫中，并废为庶人，俄赐死于城东驿。其年，武惠妃数见三庶人为祟，怖而成疾，巫者祈请弥月，不瘥而殒。

传文之神话附会姑不论，但若武惠妃早薨于开元二十四年，则三庶人将不致死于二十五年四月矣。此武惠妃薨于开元二十四年，所以于当时情事，为不可能。而依朱氏所考，杨妃于开元二十五年正月二日即已入宫，实则其时武惠妃尚在人间。岂不成为尹邢觌面？是朱氏所谓：

> 武惠妃薨，后宫无当帝意者。或奏妃姿色冠代，乃度为女道士。

即谓杨贵妃为武惠妃之替身者，亦绝对不可能矣。

又朱氏所根据之材料，今见适园丛书本《唐大诏令集》四十，其册寿王杨妃文年月为开元二十三年岁次乙亥十二月壬子朔二十四日乙亥。册寿王韦妃文为天宝四载岁次乙酉七月丁卯朔二十六日壬辰。至度寿王妃（杨氏）为女道士敕文，则不载年月。《全唐文》三五及三八均同。《通鉴》二一四《唐纪》亦著开元二十三年十二月乙亥册故蜀州司户杨玄琰女为寿王妃。此条考异云："实录载册文云杨玄璬长女。"盖《唐大诏令集》之所载，乃宋次道采自唐实录也。又《通鉴》二一五《唐纪》天宝四载秋七月壬午册韦昭训女为寿王妃。八月壬寅册杨太真为贵妃。其考异云：

> 统纪八月册女道士杨氏为贵妃。本纪甲辰。唐历甲寅。今据实录，壬寅，赠太真妃父玄琰等官。甲辰甲寅皆在后，恐册妃在赠官前。新本纪亦云，八月壬寅，立太真为贵妃。今从之。

寅恪案：杨氏之度为女道士入宫与册为贵妃本为先后两事。其度为女道士，实无详确年月可寻。而章实斋考此事文中"天宝四载乙酉有度寿王妃杨氏入道册文"云云，岂司马君实朱锡鬯所不能见之史料，而章氏尚能知之耶？实误会臆断所致，转以"朱竹坨所考入宫亦未确"为言，恐不足以服朱氏之心。至杭大宗之文，亦不过得见钱曾《读书敏求记》四集部《唐大诏令集提要》，及《曝书亭集》敷衍而为之说，未必真见第一等材料而详考之也。

复次，朱氏唐代典礼制度之说，似极有根据，且依第一等材料《开元礼》为说。在当时，《开元礼》尚非甚习见之书，或者使人不易辨别其言之当否。独不思世人最习见之《通典》，其书一百六至一四十为开元礼纂类，其《五礼篇目》下注云：

> 谨按斯礼，开元二十年撰毕。自后仪法续有变改，并具沿革篇。为是国家修纂，今则悉依旧文，敢辄有删改。本百五十卷，类例成三十五卷，冀寻阅易周，览之者幸察焉。

足征杜氏悉依《开元礼》旧文，节目并无更改。其书一二九《礼典》八九《开元礼纂类》二四嘉礼八"亲王纳妃"条所列典礼先后次第，为（一）纳采。（二）问名。（三）纳吉。（四）纳征。（五）请期。（六）册妃。（七）亲迎。（八）同牢。（九）妃朝见。（一〇）婚会。（一一）妇人礼会。（一二）飨丈夫送者。（一三）飨妇人送者。其册妃之前为请期，其后即接亲迎，同牢。是此三种典礼之间，虽或有短期间之距离，然必不致太久。即如朱氏所考杨氏之受册为寿王妃在开元二十三年十二月二十四日，度为女道士在开元二十五年正月二日，则其间相隔已逾一岁，颇已有举行亲迎同牢之危险矣。何况开元二十五年正月二日武惠妃尚在人间，其薨年实在开元二十五年十二月七日（朱氏所考窦氏忌辰为正月二日，乃依据《唐会要》二三"忌日"门永贞元年十二月中书门下之奏。及册寿王妃杨氏为开元二十三年十二月二十四日，乃依

《唐大诏令集》。皆甚精确）。是杨氏入宫，至早亦必在开元二十六年正月二日。其间相隔至少已越两岁，岂有距离如是长久，既已请期而不亲迎同牢者乎？由此观之，朱氏"妃以处子入宫似得其实"之论，殊不可信从也。

至杨氏究以何时入宫，则度寿王妃杨氏为女道士敕文虽无年月，然必在开元二十五年十二月七日武惠妃薨以后，天宝四载八月壬寅日即十七日册杨太真为贵妃以前。《新唐书》五《玄宗纪》云：

> 开元二十八年十月甲子，幸温泉宫。以寿王妃杨氏为道士，号太真。

《南部新书》辛云：

> 杨妃本寿王妃，（开元）二十八年，度为道士入内。

《杨太真外传》上云：

> （开元）二十八年十月，玄宗幸温泉宫。使高力士取杨氏女于寿邸。度为女道士，号太真，住内太真宫。

正史小说中诸记载何所依据，今不可知。以事理察之，所记似最为可信。姑假定杨氏以开元二十八年十月为玄宗所选取，其度为女道士敕文中之太后忌辰，乃指开元二十九年正月二日睿宗昭成窦后之忌日。虽不中，不远矣。又《资治通鉴》纪度寿王妃杨氏为女道士入宫事于天宝三载之末，亦有说焉。《通鉴》纪事之例，无确定时间可稽者，则依约推测，置于某月，或某年，或某帝纪之末，或与某事有关者之后。司马君实盖以次年即天宝四载有册寿王妃韦氏及立太真妃杨氏为贵妃事，因追书杨氏入道于前一岁，即天宝三载裴敦复赂杨太真姊致裴宽贬官事之后耳。其实非有确定年月可据也。

但读者若以杨氏入宫即在天宝三载，则其时上距武惠妃之薨已逾六岁，于事理不合。至册韦昭训女为寿王妃事，竟迟至天宝四载者，则以其与册杨太真为贵妃事，互为关联。喜剧之一幕，至此始公开揭露耳。宫闱隐秘，史家固难深悉，而通鉴编撰时，此度寿王妃杨氏为女道士敕文已无年月日可考，亦可因而推知也。

歌云：

春寒赐浴华清池，温泉水滑洗凝脂。侍儿扶起娇无力，始是新承恩泽时。

关于玄宗临幸温泉之时节，俟于下文考释"七月七日长生殿，夜半无人私语时"句时详辨之，姑不赘言。

兹止论赐浴华清池事。按《唐六典》一九"温汤监一人正七品下"注略云：

> 辛氏《三秦纪》云，骊山西有温汤，汉魏以来相传能荡邪蠲疫。今在新丰县西。后周庾信有温泉碑。皇朝置温泉宫，常所临幸。又天下诸州往往有之，然地气温润，殖物尤早，卉木凌冬不凋，蔬果入春先熟，比之骊山，多所不逮。

又"丞一人从八品下"注云：

> 凡王公以下至于庶人，汤泉馆室有差，别其贵贱而禁其逾越。凡近汤之地，润黩（泽？）所及，瓜果之属，先时而育者，必为之园畦，而课其树艺。成熟，则苞匦而进之，以荐陵庙。

寅恪案：温泉之浴，其旨在治疗疾病，除寒祛风。非若今世习俗，以为消夏迨暑之用者也。此旨即玄宗亦尝自言之，如《全唐诗》第一函明皇帝诗中有：

> 惟此温泉，是称愈疾。岂予独受其福，思与兆人共之。乘暇巡游，乃言其志。
> 桂殿与山连，兰汤涌自然。阴崖含秀色，温谷吐潺湲。绩为蠲邪著，功因养正宣。愿言将亿兆，同此共昌延（此条失之眉睫，友朋中夏承焘先生首举以见告，甚感愧也）。

及《幸凤泉汤五言排律》云：

> 益龄仙井合，愈疾醴源通。

皆可为例证也。中唐以后以至宋代之文人，似已不尽了解斯义。故有《荔枝香》曲名起原故事之创造，及七夕长生殿私誓等物语之增饰。今不得不略为辨正。盖汉代宫中即有温室，如《汉书·孔光传》所谓"不言温室树"者是也。

倭名抄佛塔具之部云：

> 温室，内典有《温室经》。今按温室，即浴室也。俗名由夜。温泉一名
> 汤泉。百病久病人入此水多愈矣。

寅恪案：今存内典中有北周惠远撰《温室经义记》一卷（《大正藏》一七九三
号），又近岁发见敦煌石室写本中亦有唐惠净撰《温室经疏》一卷（伦敦博物
院藏斯坦因号二四九七），此经为东汉中亚佛教徒安世高所译（即使出自依托，
亦必六朝旧本）。其书托之天竺神医耆域，广张温汤疗疾之功用，乃中亚所传
天竺之医方明也。颇疑中亚温汤疗疾之理论及方法，尚有更早于世高之时者，
而今不可详知矣。由北周惠远为此经作疏及同时庾信王褒为温汤作碑文事等
（《庾子山集》一三、《艺文类聚》九、《初学集》七）观之，固可窥知其时温
汤疗疾之风气。但子山之文作于北周明帝世任弘农太守时，实在"武帝天和三
年三月皇后阿史那氏至自突厥"（见《周书》五《武帝纪》）以前，故此风气
亦不必待缔婚突厥方始输入。考之北朝史籍如《魏书》四一《源贺传》（《北
史》二八《源贺传》同）云：

> 太和元年二月，疗疾于温汤。高祖文明太后遣使者屡问消息，太医视
> 疾。患笃，还京师。

《北齐书》三四《杨愔传》（《北史》一四《杨播传附愔传》同）云：

> 后取急，就雁门温汤疗疾。

《魏书》八四《儒林传·常爽传》（《北史》四二《常爽传》同）云：

> 爽置馆温水之右，教授门徒七百余人。京师学业，翕然复兴。

《水经注》一三《灢水篇》引《魏土地记》云：

> 代城此九十里有桑乾城。城西渡桑乾水。去城十里有温汤，疗疾有验。

可知温汤疗疾之风气，本盛行于北朝贵族间。唐世温泉宫之建置，不过承袭北朝习俗之一而已。历代宫殿中如汉代之温室，唐代紫宸殿东之浴堂殿（可参考《通鉴》二三七《唐纪》元和二年上召李绛对于浴堂条胡注），虽不必供洗浴之用，但其名号疑皆从温汤疗疾之胡风辗转嬗蜕而来。今北京故宫武英殿之浴室，世所妄传为香妃置者，殆亦明清因沿前代宫殿建筑之旧称耶？又今之日本所谓风吕者，原由中国古代输入，或与今欧洲所谓土耳其浴者，同为中亚故俗之遗。寅恪浅陋，姑妄言之，以俟当世博识学人之教正焉。

总而言之，温汤为疗疾之用之主旨既明，然后玄宗之临幸华清，必在冬季或春初寒冷之时节，始可无疑。而长生殿七夕私誓之为后来增饰之物语，并非当时真确之事实一点，亦易证明矣。

歌云：

云鬓花颜金步摇，芙蓉帐暖度春宵。

《太真外传》上云：

上（玄宗）又自执丽水镇库紫磨金琢成步摇，至妆阁，亲与插鬓上。

寅恪案：乐史所载，未详其最初所出。或者即受《长恨歌》之影响，而演成此物语，亦未可知。但依《安禄山事迹》下及《新唐书》三四《五行志》所述，天宝初妇人时世妆有步摇钗（见下新乐府章《上阳白发人》篇）。杨妃本以开元季年入宫，其时间与姚欧所言者连接。然则乐天此句不仅为词人藻饰之韵语，亦是史家纪事之实录也。

歌云：

姊妹弟兄皆列土，可怜光彩生门户。遂令天下父母心，不重生男重生女。

寅恪案：唐黄滔先生文集七《答陈磻隐论诗书》云：

大唐前有李杜，后有元白。信若沧溟无际，华岳干天。然自李飞数贤，多以粉黛为乐天之罪。殊不谓三百五篇多乎女子，盖在所指说如何耳。至如《长恨歌》云："遂令天下父母心，不重生男重生女。"此刺以男女不常，阴阳失伦。其意险而奇，其文平而易。所谓言之者无罪，闻之者足以自戒哉。

寅恪案：黄氏所言，亦常谈耳。但唐人评诗，殊异于宋贤苛酷迂腐之论，于此可见。故附录之。

歌云：

骊宫高处入青云，仙乐风飘处处闻。缓歌慢舞凝丝竹，尽日君王看不足。渔阳鞞鼓动地来，惊破霓裳羽衣曲。

寅恪案：《全唐诗》第一六函白居易二一《霓裳羽衣（原注：一有舞字。寅恪案：有舞字者是）歌（原注：和微之)》云：

飘然转旋回雪轻，嫣然纵送游龙惊。小垂手后柳无力，斜曳裾时云欲生。

乐天自注云：

四句皆霓裳舞之初态。

此可供慢舞义之参考。又《白氏长庆集》五四《早发赴洞庭舟中作》云：

出郭已行十五里，唯销一曲慢霓裳。

寅恪案：此亦可与缓歌之义相证发。故并附录之。但有可疑者，《霓裳羽衣舞歌》云：

繁音急节十二遍，跳珠撼玉何铿铮。

则谓中序以后至终曲十二遍皆繁音急节，似与缓歌慢舞不合。岂乐天作《长恨歌》时在入翰林之前。非如后来作《霓裳羽衣歌》所云"我昔元和侍宪皇，曾陪内宴宴昭阳"者，乃依据在翰林时亲见亲闻之经验。致有斯歧异耶？姑记此疑，以俟更考。

又"看不足"别本有作"听不足"者，非是。盖白公《霓裳羽衣舞歌》云：

千歌万舞不可数，就中最爱霓裳舞。舞时寒食春风天，玉钩栏下香案前。案前舞者颜如玉，不著人家俗衣服。虹裳霞帔步摇冠，钿璎累累佩珊珊。娉婷似不任罗绮，顾听乐悬行复止。

皆形容舞者。既著重于舞，故以作"看"为允。

自来考证《霓裳羽衣舞》之作多矣。其中宋王灼《碧鸡漫志》所论颇精。近日远籐实夫《长恨歌之研究》一书，征引甚繁。总而言之，其重要材料有二，一为《唐会要》，一为《全唐诗》第一六函白居易二一《霓裳羽衣舞歌》。兹请据此两者略论之。《唐会要》三三"诸乐"条"天宝十三载七月十日太乐署供奉曲名"及"改诸乐名黄钟商时号越调"下有"婆罗门改为霓裳羽衣"之纪载。是此《霓裳羽衣》本名《婆罗门》，可与乐天《霓裳羽衣舞歌》"杨氏创声君造谱"句自注所言"开元中，西凉府节度杨敬述造"者相印证。又《旧唐书》八《玄宗纪》上（《旧唐书》一九四《突厥传》上、《新唐书》五《玄宗纪》、二一五《突厥传》上、《通鉴》二一二《唐纪》二八《玄宗纪》开元八年十一月九年正月等条略同）云：

（开元八年）秋九月，突厥（暾）欲谷寇甘源（源《通鉴》作凉）等州。凉州都督杨敬述为所败，掠契苾部落而归。

其所纪时代、姓名、官职与白氏所言均相符同，足证白氏此说必有根据。然则此曲本出天竺，经由中亚，开元时始输入中国（远籐氏取印度祀神，舞于香案钩栏前者，以相比拟。或不致甚谬，而刘禹锡《望女几山》诗序，郑嵎《津阳门》诗注，及逸史、《龙城录》诸书所述神话之不可信，固无待辨）。据欧阳修《六一诗话》云：

《霓裳羽衣曲》，今教坊尚能作其声，其舞则废而不传矣。

则北宋时，其舞久已不传，今日自不易考知也。又《册府元龟》五六九掌礼部作乐类五（参看同书同卷大和三年九月庚辰条，大和九年五月丁巳条，《旧唐书》一六八《新唐书》一七七《冯定传》、《新唐书》二二《礼乐志》等）云：

（文宗）开成元年七月，教坊进霓裳羽衣舞女十五以下者三百人。帝绝畋游驰骋之事，思玉帛钟鼓之本。语及音律，每谓丝竹自有正声，人但趣于郑卫。乃造《云韶》等法曲，遇内宴奏之。顾大臣曰："笙磬同音，沈吟耽味，不图为乐至于斯。"十月，太常奏成《云韶乐》。

《唐阙史》下"李可及戏三教"条（参《云溪友议》上"古制兴"条）略云：

参寥子曰："开成初，文宗皇帝耽玩经典，好古博雅。尝欲黜郑卫之乐，复正始之音。有太常寺乐官尉迟璋者，善习古乐为法曲。笙磬琴瑟，戛击铿拊，咸得其妙，遂成《霓裳羽衣曲》以献。诏中书门下及诸司三品以上，具朝服班坐以听。因以曲名宣赐贡院，充试进士赋题。"（寅恪案：开成二年高锴知贡举，恩赐诗题曰《霓裳羽衣曲》。三年复以前诗题为赋。见《唐摭言》一五"杂记"条。今《云溪友议》所载李肱之诗，是其于开成二年举进士所作也。《文苑英华》七四所载沈朗陈嘏及阙名之《霓裳羽衣曲赋》三篇，则开成三年进士之文之留存于今日者也。）

《文苑英华》七四陈嘏《霓裳羽衣曲赋》云：

尔其绛节回互，霞袂飘飏。

《唐语林》七"补遗"略云：

宣宗妙于音律。每赐宴前，必制新曲。其曲有霓裳者，率皆执幡节，被羽服，飘然有翔云飞鹤之势。

是文宗宣宗之世，并有《霓裳羽衣曲》之名。然《唐阙史》以为开成时之《霓裳羽衣曲》乃尉迟璋所创。《唐语林》亦目大中时之霓裳为新曲。又二者于舞时皆执"节"，亦为乐天诗中所未及。或后来所制者，已非复玄宗时之旧观耶？今就乐天《霓裳羽衣舞歌》所言此曲散序云：

磬箫筝笛递相搀，击拊弹吹声迤逦。

自注云：

> 凡法曲之初，众乐不齐，惟金石丝竹，次第发声。霓裳序初亦复如此。

又云：

> 散序六曲未动衣，阳台宿云慵不飞。

自注云：

> 散序六遍无拍，故不舞也。

又《白氏长庆集》五八《王子晋庙》诗云：

> 鸾吟凤唱听无拍，多似霓裳散序声。

可以窥见霓裳散序之大概。今日本乐曲有所谓"清海波"者，据云即霓裳散序之遗音，未知然否也。乐天又叙写霓裳中序云：

> 中序擘騞初入拍，秋竹竿裂春冰拆。

自注云：

> 中序始有拍，亦名拍序。

又叙写中后十二遍云：

> 繁音急节十二遍，跳珠撼玉何铿铮。

自注云：

> 霓裳破凡十二遍而终。

寅恪案：他本有作"霓裳曲"者，但《全唐诗》第一六函作"霓裳破凡十二遍而终"。是。盖全曲共十八遍，非十二遍。《白氏长庆集》五六《卧听法曲霓裳》诗所谓"宛转柔声入破时"者是也。至乐天于"渔阳鞞鼓动地来，惊破霓裳羽衣曲"句中特取一"破"字者，盖破字不仅含有破散或破坏之意，且又为乐舞术语，用之更觉浑成耳。又霓裳羽衣"入破时"，本奏以缓歌柔声之丝竹。今以惊天动地急迫之鞞鼓，与之对举。相映成趣，乃愈见造语之妙矣。

乐天又述终曲云：

> 翔鸾舞了却收翅，唳鹤曲终长引声。

自注云：

> 凡曲将毕，皆声拍促速。唯霓裳之末，长引一声也。

据上所引，可以约略窥见此曲之大概矣。又《国史补》上"王维画品妙绝"条（《旧唐书》一九十下《文苑传》下，《新唐书》二百二《文艺传》中《王维传》俱有相同之纪载）有"霓裳羽衣曲第三叠第一拍"之语，与乐天在元和年间为翰林学士时所亲见亲闻者不合。《国史补》作者李肇，为乐天同时人，且曾为翰林学士（见《翰苑群书》、《重修承旨学士壁记》附录"翰林学士题名"及《新唐书》五八《艺文志》"史部杂史"类），何以有此误，岂肇未尝亲见此舞耶，或虽亲见此舞，录此条时曾未注意耶？殊不可解，姑记此疑，以俟详考。

又乐天平生颇以《长恨歌》之描写霓裳羽衣舞曲自诩，即如此诗云：

> 我爱霓裳君合知，发于歌咏形于诗。君不见我歌云，惊破霓裳羽衣曲。

自注云："《长恨歌》云"是也。

歌云：

> 九重城阙烟尘生，千乘万骑西南行。翠华摇摇行复止，西出都门百余里。六军不发无奈何，宛转蛾眉马前死。

寅恪案：唐人类以玄宗避羯胡入蜀为南幸。《元和郡县志》二"关内道京兆府兴平县"条云：

> 马嵬故城在县西北二十三里。

又：

> 兴平县东至府九十里。

即此诗所谓"千乘万骑西南行"，"西出都门百余里"者也。

岑建功《旧唐书校勘记》三二（卷五一）《玄宗杨贵妃传》"既而四军不散"条略云：

> 《御览》一四一作六军。按张氏宗泰云，以《新书·兵志》考之，大抵以左右龙武、左右羽林军合成四军。及至德二载，始置左右神武军。是至德以前有四军无六军明矣。白居易《长恨歌传》曰："六军徘徊。"歌曰："六军不发无奈何。"盖诗人沿天子六军旧说，未考盛唐之制耳。此作四军，是。因附辨于此。

寅恪案：张氏说是也。不仅诗人有此误，即唐李繁《邺侯家传》（《玉海》一三八《兵制》）云：

> （玄宗）后以左右神武军与龙武羽林备六军之数。

又云：

> 玄宗幸蜀，六军扈从者千人而已。

宋史家司马君实之《通鉴》二一八《唐纪》云：

> （至德元载）（即天宝十五载，司马君实用后元，于此等处殊不便）

> （六月壬辰）（即初十日）既夕，命龙武大将军陈玄礼整比六军。

亦俱不免于六军建置之年月有所疏误。考《旧唐书》九《玄宗纪》下云：

> （天宝十五载）六月壬寅（即二十日），次散关，分部下为六军。颍王璬先行，寿王瑁等分统六军，前后左右相次。

是天宝十五载六月二十日以后，似亦可云六军。而在此以前即唐玄宗与杨贵妃在马嵬顿时，自以作四军为是。但《旧唐书》十《肃宗纪》亦云：

> （天宝十五载六月）丁酉，至马嵬顿。六军不进。

是李唐本朝实录尚且若此，则诗人沿袭天子六军旧说，未考盛唐之制，又何足病哉？又刘梦得文集八《马嵬行》云：

> 贵人饮金屑，倏忽舜英暮。（见校补记第五则）

则以杨贵妃为吞金而非缢死，斯则传闻异词，或可资参考者也（见校补记第六则）。

歌云：

> 峨嵋山下少人行，旌旗无光日色薄。

《梦溪笔谈》二三"讥谑"附"谬误"类云：

> 白乐天峨嵋山下少人行，旌旗无光日色薄。峨嵋山在嘉州，与幸蜀路并无交涉。

寅恪案：《元氏长庆集》一七东川诗《好时节》绝句云：

> 身骑骢马峨嵋下，面带霜威卓氏前。虚度东川好时节，酒楼元被蜀儿眠。

按微之以元和四年三月以监察御史使东川，按故东川节度使严砺罪状（详见《旧唐书》一六六《元稹传》，《白氏长庆集》六一《元稹墓志铭》，《元氏长庆集》一七及三七等）。考东川所领州，屡有变易。至元和四年时为梓、遂、绵、剑、龙、普、陵、泸、荣、资、简、昌、合、渝，十四州。是年又割资简二州隶西川（见《新唐书》六八《方镇表·东川表》及《元和郡县图志》三三"东川节度使"条）。微之固无缘骑马经过峨嵋山下也。夫微之亲到东川，尚复如此，何况乐天之泛用典故乎？故此亦不足为乐天深病。

歌云：

> 蜀江水碧蜀山青，圣主朝朝暮暮情。行宫见月伤心色，夜雨闻铃肠断声。

寅恪案：段安节《乐府杂录》（据守山阁丛书本。又可参《教坊记》"曲名"条）云：

> 雨霖铃　《雨淋铃》者，因唐明皇驾回至骆谷，闻雨淋銮铃，因令张野狐撰为曲名（依《御览》补）。

《全唐诗》第一九函张祜二《雨霖铃》七绝云：

> 雨霖铃夜却归秦，犹见（见一作是）张徽一曲新。长说上皇和泪教，月明南内更无人。

郑处《海明皇杂录补遗》（据守山阁本，又可参《杨太真外传》下）略云：

> 明皇既幸蜀，西南行。初入斜谷，属霖雨涉旬，于栈道雨中闻铃音与山相应。上既悼念贵妃。采其声为《雨霖铃》曲，以寄恨焉。时梨园子弟善吹觱篥者，张野狐为第一。此人从至蜀，上因以其曲授野狐。泊至德中，车驾复幸华清宫。上于望京楼中命野狐奏《雨霖铃》曲。未半，上四顾凄凉，不觉流涕。左右感动，与之歔欷。其曲今传于法部。

若依乐天诗意，玄宗夜雨闻铃，制曲寄恨，其事在天宝十五载赴蜀途中，与郑书合，而与张诗及段书之以此事属之至德二载由蜀返长安途中者，殊不相同。但据《旧唐书》九《玄宗纪》下略云：

> （至德二载）九月郭子仪收复两京。十月肃宗遣中使啖廷瑶入蜀奉迎。丁卯上皇发蜀都。十一月丙申次凤翔郡。十二月丙午肃宗具法驾至咸阳望贤驿迎奉。丁未至京师。

是玄宗由蜀返长安，其行程全部在冬季，与制曲本事之气候情状不相符应。故乐天取此事属之赴蜀途中者，实较合史实。非仅以"见月"、"闻铃"两事相对为文也。

歌云：

> 天旋日转回龙驭，到此踌躇不能去。马嵬坡下泥土中，不见玉颜空死处。

高彦休《阙史》上郑相国（畋）"题马嵬诗"条云：

> 肃宗回马杨妃死，云雨虽亡日月新。终是圣明天子事，景阳宫井又何人。

吴曾《能改斋漫录》八"马嵬诗"条载台文此诗，"肃宗"作明皇，"圣明"作"圣朝"。计有功《唐诗纪事》五六亦载此诗，惟改"肃"字为"玄"字（又圣明作圣朝），今通行坊本选录台文此诗，则并改"虽亡"为"难忘"，此后人逐渐改易，尚留痕迹者也。但台文所谓"肃宗回马"者，据《旧唐书》十《肃宗纪》略云：

> 于是玄宗赐贵妃自尽。车驾将发，留上（肃宗）在后宣谕百姓。众泣而言曰："请从太子收复长安。"玄宗闻之，令（高）力士口宣曰："汝好去。"上（肃宗）回至渭北，时从上惟广平建宁二王，及四军（寅恪案：此言四军，可与《旧唐书》五一《后妃传·杨贵妃传》参证）将士才二千人，自奉天而北。

盖肃宗回马及杨贵妃死，乃启唐室中兴之二大事，自宜大书特书，此所谓史笔卓识也。"云雨"指杨贵妃而言，谓贵妃虽死而日月重光，王室再造。其意义本至明显平易。今世俗习诵之本易作：

　　玄宗回马杨妃死，云雨难忘日月新。

固亦甚妙而可通，但此种改易，必受《长恨歌》此节及玄宗难忘杨妃令方士寻
觅一节之暗示所致，殊与台文元诗之本旨绝异。斯则不得不为之辨正者也。又
李义山《马嵬》七律首二句"海外徒闻更九州，他生未卜此生休"，实为绝唱，
然必系受《长恨歌》"忽闻海上有仙山"一节之暗示无疑。否则义山虽才思过
人，恐亦不能构想及此。故寅恪尝谓此诗乃长恨歌最佳之缩本也（见校补记第
七则）。

　　歌云：

　　夕殿萤飞思悄然，孤灯挑尽未成眠。

邵博《闻见后录》一九云：

　　白乐天《长恨歌》有"夕殿萤飞思悄然，孤灯挑尽未成眠"之句，宁有
　兴庆宫中，夜不烧蜡油，明皇帝自挑灯者乎？书生之见可笑耳。

寅恪案：《南史》三七《沈庆之传》附《沈攸之传》云：

　　富贵拟于王者，夜中诸厢廊然烛达旦。

　　欧阳修《归田录》一（参考《宋史》二八一《寇准传》，及陆游"烛泪成
堆又一时"之句）云：

　　邓州花蜡烛名著天下，虽京师不能造。相传云是寇莱公烛法。公尝知邓
　州，而自少年富贵，不点油灯。尤好夜宴剧饮，虽寝室亦然烛达旦。每罢官
　去后，人至官舍，见溷厕间烛泪在地，往往成堆。杜祁公为人清俭，在官未
　尝然官烛。油灯一炷，荧然欲灭，与客相对，清谈而已。

夫富贵人烧蜡烛而不点油灯，自昔已然。北宋时又有寇平仲一段故事，宜乎邵
氏以此笑乐天也。考乐天之作《长恨歌》在其任翰林学士以前，宫禁夜间情

状，自有所未悉，固不必为之讳辨。惟《白氏长庆集》一四《禁中夜作书与元九》云：

> 心绪万端书两纸，欲封重读意迟迟。五声钟漏初鸣后，一点窗灯欲灭时。

此诗实作于元和五年乐天适任翰林学士之时，而禁中乃点油灯，殆文学侍从之臣止宿之室，亦稍从朴俭耶（参刘文典先生《群书斠补》）。至上皇夜起，独自挑灯，则玄宗虽幽禁极凄凉之景境，谅或不至于是。文人描写，每易过情，斯固无足怪也。

歌云：

> 上穷碧落下黄泉，两处茫茫皆不见。

寅恪案：《太平广记》二五一"诙谐"类"张祜"条（参孟棨《本事诗》"嘲戏"类）云：

> （张祜）曰："祜亦尝记得舍人目莲变。"白曰："何也?"曰："上穷碧落下黄泉，两处茫茫皆不见，非目莲变何邪?"（出《唐摭言》）

此虽一时文人戏谑之语，无关典据，以其涉及此诗，因并附录之，藉供好事者之谈助，且可取与敦煌发见之目莲变文写本印证也。

歌云：

> 中有一人字太真，雪肤花貌参差是。

《杨太真外传》上云：

> （开元）二十八年十月，玄宗幸温泉宫，使高力士取杨氏女于寿邸，度为女道士，号太真，住内太真宫。

寅恪案：此有二问题，即长安禁中是否实有太真宫，及太真二字本由何得名，是也。考《唐会要》一九"仪坤庙"条略云：

先天元年十月六日，祔昭成肃明二皇后于仪坤庙。（庙在亲仁里。）

开元四年十一月十六日，昭成皇后祔于太庙。至八月九日敕，肃明皇后，依前仪坤庙安置。于是迁昭成皇后神主祔于睿宗之室，惟留肃明皇后神主于仪坤庙。八月二日敕，仪坤庙隶入太庙，不宜顿置官属。至二十一年正月六日，迁祔肃明皇后神主于太庙，其仪坤庙为肃明观。

又同书五十"观"条云：

咸宜观，亲仁坊，本是睿宗藩国地。开元初置昭成肃明皇后庙，号仪坤。后昭成迁入太庙。开元四年八月九日勅，肃明皇后〔依〕前于仪坤庙安置。二十一年五月六日肃明皇后祔入太庙，遂为道士观。宝历元年（据宋敏求长安志八引，应作宝应元年）五月，以咸宜公主入道，与太真观换名焉。

太真观，道德坊，本隋秦王浩宅。

夫长安城中于宫禁之外，实有祀昭成太后之太真宫，可无论矣。而禁中亦或有别祀昭成窦后之处，与后来帝王于宫中别建祠庙以祀其先世者相类（梁武帝亦于宫内起至敬殿以祀其亲。见《广弘明集》二九上《梁武帝孝思赋》序及《梁书》三《高祖纪》下，《南史》七《梁本纪》中"武帝"下），即所谓内太真宫。否则杨妃入宫，无从以窦后忌辰追福为词，且无因以太真为号。恐未可以传世唐代宫殿图本中无太真宫之名，而遽疑之也。又据《旧唐书》七、《新唐书》五《睿宗纪》，睿宗之谥为大圣真皇帝。肃明、昭成，皆睿宗之后妃，玄宗之嫡母生母俱号太后，故世俗之称祀两太后处为太真宫者，殆以此故。不仅真字在道家与仙字同义也。

歌云：

风吹仙袂飘飘举，犹似霓裳羽衣舞。

寅恪案：《旧唐书》五一《玄宗杨贵妃传》云：

太真姿质丰艳，善歌舞，通音律。

则杨妃亲舞霓裳亦是可能之事。歌中所咏或亦有事实之依据，非纯属词人回映前文之妙笔也。又《杨太真外传》上云：

> 上又宴诸王于木兰殿。时木兰花发，皇情不悦。妃醉中舞《霓裳羽衣》一曲，天颜大悦。

寅恪案：太真亲舞霓裳，未知果有其事否？但乐天《新乐府·胡旋舞》篇云：

> 天宝季年时欲变，臣妾人人学圆转。中有太真外禄山，二人最道能胡旋。

疑有所本。胡旋舞虽与霓裳羽衣舞不同，然俱由中亚传入中国，同出一源，乃当时最流行之舞蹈。太真既善胡旋舞，则其亲自独舞霓裳，亦为极可能之事。所谓"尽日君王看不足"者，殆以此故欤？

歌云：

> 临别殷勤重寄词，词中有誓两心知。七月七日长生殿，夜半无人私语时。在天愿为比翼鸟，在地愿为连理枝。天长地久有时尽，此恨绵绵无绝期。

寅恪案：此节有二问题，一时间，二空间。关于时间之问题，则前论温汤疗疾之本旨时已略言之矣。夫温泉祛寒去风之旨既明，则玄宗临幸温汤必在冬季春初寒冷之时节。今详检两唐书玄宗纪无一次于夏日炎暑时幸骊山，而其驻跸温泉，常在冬季春初，可以证明者也（参刘文典先生《群书斠补》）。夫君举必书，唐代史实，武宗以前大抵完具。若玄宗果有夏季临幸骊山之事，断不致漏而不书。然则决无如《长恨歌传》所云，天宝十载七月七日玄宗与杨妃在华清宫之理，可以无疑矣。此时间之问题也。

若以空间之问题言，则《旧唐书》九《玄宗纪》下略云：

> 天宝元年冬十月丁酉，幸温泉宫。辛丑，新成长生殿，名曰集灵台，以祀天神。

《唐会要》三十"华清宫"条云：

> 天宝元年十月造长生殿，名为集灵台，以祀神。

《唐诗纪事》六二（《全唐诗》第二一函）郑嵎《津阳门》诗注云：

> 飞霜殿即寝殿，而白傅《长恨歌》以长生殿为寝殿，殊误矣。

又云：

> 有长生殿，乃斋殿也。有事于朝元阁，即御长生殿以沐浴也。

据此，则李三郎与杨玉环乃于祀神沐浴之斋宫，夜半曲叙儿女私情。揆之事理，岂不可笑？推其所以致误之由，盖因唐代寝殿习称长生殿，如《通鉴》二百七"长安四年太后寝疾居长生院"条胡梅磵注云：

> 长生院即长生殿。明年五王诛二张，进至太后所寝长生殿，同此处也。盖唐寝殿皆谓之长生殿。此武后寝疾之长生殿，洛阳宫寝殿也。肃宗大渐，越王系授甲长生殿，长安大明宫之寝殿也。白居易《长恨歌》所谓"七月七日长生殿，夜半无人私语时"，华清宫之长生殿也。

寅恪案：唐代宫中长生殿虽为寝殿，独华清宫之长生殿为祀神之斋宫。神道清严，不可阑入儿女猥琐。乐天未入翰林，犹不谙国家典故，习于世俗，未及详察，遂致失言。胡氏史学颛家，亦混杂征引，转以为证，疏矣。

复次，涵芬楼本《说郛》三二范正敏《遁斋闲览》论杜牧"一骑红尘妃子笑，无人知是荔枝来"句云：

> 据唐纪，明皇常以十月幸华清，至春即还宫，未尝六月在骊山也。荔枝盛暑方熟，失事实。

但程大昌《考古编》驳之云：

> 说者谓明皇帝以十月幸华清，涉春即回，是荔枝熟时，未尝在骊山。然咸通中有袁郊作《甘泽谣》，载许云封所得《荔枝香》曲曰："天宝十四载六月一日是贵妃诞辰，命小部音声奏乐长生殿，进新曲，未有名。会南海献荔枝，因名《荔

枝香》。"《开天遗事》:"帝与妃每至七月七日夜在华清游宴。"而白香山《长恨歌》亦言:"七月七日长生殿,夜半无人私语时。"则知牧之乃当时传信语也。世人但见唐史所载,遽以传闻而疑传信,大不可也。

寅恪案:据唐代可信之第一等资料,时间空间,皆不容明皇与贵妃有夏日同在骊山之事实。杜牧袁郊之说,皆承讹因俗而来,何可信从? 而乐天《长恨歌》"七月七日长生殿"之句,更不可据为典要。欧阳永叔博学通识,乃于《新唐书》二二《礼乐志》一云:

> 帝幸骊山。杨贵妃生日,命小部张乐长生殿。因奏新乐,未有名。会南方进荔枝,因名曰《荔枝香》。

是亦采《甘泽谣》之谬说,殊为可惜。故特征引而略辨之如此,庶几世之治文史者不致为所惑焉。又《全唐诗》第十函顾况《宿昭应》七绝云:

> 武帝祈灵太乙坛,新丰树色绕千官。那知今夜长生殿,独闭空山月影寒。

似比之乐天诗语病较少,故附写于此,以供参读。翁方纲《石州诗话》二云:

> 白公之为《长恨歌》、《霓裳羽衣曲》诸篇;自是不得不然,不但不蹈杜公韩公之辙也。是乃浏漓顿挫,独出冠时,所以为豪杰耳。始悟后之欲复古者,真强作解事。

寅恪案:覃溪之论,虽未解当时文章体制,不知《长恨歌》乃唐代"驳杂无实""文备众体"之小说中之歌诗部分,尚未免未达一间,但较赵宋以来尊杜抑白强作解事之批评,犹胜一筹。因附录于此。

论《长恨歌》既竟,兹于《长恨歌传》,略缀一言。今所传陈氏传文凡二本,其一即载于《白氏长庆集》一二《长恨歌》前之通行本。他一为《文苑英华》七九四附录《丽情集》中别本。而《丽情集》本与通行本差异颇多,其文句往往溢出于通行本之外。所最可注意者,通行本传末虽有"意者不但感其事,亦欲惩尤物,窒乱阶,垂于将来也"一节小说体中下可少之议论文字,但据与此传及歌极有关系之作品,如《莺莺传》者观之,终觉分量较少。至《丽情集》本传文，则论议殊繁于通行本，如：

> 嘻！女德无极者也。死生大别者也。故圣人节其欲，制其情，防人之乱
> 者也。生惑其志，死溺其情，又如之何？

又如通行本只有"如汉武帝李夫人"一语，而《丽情集》本则于叙贵妃死后别有：

> 叔向母云："其（其当作甚）美必甚恶。"李延年歌曰："倾国复倾
> 城。"此之谓也。

皆是其例。而观丽情本详及李夫人故事，亦可旁证鄙说汉皇重色思倾国一句，实暗启此歌下半段故事之非妄。又取两本传文读之，即觉通行本之文较佳于丽情本。颇疑丽情本为陈氏原文，通行本乃经乐天所删易。议论逐渐减少，此亦文章体裁演进之迹象。其后卒至有如《连昌宫词》一种，包括议论于诗中之文体，而为微之天才之所表现者也。寅恪尝以为《搜神后记》中之《桃花源记》，乃渊明集中《桃花源记》之初本（见《清华学报》第十一卷第一期拙著《桃花源记旁证》）。此传或亦其比欤？傥承当世博识通人，并垂教正，则幸甚矣。

综括论之，《长恨歌》为具备众体体裁之唐代小说中歌诗部分，与《长恨歌传》为不可分离独立之作品。故必须合并读之，赏之，评之。明皇与杨妃之关系，虽为唐世文人公开共同习作诗文之题目，而增入汉武帝李夫人故事，乃白陈之所特创。诗句传文之佳胜，实职是之故。此论《长恨歌》者不可不知也（见校补记第八则）。

韩愈及其门弟子文学论*

罗根泽

一　前奏曲

时代的轮子已经拖着我们离了五四，经过五卅，又经过九一八，而到了现在，一切的社会情形已不复是五四的样子，一切的观念也与五四不同。只就文学观而言，我们虽不必抱着褊狭的见解来菲薄五四的罗曼文学，但最底知道罗曼文学以外，还有描写社会情形，谈说人生道理的文学。载道派的典型作家韩愈是被五四时代所唾弃的，原因就是基于他没有说"妹妹我爱你"，而只说了社会的病态与挽救的方法。现在罗曼的时期已经过去，他在罗曼时期所遭的罪名，我们有再鞫另审的必要。兹只就他及门弟子的关于古文的文论，加以检讨，总不致有人仍学着五四的老调，说他一钱不值吧。

二　韩愈的贡献

谈到古文，被我们首先说出来的总是韩愈。实则韩愈以前，不止有大量的足资楷模的创作，且有不少的领导创作的理论：韩愈所提倡的载道，文气，简易，宗经学史，推崇周秦两汉，卑弃魏晋六朝，可以说无一不有（详拙作《唐代早期的古文论》，见《学风》第五卷第八期）。那末韩愈之对于古文的文论，不只是前人的应声虫吗？人云他亦云，还有什么价值可言呢？不错，古文运动之到了韩愈，已有了二百多年的历史，已有了无数的有名无名的作家及文论家的努力，到他适际其会，其完成登峰造极的古文及其文论是当然的，虽不能谓其只是前人的应声虫，然确是食前人之赐。但他虽顺着历史的食前人之赐，而却使古文运动划一新时代。最明显的就是前人虽已提出载道说，而其道是什

＊　选自《文艺月刊》1936 年第 9 卷第 4 期。

么，则非常模糊。韩愈所谓道也没有自下定义，但我们可以代他下一定义，就是"儒道"，或者说是"儒家之道"。

北周的苏绰，北齐的颜之推，都有儒家的倾向，但没有标出儒家之道。王通自言要"绍宣尼之业"（《文中子·天地篇》），但对佛老，并不十分反对，谓："诗书盛而秦世灭，非仲尼之罪也；虚玄长而晋室乱，非老庄之罪也；斋戒修而梁国亡，非释迦之罪也。"（前书《周公篇》）此后提倡载道说最力的为萧颖士、李华，李华是表彰佛的，所以独孤及谓其"诠佛教心要而会其异同，则南泉真禅师，左溪郎禅师碑"（《检校尚书吏部员外郎赵郡李公中集序》）。萧颖士虽一时找不到表彰佛老的言论，也找不到排斥佛老的言论。此外的古文家之对于佛老，也只有表彰，绝无排斥。到韩愈便不同了，他很起劲的排斥佛老，以卫儒道。他《谏迎佛骨》说：

> 高祖始受隋禅，则议除之。当时群臣才识不远，不能深知先王之道，古今之宜，推阐圣明，以救斯弊，其事遂寝，臣常恨焉。……夫佛本夷狄之人，与中国言语不通，衣服殊制，口不言先王之法言，身不服先王之法服，不知君臣之义，父子之情。（《论佛骨表》）

又作《原道》，提倡自尧舜禹汤文武周公孔子孟轲所传下来的仁义道德；辟佛老，主张"人其人，火其书，庐其居，明先王之道以道之"。其与孟尚书书，更谓杨墨交乱，使人几于禽兽，而"释老之害，过于杨墨"。

韩愈所谓道的是非尚否，姑置不论，然以前的古文家祇是模糊的载道，而他则抓住一种道，是千真万确的。这种道如只是积极的建设，而没有破坏的对象，也难得十分起劲，恰巧佛老又作了他的哲学上的"魔的辩护士"（Advocatus diaboli），使他格外的叫得响亮。韩愈以前也有辟佛的，如傅弈的上疏请除释教（《唐书·傅弈传》），姚崇的治令谓信佛皆亡国珍家（《唐书·姚崇传》）。但第一他们辟佛而不辟老，实则老教在六朝已几与佛教相埒，至唐代又以天子奉老子为远祖的缘故，更形发达。第二，他们辟佛教，而并未鲜明的卫儒道。韩愈则一面辟佛老，一面卫儒道，所以他的阵线排布得非常周密。而且他有真诚的信心，在举世信佛有灵应的时代，他敢很负责任的发誓说："佛如有灵，能作祸祟，凡有殃咎，宜加臣身。上天鉴临，臣不怨悔。"（《论佛骨表》）他因谏迎佛骨，贬为潮州刺史，"有一老僧号大颠者，颇聪明，识道理，远地无可与语者，故自山召至州郭，留十数日"。由是有人疑心他又"信奉释民"，他与孟尚书书，力陈自己卫道辟佛的愿力，末谓："孟子不能救之于未亡之前，而韩愈乃欲全之于已坏之后。呜呼！其亦不量其力，且见其身之危，莫之救以死也！虽然，使其道由愈而粗传，虽灭死万万无恨。天地鬼神，临之在上，质之在旁，又安得因一摧折，自毁其道以从于邪也！"其慷慨直前、百折不挠的气概，千载之后，犹可想见。

古文既不是言情的，而是载道的，则必有一种旗帜鲜明的道，而其道始真，其文始信。普通说来，情源于人的感情作用，道源于理智作用。但见了人家言情，我为时髦起见，虽无情可言，也要搜情取貌，则不是源于情感，而是源于理智，失掉了"文学产于情感"的要素。因此其所言之情，是无病呻吟，是无笑强笑。反之如对一种道理，深信不疑，而且认为是自己的责任，头可断，此道不可不行，则已由理智作用，渡于感情作用，虽为载道文学，仍合于"文学产于情感"的要素。韩愈以前的古文家，其所谓道既模糊，其对于道的信念，也比较冷淡。韩愈不惟抓住了鲜明的道，而且有万死殉道的愿力。自然要使古文运动，划一新时代了。

至韩愈所以能抓着儒道以排佛老的原因，属于个人方面者，一由于师友的熏陶与怂恿，一由于家庭的遗传与教育。前者如《旧唐书》卷一六〇本传说："大历贞元之间，文字多为古学，效扬雄董仲舒之述作，而独孤及梁萧最称渊奥，儒林推重。愈从其徒游，锐意钻仰，欲自振于一代。"这是师傅的熏陶。张籍两次上韩愈书，力言老释之害，劝愈"嗣孟轲扬雄之作，辨扬墨老释之说，使圣人之道，复见于唐"。这是朋友的怂恿。后者如王铚韩会传称"会与其叔云卿俱为萧颖士受奖。其党李纾柳识崔祐，皇甫冉谢良弼朱巨川并游，会慨然独鄙其文格绮艳，无道法之实，首与梁萧变体为古文章，为《文衡》一篇。……弟愈三岁而孤，养于会，学于会。……观《文衡》之作，益知愈本六经，尊皇极，斥异端，节百家之美而自为时法，立道雄刚，事君孤峭，甚矣其似会也"（此与张籍劝韩愈文，系李嘉言先生所提出，见《文学》第二卷第六期《韩愈复古运动的新探索》）。属于社会方面者，一由于社会问题的益趋严重，一由于佛老的畸形发达。前者是无庸细述的。韩愈的时代已届中唐之末，经济的动摇，政治的腐败，以及其他的破弊情形，是尽人皆知其较以前更甚的。后者——所谓佛老的畸形发达，也不必远找例证，只看韩愈《原道》说"古之为民者四，今之为民者六"，已便知道不耕而食，不织而衣的佛老，已与士农工商平分社会。这样自然应当排斥佛老，而排斥佛老自然要卫护儒道了。

三　道与文的关系

至道与文的关系，在韩愈以为就"学"而言，要"因文见道"；就"作"而言，要"文以载道"。如《答李秀才书》云：

> 然愈之所志于古者，不惟其辞之好，好其道焉尔。

《答陈生书》云：

> 愈之志在古道，又好其辞。

《题哀辞》后（欧阳生哀辞）云：

> 愈之为古文，岂独取其句读不类于今者耶？思古人而不得见，学古道则欲兼通其辞；通其辞者，本志乎道者也。

这就是说所以为古文的原因，为的是"因文见道"。又如《答刘正夫书》云：

> 若圣人之道不用文则已，用则必尚其能者；能者非他，能自树立，不因循者是也。

《上兵部李侍郎书》云：

> 谨献旧文一卷，扶树教道。

《上宰相书》云：

> 其业则读书著文，歌颂尧舜之道。

这就是说作古文的原因，为的"以文载道"。所以道是文的实质，文是道的形式。《答李翊书》说："道德之归也有日矣，况其外之文乎？"则所重者是道的实质，其次才是文的形式。所以《答李翊书》又说："养其根而竢其实，加其膏而希其光；根之茂者其实遂，膏之沃者其光晔，仁义之人，其言蔼如也。"《答尉迟生书》也说："夫所谓文必有诸其中。是故君子慎其实；实之美恶其发也不掩，本深而末茂，形大而声宏，行峻而言厉，心醇而气和，昭晰者无疑，优游者有余。体不备不可以为成人，辞不足不可以为成文。"

四 古文方法

韩愈所抓着的儒家之道，其义蕴已为周秦两汉的儒者发挥殆尽，至韩愈已无多可言，故虽有"信道笃"的愿念，也只能作实行的儒家，不能作理论的儒家。《全唐文纪事》卷七十七引《东坡海外集》云："韩愈之于圣人之道，盖亦知好其名而矣，而未能乐其实。何者？以其论甚高，其待孔子孟轲甚尊，而距杨墨佛老甚严，此其用力亦不可谓不至也。然其论至于理而不能精。"实以儒理已为韩愈以前的儒家说尽，故韩愈只能据儒理以排斥佛老，不能对儒理有新的发明。故韩愈虽自言重道轻文，而结果还成为文章家，没有成为哲学家。

从历史的根据而言，隋唐的古文运动，在取法周秦两汉之文，以打倒魏晋六朝之文，所以自李谔王通以来，几乎没有一位古文家不提倡周秦两汉文，反对魏晋六朝文的。韩愈也说魏晋以下之文，"就其善者，其声清以浮，其节数以急，其辞淫以哀，其志驰以肆，其为言也杂乱而无章"（《送孟东野序》）。又说："齐梁及陈隋，众作等蝉噪。搜春摘花卉，沿袭伤剽盗。"（《荐士》）既反对魏晋六朝文，故不读魏晋六朝之书，不作近似魏朝六朝之文。而其所取法，无疑的是周秦两汉了。《答李翊书》自述读书为文的经验说：

> 始者非三代两汉之书不敢观，非圣人之志不敢存，处若忘，行若遗，俨乎其若思，茫乎其若迷。当其取于心而注于手也，惟陈言之务去，戛戛乎其难哉。其观于人，不知其非笑之为非笑也。如是者亦有年，犹不改，然后视古书之正伪，与虽正而不至焉者，昭昭然白黑分矣。而务去之，乃徐有得也。当其取于心而泾于乎也，汩汩然来矣。其观于人也，笑之则以为喜，誉之则以为忧，以其犹有了之说者存也。如是者亦有年然后浩乎其沛然矣。吾又惧其杂也，迎而距之，平心而察之，其皆醇也，然后肆焉。虽然，不可以不养也。行之乎仁义之途，游之乎诗书之源，无迷其途，无绝其源，终吾身

而已矣。气水也，言浮物也，水大而物之浮者大小毕浮，气之与言犹是也，气盛则言之长短，与声之高下皆宜。虽如是，其敢自谓几于成乎？

又《答刘正夫书》云：

或问为文宜何师？必谨对曰：宜师古圣贤。人曰古圣贤人所为书具存，辞皆不同，宜何师？必谨对曰：师其意不师其辞。又问曰：文宜易宜难？必谨对曰：无难易，惟其是不。——如是而已，非固开其为此而禁其为彼也。夫百物朝夕所见者，人皆不注视也，及睹其异者，则共观而言之。夫文岂异于是乎？汉朝人莫不能为文，独司马相如太史公刘向扬雄为之最，然则用功深者，其收名也远。若皆与世浮沉，不自树立，虽不为当时所怪，亦必无后世之传也。足下家中百物，皆赖而用也，然其所珍爱者，必非常物。夫君子之于文，岂异于是乎？今后进之为文，能深探而力取之，以古圣贤人为法者，义未必皆是，要若有司马相如太史公刘向扬雄之徒出，必自于此，不自于寻常之徒也。

前者昭示古文方法在精读三代两汉之书，实行三代两汉之道；后者谓师古圣贤之书，须师其意，不必师其辞。良以古文本来注重载道，所以欲作古文，必先明古道。惟古道不是照钞，而要务去陈言，必非常物。要明古道，又务去陈言，固是以复古为革命，而在逻辑上是矛盾的。且古道已为古人说尽，余义无多，所以务去陈言的律条，遂躲避实质之道趋向形式之文。所以韩愈的古文，自谓"不专一能，怪怪奇奇"（《送穷文》）。柳宗元也说"韩信子之怪于文也"（《读韩愈所著毛颖传后题》）。至他的门弟子后学，遂专专的提倡奇怪之文了。

五　不平则鸣与穷而益工

至文学的产生，韩愈以为由于"不得其平"，于《送孟东野序》云："大凡物不得其平则鸣，草木之无声，风挠之鸣，水之无声，风荡之鸣。其跃也或激之，其趋也或梗之，其沸也，或炙之。金石之无声，或击之鸣。人之于言也亦然，有不得已者而后言；其歌也有思，其哭也有怀，凡出乎口而为声者，其皆有弗平者乎。"

文学既生于不平之鸣，则愈不平，其文学愈善；而不平的因素虽多，最直接的是穷困，所以说"文穷益工"。《于荆潭唱和诗序》云：

> 夫和平之音淡薄，而愁思之声要妙，欢愉之辞难工，而穷苦之言易好。
> 是故文章之作，恒于羁旅草野。至若王公贵人，气满志得，非性能而好之，
> 则不暇以为。

这种不平则鸣与文穷益工说的产生，其历史的来源，大概可上溯于司马迁的对一切著述，率谓其由于"抒其愤思"（详拙编《中国文学批评史》第一分册第三篇第三章第三节）。韩愈颇推崇司马迁，司马迁的学说，当然可给他以极大的影响。然韩愈的特别提到这种说法，当然与他的不得志有关。他"年二十时，苦家贫衣食不足……见有学士者，人多贵之……因诣县州求举。有司者好恶出于其心，因举而后有成，亦未即得仕。闻吏部有以博学宏辞选者，人尤谓之才，且得美士……因又诣州府求举。凡二试于吏部，一既得之而又黜于中书"（《答崔立之书》）。后来三上宰相书，遍干当时的执政者，虽爬上了仕途，而迭遭贬谪，几至杀戮。由是作《进学解》以解嘲，作《送穷文》以自谴。不幸他又不是优游肥遁的隐士，而是有绝大抱负的学者，因此益感不得志行道的痛苦。"学成而道益穷，年老而智益困"（《上兵部李侍郎书》），冷酷的社会，葬送了热肠的学者。遂由不平则鸣，文穷益工的事实，作出了不平则鸣，文穷益工的文学产生说。此种文学产生说，与现在所谓"文学是苦闷的象征"，虽有详明简陋之分，但在本质上是没有什么差别的。

六　时人的见解与李翱的批评

古文运动之至韩愈已达到了最高点，同时便已有相当的转移方向的暗示。韩愈对于文主"怪怪奇奇"，则虽自谓不重形式，而较萧李则实在注重形式了。以故韩愈是古文的集大成者，同时也是后来转返于骈俪的开道者。本来一切物不能永久保持同一状态，否定自己而变成他物，乃物的内在本质。南北朝以来的繁密缘情的文学否定自己而变成古文，古文发展到了最高点又否定自己而变成晚唐五代的缘情的骈文。——这是内在的原因。至外在的原因，则古文的目的原在救世，其存在的客观条件，在世之答应拯救；否则虽不答应拯救，而拯救者还在梦中。前者是隋至初盛唐，正努力复兴社会，所以朝野上下，皆愿承受古文之实质的道之教导与束缚。后者是中唐，社会方面，已由贫富的悬殊过甚，致使权贵与富豪不甘受道的教导与束缚，农民不能受道的教导与束缚。而以惟其贫富双方皆不受道的教导与束缚，益使有心救世者，加强道的形质与力

量，由是产生韩愈的载道文论与文章。韩愈的载道文论与文章之不容于世，是他曾再三明言的。如《答尉迟生书》谓自己"所能言者，皆古之道。古之道不足以取于今"。《答李翊书》也慨叹："志乎古必遗乎今，吾诚乐而悲之！"《与冯宿论文书》也说："不知古人直何用于今世也！"他明儒道，辟佛老。由是谏迎佛骨，"而一封朝奏九重天，夕贬潮阳路八千"矣！以道救世，反为世所弃，这是何苦来呢？还是做做文章吧。韩愈自谓重道轻文，而结果文过于道者，这也是重要原因之一。至韩愈以后，一言文章者，虽有的仍主文以载道，如韩愈的门人李汉谓："文者贯道之器也；不深于斯道而至焉者，不也。"（《昌黎先生集序》）而大部分的人则率舍道以言文，李翱《答朱载言书》云：

> 天下之语文章者，有六说焉：其尚异者，则曰文章辞句奇险而已。其好理者，则曰文章叙意苟通而已；其溺于时者，则曰文章必当对；其病于时者，则曰文章不当对；其爱难者，则曰文章宜深，不宜浅；其爱易者，则曰文章宜通，不宜难。

除好理较近载道说外，其余都不管道不道，只讲文不文。至李翱的意见，则谓六说者"皆情有所偏，滞而不流，未识文章之所主也"。他说：

> 义不深，不至于理，言不信，不在于教劝，而词句怪丽者有之矣，《剧秦美新》、王褒《僮约》是也。其理往往有是者，而词章不能工者有之矣，刘氏《人物表》、王氏《中说》、俗传《太公家教》是也。古之人能极于工而已，不知其词之对与否，易与难也。诗曰："忧心悄悄，愠于群小"，此非对也。又曰："遘闵既多，受侮不少"，此非不对也。书曰："朕暨谗说殄行，震惊朕师。"诗曰："菀彼桑柔，其下侯旬，将采其刘，瘼此下人。"此非易也。书曰："允恭克让，光被四表，格于上下。"诗曰："十亩之间兮，桑者闲闲兮，行与子旋兮。"此非难也。学者不知其方，而称说云云如前所陈者，非吾之敢闻也。

他虽谓"学者不知其方，而称说云云如前所陈者，非吾之敢闻也"。但他实承认六说者都是文之一体。又说：

> 义虽深，理虽当，词不工者不成文，宜不能传也。文理义三者兼并，也

能独立于一时，而不泯灭于后代，能不传也。仲尼曰："言之无文，行之不远。"子贡曰："文犹质也，质犹文也，虎豹之鞟，犹犬羊之鞟。"此之谓也。陆机曰："患他人之我先。"韩退之曰："惟陈言之务去。"假令述笑哂之状，曰："莞尔"，则《论语》言之矣，曰："哑哑"，则《易》言之矣；曰"粲然"，则谷梁子言之矣；曰："攸尔"，则班固言之矣；曰："嘕然"，则左思言之矣；吾复言之，与前文何以异也？此造言之大归也。

则他虽自谓："吾所以不协于时而学古文者，悦古人之行也；悦古人之行者，爱古人之道也。"（亦《答朱载言书》）而反对当时为文者，"务于华而忘其实，溺于辞而弃于理"（《百官行状奏》）。但他实重文轻道，所以说"义虽深，理虽尚，词不工者不成文"。他说文理义为文章三要素，而谓：

> 故义深则意远，意远则理辩，理辩则气直，气直则辞盛，辞盛则文工。如山有恒华嵩衡焉，其同者高也；其草木之荣，不必叼也。如渎有淮济河江焉，其同我出源到海也；其曲直浅深色黄白，不必均也。如百品之杂焉，其同者饱于腹也，其味咸酸辛苦，不必均也；此因学而知者也，此创意之大归也。

从表面看，似以义为最重，理次之，文又次之，然末谓"此创意之大归也"，实是文章家之为文而创意，不是哲学之为道以垂文。韩愈《与冯宿论文书》，闵叹李翱张籍的"弃俗尚而从其寂寞之道，以之争名于时也"。盖道虽是李翱所心尚，而以于时反道尚文，自己虽不以为然，而以"争名于时"及其他原因，也遂有意无意的视文重于道了。至于对佛学之较韩愈有深刻的认识，更是重文轻道的表示，因好佛便不忠于儒道，同时梵文重藻尉，所以六朝文与佛书有相当的关系，而李翱的研佛与好文，也许不无些微原因吧？

七 附裴度的对于李翱重文说的抗议

社会真是复杂的，有的推着时代的轮子向前跑，有的却扯着时代的轮子向后拉。自韩愈载道失败，转重文辞以后。韩愈的大弟子李翱便首先说："义虽深，理虽富，词不工者不成文。"而裴度却极力反对，《寄李翱书》谓周孔孟荀骚人相如子云贾谊司马迁董仲舒刘向之文，"皆不诡其词而词自丽，不异其理而理自新"。又说：

若夫典谟训诰文言系辞国风雅颂，经圣人之笔削者则又至易也，至直
也。虽大弥天地，细入无间，而奇言怪语，未之或有。意随文而可见，事随
意而可行，此所谓文可文，非常文也。

又说：

观弟近日制作大旨常以时世之文，多偶对俪句，属缀风云，羁束声韵为
文之病甚矣。故以雄词远志，一必矫之，则是以文字为意也。且文者圣人假
之以达其心，达则已，理穷则已，非故高之下之详之略之也。愚欲去彼取
此，则安步而不可及，平居而不可逾。又何必远观经术，然后骋其材力哉？
昔人有见小人之违道者，耻与之同形貌，共衣服，遂思倒置眉目反易冠带以
异也，不知其倒之反之之非也。虽非于小人，亦异于君子矣。故文人之异，
在气格之高下，思致之浅深，不在其碟裂章句躐废声韵也。人之异在风神之
清浊，心志之通塞，不在于倒置眉目，反易冠带也，试用高明，少纳庸妄。
若以为未幸，不以苦言见革，甚感。

不惟不赞成李翱的以文字为意，以奇言怪语矫正当世的"偶对俪句，属缀
风云，羁束声韵"，对于韩愈的以文为戏，亦不以为然。于《寄李翱书》又说：

昌黎韩愈，仆识之旧矣，中心爱之，不觉惊赏。然其人信美材也。近或
闻诸侪类云，恃其绝足，往往奔放，不以文立制，而以文为戏，可矣乎？可
矣乎？今之作者不及则已，及之者当大为防焉耳。

然则裴度的意思，大概谓文为达意的工具，能达意就完了，不应于达意之
外，故意在文字上，"高之，下之，详之略之"，因此主张至易至直之文。本
来古文的意义，在矫正魏晋六朝以来的繁密缘情之文。但以既名古文，则于道
以外，应顾及于文。至韩愈由重道失败而转返重文以后，李翱一班人遂不免舍
道为文，舍道论文，但虽专力于文，而不能遽尔投降于所反对的"偶对俪句，
属缀风云，羁束声韵"之文，自然只有从事于"奇言怪语"，"雄词远志"。裴
度诋其"思倒置眉目，反易冠带"，以求异寻常，可以说是正中其失。古文本
以简易载道为依归，而末流以道无可载，且不必载，不能载，遂至于以奇言怪

语，与偶对俪句之文相争，已失掉了原始的目的，已失掉了存在的价值。《全唐文纪事》卷七十六引《学古绪言为友人写韩送王舍序》说："世之称韩文以怪怪奇奇，吾尤重其大雅卓然，独不牵于流俗。……而愦愦者乃曰古文之法亡于韩；不知其所谓亡者何等也！此诚儿童之见，所谓'蚍蜉撼大树'者！"说古文之法亡于韩，自未免误妄。但古文至韩愈而极盛，韩门弟子便撞了丧钟，为时无几，便被"偶对俪句，属缀风云，羁束声韵"的文章所战胜，确是无可讳言的事实。

至裴度之所以能燃着简易说的最后的光焰，以反对韩愈李翱的怪奇说者，固是怪奇说产生后的当然反响；而不出于旁人，独出于裴度，其最大的原因，以他学于刘太真（见裴度所作《刘府君神道碑》），而刘太真正是至极端简易说的萧颖士的弟子（见《新唐书》文参本传）。再者，他本以德化事功为主的达官，虽学于刘太真，而不以文章名家，当然也是原因之一。

八 皇甫湜及孙樵的怪奇主义

简易说的最后的一点光焰，胜不过由历史及社会环境所促成的怪奇说。韩愈及其大弟子李翱不过有怪奇主义的趋势，还没有以全副精神作怪奇的文章与文论。韩门中年岁较晚的弟子皇甫湜，其文章文论便真的置重于"怪奇主义"了。《答李生第一书》说：

> 夫意新则异于常，异于常则怪矣；词高则出于众，出众则奇矣。虎豹之文不得不炳于犬羊，鸾凤之音不得不锵于鸟鹊，金玉之光不得不炫于瓦石，非有意先之也，乃自然也。

古文运动的意义之一，是嫌弃六朝文的绮缛繁密，有伤自然，由是提倡简易自然的古文。今皇甫湜竟以怪奇为自然，亦可谓怪奇之至了。盖怪奇是他所提出的新义，自然是唐代原有的通义欲使新义植基于通义，由是不得不挑着自然的招牌，贩卖怪奇的药品。韩愈所谓古文，较过去所谓古文，已有很大的量的变化，皇甫湜更逐渐由量的变化，形成质的变化。所以湛渊静语说："或谓皇甫湜韩门弟子，而其学流于艰涩怪僻，所谓目瞪舌涩，不能分其句读者也。"（引见《全唐文纪事》卷五十八）

皇甫湜的文学观，虽已由简易的古文，变为怪奇的古文，而有的人当然还留滞于传统的见解，以故这位向他请教的李生，似不以为然。皇甫湜于《答李生第二书》说：

> 夫谓之奇则非正矣，然亦无伤于正也。谓之奇既非常矣，非常者谓不如常也。谓不如常，乃出常也。无伤于正而出于常，虽尚之亦可也。此统论奇之体耳，未以文言之失也。夫文者非他，言之华者也。其用在通理而已，固不务奇，然亦无伤于奇也。使文奇而理正，是尤难也。生意便其易者乎？夫言亦可以通理矣，而以文为贵者非他，文则远，无文即不远也。以非常之文，通至正之理，是所以不朽也，生何嫉之深耶？夫绘事后素，既谓之文，岂苟简而已哉？圣人之文其难及也，作《春秋》，游夏之徒不能措一辞，吾何敢拟议之哉？秦汉以来至今，文学之盛，莫如屈原宋玉、李斯、司马迁、相如、扬雄之徒，其文皆奇，其传皆远。

又第三书说：

> 生以正抑其奇。……生言非常之物如何得常，故当不也，所以千年圣而愚比肩也。生言天象形象非常者，皆为妖妄，如天出景星，地出醴泉，盖非常，谓之妖可乎？假如妖星荧惑，天所常悬，牛溲马勃，地所常有，足尚乎？生何窒！生以松柏不艳比文章，此不知类也。凡比必于其伦，松柏可比节操，不可比文章。大人虎变，君子豹变，此文章比也。有以质为贵者，有以文为贵者，引茅屋越席，易黼藻元黄之用，可乎？生云奇与易，作者何别，在所为耳。请考之于实：生为易矣，试为仆作难，作难者视何如相如、扬雄也？恐生乃不能，非不为也。《楚诗》、《史记》、《太元》之不朽也，岂为资笑谑乎哉，如鸟鹊啁啾，声断便已，人如不闻尔，何足贵也？所言诗书之文不奇，举多言之也，易处多，奇处少尔。易文大抵奇也，易处几希矣。

由他的答书里，知李生以正抑他之奇，以常抑他之怪，以质直抑他之华艳，以简易抑他之繁难。他是号称古文家的，而他所提倡的正是过去的古文家所反对的，李生所持以攻击他的，反合乎过去的古文家的见解。可见古文之名虽存，古文之实已异。不错，皇甫湜是古文家，是集古文大成的韩愈的弟子，但以时过境迁，所以逐渐否定自己，而要变成他物了。

皇甫湜是韩愈的弟子，而竟打着古文的旗号，逐渐转变古文以至否定古文。皇甫湜以后的孙樵自谓："尝得为文真诀于来无择，来无择得之于皇甫持正（湜字），皇甫持正得之于韩吏部退之。"（《与王霖秀才书》，又《与友人论文书》）虽作有乞巧对，说："彼巧在文，摘奇搴新，辖字束句，稽程合度，磨韵调声，决浊流清，雕技镂英，花斗窠明。至有破经碎史，稽古倒置，大类于俳，观者启齿。下醨沈谢，上残骚雅，取媚于古，古风不归。"然似对诗而言。至对于文，更是极端主怪主奇的，《与王霖秀才书》说：

> 太原君足下：《雷赋》逾六千言，推之大易，参之元象，其旨甚微，其辞甚奇，如观骇涛于重溟，徒知褫魄眙目，莫得畔岸，诚谓足下怪于文，方举降旗，将大夸朋从间，且疑子云复生。无何，足下继以翼旨及杂题十七篇，则与《雷赋》相阔数百里。足下未到其壶，则非樵所敢与知；既入其域，设不如意，亦宜上下铢两，不当如此悬隔。不知足下以此见尝耶？抑以背时戾众，且欲餔粕啜醨以苟其合耶？何自待则浅，而徇人反深！鸾凤之音必倾听，雷霆之声必骇心，龙章虎皮，是何等物，日月五星，是何等象，储思必深，摛词心高，道人之所不道，到人之所不到，趋怪走奇，中病归正。以之明道则显而微，以之扬名则久而传。

又《与友人论文书》也说：

> 古今所谓文者，辞必高然后为奇，意必深然后为工，焕然如日月之经天也，炳然如虎豹之异犬羊也。是故以之明道则显而微，以之扬名则久而传。

又与贾希夷书也称赞贾希夷文的"立言必奇，撼意必深，抉精别华，期到圣人"。其重怪重奇，毫无疑问。

皇甫湜只提出了怪奇，孙樵于怪奇以外，又提出所谓工，说："辞必高然后为奇，意必深然后为工。"然则工必艰深，也有不平常的意思。古文运动，其意义虽千条万绪，而其约归，不外内容的以道理代性情，形式的以简易代繁密。然唐代的古文家，其所谓道本没有多少可以阐说的，至韩愈言通失败，更不必再事阐说。内容既无可阐说，当然要转而考究形式，由是逐渐放弃简易的旧说。又古文既不主张俪偶，故只有从怪奇处着想。但古文运动的两大意义丢掉了，而古文运动也便逐渐坏灭了（杜牧、皮日休、陆龟蒙的古文论，别详余所作晚唐五代的文学论，见《文哲月刊》第一卷第二期及第三期）。

论"以文为诗"*

朱自清

陈师道《后山诗话》云：

> 退之以文为诗，子瞻以诗为词，如教坊雷大使之舞，虽极天下之工，要非本色。

说韩愈（退之）以文为诗，原不始于陈师道，释惠洪《冷斋夜话》二云：

> 沈存中、吕惠卿吉甫、王存正仲、李常公泽，治平中在馆中夜谈诗。存中曰："退之诗，押韵之文耳，虽健美富赡，然终不是诗。"吉甫曰："诗正当如是。吾谓诗人亦未有如退之者。"

"以文为诗"一语似乎比"押韵之文"一语更清楚些，所以这里先引了《后山诗话》。这个诗文分界的问题，是宋人提出的，也是宋人讨论的最详尽。刘克庄、严羽的意见可为代表。

刘说：

> 后人尽诵读古人书，而下语终不能仿佛风人之万一，余窃惑焉。或古诗出于情性，发必善；今诗出于记问博而已，自杜子美未免此病。（《后村先生大全集》九十六《韩隐君诗序》）

又说：

---

* 原载 1947 年 6 月 5 日《大华日报》(济南)。选自《朱自清说诗》，上海古籍出版社，1998。

唐文人皆能诗，柳尤高，韩尚非本色。迨本朝则文人多，诗人少。三百年间，虽人各有集，集各有诗，诗各自为体，或尚理致，或负材力，或呈辨博，少者千篇，多至万首，要皆经义策论之有韵者尔，非诗也。（同上九十四《竹溪诗序》）

严也说：

近代诸公乃作奇特解会，遂以文字为诗，以才学为诗，以议论为诗。夫岂不工？终非古人之诗为也；盖于一唱三叹之音有所歉焉。（《沧浪诗话·诗辨》）

他们都是以风诗为正宗的。

到了明代的李梦阳，他更进一步，主张五言古诗以汉、魏、六朝为宗，七言古诗以乐府及盛唐为宗，近体全以盛唐为宗。他给诗立了定格，建了正统。他的诗的影响不过一时，但他的诗格论的影响不是一时的；后来虽有许多反对的意见，却并没有能够摇动他的基础。它的基础是在"吟咏情性"（《诗大序》）"温柔敦厚"（《礼记·经解》）那些话和"选体"的五言诗上头。

为什么到了宋代才有诗文分界的问题呢？这有很长的历史。原来古代只有诗和史的分别（见闻一多先生《歌与诗》），古代所谓"文"，包括这两者而言。此外有"辞"、"言"、"语"。"辞"如春秋的辞令，战国的说辞。"语"如《论语》《国语》。"言"呢，诸子大都是记言之作。但这些都没有明划的分界，诗与史相混，从《雅》《颂》可见。诗、史、辞和言、语相混，从《老子》《庄子》等书内不时夹杂着韵语可见。至于汉代称为《楚辞》的屈、宋诸作，不用说更近于诗了。

汉代是个赋的时代；那时所谓"文"或"文章"便指赋而言。汉代又是个乐府时代；假如赋可以说是霸主，乐府便是附庸了。乐府是诗，赋也可以说是诗，班固《两都赋序》第一句便说："或曰：'赋者，古诗之流也'"；刘歆《七略》也将诗赋合为一目。赋出于《楚辞》和《荀子》的《赋篇》，性质多近于诗的《雅》《颂》；以颂美朝廷，描写事物为主。抒情的不多。晋以后的发展，才渐渐转向抒情一路，到六朝为极盛。按现在说，汉赋里可以说是散文比诗多。所谓骈体实在是赋的支与流裔，而骈体按我们说，也是散文的一部分。这可见出赋的散文性是多么大。赋是诗与散文的混合物，那么，汉人所谓

"文"或"文章"，也是诗与散文的混合物了。

乐府以叙事为主，但其中不缺少抒情的成分。它发展到汉末，萌芽了抒情的五言诗。可是纯粹的抒情的五言诗，是成立在魏、晋间的阮籍的手里；他的意境却几乎全是《楚辞》的影响。魏、晋、六朝是骈体文和五言诗的时代；但这时代还只有"文"、"笔"的分别，没有"诗"、"文"的分别。"有韵者文"，"无韵者笔"，是当时的"常言"（《文心雕龙·总术篇》）。赋和诗都是"文"，和汉人意见其实一样。另一义却便不同：有对偶、谐声的抒情作品是"文"，骈体的章奏与散体的著述是"笔"（梁元帝《金楼子·立言篇》）。这个说法还得将诗和赋都包括在"文"里，不过加上骈体的一部分罢了。这时代也将"诗"、"笔"对称，所谓"笔"还只指骈体的章奏与散体的著述，一部分抒情的骈体不在内，和后来"诗"、"文"的分别是不同的。

唐代的诗有了划时代的发展，所以当时人特别强调"诗"、"笔"的分别；杜甫有"贾笔论孤愤，严诗赋几篇"（《寄岳州贾司马六丈巴州严八使君》）的句子，杜牧有"杜诗韩笔愁来读"（读《杜韩诗集》）的句子，可见唐一代都只注意这一个分别。杜牧称韩愈的散体为"笔"，似乎只看作著述，不以"文"论。韩愈和他的弟子们却称那种散体为"古文"；韩创作那种散体古文，想取骈体而代之，也是划时代。他的努力是将散体从"笔"升格到"文"里去，所以称为"古文"；他所谓"文"，似乎将诗、赋、骈体、散体，都包括在内，一面却有意扬弃了"笔"的名称。唐人连韩愈和他的追随者在内，都还没有想到诗文的对立上去。

宋代古文大盛，散体成了正宗。骈体不论是抒情的应用的，也都附在散体里，统于"文"这一个名称之下。王应麟《困学纪闻》有评应用文（骈体居大多数）的，所以别出。王虽分评，却都称为"文"；这个"文"的涵义，正是韩愈的理想的实现。这样，"笔"既并入"文"里，"文笔"、"诗笔"的分别，自然不切用了，于是诗文的分别便应运代兴。诗文的分别看来似乎容易，似乎只消说"有韵者诗，无韵者文"就成了。可是不然。宋人便将赋放在文里，《困学纪闻》"评文"前卷里有评辞赋的话，王应麟却不收在那"评诗"一卷里。宋人将诗从文里分出，却留着辞赋，似乎自己找麻烦，但一看当时"文体"的赋（如苏轼《赤壁赋》等）的发展，便知道这是有道理的。因为成立了诗文对立的局势，而二者的分别又不在韵脚的有无上，所以有许多争议；篇首所引，是代表的例子。

争议虽多，共同的倾向却很显明，那就是风诗正宗。苏轼和朱熹都致慨于唐诗的变古，以为古人的"高风"、"远韵"从唐代已经衰歇不存（苏《书黄子思诗集后》，朱《答巩仲至书》第四，第五）。这正是风诗正宗的意思。苏轼自己便是个变古的人，也说出这样的话，可是这主张不是少数人或一时代的私见，它是有来历的。《诗大序》说诗是"吟咏情性"的，《礼记·经解》说"温柔敦厚"是"诗教"。这里面虽含着政教的意味，史的意味，但三百篇中风诗及准风诗的《小雅》既占了大多数，宋代又是经学解放的时代，当时人不管注疏里史的解释，只将自己读风诗的印象去印证那两句话，而以含蓄蕴藉的抒情诗为正宗，也是自然的。再说还有选体诗作他们有力的例子。选体诗的意境是继承《楚辞》的抒情的传统的。东晋时老、庄的哲学虽然一度侵入诗里，但因为只是抄袭陈言，别无新义，不久就"告退"了（《文心雕龙·明诗》）。抒情诗的传统这样建立起来，足为"吟咏情性"和"温柔敦厚"两句话张目。

不过选体诗变为唐诗，到了宋代，一个新传统又建立起来了。这里发展了一类"沉着痛快"之作，或抒情，或描写，或叙事，或议论，不尽合于那两句古话，可是事实上是有许多人爱作有许多人爱读的诗。旧传统压不倒新传统，只能和它并存着。好古的人至多只能说旧的是"正"，新的是"变"，像苏轼便是的；或者说新的比旧的次些，像朱熹便是的，但不能不承认那些"沉着痛快"之作也是诗。再说苏轼虽然向慕那"高风"、"远韵"，他自己却还在开辟着"变"的路；这大约是所谓"穷则变"，也是不得不然。刘克庄也还是走的"变"的路。严羽是走"正"路了，但是不成家数。他说"近代诸公"的诗不是诗，却将"沉着痛快"的诗和"优游不迫"（即"温柔敦厚"）的诗并列为诗的两大类，可见也不能完全脱离时代的影响。

沈括（存中）说韩愈的诗只是"押韵之文"，不是诗；陈师道说韩"以文为诗"，不是诗的本色。陈的意思和后来的朱熹大约差不多；沈说却比较激切，所以引起全然相反的意见。刘克庄说和沈说一样。原来宋以前诗文的界划本不分明，也不求分明，沈、陈、刘，以当时的观念去评量前代，是不公道的。况且韩愈的诗，本于《雅》《颂》和乐府，也不是凭空而来；按宋代说，固可以算他"以文为诗"，按唐代说，他的诗之为诗，原是不成问题的。

宋人的风诗正宗论却大大的影响了元、明两代；一面也是这两代散体古文的发展使诗文的分界更见稳定的缘故。李梦阳的各体诗定格说正是时势使然。但姑不论他的剽窃的作风，他的定格里上有汉乐府，下有唐诗，其实也已经不纯是抒情的传统，与那两句古话不尽合了。到了清代中晚期，提倡所谓宋诗，那新传统复活了而且变本加厉，以金石考订入诗；《清诗汇》自序且诩为"诗道之尊"。章炳麟《辨诗》以为这种考订金石之作"比于马医歌括",胡适之在《什么是文学》中也以为这种诗不是诗。他们都是或多或少皈依那抒情的传统的。

但是诗文的界划,宋以前既不分明,宋以来理论上虽然分明,事实上也不全然分明,坚持到底,怕也难成定论。所以韩愈"以文为诗"似乎并不碍其为诗。南宋陈善《扪虱新话》云:"韩以文为诗,杜以诗为文,世传以为戏。然文中要自有诗,诗中要自有文,亦相生法也。"这是极明通的议论。可是"以文为诗"在我们的诗文评里成了一个热闹的问题,"以诗为文"却似乎不大成问题的样子,这是什么缘故呢?大概宋以前"诗"一直包在"文"里,宋人在理论上将诗文分开了,事实上却分不开,无论对于古人的作品或当时人的作品都如此。这种理论和事实的不一致,便引起许多热烈的讨论。至于文,自来兼有叙事、议论、描写、抒情等作用,本无确定的界限,不管在理论上和事实上。宋人还将辞赋放在文里,可见他们是不以文的抒情的作用为嫌的。

《扪虱新话》引的"杜以诗为文"的话,是仅有的例外。那只是说杜甫作文,用字造句往往像作诗一般,所以显得别别扭扭的。"韩以文为诗"是成功了,"杜以诗为文"却失败了。杜的文没有人爱学,也很少人爱读。这也是"以诗为文"引不起热闹的讨论的一个原因。但类似的讨论却不是没有,唐刘知幾《史通·叙事》,论"近古"史书,词多繁复,事喜藻饰。那些时候作史多用骈体,骈体含着很多抒情的成分,繁复和藻饰,正是抒情的主要手法,用来叙事,却是不相宜的。这繁复与藻饰,按宋人的标准说,也正是诗的精彩。刘知幾时代,诗文还未分家,更无所谓骈散之辨,但他所指出的问题,若用宋人的术语,却正是"以诗为文"那句话。

到了清代,骈散的争辩热闹起来了,古文家论骈体的短处,也从这里着眼。如曾国藩的话:

> 自东汉至隋,文人秀士,大抵义不孤行,辞多俪语;即议大政,考大礼,亦每缀以排比之句,间以婀娜之声。历唐代而不改;虽韩、李锐志复古,而不能革举世骈体之风。此皆习于情韵者类也。(《湖南文征序》)

"习于情韵"就是"抒情",和那"排比之句","婀娜之声",都是诗。这里所讨论的,其实也还是"以诗为文"那句话。不过这种讨论,我们的诗文评都放在"骈散"一目下,不从诗文分界的立场看。"以诗为文"的问题,宋人既未全貌的提出,可以作为这个问题的正面的"骈散"的讨论,又不挂在它的账上，所以就似乎不大成问题的样子了。

新文学运动以来，我们输入了西洋的种种诗文观念。宋人的诗文分界说，特别是诗的观念，即使不和输入的诗文观念相合，也是相近的。单就诗说，初期的自由诗有人讥为分行的散文，还带着宋以来诗的传统的影响。第一个提倡新诗的胡适之还提倡以诗说理呢。但是后来的格律诗和象征诗便走上新的纯粹抒情的路。这该是宋人理想的实现。

可是诗的路却似乎越过越窄，作者和读者也似乎越来越少。这里也许用得着 J.M.Murry《风格问题》一书中的看法。他说："在某种文化的水准上，加上种种经济的社会的情形（这些值得详加研究），某种艺术的或文学的体式是会逼着人接受的。"（四八面）宋以来怕可以说是我们的散文时代，散文的体式逼着一般作家接受；诗不得不散文化，散文化的诗才有爱学爱读的人。现代诗走回诗的"正"路，但是理睬的人便少了。只看现代散文（包括小说）的发展是如何压倒了诗的发展，就知此中消息。诗暂时怕只是少数人的爱好（这些人自然也是不可少的），它的繁荣怕要在另一个时代。Murry 还说："批评只消研讨基本的成分，比较着看；它所着眼的是创造想象，除非要研讨文字的细节，是不必顾到诗文的分别的。"（五二，五三面）照这个看法，"以文为诗"也该是不成问题的。

唐代法家诗人刘禹锡[*]

萧涤非

> 莫道谗言如浪深，莫言迁客似沙沉。
> 千淘万漉虽辛苦，吹尽狂沙始到金！

这是唐代法家诗人刘禹锡第三次贬官为夔州刺史时学习当地民歌所作《浪淘沙》九首之一。这首诗虽只有二十八个字，而和作者身世有关的，又实只"谗言"、"迁客"四个字，但由于巧妙地结合了淘金这一劳动过程，作者一生主要斗争经历，以及法家所特有的不屈不挠的斗争精神，已灼然可见。

这首诗，不仅是刘禹锡个人的自我写照，而且可以把它看作是有着共同遭遇的所有法家人物的一个缩影。回顾一下二千多年来的儒法斗争史，哪一个法家人物不是生前身后都受尽谗言？直到今天，孔老二的忠实信徒、叛徒、卖国贼林彪还在恶毒咒骂秦始皇，污蔑法家是"罚家"。真是"盖棺未塞责！"（柳宗元《哭连州凌（准）员外司马》）刘禹锡说得对："吹尽狂沙始到金！"这也该是所有法家人物的共同心愿。

当前，我们伟大领袖毛主席亲自发动和领导的批林批孔运动正在普及、深入、持久地向前发展，广大工农兵主力军热烈响应毛主席的伟大号召，用马列主义、毛泽东思想为武器，彻底清除由历代尊儒反法的反动派堆垛在法家身上的厚厚的"狂沙"，总结历史上儒法斗争和阶级斗争的经验，许多法家的历史功绩都得到了他们应得的评价。刘禹锡，在政治主张、哲学思想、诗歌创作诸方面都具有明显的尊法反儒倾向，他受到的谗言和迫害也很突出。但目前谈到他的还比较少，因此，这里我想对他的生平、思想作一些评价，并着重谈谈他作为一个法家诗人在诗歌创作方面的表现。

我是一个来自旧社会的行年七十的知识分子，受儒家反动思想的影响很深，解放后，才开始接触马列主义和毛泽东思想。但由于自己没有能够遵照毛

主席的教导，"认真看书学习，弄通马克思主义"，世界观基本上没有转变，因此，在《杜甫研究》中散布了不少尊儒的错误观点。现在来写评价法家人物和著作的文章，实在感到没把握。我只是把这一习作作为对自己的学习、改造和前进的一种鞭策，有错误，请同志们批评指正。

"甘陵旧党凋零尽，魏阙新知礼数崇"

刘禹锡（公元772~842），字梦得，彭城（江苏徐州）人，出身于一个中小地主家庭。唐德宗贞元九年（793），与柳宗元同登进士第，又登宏词科和吏部取士科，故每以"三登文科"自负。他曾责备自己"年少气粗"，其实是个优点，有反儒家"中庸之道"的性质。他因参加王叔文政治革新集团遭到失败，贬官外地，差不多做了一辈子"迁客"。他最后一个官职是太子宾客，后人因称他为刘宾客，他的集子也叫《刘宾客集》。

刘禹锡所处的时代，是唐王朝正走下坡路的一个矛盾重重的混乱时代。当时"安史之乱"虽已平定，但国家并未统一，出现了藩镇割据的局面。统治阶级内部争权夺利，相互倾轧。尤其严重的是，由于"聚敛之臣，剥下媚上，惟思竭泽，不虑无鱼"（《旧唐书·李渤传》），农民和地主之间的阶级斗争也日益激化。此外还有民族矛盾。面对这种种矛盾，"烦言饰词而无实用"（《商君书·农战》）的儒家说教是完全无能为力的。因此，当时地主阶级中一些有革新要求的知识分子便或明或暗地抛弃他们曾经用来作为"敲门砖"的儒家"经典"，转而从法家著作中寻找武器，由尊儒反法转而倾向于尊法反儒，"口里虽谈周孔文，怀中不舍孙吴略"（李渤《喜弟淑再至为长歌》），正说明了这一现象。刘禹锡便是其中之一。随着社会矛盾的激化，更发展成为一种风气，形成一股政治力量，因而地主阶级内部出现了以王叔文为首的推行法家路线的政治革新集团。

贞元二十一年，亦即永贞元年（805）正月，顺宗即位，王叔文当政。他首先便在朝廷内提拔一批具有法家革新思想"出身卑微"的青年知识分子如柳宗元、刘禹锡、韩泰等十数人，并"定为死交"，立即展开了与以宦官俱文珍为首的反动势力的斗争。在不到半年的时间内，他们大刀阔斧、雷厉风行地采取了一系列革新措施，如打击地方割据势力，夺取宦官兵权，取消民间的一切旧欠，削减盐价，停止进奉，放出宫女，禁止宫市和五坊小儿，选用中下层出身的人才等，都切中时弊。其中某些措施，保守派也不能不承认"人情大悦"，

"欢呼大喜"（《顺宗实录》）。刘禹锡和柳宗元都积极参加了这一革新运动。《旧唐书·刘禹锡传》说："人不敢指其名，号二王（王叔文、王伾）刘柳。"这恰好证明了他们所起的积极作用。

但是不久，在宦官、藩镇、贵族和大官僚的联合反扑下，革新运动失败了。结果，王叔文被贬斥，明年"赐死"，刘禹锡贬朗州司马，柳宗元贬永州司马，还有六人都贬为边远州郡司马。这就是所谓"八司马事件"。元和元年（806）唐宪宗还下诏："柳宗元、刘禹锡……等八人，纵逢恩赦，不在量移（酌量移近内地）之限。"这就等于终身禁锢。

在这场斗争中，孔孟之徒韩愈是站在俱文珍一边的。早在革新运动之前，他就和俱拉关系，称俱为"我俱公"，并用"忠孝两全"一类诗句来歌颂这个阉宦。革新运动失败后，他毁谤中伤也最卖力，写了《顺宗实录》和《永贞行》的诗。他中伤革新派的伎俩也是从孔孟那里学来的，这就是诬蔑对方是"小人"，是"私党"，是"犯上作乱"的乱臣贼子，甚至比作禽兽。韩愈的文名很大，言论影响也很深，因之旧史家都跟着攻击，说什么"刘、柳诸生，逐臭市利"，"蹈道不谨，昵比小人"。

韩愈在《永贞行》中曾以惋惜的口吻说："数君（指刘、柳诸人）匪亲岂其朋？"想把刘、柳从王叔文集团中开脱出来，其实这是多余的。柳宗元从来就没有掩饰过他和王的关系，刘禹锡也是一样：他自贬官后直到他死去，始终不曾背离革新派所推行的政治主张。对于革新事业以及革新失败后战友们的遭遇，他是念念不忘的。如《洛中送韩七中丞之吴兴》：

> 昔年意气结群英，几度朝回一字行。
> 海北天南零落尽，两人相见洛阳城。

诗题中的"韩七"就是"八司马"之一的韩泰。在这首诗里，刘禹锡回顾了当年革新派那种斗志昂扬的书生意气和由斗争而结成的亲密友谊，上朝退朝总是排成一字形；同时也抒发了对战友们或死或贬的悼念心情。值得注意的是"结群英"三字。韩愈诬蔑革新派为"群小用事"（见《顺宗实录》），而刘禹锡在这里却公然宣称他们是一群英杰，这是对韩愈一伙无耻毁谤的有力回击。

"世上空惊故人少，集中惟觉祭文多。"在这些"故人"中，刘禹锡所最悼念的有两人：一是柳宗元。他自己写了《祭柳员外文》和《重祭柳员外文》，还代朋友写了一篇，另外还有悼诗。另一个就是王叔文。王叔文是作为"罪魁祸首"而被皇帝"赐死"的，刘禹锡不可能有什么祭文。为了避免政敌们的诬陷，他不得不采取隐蔽的手法，刘禹锡在临死前不久，写了一篇《子刘子自传》。这是一篇很奇怪的自传，全文不过九百字，中间却用了三分之一的篇幅全神贯注地来写王叔文。首先点明王叔文是个出身寒门的"寒俊"，"实工言治道"；对于王叔文革新措施的具体内容虽一字未提，却婉而多讽地说："自春至秋，其所施为，人不以为当非！"关于王叔文的死，韩愈《顺宗实录》说是"杀之"，新、旧唐书王叔文传说是"诛之"和"诛死"，总之是罪有应得。但刘禹锡却用"后命终死"这样含糊曲折的措词来表明他的无罪。显然，刘禹锡的用心，并不是要为自己树碑立传，而是借"自传"之名，为王叔文立传，为王叔文雪冤，为革新派雪冤！这篇《自传》是刘禹锡的绝笔，是现存有关革新集团斗争史的最可珍贵的资料。

另一隐蔽手法，是用典故来暗示。刘在《白舍人见酬拙诗因以寄谢》一诗中有这样两句：

> 甘陵旧党凋零尽，魏阙新知礼数崇。

"甘陵旧党"，是用的东汉桓帝、灵帝时发生的所谓"党锢之祸"的典故，见《后汉书·党锢传》。甘陵，地名（今河北清河县），这里指周福，因为他是甘陵人。刘禹锡用这个典故是很恰当的：第一，周福是汉桓帝为蠡吾侯时的老师，而唐顺宗为太子时也曾尊称王叔文为"先生"（《旧唐书·王叔文传》）。第二，王叔文和周福都是一个派的首领。第三，他们打击的主要对象都是宦官。第四，桓帝时李膺等二百余人被诬为党人，有的死在狱中，更多的是被"禁锢终身"，这情况与王叔文和"八司马"等也很类似。刘这首诗大约作于穆宗长庆元年（821），其时宦官势力猖獗，刘本人也仍然是个"迁客"，却敢于用这样一个典故，公然承认自己是王叔文同党，并以"罪人"王叔文为他们的头领，这是很大胆的！由于这时王叔文和"八司马"中的韦执谊、柳宗元、凌准、程异等人，以及王叔文称为"奇才"的吕温，都死去了，所以说"甘陵旧党凋零尽"。

刘这样念念不忘"旧党"，保守派看来自然是个危险人物，要排斥在朝廷之外，这就是刘禹锡一直做着地方官的原因。晚年入朝，任集贤院学士，最后是在洛阳作太子宾客，但正如他自己说的："官冷如浆。"

总之，在政治上，刘禹锡走的是一条尊法反儒的道路，他主张革新，主张前进。失败后，他也没有气馁、低头，没有改变自己的政治立场和政治主张，他转而用自己的专长，作诗写文，继续向保守派和反动的儒家思想进攻。

"怒人言命，笑人言天"

刘禹锡的思想，是尊法反儒的。但是由于处在"三教之中儒最尊"的唐代，他不可能打着尊法反儒的旗号，而是以儒家的面貌出现，挂"业儒"之名，行反儒之实。他在一些表奏中一再说"臣家本儒素"，"臣本业儒素"，其实都是幌子。"业儒"的背后是"业法"。

与韩愈的"所学皆周孔"相反，刘禹锡对先秦许多杰出的法家表示推崇，对他们的著作也很精通。在《答饶州元使君书》中，他肯定了商鞅的作法："徙木之信必行，则民不惑，此政之先也！"并讥讽那些儒家顽固派是"以不知事为简……以守旧弊为奉法"。在《唐故衡州刺史吕君（吕温）集纪》中，他说明文章排列的先后是根据《荀子》和贾谊《新书》的观点："先立言（政论文在前），而后体物（诗赋在后）。"他说吕温"能明王道似荀卿"，也正好表明他自己对荀子的看法。在这一点上，他和抑荀扬孟的韩愈是对立的。在《上杜司徒书》中，他对集先秦法家思想之大成的韩非的不幸遭遇，深表同情，称韩非之书"善言人情"。在《和州刺史厅壁记》中，他认为："凡百为，一出于农桑。"表现了法家一贯重视农业生产的观点。在《砥石赋》中，他更明确地提出"法治"的主张："石以砥焉，化钝为利；法以砥焉，化愚为智。"把"法"比作磨刀石。

尊儒就必然反法，尊法也必然反儒。杜甫根本上是尊儒的，他对商鞅就曾表示不满："秦时用商鞅，法令如牛毛。"所以，刘禹锡在尊法的另一面就表现为反儒。他反对儒家的厚古薄今，认为古人并不是"悉朴且贤"、"三代之尚，未尝无弊"（《答连州薛郎中论书仪书》）。他讽刺当时的儒家都是些"浮言架空之徒"。在《答容州窦中丞书》中，他用放空箭为比喻嘲笑他们的无的放矢。值得注意的是刘禹锡用以攻击儒者的这个放空箭的比喻，正是从法家韩非那里拿来的（见《韩非子·问辩》）。

另一反儒事例，见于他给宰相写的一封信《奏记丞相府论学事》。他根据夔州一州四县每年祭孔要耗费"缗钱十六万有奇"这一实况，进而推算天下郡县一千七百多个每年耗于祭孔的经费综计就要超过四千万缗；而这笔经费的消耗又是毫无意义的："适资三献（初献、亚献、终献）官饰衣裳，饱妻子而已！"因此，他建议"罢天下县邑牲牢（牛羊猪）衣币"，只用酒脯（干肉）果栗等祭孔。这个建议对"圣人"未免有点大不敬，当然不会被采纳，因为当权的都是些投靠儒家的贵族官僚。比如韩愈，就曾从天下普遍祭祀这一角度来抬高孔子："自天子至郡邑守长，通得祀而遍天下者，惟社（土神）、稷（谷神）与孔子焉。"（《处州孔子庙碑》）无怪杜牧说吹捧孔子的都不及韩愈："称夫子之尊，莫如韩吏部！"刘禹锡这篇《奏记》很有意义，从其中可以窥见孔老二死后还在喝劳动人民的血。今天，盘踞在台湾省的蒋介石反动集团，挥霍台湾劳动人民的血汗，大搞其尊孔祭孔，这只能加速其灭亡。

在刘禹锡尊法反儒的斗争中，表现得最为突出的是反对儒家的天命论。在这方面，《天论》三篇是他的代表作。他继承了荀子《天论》中的"天人相分"和"人定胜天"的光辉思想，对孔孟之徒鼓吹的"知天命"、"畏天命"、"死生有命"、"听天由命"等反动思想进行了有力的批判。他还把人之所以能战胜天和法治联系起来，说"人能胜乎天者，法也"。他对"天命"的痛恨竟达到这样的程度："怒人言命，笑人言天！"（《祭虢州杨庶子文》）对谈天说命的人竟然采取这种嬉笑怒骂的态度，是很少见的，也是很有勇气的。这种富有战斗性的语言，在批林批孔运动深入发展的今天，我们读起来也仍然觉得很有生气。

历代反动统治者为了麻痹人民的反抗意志，总是大力鼓吹天命论。唐王朝就是这样。所以，当时即使是有名的诗人也在不同程度上作了天命论的俘虏。有意识地、全面地、经常地鼓吹天命论的还是韩愈。他不信佛，却十分相信这个土生土长的由儒家祖师爷孔老二倡导的"天命"。在他的诗文中散播了形形色色的迷信思想，说什么"天命不吾欺"、"人生由命非由他"，还专门写了《原鬼》。他甚至胡说凡是写历史的人"不有人祸，则有天刑"。他把农民生产的粮食也认为是老天爷赐给皇帝的："天锡皇帝，多麦与黍。"他还向柳宗元挑起一场关于"天"的论战，遭到柳的驳斥（见《天说》）。刘禹锡的《天论》就是支持柳宗元的。由此看来，刘禹锡的"怒人言命，笑人言天"，也是有其针对性的。

尊天命与反天命的斗争，也表现在对国家的治乱兴亡的不同看法上：是治乱由人，还是治乱由天？孔家店的二老板孟轲，就是拚命鼓吹治乱由天的。对于这种唯心主义宿命论的"治乱观"，荀子在《天论》中已作了批判。他一连提出了这样三个反问："治乱，天耶？""时耶？""地耶？"根据事实，一一加以驳斥。

刘禹锡坚持了荀子的唯物主义观点。他曾用精炼的语言把他的观点概括进这样两句诗里："兴废由人事，山川空地形。"这两句诗见于他的《金陵怀古》。全诗如下：

> 潮满冶城渚，日斜征虏亭。
> 蔡洲新草绿，幕府旧烟青。
> 兴废由人事，山川空地形！
> 后庭花一曲，幽怨不堪听。

这是敬宗宝历二年（826），亦即刘禹锡被贬后的二十一年，他路过金陵时作的。从吴孙权起中经东晋、宋、齐、梁、陈共六个朝代都建都金陵。这里古迹很多，象诗中提到的"冶城"、"征虏亭"。山川形势也很好，如"蔡州"、"幕府"（山名）。但是，为什么三百年来（不算西晋）竟然走马灯似的换了五个朝代？"兴废由人事，山川空地形！"这就是他关于这一段历史经验的总结，也就是这首诗的主题思想。山川当然是地形，为什么要用一"空"字？原来，自秦时起就有一种迷信传说："金陵有天子气"。这天子气也就是后来说的"王气"。唐人诗"东南王气秣陵多"，秣陵亦即金陵。然而，正是这个有"天子气"的金陵，却亡国败君相续，所以他下了一个"空"字。见得事在人为，"王气"、"地形"并帮不了他们的忙。这两句诗和刘禹锡在《天论》中阐明的"天人相分"、"人定胜天"的思想是一致的。诗末二句，举南朝最后一个亡国之君陈后主（陈叔宝）来证明自己的结论。《玉树后庭花》是陈后主作的艳曲之一。刘禹锡还有一首《台城》诗，也是以陈后主为典型来表达"兴废由人事"的主题思想的。

> 台城六代竞豪华，结绮临春事最奢。
> 万户千门成野草，只缘一曲后庭花！

台城是当时宫城，结绮、临春是陈后主建的两座穷极奢华的楼。第三句表面上是写楼已化为乌有，实际上是说国家灭亡。

明显地提出"王气"而加以否定的，是他那首颇为人们传诵的《西塞山怀古》：

> 王濬楼船下益州，金陵王气黯然收。
> 千寻铁锁沉江底，一片降幡出石头。
> 人世几回伤往事，山形依旧枕寒流。
> 今逢四海为家日，故垒萧萧芦荻秋。

西塞山在湖北大冶县，是沿江的一个要塞。晋武帝伐吴，派王濬率领舟师由四川顺流而下，吴主孙皓用铁索横江，逆拒舟舰，结果还是失败投降。吴亡后，东晋宋齐梁陈都是在这个有"王气"的金陵亡了国，所以说"几回"。然而亡者自亡，伤者自伤，无情的江山是不管你这些的。

唐代统治者，特别是自唐玄宗以后，都是迷信神鬼，唐德宗就是一个。他听信术士桑道茂的话，说"奉天（今陕西乾县）有天子气，宜高大其城，以备非常（变乱）"。于是他就派了大批壮丁、军士筑城（见《资治通鉴》卷226）。他还听信卢杞的谗言，说曲江这地方有"王气"，而杨炎（时为宰相）却在曲江建立家庙，是"有异志"，于是就把杨炎缢杀（同上书卷227）。由此看来，刘禹锡的反"王气"，不仅有其哲学上的意义，而且有其现实的政治意义。他并不是在那里"发思古之幽情"，为怀古而怀古。这正是他那"怒人言命，笑人言天"的唯物主义思想在诗歌上的表现。

天命论是历代反动统治阶级的代言人——儒家奴役中国人民的精神镣铐，它的毒素几乎渗入到一切方面。毛主席在批判封建社会的反动势力时指出："这四种权力——政权、族权、神权、夫权，代表了全部封建宗法的思想和制度，是束缚中国人民特别是农民的四条极大的绳索。"神权一条固不用说，其他三条绳索的编织也都有天命论这一份。林彪大肆鼓吹的"生而知之"的"天才论"，以及他用来自比的"天马"，也正是从天命论派生出来的。因此，尊天命与反天命的斗争，从来就是一个严重的政治问题。今天，在无产阶级专政下，我们必须用马列主义、毛泽东思想为武器，把它彻底埋葬。

"种桃道士归何处，前度刘郎今又来"

"一切文化或文学艺术都是属于一定的阶级，属于一定的政治路线的。"作为一个法家诗人，刘禹锡的诗歌的一个突出特点，是紧紧服务于他所参加的政治革新斗争，并洋溢着不屈不挠的斗争精神。

坚持统一，反对分裂，这是法家一贯的政治主张。刘禹锡在革新运动失败后，并没有因为失败而丧失信心，他继续用诗歌作为斗争的武器，歌咏国家的统一，鞭挞藩镇割据。

在这方面，《平蔡州》三首是他的代表作。蔡州（今河南汝南县）是当时淮西节度使盘踞的一个巢穴。唐宪宗元和十二年（817）十月，李愬雪夜袭取蔡州，生擒吴元济，消灭了这个独立王国。这三首诗就是写的这件大事，同时反映了广大人民向往国家统一的愿望。如第二首：

> 汝南晨鸡喔喔鸣，城头鼓角声和平。
> 路旁老人忆旧事，相与感激皆涕零。
> 老人收泣前致词："官军入城人不知。
> 忽惊元和十二载，重见天宝承平时！"

史言李愬率兵至蔡州城下，"无一人知者"，进城后，"城中皆不知觉"。诗中老人听到平定蔡州消息时兴奋得掉泪，这心情是可以理解的。老人曾经见过天宝年间国家统一的局面，所以说"重见"。值得注意的是，刘禹锡象史家纪事那样把"元和十二载"明确地写进诗中。据他自己说，是为了"以见平蔡之年"（见《唐诗纪事》卷39）。为什么要特别标出平蔡州之年呢？很明显，就是因为他把削平这一地方割据势力看成是有关国家统一的头等大事，因而大书特书。这不是一个写法问题，而是一个政治态度问题。蔡州虽已平定，但河北一带的地方割据势力还有待于继续肃清，所以诗的第三首最后说："策勋礼毕天下泰，猛士按剑看常山。"这按剑的"猛士"，也是作者自身的形象，充分表现了他坚持统一、反对分裂的法家思想。

元和十四年（819），唐王朝又削平了割据六十年之久的淄青镇。继《平蔡州》三首之后，刘禹锡又写了两首《平齐行》。淄青镇在今山东省，是周代齐国的地方，所以用"平齐"为题。诗中也通过对黄河、泰山的描写来表现国家统一的气氛和自己的喜悦心情："妖氛扫尽河水清，日观杲杲卿云见。"并希望能够出现一个"耕夫满野行人歌"的新景象。此外，他还写了《卧病闻常山旋师》、《城西行》、《寄唐州杨八》等诗，都是为他的维护国家统一的政治路线服务的。但是，由于当时以唐宪宗为首的统治集团推行的根本不是法家的"法治"路线，因而也不可能消灭地方割据势力，一度出现的所谓"中兴"，只不过是一个假象。不久，藩镇势力又抬头，刘禹锡所向往的"天宝承平时"，也落空了。

为革新的政治路线而坚持斗争，用诗歌作为斗争的武器，刘禹锡的诗歌冲破了"温柔敦厚"、"怨而不怒"种种儒家诗教的藩篱。在他早年写的《马嵬行》一诗中，对唐玄宗被迫缢杀杨贵妃，就直书："军家诛戚族，天子舍妖姬。"这原是符合事实的。但正因为他没有"为尊者讳"，赤裸裸地和盘托出，结果遭到宋代儒家者流的围攻，骂他"造语拙蠢，已失臣下事君之礼"。（见陈师道《后山诗话》、魏泰《临汉隐居诗话》和惠洪《冷斋夜话》，大同小异）这就是一个例证。

由于王叔文政治革新派的所作所为本来就无罪可言，结果却是杀的杀，贬的贬。他们当然不能无怨，而且怨得很深。因为，这是你死我活的政治斗争。刘禹锡的诗歌一直没有放松对守旧势力的怨怒——揭发、抨击。"巢幕方犹燕，抢榆尚笑鲲。"（《武陵书怀》）这是他刚贬朗州司马时写的诗句。他自己明知处境很危险，象巢在幕上的燕子，但仍然要象"飞抢榆枋"的小鸟敢于嘲笑那"其广数千里"的大鲲。很明显，这大鲲就是暗指当时的政敌。《聚蚊谣》写得更尖锐："我躯七尺尔如芒，我孤尔众能我伤。……清商一来秋日晓，羞尔微形饲丹鸟！"末二句就是说要用法治来把这些害人虫消灭掉。

最足以表现刘禹锡那种不屈不挠的斗争精神的，还是那两首咏玄都观桃花的七绝。第一首是《元和十年自朗州召至京，戏赠看花诸君子》：

> 紫陌红尘拂面来，无人不道看花回。
> 玄都观里桃千树，尽是刘郎去后栽！

元和十年（815）二月，刘禹锡和十年前同时被贬的柳宗元、韩泰、韩晔、陈谏，又同时被召回到长安，"诸君子"就是指的这些老战友。刘禹锡回到一别十年的长安，看到满朝新贵全是那些保守派，当权的宰相又是当初革新派的政敌武元衡，而他们曾一度改革的弊政还依然存在，他不胜愤慨，于是便以游玄都观看花为题，写下了这首政治讽刺诗。他把道士观影射朝廷，把只供赏玩的千树桃花影射那班虚有其表、并无真才实学的儒家官僚集团，把栽桃道士影射"任人唯私"的权相。由于矛头指向了整个朝廷，整个保守派，因此当这首小诗一传开时，就有人说他"讥刺执政"。刘禹锡等五人就又同时被贬为远州刺史（刘贬连州，柳贬柳州）。从这一事件，我们可以看出刘禹锡坚持革新的政治立场，他没有妥协。在赴连州时，刘禹锡是和柳宗元同路，走到衡阳要分手时，有诗互相赠别。柳在《衡阳与梦得分路赠别》诗中说："直以慵疏招物议，休将文字占时名！"鉴于这次"诗祸"，似有规劝刘禹锡不要再写这类"语涉讥讽"的诗之意。但刘禹锡似乎没有完全接受他这位老战友的规劝，十四年后，他回到长安，在同一地点，用同一主题，又写了一首语言更泼辣、态度更倔强的诗，这就是《再游玄都观》：

> 百亩庭中半是苔，桃花净尽菜花开。
> 种桃道士归何处？前度刘郎今又来。

这首诗有一段前言："余贞元二十一年为屯田员外郎时，此观未有花。是岁出牧连州，寻贬朗州司马。居十年，召至京师。人人皆言，有道士手植仙桃，满观如红霞，遂有前篇，以志一时之事。旋又出牧。今十有四年，复为主客郎中，重游玄都观，荡然无复一树，唯兔葵燕麦（野生植物），动摇于春风耳。因再题二十八字，以俟后游。时大和二年三月。"

这十四年中，刘禹锡由连州刺史徙夔州刺史，又徙和州刺史。大和元年（827）才回到洛阳，作主客郎中。他这次就是以主客郎中的身分到长安的。这时，柳宗元和程异死了，韩泰他们还在外地，他一人回到长安，又恰逢春天，自然会想起那个给他自己和朋友构成灾难的肇事地点和媒介物——玄都观的桃花，所以便独自去再游了。可贵的是，面对着这荒凉的景色，他没有消沉伤感，而是以一个胜利者的姿态出现，再一次对培植保守腐朽势力的权相们给以无情的嘲笑。这时武元衡已死，这首诗中的"种桃道士"很可能就是暗指武元衡。"归何处"？见上帝去了。这里面确实没有一点儒家宣扬的"温柔敦厚"的气味。所以，《旧唐书》说刘禹锡作再游玄都观诗"人嘉其才而薄其行"；《新唐书》也说"闻者益薄其行"，都把刘禹锡看成是"轻薄小人"。从今天看来，这是作为法家诗人刘禹锡的一个优点。对反动派就是要以眼还眼，以牙还牙，死也不能饶恕。

"芳林新叶催陈叶，流水前波让后波"

作为一个在政治上的革新派，作为一个在哲学上具有朴素的唯物主义和朴素的辩证法观点的思想家，刘禹锡的诗歌，在思想内容、创作态度、表现方法诸方面都具有新的精神、意境和特点，贯串着一条反儒的红线，与儒家的消极颓废、叹老悲秋的没落情调，是大异其趣的。

刘禹锡有这样几句关于论诗的话："片言可以明百意，坐驰可以役万景，工于诗者能之。"（《董氏武陵集序》）这大概就是他自己的写作经验之谈。事实上，他的诗确有不少警句为当时和后代所传诵（当然，其中有的是挨了骂的）。

现在先来谈谈作为本段标题的"芳林新叶"这两句诗。全诗如下：

> 吟君叹逝双绝句，使我伤怀奏短歌。
> 世上空惊故人少，集中唯觉祭文多。
> 芳林新叶催陈叶，流水前波让后波。
> 万古到今同此恨，闻琴泪尽欲如何？

诗的题目是《乐天见示伤微之、敦诗、晦叔三君子，皆有深分，因成是诗以寄》。微之是元稹，敦诗是崔群，晦叔是崔玄亮。原来，白居易为悼念这三个亡友写了两首五言绝句寄给刘禹锡。刘同元稹三人并非深交，却触动了他悼念柳宗元、王叔文等战友的心事，同时为了宽慰白居易，因而写了这首诗。白的悼亡出于私人交谊，刘则更有其政治上的原因。"世上空惊故人少"，同"甘陵旧党凋零尽"正是一个意思。诗的末句是安慰白居易的，因为白诗有"秋风满衫泪，泉下故人多"之句。"闻琴"是综合使用战国时孟尝君听雍门周鼓琴而下泪，和晋时向秀因闻笛而怀念亡友嵇康这样两个故事。嵇康是一个敢于"非汤武而薄周孔"的好汉，也善弹琴，临刑前还索琴弹了一曲——他的绝作《广陵散》。我们知道，王叔文也是被杀死的，与嵇康正相似。前人评刘禹锡"巧于用事"，倒是符合实际的。但他并不是故意卖弄技巧，而是有不得已的苦衷。

值得注意的是刘禹锡对死生问题的看法。他不象儒家那样把死生归之于天命，而是理解为一种普遍存在的自然规律，并通过对自然界景物的描写形象地揭示出这一规律。这就是"芳林新叶催陈叶，流水前波让后波"两句的含义。毛主席指出："我们常常说'新陈代谢'这句话。新陈代谢是宇宙间普遍的永远不可抵抗的规律。"刘禹锡通过他深入细致的观察对这一规律是有所认识的。尽管他这种辩证法的宇宙观带有朴素的性质，但在那个历史时期还是极可宝贵的。毛主席还教导我们："在中国，则有所谓'天不变，道亦不变'的形而上学的思想，曾经长期地为腐朽了的封建统治阶级所拥护。"刘禹锡这两句诗正是对儒家一贯宣扬的形而上学反动思想的批判。由于刘禹锡把死生看成是一种客观规律，这就使得他这首悼亡诗摆脱了通常难以摆脱的伤感气氛。

刘禹锡这种朴素的辩证法思想也是从法家荀子、韩非诸人那里继承来的。从诗歌的角度来说，象曹操的《龟虽寿》："神龟虽寿，犹有竟时；腾蛇乘雾，终为土灰。"又《精列》篇："厥初生造化之陶物，莫不有终期。"这类诗句，便是他的前奏。但应该说，刘禹锡在思想深度和表现手法上都超过了他的前辈。这和他利用当时已经十分成熟了的律诗作为表现工具也有关，语言既工整，又平易自然。

寓哲理于景物之中，或者说借景物以表明哲理，可以说是刘诗的一个特点。比如："人于红药惟看色，莺到垂杨不惜声。"（《和仆射牛相公春日闲坐见怀》）"桃红李白皆夸好，须得垂杨相发挥。"（《杨柳枝词》）便都含有朴素的辩证法思想，表明事物之间的相互联系，相互作用。象这类具有新的意境的诗，没有法家的进步的世界观作基础是写不出来的。

现在我们再来谈谈刘禹锡的名句："沉舟侧畔千帆过，病树前头万木春。"这两句诗，当时曾叫白居易佩服得赞不绝口，叹为"神妙，在在处处，应有灵物护之"。"神妙"在哪里？他的话说得很抽象，得作具体分析。

刘的诗是答白居易的。为便于作比较全面的理解，现将原作和答诗抄在下面。
白居易《醉赠刘二十八使君》：

> 为我引杯添酒饮，与君把箸击盘歌。
> 诗称国手徒为尔，命压人头不奈何。
> 举眼风光长寂寞，满朝官职独蹉跎！
> 亦知合被才名折，二十三年折太多。

刘禹锡《酬乐天扬州初逢，席上见赠》：

> 巴山楚水凄凉地，二十三年弃置身。
> 怀旧空吟闻笛赋，到乡翻似烂柯人。
> 沉舟侧畔千帆过，病树前头万木春。
> 今日听君歌一曲，暂凭樽酒长精神。

这是敬宗宝历二年（826）刘任和州刺史时写的。从永贞元年（805）贬官到这年正是二十三个年头。刘最初贬朗州司马，后贬连州刺史，皆在楚地（湖南）；后又徙夔州刺史，地在巴蜀（四川），都是边远州郡，故有第一句。二十三年被排斥在外作"迁客",所以说"弃置身"。第三句用晋向秀经过山阳,闻邻人吹笛,想起亡友嵇康,便写了一篇《思旧赋》,这里改用"闻笛赋",是为了和下句"烂柯人"取得对仗上的工整(律诗讲究这一点)。句意是说,在这二十三年里,朋友差不多都死了,只能写些怀旧诗,然而死者不可复生,所以说"空吟"。第四句用晋王质事。质上山打柴,看两个孩子下棋,一局棋终,他的斧柄已烂,回到乡里,已过百年。句意是说,能回家乡,自是好事,但亲人都死了,所以说"翻似烂柯人"。

白居易赠诗有"满朝官职独蹉跎","二十三年折太多",意在为刘抱不平,深表同情。但是,作为一个富有斗争性的法家诗人,是不会默默承受这种充满无可奈何情绪的廉价的慰藉的。到底是谁,到底又是为什么使自己落到这步田地的呢?刘禹锡心里自然清楚,那就是他痛恨的"服儒衣冠"、"以守旧弊为奉法"的保守派。但是,在这种公开场合下,面对并非深交的诗友,他能够直说吗?他能够反唇直刺虽然思想境界很不一致却又不无善意的安慰者吗?不能直说,但又不能默然接受。于是,他巧妙地顺从着白的诗意,吟出了"沉舟侧畔千帆过,病树前头万木春"两句。乍一听来,他似以一种达观的态度,用客观世界的新陈代谢,新生事物必然要昂首阔步、勇往直前的规律,来说明个人的"蹉跎"是不足介意的。然而,这种达观的深处却显示着刘禹锡一贯的积极乐观的法家诗人的战斗精神。表面上,"沉舟"、"病树",是自喻,并且比喻得很象。然而,真正的"沉舟"、"病树",一切代表腐朽势力的人物,是根本不愿意、也不敢正视客观事物发展规律的。明耳人是会听出这两句诗,不是消极低沉,而是积极向上;不是悲观,而是乐观;不是自甘沉没萎谢,而是坚定地相信革新派必将战胜守旧势力,顺着历史的潮流前进,相信未来是充满希望的。在这里,自喻变成了喻他——因循守旧的保守派。所以,刘禹锡在诗的末尾说"暂凭樽酒长精神",也是一种委婉的托词,使他精神旺盛的,不是酒,而是他的这种向前看的发展观点。

刘禹锡的一生,是斗争的一生。尽管由于这些斗争,使他一直遭受挫折,但他并不因此就心灰气馁,消极悲观。相反,而是继续战斗,保持积极向上的乐观精神,矛头直接指向腐朽的思想意识。这充分地表现在他晚年写的一些反儒家传统的"悲秋"、"叹老"的诗篇中。最足以表现他的不伏老的积极精神的是这样两句形象化的诗:

莫道桑榆晚,为霞尚满天。

"桑榆晚"，日暮时阳光斜射桑树榆树上，通常用来比喻年老。句意是说，不要哀叹自己的年龄老大，你没有看见那傍晚的太阳吗？它还染出了满天的红霞呢！这两句诗见于《酬乐天咏老见示》，是唐武宗会昌二年（842），也就是刘禹锡去世的这一年写的，却还保持着当年的雄心壮志，发出这样的豪言壮语。如果联系一下曹操的名句："老骥伏枥，志在千里。烈士暮年，壮心不已。"我们就更可以看出这种老当益壮的精神原是法家固有的传统。

"劝君莫奏前朝曲，听唱新翻杨柳枝"

是厚古薄今还是厚今薄古，这也是文艺上儒法斗争的一个焦点。作为这一斗争焦点的具体内容，也突出地表现在儒法两家对待民间文艺的不同态度上。孔老二大叫大喊要"放郑声"！"放"就是禁绝；郑声就是当时新生的民间歌曲。他还曾胡说什么"郑声淫"、"恶郑声之乱雅乐"。这一仇视民歌的反动思想对后代的文学创作和文学遗产的保存都起了极其恶劣的影响。例如，从现存不多的汉代民歌看来，大都是优秀的作品，它原有二百多篇，但班固在《汉书·艺文志》里却一字不载，而把那些反动的贵族歌词一字不漏地载入《礼乐志》。后来的史家又依样照办，这实在是令人痛恨的一个无法弥补的损失。

第一个打破孔老二的教条并实行向民歌学习的，是先秦诗人屈原。他的《九歌》便是学习民歌写成的。年代略后的是法家荀卿，他的《成相》篇便是采用民歌的形式。三国时的杰出的法家曹操，更是一个民歌的爱好者。史书上说曹操所作"新诗，被之管弦，皆成乐章"。曹操在诗歌方面所取得的成就，也是和他学习民歌分不开的。

刘禹锡一反儒家的厚古薄今，继承和发扬法家厚今薄古的文艺观，在学习民歌方面取得了突出成绩。他响亮的提出："劝君莫奏前朝曲，听唱新翻杨柳枝！"刘禹锡这样说，也这样做了。他在朗州、夔州、苏州等地写了不少民歌体的诗，如《竹枝词》、《杨柳枝词》、《浪淘沙词》等。在《竹枝词》的引言中，他还明言他作《竹枝九篇》是仿效屈原所作的《九歌》。刘禹锡这类民歌体的小诗（计五言绝句五十多首、七言绝句一百六十多首），不仅数量多，而且质量也较高，富有战斗性，如上举《再游玄都观》等。这里我们再举《浪淘沙》一首为例：

日照澄洲江雾开，淘金女伴满江隈。

美人首饰王侯印，尽是沙中浪底来！

可以看出作者对劳动妇女的同情和对贵族官僚的尖锐讽刺。

刘禹锡不但学作民歌，而且学唱民歌，并唱得很好。白居易《忆梦得》诗："几时红烛下，听唱竹枝歌?"白自注说："梦得能唱竹枝，听者愁绝。"《竹枝》是四川一带流行的民歌。一个士大夫竟能放下臭架子在大庭广众之中唱民间小调，这在封建时代实在是凤毛麟角。这种作风本身就带有民主性。没有尊法反儒的思想和精神，是不敢也不愿这样做的。极端轻视劳动人民并自恨"嗟予好古生苦晚"的韩愈就是这样。他的《辞唱歌》中有这么几句："岂有长直夫，喉中声雌雌? 君心岂无耻? 君岂是女儿? 乍可（宁可）阻君意，艳歌难可为！"他自己推辞不唱，还摆出一副"大丈夫"的架式，辱骂妇女，辱骂唱歌的是"无耻"。从韩刘二人这一事例的对比中，我们也就可以看出儒法两家在世界观和文艺观上的尖锐对立。

刘禹锡的诗，在体裁上也是多样化的，除当时流行的各种诗体外，还有六言体，一字至七字体。但他不用已经过时的四言体和骚体。他还是最早的"填词"人之一，如《和乐天春词依忆江南曲拍为句》，所谓"依曲拍为句"就是填词，《忆江南》是当时民间歌曲。在这方面，刘禹锡同样体现了法家厚今薄古的创造革新精神。

根据以上的分析，可以说，刘禹锡不愧为一位杰出的法家诗人。当然，刘禹锡毕竟还是封建时代地主阶级的一员，有其时代和阶级的局限性。他"怒人言命，笑人言天"，但他的唯物主义无神论并不彻底。他尊法反儒，但仍有尊孔的残余。由于未能深入人民生活，诗的反映面也比较窄，应酬诗也过多。"文锋未钝老犹争"，认真写作是对的，把写诗作为争名的手段，这就不对了。当然，这些都不是他的主流。处在一个儒、释、道三教并尊的时代，一个地主阶级出身的诗人，要想一身干净，那是不可能的。列宁指出："判断历史的功绩，不是根据历史活动家没有提供现代所要求的东西，而是根据他们比他们的前辈提供了新的东西。"对于为尊儒反法的"狂沙"沉埋了一千多年的刘禹锡，我们更应这样来评价。

温庭筠生平的若干问题*

王达津

一

胡应麟《诗薮》说："俊爽若牧之，藻绮若庭筠，精深若义山，整密若丁卯（指许浑），皆晚唐铮铮者。"温庭筠和李商隐齐名，在晚唐还是杰出的诗人，但晚唐小说对温颇多意含贬抑的传说。两《唐书》、《唐诗纪事》、《唐才子传》都是根据这些小说编写温庭筠事迹的，因此对温庭筠生平事迹记载多不确切，评价也是较低的。

又晚唐笔记对温庭筠的一些记载，如《北梦琐言》："庭筠又每岁举场，多为举人假手，侍郎沈询知举，别施铺席授庭筠，不与诸公邻比。翌日于帘前请庭筠曰：'向来策名者皆是文赋托于学士，某今岁场中，并无假托，学士勉旃'，因遣之，由是不得意也。"《玉泉子》："温庭筠有词赋盛名，初将从乡里举，客游江淮间，扬子留后姚勖厚遗之。庭筠少年，所得钱帛，多为狭邪费。勖大怒，笞且逐之，以故庭筠卒不中第……"这些说法都不足为信。《旧唐书·文苑·温庭筠传》称"温庭筠著述颇多，而诗赋韵格清拔，文士称之"。这几句话还较符合温的实际。温的古诗、五七言律绝，多感慨悲凉，如《华清宫和杜舍人》、《鸿胪寺有开元中锡宴堂，楼台池沼，雅为胜绝，荒凉遗址，仅有存者，偶成四十韵》、《过陈琳墓》、《经五丈原》等，都是寄慨于历史兴亡的。而他的乐府诗却极绮艳，很受民歌和徐陵、庾信诗的影响，但多以南北朝的宫庭荒淫生活为题材讽刺现实，也并非全是侧艳轻薄之词。李商隐《闻著明凶问哭寄飞卿》诗云："何因携庾信，同去哭徐陵。"著明是卢献卿，他作有《愍征赋》，时人比之《哀江南》。皮日休为之注，可见温、李以及卢献卿都是吸取徐、庾的艺术特点，而加以变化的。就李商隐这首诗所说而论，温、李

* 原载《南开学报》1982年第2期。选自王达津所著《唐诗丛考》，上海古籍出版社，1986。

确有共同特点,齐名并非偶然。而李商隐诗多反映文宗太和年代、武宗会昌年代、宣宗大中年代的现实,温庭筠则多反映大中后懿宗咸通年代、僖宗乾符年代的现实,所以温庭筠诗在晚唐诗人中是应有较高地位的。他的一大部分诗篇差可与李商隐比肩。

而他的生卒年代也应予以重新考定。过去研究温庭筠生平的,夏承焘先生《温飞卿系年》以元和七年(812)为他生年,是据开成五年《书怀百韵》及《感旧陈情献淮南李仆射》二诗中语推定为他年三十左右所作,上溯三十年为元和七年。系年止于咸通十一年(870),是据《赠蜀将》诗自注云:"蛮入成都,频著功劳。"本年南诏攻入成都。施蛰存先生据《宝刻丛编》卷八著录有"唐国子助教温庭筠墓志,弟庭皓撰。咸通七年(866)",定温庭筠死于此年。又据《南诏野史》,认为咸通三年还有一次南诏进攻成都①。

淮南李仆射是谁,颇有争论。这是一个关键性问题。清人顾嗣立认为是李蔚。夏先生则认为是李德裕,镇淮南事在开元二年至五年。最近陈尚君同志《温庭筠早年事迹考辨》则认为是李绅,并据此重订温生年在贞元十七年(801)②。按以上各家考证,还难使人信服。《宝刻丛编》虽著录碑刻温氏墓志,也难以凭信。依拙见,淮南李仆射仍当以李蔚为是。

由于关于温庭筠生平有上述未能论定的症结点,所以本文想重新考证有关温庭筠生平的一些问题,澄清历史上对温庭筠生平的一些不确切的记载和品评。

二

淮南节度使是谁,是考定温庭筠生平的一个关键性问题。按李蔚,《旧唐书》本传说:"蔚开成末进士擢第,释褐襄阳从事。……大中七年,以员外郎知台杂……寻拜京兆尹,太常卿。寻以本官同平章事,加中书侍郎。……罢相,出为襄州刺史,山南东道节度使。入为吏部尚书,加检校尚书右仆射、汴州刺史、宣武军节度观察等使。咸通十四年,转扬州大都督府长史、淮南节度使副大使知节度事。乾符三年受代,百姓诣阙乞留一年,从之。"以上事迹,大都确实。只有咸通十四年转扬州都督以下记载有误,当依《旧唐书·懿宗纪》与《僖宗纪》改正。《懿宗本纪》记李蔚任扬州都督、长史、淮南节度副大使在咸通十一年(870)冬十一月。在任三年,乾符元年(874)四月以吏部尚书调升他,但又留任一年,于是乾符二年(875)又记以前淮南节度使李蔚为太常卿，乾符三年（876）以本官同平章事。

《桂苑丛谈》记李蔚镇淮南曰："闻浙右小校薛阳陶，监押度支运米入城。公喜其姓，同曩日朱崖李相左右者，遂令试询之，果是旧人矣。……公召陶同游，问及往日芦管之事。薛因献朱崖李相、陆畅、元白所撰歌一轴，公益喜之。次出芦管，于兹亭奏之，其管绝微，每于一觱篥中常容三管，声如天际自然而来，情思宽闲，公大加赏之。亦赠其诗，不记终篇，其发端云：'虚心纤质雁啣余，凤吹尤吟定不如。'"而温庭筠恰在此时写有《觱篥歌》，原注"李相伎人吹"，依原注意必非在李相席听伎作，而是听李相所遗留的伎人吹，诗有句云；"黑头丞相九天归，夜听飞琼吹朔管。"也是追述口气，则温庭筠曾在淮南节度使李蔚门下可知，听觱篥歌决不会是与元稹、白居易同时在李德裕门下所作。

又《系年》曾说：庭筠有《首春与丞相赞皇公游止》诗，是曾与李德裕有交往。按诗原题为《赠郑征君家匡山首春与丞相赞皇公游止》"家匡山首春与丞相赞皇公游止"一句话实等于加注，是指郑征君，诗内所写也是郑征君，并非温庭筠自己。

关于淮南李仆射指李德裕说，陈尚君同志《温庭筠早年事迹考辨》一文，已详细指出其不合事实，兹不赘述。陈尚君同志认为是指李绅，我以为多不合。李蔚还是书法家，所以诗中有："书迹临汤鼎，吟声接舜弦。"李德裕、李绅均不以书名。陈尚君又讲《开成五年书怀百韵》诗，温年已约四十，则更为大误。

按分析一下《感旧陈情五十韵献李仆射》诗，都与李蔚合。"嵇绍垂髫日，山涛筮仕年。琴尊陈座上，纨绮拜床前。"是说李蔚年四十出仕，自己年十七、八曾去谒见他。古代垂髫可指弱冠前，《三国志·魏志·毛玠传》；"臣垂齠执简，累勤取官。"毛玠从曹操时当在十七八岁。《晋书·山涛传》说山涛年四十出为郡主簿。而《李蔚传》说李蔚开成末（开成只有五年）中进士。释褐为襄州从事。与诗相合。大概温庭筠在会昌年代曾见过李蔚。李德裕不喜科试，元和初不仕台省，累辟诸府从事。李绅元和初，少年登进士第，释褐国子助教，均与诗意比山涛不合。此诗自称垂髫，与他《开成五年秋以抱疾郊野，不得与乡计偕至王府。将议遐适，隆冬自伤，因书怀奉寄殿院徐侍御、察院陈、李二侍御、回中苏端公。鄠县韦少府，兼呈袁郊、苗绅、李逸三友人一百韵》诗中自称童年相同。《书怀一百韵》诗中原注他开成四年应京兆试，荐名第二，但开成五年托病不预试，诗中有"顽童逃广柳"句，自称顽童；又有

"黄卷嗟谁问"句，用狄仁杰儿时，门人有被害者，县吏诘问，仁杰坚坐读书，不肯接对的故事；又有"关讯漫弃繻"句，用终军十八入关的故事；"笑语空怀桔"，用陆绩幼年怀桔奉母故事；都称自己年幼，则开成五年设温庭筠年十七，则当生于长庆四年（824）。会昌元年他见李蔚，称"纨绮拜堂前"，典出自梁张缵《离别赋序》："太常刘侯，前辈宿达，余在纨绮之岁，固已钦其风矣。"纨绮也指弱冠之前。又一直到大中中他的《上封尚书启》中才讲"玄鬓变白"，可见他开成、会昌间是很年轻的。

关于《感旧陈情五十韵献淮南李仆射》诗，是献给李蔚的，仍可举数证：

诗中云："邻里才三徙，云霄已九迁。"上句言自己移家的事，下句则用车千秋一月九迁的典故。李德裕、李绅仕途没有这样迅速顺利，而只有李蔚迁官极速，不很久，就拜监察御史转殿中监，后直至同平章事，中间没有曲折。

又"忆昔龙图盛，方今鹤羽全"，上句指李蔚四十出仕时，积极向上；下句指李蔚在淮南年约七十。《埤雅》："鹤始生，二年落子毛，后六七年大毛落，茸毛生，色雪白。"鹤毛全这也正是指李蔚的，四十出仕，年迈在淮南，与李德裕、李绅均不合。

"视草丝纶出，持纲雨露悬。"指李蔚官中书舍人及礼部侍郎。

"法行黄道内，居近翠华边。"指李蔚官京兆尹，防卫京师；后迁太常卿同平章事，加中书侍郎。

"闲宵陪雍畤（祭祀），清暑在甘泉"，此正与李蔚官太常卿的职务相合，与李德裕、李绅官均不合，因为太常卿职管祭祀宗庙山川。

"冰清临百粤"，似指李出为襄州刺史，山南东道节度使，山南东道，管辖区曾直到湖南、广东，部分已属越地。然后就写他"风靡化三川（河、洛、伊三川）"，"梁园提毂骑，淮水换戎旃"，即指李曾官汴州刺史、宣武军节度使，三川属汴州管辖地。咸通十一年转为扬州大都督府长史、淮南节度副使，知节度事。据《李德裕传》，李德裕没有作过汴州刺史、宣武军节度使，但开成五年文宗死武宗立，九月他才去淮南任大都督府长史，知节度使事，武宗会昌元年二月就调任中书侍郎，同平章事，时间是很短的，温庭筠不可能去投他。由以上论证则李仆射为李蔚无疑，据此则温庭筠约生于长庆元年（824）。

三

唐代人常常预作墓志，但不一定就死去，杜牧自作墓志，时年五十。岑仲勉据他的文章考证杜牧当死在五十一岁，而实际他的文章，终止于五十五岁时（见拙作《古诗杂考·杜牧的卒年》，《南开大学学报》1979年第2期），实年五十五。那么《宝刻丛编》载咸通七年温庭皓《温庭筠墓志》即令是真的，或也是生时所拟，未可作为依据。

温庭筠集中有《投翰林萧舍人》诗，按李仆射为李蔚，萧舍人自当为萧遘。萧遘与李蔚同时调到京师，同掌政权。《旧唐书·萧遘传》记他："乾符初召充翰林学士，正拜中书舍人。"又《旧唐书·僖宗纪》只记载：乾符二年萧遘为考功员外郎。三年以户部员外郎、翰林学士萧遘为户部郎中、学士如故。未记他拜中书舍人年代，则拜中书舍人，或当在乾符四年，《本纪》漏载。那么乾符四年（877），温庭筠尚健在。

又温庭筠《开成五年秋，书怀一百韵》诗，是寄袁郊等人的。集中又有《赠袁司录》诗，原注："即丞相淮阳公之犹子，与庭筠有旧也。"按袁司录即袁郊，是丞相淮阳公袁滋的儿子，这里讲犹子，当是过继于叔父。《唐书·宰相世系表》，袁郊兄弟很多，均袁滋所生。诗中有句云："记得襄阳耆旧语，不堪风景岘山碑。"也正是悼念袁滋。温庭筠还有《经故翰林袁学士居》诗，袁学士也指袁郊。《唐诗纪事》说袁郊在昭宗朝任翰林学士，不很确切，时代嫌过晚。袁郊为翰林学士也当在懿宗朝，似在萧遘前。温庭筠诗中云："剑逐惊波玉委尘，谢安门下更何人。西州城外花千树，尽是羊昙醉后春。"与前诗意思相同，据此诗则温庭筠死在袁郊之后，亦即乾符年代之后。

又温庭筠《经翠微寺》诗，有"乾符初得位，天弩夜收铓"句，诗虽是纪念唐太宗的，但用"乾符"字样，也必写在改元乾符之后，不会是偶合。

根据上述情况，则温庭筠当随李蔚之后于乾符二、三年到京师，所以乾符四年后有《投翰林萧舍人》之作。

乾符只有六年，次年便是广明元年（880）。广明元年十二月黄巢入长安。萧遘随僖宗流亡，并自翰林学士、中书舍人升同平章事。又次年中和元年（881），又次年中和二年（882），长安大饥，人相食。温庭筠当死于流亡或饥馑中。自长庆四年（824）至中和二年（882），则应为五十九岁。这样推算，似乎比较合乎实际。史称其流落而死，当非死于任国子助教时。

四

他的生卒年代弄清，我们才能进一步了解他的生平遭遇。

《旧唐书》本传说温庭筠"大中初应进士，苦心砚席，尤长于诗赋。初至京师，人士翕然推重。然士行尘杂，不修边幅，能逐弦吹之音，为侧艳之词，公卿家无赖子弟裴诚、令狐滈之徒，相与蒲饮，酣醉终日，由是累年不第。"按此说亦极不确切。温庭筠得谤，当即在开成四五年，他十六七岁时。据《书怀一百韵》诗注，开成四年他已被京兆荐名。按常规，次年即可中进士第。但他托病家居，不去应试。从这首诗中可以看到他已被加以罪名。诗中写："赋分知前定，寒心畏厚诬。""正使猜奔竞，何尝计有无。刘恢虚仿觅，王霸竟揶揄。市义虚焚券，关讥漫弃襦。"句句都是说他受到打击。他也轻轻地解释了他爱好吹弹和曾经赌博过的事。如"黄卷嗟谁问，朱弦偶自娱"，"亡羊犹博塞，牧马倦呼卢"，讲这不过是偶然消遣的事。又说："积毁方销骨，微瑕惧掩瑜。"最后还说："乔木能求友，危巢（一做梁）莫嚇雏。"上句讲愿自幽谷迁于乔木，交好的朋友；下句本《庄子》，自比鹓雏，希望口啣死鼠的鸱鸟，不要自己嗜死鼠而嫉妒鹓雏（陈尚君同志认为雏指其子温宪，是很不确切的，温庭筠这时才是十七岁的童子）。可见他和裴诚、令狐滈来往是在早年应京兆试时。他诗中表示决心不和他们来往而与苗绅、袁郊等为友，说："放怀亲蕙芷，收迹异桑榆。"认为自己是能及时改过的，但谁知道已得罪了令狐绹？

唐初宰相温彦博本是寒族，温庭筠虽是他后代却没有后援。裴诚却是宰相裴度的侄子。令狐滈是宰相令狐楚之子令狐绹的儿子。令狐绹为了洗刷他儿子的名誉，这种轻薄的声名自然会统统加到温庭筠身上。这才是历史的真相。

温庭筠先在大中十一年被贬为隋县尉（《东观奏记》），中书舍人裴坦为贬辞，云："乡贡进士温庭筠，早随计吏，夙著雄名。徒负不羁之才，罕有适时之用。放骚人于湘浦，移贾谊于长沙。尚有前席之期，未爽抽毫之思。可随州隋县尉。"其他书还记有"孔门以德行为先，文章为末，尔既德行无取，文章何以补焉。"数句在"徒负不羁之才"句前（《全唐诗话》《唐诗纪事》）。但裴坦是谁呢？他正是令狐绹的亲信。《唐书·裴坦传》："坦及进士第，沈传师表置宣州观察府。……令狐绹当国，荐为职方郎中。"而《旧唐书·令狐楚传》说中书舍人裴坦知贡举放令狐滈中第。可见贬温庭筠而让令狐滈中第都是令狐绹、裴坦所筹划的阴谋。而裴诚也中了进士第，官至监察御史，见《云溪友议》。三人中只打击了没有势力的温庭筠。现在一些人把温看成是轻薄浪子，是十分冤枉的。

又本文第一部分所引《北梦琐言》记沈询知贡举，打击温庭筠，而沈询却正是一手提拔裴坦的沈传师的儿子。裴坦、沈询、令狐绹是一丘之貉，所以极力排斥温庭筠的就是令狐绹。据赵璘《因话录》："大中九年（855），礼部侍郎沈询知贡举。"事在大中九年，当时也正是令狐绹当政。沈询不许温庭筠应试，裴坦写贬温庭筠制书，正是一连串打击温庭筠的阴谋的体现。又沈询原是徇私舞弊的主考官，《云溪友议》卷下载："潞州沈尚书询，宣宗九载主春闱，将欲放榜。其母郡君夫人曰：'吾见近日崔、李侍郎，皆与宗盟及第，似无一家之谤。……于诸叶中，欲放谁也。'询曰：'莫先沈光也。'太夫人曰：'……吾以沈儋孤单，鲜其知音，汝其不悯，孰能见哀。'……遂放儋第也。"可见当时科举讲私人关系情况。那么温庭筠不第，是很不公平的。

五

温庭筠在大中十一年（857）被贬为隋县尉。据李骘《徐襄州碑》："大中十年春，东海公自蒲移镇于襄，十四年诏征赴阙。"则徐商留温庭筠于幕府即在此时。温庭筠年三十四。

咸通元年（860）徐商入朝，温庭筠此后就离开襄州，东游江淮了。《唐摭言》在叙述温为徐商巡官后说："咸通中，失意归江东，路由广陵，心怨令狐绹在位时，不为成名。既至，与新进少年狂游侠，愈久不刺谒。又乞索于扬子院，醉而犯夜，为虞侯所系，败面折齿。方迁扬州，诉之令狐绹，捕虞侯治之，极言庭筠丑迹，自是汙行闻于京师。"

这就是又被令狐绹暗算。时令狐绹镇淮南，兼管盐铁。"属徐商知政事，颇为言之。无何，商罢相出镇，杨收怒之，贬为方城尉。"这一记载又有误。按温庭筠闹扬子院时，杨收在长安正任户部侍郎、判度支，兼管盐铁。咸通四年又升同平章事，则温庭筠又贬方城尉，当在咸通四年（863），年四十。

温庭筠《上裴相公启》说："既而羁齿侯门，旅游淮上、投书自达，怀刺求知，岂期杜挚相倾，臧仓见嫉，守土者（令狐绹）以忘情积恶，当权者（杨收）以承意中伤，直视孤危，横相陵阻。……"显然就是指这件事的。情况说得很清楚。

徐商在咸通六年（865）才任兵部侍郎同平章事，替温庭筠说话当在此时，于是调温入京师任国子助教，时年四十二。如果说他真是轻薄之徒，又怎能做国子助教呢？

诗人邵谒在咸通七年（866）入京师为国子生，温庭筠榜谒诗三十首，广为扬誉。现在留有榜文说："右前件进士所纳诗篇等，识略精微，堪裨教化，

声词激切，曲备风谣……宜立榜示众人，不敢独专华藻。……咸通七年十月六日试官温庭筠牓。"（《全唐文》卷七八六）

不久，温庭筠又第三次游江淮了。以上事迹斑斑可考，足证旧史的讹谬。《宝刻丛编》所载《温庭筠墓志》显然不足据。温庭筠可能即在咸通十年、十一年南下，后来投奔李蔚，又随李蔚入京，曾投书萧遘，又吊过翰林学士袁郊，死于中和元、二年。陈尚君说温庭筠陷入牛、李党争，实属无据。《玉泉子》说温庭筠为姚勖所笞，亦属无稽，姚勖管扬子盐铁院，早在李德裕贬前。

六

温庭筠的整个生平，还有些问题待考。一是温庭筠的家何在。温籍贯太原，但寄籍却不在江南。陈尚君说未确。温庭筠应家鄠县。他有《鄠杜郊居》诗云："槿篱芳援近樵家。"又《开成五年秋抱疾郊居一百韵》诗写郊居"凛冽风埃惨，萧条树木枯"，也是鄠杜景象。《经李处士杜城别业》："忆昔几游集，今来倍叹伤。"《鄠郊别墅》："持愿望平绿，万景集所思。"又《宿云际寺》诗，云际寺在鄠县东南六十里，均足证明他家在鄠县。又《自有扈至京师》，有扈就是指扶风鄠县。

又《开成五年秋抱疾郊居一百韵》写他因病不应进士试，打算往游他乡，说："事迫离幽墅，贫牵犯畏途。"他毕竟去何地呢？诗里说："旅食常过卫，羁游欲渡泸。"是想重游卫地，或远游渝泸。又说"塞歌伤督护，边角思单于"，是想到塞外去。"堡戍标枪槊，关河锁舳舻。威容尊大树，刑法避秋荼。"是想依节度使幕府，而避开可能遭值的祸患。最后讲到"是非迷觉梦，行议拟秦吴"，决定一下行程是向北，还是向南。这是诗题中"将议遐适"的具体想法，于是开成五年（840）冬，十七岁，就去游历四方了。他的诗没有纪年，有些地方，也不仅是一次到过，所以难以完全判明写作年代。《会昌丙寅丰岁歌》是他会昌六年（846）二十一岁在家乡所作，那么会昌元年至五年，可能他都在外地。似乎他先由秦地而出塞。他的边塞诗还是很壮烈的，乐府诗中有《遐水谣》云："麟阁无名期未归，楼中思妇徒相望。"《公无渡河》云："黄河怒浪连天来。"《塞寒行》云："晚出榆关逐征北，惊沙飞迸冲貂袍。"《边笳曲》云："上郡隐黄云，天山吹白草。"《敕勒歌·塞北》云："帐外风飘雪，营前月照沙。"《过西堡塞北》云："白马犀匕首，黑裘金佩刀。"《回中作》云："千里关山边草暮，一星烽火朔云秋。"《西游书怀》云："高秋辞故国，昨日梦长安。"《河中陪节度游河亭》云："满座山光摇剑戟，绕城波色动楼台。"应均属写于这些年月的作品。

游秦出塞还有一系列的吊古伤今之作。如乐府《昆明治水战词》："茂陵仙去菱花老，唼唼游鱼近烟岛。"《走马楼三更曲》哀悼长生殿旁的宫人走马楼。又有《马嵬驿》、《题端正树》、《奉天佛寺》、《题望苑驿》、《过陈琳墓》、《苏武庙》、《经五丈原》、《马嵬佛寺》等。

大约他《经五丈原》、《过分水岭》诗，是写经由此地入川。温庭筠在川写有《利州南渡》、《锦城曲》、《醉歌》、《赠蜀将》。《赠蜀将》诗原注："蛮入成都，频著功劳。"陈尚君认为是指文宗太和三年时事，是确切的。以后有《旅泊新津却寄》云："王粲平生感，登临几断魂。"又有《巫山神女庙》诗，疑从三峡出川。此次游程，可能就终止，北归长安了，《会昌丙寅丰岁歌》就是会昌六年做于鄠县的。又有《郭处士击瓯歌》也写于武宗会昌时。

宣宗大中年代似乎他在鄠县长安或卫地。大中五年至九年，李商隐在西川幕府，温有《秋日旅舍寄义山李侍御》诗，李有《有怀在蒙飞卿》诗，蒙属卫地。在卫地有《金虎台》、《邯郸郭公歌》等作。温庭筠似在大中年代才重应进士试。但大中九年为沈询所驳落。大中十一年（857）年三十三，被贬为隋县尉，入徐商幕府，始到荆襄。他还曾到过湘中。集中《黄昙子歌》、《三洲词》、《西洲曲》、《常林欢歌》、《西江上送渔父》、《西江贻钓叟骞生》等都是此时所作。《渚宫晚春寄秦地友人》诗云："今日思归客，愁容满镜悬。"到湘水写的则有《湘宫人歌》、《猎骑》、《湘东宴曲》、《赠楚云上人》、《和赵嘏题岳寺》、《寄李外郎远》等，李远大中十二年间为杭州刺史。

懿宗咸通二年（861）间，他年三十八，因徐商已入为御史大夫，温庭筠便第一次南游江淮。《鸡鸣埭歌》、《张静婉采莲曲》、《雍台歌》、《吴苑行》、《湖阴词》、《蒋侯神歌》、《兰塘词》、《故城曲》、《谢公墅歌》、《台城晓朝曲》、《江南曲》、《钱塘曲》、《苏小小歌》、《春江花月夜词》、《懊恼曲》、《烧歌》、《陈宫词》、《太子西池》、《开圣寺》、《蔡中郎坟》、《过孔北海墓》等均应是首次到江南时写的。《题丰安里王相（即王涯）林亭》当也是在建业时作品，大中初宣宗已为王涯、贾悚昭雪，温庭筠哀悼他是很自然的，陈尚君说是在长安作，未见确证。温庭筠这时期诗多吊古伤今的作品，有较强烈的现实意义。

咸通三年（862）温庭筠年三十九。这一年广州人陈磻石自称有奇计，能弄钱，被任为扬子院巡官，管盐铁。冬天，令狐绹任扬州大都督府长史淮南节度副大使知节度事。传说温庭筠酒后闹扬子院当在此时，或咸通四年（864）初，又一次受到令狐绹的暗害。

咸通四年初杨收官兵部侍郎判度支，管盐铁又任同平章事，党于令狐绹，不满意温庭筠闹扬子院，于是贬温庭筠为方城尉。五年杨收为中书门下侍郎平章事。六年以御史大夫徐商为兵部尚书同平章事，此时徐商为温庭筠辩解，于是咸通六年（865）温庭筠年四十二任国子助教，但温氏离国子助教职，不知何时，又第二次南游。过下邳时有《过陈琳墓》诗，有句云："词客有灵应识我，霸才无主始怜君。"也是自伤之词。此次南游系自徐州南下，还有《赠少年》一首云："酒酣夜别淮阴市，月照高楼一曲歌。"又有《旅次盱眙县》一首。

咸通十一年（870）庭筠年四十七，冬天检校尚书右仆射李蔚为淮南节度副大使知节度事，则投依李蔚当在次年春。他写有《感旧陈情五十韵献淮南李仆射》诗，中有："旅食逢春尽，羁游为事牵。宦无毛义檄，婚乏阮修钱"句。按温庭筠可能丧偶待续婚，诗中使用了阮修年四十余未有室，王敦等敛钱为婚的典故（《晋书·阮修传》），也正适合他四十七岁年龄。余详本文第二节。陈尚君认为这是指他儿子未婚，却是十分牵强的。

僖宗乾符二年（875），温年五十二，他可能随李蔚一道返长安。乾符四年（877）有《投翰林萧舍人》诗，又《题翠微寺二十二韵》次于《感旧陈情献淮南李仆射》，诗后云："乾符春得位，天弩夜收铓。"也当写于乾符初。此后还有《经翰林袁学士故居》诗，大约温死于僖宗中和二年（882），年五十九。

就上面的论证，他的生平经历和诗歌创作情况，大体是可考的。

---

① 《中华文史论丛》第八辑。

② 《中华文史论丛》1981年第2期。

词的起原*

胡 适

　　长短句的词起于何时呢？是怎样起来的呢？

　　对于第一个问题，我们的答案是：长短句的词起于中唐，至早不得过西历第八世纪的晚年。旧说相传，都以为李白是长短句的创始者。那是不可靠的传说。《尊前集》收李白的词十二首，《全唐诗》收十四首，其中多有很晚的作品（如《尊前集》收的"游人尽道江南好"一首《菩萨蛮》乃是韦庄的）。长短句的《忆秦娥》、《菩萨蛮》、《清平乐》皆是后人混入的作品；据《杜阳杂编》及《唐音癸签》、《菩萨蛮》曲调作于大中初年（约850），李白如何能填此调呢？《乐府诗集》遍载李白的乐府歌辞，并收中唐的《调笑》、《忆江南》诸词，而独不收《忆秦娥》诸词，这是很强的证据。并且以时代考之，中唐以前，确无这种长短句的词。我们细考《乐府诗集》所收初唐及盛唐的许多歌词，——除那些不可歌的拟题乐府之外，——都是五言，七言，或六言的律绝诗，没有长短句的词体。《表异记》记高适、王昌龄、王之涣三人在旗亭上听歌妓唱的词也都是五言和七言的绝句。再看各家文集里所载的乐府歌词，自李白的《清平调》到元结的《欸乃曲》，都是整齐的近体。张说集子里有几首歌词，注明乐调的，更可为证。如《苏摩遮》（后来词调中有《苏幕遮》）五首，每首下注"臆岁乐"三字，其词皆是七言绝句。又如《舞马词》六首，前二首各注"圣代升平乐"，后四首各注"四海和平乐"；而其词皆为六言绝句。又《破阵乐》二首，是舞曲，其词皆为六言律诗，与后来词调中所谓"谪仙怨"相同（旧说《谪仙怨》是唐明皇幸蜀时所作，说见《全唐诗》百二十册。此说大谬。张说死在开元十八年，在明皇幸蜀之前二十六年）。

　　总观初唐、盛唐的乐府歌词，凡是可靠的材料，都是整齐的五言，七言，或六言的律绝。当时无所谓"诗"与"词"之分；凡诗都可歌，而"近体"

　　* 原载《清华学报》1924 年第 1 卷第 2 期。选自欧阳哲生编《胡适文集·胡适文存三集》，北京大学出版社,1998。

（律诗、绝句）尤其都可歌。

中唐的乐府新词有《三台》、《调笑》、《竹枝》、《杨柳枝》、《浪淘沙》、《忆江南》，这六调是可信的。余如世传白居易的《长相思》二首，《如梦令》二首，皆不见于《长庆集》的前后集；他最后的自序明明的说"若集内无，而假名流传者，皆谬为耳"，我们岂可深信？又如刘禹锡的《潇湘神》等，宋本《刘梦得集》有"右已上词，先不入集；今附于卷末"一行跋语（《四部丛刊》本）；或有"右已上词，先不入集；伏缘播在乐章，今附于卷末"一行跋语（《结一庐剩余丛书》本），所以我们也不可深信。

我们且看这可信的中唐六调。

《三台》与《调笑》始见于韦应物的集子里。《三台》是六言绝句，与张说的《舞马词》相同，不算创体。《调笑》，《韦江州集》（《四部丛刊》本）作《调啸》；一名《宫中调笑》，一名《转应曲》，一名《三台令》。《调笑》之名可见此调原本是一种游戏的歌词；《转应》之名可见此调的转折似是起于和答的歌词；《三台令》之名可见此调是从六言的《三台》变出来的。今举一例：

> 胡马，胡马，
> 远放燕支山下。
> 跑沙跑雪独嘶，
> 东望西望路迷。
> 路迷，——
> 迷路，
> 边草无穷，日暮。

《竹枝》、《柳枝》、《浪淘沙》皆是七言绝句。《竹枝》是扬子江上流的民歌，刘禹锡记他在建平所见云：

> 里中儿联歌《竹枝》，吹短笛，击鼓以赴节。歌者扬袂睢舞，以曲多为贤。聆其音，中《黄钟》之羽。卒章激讦如吴声。虽伧佇不可分，而含思宛转，有《淇澳》之艳。（《刘宾客集·竹枝词序》）

民间的《竹枝》，今有两首，误收在刘禹锡的集子里；我们抄一首为例：

> 杨柳青青，江水平，闻郎江上唱歌声。
>
> 东边日出，西边雨；道是无晴还有晴。（晴字双关"情"字）

白居易、刘禹锡极力摹仿这种民歌，但终做不到这样的天然优美。

《杨柳枝》也是一种舞曲。当时还有一种舞，名叫《柘枝》；白居易、刘禹锡有诗摹写那种舞态。《杨柳枝》大概与此相近。白居易晚年病中有《卖骆马》、《别柳枝》两诗；《别柳枝》云：

> 两枝杨柳小楼中，袅娜多年伴醉翁。
>
> 明日放归归去后，世间应不要春风。

两个舞妓必无同名柳枝之理；可见"柳枝"是一个类名，凡能舞《柳枝》的就叫柳枝。《柳枝》词与《竹枝》同体裁，今不举例。

《浪淘沙》也是白居易、刘禹锡唱和的歌词。白作六首，刘作九首。后来皇甫松又作二首，也是七言绝句。皇甫松是晚唐人；这可见此调变成长短句乃是五代时的事。

《忆江南》是中唐的创调。《乐府诗集》八十二云："一曰《望江南》。《乐府杂录》曰：'《望江南》本名《谢秋娘》，李德裕镇浙西，为妾谢秋娘所制。'"此说不知可信否。今本《李卫公集》（《四部丛刊》本）之别集卷四（页三）有"锦城春事《忆江南》五言三首"一题，题存而诗阙。然题明说"五言三首"，是李德裕初作《忆江南》，还用五言旧体。他同时的诗人白居易、刘禹锡方才依曲作长短句。白词第一首云：

> 江南好，
> 风景旧曾谙：
> 日出江花红胜火，
> 春来江水绿如蓝。——
> 能不忆江南？

后来刘禹锡和他的春词，即用此调：

> 春去也，

多谢洛城人。

弱柳从风疑举袂,

丛兰挹露似沾巾,——

独坐亦含颦。

最可注意是《刘集》中这首词的标题:

和乐天春词,依《忆江南》曲拍为句。

这是依调填词的第一次的明例。

中唐的初期(八世纪的下半)还有一位张志和,放浪江湖,曾作了几首《渔父词》,流传人间;其中最有名的一首是:

西塞山前白鹭飞。

桃花,流水,鳜鱼肥。

青箬笠,

绿蓑衣,

斜风细雨不须归。

张志和与韦应物同时。此调也可算是中唐的创体。但此调的曲拍不传于后,宋人如苏轼等都说此调不可歌。苏轼添上一些字,用《浣溪沙》歌之;他的表弟李如篪说:"《渔父词》以《鹧鸪天》歌之,甚协音律,但语少声多耳。"以此看来,张志和的《渔父》只是一首诗,只是一首变态的七言绝句;只可与盛唐的七言歌词看作一类,未必是有意的作长短句。

以上说长短句的词调起于中唐。《调笑》与《忆江南》为最早的创体;刘禹锡作《春去了》,明说"依《忆江南》曲拍为句",是填词的先例。

其次,我们要问,长短句的词体是怎样起来的呢?整齐的五言,六言,七言诗如何会渐渐变成不整齐的长短句呢?

对于这个问题的解答,最有力的是朱熹的"泛声"说。朱熹说:

古乐府只是诗,中间却添许多泛声。后来人怕失了那泛声,逐一声添个实字,遂成长短句。今曲子便是。(《朱子语类》百四十)

清康熙朝编辑《全唐诗》的人，在"词"的部分加上一条小注，说：

> 唐人乐府元用"律"、"绝"等诗，杂和声歌之。其并和声作实字，长短其句以就曲拍者，为填词。（《全唐诗》函十二，册十，页一）

这就是用朱熹的说明。清歙县方成培著《香研居词麈》，论词的原始云：

> 唐人所歌多五七言绝句；必杂以散声，然后可被之管弦。……后来遂谱其散声，以字句实之，而长短句兴焉。故词者，所以济近体之穷而上承乐府之变也。（引见江顺诒《词学集成》一，页五）

以上引的几条，都是同一说法。依这种说法，词的原始是由于：

（1）唐人所歌的诗虽然是整齐的五言，六言或七言诗，而音乐的调子却不必整齐，尽可以有"泛声"、"和声"或"散声"。

（2）后来人要保存那些"泛声"，所以连原来有字的音和无字的音，一概填入文字，遂成了长短句的词了。

对于第一层，我们没有异议。对于第二层，我们嫌他说的太机械了。我们不能信这种"泛声填实成长短句"说，因为词的音调里仍旧是有泛声的。证据甚多，随手拾来皆是。如《思帝乡》一调，字数多少不等；试取晚唐、五代人做的四首，列为下表：

	温庭筠	韦庄	韦庄	孙光宪
第一行	二字	三	三	二
第二行	五字	三	五	五
第三行	九字	九	九	九
第四行	十一字	九	九	十一
第五行	九字	九	八	九

又如最通行的调子之中，《生查子》下半的起句可作五字，可作两句三字，也可作七字；《临江仙》每半阕的起句可作六字，亦可作七字；结两句可作五与五，亦可作四与五。至于《河传》等调，变化伸缩更多，更不消说了。宋末沈

义父《乐府指迷》说：

> 古曲谱多有异同：至一腔有两三字多少者；或句法长短不等者。盖被教
> 师改换，亦有嘌唱一家多添了字。

这都是词调有泛声之证。我们更看后来词变为曲的历史，更看元人小曲中衬字之多，每调字数伸缩的自由，更可以知道词调中"泛声"或"散声"之多了。

那么，长短句的词调究竟是怎样产生的呢？长短句之兴，自然是同音乐有密切关系的。唐人歌词虽多是整齐的律绝，然而乐调却是不必整齐的，却可以自由伸缩。换句话说，就是：乐调无论怎样自由变化，歌词还是整齐的律绝；作歌的人尽可不管调子的新花样，尽可以守定歌词的老格律。至于怎样把那整齐的歌词谱入那自由变化的乐调，那是乐工伶人的事，与诗人无关。这是最初的情形。长短句之兴，是由于歌词与乐调的接近。通音律的诗人，受了音乐的影响，觉得整齐的律绝体不很适宜于乐歌，于是有长短句的尝试。这种尝试，起先也许是游戏的，无心的；后来功效渐著，方才有稍郑重的，稍有意的尝试。《调笑》是游戏的尝试；刘、白的《忆江南》是郑重的尝试。这种尝试的意义是要依着曲拍试做长短句的歌词；不要像从前那样把整齐的歌词勉强谱入不整齐的调子。这是长短句的起原。

我们要修正朱熹等人的说明，如下：

> 唐代的乐府歌词先是和乐曲分离的：诗人自作律绝诗，而乐工伶人谱为
> 乐歌。中唐以后，歌词与乐曲渐渐接近：诗人取现成的乐曲，依其曲拍，作
> 为歌词，遂成长短句。

刘禹锡集中"依《忆江南》曲拍为句"一语，是长短句如何产生的最可靠的说明。向来只是诗人做诗而乐工谱曲；中唐以后始有教坊作曲而诗人填词。晚唐以后，长短句之盛行，多是这样来的。温庭筠为晚唐提倡长短句最有功的人；《旧唐书》（一九〇下）说他"能逐弦吹之音，为侧艳之词"。这就是说他"能依着弦吹的曲拍，填侧艳之词"。这不是明显的例证吗？

唐末苏鹗的《杜阳杂编》有一段说：

> 大中初，女蛮国贡双龙犀。……其国人危髻金冠，璎珞被体，故谓之

"菩萨蛮"。当时倡优遂制"菩萨蛮"曲，文士亦往往声其词。（卷下）

这也是乐工作曲而文士填词的一个例证。

依现成的曲拍，作为歌词，这叫做填词。

凡填词有三个动机：

（1）乐曲有调而无词，文人作歌词填进去，使此调因此更容易流行。

（2）乐曲本已有了歌词，但作于不通文艺的伶人倡女，其词不佳，不能满人意，于是文人给他另作新词，使美调得美词而流行更久远。

（3）词曲盛行之后，长短句的体裁渐渐得文人的公认，成为一种新诗体，于是诗人常用这种长短句体作新词。形式是词，其实只是一种借用词调的新体诗。这种词未必不可歌唱，但作者并不注重歌唱。

唐、五代的词的兴起，大概是完全出于前两种动机的。《竹枝》起于民间，有曲有词；但民间的歌词有好的，也有很"伧伫"的，所以刘禹锡、白居易等人试作新词，以代旧词。《调笑》、《忆江南》之作也许是不满意于旧词而试作新词的。

我疑心，依曲拍作长短句的歌词，这个风气是起于民间，起于乐工歌妓。文人是守旧的，他们仍旧作五七言诗。而乐工歌妓只要乐歌好唱好听，遂有长短句之作。刘禹锡、白居易、温庭筠一班人都是和倡妓往来的；他们嫌倡家的歌词不雅，——如刘禹锡嫌民间的《竹枝词》"伧伫"一样，——于是也依样改作长短句的新词。欧阳炯序《花间集》云：

> 自南朝之宫体，扇北里之倡风，何止言之不文，所谓秀而不实。

这是文人不满意于倡家的歌词的明白表示。沈义父《乐府指迷》云：

> 秦楼楚馆所歌之词，多是教坊乐工及闹井做赚人所作。只缘音律不差，故多唱之。求其下语用字，全不可读。甚至咏月却说雨，咏春却说凉；如《花心动》一词，人目之为"一年景"。又一词之中，颠倒重复；如《曲游春》云，"赊薄难藏泪"，过云，"哭得浑无气力"，结又云，"满袖啼红"。如此甚多，乃大病也。（《四印斋》刻本，页四）

这虽是南宋的情事，然而我们可以因此推想唐、五代时的倡家歌词也必有这种可笑的情景。所以我们可以说，唐、五代的文人填词，大概是不满意于倡家已有的长短句歌词，依其曲拍，仿长短句的体裁，作为新词。到了后来，文人能填词的渐渐多了，教坊倡家每得新调，也可迳就请文人填词。例如叶梦得《避暑录话》说：

> 柳永为举子时，多游狭邪，善为歌辞。教坊乐工每得新腔，必求永为辞，始行于世。（叶德辉刻本，下，页一）

大概填词之起原总不出于这两种动机之外：或曲无词而文人作词，或曲已有词而文人另作新词。后来方才有借用词调作诗的，如苏轼、朱敦儒、辛弃疾皆是。南宋姜夔、吴文英等人自己作曲，自己填词，那又是第一种动机了。

以上论词的起原，初稿写成后，曾送呈王静庵先生（国维），请他指正。王先生答书说：

> 尊说表面虽似与紫阳不同，实则为紫阳说下一种注解，并求其所以然之故。鄙意甚为赞同。至谓长短句不起于盛唐，以词人方面言之，弟无异议；若就乐工方面论，则教坊实早有此种曲调（《菩萨蛮》之属），崔令钦《教坊记》可证也。

我因此检《教坊记》，其中附有曲名一表，共载三百二十四调，果有《菩萨蛮》、《忆江南》等曲调。崔令钦的年代，《四库提要》无考；王静庵先生据《唐书·宰相世系表》说崔令钦乃隋恒农太守宣度之五世孙，而唐高祖至玄宗五世，因此考定他是玄宗时人。《教坊记》记事迄于开元，不谈及乱离时事，似他不曾见天宝之乱（755）。但《教坊记》中的曲名表，我却不能认为原书的原文，不能认为开元教坊的曲目。我疑心此表曾经后人随时添入新调；此种表本只供人参考，以多为贵，添加之人意在求完备，不必是有心作伪。正如玄奘的《西域记》里忽然有明成祖时代的西洋地理，那也是求完备，并非有心作伪。所以我以为《教坊记》中的三百多曲名不可用来考证盛唐教坊有无某种曲调。我的证据是：

（1）表中有《天仙子》。段安节《乐府杂录》说，"《万斯年》曲是朱崖李太尉进，此曲名即《天仙子》是也"（《古今说海》本，页七）。《唐书》二十二也说，"会昌初（约843），宰相李德裕命乐工制《万斯年》曲以献"。是此曲制于会昌初年，崔令钦何以能列入表中？

（2）表中有《倾杯乐》。《乐府杂录》云："宣宗喜吹芦管，自制此曲。"（页二四）此曲是宣宗（847~859）制的，如何得入此表？

（3）表中有《菩萨蛮》。《词源》引《唐音癸签》说，大中初（约850），女蛮国入贡，其人危髻金冠，璎珞被体，人谓之"菩萨蛮"，当时倡优遂制此曲。《杜阳杂编》也说此调作于宣宗时（引见上）。

（4）表中有《望江南》。《乐府杂录》说此调"始自朱崖李太尉镇浙日，为亡妓谢秋娘所撰"（页二四）。

（5）表中有《杨柳枝》。《乐府杂录》说此调是"白傅闲居洛邑时作，后入教坊"（页二四）。

段安节为段文昌之孙，段成式之子，成式曾在李德裕浙西幕府中（见《酉阳杂俎》续四），所以安节谈会昌、大中两朝的故事，应该可信。此外如《乐府杂录》记《望江南》即《梦江南》，而《教坊记》曲目中既有《望江南》，又有《梦江南》；又如表中有"大曲名"一个总目，而其下的四十六曲不全是大曲：这也可见此表有后人妄加的痕迹。

王静庵先生二次来书说：

> 弟意如谓教坊旧有《望江南》曲调，至李卫公而始依此调作词；旧有《菩萨蛮》曲调，至宣宗时始为其词，此说似非不可通，与尊说亦无抵牾。

王先生承认长短句的词起于中唐以后，但主张《望江南》、《菩萨蛮》等曲调乃教坊旧有之调。此说与我的主张固然没有抵触；然而《教坊记》中的一表却不能就证明盛唐教坊实有某种曲调。况且我们看《乐府杂录》、《杜阳杂编》、《新唐书》等书所记，似乎《天仙子》、《倾杯乐》、《菩萨蛮》等皆是武、宣两朝新制的曲调，不单是新词。我们绝对承认调早于词；但依现有的证据看来，我们很难知道有多少词调是盛唐教坊的旧物，我们只知道《忆江南》、《天仙子》、《菩萨蛮》、《倾杯乐》等调是九世纪中叶制作的。

词体之演进[*]

龙沐勋

一　正名

前人称词为"诗余"，亦谓之"长短句"。对于诗词界限，多作模糊影响之谈。于是世之论词者，辄持填词须"上不类诗，下不入曲"之说。例如王士祯《花草蒙拾》：

> 或问诗词、词曲分界？予曰："无可奈何花落去，似曾相识燕归来"，定非香奁诗；"良辰美景奈何天，赏心乐事谁家院"，定非《草堂》词也。

近代学者知词为"诗余"说之不可通，乃于词之起源问题多所探讨，议论纷纷，莫衷一是。不知词原乐府之一体，词不称作而称填，明此体之句度声韵，一依曲拍为准，而所依之曲拍，又为隋、唐以来之燕乐杂曲，即所谓"今曲子"者是。其所以"上不类诗，下不入曲"者，固以所依之曲调，既不为南北朝以前之乐府，又不为金、元以后之南北曲，非文辞之风格上有显然之差别也。诗、乐本有相互关系；诗歌体制，往往与音乐之变革，互为推移。在古乐府中，亦有先有词而后配乐，或先有曲而后为之制词者。后者为填词之所托始，而所填之曲，则唐、宋以来之词，与古乐府又截然二事。元稹《乐府古题·序》云：

> 《诗》讫于周，《离骚》讫于楚，是后诗之流为二十四名：赋、颂、铭、赞、文、诔、箴、诗、行、咏、吟、题、怨、叹、章、篇、操、引、谣、讴、歌、曲、词、调，皆诗人六义之余，而作者之旨，由操而下八名，皆起于郊祭、军宾、吉凶、苦乐之际。在音声者，因声以度词，审调以节唱。句

　＊　选自《词学季刊》1933 年创刊号。

度长短之数，声韵平上之差，莫不由之准度。而又别其在琴瑟者，为操、引；采民甿者，为讴、谣；备曲度者，总得谓之歌、曲、词、调。斯皆由乐以定词，非选词以配乐也。由诗而下九名，皆属事而作；虽题号不同，而悉谓之为诗可也。后之审乐者，往往采取其词，度为歌曲，盖选词以配乐，非由乐以定词也。（《元氏长庆集》卷二十三）

歌、曲、词、调四者，既皆由乐以定词；则后来依曲拍而制之词，其命名必托始于此。而所谓诗之流为二十四名，皆诗人六义之余，疑亦前人称词为"诗余"之所本；惟词仅为二十四名之一，后乃以别名而为一种新兴文体之总名，而此种总名，又为"曲子词"之简称；在五代、宋时，或称"曲子词"，或仅称"曲子"，或称"今曲子"。其仅称"曲子"或"今曲子"者，就乐曲之本体言，以乐曲足赅括歌词也。其称"曲子词"者，首见于欧阳炯之《花间集·序》：

> 今卫尉少卿字弘基，以拾翠洲边，自得羽毛之异；织绡泉底，独殊机杼之功。广会众宾，时延佳论。因集近来"诗客曲子词"五百首，分为十卷。

及孙光宪之《北梦琐言》：

> 晋相和凝，少时好为"曲子词"，布于汴、洛。洎入相，专托人收拾焚毁不暇。

其仅称"曲子"者，如《画墁录》云：

> 柳三变既以词忤仁庙，吏部不放改官。三变不能堪，诣政府。晏公曰："贤俊作曲子么？"三变曰："祇如相公亦作曲子。"公曰："殊虽作曲子，不曾道'彩线佣拈伴伊坐'。"柳遂退。

又见《古今词话》：

> 和凝好为小词，布于汴、洛。洎入相，契丹号为"曲子相公"。

其称"今曲子"者，所以别于古乐府而言。王灼《碧鸡漫志》云：

  盖隋以来，今之所谓"曲子"者渐兴，至唐稍盛。今则繁声淫奏，殆不可数。古歌变为古乐府，古乐府变为"今曲子"，其本一也。（卷一）

朱熹亦有"今曲子"之说：

  古乐府只是诗，中间却添许多泛声。后来人怕失了那泛声，逐一添个实字，遂成长短句；"今曲子"便是。（《朱子语类》百四十）

  关于上述诸名称之记载，殆不胜枚举；而辞气之间，类存卑视心理。称"曲子"或"曲子词"，原为纪实；而《花间集》必于"曲子词"之上，锡以"诗客"之美名。宋人称词，恒冠以"小"字，明所依之曲调，已非中夏之正声，繁声淫奏，悉为"胡夷里巷之曲"。词体之别于诗者在此，其进展迟缓之原因亦在此。观上述和凝之焚稿，晏殊、柳永之相诘难，其故可知也。词所依之声，既非雅乐，故在宋初，士大夫间，犹往往以为忌讳。例如《东轩笔录》所述一事可证：

  王安国性亮直，嫉恶太甚。王荆公初为参知政事，闲日因阅读晏元献公小词而笑曰："为宰相而作小词，可乎？"平甫曰："彼亦偶然自喜而为尔；顾其事业，岂止如是耶？"时吕惠卿为馆职，亦在坐，遽曰："为政必先放郑声，况自为之乎？"平甫正色曰："放郑声，不若远佞人也。"吕大以为议己，自是尤与平甫相失也。

以小词为郑声，而与佞人对举，其为士大夫所讳，盖在所依之声。然自隋以来，所谓"胡夷里巷之曲"，经数百年之酝酿，已大行于朝野上下；士大夫乐其声调之美，不惜屈就曲拍，一依其"句度长短之数，声韵平上之差，为之准度"，而为撰歌词，阳讳其名，而阴用其实；始而于"曲子词"之上，加"诗客"二字，以别于淫哇鄙俚之曲；进而为名称上之"风雅化"。于是同为依"今曲子"而制作之歌词，有题曰"乐章"者，有题曰"乐府"者，有题曰"琴趣外篇"者，有题曰"诗余"者，有题曰"渔笛谱"者，有题曰"语业"者，有题曰"长短句"者，有题曰"歌曲"者，有题曰"别调"者，凡此之类，未易悉数。要各自标雅号，而其实则皆所谓"今曲子"词也。兹取毛氏

《宋六十家词》、王氏《四印斋所刻词》、朱氏《彊邨丛书》、吴氏《双照楼影刊词》四大丛刻，校核各家词集之标题。除径题某某词之外，则毛刻有下列九种：

柳永《乐章集》	赵长卿《惜春乐府》
杨炎《西樵语业》	高观国《竹屋痴语》
周必大《近体乐府》	黄机《竹斋诗余》
石孝友《金谷遗音》	刘克庄《后村别调》
晁补之《琴趣外篇》	

王刻有下列九种：

冯延巳《阳春集》	苏轼《东坡乐府》
贺铸《东山寓声乐府》	周邦彦《清真集》
辛弃疾《稼轩长短句》	朱敦儒《樵歌》
王沂孙《花外集》	王炎《双溪诗余》
许棐《梅屋诗余》	

朱刻有下列五十四种：

温庭筠《金奁集》	范仲淹《范文正公诗余》
柳三变《乐章集》附	王安石《临川先生歌曲》
《续添曲子》	
苏轼《东坡乐府》	黄庭坚《山谷琴趣外篇》
刘弇《龙云先生乐府》	秦观《淮海居士长短句》
米芾《宝晋长短句》	吴则礼《北湖诗余》
周邦彦《片玉集》	米友仁《阳春集》
刘一止《苕溪乐章》	张纲《华阳长短句》
沈与求《龟溪长短句》	朱敦儒《樵歌》
朱翌《灊山诗余》	曹勋《松隐乐府》
仲并《浮山诗余》	史浩《鄮峰真隐大曲》附《词曲》
韩元吉《南涧诗余》	洪适《盘洲乐章》
王之望《汉滨诗余》	李洪《芸庵诗余》
李吕《澹轩诗余》	杨万里《诚斋乐府》

周必大《平园近体乐府》　　赵彦端《介庵琴趣外篇》

高观国《竹屋痴话》　　　　葛长庚《玉蟾先生诗余》

姜夔《白石道人歌曲》　　　韩淲《涧泉诗余》

杨冠卿《客亭乐府》　　　　汪晫《康范诗余》

蔡戡《定斋诗余》　　　　　廖行之《省斋诗余》

张镃《南湖诗余》　　　　　张辑《东泽绮语》附《清江渔谱》

汪莘《方壶诗余》　　　　　王迈《臞轩诗余》

刘克庄《后村长短句》　　　吴潜《履斋先生诗余》

赵孟坚《彝斋诗余》　　　　赵崇嶓《白云小稿》

夏元鼎《蓬莱鼓吹》　　　　柴望《秋堂诗余》

卫宗武《秋声诗余》　　　　周密《蘋洲渔笛谱》

陈允平《日湖渔唱》　　　　熊禾《勿轩长短句》

陈德武《白雪遗音》　　　　陈深《宁极斋乐府》

家铉翁《则堂诗余》　　　　蒲寿宬《心泉诗余》

吴刻有下列九种（附陶氏涉园续刊七种）：

欧阳修《欧阳文忠公近体乐府》　　欧阳修《醉翁琴趣外篇》

晁元礼《闲斋琴趣外篇》　　　　晁补之《晁氏琴趣外篇》

向子諲《酒边集》　　　　　　张孝祥《于湖居士乐府》

魏了翁《鹤山先生长短句》　　　戴复古《石屏长短句》

许棐《梅屋诗余》　　　　　　黄庭坚《山谷琴趣外篇》

周邦彦《片玉集》　　　　　　辛弃疾《稼轩长短句》

张孝祥《于湖先生长短句》　　　赵以夫《虚斋乐府》

刘克庄《后村居士诗余》　　　　方岳《秋崖乐府》

综上四家所刻唐、宋人词，凡题"诗余"者二十七种，题"乐府"者十五种，题"长短句"者十种，题"琴趣外篇"者七种，题"乐章"者三种，题"歌曲"者二种。其人自为集，或特立名号者不计焉。其本为一人之作，而互见各本者，如欧阳修词，既称"近体乐府"，又称"琴趣外篇"；张孝祥词，既称"乐府"，又称"长短句"；刘克庄词，既称"别调"，又称"长短句"，又称"诗余"。惟柳氏《乐章》，尚保存"曲子"二字。凡所称"诗余"、"乐府"、

"长短句"、"琴趣外篇"、"乐章"、"歌曲"一类之雅号，皆所以附庸于风雅，而于词之本体无与。知词为"曲子词"之简称，而所依之声，乃隋、唐以来之燕乐新曲，则"词为诗余"之说，不攻自破；即词之起源问题，与诗、词、曲三者之界限，亦可迎刃而解矣。

二　乐曲之嬗变及其繁衍

词既依唐、宋间所谓"今曲子"之节拍而成，则吾人考求词体之建立，与其进展之步骤，不得不于乐曲方面，加以深切注意。中国古乐之崩坏，由来已久。据《碧鸡漫志》：

> 西汉时，今之所谓古乐府者渐兴，晋、魏为盛，隋氏取汉以来乐器歌章古调，并入清乐，余波至李唐始绝。唐中叶虽有古乐府，而播在声律则鲜矣。士大夫作者，不过以诗一体自名耳。（卷一）

汉、晋间乐府，据郭茂倩《乐府诗集》所载，有郊庙、燕射、鼓吹、横吹、相和、清商、舞曲、琴曲诸类中所包涵乐曲；而《相和歌辞》中，有相和、吟叹、四弦、平调、清调、瑟调、楚调诸曲；《清商曲辞》中，有吴声、西曲、江南弄等。此二类所包涵之乐曲，以南朝之作为多。而《旧唐书·音乐志》云：

> 平调、清调、瑟调，皆周房中曲之遗声也，汉世谓之三调。（卷二十九）

《乐府诗集》云：

> 永嘉之乱，五都沦覆，中朝旧音，散落江左。后魏孝文、宣武，用师淮、汉，收其所获南音，谓之清商乐，《相和》诸曲，亦皆在焉。所谓清商正声，《相和》五调伎也。（卷二十六）

所谓清商三调，虽在隋代尚存，而旧乐式微，已成不可挽回之势。南朝偏安江左，所有吴声歌曲，亦曾风行一世。而隋氏有天下，承北朝之系统；所有胡戎之乐，经长时间之酝酿，已深入人心，牢不可破。齐尚乐典御祖珽，自言旧在洛下，晓知旧乐，尝上书齐文宣帝曰：

> 魏氏来自云、朔，肇有诸华，乐操土风，未移其俗。至道武帝皇始元
> 年，破慕容宝于中山，获晋乐器，不知采用，皆委弃之。（中略）至太武帝
> 平河西，得沮渠蒙逊之伎，宾嘉大礼，皆杂用焉。此声所兴，盖苻坚之末，
> 吕光出平西域，得胡戎之乐，因又改变，杂以秦声，所谓《秦汉乐》也。
> （《隋书》卷十四《音乐志》）

据珽所言，北朝音乐，盖与南朝截然殊致；最后乃糅合胡秦，以自成一种特殊
音乐。隋开皇二年，齐黄门侍郎颜之推，请冯梁国旧事，考寻古典。高祖不
从，曰：

> 梁乐，亡国之音，奈何遣我用耶？（《隋书》卷十四《音乐志》）

自是吴声歌曲，亦日就沉沦，更何论中夏正声？会有郑译者，援苏祇婆之
说，以琵琶七调，傅合律吕，于是新旧稍稍融洽，以构成隋、唐以来燕乐系
统。译之言曰：

> 先是周武帝时，有龟兹人曰苏祇婆，从突厥皇后入国，善胡琵琶。听其
> 所奏，一均之中间有七声。因而问之，答云："父在西域，称为知音。代相
> 传习，调有七种。"以其七调，勘校七声，冥若合符。一曰"娑陁力"，华言
> 平声，即宫声也。二曰"鸡识"，华言长声，即商声也。三曰"沙识"，华言
> 质直声，即角声也。四曰"沙侯加滥"，华言应声，即变徵声也。五曰"沙
> 腊"，华言应和声，即徵声也。六曰"般赡"，华言五声，即羽声也。七曰
> "俟利箑"，华言斛牛声，即变宫声也。译因习而弹之，始得七声之正。然后
> 就此七调，又有五旦之名，旦作七调。以华言译之，旦者则谓"均"也。其
> 声亦应黄钟、太簇、林钟、南吕、姑洗五均，已外七律，更无调声。译遂因
> 其所捻琵琶，弦柱相饮为均，推演其声，更立七均，合成十二，以应十二
> 律。律有七音，音立一调，故成七调十二律，合八十四调，旋转相交，尽皆
> 和合。（《隋书》卷十四《音乐志》）

张炎《词源》八十四调之说，即本于此。然隋以来俗乐，实只二十八调；唐、

宋曲词所用宫调，亦不出此数；盖俗乐本出龟兹，而以琵琶为主；琵琶四弦，弦各七调，四乘七得二十八调。然郑译必言五音、二变、十二律者，亦故为傅会，以避免新旧之争耳。燕乐在隋、唐间，既自构成系统，乃产生所谓"近代曲"。郭茂倩云：

> 隋自开皇初，文帝置七部乐：一曰西凉伎，二曰清商伎，三曰高丽伎，四曰天竺伎，五曰安国伎，六曰龟兹伎，七曰文康伎。至大业中，炀帝乃立清乐、西凉、龟兹、天竺、康国、疏勒、安国、高丽、礼毕，以为九部，乐器工衣于是大备。唐武德初，因隋旧制，用九部乐。太宗增高昌乐，又造讌乐，而去礼毕曲。其著令者十部：一曰讌乐，二曰清商，三曰西凉，四曰天竺，五曰高丽，六曰龟兹，七曰安国，八曰疏勒，九曰高昌，十曰康国，而总谓之燕乐。声辞繁杂，不可胜纪。凡燕乐诸曲，始于武德、贞观，盛于开元、天宝。其著录者十四调二百二十二曲。（《乐府诗集》卷七十九）

燕乐在当时，原称俗乐。其所包涵乐曲，虽或源出雅部，而实变用胡声。《唐书·礼乐志》云：

> 自周、陈以上，雅郑淆杂而无别，隋文帝始分雅、俗二部，至唐更曰"部当"。凡所谓俗乐者，二十有八调：正宫、高宫、中吕宫、道调宫、南吕宫、仙吕宫、黄钟宫，为七宫；越调、大食调、高大食调、双调、小食调、歇指调、林钟商，为七商；大食角、高大食角、双角、小食角、歇指角、林钟角、越角，为七角；中吕调、正平调、高平调、仙吕调、黄钟羽、般涉调、高般涉，为七羽。皆从浊至清，迭更其声，下则益浊，上则益清，慢者过节，急者流荡。其后声器寖殊，或有宫调之名，或以倍四为度，有与律吕同名，而声不近雅者。其宫调乃应夹钟之律，燕设用之，丝有琵琶、五弦、箜篌、筝，竹有觱篥、箫、笛，匏有笙，革有杖鼓、第二鼓、第三鼓、腰鼓、大鼓，土则附革而为鞔，木有拍板、方响，以体金应石而备八音。倍四本属清乐，形类雅音，而曲出于胡部。复有银字之名，中管之格，皆前代应律之器也。后人失其传，而更以异名，故俗部诸曲，悉源于雅乐。周、隋管弦杂曲数百，皆西凉乐也；鼓舞曲，皆龟兹乐也。唯琴工犹传楚、汉旧声及清调，蔡邕五弄，楚调四弄，谓之九弄。隋亡，清乐散缺，存者才六十三曲。（《新唐书》卷二十二）

观所言七宫、七商、七角、七羽，而独缺徵声，及"从浊至清，迭更其声"之语，则俗乐以琵琶四弦叶律之说（近人夏映庵先生著《词调溯源》即主此说），果信而有征。自琵琶曲大行，而汉、魏以来旧曲，已渐灭殆尽。古乐府之体制，不适宜于"今曲子"，此词体酝酿之所由来也。《旧唐书·音乐志》云：

> 自开元以来，歌者杂用胡夷里巷之曲。（卷三十）

《宋史·乐志》亦云：

> 唐贞观增隋九部为十部，以张文收所制歌名燕乐，而被之管弦。厥后至坐部伎琵琶曲，盛流于时，匪直汉氏上林乐府、缦乐，不应经法而已。（卷一百四十二）

唐、宋乐曲之策源地，类出教坊；而崔令钦《教坊记》云：

> 平人女以容色选入内者，教习琵琶、三弦、箜篌、筝等者，谓之挡弹家。（《说郛》卷十二）

与《新唐书·礼乐志》所载弦乐合。吾人既知自隋讫宋，所用乐器及所有乐曲，并出胡戎，骎假而代华夏之正声。旧曲翻新，代有增益。崔令钦在唐官著作佐郎，而所载教坊乐曲，计有杂曲二百七十八种、大曲四十六种之多。为研究便利起见，列举如下：

《献天花》	《和风柳》	《美唐风》
《透碧空》小石	《巫山女》	《度春江》
《众仙乐》正平	《大定乐》	《龙飞乐》小石
《庆云乐》	《绕殿乐》	《泛舟乐》
《抛毬乐》	《清平乐》大石	《放鹰乐》
《夜半乐》	《破阵乐》贞观时制	《还京乐》
《天下乐》正平	《同心乐》	《贺圣朝》南吕宫薄媚

《奉圣乐》 《千秋乐》 《泛龙舟》

《泛玉池》 《春光好》 《迎春花》

《凤楼春》 《负阳春》 《章台春》

《绕池春》 《满园春》 《长命女》

《武媚娘》 《杜韦娘》 《柳青娘》

《杨柳枝》 《柳含烟》 《替杨柳》

《倒垂柳》 《浣溪沙》 《浪淘沙》

《撒金沙》 《纱窗恨》 《金簇岭》

《隔帘听》 《恨无媒》 《望梅花》

《望江南》 《好郎君》 《想夫怜》

《别赵十》 《忆赵十》 《念家山》

《红罗袄》 《乌夜啼》 《墙头花》

《摘得新》 《北门西》 《煮羊头》

《河渎神》 《二郎神》 《醉乡游》

《醉花间》 《灯下见》 《太边邮》

《太白星》 《剪春罗》 《会佳宾》

《当庭月》 《思帝乡》正平 《醉思乡》

《归国遥》 《感皇恩》道调宫 《恋皇恩》

《皇帝感》 《恋情深》 《忆汉月》

《忆先皇》 《圣无忧》 《定风波》

《木兰花》 《更漏长》 《菩萨蛮》

《破南蛮》 《八拍蛮》 《芳草洞》

《守陵官》 《临江仙》 《虞美人》

《映山红》 《献忠心》 《卧沙堆》

《怨黄沙》 《遐方怨》 《怨胡天》

《送征衣》 《送行人》 《望梅愁》

《阮郎迷》 《牧羊怨》 《扫市舞》

《凤归云》 《罗裙带》 《同心结》

《一捻盐》 《阿也黄》 《刬家鸡》

《绿头鸭》 《下水船》 《留客住》

《离别难》 《喜长新》 《羌心怨》

《女王国》 《缭踏歌》 《天外闻》

《贺皇化》 《五云仙》 《满堂花》

《南天竺》 《定西番》 《荷叶杯》

《感庭秋》 《月遮楼》 《感恩多》

《长相思》 《西江月》 《拜新月》

《上行杯》 《团乱旋》 《喜春莺》

《大献寿》 《鹊踏枝》 《万年欢》

《曲玉管》 《倾杯乐》 《谒金门》

《巫山一段云》 《望月婆罗门》 《玉树后庭花》

《西河狮子》 《西河剑气》 《怨陵三台》

《儒士谒金门》 《武士朝金阙》 《掺工不下》

《麦秀两歧》 《金雀儿》 《漉水吟》

《玉搔头》 《鹦鹉杯》 《路逢花》

《初漏归》 《相见欢》 《苏幕遮》

《游春苑》 《黄钟乐》 《诉衷情》

《折红莲》 《征步郎》 《洞仙歌》

《太平乐》 《长庆乐》 《喜回銮》

《渔父引》 《喜秋天》 《大郎神》

《胡渭州》 《梦江南》 《濮阳女》

《静戎烟》 《三台》 《上韵》

《中韵》 《下韵》 《普恩光》

《恋情欢》 《杨下采桑》 《大酺乐》

《合罗缝》 《苏合香》 《山鹧鸪》

《七星管》 《醉公子》 《朝天乐》

《木笪》 《看月宫》 《宫人怨》

《叹疆场》 《拂霓裳》 《驻征游》

《泛涛溪》 《胡相问》 《广陵散》

《帝归京》 《喜还京》 《游春梦》

《柘枝引》 《留诸错》 《如意娘》

《黄羊儿》 《兰陵王》 《小秦王》

《花王发》 《大明乐》 《望远行》

《思友人》 《唐四姐》 《放鹊乐》

《镇西乐》 《金殿乐》 《南歌子》

《八拍子》	《渔歌子》	《七夕子》
《十拍子》	《措大子》	《风流子》
《吴吟子》	《生查子》	《醉胡子》
《山花子》	《水仙子》	《绿钿子》
《金钱子》	《竹枝子》	《天仙子》
《赤枣子》	《千秋子》	《心事子》
《胡蝶子》	《沙碛子》	《酒泉子》
《迷神子》	《得蓬子》	《剉碓子》
《麻婆子》	《红娘子》	《甘州子》
《刺历子》	《镇西子》	《北庭子》
《采莲子》	《破阵子》	《剑器子》
《师子》	《女冠子》	《仙鹤子》
《穆护子》	《赞普子》	《蕃将子》
《回戈子》	《带竿子》	《摸鱼子》
《南乡子》	《大吕子》	《南浦子》
《拨棹子》	《河满子》	《曹大子》
《引角子》	《队踏子》	《水沽子》
《化生子》	《金蛾子》	《拾麦子》
《多利子》	《毗砂子》	《上元子》
《西溪子》	《剑阁子》	《嵇琴子》
《莫壁子》	《胡攒子》	《唧唧子》
《玩花子》	《西国朝天》	

以上杂曲。

《踏金莲》	《绿腰》	《凉州》
《薄媚》	《贺圣乐》	《伊州》
《甘州》	《泛龙舟》	《采桑》
《千秋乐》	《霓裳》	《后庭花》
《伴侣》	《雨霖铃》	《柘枝》
《胡僧破》	《平翻》	《相驰逼》
《吕太后》	《突厥三台》	《大宝》

《一斗盐》	《羊头神》	《大姊》
《舞一姊》	《急月记》	《断弓弦》
《碧霄吟》	《穿心蛮》	《罗步底》
《回波乐》	《千春乐》	《龟兹乐》
《醉浑脱》	《映山鸡》	《昊破》
《四会子》	《安公子》	《舞春风》
《迎春风》	《看江波》	《寒雁子》
《又中春》	《玩中秋》	《迎仙客》
《同心结》		

以上大曲。原书于《西国朝天》下有"大曲名"三字，即接《踏金莲》、《绿腰》诸曲，疑其间有窜乱，俟续考。

上述诸曲，或出诸里巷，或来自胡戎，或为边塞征戍之辞，或出乐家翻新之制，要为唐教坊流行乐曲。五代、宋贤，依其曲调而为之填词，今有传作可考者，殆居大半。即以《乐府诗集》卷七十九至八十二所载近代曲校之，计与《教坊记》合者，有《抛毬乐》、《破阵乐》、《还京乐》、《千秋乐》、《长命女》、《杨柳枝》、《浪淘沙》、《望江南》、《想夫怜》（本名《相府莲》，出南齐王俭）、《凤归云》、《离别难》、《拜新月》、《征步郎》、《太平乐》、《大郎神》（郭云："《离别难》初名《大郎神》。"）、《胡渭州》、《杨下采桑》、《大酺乐》、《山鹧鸪》、《醉公子》、《叹疆场》、《如意娘》、《何满子》、《水沽子》（郭作《水鼓子》）、《绿腰》、《凉州》、《伊州》、《甘州》、《采桑》、《霓裳》、《雨霖铃》、《回波乐》等三十二曲。而《破阵乐》本舞曲，为唐太宗所造，《还京乐》为明皇自蜀还京时，乐工所进（郭据《乐府杂录》，而《碧鸡漫志》据《唐史》云："民间以明皇自潞州还京师，夜半举兵诛韦皇后，制《夜半乐》、《还京乐》二曲。"未知孰是？）。《千秋乐》起于明皇开元十七年，以八月五日为千秋节。《长命女》为大历中，乐工即古曲《西河长命女》，增损节奏而为之（《碧鸡漫志》亦同其说）。《杨柳枝》为白居易洛中所制（《漫志》引乐天作《杨柳枝二十韵》自注云："洛下新声也。"）。《望江南》本名《谢秋娘》；李德裕镇浙西，为妾谢秋娘所制。《离别难》为武后朝，有一士人陷狱，籍其家，妻配入掖庭，善吹觱栗，乃撰此曲以寄情焉；初名《大郎神》，盖取良人第行也。既畏人知，遂三易其名，曰《悲切子》，终号《怨回鹘》云（《乐府杂录》）。《大酺乐》为唐张文收造。《如意娘》为唐则天皇后所作。《何满子》为开元中，沧洲歌者，临刑进以赎死。《绿腰》为贞元中，乐工进曲，德宗命录出要者，因以为名，后语讹为《绿腰》。《乐府杂录》云："《绿腰》，软舞曲也。"《凉州》为开元中，西凉府都督郭知运进（《漫志》："《唐史》及传载，称天宝乐曲，皆以边地为名，若《凉州》、《伊州》、《甘州》之类，曲遍声繁名入破。……《吐蕃史》及《开元传信记》亦云，西凉州献此曲。"）。《伊州》为西凉节度盍嘉运所进。《采桑》本清商西曲。《霓裳》本《婆罗门》商调曲，开元中，西凉府节度杨敬述进。《唐会要》曰："天宝十三载，改《婆罗门》为《霓裳羽衣》。"（《漫志》："《霓裳羽衣曲》，说者多异。予断之曰，西凉创作，明皇润色，又为易美名。"）《雨霖铃》为明皇幸蜀，西入斜谷，属霖雨弥旬，于栈道雨中，闻铃声，与山相应，帝既悼念贵妃，因采其声为此曲，以寄恨焉（《乐府杂录》又言：明皇自蜀反正，乐工制《还京乐》、《雨霖铃》二曲）。《回波乐》为唐中宗时造，盖出于西水引流泛觞也。综览上述诸曲，自《破阵乐》以下，为中土帝王所造者三：如《破阵乐》、《如意娘》、《雨霖铃》是。西凉所进者四：《凉州》、《伊州》、《甘州》、《霓裳》是。乐工所进者四：《还京乐》、《千秋乐》、《大酺乐》、《绿腰》是。制自女子者一：《离别难》是。创自名人者一：《望江南》是。因旧曲造新声者四：《长命女》、《杨柳枝》、《采桑》、《回波乐》是。其他一时未暇备考，或竟不能详考者甚多。然《教坊记》中所胪举，决为唐曲，且多出于开元、天宝间，殆可无疑也。又《安公子》为隋大业末，"内里新翻曲子"（《漫志》："炀帝将幸江都，乐工王令言者，妙达音律，其子弹胡琵琶作《安公子曲》。"）。唐高宗晨坐闻莺声，命乐人白明达写之，遂有《春莺啭曲》。他如《羯鼓录》称：明皇曾制《春光好》、《秋风高》二曲，汝南王琎亦奏《舞山香》一曲（《说郛》卷六十五）。开元、天宝，盖为新曲创作极盛时期。五代、宋初词所依之曲调，大抵此时已臻美备。惟曲调虽充分发达，而与乐曲伴奏之歌词，何以必待唐末、五代，乃见适合曲拍之长短句词体，昌盛流行？此乃本文所欲探讨之根本问题，又非可以一言而尽也。

自元魏采用胡夷之乐，浸淫以迄陈、隋，雅郑混淆而无别。后虽雅俗分立，而所谓雅乐，已名存而实亡。胡夷之乐，相习既久，不期然而由接受以起消化作用，以渐进于创作时期。开元、天宝间，即促成胡乐之中国化。于是大曲、杂曲，杂然并陈。王灼云：

　　凡大曲，有散序、靸、排遍、攧、正攧、入破、虚催、实催、衮遍、歇指、杀衮,始成一曲,此谓大遍。而《凉州排遍》,予曾见一本,有二十四段。后世就大曲制词者,类从简省,而管弦家又不肯从首至尾吹弹,甚者学不能尽。(《碧鸡漫志》卷三)

又论《霓裳羽衣》曲条,引乐天和元微之《霓裳羽衣曲歌》自注云:

> 散序六遍无拍,故不舞。中序始有拍,亦名拍序。……《霓裳》十二遍而曲终,凡曲将终,皆声拍促速。惟《霓裳》之末,长引一声。(同上)

又论《甘州》条云:

> 今仙吕调有曲破,有八声慢,有令,而中吕调有《象甘州八声》,他宫调不见也。凡大曲就本宫调制引、序、慢、近、令,盖度曲者常态。(同上)

大曲遍数既多,未易谙习,故裁截用之者有之,就本宫调制引、序、慢、近、令者有之。后世制词者,自乐于简易,而引、序、慢、近、令,又多从大曲中来;此亦倚声填词进展迟缓之一因也。南宋修内司所编《乐府混成集》,大曲一项,凡数百解,有谱无词者居半(王国维《宋元戏曲史》,引《齐东野语》卷十)。其摘取大曲中之一段以制引、序、慢、近、令,而为之填词者,若《甘州》、《石州》、《伊州》、《梁州》、《氐州》、《婆罗门》、《霓裳》、《绿腰》、《泛清波》,并为大曲,而后来有《甘州子》、《甘州遍》、《甘州令》、《八声甘州》、《石州慢》、《伊州令》、《梁州令》、《梁州令叠韵》、《氐州第一》、《婆罗门令》、《婆罗门引》、《霓裳中序第一》、《六幺令》、《泛清波摘遍》之属,其为就大曲中裁截,殆可无疑。其他类此者,未易悉数。宋姜夔《霓裳中序第一》叙云:

> 又于乐工故书中得商调《霓裳曲》十八阕,皆虚谱无辞。按沈氏《乐律》"《霓裳》道调",此乃商调;乐天诗云"散序六阕",此乃两阕,未知孰是?然音节闲雅,不类今曲。予不暇尽作,作《中序》一阕传于世。(《白石道人歌曲》卷三)

此摘取大曲之一段,而为之填词者之明证也。凡一种乐曲,历时稍久,往往变易宫调，旧曲翻新。如《碧鸡漫志》所称：

《伊州》见于世者，凡七商曲：大石调、高大石调、双调、小石调、歇指调、林钟商、越调。第不知天宝所制七商中何调耳？（卷三）

今《六幺》行于世者四：曰黄钟羽，即俗呼般涉调；曰夹钟羽，即俗呼中吕调；曰林钟羽，即俗呼高平调；曰夷则羽，即俗呼仙吕调，皆羽调也。（卷三）

今越调《兰陵王》，凡三段二十四拍，或曰遗声也。……又有大石调《兰陵王慢》，殊非旧曲。（卷四）

《虞美人》旧曲三：其一属中吕调，其一中吕宫，近世转入黄钟宫。（卷四）

《安公子》见于世者，中吕调有近，般涉调有令。（卷四）

《河传》唐词存者二：其一属南吕宫，凡前段平韵，后仄韵。其一乃今《怨王孙》曲，属无射宫。（卷三）

今黄钟宫有《三台夜半乐》，中吕调有慢，有近拍，有序。（卷四）

天宝诸乐曲，有《凌波神》二曲：其一在林钟宫，云时号道调宫；其一在南吕商，云时号小调。（卷五）

《荔枝香》，今歇指、大石两调，皆有近拍，不知何者为本曲？（卷五）

今大石调《念奴娇》，世以为天宝间所制曲，予固疑之。然唐中叶渐有今体慢曲子，而近世有填《连昌词》入此曲者。后复转此曲入道调宫，又转入高宫、大石调。（卷五）

《清平乐》曲在越调，唐至今盛行。今世又有黄钟宫、黄钟商两音者。（卷五）

《望江南》曲，自唐至今，皆南吕宫，字句亦同。止是今曲两段。（卷五）

今黄钟宫、大石调、林钟商、歇指调，皆有《十拍令》。（卷五）

《长命女西河》在林钟羽，时号平调，今俗呼高平调也。近世有《长命女令》，前七拍，后九拍，属仙吕调。宫调、句读，并非旧曲。又别出大石调《西河慢》，声犯正平，极奇古。盖《西河长命女》，本林钟羽，而近世所分二曲，在仙吕、正平两调，亦羽调也。（卷五）

凡乐曲几无不分隶数宫调者。观上述，除《望江南》始终属南吕宫外，并变易甚多。同一调名，因所隶宫调不同，往往依声而制之歌词，亦遂句读参差，与曲中所表之情，相挟而俱变。故唐、宋人词，有同用一调，而所描写离合悲欢之情绪，截然殊致者。此殆翻曲者之故弄狡狯。倚声家选调之难，必于句度韵律及所属宫调，加以缜密之注意，庶几能使声情吻合。今观万氏《词律》所载，唐、五代人词所用曲调，所谓"又一体"者，不可胜数。词既依曲拍为句，不应若是参差；则其故必为所属宫调不同，或沿旧名而别翻新曲，殆可无疑也。如柳永《乐章集》，《倾杯》一曲，既入黄钟羽，又入大石调，又入散水调；《倾杯乐》一曲，既入仙吕宫，又入大石调；《凤归云》一曲，既入林钟商，又入仙吕调；《洞仙歌》一曲，既入中吕调，又入仙吕调，又入般涉调。同一曲名，而所属宫调若是其不同，非身通音律者，固应不敢轻于尝试。盖倚声填词，词中所表之情，必与曲中所表之情相应；非若率意作五、七言诗，一任乐工之选调排入，其不相融洽者，独可藉泛声以资救济。吾意新曲至唐大盛，而新词必至唐末、五代，乃如春云之乍展，此必为其一大原因。后当详悉讨论之，聊于此引其端绪而已。

由上文所述，而知大曲可裁截以制引、序、慢、近、令。益以隋、唐以来杂曲之繁衍，或移宫换羽，因旧曲造新声。新乐入人既深，演习者众，相沿日久，自然默化潜移。制词者既苦大曲之繁重，而有引、序、慢、近、令之属，供其选择，则其事轻而易举。然有嫌杂曲之过于单纯，不足以铺叙故事者，于是有所谓"传踏"，取一种曲调重叠用之，以咏一事；以歌者为一队，且歌且舞，以侑宾客（《宋元戏曲史》）。此其体实介乎大曲、杂曲之间。《碧鸡漫志》云：

> 世有般涉调《拂霓裳》曲，因石曼卿取作"传踏"，述开元、天宝旧事。（卷三）

曾慥《乐府雅词》，亦载郑僅《调笑转踏》（即"传踏"），分咏儿女风流韵事。其近似"传踏"，徒歌而不舞者，则有欧阳修之《采桑子》，凡十一首；赵德麟之商调《蝶恋花》，凡十首。一述西湖之胜，一咏会真之事（《宋元戏曲史》）。文人之乐于简易，而不甚注意于乐曲之变化，舍大曲而用小令，重叠歌咏，以取快一时，此实有"以词害曲"之嫌；而乐曲之由合而分，又由分而合，亦足推见歌词进展之程序矣。日本内藤虎次郎著有《宋乐与朝鲜乐之关系》一文（林大椿译，载《小说月报》第二十二卷九月号）。据《高丽史》所记，高丽时代之"唐乐"，有《献仙桃》《寿延长》《五羊仙》《抛毬乐》《莲花台》五曲。又唐乐之基础小曲，别有：

《惜奴娇》	《万年欢》慢	《忆吹箫》慢
《洛阳春》	《月华清》慢	《转花枝》令
《感皇恩》令	《醉太平》	《夏云峰》慢
《醉蓬莱》慢	《黄河清》慢	《还宫乐》
《清平乐》	《荔子丹》	《水龙吟》慢
《倾杯乐》	《太平年》慢，中腔唱	《金殿乐》慢
《安平乐》踏歌唱	《爱月夜眠迟》慢	《惜花春起早》慢
《帝台春》慢	《千秋岁》令	《风中柳》令
《汉宫春》慢	《花心动》慢	《雨淋霖》慢
《行香子》慢	《雨中花》慢	《迎春乐》令
《浪淘沙》命	《御街行》令	《西江月》慢
《游月宫》令	《少年游》	《桂枝香》慢
《庆金枝》令	《百宝妆》	《满朝欢》令
《天下乐》令	《感恩多》令	《临江仙》慢
《解佩》令		

四十三种，并录其词。内藤氏又谓："尤以此五种乐曲中，所含之小曲，有更在四十三种之外者。此外在终宴所歌之曲中，则有《风入松》、《夜深词》二曲。"其小曲四十三种中，有三十一种实全录宋、金时代之词。而所谓《献仙桃》等五曲，其所含之小曲，又有奏、有唱（所谓奏者仅有乐器，所谓唱者则唱歌词），观其体制，似又合若干小曲，以成大曲。惜求《高丽史》原书不得（杭州文澜阁本《高丽史》对乐曲无多记载，不知内藤氏所据何本），即内藤氏所称道之《乐学轨范》，亦不见于中土藏家，无从细加比勘，为可憾耳！内藤氏又谓："朝鲜乐中之《抛毬乐》，与宋代盛行之所谓'圆社'者颇相类。"今考陈元靓之《事林广记》卷之二文艺类，"圆社"之戏，首有"摸场"词，以五言及骈俪语，形容蹴毬之姿势，颇似舞曲中之致语。继以《满庭芳》词二阕（见第一生修梅花馆传钞本），以此悬揣唐人之《抛毬乐》，其歌曲必不止一段。其他乐曲亦可例推。倚声制词者，殆皆裁取曲中最美听之一段而已。

　　吾人既明隋、唐以来乐曲之渊源流变，与其分合盛衰之故，将进而考求依此种曲拍而成之词体，及其进展之历程；不得不于歌词体制之新旧过渡期中，加以深切注意。若仅从文字形式上之长短参差，以上附南朝乐府，或以"胡夷里巷之曲"为词体之起源，而不察其转变之由，知其一不知其二者，皆非本文之所欲置辩者也。

三　本论

长短句歌词之产生，为求吻合曲调，而免用和声，此为学者所公认。沈括《梦溪笔谈》云：

> 古乐府皆有声有词，连属书之，如曰"贺贺贺"、"何何何"之类，皆和声也，今管弦中之缠声，亦其遗法。唐人乃以词填入曲中，不复用和声。此格虽云自王涯始，然贞元、元和之间，为之者已多。

朱熹亦有"泛声"之说，引见前文。方成培《香研居词尘》，以为词之始，本于乐之散声，其说曰：

> 唐人所歌，多五、七言绝句，必杂以散声，然后可以比之管弦。如《阳关诗》，必至三叠而后成音，此自然之理，后来遂谱散其声，以字句实之，而长短句兴焉。（卷一）

所谓"和声"、"泛声"、"散声"，皆曲中之有声无辞者。长短句既为适应此种"散声"而作，则此种歌词必为一字一音，证之《乐府大全》所载小品谱二段（王骥德《曲律》卷四引），及世传《白石道人歌曲》旁谱，每字仅一音符，当为可信。又据《碧鸡漫志》："今越调《兰陵王》，凡三段二十四拍。""近世有《长命女令》，前七拍，后九拍。"今以周邦彦《兰陵王》词考之，则元稹所谓"依《忆江南》曲拍为句"者，其为一句一拍可知也。万氏《词律》所收和凝《长命女》词，两段七句，注云"此调或不分段"，正与《漫志》"前七拍"之说合。大抵和凝仍依唐调，后乃加九拍一段，《漫志》所称"近世曲子无单遍者"（卷五《望江南》调）可证（吾友夏瞿禅亦主一拍为一句之说）。然则"因声以度词，审调以节唱，句度长短之数，声韵平上之差，莫不由之准度"者，为倚声填词家必遵之矩范，不容有所出入，元稹亦既明其理矣。何以古乐府必用"和声"，而长短其句之歌辞，必待燕乐新曲大行之后，乃见发展？此其故已于第二节中，略引端绪，当更进而详悉讨论之。

《乐府诗集·近代曲辞》，收近代曲至八十四种之多。而其间除刘禹锡之《潇湘神》，白居易、刘禹锡之《忆江南》，王建之《宫中调笑》，韦应物之《调笑》，戴叔伦之《转应词》（三体实同一调）、吉中孚妻张氏之《拜新月》（调与后来之《拜星月》曲句读大异）为长短句外，余并为五、七言诗。然有一曲，为具"倚声填词"形式，而又为自制新曲者，则隋炀帝及其臣王胄同作之《纪辽东》是。特为拈出比勘之：

炀帝作：

辽东海北翦长鲸，韵风云万里清。叶方当销锋散马牛，句旋师宴镐京。叶前歌后舞振军威，换韵饮至解戎衣。叶判不徒行万里去，句空道五原归。叶
秉旄仗节定辽东，韵俘馘变夷风。叶清歌凯捷九都水，句归宴洛阳宫。叶策功行赏不淹留，换韵全军藉智谋。叶讵似南宫复道上，句先封雍齿侯。叶

王胄作：

辽东浿水事龚行，韵俯拾信神兵。叶欲知振旅旋归乐，句为听凯歌声。叶十乘元戎才度辽，换韵扶灭已冰消。叶讵似百万临江水，句按辔空回镳。叶
天威电迈举朝鲜，韵信次即言旋。叶还笑魏家司马懿，句迢迢用一年。叶鸣銮诏跸发淯潼，换韵合爵及畴庸。叶何必丰沛多相识？句比屋降尧封。叶

郭茂倩云："《纪辽东》，隋炀帝所作也。"（《乐府诗集》卷七十九）即录以冠《近代曲辞》。综观一调四词，虽平仄尚未尽洽，而每首八句六叶韵，前后段各四句换韵，句法则七言与五言相间用之。四词无或乖舛者，欲不谓为倚声制词之祖可乎？而世人未暇详考，仅见词为长短句法，遂刺取《三百篇》中之断句，以为词体之所托始；又或谬附于南朝乐府，如沈约《六忆》、梁武帝《江南弄》之类，以词为乐府之余；并为皮傅之谈，未观其通者也。一种新兴体制之进展，必有所依傍，与一定之步骤；词体之发达，必待新兴乐曲大行之后，而初期作品，无论声韵、气格以及结构、技术种种方面，必不能遽臻于美满完善之境地者，盖其初本出于尝试，必经过长时间之涵养，深识乐曲歌词配合之理，乃能契合无间，进而"优入圣域"。吾持此说，以推论词体之演进，尚觉圆融无碍。即世传隋、唐旧曲。其出于后人伪托之词，亦可持此以为判断。如韩偓《海山记》所载之《望江南》八调，朱弁《曲洧旧闻》所载之《夜饮》、

《朝眠》二曲,皆炀帝作;而以《纪辽东》四词比勘之,已觉其不类;又不独《望江南》为唐李德裕所造曲,且唐人所作皆单调,炀帝不应预填双调,可证其为赝品而已。

词体原于隋、唐间,所谓"近代曲",而《乐府诗集》所载曲辞,除《纪辽东》四曲外,长短句无出于贞元、元和以前者,则开元、天宝间,虽入于新曲创造时期,而尚未深究声词配合之理。炀帝为亡国之主,虽略引端绪,而不能见重于新朝。"曲子词"进展之以渐而不以顿,盖有由矣。郭《乐府》所收开元、天宝间歌曲,如《水调歌》十一遍,配以七言绝句九首,五言绝句二首;《凉州歌》五遍,配以七言绝句四首,五言绝句一首;《大和》五遍,皆配以七言绝句;《伊州歌》十遍,配以七言绝句五首,五言绝句五首;《陆州歌》八遍,配以五言绝句七首,惟《簇拍陆州》为七言绝句。凡此,皆当时盛行之大曲,而所有歌词,并由乐工任选时贤词句,随声配合。《明皇杂录》云:

> 禄山犯顺,议欲迁幸。帝置酒楼上,命作乐,有进《水调歌》者,曰:"山川满目泪沾衣,富贵荣华能几时?不见只今汾水上,惟有年年秋雁飞!"上问:"谁为此曲?"曰:"李峤。"上曰:"真才子!"不终饮而罢。(《碧鸡漫志》卷四引)

是李峤《汾阴行》(原为七言古体长篇,乐工仅裁取四句入曲),曾被乐工配入《水调歌》曲也。又如王昌龄《从军行》中之"秦时明月汉时关"一首,曾配入《盖罗缝》曲;岑参《赴北庭度陇思家》之"西向轮台万里余"一首,配入《簇拍陆州》;沈佺期之"闻道黄龙戍"五律前四句,配入《伊州歌》第三遍;杜甫之"锦城丝管日纷纷"一首,配入《水调歌》入破第二遍(并见《乐府诗集》)。据此,则在长短句未兴之前,无论何人所作诗,或古体歌行,或近体律、绝,无不可入曲者,特其配合之权,操之乐工耳。文士作诗,既极自由,又人人有入乐之望;且当开元、天宝之世,乐工又以得名人诗句为荣,下逮中唐,此风犹未衰歇。如元稹赠白居易诗,自注云:"乐人高玲珑能歌,歌予数十诗。"《唐史》称:"李贺乐府数十篇,云韶诸工,皆合之弦管。"又称:"李益诗名与贺相埒,每一篇成,乐工争以赂求取之,被声歌,供奉天子。"又称:"元微之诗,往往播乐府。"旧史亦称:"武元衡工五言诗,好事者传之,往往被于管弦。"(《碧鸡漫志》卷一)士大夫一有诗名,即有乐工为之配入相当曲调,播诸弦管,有此方便法门,则谁肯依一定之曲拍,受种种之拘制，以从事于"倚声填词"乎？此长短句歌词发展迟缓之最大原因，一也。

　　乐曲以缓急相间，参差错落为美听，故一曲之中，各有抑扬抗坠之节。所谓五、七言和古、近体诗，形式并过于平板，少变化，且绝句以四句为度，以之入曲，必不能恰应节奏。于是乐工之流，不得不谋救济之方。其法有二：一为利用泛声，化一定之词句为参差错落；一为重叠歌唱，使有低徊往复、悠扬不尽之音。关于前者，则沈括、朱熹、方成培之属，皆先我言之矣。然一种曲调，除选择表现相当情绪之词句，予以配合外，对各遍之应用七言或五言，亦有相当之规定。白居易《听水调诗》云：

　　　　五言一遍最殷勤，调少情多似有因。不会当时翻曲意，此声肠断为何人？

《漫志》卷四引《脞说》云："《水调》第五遍，五言，调声最悲苦。"证之《乐府诗集》，《水调歌》第五遍诗云：

　　　　双带仍分影，同心巧结香。不应须换彩，意欲媚浓妆。（卷七十九）

恰为五言调，而所表仍为悲苦之情。关于后者，则方成培氏所谓："如《阳关诗》，必至三叠而后成音。"白居易《河满子诗》云：

　　　　世传满子是人名，临就刑时曲始成。一曲四词歌八叠，从头便是断肠声。

《乐府诗集》配《河满子》曲以薛逢诗：

　　　　系马宫槐老，持杯店菊黄。故交今不见，流恨满山光。（卷八十）

五字四句，乐天所谓一曲四词，庶几是也。歌八叠，疑有和声（《漫志》卷四）。《杜阳杂编》云："文宗时，宫人沈阿翘为帝舞《河满子》，调辞风态，率皆宛畅。"原五言绝句，声韵本极短促，非更叠唱和，利用泛声，何有"宛畅"之可言乎？唐人以诗入曲，其法不外利用叠唱与泛声。然一曲之中，叠唱同样词句，至八次之多；且中杂泛声，或有声有词，或有声无辞，则听者仍祇能欣赏乐曲之美，而不能见歌词之美，此又旧体五、七言诗之不适宜于入曲，而其势不得不变为长短句。朱熹所谓"后来人怕失了那泛声，逐一添个实字"

者，似犹未洞彻词体发展之原由也。

沈括称："以词填入曲中，贞元、元和之间，为之者已多。"王灼谓："唐中叶渐有今体慢曲子。"然依曲拍为句，有时文可考者，乃为刘禹锡、白居易之《忆江南》词。其他王建、韦应物、戴叔伦之《调笑》，虽并为长短句，亦皆单调小令。唐中叶之慢曲子，竟不见有主名之传作；则当世文士，不乐就曲拍之拘制，而仍以乐工采诗入曲为得意者，实为长短句词体进展之最大障碍也。王灼谓：

> 唐时古意亦未全丧，《竹枝》、《浪淘沙》、《抛毬乐》、《杨柳枝》，乃诗中绝句，而定为歌曲。（《漫志》卷一）

所谓"古意亦未全丧"一语，正见中国士大夫守旧观念之牢固，凡事非"则古称先"，殆不足以自高声价。必待新兴势力之奔腾澎湃，不可遏抑，乃肯抛却一切陈旧思想，低首下心，予以接受而为之效力。即在歌词方面，新曲至唐，既发展至最高程度，而士大夫仍不欲深究声词配合之理，专为旧体诗歌，而犹自夸曰：此古意也，此古法也，不知其所配合之乐曲，几全出于"胡夷里巷"，原不必攀附古意以自鸣高也。

黄花庵谓：李白《菩萨蛮》、《忆秦娥》二词，为百代词曲之祖（《唐宋诸贤绝妙词选》卷一）。然二词殊晚出，且来历不明。《湘山野录》记《忆秦娥》词云：

> 此词写于鼎州沧水驿，不知何人所作。魏道辅泰见而爱之。后至长沙，得《古风集》于曾子宣内翰家，乃知李白所撰。

而《菩萨蛮》一调，究竟起于开元（胡应麟《笔丛》），抑起于大中初（《杜阳杂编》），尚难断定。且太白以复古自命，律诗尚不屑为。据孟棨《本事诗》：

> 曰尝言："兴寄深微，五言不如四言，七言又其靡也，况使束于声调俳优哉？"

白目律诗以俳优，不愿受其束缚。长短句系依曲拍而制，其声调上之束缚，视律诗何啻倍蓰？开元、天宝间，其他诗人尚不肯为，而谓天才纵逸如太白，而肯俯就南蛮歌曲之节奏，为之制词乎？此二词尚难信为白作，其他流传贞元、元和以前之作品，凡不见《乐府诗集·近代曲辞》者，殆皆出于后人伪托，不足依据者也。李白而后，有张志和之《渔歌子》（《乐府纪闻》），然特化七言绝句而为之，变第三句七字为三言二句耳。况渔父家风，为中土隐逸之士所崇慕，又非"胡夷里巷之曲"所能比拟乎？长短句词体，在开元、天宝间，尚未为文人采用，较然可知矣。

唐中叶诗人，如刘禹锡、白居易、元稹之辈，号能注意民间歌曲，复古思想亦较其他诗人为淡。如元、白之创作新乐府，主张"不复拟赋古题，即事名篇，无复倚旁"（《元氏长庆集》卷二十三）。"刘禹锡在沅湘，以俚歌鄙陋，乃依骚人《九歌》作《竹枝》新辞九章，教里中儿歌之"（《乐府诗集》卷八十一）。禹锡序称："《竹枝》，巴歈也。其音协黄钟羽，末如吴声，含思宛转，有淇濮之艳。"其注意乐曲与声词配合之理，即此可见一斑。观所作虽仍为七言绝句，而渐有接受新体歌曲之趋势。故《近代曲辞》，即录禹锡之《潇湘神》二曲，刘、白两人之《忆江南》五首，为长短句词之肇端。而禹锡词：

> 春去也，多谢洛城人。弱柳从风疑举袂，丛兰裛露似沾巾，独坐亦含嚬。

集中题作："和乐天《春词》，依《忆江南》曲拍为句。"（《四部丛刊》本《刘梦得外集》卷第四）刘、白诗名满天下，乃肯就曲拍以填词。其初料亦出于尝试，而风气一开，使世人晓然于声词配合之理，以长短参差之句，入抑扬抗坠之曲，固较以五、七言诗体。勉强配合曲调者，为能兼显歌词之美也。中唐以后，作者遂多，然皆单调小令，无制慢词者；则诗人余事填词，尚出之以游戏，而非以严肃态度，专力为此也。

王灼既明言"唐中叶渐有今体慢曲子"矣，察其语气，不但有曲，而兼有曲词。吾意新兴体制，往往鄙夫俗子，为能得风气之先。以词本依"胡夷里巷之曲"而成，则推测词体之进展，不应祇注意于诗人墨客，且须同时考核当时民间歌曲情形。凡略知唐代历史及曾读唐诗者，莫不知开元、天宝间，一般民众所同感苦痛者，为征兵戍边一事；盛唐诗人如王昌龄辈之所咨嗟咏叹，作为诗歌者，大抵征夫征妇之怨情为多。近世敦煌石室新发现之唐写本《云谣集杂曲子》，其曲词中所表之情绪，乃往往与盛唐诗人之"闺怨"、"从军行"等题相契合，则其词或当为开元、天宝间作品，出于刘、白之先，未可知也。《云谣杂曲》，合伦敦、巴黎所藏两本（朱彊邨先生有合校本，已刻入《彊邨遗书》

矣），得三十首。其所用曲调，有：

《凤归云》	《天仙子》	《竹枝子》	《洞仙歌》
《破阵子》	《浣溪沙》	《柳青娘》	《倾杯乐》
《内家娇》	《拜新月》	《抛毬乐》	《渔歌子》
《喜秋天》			

十三曲，除《内家娇》外，全见于《教坊记》。而其间如《凤归云》第一首之"征夫数载"，第二首之"征衣裁缝了"，第四首之"娉得良人，为国远长征"；《洞仙歌》第一首之"恨征人久镇边夷"，第二首之"无计恨征人，争向金风漂荡"；《破阵子》第二首之"独隔千山与万津，单于迷虏尘"，第三首之"早晚三遍无事了，香被重眠比目鱼"，第四首之"年少征夫堪恨，从军千里余"，并述征妇怨情，而词俱朴拙，务铺叙，少含蓄之趣，亦足为初期作品，技术未臻精巧之证。且三十首中，除怨征夫远去、独守空闺之作外，其他亦为一般儿女相思之词，无忧生念乱之情，亦无何等高尚思想；其为当世民间流行之歌曲，或且出于安、史乱前，戍卒之远向西陲者，携以同去；故得存于敦煌石室，沉沦千载，而复显于今日；俾治词学者，藉此窥见唐代初期作品之本来面目，知词体创制之伟绩，不在太白及刘、白之伦，而在不见史传之无名作者；斯固吾人之大幸，亦言词学者所不容忽也。

年来泛览唐、宋人词，略见词学进展之程序。凡同一调名而句度参差、平仄亦不甚严整者，往往为较先之作品，或文士深通乐曲者之所为；以其人恒与乐工接近，其或移宫转调，声词配合，可以互为参详；非若纯粹文人，祇能依一定之成规，或曾经他人尝试填过之旧例，斤斤于字句之出入，且特别注意于精巧之技术也。如《云谣集》中之《凤归云》，其二首各为八十二字，又二首则各少三字。《竹枝子》一首为五十七字，别一首多七字。《洞仙歌》一首为七十六字，别一首少二字。《内家娇》一首为一百四字，别一首少八字。《拜新月》一首为八十四字，别一首多二字（从朱校本）。其间句度参差，尤未易悉数。若执"词有衬字"之说，纵于字数之多少，可以祛疑，而句度参差，又将何说？吾意此等初期作品，或竟出乐工之所为，或接近乐工者之所制；以诗人依曲拍为句之词，如刘、白、王、韦诸作拟之，工拙之数，自不相侔；而集中有令、有慢，又强半表当时民众同感苦痛之征戍怨情，则令、慢曲词，固同起于开元、天宝间也。

开元、天宝间，既有令、慢曲词之创制，又经中叶刘、白诸贤之尝试，宜斯体之发展，必日异而月新。然事实不然，必待北宋柳永肆意为长调，而后文人始注意于慢曲。唐诗人狃于积习，故应不敢遽效前驱也。刘、白而后，小词之进展，不得不归功于"士行尘杂"之温庭筠。《旧唐书》称：

> 庭筠能逐弦吹之音，为侧艳之词。（卷一百九十下）

孙光宪谓："其词有《金荃集》，取其香而软也。"（《北梦琐言》）诗人刻意填词，盖莫先于温氏。惟其"士行尘杂，狂游狭邪"（《旧唐书·文艺传》），故不复以依流行曲调之声填词为嫌，且得尽量发展；惟其"能逐弦吹之音，为侧艳之词"，故集中诸词所依曲调，亦渐见繁复；长短句词体，至是始正式为诗人采用以抒写性情矣。时宣宗爱唱《菩萨蛮》词，令狐绹假庭筠手，撰二十阕以进（《乐府纪闻》）。此时填词风尚，殆已大行于朝野间：得庭筠"才思艳丽"以发之，固宜其一日千里。今所传《金荃集》（《彊邨丛书》本），温氏所依之曲调，有：

越调
《清平乐》　　《遐方怨》　　《诉衷情》　　《思帝乡》
南吕宫
《梦江南》　　《河传》　　《蕃女怨》　　《荷叶杯》
中吕宫
《菩萨蛮》　　《玉胡蝶》
双调
《归国遥》
林钟商调
《更漏子》
高平调
《酒泉子》　　《定西蕃》　　《杨柳枝》
仙吕宫
《南歌子》　　《河渎神》
歇指调
《女冠子》

八宫调，十八曲，大抵皆唐教坊中曲也。庭筠既开风气，浸淫迄于五代，作者繁兴。蜀相韦庄既以曲词种子，传入巴蜀；会前蜀主王衍、后蜀主孟昶，并知音能词；衍尝自制《甘州曲令》（《十国春秋》），及《醉妆词》；又尝自执歌板，歌《后庭花》、《思越人》曲（《北梦琐言》）；昶亦曾作《玉楼春》（《温叟诗话》）、《相见欢》（《十国春秋》）二词。于是西蜀一隅，顿成曲词长养滋蔓之疆土。赵崇祚有《花间集》之撰辑，欧阳炯为之序云：

庶使西园英哲，用资羽盖之欢；南国婵娟，休唱莲舟之引。

既美其名曰"诗客曲子词"，又取"阳春白雪"相况，由是"胡夷里巷之曲"，经多方面之妆饰，且进登大雅之堂矣。《花间集》中诸作者，除温庭筠外，其所依曲调，则皇甫松有：

《天仙子》　　《浪淘沙》　　　　《杨柳枝》　　《摘得新》
《梦江南》　　《采莲子》

六曲。韦庄有：

《浣溪沙》　　《菩萨蛮》　　　　《归国遥》　　《应天长》
《荷叶杯》　　《清平乐》　　　　《望远行》　　《谒金门》
《江城子》　　《河传》　　　　　《天仙子》　　《喜迁莺》
《思帝乡》　　《诉衷情》　　　　《上行杯》　　《女冠子》
《更漏子》　　《酒泉子》　　　　《木兰花》　　《小重山》

二十曲。薛昭蕴有：

《浣溪沙》　　　《喜迁莺》　　　《小重山》　　《离别难》
《相见欢》　　　《醉公子》　　　《女冠子》　　《谒金门》

八曲。牛峤有：

《杨柳枝》　　　《女冠子》　　　《梦江南》　　《感恩多》
《应天长》　　　《更漏子》　　　《望江怨》　　《菩萨蛮》
《酒泉子》　　　《定西蕃》　　　《玉楼春》　　《西溪子》

《江城子》

十三曲。张泌有：

《浣溪沙》	《临江仙》	《女冠子》	《河传》
《酒泉子》	《生查子》	《思越人》	《满宫花》
《杨柳枝》	《南歌子》	《江城子》	《河渎神》
《胡蝶儿》			

十三曲。毛文锡有：

《虞美人》	《酒泉子》	《喜迁莺》	《赞成功》
《西溪子》	《中兴乐》	《更漏子》	《接贤宾》
《赞浦子》	《甘州遍》	《纱窗恨》	《柳含烟》
《醉花间》	《浣溪沙》	《月宫春》	《恋情深》
《诉衷情》	《应天长》	《河满子》	《巫山一段云》
《临江仙》			

二十一曲。牛希济有：

《临江仙》	《酒泉子》	《生查子》	《中兴乐》	《谒金门》

五曲。欧阳炯有：

《浣溪沙》	《三字令》	《南乡子》	《献衷心》
《贺明朝》	《江城子》	《凤楼春》	《小重山》
《临江仙》	《菩萨蛮》	《山花子》	《河满子》
《薄命女》	《望梅花》	《天仙子》	《春光好》
《采桑子》	《杨柳枝》	《渔父》	

十九曲。顾敻有：

《虞美人》	《河传》	《甘州子》	《玉楼春》
《浣溪沙》	《酒泉子》	《杨柳枝》	《遐方怨》

| 《献衷心》 | 《应天长》 | 《诉衷情》 | 《荷叶杯》 |
| 《渔歌子》 | 《临江仙》 | 《醉公子》 | 《更漏子》 |

十六曲。孙光宪有：

《浣溪沙》	《河传》	《菩萨蛮》	《河渎神》
《虞美人》	《后庭花》	《生查子》	《临江仙》
《酒泉子》	《清平乐》	《更漏子》	《女冠子》
《风流子》	《定西蕃》	《河满子》	《玉胡蝶》
《八拍蛮》	《竹枝》	《思帝乡》	《上行杯》
《谒金门》	《思越人》	《杨柳枝》	《望梅花》
《渔歌子》			

二十五曲。魏承班有：

| 《菩萨蛮》 | 《满宫花》 | 《木兰花》 | 《玉楼春》 |
| 《诉衷情》 | 《生查子》 | 《黄钟乐》 | 《渔歌子》 |

八曲。鹿虔扆有：

| 《临江仙》 | 《女冠子》 | 《思越人》 | 《虞美人》 |

四曲。阎选有：

| 《虞美人》 | 《临江仙》 | 《浣溪沙》 | 《八拍蛮》 |
| 《河传》 | | | |

五曲。尹鹗有：

| 《临江仙》 | 《满宫花》 | 《杏园芳》 | 《醉公子》 |
| 《菩萨蛮》 | | | |

五曲。毛熙震有：

《浣溪沙》	《临江仙》	《更漏子》	《女冠子》
《清平乐》	《南歌子》	《河满子》	《小重山》
《定西蕃》	《后庭花》	《酒泉子》	《菩萨蛮》

十二曲。李珣有：

《浣溪沙》	《渔歌子》	《巫山一段云》	《临江仙》
《南乡子》	《女冠子》	《酒泉子》	《望远行》
《菩萨蛮》	《西溪子》	《虞美人》	《河传》

十二曲。凡此，必皆当时蜀中盛行之曲调，且一曲两段者居多，视刘、白、王、韦、戴之《忆江南》、《潇湘神》、《调笑》诸曲，仅用单遍者，显有长足之进步。王灼谓"近世曲无单遍者"，而《花间集》词，一曲两段或仅单遍者，各有制作。故知时至晚唐，文人对于声词配合之理，渐有相当注意；而词体之进展，亦足于其体势拓张上觇之。且《花间》诸贤所用曲调，其题号已多近雅者。如《教坊记》中所载《柳青娘》、《别赵十》、《忆赵十》、《煮羊头》、《唐四姐》、《黄羊儿》、《措大子》、《醉胡子》、《麻婆子》、《刺历子》、《剉碓子》、《胡攒子》、《唧唧子》、《平翻》、《大宝》、《大姊》、《舞一姊》一类，里巷鄙俚之曲，悉已汰去不用，此其所以为"诗客曲子词"欤？

南唐偏安江左，中、后二主并好音，工文学。后主尝因旧曲有《念家山》，亲演为《念家山破》（陈旸《乐书》）；昭惠后亦作《邀醉舞破》、《恨来迟破》（《填词名解》），是南唐已多自作新声。而今所传二主词，及冯延巳《阳春集》，所用曲调，仍与《花间》无大出入；以此知五代人词，所依之声，仍多为唐以来旧曲；声词配合之完美，盖必经过若干时间之尝试，而后始能契合无间也。南唐词格，视西蜀为高。然特在文学之内容与技术方面，有相当贡献；于体制之进展，仍无特殊之努力也。

"诗客曲子词"，经西蜀、南唐数十年之涵养，已尽脱离原始里巷杂曲之本来面目，而日趋于精妙渊雅。陈世修序《阳春集》，所谓：

> 或当燕集，多运藻思，为乐府新词，俾歌者倚丝竹而和之，所以娱宾而遣兴也。（四印斋本）

以词为娱宾遣兴之资，足觇当时风气，渐视此为风流雅事；不似唐末对温庭筠"能逐弦吹之音，为侧艳之词"，犹含讥讽之意。小词之得充分发达，皆士大夫对于歌曲观念之转变，有以促成之也。

北宋统一告成，汴京繁庶，歌词种子，亦由江左转植中州。《宋史·乐志》十七：

> 宋初置教坊，得江南乐，已汰其坐部不用。自后因旧曲创新声，转加流丽。（卷一百四十二）

又云：

> 民间作新声者甚众，而教坊不用也。太宗所制曲，乾兴以来通用之。凡新奏十七调，总四十八曲：黄钟、道调、仙吕、中吕、南吕、正宫、小石、歇指、高平、般涉、大石、中吕、仙吕、双越调、黄钟羽。其急慢诸曲几千数。（同上）

燕乐杂曲，至宋制作益繁。既因旧曲创新声，则歌词体制自必随之进展。然宋初作家，如晏殊、欧阳修辈，仍以《阳春》为祖，而专工小令。在此时期，词虽渐为士大夫所重视，而于令、慢诸曲，颇存歧视之心。以令词为诗人习用，已历百年；而慢词在唐盛时以迄宋初，尚未为士大夫所注意，仅流行于教坊或里巷间；虽同属依新曲而制之歌词，在宋初又俨然有雅俗之大界。如本文所引晏殊、柳永互相诘难之辞，晏氏谓："殊虽作曲子，不曾道'针线闲拈伴伊坐'。"柳作《定风波》，属林钟商慢词，而晏词则多为令、近，长调绝少。二者之间，在当时固自有辨也。

慢词之发展，所以必经长时间之酝酿，直至柳永而始疆土日辟者，其间亦自有故。吴曾《能改斋漫录》云：

> 仁宗留意儒雅，务本理道，深斥浮艳虚薄之文。初，进士柳三变，好为淫冶曲调，传播四方。尝有《鹤冲天》词云："忍把浮名，换了浅斟低唱。"及临轩放榜，特落之，曰："此人风前月下，好去浅斟低唱，何要浮名？且填词去。"三变由此自称："奉旨填词。"

所谓"淫冶曲调"，即就里巷流行之乐曲而为之填词。陈师道即言："三变游东都南北二巷，作新乐府，骫骳从俗，天下咏之。"（《后山诗话》）叶梦得《避暑录话》亦称：

> 永为学子时，狂游狭邪，善为歌词。教坊乐工每得新腔，必求永为词，始行于世。

歌词之转变，恒视曲调为转移，而与声色歌舞之场，发生密切关系（详拙编《五代宋词通论》）。永既"骫骳从俗"，又"狂游狭邪"，与歌妓接触之机会既多，自易娴习其曲调。"且恁偎红倚翠，未要浮名"，则世俗之毁誉，固不介意；其放笔为慢词，自有其相当之环境，与出群之才力。往时之倚旧曲制词者，至此则新曲翻借重于歌词之力量，方得盛行。柳永之创作精神，盖视温庭筠犹有过之矣。今所传《乐章集》及《续添曲子》（《彊邨丛书》本），凡用

正宫	中吕宫	仙吕宫	大石调	双调	小石调
歇指调	林钟商	中吕调	平调	仙吕调	南吕调
般涉调	黄钟羽	散水调	黄钟宫	越调	

十七宫调，一百五十三曲（其曲名同而宫调异者，仍别作一曲）。或同一曲名，而别入数宫调，且大部为长调慢词。其为依新腔而制之作品，必居多数。其内容约分二类，所谓"非羁旅穷愁之词，则闺门淫媟之语"（《艺苑雌黄》）是也。李之仪称："耆卿词铺叙展衍，备足无余。"（《历代诗余》卷一百十四）此自指后一类言之。盖专应乐工之要求，须得一般人之了解，固无取乎婉曲有含蕴。证之《云谣集杂曲子》，及晏殊之《山亭柳》：

> 家住西秦，赌薄艺随身。花柳上，斗尖新。偶学念奴声调，有时高遏行云。蜀锦缠头无数，不负辛勤。　数年来往咸京道，残杯冷炙谩消魂，衷肠事，托何人？若有知音见采，不辞遍唱《阳春》。一曲当筵落泪，重掩罗巾。（《珠玉词》）

凡为一般民众而作非专供诗人墨客娱宾遣兴之资者，在初期所有较长之曲调，殆无不以"铺叙展衍"为主。永以文人而常与乐工交往，对于倚声填词之经

验，既极丰富，乃得肆其笔力，藉此体以发抒其羁旅行役穷愁抑郁之情。词有声韵句读之种种束缚，而永以此体写景述事，无不运用如意，非深识声词配合之理，乌能开此广大法门？词体之进展，盖至柳氏而至矣，尽矣，蔑以加矣！

自柳永出而慢词长调，始大行于士大夫间。苏轼虽极诋柳词，而欲发抒其"浩怀逸气"，不得不藉长调以资驰骋。秦观以学柳七，为轼所讥。然开风气之先，一世词流，终不能不受柳之支配。惟自长调大行之后，即继以苏氏之"铜琶铁板"，"一洗绮罗香泽之态，摆脱绸缪宛转之度"（胡寅《芗林词·序》），词格日高，而去原始曲情日远。后来周邦彦"诸人增演慢曲、引、近，或移宫换羽为三犯、四犯之曲，按月律为之"（《词源》卷下）。虽创调亦多，而影响之大，终不及柳。南宋姜夔最号知音，自言：

予颇喜自制曲，初率意为长短句，然后协以律，故前后阕多不同。（《白石道人歌曲》卷四《长亭怨慢·序》）

又所谓"非由乐以定词"者。其音节之闲雅，固自别具风格，而声情词情，皆为骚人逸士之所独赏，非复依教坊乐曲填词之旧式矣。

四　结论

本文为欲明一种文体演进之步骤，非可一蹴而就，而其体势之完成，亦有多方面之影响。故不惮繁琐，关于词之名称，及所依乐曲之渊源流变，加以详明之叙述。终之以依声而制之词，经过若干时间之酝酿涵育，与夫种种障碍，历二三百载，而后体势乃大成。推其演进历程，往往与当世士大夫所讥之"淫冶曲词"，与夫"胡夷里巷之曲"，声色歌舞之场，皆有极深切之关系。而所谓"士行尘杂"之温庭筠，"薄于操行"之柳永，乃为斯体开山作祖。疆土既辟，而其收获乃穷极奇变，蔚为中国文学之大观。大家如韦庄、冯延巳、晏殊、欧阳修、晏几道、苏轼、秦观、贺铸、周邦彦、辛弃疾、姜夔、王沂孙、吴文英、张炎、周密之伦，各宏造诣，或且高出于温、柳二家。此又就词论词者之事，非本篇范围之所及已。

令词出于酒令考*

夏承焘 瞿禅

唐人名词曰令，自来不得其义。以予所考，知出于酒令。

酒令盛于唐，《全唐诗》三十二所载"打令"、"政令"之辞，多为韵语。有三言两韵者，张祜、令狐绹之"上水船"是。有六言绝句者，方千之"措大吃酒点盐"是。有五七言绝句者，沈询之"莫打南来雁"，白敏中、卢发之"十姓胡中第六胡"是。若吴越王与陶谷酬赠之"白玉石，碧波亭上迎仙客"、"口耳王，圣明天子要钱塘"，则宛然长短句之体。《全唐诗》记沈询《莫打南来雁》本事曰："咸通中，为昭义节度使，尝宴府中宾友，改令歌此云云"。知当时酒令有可歌者，其令辞多为韵语，以此。

白居易《就花枝》诗云，"醉翻衫袖抛小令，笑掷骰盘呼大采"，此小令一名之最早见者。《花间集》张泌《浣溪沙》亦云："令才抛后爱微颦。"其谓之"抛"者，刘攽《中山诗话》有曰："唐人饮酒，以令为罚（节），今人以丝管歌讴为令者，即白傅所谓。大抵欲以酒劝，故始言送而继承者辞之，摇首按舞之属皆却之也。至八遍而穷，斯可受矣。"此文"始言送"与"摇首按舞"数语不能尽解。《全唐诗》有《打令口号》一首云："送摇招由，三方一圆，分成四片，送在摇前。"略可与刘文相参证。知行令之时，有"送"、"摇"、"招"、"抛"诸动态。令辞叶歌，殆以配此。唐人《云谣集杂曲子》咏饮席云"纤手令行匀翠柳（翠柳谓眉）。素咽歌罢绕雕梁"，亦可见也。《中山诗话》"俗有谜语曰：'急打急圆，慢打慢圆，分为四段，送在窑前。'初以为陶瓦，乃为令也。"此谓"窑"、"摇"、"瓶"、"令"谐音。

范摅《云溪友议》十记裴诚曰："与举不温歧为友好作歌曲，迄今饮席多其词焉。"又曰："二人又为新添声杨柳枝词，饮筵竞唱其词而打令也。"此等倚声曲子而兼可充饮筵打令，足知二者之关系。尊前歌唱为词之所由起，得此殆益可了然矣。

---

* 选自《词学季刊》1936年第3卷第2期。

后　记

撰此文成，唐君圭璋自陈元靓《事林广记》（癸集卷十二）录得酒令数词邮示，虽宋人之制，而可推想唐时"抛令"情状。亟备录于下。其即以词体为酒令，亦予说一显证也。

卜算子令

先取花一枝，然后行令。口唱其词，逐句指点，举动稍误，即行罚酒，后词准此。

我有一枝花（指自身复指花），斟我些儿酒（指自令斟酒）。唯愿花心似我心（指花指自心头），几岁长相守（放下花枝又手）。　满满泛金杯（指酒盏），重把花来嗅（把花以鼻嗅）。不愿花枝在我旁（把花向下座人），付与他人手（把花付下坐接去）。

浪淘沙令

今日〔玳〕筵中（指席上），酒侣相逢（指同饮人）。大家满满泛金钟（指众宾指酒盏）。自起自酌还自饮（自起自斟酒举盏）。一笑春风（止可一笑）。传语主人翁（执盏向主人），尔且饶侬（指主人指自身）。侬今沉醉眼朦胧（指自身复拭目）。此酒可怜无伴饮（指酒）。付与诸公（指酒付邻座）。

调笑令

花酒（指花指酒），满筵有（指席上）。酒满金杯花在手（指酒指花）。头上戴花方饮酒（以花插头上举杯饮）。　饮罢了（放下杯）。高叉手（叉手）。琵琶拨尽相思调（作弹琵琶手势）。更向当筵□舞袖（起身举两袖舞）。

花酒令（词律甘草子四十七字）

花酒（左手把花右指酒）。是我平生结底亲朋友（指自身及众宾）。十朵五枝花（以手伸五指反复应十朵又舒五指应五枝仍指花），三杯两盏酒（伸三指又伸二指应三杯两盏数指酒）。休问南辰共北斗（伸手作休问状指南北）。任从他鸟飞兔走（以手发退作任从状又作飞走状）。酒满金卮花在手（指酒尊指酒盏指花），且戴花饮酒（左手插花右手持酒饮）。

廿五年五月廿五日

李后主评传*

唐圭璋

中国讲性灵的文学，在诗一方面，第一要算十五《国风》。儿女喁喁，真情流露，并没有丝毫寄托，也并没有丝毫虚伪。在词一方面，第一就要推到李后主了。他的词也是直言本事，一往情深；既不像《花间集》的浓艳隐秀，蹙金结绣；也没有什么香草美人，言此意彼的寄托。加之他身为国主，富贵繁华到了极点；而身经亡国，繁华消歇，不堪回首，悲哀也到了极点，正因为他一人经过这种极端的悲乐，遂使他在文学上的收成，也格外光荣而伟大。在欢乐的词里，我们看见一朵朵美丽之花；在悲哀的词里，我们看见一缕缕的血痕泪痕。王元美的《艺苑卮言》说："《花间》犹伤促碎，至李王父子而妙矣！"这大概是讲他欢乐时候的言情作品。王国维的《人间词话》说："词至李后主而眼界始大，感慨遂深。"这大概是讲他亡国后的感旧作品。他二人皆能扫除余子，独尊后主，可算是有卓识的赏鉴家。在后主之后一百多年，有女词人李易安；五百多年有纳兰容若。他们二人词的情调，都类似后主。所以谈文学的谈到二人的词，每每联想到先前的李后主。如沈东江说："男中李后主，女中李易安，极是当行本色。"陈其年说："《饮水词》哀感顽艳，得南唐二主之遗。"现在关于李易安的《漱玉词》和纳兰容若的《饮水词》，都已有人说到；而对于这位先进的伟大作家，却尚没见人仔细谈过，因此我于吟诵之余，来讨论他一番。

李后主初名从嘉，后改名煜，字重光，别号莲峰居士，又号钟山隐士。中主李璟第六子。生于公元九百三十七年七月七日。广额，丰颊，骈齿，一目有重瞳子。他生小就禀赋天才，非常的聪慧。后来长成，各样都工。

工音律　　《五国故事》记后主曾创《念家山曲破》和《振金铃曲破》。《碧鸡漫志》又载他曾和昭惠周后详定过《霓裳羽衣曲》。

＊ 原载《读书顾问》1934 年创刊号。选自《词学论丛》，上海古籍出版社，1986。

工画 《太平清话》说他善墨竹，又工翎毛。江南大寺里面多有后主所画罗汉佛像。

工书 后主所用澄心堂纸、李廷珪墨、龙尾石砚，当时号称天下第一。所创书法有三种：

(1) 金错刀 书法作颤笔樛曲的状态，遒劲如寒松、霜竹。

(2) 摄襟书 后主写大字，卷帛作笔，能自然如意，当时号称"摄襟书"。

(3) 拨镫书 即八字法，有抙、压、钩、揭、抵、拒、导、送八种字法。

他不止于郑虔的三绝，真可算得"南朝天子爱风流"了。他喜欢藏书画，钟、王墨迹和珍奇的图籍，充满宫中。他又喜欢结交文士，又相信佛法，时常请沙门演讲。我们看这些形迹，很像是合梁武帝、陈后主为一人的。但他的文学造诣，却高出他们之上而不可以相提并论。他父亲在时，他被封为吴王；到了宋建隆二年六月，他继续他父亲在金陵登极。在位十七年。

对宋朝，后主屡送金珠彩缎，动辄以万计，总想免于征服。但是宋太祖以为天下一家，卧榻之侧，不容他人鼾睡。于是兼程并进，不稍宽假。后主初想一战，后想自焚，但终于不能自决，领了殷崇义等四十五人，肉袒出降。在围城中，曾作一词。

> 樱桃落尽春归去，蝶翻轻粉双飞。子规啼月小楼西。玉钩罗幕，惆怅暮烟垂。　别巷寂寥人散后，望残烟草低迷。……

此词未作成，而城已破，临行之时，又作《破阵子》词，极其哀痛：

> 四十年来家国，三千里地山河。凤阁龙楼连霄汉，玉树琼枝作烟萝。几曾识干戈。　一旦归为臣虏，沈腰潘鬓销磨。最是仓皇辞庙日，教坊犹奏别离歌。挥泪观宫娥。

出降那天，正是细雨濛濛，舟渡江中的时候，后主望石城泣下沾襟，作了一首诗道[①]：

> 江南江北旧家乡，三十年来梦一场。吴苑宫闱今冷落，广陵台殿已荒凉。

---

① 郑文宝以为是杨溥诗。

云笼远岫愁千片，雨打归舟泪万行。兄弟四人三百口，不堪闲坐细思量。

后主到了汴京，白衣纱帽见太祖，愧愤已极。居赐第中，贫病交并，曾与金陵旧宫人书道："此中日夕，只以眼泪洗面。"也可见他的苦况了。这时他念嫔妾散落，也作了几首绝妙好词，直传到现在，后来的结局，便是徐铉探问的一段惨剧。

有一次宋太宗问徐铉道："你近来看见李煜么？"徐弦说："如今我是宋朝的臣子，岂敢私自见他呢？"太宗说："现在我派你去，你去无妨。"徐铉到了后主那里，有一老吏守门。老吏进报以后，徐铉站在庭中。不多时，后主戴了纱帽，穿着道袍出来，把徐铉迎接上去。徐铉要拜，后主说："今日还行此礼吗？"后来他们相抱痛哭，过了一刻，后主叹了一口气道："从前不该把潘佑、李平两员战将杀了。"徐铉回去，把这话告诉太宗，太宗于是叫人赐他牵机药，叫他自尽。牵机药是一种毒药，服下去以后，人会前仰后合，结果头足相就而死。这一代风流糊涂天子，想不到就有这样惨酷的结局！他活了四十二岁，生于七月七日，死时亦是七月七日，这倒很是奇怪。

他死过以后，宋太宗封他为吴王，葬于洛京的北邙山。江南人听到他死的消息，多有巷哭的，也有设斋祭奠的。小周后自他死后，悲哀过甚，不久也就死了。

他的著述，相传有《杂说》百篇，当时以为可比曹丕的《典论》。又有集十卷，今皆失传。传于今的，只是一些零星的诗词，诗也很好，词在文学的领域上，尤能放出万丈的光焰来。

今传后主词的刊本，共有好几种：

毛晋汲古阁旧钞本	朱景行《大典》本
沈宗畸《晨风阁丛书》本	邵长光辑录本
侯文灿《名家词十种》本	王国维补校本
金武祥《粟香室丛书》本（据侯本）	刘毓盘校本
刘继曾校笺本（据明吕远本）	赵万里影印明吕远本
唐圭璋汇笺本	王仲闻校订本

现传后主的词，共有四十六首，其间还恐有他人溷入的。至其词的佳妙，历来谈论的很多，今择出尤重要的评论，以供观览：

沈去矜《填词杂说》云："余尝谓李后主拙于治国，在词中犹不失为南面王。觉张郎中、宋尚书，直衙官耳。"

纳兰成德《渌水亭杂识》云："《花间》之词，如古玉器，贵重而不适用。宋词适用而少贵重。李后主兼有其美，更饶烟水迷离之致。"

余怀《玉琴斋词·序》云："李重光风流才子，误作人主，致有入宋牵机之恨。其所作之词，一字一珠，非他家所能及也。"

周稚圭《词评》云："予谓重光天籁也，恐非人力所及。"

周济《介存斋论词》云："李后主词如生马驹，不受控捉。"又云："毛嫱西施，天下美妇人也。严妆佳，淡妆亦佳，粗服乱头，不掩国色。飞卿，严妆也；端己，淡妆也；后主则粗服乱头矣。"

谭献评《词辨》云："后主之词，足当太白诗篇，高奇无匹。"

陈廷焯《白雨斋词话》云："后主词思路凄惋，词场本色，不及飞卿之厚，自胜牛松卿辈。……余尝谓后主之视飞卿，合而离者也。端己之视飞卿，离而合者也。"又云："李后主、晏叔原皆非词中正声，而其词则无人不爱，以其情胜也。情不深而为词，虽雅不韵，何足感人！"

冯煦《六十一家词选·例言》云："词至南唐，二主作于上，正中和于下，诣微造极，得未曾有。宋初诸家，靡不祖述二主，宪章正中。譬之欧、虞、褚、薛之书，皆出逸少。"

王鹏运《半塘老人遗稿》曰："莲峰居士词，超逸绝伦，虚灵在骨。芝兰空谷，未足比其芳华；笙鹤瑶天，讵能方兹清怨。后起之秀，格调气韵之间，或月日至，得十一于千百。若小晏，若徽庙，其殆庶几。断代南渡，嗣音阒然。盖间气所钟，以谓词中之帝，当之无愧色也。"

王国维《人间词话》云："温飞卿之词，句秀也；韦端己之词，骨秀也；李重光之词，神秀也。"

观以上诸人的评论，可知后主之伟大，现在再分描写、抒情两项来讨论：

（一）描写　后主词有写人的，有写落花的，有写月的，有写山水的，各极其妙。写人的，如《长相思》说：

云一绸。玉一梭。澹澹衫儿薄薄罗。轻颦双黛螺。　秋风多。雨相和。帘外芭蕉三两窠。夜长人奈何。

上叠写出美人的颜色服饰，轻盈袅娜，正是一个"梨花一枝春带雨"的美人。而后叠拿风雨的愁境，衬出人的心情，浓淡相间，深刻无匹。又如《捣练子》说：

云鬟乱，晚妆残。带恨眉儿远岫攒。斜托香腮春笋嫩，为谁和泪倚阑干。

这首所写的美人，不是严妆，也不是淡妆，是一个乱头粗服的美人，有"天寒翠袖薄，日暮倚修竹"的矜贵，而加上了愁恨的态度。写落花的如《清平乐》说：

别来春半。触目愁肠断。砌下落梅如雪乱。拂了一身还满。　雁来音信无凭。路遥归梦难成。离恨恰如春草，更行更远还生。

上半阕写落花，写花中的人，依稀隐约，情境逼真。《楚辞·九歌》的《湘君》说："帝子降兮北渚，目眇眇兮愁予。嫋嫋兮秋风，洞庭波兮木叶下。"正与此有同样的妙处。下半阕写情，与写境相映，也更加生动。秦观的词道："恨如芳草，萋萋划尽还生。"正从后主的末句脱胎。写月的词，如《蝶恋花》说：

数点雨声风约住。朦胧淡月云来去。

前人写月的如黄山谷诗"吞月任行云"，是说月在云外，云慢慢的把月吞进去。韦应物诗"流云吐华月"，是说月在云里，云慢慢的把月吐出来。惟有后主此词，则兼写吞吐的境界。又有《望江梅》两首，一首写江南春时的境界，一首是写江南秋时的境界。写春时的词说：

闲梦远，南国正芳春。船上管弦江面绿，满城飞絮混轻尘。忙杀看花人。

写江南秋时的词说：

闲梦远，南国正清秋。千里江山寒色远，芦花深处泊孤舟。笛在月明楼。

写江南的芳春，水绿花繁，正与白居易的《忆江南》词"日出江花红胜火，春来江水绿如蓝"相同。写江南的清秋，则是一幅山水平远的图画。

（二）抒情　所抒之情，不外在江南时欢乐之情与在宋都时悲哀之情。欢乐之情，如《浣溪沙》说：

红日已高三丈透。金炉次第添香兽。红锦地衣随步皱。　佳人舞点金钗溜。酒恶时拈花蕊嗅。别殿遥闻箫鼓奏。

又如《玉楼春》词说：

> 晚妆初了明肌雪。春殿嫔娥鱼贯列。笙箫吹断水云间，重按霓裳歌遍彻。临春谁更飘香屑。醉拍阑干情味切。归时休放烛花红，待踏马蹄清夜月。

前首写早晨至日中笙歌醉舞的情形，后首写夜晚笙歌醉舞的情形，而夜分踏马蹄于清夜月之下，尤觉侈纵已极。后主言情之作也很多，如《一斛珠》说：

> 晚妆初过。沉檀轻注些儿个。向人微露丁香颗。　一曲清歌，暂引樱桃破。　罗袖裛残殷色可。杯深旋被香醪涴。绣床斜凭娇无那。烂嚼红茸，笑向檀郎唾。

这首词写人的妆饰，写人的服色，写人的狂醉，写人的娇态，并写得妖冶之至。余词如：

> 脸慢笑盈盈。相看无限情。（《菩萨蛮》）
> 眼色暗相钩。秋波横欲流。（《菩萨蛮》）
> 奴为出来难。教君恣意怜。（《菩萨蛮》）

所写也都缱绻缠绵，婉约多情。至于悲愁之情，是他亡国后的作品。屈子穷极而作《离骚》，李后主也因穷极而作他的《离骚》。他自迁宋都后，自然是事事不得自由，他看不见江南的人物风景，他也挽不回过去的青春，仅仅有自由的梦魂，时时去萦绕他的故国。他的词说：

> 往事只堪哀。对景难排。秋风庭院藓侵阶。一桁朱帘闲不卷，终日谁来。　金锁已沉埋。壮气蒿莱。晚凉天静月华开。想得玉楼瑶殿影，空照秦淮。（《浪淘沙》）
> 无言独上西楼。月如钩。寂寞梧桐深院锁清秋。　剪不断，理还乱，是离愁。别是一般滋味在心头。（《相见欢》）

可想见他孤独的悲哀，李易安所谓"寻寻觅觅，冷冷清清，凄凄惨惨戚戚"的生活，也正是他的写照。至于怀旧事的词，也很悲哀。如说：

> 多少恨，昨夜梦魂中。还似旧时游上苑，车如流水马如龙。花月正春风。

往事重温，惟有在片刻的梦中，此词"还似"二字直贯到底，写出当年春二三月宝马香车的盛况，其余怀念故国之词，如说：

> 春花秋月何时了。往事知多少。小楼昨夜又东风。故国不堪回首月明中。　雕阑玉砌应犹在。只是朱颜改。问君能有几多愁。恰似一江春水向东流。（《虞美人》）
>
> 人生愁恨何能免。销魂独我情何限。故国梦重归。觉来双泪垂。　高楼谁与上。长记秋晴望。往事已成空。还如一梦中。（《菩萨蛮》）

这两首词，大概是同时在汴京作的，直抒胸臆，把不堪回首的往事，尽情流露。这类词真是百转柔肠，令人无可奈何，最后他又有一首《浪淘沙》说：

> 帘外雨潺潺。春意阑珊。罗衾不耐五更寒。梦里不知身是客，一饷贪欢。　独自莫凭阑。无限江山。别时容易见时难。流水落花春去也，天上人间。

一片血泪模糊之词，惨淡已极。深夜三更的鹃啼，巫峡两岸的猿啸，怕没有这样悲哀罢！宋徽宗被虏北行也作了一首《燕山亭》词，着末道："万水千山……除梦里、有时曾去。无据。和梦也、新来不做。"这两位遭遇同等的"风流天子"，前后如出一辙。《长恨歌》结尾说："天长地久有时尽，此恨绵绵无尽期。"我们读他的词，也有这样的感想。后来词人，或刻意音律，或卖弄典故，或堆垛色彩，像后主这样纯任性灵的作品，真是万中无一。因此我们说后主词是空前绝后，也不为过分吧。

唐人小说在文学上之地位*

汪辟疆

唐人小说与诗歌，同为第一流文学。兹将其在文学上之地位，分为下列各事说明之：

一　以人物为中心——虚构、缘饰

二　用艺术的描写

其关系——

一　与诗歌——咏本事专篇、本文内诗歌、诗歌引用唐稗故实

二　与曲

三　与骈散文

四　与后代笔记小说

六朝小说文作，据《隋书·经籍志》所载，篇章繁富，可谓盛矣。顾其取材，大都不外搜神志怪，事必求其奇诡，文则但取铺叙。其摘文之旨，实在尽事实之变幻，本不以人物为中心。观于荀氏《灵鬼志》笼人幻形之记，其事之变幻离奇，可谓匪夷所思；而其文中所谓方士，不过假设之人物，故吴均《续齐谐记》可易为书生。其不重视中心人物，可以类推。迄于李唐，始有意为小说之创作，而其篇中之中心人物，乃有整个之记述。毋论其事之怪诞离奇，每读一篇，其主要人物，印象甚深。此唐人小说之异于六朝者也。今统观唐稗之中心人物，亦有虚构缘饰二类：其人物之出于虚构者如李朝威之《柳毅传》，无名氏之《东阳夜怪录》，或玄想一非世间之人物，或故设一假托之主人，要皆叙述首尾，敷陈婉曲；俾世人读之，恍如身置其中，疑世间怪异之事，未必绝无。则以事虽出于虚构，理实本于人情。小说本以想像幻设为内质，而读者欣赏文学，亦不以虚构为病也。至于缘饰一类，大抵依托史实，而故为张皇幽渺之辞。因其篇中主人，皆史书上有名人物，遂有疑其史外之逸闻。此体在六

* 原载《读书杂志》1931年第1卷第3期。选自《汪辟疆文集》，上海古籍出版社，1988。

朝小说中，已开其先。今所传之《汉武内传》、《汉武故事》、《拾遗记》、《神异经》等书，即属此体。惟过事离奇，难以取信。至于唐人之缘饰史事以入小说者，如柳程之传《上清》，杜光庭之传虬髯，其篇中之人物、如窦参、陆贽、李靖、太宗，皆就历史上帝王将相，略加渲染穿插之妙，绝无神异怪诞之说。流传既久，举世艳称，虽在通人，亦多崇信，而绝不疑其事之出于依托也。观于司马光撰《资治通鉴考异》，而具载《上清传》之原文，洪迈作《容斋随笔》，亦复齿及虬髯客之事实，两公深知其事之出于依托，恐惑世人，而并为辨正之辞，则其文影响之大可知也。即就此二类以观，乃知唐人小说之绝异于六朝者，其一则在掇拾怪异，偶笔短书，本无意于小说之作；其一则在搜集题材，供其掞藻，乃始有意为小说者也。

复次，小说之作，艺术为重。六朝小说，文学之高，如《汉武故事》、《汉武内传》、《拾遗记》之属，文辞缛丽，尚有可观；其他如《齐谐》、《述异》、《灵鬼》、《还冤》诸记，大抵平直简质，艺事无足动人，故其流传未久，率皆不存。后人但从《法苑珠林》、《太平广记》、《太平御览》诸书，略窥一二，惊其怪诞，初无取乎文艺之美妙也。唐人则不然，往往于志怪之余，兼擅文事，其描写人物风景，浓至蒨丽，蔚然可观，反复展玩，荡气回肠，后人抚拟，汗流莫及。则艺事之工也。兹略节数语，以例其余：

其描写景物之工致者，如——

远所舍约二百里，南望一山，葱秀迥出。至其下，有深溪环之，乃编木以渡。绝岩翠竹之间，时见红彩，闻笑语音，扪罗引縆，而陟其上，则嘉树列植，间以名花，其下绿芜丰软如毯。清迥岑寂，杳然殊境。——《白猿传》

城之隅有善女湫，广袤数里，蒹葭丛翠，古木萧疏。其水湛然而碧，莫有测其浅深者。水族灵怪，往往见焉。……又朝那镇北有湫神……仲夏之交，数数有云气，状如奇峰者，如美女者，如鼠如虎者，由二湫而兴，至于激迅风，震雷电，发屋拔树，数刻而止。——《灵应传》

行次福州福唐县横山店，初霁，日将暮，山色鲜媚，烟岚蔼然，策杖寻胜，不觉极远，忽有一段细草，纵横广百余步，碧鲜可爱。——《缤玄怪录·张逢》

初上一山，山下有水，过水，连绵凡十余处，景色渐异，不与人间同。忽下一山，其水北朱户甲第，楼阁参差，花木繁荣，烟云鲜媚，鸾鹤孔雀，徊翔其间，歌管廖亮耳目。崑苍指曰："此张家庄也。"——《续玄怪录·张老》

其描写人事之曲折者，如——

> 每至春之日，冬之夜。池莲夏开，宫槐秋落，梨园子弟，玉管发声，闻霓裳羽衣一声，则天颜不怡，左右歔欷，三载一意，其念不衰，求之梦魂，杳不能得。——《长恨歌传》
>
> 至二更许，灯在床之东南，忽尔稍暗，如此再三。章武心知有变，因命移烛背墙，置室东南隅。旋闻室北角，窸窣有声，如有人形，冉冉而至，五六步即可辨其状，视衣服，乃主人子妇也。与昔见不异，但举止浮急，音调轻清耳。——《李章武传》
>
> 红娘捧崔氏而至。至则娇羞融冶，力不运支体，曩时端庄，不复同矣。是夕旬有八日也。斜月晶莹，幽辉半床，张生飘飘然且疑神仙之徒不谓从人间至矣。有顷，寺钟动，天将晓，红娘促去，崔氏娇啼宛转，红娘又捧之而去，终夕无一言。张生辨色而兴，自疑曰："岂其梦耶？"及明，睹妆在臂，香在衣，泪光荧荧然，犹莹于茵席而已。——《莺莺传》
>
> 后十三年，秋八月，直诣余杭，赴其所约。时天竺寺山雨初晴，月色满川，无处寻访。忽闻葛洪川畔，有牧竖歌《竹枝词》者，乘牛叱角，双髻短衣，俄至寺前，乃圆观也。李公就谒曰"观公健否"？却问李公曰："真信士矣。与公殊途，慎勿相近。俗缘未尽，但愿勤修，勤修不堕，即遂相见。"李公以无由叙话，望之潸然。圆观又唱《竹枝》，步步前去，山长水远，尚闻歌声，词切韵高，莫知所谓。——《甘泽谣·圆观》

其他以浓至之韵语，极意描写，令人情怡者。如李朝威之《柳毅传》，叙钱唐君返自泾水一段，蒨丽浓郁，尤为高绝。其文云：

> 俄而祥风庆云，融融怡怡。幢节玲珑，箫韶以随。红妆千万，笑语熙熙。中有一人，自然蛾眉。明珰满身，绡縠参差。迫而视之，乃前所寄辞者。然而若喜若悲，零泪如丝。

若斯之类，皆唐人小说艺术之独绝者。后人如蒲松龄、钮玉樵，极力摹拟之，咸未能及其万一。世人平陆，并许其与有唐诗歌，共推为一代之奇作，盖不诬也。

唐人小说之特点，既如上述。试再进求其与他种文学之关系，亦可得而言。

一 唐人小说与诗歌之关系

唐代诗歌，号称极盛。因诗歌发展已臻盛极之故，乃有出其绪余，以从事于小说之创作。作者如白行简、元稹、沈亚之之伦，既以诗名，则于染翰之余，兼存篇什。艳异之事，既久挂人口，复有根据小说，演为记事长篇之诗。同时之有名作家与后代诗人，复又援据唐稗故实，运入诗歌。而小说与诗歌之关系益广。今略分为三类说明之：

一 咏本事专篇 此根据小说所载之本事，而以专篇歌咏之者也。元稹既作《莺莺传》，而元稹复作《莺莺歌》、《梦游春词》；白居易又有《和元稹梦游春词百韵》；杜牧又有《题会真诗三十韵》；李绅又有《莺莺歌》；沈亚之又有《春词酬元微之》；杨巨源又有《崔娘诗》。沈亚之既作《冯燕传》，而司空图复演之为《冯燕歌》。他如白居易既作《长恨歌》，而同时史官陈鸿复因歌而作传；他如元稹拟之而为《连昌宫辞》，郑嵎广之而为《津阳门诗》，虽与《长恨歌传》本事稍异，然题材因约略相同。此唐人诗歌与小说互为阐发者也。若夫宋人赵德麟演莺莺事为《商调蝶恋花》，曾布演冯燕事为《水调大曲》，元吴渊颖演刘无双《古镜记事》为长歌，则又出于唐后诗人所咏，不能一一备述也。

二 本文内诗歌 小说既为诗人出其绪余之作，故往往于叙述之余，以诗歌叙入本文之中，伸意达情，弥增兴趣。清康熙间撰辑《全唐诗》，备加搜采，亦不以偎琐诞妄，弃而弗录。日人河世宁撰《全唐诗逸》，至采《游仙窟》所载之诗，以补《全唐诗》。则艺林推重久矣。今按唐稗中诗歌之可诵者，如《柳氏传》中之《章台柳》二首；《李章武传》之《即事赋诗》一首；《三梦记》中之元、白二诗；《莺莺传》中之诸诗；《周秦行记》中之牛僧孺赋诗；《秦梦记》中之沈亚之《题宫门诗》；《圆观传》中之《竹枝辞》；《红线传》中之冷朝阳送别诗；《步飞烟传》中之诸诗等篇，类皆情韵兼美，耐人寻味。其他如《东阳夜怪录》，《游仙窟》中所载诗歌，虽非极至，然逸趣横生，尚不失唐人风格者也。

三 诗歌引用唐稗故实 唐稗故实，如《倩女离魂》、《槐安入梦》、《柳毅传书》、《邯郸黄粱》、《十郎薄倖》、《佐卿化鹤》、《少霞书铭》、《郁轮新曲》、《赌曲旗亭》诸事。皆为宋后诗人所艳称。若在唐时，则以时代较近之故，引用尚少。然如杜甫《少年行》云："黄衫年少宜来数，不见堂前东逝波。"宋姚宽《西溪丛话》乃谓："系指《霍小玉传》之黄衫豪士，挟李益至霍小玉家故事，大历间甫正在蜀，是时想有好事者传去"云云。又李商隐《诗集》卷三有《拟沈下贤诗》云："千百二轻鸾，春衫瘦着宽。倚风行稍急，含雪语应寒。带火遗金斗，兼珠碎玉盘。河阳看花过，曾不问潘安。"清人冯浩《玉溪生诗注》：引《异闻集》沈亚之《秦梦记》，疑义山此诗，亦暗咏主家事。惟姚、冯二氏之所揣度，并无左证，不得谓少陵、义山二诗，即系指此。惟皇甫枚《三水小牍》载陈璠临刑赋诗云："积玉堆金官又崇，祸来倏忽变成空。五年荣贵今何在，不异南柯一梦中。"则是《南柯太守》之事，在唐末已有用入诗中者矣。至于宋人如苏轼《赠张子野诗》："诗人老去莺莺在，公子归来燕燕忙。"黄庭坚《赠王定国诗》："百年炊未熟，一垤蚁追奔。"又《题太和南塔寺诗》："万事尽还杯酒里，百年俱在大槐宫。"则《枕中》、《南柯》二记入诗矣。元明以后，诗人引用唐稗故实类此者，指不胜屈。则唐稗故实，有资于诗歌者，更可知也。

二　唐人小说与曲之关系

唐人小说本事，既已盛传。始则演为长篇记事之诗歌；继则演为分段之鼓辞大曲，如宋人赵德麟、曾布所撰是也；终则演为元明后之传奇杂剧。元明以来，剧曲大行，其取材多出自唐稗；故治元曲者，罔不重视唐人说部。盖以其关系较深也。今就拙编《唐人小说》各篇，于元曲有关系者，约略举之：如元稹《莺莺传》为金董解元《弦索西厢》，元王实甫《西厢记》，关汉卿《续西厢记》，明李日华《南西厢》，陆天池《南西厢记》，周公鲁《锦西厢》，清查继佐《续西厢杂剧》，程端《西厢印》，不著撰人《不了缘》，诸剧本所本。陈鸿《长恨歌传》为元白仁甫《梧桐雨》，清洪昇《长生殿》所本。李朝威《柳毅传》为元尚仲贤《柳毅传书》，元人《张生煮海》，李好古《张生煮海》，明黄说仲《龙箫记》，许自昌《橘浦记》，李渔《蜃中楼》所本。白行简《李娃传》为元石君宝《花酒曲江池》，明薛近兖《绣襦记》所本。许尧佐《柳氏传》为元乔梦符《金钱记》所本。蒋防《霍小玉传》为明汤显祖《紫箫记》及《紫钗记》所本。李公佐《南柯太守传》为明汤显祖《南柯记》所本。薛调《刘无双传》为明陆采《明珠记》所本。陈玄祐《离魂记》为元郑德辉《倩女离魂》所本。李公佐《谢小娥传》为明王夫之《龙舟会》所本。杜光庭《虬髯客传》为明凌初成《虬髯翁》，及张凤翼张太和《红拂记》所本。裴铏《传奇》之《裴航》

为龙膺《蓝桥记》，明杨之炯《玉杵记》所本；《聂隐娘传》为尤侗《黑白卫》所本。薛用弱《集异记》之《王维》为明王衡《郁轮袍》，西湖居士《郁轮袍记》所本。李复言《续玄怪录》之《杜子春》为胡介祉《广陵仙》，不著撰人《扬州梦》所本；《张老传》为明不著撰人《太平钱》所本。凡此皆元明后之传奇杂剧取材于唐稗者也。就上列诸曲本中，如《西厢记》、《邯郸梦》、《紫钗记》、《南柯记》、《长生殿》，尤为艺林传诵；虽由其曲文之美妙；而其本事之哀感顽艳，实作者之善于取材也。

三 唐人小说与骈散文之关系

骈散文之区别，即在单笔复笔之所用不同。单笔以六经诸子为主，至西汉司马迁《史记》而益畅。晋宋以后，名之曰笔，以别于复笔之文。其时作者风尚，在文而不在笔，故除苏绰、姚察诸人以外，大多数皆用骈丽之文，而散文始衰。迄于唐代元和以前，复笔之崇尚，尤臻极盛，至韩愈起而尚笔之散文始复兴。此散文在文学上之变迁也。复笔以《易·文言》《楚辞》为主，至东汉班固《汉书》而益崇。晋宋以后，名之曰文，以别于单笔之笔。其时风尚，大都崇尚此体。晋挚虞《文章流别集》，梁萧统《文选》，皆推本此旨，操持选政，故诗歌韵文，尽在文之范围。影响所及，乃至六朝以迄隋唐之间，骈文之作者，风起云涌，极盛一时。唐代元和以前，举凡诏令章奏、表记、碑志、题记之文，罔不专崇此体。唐人除陈子昂、元结、独孤及、萧颖士、李华、梁肃、苏源明诸人，尚用单笔以外，作者寥寥。故有唐一代骈文，亦能自成风格，为后诵习。此骈文在文学上之变迁也。小说既盛行于李唐，而衡量作者，亦隐然分为单复两派。沈既济既以经学为杨炎所推荐，又撰《建中实录》，以史材见尚（《唐书》一三二本传）。许尧佐为贞元中儒臣康佐之弟，位在谏议（《唐书》二〇〇儒学《许康佐传》）。李公佐史虽不详其生平，然有仆仙去（《道藏神仙感遇传》卷三），当崇道家。白行简为居易之弟，文亚香山。陈鸿学乎史氏，志在编年（《唐文粹》九十五陈鸿《大统记自序》）。沈亚之常游韩愈之门，晁公武《郡斋读书志》以文辞得名。柳珵为柳芳犹子，史笔湛深。牛僧孺、李复言皆有文章，宏博淹雅。诸家撰述，如《枕中记》、《谢小娥传》、《李娃传》、《东城老父传》、《冯燕传》、《上清传》，以及《玄怪录》、《续玄怪录》之作，皆以单笔见长。所谓散文派也。至于李朝威《柳毅传》，蒋防《霍小玉传》，元稹《莺莺传》，袁郊《红线传》、《陶岘传》，裴铏之《崑苍奴》、《聂隐娘》，皇甫枚之《步飞烟》、《王知古》诸篇，皆撰述浓至，骈散兼施，是又以复笔见长。所谓骈文派也。要之唐代文学，极炫烂之观，而骈文一派，实为当时通行之体。元和以后，虽有韩愈、柳宗元、李翱、孙樵、李汉、皇甫湜、欧阳詹诸家，力返于古，亦惟游韩氏之门者称之；文人崇尚，尚未臻极盛。且小说之作，本以想像描写见长。故史才如陈鸿、沈既济，笔才如李公佐、沈亚之，即其造述，反复展玩，而文中渲染点缀之处，亦复潜气内转，情韵悠然，犹时时露其复笔之描写。盖唐文风气，固如是也。

四 唐人小说与后代笔记小说之关系

自唐人既有意为小说，一代作者，转相仿效，篇章弥众。今虽无专书总集，网罗一代之作，如《全唐文》、《全唐诗》之例，然就《唐书·艺文志》、《太平广记引用书目》观之，撰述繁富，已可类推。唐时陈翰即尝撰集当时流行专篇，辑为《异闻集》一书，今其书已不可见，而《广记》四百八十四至四百九十二杂传记所采，与夫散见各类者，亦复不全，则篇章散佚多矣。今专书之廑存者，如段成式《酉阳杂俎》，张读《宣室志》，苏鹗《杜阳杂编》，范摅《云溪友议》，杜光庭《神仙感遇传》、《录异记》，温庭筠《乾馔子》，刘肃《大唐新语》，郑还古《博异志》，薛用弱《集异记》，赵璘《因话录》，王定保《唐摭言》等书，似可窥其涯略，若证以《广记》所采录，则上列诸书，亦时有漏略，已非原书。他如唐时有名之薛渔思《河东记》，裴铏《传奇》，牛肃《纪闻》，皇甫枚《三水小牍》，牛僧孺《玄怪录》，袁郊《甘泽谣》，李玫《纂异记》，李复言《续玄怪录》等书，虽间有传本，又复从《广记》中辑出，脱漏益多。其他或散存《广记》之中，或出他书所征引者，随时可见。唐时小说之产量，既如是之多，五代以后，闻风继起者，在宋初则有孙光宪《北梦琐言》，徐铉《稽神录》，卷帙较多，且新异可喜，太平兴国中修撰《广记》，已将二书收入其中，固尚未失唐人轨范者也。其后则有吴淑之《江淮异人录》，郭彖之《睽车志》，黄休《茅亭客话》，有闻于时。惟洪迈之《夷坚志》一书，辑录至四百二十卷之多，专纪天水一朝，而又仅断自南渡以前者，卷帙繁富，几埒《太平广记》通数代为书之富。陈振孙谓容斋晚年好怪，急于成书，以五日作十卷，妄人多取《广记》旧事，改窜首尾，别为名字以投之，容斋不复鉴别删润之故。陈氏生际南宋，去洪未远，言或可信。然洪书虽富，文采无足观，取较唐人，相取弥远。厥后元遗山续洪氏之书，虽非极至，尚可观览。元明两朝，短书小记，号称极盛，而所作至无可观，惟杨慎伪造之《秘事杂辛》，纪后汉选阅梁冀妹及宫嫱检验身体一段，描写委曲，备极艳冶，尚有浓至之观。斯又上追东汉者也。清初盛传蒲松龄《聊斋志异》之书，蒲氏笔带感情，曲而能达，或有疑其规抚《史》《汉》者，实则蒲氏寝馈唐稗，泽古既深，所惜过于渲染，未能脱尽窠臼，然固一时高手也。王阮亭以一代诗人，一见其书，极为倾倒，则其书之价值可知。流传三百年间，至今犹诵习弗衰也。与蒲氏同时，尚有钮琇《觚賸》，亦负盛名。钮氏虽不尽属怪异之谈，惟其言英雄儿女异人各节，抚拟唐贤，得其浓至，且无脱胎痕迹，颇为谈艺者所推。乾嘉以后，踵例成书者，以乐钧《耳食录》、沈起凤《谐铎》为最有名。乐氏骈文专家，兼擅诗歌，所著《青芝山馆集》，久负艺林重望。出其余绪，为谈异志怪之文，其佳者芳悱侧艳，次亦隽永可味。沈则俳胜于文，且标目对举，大乖雅道。惟其传布之广，反胜乐书，则雅俗之判也。至于恻鬼神之情状，发人事之幽微，上追魏晋六朝志怪之余，下不失李唐之风格者，惟纪昀之《阅微草堂笔记》一书，足以当之。纪氏记丑学博，文复雅澹，不屑规抚古人，故无小说窠臼。虽间有攻击当时伪托程朱派学者之语，然能准理衡情，抒其胸臆，读者亦不以为病也。他如袁牧《子不语》，和邦额《夜谭随录》，浩歌子《萤窗异草》，黍余裔孙《六合琐言》，汤用中《翼驹稗编》，许秋垞《闻见异辞》，宣鼎《夜雨秋镫录》，俞樾《右台仙馆笔记》、《耳邮》、《印雪轩随笔》，许元仲《三异笔谈》，许奉恩《里乘》，王韬《遁窟谰言》、《淞隐漫录》诸书，或体效《志异》，或论崇《阅微》，虽托体自谓《齐谐》、《述异》之流，而文辞实未出留仙、晓岚之外，则亦无足论列者也。至清代小说总集，尚有清初张潮之《虞初新志》一书，其体实仿唐人陈翰之《异闻集》，专搜辑明末清初诸名家文集及笔记内事奇人奇文，汇为一编，颇行于时，抉择尚严，文多可诵，后有续者，要未能逮。即此以观，可知有清一代笔记小说之盛。要之传奇志异，盛于李唐，后世承风，作者云起，绍述于两宋，衰落于元明，复兴于清代。是又唐人小说所孕育者也。

综上所述，则唐人小说在文学上之地位，与其关系重要之点，不难备悉。今人但知有唐一代文学。多在诗歌，而其时小说之盛，与诗歌同称一代之奇，多未明了。即此以求，思过半矣。今再录前人评论之语，以代结论。

宋刘贡父尝言："小说至唐，鸟花猿子，纷纷荡漾。"

宋洪景卢亦言："唐人小说，不可不熟，小小情事，凄惋欲绝，洵有神遇而不自知者，与诗律可称一代之奇。"

明胡应麟亦云："唐人传奇小传，如《柳毅》、《陶岘》、《红线》、《虬髯客》诸篇，撰述浓至，有范晔、李延寿之所不及。"

唐传奇作者身分的估计[*]

冯沅君

这里所谓唐传奇是于《任氏传》、《补江总白猿传》等单篇外，兼指传奇集，如《玄怪录》等，及具有传奇风的"杂俎"，如《唐阙史》等；所谓作者身分指的是他们的社会地位，也就是他们所托身的社会阶层；所用供研究的作品都是人所习见的——以《太平广记》、《四库提要》、《中国小说史略》所采用、著录、论及者为限，凡六十种。

对于了解作品，探讨作者身分是件必要而常难做好的工作，尤其是我们对于唐代社会尚未正确地认识，所以目前的努力只可说是初步试探，故曰估计。这个估计将从三点说明：唐传奇与唐科举，唐科举造成的新社会阶层，新阶层与唐传奇。

一 唐传奇与唐科举

科举制度虽不始于唐，但它到唐代方盛。唐传奇和它的关系，我们可自三方面论列。

我们首先要引用的文献是赵彦卫《云麓漫钞》。作者于卷八曾说：

> 唐之举人，先藉当世显人以姓名达之主司，然后以所业投献。逾数日又投，谓之温卷。如《幽怪录》、《传奇》，皆是也。盖此等文备众体，可以见史才、诗笔、议论。

这段记载虽不出唐人手，但给我们不少启示。一、《幽怪录》（即《玄怪录》）与《传奇》都是传奇专集。这两个集子虽已散佚，却都有佚文可考。由此可见当时"举人"投献于主司的作品纵不全为传奇，至少大多数如此。二、唐代科举

* 原载《文讯月刊》1948 年第 9 卷第 4 期。选自《冯沅君古典文学论文集》，山东人民出版社，1980。

的种类颇多，进士、明经之外，尚有秀才、俊士、明法等。除制举以外，各科大抵岁岁举行。知识分子参加这种考试的，每次总以千数。《文献通考·选举考二》称："进士大抵千人，得第者百一二，明经倍之，得第者十一二。"就只这两科已有三千左右"举人"。唐代先后二百八十余年，若常常有以千数的人从事于传奇的写作，这个产量颇可惊人，我们现在所见到的真是九牛一毛了。三、就现存的传奇看来，赵氏谓"传奇"式的作品备众体，可见史才、诗笔、议论的话并非虚语。以史才论，如沈既济《枕中记》叙卢生梦中的升沉穷通，与史籍中列传绝似，李肇（《国史补》卷下）更因此而称沈"真良史才也"。又如李公佐作《谢小娥传》，有人认为《新唐书·列女传》中的《谢小娥传》（《段居贞妻谢氏传》）即据李文而作。况传奇中不少以传称的，如《长恨歌传》、《柳氏传》等，顾名思义，常与史籍略有瓜葛，而作这类文字的人史才便不能太欠缺。以诗笔论，传奇中附诗篇实是常事。如元稹《莺莺传》中的"明月三五夜"诗，李景亮《李章武传》中的章武与王氏妇赠答诗；沈亚之有传奇三篇，篇篇有诗。以议论论，传奇作者或在篇中直接的发表自己的意见，如白行简的《李娃传》；或托之于故事中人的言语，如沈既济的《枕中记》。从这几点，我们更推想，传奇之所以备众体在当初可能是种自然的发展。这类作品多是异闻的记录（至少作者常如此说，参看沈既济的《任氏传》、李公佐《古岳渎经》等），作者当然须长于记述，长于记述便是史才所不可少的；传奇的故事不必皆真，但用以虚构故事的素材却不能与当时的现实绝缘，唐代诗特发达，故事中人以诗抒情言志，本极自然，作者的诗笔因得表现；史籍列传后率有论赞，传奇作者于文中有所批评，也有所本。但到后来主司既然用这类作品作测验"举人"文史修养的尺度，那么，献文的人恐不免要揣度受者所注意的各点，顾及无形的定程，然后下笔。若果这个揣测尚不大误，是唐科举影响于唐传奇的不只在量，而且在质了。

我们论列的第二项以牛僧孺为中心。牛僧孺是唐史上人所习知的人物之一，但他值得我们注意处不应只限于政治，而当兼及文学。他的政治生活以出自唐科举的进士集团为背景，文学生活则主要的表现于传奇，这两种生活还是不能彼此截然分开的。这种种事实令我们选他作研究的对象。下面是我们的论据。

说牛僧孺代表当时进士集团是用沈曾植的话。张尔田先生的《玉溪生年谱会笺》"大中二年"下引沈语：

> 唐时牛李两党以科第而分。牛党重科举，李党重门第。

陈寅恪先生更释沈氏的科举为进士科（《唐代政治史述论稿》）。

说牛僧孺的文学贡献首在传奇，根据的是他的《玄怪录》。唐传奇托胎于隋唐间人王度的《古镜记》，然直到中唐，这类作品方大盛。这盛况的构成自然由于作者多，名篇多，我们尤其不应忽视的是这时候有专集出现。这方面的专集首推《玄怪录》。它的分量是很重的，《唐书·艺文志》称为十卷，书虽不存，《太平广记》保存了三十三篇。就质的方面言，其中如《崔书生》、《张佐》、《岑顺》、《元无有》等都不失为佳构，《岑顺》更有李公佐《南柯太守传》的意味；作者还有个特殊的地方，就是"时时示人以造作，不求见信"。如《元无有》这一篇，连文中人物姓名"元无有"三字，都明明白白地告诉人是假托的。更因为牛的名高、位显，稍后于他的作家不少步他的后尘，以完成他们的传奇集，如李复言的《续玄怪录》十卷，薛渔思的《河东记》三卷，张读的《宣室志》十卷。

说牛僧孺的政治生活与文学生活彼此相关连，托名于他的《周秦行纪》可为我们作证。《周秦行纪》的内容是：牛僧孺自言，贞元中举进士落第，行经伊阙鸣皋山下，天晚失路，遂在薄太后庙留宿，并和汉妃嫔燕饮，天明别去。其中给人以攻击把柄的是，太后问："今天子为谁？"牛对曰："今皇帝先帝长子。"太后笑曰："沈婆儿作天子也，大奇。"因为在德宗朝而称德宗为沈婆儿，代宗后为沈婆是大不敬。其实，这是人所共知的，《周秦行记》并不出牛僧孺手，牛李（德裕）党争剧烈，李党人韦瓘特意作这篇小说托牛名以诬陷他。李德裕作《周秦行记论》，即攻击牛的《玄怪录》，且据《周秦行记》主张"须以太牢少长，咸置于法"，和韦瓘可以说是一吹一唱。在唐传奇中，《周秦行记》和《补江总白猿传》都是谤书，前者的用心更是毒辣。但我们如果稍加寻思，便觉得李党以小说陷牛这着棋走的极自然，所谓以其道还治其人。假使牛不以传奇名，他们势必不用这种手段。晁公武《郡斋读书记》说得切当："僧孺为宰相，有闻于世，而著此等书（按指《玄怪录》言），《周秦行记》之谤，盖有以致之也。"

总之，牛僧孺身为重科举的政党的领袖，却作了大量的传奇，别人更以这种作品作为攻击他的武器，这似乎不是偶然的，可能是唐传奇与唐科举的关系的反映。

最后一项是种统计。统计六十种传奇与杂俎作者的出身。由于一部分作者的姓名无考，或一人而成数种，作品虽称六十，作者却只四十八人。在这四十八人中，确知其曾举进士的凡十五人，举明经的一人，擢制科的一人，应进士试而落第的一人，因其为翰林学士或校书郎遂推想他们可能是进士或制科出身的三人。其余二十七人里，二十四人因行事难详，不知他们是否曾应科举，行事可考而无科名的只有三人。此外还有一点值得我们注意的，就是唐传奇的杰作与杂俎中的知名者多出进士之手。

综合以上三方面，我们得的结论是：唐代盛行科举，而"举人"以传奇猎取功名；牛僧孺是传奇名家，同时又是重科举的政党的党魁；统计作者出身的结果，不独确无科名的人是极少数，而且进士出身的人成绩较优。因此，在尚未获得有力反证的现在，我们不妨假定：唐传奇的发达颇得力于唐科举；换句话说，唐传奇的作者多是唐科举制度所造就的人才。

二 唐科举造成的新社会阶层

唐代科举虽然种类颇多，有明经、进士、秀才、俊士、明法等，但自天宝初年以后，"士族所趋向，唯明经、进士二科而已"（《文献通考·选举考二》）。就中进士科的诱惑力更大，"缙绅虽极人臣，不由进士者终不为美"（《唐摭言》卷一"散序进士"条）。《封氏闻见记》记当时人企羡进士的心理道：

故当代以进士登科为登龙门。……轻薄者语曰："及第进士俯视中黄郎，落第进士揖蒲华长马。"又云："进士初擢第头上七尺焰光。……进士张绰，汉阳王柬之曾孙也，时初落第，两手奉《登科记》顶戴之，曰：'此千佛名经也。'"其企羡如此（卷三"贡举"条）。

《登科记》记录唐代每岁举行科举的结果，更将各科的荣枯明白地揭示出来：自武德元年至天祐四年，不独进士一科的人数往往超过其他诸科的总和，而且诸科皆缺，只存进士的也很多。进士科所以有这样大的魔力是由于实惠。获得这样出身的人"大者登台阁，小者任郡县，资身奉家，各得其足"（《通典·选举三》引沈既济语），自然无人不愿走这条路。因此，唐代科举差不多可以进士为代表，《唐摭言》以"述有唐一代贡举之制"称，而所论十九不出进士的掌故，实不足异。

进士科在诸科中既这样的惟我独尊，所以我们所想象的唐科举所造成的新社会阶层也就是当时的进士集团。这个集团所以能形成个新阶层，原因可说是有三种。

我们先看王定保与沈既济的意见。王说见《唐摭言》（卷一"述进士上篇"条）：

> ……而进士隋大业中所置也。……然彰于武德，而甲于贞观。盖文皇帝修文偃武，天赞神授，尝私幸端门，见新进士缀行而出，喜曰："天下英雄入吾彀中矣。"

沈说见《通典》（卷十五选举三）：

> ·　　初国家自显庆以来，高宗圣躬多不康，而武太后任事，参决大政，与天子并。太后颇涉文史，好雕虫之艺，永隆中始以文章选士，及永淳之后，太后君临天下二十余年，当时公卿百辟无不以文章达，因循日久，寖以成风。

王、沈二说虽微有出入，而无伤大体，其文献价值依然存在。当时君主既如此看重进士，把这一科看成罗致人才的新政策，自然登进士第的人"解褐多拜清紧，十数年间，拟迹庙堂"（《封氏闻见记》卷三"贡举"条），在政治上，自成一军。此其一。

无疑的，科举制度有许多流弊，尤其重要的是有不少旁逸斜出的天才，因为不擅长场屋的技巧，不能通过这种考试，遂失去发展他们的奇才异能的机会。不过当时知识分子既多以进士科为其最主要的出路，及第者的品质也未尝不以应试者的数量而提高，"忠贤隽彦韫才毓行者咸出于其间"（《通典·选举三》引沈既济语），也是情理之常。唐代名臣如房玄龄、宋璟、张九龄、陆贽、裴度、杜黄裳等，第一流文士如王维、储光羲、岑参、白居易、韩愈、柳宗元、李翱等，名书家如颜真卿、柳公权等无不是进士出身。唐进士在当时所以能造成种种特殊地位，应归功于这些人的实力。此其二。

在唐代科举制度下，座主、门生及同年或同门的关系极为密切。他们可因此而结为死党。《唐摭言》（卷三"慈恩寺题名游赏赋咏杂记"条）载会昌三年十二月二十二日，中书覆奏：

> 奉宣旨，不欲令及第进士呼有司为座主，趋赴其门……伏以国家设文学

之科，求贞正之士，所宜行敦风俗，义本居亲，然后申于朝廷，必为国器。岂可怀赏拔之私惠，忘教化之根源，自谓门生，遂成胶固。所以时风寝薄，臣节何施，树党背公，靡不由此。

其实，门生与座主的勾结不专由于前者的感恩，同时也由于后者的望报。崔群为相有清名，而据《独异志》所载，居然视他所放春榜三十人为三十所美庄良田，其贤者如此，其他可知。《旧唐书·杨嗣复传》称：

> 嗣复与牛僧孺、李宗闵皆权德舆贡举门生，情谊相得，取舍进退多同。

这便是同门相结的一个实例。唐进士科及第的人数，每岁不一，平均计算，约近二十人。如果每人在及第后平均尚有二三十年的寿命，则同时存在于台阁州郡的进士当有四五百人。这些人若声应气求地活跃起来，他们的势力是不可忽视的。此其三。

这三种原因都是显而易见的，至其较微妙的则希望将来能进一步探索时可获得。单就这三种成因来论，由进士集团形成的这个新阶层实是个统治者。及第的人，"位极人臣常十有二三，登显列十有六七"（《唐摭言》卷一"述进士下篇"条）。他们如何能不是统治者。虽然进士中也有不少"孤寒"，但通过这道考试，他们的意识早就变了。既使这个新兴的与旧有的或有不同，但它们的统治性则不相远。唐传奇既与科举有密切的关系，尤其是进士，那么它们的作者自当隶属于这个新阶层了。

三　新阶层与唐传奇

这个新阶层的成立所影响的自然不限于一方面。因为这些多与本文无深切关系，所以这里我们所提及的只是可能在传奇上发生作用的几点，凡三。

每次读唐传奇，我们总是感到，活动于这里面的主要人物十之八九是属于社会上层的，所谓衣冠人士，富贵中人；属于社会下层的贫贱人占极少数（以《唐宋传奇集》中唐传奇为例，这两种人的比例是二十九比三），而且他们给人的印象常是异常模糊，不似前者的生动、完整。这种现象的底蕴可能是因为作者所托身的阶层是个统治者，即使不然，他们与这种阶层也是亲切的联系着。如果这个解释无大误，这一点可说是唐传奇作者身分印在作品上的第一个烙印。

第二个烙印怕要数到这个新阶层的人们的生活态度。唐进士屡以浮薄受人攻击，而这个毛病的最显著部分则是他们的生活态度常欠严肃，热烈的追求官能的刺激，浪漫的气味特重，尤其是新进士的举措。因为这一点上文未曾言及，现在略补述几句。

在白居易的自述中，我们先看他们这类人怎样过日子：

> 忆在贞元岁，初登典校司。身名同日授，心事一言知，肺腑都无隔，形骸两不羁，疏狂属年少，闲散为官卑。……有月多同赏，无杯不共持。……高上慈恩寺，幽寻皇子陂，唐昌玉蕊会，崇敬牡丹期。笑勤迁辛酒，闲吟短李诗。……度日曾无闷，通宵靡不为，双声联律句，八面对官棋。往往游三省，腾腾出九逵。寒消直城路，春到曲江池。树暖枝条弱，山晴彩翠奇。……早光红照耀，新溜碧逶迤。幄幕侵堤布，盘筵占地施。征伶皆绝艺，选伎悉名姬。粉黛凝春态，金钿耀水嬉。风流夸堕髻，时世斗啼眉。密坐随欢促，华尊逐胜移。香飘歌袂动，翠落舞钗遗。筹插红螺椀，觥飞白玉卮。打嫌调笑易，饮讶卷波迟。残席喧哗散，归鞍酩酊骑。酡颜乌帽侧，醉袖玉鞭垂。紫陌传钟鼓，红尘塞路歧。……荏苒星霜换，回环节候催，雨衡多请告，三考欲成资。（《全唐诗·白居易十三·代书诗一百韵寄微之》）

又如：

> 忆昔嬉游伴，多陪欢宴场，寓居同永乐，幽会共平康。……时世高梳髻，风流澹作妆。……名情推阿轨，巧语许秋娘。风暖春江暮，星回夜未央。……结伴归深院，分头入洞房。……留宿争牵袖，贪眠各占床。……索镜收花钿，邀人解夹裆。暗娇妆靥笑，私语口脂香。（同书《白居易三十九·江南喜逢萧九彻因话长安旧游戏赠五十韵》）

寄微之诗所述无疑的是自贞元十四年至元和元年（798年至806年），这九年间，他与元稹诸人的放浪生活。赠萧彻诗似亦同此（《东南行一百韵》与元稹的《酬翰林白学士代书百韵》并可参看）。再看裴思谦于得状元后"作红笺名纸十数，诣平康里，因宿于里中"（《唐摭言》卷三"慈恩寺题名邀赏赋咏杂记"条）；杜牧自言"十年一觉扬州梦，赢得青楼薄幸名"；韩偓以忠节名，他的《香奁集》中的艳情诗大都作于应进士举时，由此可见酒色征逐的生活是多数进士所曾经的，不独白居易和他的几个朋友。"羁诸寻芳逐胜，结友定交，竞车服之鲜丽，骋杯盘之意气，沽激价誉，比周行藏，始胶漆于群强，终短长于逐末。"王定保这批评不是无的放矢。文宗时，郑覃为相，因深恶进士浮薄，屡请罢进士科，这固然是敌党的主张，实际也是这个阶层的人自己招惹的。

这种寻求刺激，充满了浪漫气味的生活态度，对传奇起的作用是不应漠视的。先将唐传奇获得题材的经过检点下子当可得此消息。李公佐于《庐江冯媪传》末自记道：

> 元和六年夏五月，江淮从事李公佐使至京，回次汉南，与渤海高铖、天水赵儹、河南宇文鼎会于传舍。宵话征异，各尽见闻，铖具道其事，公佐为之传。（《太平广记》卷三百四十三）

沈亚之于《异梦录》中也有同样文句：

> 元和十年，亚之以记室从陇西公军泾州，而长安贤士皆来客之。五月十八日，陇西公与客期，宴于东池使馆。既坐，陇西公曰："余少从邢凤游，得记其异，请语之。"客曰："愿备听。"陇西公曰："……"是日，监军使与宾府郡佐，及宴客陇西独孤铉、范阳卢简辞、常山张又新、武功萧涤，皆欢息曰："可记。"故亚之退而著录。明日客有后至者，渤海高允中、京兆韦谅、晋昌唐炎、广汉李瑀、吴兴姚合，洎亚之，复集于明玉泉，因出所著以示之。（《太平广记》卷二百八十二）

这只是两个例子，他如《任氏传》、《古岳渎经》、《李娃传》、《莺莺传》等无不如此。"寻芳逐胜"，饮酒狎妓是些官能的刺激；"宵话征异，各尽见闻"是寻求精神的刺激。上流社会人因生活优裕闲暇而生的好奇心，不得满足也是不好过的。再就沈亚之以所著示姚合等，李公佐作《南柯太守传》"以资好事"论，可知作者作文的动机是要于听时得到满足外，更要破除时空的限制，令读者在他们的作品中得着同样的快感。就在这精神刺激的寻求、玩味、记录上，唐传奇（至少是一部分）完成了。

再站在同样的角度，就唐传奇的内容来看，我们也有点新认识。"宵话征异"，"以资好事"，既然是唐传奇产生的一个根源，所以这类作品，如它的名目传奇二字所指示的，内容惟奇是尚。如果我们取传奇来分析下子，便觉得它所"传"的人与物，无一不奇；富有传奇风的杂俎也少例外。在它们里面，我们看到些非常的人，如美人、才子（如《霍小玉传》）、义士（如《吴保安传》）、侠客（如《红线传》）等，还有些奇怪的物：鱼（如《传奇·高昱》）、龙（如《柳毅传》）、犬（如《集异记·胡志忠》）、狐（如《乾𦠆子·何让之》）、瘠牛、乏驴（如《乐阳夜怪录》）、石榴、牡丹（如《酉阳杂俎·崔玄微》），甚至无生命的水桶、破铛（如《元无有》）都能成精作祟，与人往还，象谈鬼（如《李章武传》）、说梦（如《异梦录》）更是数不胜数。论唐传奇起源的人不少说它出于六朝"志怪"，这未免过重前代的影响，忽视作者所托身的社会阶层的一般生活态度——寻求刺激，充满浪漫气味的生活态度。

最后，我们讨论唐进士科试题的性质和传奇的关系。这一点可能视为由进士形成的这个新阶层印在唐传奇上的第三个烙印。据《唐摭言》、《唐会要》、《通考》诸书所载，进士科最初"但试策而已"，高宗、武后以降，"以文章选士"，逐渐改变，乃试杂文（铭、箴等）、律赋、律诗，而由进士出身的人也就被人视为"文章之士"。再看唐传奇，它的文学价值历来少人否认，洪迈还说它"间有神遇而不自知者，与诗律可算一代之奇"（《容斋随笔》）；可是它赖以不朽的几篇杰作多不出进士之手。倘将这两种史事合起来看，它们中间大似有因果关系在。我们当然相信场屋的成败不足以测验应试者的文才高下，落第的才人有的是；但在那封建社会里，上对下的影响确实是风行草偃，帝王们既以高官厚禄为饵，自然有些人才上钩，进士集团中有不平凡的作家实不足异。总之唐传奇与进士科试文艺的关系不应轻易抹杀，也不应过分强调。

总括以上三段，我们在本文中所要陈述的意见是：从唐传奇与唐科举的关系和唐科举以进士科为首要这两点上，我们设想唐传奇作者应隶属于这个由进士集团所形成的新统治阶层（至少和这个阶层有密切的联系）；更由他们的身分的估定而试论唐传奇上的几个问题，如它们的内容何以惟奇是尚，他们主要人物何以多是社会上层的人，它们中间何以有不少辉煌的作品等。

1948年7月末于青岛

敦煌发见唐朝之通俗诗及通俗小说*

王国维

　　敦煌唐写本书籍，为英国斯坦因博士携归伦敦者，有韦庄《秦妇吟》一卷，前后残阙，尚近千字。此诗，韦庄《浣花集》十卷中不载，唐写本亦无书题及撰人姓名。然孙光宪《北梦琐言》，谓蜀相韦庄应举时，遇黄"寇"犯阙，著《秦妇吟》一篇，云"内库烧为锦绣灰，天街踏尽公卿骨"，今敦煌残卷中有此二句，其为韦诗审矣。诗为长庆体，叙述黄巢"焚掠"，借陷"贼"妇人口中述之，语极沉痛详尽，其词复明浅易解，故当时人人喜诵之，至制为障子。《北梦琐言》谓庄贵后讳此诗为己作，至撰家戒，不许垂《秦妇吟》障子，则其风行一时可知矣。其诗曰：

　　（上阙）南邻走入北邻藏，东邻走向西邻避。北邻诸妇咸相凑，户外奔腾如走兽。轰轰焜焜乾坤动，万马雷声从地涌；火迸金星上九天，十二官街烟烘炯。日轮西下寒光白，上帝无言空脉脉。阴云晕气若重围，□者流星如血色。紫气潜随帝座移，妖光暗射□星析。家家流血如泉沸，处处冤声声动地。舞伎歌姬尽黯然，婴儿稚女皆生弃。东邻有女眉新画，倾国倾城不知价；长戈拥得上戎车，回首香闺泪盈把。旋抽金线学缝旗，才上雕鞍教走马；有时马上见良人，不敢回眸空泪下。西邻有女真仙子，一寸横波翦秋水，妆成只对镜中春，年幼不知门外事；一夫跳跃上金阶，斜袒半臂欲相耻；牵衣不肯出朱门，红粉香脂刀下死。南邻有女不记姓，昨日良媒新纳聘，琉璃阶上不闻声，翡翠帘前空见影；忽惊庭际刀刃鸣，身首分离在俄顷；仰天掩面哭一声，女弟女兄同入井。北邻少妇行相促，旋拆云鬟拭眉绿，已闻击托坏高门，不觉攀缘上重屋，须臾四门火光来，欲下危梯梯又摧，烟中大声犹求救，梁上悬尸已作灰。妾身幸得全刀锯，不敢踟蹰久回顾，旋梳云鬟逐军行，强展蛾眉出门去。旧里从兹不得归，六亲自此无寻

　　* 原载《东方杂志》1920年第17卷第18期。选自《王国维文集》第一卷，中国文史出版社，1997。

处。一从陷贼经三岁，终日忧惊心肝碎；夜卧千重剑戟围，朝餐一味人肝脍。鸳帏纵入岂成欢，宝货虽多非所爱。蓬头面垢眉犹赤，几转横波看不得。衣裳颠倒语言异，面上夸功雕作字。柏台多士尽狐精，兰省诸郎皆鬼魅。还将短发戴华簪，不脱朝衣缠绣被。翻持象笏作三公，倒佩金鱼为两制。朝闻奏对入朝堂，暮见喧呼来酒市。一声五鼓人惊起，声啸喧争如窃议。夜来探马入黄城，昨日官军收赤水。赤水去城一百里，朝若发兮暮应至。凶徒马上暗吞声，女伴闺中潜生喜；皆言冤情此日销，必谓妖徒今日死。逡巡走马传声急，又道军前全阵入；大台小台相顾忧，三郎四郎抱鞍泣。泛泛数日无消息，必谓军前已衔璧，簸旗掉剑却来归，又道官军屡败绩。四面从兹多厄束，一斗黄金一斗粟；尚让厨中食木皮，黄巢机上刲人肉。东南断绝无粮道，沟壑渐平人渐少；六军门外倚僵尸，七架营中填饿莩。长安寂寂今何有，废市荒街麦苗秀；采樵斫尽杏园花，修寨诛残御沟柳，华轩绣毂皆消散，甲第朱门无一半；含元殿上狐兔行，花萼楼前荆棘满。昔时繁盛皆埋没，举目凄凉无故物；内库烧为锦绣灰，天街踏尽公卿骨。来时晓出城东陌，城上风烟如塞色。路旁时见游奕军，坡下绝无迎送客。霸陵东望人烟绝，树锁鹍山金翠灭。大道俱成棘子林，行人夜宿长□月。明朝晓至三峰路，百万人家无一户；破落田园但有蒿，摧残竹树皆无主。路旁试问金天神，金天无语愁于人；庙前古柏有残折，殿上金炉生暗尘。一从狂寇陷中国，天地晦盲风雨黑；案前神水咒不成，壁上阴兵驱不得。闲日徒歆□乡思，危时不助神通力；我今愧恧拙为神，且向山中深壁匿。寰中箫管不曾闻，筵上牺牲无处觅。旋教魔（下阙）

　　此诗前后皆阙，尚存九百六十余字，当为晚唐诗中最长者。又才气俊发，自非才人不能作，惟语取易解，有类俳优，故其弟蔼编《浣花集》时，不以入集，不谓千百年后，乃于荒徼中发见之。当时敦煌写有数本，此藏于英伦者如此。巴黎国民图书馆书目有 "《秦妇吟》一卷，右补阙韦庄撰"，既有书名及撰人姓名，当较此为完好，他日当访求之也。

　　伦敦博物馆有《季布歌》，前后皆阙，尚存三千余字，纪汉季布亡命事，以七言韵语述之。语更浅俗，似后世七字唱本。又有孝子《董永传》，亦系七言，其词略曰：

　　人生在世审思量，暂□□□有何妨。大众志心须静听，先须孝顺阿爷娘。好事恶事皆钞录，善恶童子每钞将。孝感先贤说董永，年登十五二亲亡；自叹福薄无兄弟，夜中流泪每千行。为缘多生□姊妹，亦无知识及亲房。家里贫穷无钱物，所买当身殡爷娘。

云云：实当时所作劝善诗之一种，江右某氏所藏敦煌书中，有目连救母、李陵降虏二种，则纯粹七字唱本云。

伦敦博物馆又藏唐人小说一种，全用俗语，为宋以后通俗小说之祖。其书亦前后皆阙，仅存中间一段云：

> 判官惺恶，不敢道名字。帝曰："卿近前来，轻道，姓崔名子玉，朕当识。"言讫，使人引皇帝至院门。使人奏曰："伏维陛下，且立在此，容臣入报判官速来。"言讫，使者到厅前拜了，启判官："奉大王处太宗是生魂到领，判官推勘，见在门外，未敢引。"判官闻言，惊忙起立。（下阙）

此小说记唐太宗入冥事，今传世《西游演义》中有之。《太平广记》引唐张鹭《朝野佥载》，已有此事，但未著判官姓名云：

> 唐太宗极康豫，太史令李淳风见上，流泪无言。上问之。对曰："陛下夕当晏驾。"太宗曰："人生有命，亦何忧也。"留淳风宿，太宗至夜半奄然入定，见一人云："陛下蹔合来还，即去也。"帝问："君是何人？"对曰："臣是生人判冥事。"太宗入见判官，问六月四日事（即太宗杀太子建成齐王元吉之日），即令还。向见者又迎送引导出。淳风即观乾象，不许哭泣。须臾乃瘳，至曙，求昨所见者，令所司与一官，遂注蜀道一丞。

近代郑煝撰《崔府君祠录》，引《滏阳神异录》一事，与《佥载》同，且以冥判为崔府君。曰：

> 一日，府君忽奉东岳圣帝旨，敕断隐巢等狱。府君令二青衣引太宗至。时魏征已卒，迎太宗属曰："隐巢等冤诉，不可与辨，帝功大，但称述，神必祐也。"帝颔之，及对质，帝惟以功上陈，不与辨。府君判曰："帝治世安民之功甚伟。"（中略）敕二青衣送帝回，隐巢等惶恐去。帝行，复与府君别。府君曰："毋泄也。"后帝令传府君像，与判狱神无异云云。

今观唐人所撰小说，已云冥判姓崔名子玉。故宋仁宗景祐二年，加崔府君封号诏，有"惠存滏邑，恩结蒲人，生著令猷，没司幽府"等语。可见传世杂说，其所由来远矣。又伦敦所藏尚有伍员入吴小说，亦用俗语，与太宗入冥小说同。

唐代不独有俗体诗文，即所著书籍，亦有平浅易解者，如《太公家教》是也。《太公家教》一书，见于李习之文集，至与文中子《中说》并称。宋王明清《玉照新志》亦称其书，顾世久无传本，近世敦煌所出凡数本，英法图书馆皆有之。上虞罗氏亦藏一本。观其书多用俗语，而文极芜杂无次序，盖唐时乡学究之所作也。其首数行，自叙作书缘起云："□□□□代长值危时，望（亡之讹）乡失土，波迸流离。只欲隐山居住，不能忍冻受饥；只欲扬名后代，复无晏婴之机。才轻德薄，不堪人师，徒消人食，浪费人衣。随缘信业，且逐时之随。辄以讨其坟典，简择诗书，依经傍史，约礼时宜，为书一卷，助幼童儿"云云。则其作书之人与作书之旨，均可知矣。书全用韵语，多集当时俗谚格言，有至今尚在人口者。辄举其要者如下：

> 得人一牛，还人一马，往而不来，非成礼也，知恩报恩，风流儒雅。
> 一日为师，终身为父；一日为君，终身为主。
> 他篱莫越，他事莫知，他贫莫笑，他病莫欺，他财莫取，他色莫侵，他疆莫触，他弱莫欺，他弓莫挽，他马莫骑；弓折马死，偿他无疑。
> 罹网之鸟，悔不高飞；吞钩之鱼，悔不忍饥。
> 男年长大，莫听好酒；女年长大，莫听游走。
> 含血噗人，先污其口；十言九中，不语者胜。
> 款客不贫，古今实语。
> 近朱者赤，近墨者黑；蓬生麻中，不扶自直。
> 凡人不可貌相，海水不可斗量。
> 勤是无价之宝，学是明月之珠。积财千万，不如明解一经；良田千顷，不如薄艺随躯。
> 香饵之下，必有悬钩之鱼；重赏之家，必有勇夫。

以上诸条，或见古书，或尚存于今日俗语中。张淏《云谷杂记》谓杜荀鹤《唐风集》中诗极低下，如"要知前路事，不及在家时"，"不觉裹头成大汉，初看骑马作儿童"，前辈方之《太公家教》。是唐人用此种文体，惟有《太公家教》一书，故独举此以比杜荀鹤诗，当时亦甚轻视之，观其所就，决不能与唐人他种文学比矣。

敦煌所出《春秋后语》，卷纸背有唐人词三首，其二为《西江月》。其词云：

> 天上月，遥望似一团银；夜久更阑风渐紧；为（原作以）奴吹却月边云，照见负（原作附）心人。
> 五梁台上月，一片玉无瑕（原作暇）；迤逦（原作以里）看归西海去，横云出来不敢遮，嬠嬠绕天涯。

又有《菩萨蛮》一首云：

> 自从宇内光戈戟，狼烟处处熏天黑；早晚竖金鸡，休磨战马蹄。淼淼三江水，半是离人泪；老尚逐今财，问龙门何日开。

又伦敦博物馆藏唐人书写《云谣集杂曲子》共三十首，中有《凤归云》二首。其一云：

> 征夫数岁，萍寄他邦。去便无消息，累换星霜。愁听砧杵，疑塞雁行。孤眠鸾帐里，枉劳魂梦，夜夜飞扬。想君薄行，更不思量。谁为传书与妾表衷肠？倚牖无言垂血泪，暗祝三光。万般无那处，一炉香尽，又更添香。

其二云：

> 怨绿窗独坐，修得为君书。征衣裁缝了，远寄边塞；想得为君贪苦战，不惮崎岖。终朝沙里口，冯三尺勇战奸愚。岂知红粉泪如珠？枉把金钗卜，卦口皆虚。魂梦天涯无暂歇，枕上虚待公卿，回日容颜憔悴，彼此何如。

又有《天仙子》一首云：

> 燕语莺啼三月半，烟蘸柳条金线乱。五陵原上有仙娥，携歌扇，香烂漫，留住九华云一片。犀玉满头花满面，负妾一双偷泪眼。泪珠若得似真珠。拈不散，知何限，串向红丝应百万。

此一首，情词宛转深刻，不让温飞卿韦端己，当是文人之笔。其余诸章，语颇质俚，殆皆当时歌唱脚本也。

敦煌的俗文学*

郑振铎

在二十年前，有一个绝可惊人的大发见，这个发见就中国文化史而论，几可引起一个小小的革命；历来的传统见解，几乎有一部分要被推翻。在中国文学史上，这个发见所贡献者尤多，这个发见并不是我们中国人自己所发见的；这个发见乃是一位匈牙利人，在英国人的印度政府之下办事者所发见的。他对于中国知识，曾自己承认过一点也没有，然而他竟发见了这个绝可惊人的文艺宝库。

这个发见的地点是甘肃敦煌千佛洞，这个发见物是千佛洞石室中的藏书库，这个发见的人是斯坦因（A.Steine），这个发见的日期是一千九百零七年五月二十日。

斯坦因为中央亚细亚的地理专家，他为了要考察中央亚细亚的地理与考古学，带了一位翻译蒋君，到了敦煌；第一次来时是一九零七年三月间；他先发见了千佛洞中的画壁，因风闻千佛洞道士有发见古代写本之事，于是于同年的五月，又到了敦煌，欲购求这些写本，其中经过了几次的秘密交涉，道士便允许他入这个宝库中参观，这个藏书室甚暗，在油灯的黄光中见到成堆的卷帙，自地上高堆至十英尺左右，其容积约有五百立方英尺。除写本之外尚有纸书绢画等杂件，他又托了蒋君与道士（这道士姓王）秘密交涉，费了一笔很少的钱，买了二十四箱的写本与五箱的图书绣品及他物而归。中国人方面在这时尚没有一个人知道有此物，也没有一个人注意到此事。后来，箱子运到了伦敦，打开来之后，敦煌石室中的写本始为人所宣传。法国人立刻也派了伯希和（Paul Pelliot）去搜求，他也满载而归。经了这两次的搜括，敦煌写本已所存无几了。中国官厅在这时方才知道此事，便由几个人鼓吹，从北京行文到甘肃，再由甘肃省长官行文到敦煌，属将所余的写本、杂物，扫数运京。然而经了一

* 选自《小说月报》1929 年第 20 卷第 3 期。

级一级官厅的私自扣留，私自送人之后，运京的写本，也就十无一二了。后来，斯坦因第二次到了千佛洞，王道士还将私自所秘藏，未为中国官厅所搜得者再售给了他，他很慨叹的说，假定他不将宝物运走，不知他们将如何的散失在外呢！他曾在一个官吏那里，见到他所私留的一幅绝好的绢画。他说，以此推之，敦煌宝物之为个人所私留者尚不在少数，现在这些东西的存亡已都在不可知之数了。所以斯坦因便颇自居功，以为他之运走这些宝物，实大有造考古学。不运走也将是沦灭无存的！然而我们也真说不出到底应对他表示什么才对！

敦煌的古藏书库，其所藏，在艺术上也大有价值，如绢书纸画及绣物等等；但其最大的价值，则在写本，写本之中，大多数为中译的钞本佛经，间有梵文书、吐蕃文书等。而在文学上最可注意者则为俚曲、小说及俗文、变文、古代文学的钞本等等。

总计今日所已知的敦煌石室的汉文写本书，在伦敦者有六千卷，在巴黎者有一千五百卷，在北京者有二千五百卷。散在私家的究竟有多少，我们不能知道。

就宗教而论，就历史而论，就考古学而论，就古书的校勘而论，这个古代写本的宝库各有他的重要的贡献；而就文学而论，则其价值似乎更大。第一，他使我们知道许多已佚的杰作，如韦庄的《秦妇吟》，王梵志的诗集之类；第二，他将中古文学的一个绝大的秘密对我们公开了。他告诉我们以小说、弹词、宝卷以及好多民间小曲的来源。他使我们知道中国近代的许多未为人所注意的杰作，其产生的情形与来历究竟是怎样的，这是中国文学史上的一个绝大的消息，可以因这个发现而推翻了古来无数的传统见解。

这个宝库中的写本有好些是记上了抄写的年月与人名的，有好些是没有年月的，就有年月的而论，最早的在公元第五世纪，最晚的在公元第十世纪的末年。大约这个宝库是在那个时候封闭了的。

现在敦煌写本还没有全部的目录刊出；巴黎的已有目录，伦敦的不久亦将编就，北京的则尚不知何时始可编出。因为没有全部目录，我们殊难知道其中究竟有多少惊人的资料。但就已知道的少数而论，已足够使我们在中世纪的中国文学史上添了一个很惊人的篇章了。

二

先就诗歌而论之，诗歌可分为三类：第一类是民间杂曲，如《叹五更》、《孟姜女》、《十二时》等。这类民间杂曲至今还在流行着，但我们决想不到在一千年之前的中国西陲，也竟流行着这些杂曲。这可证明，第一，民间歌曲的运命是很长久的，在这千余年间，词已不能上口了，北曲已不能上口了，即后起的昆曲也已将成为"广陵散"了。然而如《叹五更》之类，却仍在流行着。第二，民间杂曲有一部分虽变成了文人学士的所有物，如《杨柳枝》、《竹枝词》之类，然仍有一部分却始终不曾为文人学士所注意、所采纳，或者他们竟不屑注意于他们，也说不定。这种民间杂曲，其声调传至今日或已几经转变，远非其旧，然而其主要的结构却始终是保存着不变，如《叹五更》，总是一更，二更，三更等分为五段；《十二时》总是平旦寅，日出卯……的分为十二段，这些杂曲当有情歌之类的抒情诗曲在内，但今所知者却都为教训式的劝孝文，或《禅门十二时》之类，毫无文学的价值，希望将来敦煌文库全都整理后或可于中得到些美好的民歌。今姑举一二例于下：

《叹五更》

一更初，自恨长养枉生躯。耶娘小来不教授，如今争识文与书。

二更深，《孝经》一卷不曾寻。之乎者也都不识，如今嗟叹始悲吟。

三更半，到处被他笔头算。纵然身达得官职，公事文书争处断。

四更长，昼夜常如面向墙。男儿到此屈折地，悔不《孝经》读一行。

五更晓，作人已来都未了。东西南北被驱使，恰如盲人不见道。

　　　　　　　　　　　　　　　　　　——《敦煌零拾》五

《禅门十二时》

夜半子，监睡还须去；端坐政观心，济却无朋彼。

鸡明丑，摘木看窗牖。明来暗自知，佛性心中有。

平旦寅，发意断贪嗔。莫令心散乱，虚度一生身。

日出卯，取镜当心照。情知内外空，更莫生烦恼。

食时辰，努力早出尘。莫念时时苦，早取涅盘因。

隅中巳，火宅难归口。恒在败坏身，漂流生死海。

正南午，四大无梁柱。须知寡合身，万佛皆为主。

日旲未，造罪相连累。无常念念至，徒劳漫破费。

哺时申，修见未来因。念身不救住，终归一微尘。

日入酉，观身知不救。念念不离心，数珠恒在手。

黄昏戌，归依须暗室。罪垢亦未知，何时见慧日。

人定亥，吾今早欲断。驱驱不暂停，万物皆失坏。

——《敦煌零拾》五

以上两篇文字都是不很通的，伪字别字，也满纸皆是（今已略为改正）这正是民间俗文学的本色的真实面目；想不到千年前的浅陋无比的俗文学，至今尚保存完好，真可为一个奇迹！

第二类比第一类还为伟大，即民间文学中的叙事诗是。这些叙事诗，例如《孝子董永》、《季布歌》、《太子赞》等。这些叙事诗，文字很笨拙，时有不通语，显然也是不曾经过文人学士手订的原始的俗文学，然结构却甚伟大。这种民间叙事诗，其音调格式，似皆出于佛赞，而非出于已成古文学的《孔雀东南飞》及《木兰辞》，其内容能将简短的故事，敷演为甚长的歌辞，且描状亦活泼切至，有生动之趣，《太子赞》叙述的是释迦牟尼出家修道事。今引一段：

……东匿报耶殊，太子雪山居。路远人稀烟火无。修道甚清虚。寂静青山好，猛兽共同绿。磈嶒石阁与天遭，藤萝绕四边。孤山高万仞，雪领石曾霄。寒多枯叶口成条，太子乐逍遥。雪山嵯峨峻崚嶒，石壁忡忡近天河，险峻没人过。千年旧雪在溪谷。又冰多草木，磷层挂绮罗。石壁险嵯峨……

——钞伦敦博物馆藏本

仅写雪山的景色，已用了这大段的文字了，如"千年旧雪在溪谷"诸句，写景也写得很是不坏。

董永行孝事为民间所熟知的故事之一：二十四孝中，便有这么一则的事在内，这个故事的来历，大约始于传为刘向所作的《孝子传》（《太平御览》卷四百十一引，又见于《汉学堂丛书》中），干宝的《搜神记》中亦有之。董永父母死，无钱埋葬他们，却自己卖身，得钱去葬了他们。后来天女乃降下给他为妻，生了一个孩子。又腾空而去。以后，他们的孩子，却终于寻到了他的母亲，这故事的后半，颇似全世界的各处都有流行的《鹅女郎》的故事。《董永行孝》全文皆存，《沙州文录补遗》所刊者为不全的节录之本；今录其全文于后。这一篇叙事诗，写得很坏，不成语句之处极多，结构也似断似连，非"意会"不能贯其全篇。惟一种浑浑噩噩的气魄，却为很可珍异的原始的俗文学的素质。

人生在世审思量，暂□少闹有何方。大众志心须净听，先须孝顺阿耶娘。好事恶事皆抄录，善恶童子每抄将。孝感先贤说董永，年登十五二亲亡。自叹福薄无兄弟，眼中流泪数千行。为缘多生无姊妹，亦无知识及亲房。家里贫穷无钱物，所买当身殡耶娘。便有牙人来勾引，所发善愿便商量。长者还钱八十贯，董永只要百千强。领得钱物将归舍，拣择好日殡耶娘。父母骨肉在堂内，又领攀发出于堂。见此骨肉齐哽咽，号咷大哭是寻常。六亲今日来相送，随东直至墓边傍。一切掩埋总以毕，董永哭泣阿耶娘。直至三口复墓了，拜罢父母几田常。父母见儿拜辞次，愿儿身健早归那。又辞东邻及西舍，便进前呈数里强。路逢女人来委问："此个郎君住何方？何姓何名依实说，从头表白说一场。"娘子把言再三问，一一具说莫分张。"家缘本住眼山下，知姓称名董永郎。忽然慈母身得患，不经数日早身亡。慈耶得患先身故，后乃便至阿娘亡。殡葬之日无钱物，所卖当身殡耶娘。""世上庄田何不卖，攀身却入残人行？所有庄田不将货，弃货今辰事阿郎。""娘子有询是好事，董永为报阿耶娘。""郎君如今行孝仪，见君行孝感天堂。数内一人归下界，暂到浊恶至他乡。帝释宫中亲处分，便遣汝等共田常。不弃人口同千载，便与相逐事阿郎。"（中似有缺文）董永向前便跪拜："少失父母大恓惶。"（中似有缺文）"所卖一身商量了，是何女人立□傍？"董永对言依实说："女人住在阴山乡。""女人身上解何艺？""明机妙解织文章。"便与将丝分付了，都来只要两间房。阿郎把数都计算，计算钱物千足强。弦丝一切总尉了，明机妙解织文章。从前且织一束锦，梭齐动地乐花香。月日都来总不识，夜夜调机告吉祥。锦上金仪对对有，两两鸳鸯对凤凰。织得锦成便截下，采将来便入箱。阿郎见此箱中物，念此女人织女章。女人不见凡间有，生长多应住天堂。但识绫罗数已毕，却放二人归本乡。二人辞了须好去，不用将心怨阿郎。二人辞了便进路，更行十里到永庄。却到来时相逢处，辞君却至本天堂。娘子便即乘云去，临别吩付小儿郎。但言好看小孩子，共永相别泪千行。董仲年长近到七岁，街头由喜道边傍。小儿行留被毁骂，尽道董仲莫阿娘。遂走家中报慈父："汝等因何没阿娘？""当时卖身葬父母，感得天女共田常。"如念便即思意母，眼中流泪数千行。董永放儿觅娘去，往行直至孙宾傍。夫子将身来誓挂，此人多应觅阿娘。阿娘池边澡浴来，三个女人同作伴，脱尽天衣便入水。奔波直至水边旁，先于树下阴潜藏。中心抱取紫衣裳。此者便是董仲母，此时才见小儿郎。"我儿幽小争知处？孙宾必有好阴阳！"阿娘拟收孩儿养，"我儿不宜住此力。"将取金瓶归下界，捻取金瓶孙宾傍。天火忽然前头现，先生失却走忙忙。将为当时总烧却，捻寻却得六十张。此日不知天上事，总为董仲觅阿娘。

《季布歌》便较之《董永行孝》伟大得多了，前后皆已残阙，然仍可看见伟大的结构之一斑。季布助项羽以敌刘邦，邦仇之甚。及邦得天下之后，便行文各处，严捉季布。今存的《季布歌》便从季布的主者周氏闻知严搜的命令后，惊惶无措的去告诉他时叙起，前面的一段或由布与刘邦相敌叙起，或仅由布之逃亡叙起，今都不可知。然今存之歌辞，仅叙的是，周氏闻知了刘邦的命令，去告知季布说，搜得那末严紧，竟至于"先拆重棚除复壁，后应播土更飏尘"。如斯严搜的命令，使季布也不禁忧惧不已。但当他问周氏，天使是谁人，周氏报说是"朱解"时他却"点头微笑两眉分"了。于是季布遂改装为仆人，由周氏卖给了朱解。一月之后，季布乃将本相告诉了朱解。朱解便欲出首，却吃季布吓住了。季布教他一计，定期请大臣们饮宴，由季布亲出乞命，事便可了。朱解只好依从了他。本文至此截然而止。下皆残阙。仅叙这一小段故事，已用去了二百四十句，句七字，计共一千六百八十字，可见其原文结构之弘巨。今且引一段于下：

其时季布闻朱解，点头微笑两眉分。"若是别人忧性命，朱解之徒何足论！见论无能虚受福，心粗阙武又亏文。直饶堕却千金赏，遮莫高堆万挺银。皇威刺牒虽严迅，飏尘播土也无因。既交朱解来寻捉，有计隈依出得身。"周氏闻言心大怪："出语如风弄国君！本来发使交寻捉，兄且如何出得身？"季布乃言："今日计，弟但看仆出这身。九发剪头披短褐，假作家生一贱人。但道兖州庄上汉，随君出入往来频。待伊朱解回归日，扣马行头卖仆身。朱家忽然来买口，商量莫共苦争论。忽然买仆身将去，擎鞭执帽不辞辛。天饶得见皇高恨，犹如病鹤再凌云。"便索剪刀临欲剪，改形移貌痛伤神。解发捻刀临拟剪，气填胸臆泪纷纷。自嗟告其周院长："仆恨从前心眼昏！枉读诗书虚学剑，徒知气候别风云。辅佐江东无道主，毁骂咸阳有道君。致使发肤惜不得，羞看日月耻星辰。本来事主夸忠赤，变为不孝辱家门！”言讫捻刀和泪剪，占项遮眉长短匀。浣染为疮烟肉色，吞炭移音语不真。出门入户随周氏，邻家信道典仓身。朱解东齐为御史，歇息因行入市门。见一贱人身六尺，遍身肉色似烟熏。神迷勿惑生心买，持将逞似洛阳人。问此贱人谁是主？“仆拟商量几贯文？”周氏马前来唱喏：“一依钱数且咨闻。氏买典仓缘欠阙，百金即买救家贫。大夫若要商量取，一依处分不争论。”

——从第四十句至第一○三句。

这一小段写季布心理的变动如何的好！他初闻有人来搜，乃大惊惶，及知是朱解，却又笑了，他从容的说出剪发为奴，卖给朱解之计，何等的智计满胸，态度从容。及至执了剪刀在手，临欲剪发，却又凄楚自伤，“气填胸臆泪纷纷”。这不仅是俗文学中的杰作，在古文学上也可以算是篇不易见的杰作！可惜是残阙了，使我们不能见到其完全的面目。巴黎国家图书馆中又藏有季布骂阵词文一种，可见当时季布故事流行得如何的广。

这一类的民间叙事诗，纯用七言诗（如《季布歌》及《董永行孝》）或杂用五七言诗(如《太子赞》) 者，其流别至为久远。至今流行的大鼓词等尚沿此体未变。

第三类是杂曲子，如《凤归云》、《天仙子》、《竹枝子》、《洞仙歌》、《破阵子》、《柳青娘》、《渔歌子》、《长相思》、《雀踏枝》等。我在上文已讲过（第二章，《词的启源》），凡最初的词，本都是没有题目的，因为词牌名便是题目，不必再另立什么他题。例如，《渔歌子》便是咏渔父垂钓鄙夷名利的，《杨柳枝》便是以杨柳为起兴的，或直是咏柳的。这一个假定证据很强。在这里我们又得到了不少的这种证明。《凤归云》咏的是男子外出，女子在家相忆，凡是这个题目的四首，便至少有三首是这样的。试举一例：

> 怨绿窗独坐，修得为君书。征衣裁缝了，远寄边虞。想得为君贪苦战，不旦驰驱中朝。沙碛里山，凭三尺勇战奸愚。岂知红粉泪的如珠！往把金钗卜，卦卦皆虚。魂梦天涯无暂歇，枕上长嘘待卿回。故日容颜憔悴，彼此如何？

《天仙子》也是切题而做的。所谓“五陵原上有仙娥”，“天仙别后信难通”，岂不都是合题的文句么？《竹枝子》也是如此，要切于“竹”字而写，例如：

> 罗幌尘生屏帏，悄悄笙簧无绪理。恨小郎游荡经年，不红粉镜台前。只是焚香祷祝天！垂泪珠的点点的成斑。待伊来〔时〕共伊言，须改往来段却颠。

《柳青娘》也是如此，咏的乃是一位那末样的少妇的事，今举一例：

> 碧罗冠子结初成，肉红衫子石榴裙。固着胭脂轻轻染，淡施檀色注歌唇。含情唤小莺，只教玉郎何处去？才言不觉到朱门。扶入锦〔帐效〕殷勤，因何辜负倚阑人？

这一首诗在他的本身也是很有价值的。短短的九句，首四句已用去描写这个"柳青娘"或"小娘子"的打扮了，底下只有五句，却婉曲的写出了三个意思，先问小莺，玉郎到那里去了？不料玉郎却已经到了门边。既见了他，却又去责备他："因何辜负倚阑人？"在词中像这样的传状三四个情意的却是很少很少。更有《长相思》者，凡三首，亦皆切男子不归，致令女娘相思无已时，或他自己"思乡而不得归的"。一首是写"富不归"，一首是写"贫不归"，一首是写"死不归"。今姑举"贫不归"一首为例：

> 哀客在江西，寂寞自家知。尘土满面上，终日被人欺。朝朝立在市门西，吹泪□双垂。遥望家乡长短，此是贫不归。

《雀踏枝》也是切于"雀"字而写的。凡二首，第一首完全是借灵鹊与少妇的对话而写少妇愤念征夫之情绪的。这也是很有趣的一首词：

> 叵耐灵鹊多满语，送喜何曾有凭据！几度飞来活捉取，锁上金笼休共语。"比拟好心来送喜，谁知锁我在金笼里？欲他征夫早归来，腾身却放我向青云里。"

其他亦有不切题的，那当然因为后来忘记了原意之故；例如《竹枝子》当初写的是：借竹来抒写离情别绪，后来作者仅知模切原词的离情别绪而写，却忘记了"竹"的比兴，再以后，便连这一层也忘记了，仅知模切原词的音节而不知其他了。

在这些"词"中，我们还可以晓得，其中虽带了些俗文学的语意，却还不是《叹五更》、《十二时》那末样的浑浑噩噩，有时简直是不通。在这类"词"中，没有一句不是文从字顺的，且我们已有了不少华雅的文句，若"华灯光晖，深下屏帷"、"悲雁随阳，解引秋光"、"高卷珠帘垂玉牖"之类。这显然的可知其为文人学士的手笔，或经过文人学士的润饰的。词在这时，离民间已远，已完全成了文人学士的东西，而民间所流传者却反出之于文人学士之手。原来粗拙无文的俗文学，已为文人学士的华赡的作品所克服，所消灭，即在这个中国的西陲也已不可得见。然而因此，词乃离民间日益远，民间所最保守歌吟者却是那些《叹五更》、《十二时》之类的俚曲。至于词却已有些耳熟其声而心昧其义的情形了。

三

次讲敦煌发见的散文。散文的俗文学，在敦煌的发见，乃是一件绝大的消息。这个发见可使中国小说的研究，其观念为之一变，我们最初以为语体的散文，不过见之于和尚语录，宋儒语录而已。后乃知在南宋的时候，已有了这种的散文的俗文学，如《宣和遗事》之类。更后，乃知在南宋的时候，不仅有这种半文半白的《宣和遗事》，还有纯然俗文构成的《五代史平话》及《京本通俗小说》呢！而《京本通俗小说》的语体文，其遣辞用语的流转如意，状物写情的婉曲入微，已足与明清之际，被称为小说的黄金时代的作品相抗而无愧。当初，我颇怀疑这一类小说，以为未必是南宋人作的。观《三国演义》之行文笨拙，不能自脱于文言的窠臼。《四游记》中的《西游记》之粗鄙无趣，仅乃成文，往往会使人怀疑宋元之时，语体文是决未曾成熟到像《京本通俗小说》那末一个样子的。然而《京本通俗小说》的逼真的描状与种种非当代作家不能写出的事物情态，又使我们难于疑心他们是伪作的。最近见到一部明刊本《警世恒言》，其中如《崔待诏生死冤家》（第八卷）其题目之下，写明"宋人小说，题作《碾玉观音》,"如《一窟鬼癞道人除怪》（第十四卷）其题目之下，又写明"宋人小说，旧名《西山一窟鬼》"，这是一个很有力的证据，可以使人对于《京本通俗小说》无可怀疑。由粗拙无文的散文的俗文学，而变成那样流利精切的语体小说。像《京本通俗小说》者，那决不是一朝一夕之功所可致的。所以中国俗文学的小说，在民间一定已流传得甚久甚久了。苏轼的《志林》里有一段话："王彭尝云：'涂巷中小儿薄劣，其家所厌苦，辄与钱，令聚坐听说古话。至说三国事，闻刘玄德败，频蹙眉，有出涕者。闻曹操败，即喜唱快。以是知君子小人之泽，百世不斩。'"可见在北宋时，已有《三国志通俗演义》一类的说书先生的"话本"了。最近日本内阁文库中，元至冶（公元1321~1323年）刊印的《三国志平话》等五种发现，更可证明此说。然而最早的语体文小说，在什么时候才发生呢？也许竟在北宋之前，也说不定。这个假定，如今又有敦煌发现的《唐太宗入冥记》、《秋胡小说》等证明之了。这类小说，行文亦笨拙无伦，时有不成语处，当是俗文学的本来面目。然结构很好，状述亦多曲折，描写亦多精切入微者。可见这些小说尚不是最初的俗文小说，或已经了不少次的变化，也说不定。由此我们可以假定了一个中国小说的起源说：

中国俗文的小说，不是起于元，也不是起于南宋，也不是起于北宋，最迟当在五代之前。《唐太宗入冥记》的纸背，有钞书的人记上的年月是："天复六年（公元906）丙寅岁闰十二月二十六日。"（按天复只有三年，天复六年即天祐三年，当系边陲之人不知中原易朝换帝之事，故仍写旧帝年号）写这篇东西的时间是"天复六年"，可见作此篇者当生在天复之前。自六朝至唐，正是印度及中国的佛教僧侣，以全力宣扬佛教于中国的时代；他们一方面注意于士大夫阶级，一方面却不能忘记了大多数的民众。于是不能不用语体文来译经。仅仅译经还嫌不够，还要将经中动人的故事演为俗文以便对民众宣讲。于是民众便相习成风的喜听故事的传讲。仅仅传讲佛经的因果报应，不足以满足他们的欲望，于是便由佛经而推广到中国原有的古传记，这便是《秋胡小说》及《唐太宗入冥记》①诸作的来历也便是中国小说的起源。

这个假定，或不至十分的不稳妥。我们要晓得，在那时，不仅故事被敷演为小说，即古书也曾被翻译为俗文，例如干宝的《搜神记》，敦煌文库中，也有一部句道兴的俗文译本在着（句道兴的俗文《搜神记》虽不完全译自干宝之作，却大多数是出于干宝之作）。可见当时俗文小说及故事如何的流行，如何的为民众所欢迎。这类俗文小说，到了后来，却分为好几个支派：第一派是完全保存了原来面目，未为文人学士所注意、所润饰、所改订的，如《唐太宗入冥记》等。第二派是一半保存着本来面目，却经历了好几个年代，时时为说书

---

① 胡适之君处尚藏有一种关于隋唐故事的敦煌钞本，但这个钞本，他不在手边，未能借阅，不知是否散文体的小说。

先生所增修，为文人学士所润饰的。这又可分为两派：一是率就原来面目而仅仅改正其文句，或添加些史实进去的，如《隋唐志传》；一是扩大了原文叙述，且又增删改正其中的故事的，如《三国志通俗演义》、《西游记》、《忠义水浒传》等。第三派是文人学士采取了俗文小说的体制，而另制一种新的作品出来，如《京本通俗小说》、《金瓶梅》等。

旧的民间小说，往往一个故事不止一个本子；例如《五代史平话》与《残唐五代传》所叙述者完全不同，正治本《三国志平话》与罗贯中的《三国志通俗演义》，又十分的相异。当时或者是改正旧作，去其不合理处；或者是旧本经了。辗转的口传，口传之作渐与原作不同，当第二个人将口语写了下来时，便与第一作生了殊异。到了后来，旧本又被发见，所以便有了好几个本子。这好几个不同的本子，在我们研究小说的发展上是极有用的；不仅可看出故事的变迁转化，且可看出文字上的演进与描写力、想像力的发展。为了这种原因，我们对于《唐太宗入冥记》诸作，却应当十分的珍视，不仅为了他们是中国仅存的最早的俗文小说之故。

《唐太宗入冥记》藏于伦敦不列颠博物院中，前后皆阙，仅存中段，叙唐太宗入冥见崔子玉，及子玉设法送太宗还阳事。《沙州文录补遗》所载者更少，仅伦敦藏钞本中的首节一部分而已。就我自己所录的钞本全文而观之。这篇小说的结构是很弘伟的，虽阙了前后，仍可见出其大概。虽多不通语，描写力却甚强。太宗入冥事，始见于《朝野佥载》（《太平广记》第一百四十六卷引），不料至天复之时便已敷演为小说了。《朝野佥载》仅记：太宗无病，而李淳风言他"夕当晏驾"，至夜半，果然见一人引他到地府中去，自说："臣是生人判冥事。"太宗入见判官，问六月四日事后，即令还。向见者又迎送引导出。至明，遂求所见者，令所司与一官。在这里，事实是很简单的，且所见的生人乃是引导者，并非判官，亦不记其姓名。在《唐太宗入冥记》中却以判官为生人，且明记其姓名为崔子玉，大约是民间附会的增注。但自此以后，凡记太宗入冥事者，却皆言判官为崔子玉，如《崔府君神异录》及《西游记》首几回所叙者皆是如此，想系后人依据这个俗文小说而又加润改者。这篇小说写崔子玉的心理变化甚好。这样的一篇简短无味的故事，却写得那末生动可爱，很可使我们不敢去菲薄俗文学的作家，而讥他们为粗鄙无文。今且摘录一段于下：

……使人奏曰："伏惟陛下，且立在此，容臣入报判官速来。"言讫，

使者到一厅前，拜了，启判官："奉大王处□太宗皇生魂到领判官推勘，见
在门外，未敢引□。"子玉闻语，惊忙起立，惟言："祸事！"兼云："子玉
是人臣，□远迎□皇帝，却交人君向门外祗候，微臣子玉□□乖礼，又复见
在辅阳县尉，当家五百余口，跃马肉食，是皇帝所司。今到冥司，全无主领
之分，事将□□怠。若勘皇帝命尽，即万事绝言；或者有寿，□□长安五佰
余口，则须变为鱼肉。岂不缘子玉冥司□□□□乖。"此时崔子玉忧惶不已。
皇帝见使人久不出，□□□□□思惟："应莫被使者于崔判官说□朕恶事？"
□皇□□时未免忧惶。于崔子玉忙然索公服，执槐笏，□□下厅，安定神
思。须臾自通名衔，唱喏走出，至□□帝前拜舞谢，叫呼万岁，匍面在
地，专候进旨。□帝问曰："朕前拜舞者，不是辅阳县尉崔子玉否？"□
□称臣："赐卿无畏，平身应对，朕此时□。"皇帝缘心□□，便问崔子
玉："卿与李乾风为知己朝庭否？"崔子玉□："臣与李乾风为朝廷。"
□帝曰："卿既与李乾风为□□朝庭，情□如何？"子玉曰："臣与李乾
风为朝廷已来，管鲍□。"帝曰："甚浓厚！李乾风有书与卿，见在□□
□。"崔子玉闻道有书，情似不悦。□皇帝遂取书分付，崔子玉跪而授
之。拜舞谢帝讫，收在怀中。皇帝问崔子玉："何不读书？"崔子玉奏
曰："臣缘卑，不合对陛下读朝，有失朝仪。"帝曰："赐卿无畏，与朕
读之。"崔子玉既□□命拜了，对帝前□书便读。子玉读书已了，情意更
无君臣之礼。对帝前遥望长安，便言："李乾风□真□，你是朝庭，岂
合将书嘱这个事来！"皇帝此语，无地自容。遂低心下意，软语问崔子玉
曰："卿书中事意，可否之间，速奏一言，与宽朕怀。"崔子玉答曰：
"得则得在，事实校难。"皇帝又问道校难之之□□□意，便努惨然。遂
即告子玉曰："朕被卿追来束手至……"

秋胡小说亦首尾不全，叙秋胡辞妻别母，前去求学，后得仕归来，乃在途
调戏采桑女子，不料此女子却即其妻事。此事见于《列女传》，宋颜延之亦作
《秋胡诗》，元曲中亦有石君宝的《秋胡戏妻》一剧，此小说的叙述较《唐太宗
入冥记》却相差很远。今姑引一节：

　　……"汝今再三弃吾游学，努力勤心，早须归舍，莫遣吾忧。"秋胡辞
　　母了手，行至妻房中，愁眉不尽，顿改仪容，蓬鬓长垂，眼中泣泪。秋胡启
　　娘子曰："夫妻至重，礼合乾坤，上接金兰，下同棺椁。二形合一，赤体相

和，附骨埋身，共娘子俱为灰土。今蒙娘教，听从游学，未知娘子听许已不？"其妻闻夫此语，心中凄怆，语里含悲，启言道："郎君！儿生非是家人，死非家鬼，虽门望之主，不是耶娘检校之人。寄养十五年，终有离心之意。女生外向，千里随夫，今日属配郎君，好恶听从处分。郎君将身求学，此惬儿本情。学问虽达一朝，千万早须归舍！"辞妻了，道服得十种文书，是《孝经》、《论语》、《尚书》、《左传》、《公羊》、《谷梁》、《毛诗》、《礼记》、《庄子》、《文选》，便即发程。不经旬月，行至胜山，将身即入此山，与诸山不同，……秋胡行至床下，见一石堂，讫由羞一寻仕，是数千年老仙，洞达九经，明解方略。秋胡即谢，便乃祇承三年，得九经通达。学问晚了，辞先生出山，便即不归，却投魏国，意欲觅官。披发倡伴，佯痴放骏……秋胡妻自从夫游学后，经历二年，书信不通，阴符隔绝。其妻不知夫在已不□，孝养勤心，出亦当奴，入亦当婢。冬中忍寒，夏中忍热，桑蚕织络，以事阿婆……

四

但敦煌钞本的最大珍宝，还不是诗歌与散文：诗歌与散文，除了历史上的价值以外，其本身颇难当得起"文学"二字的称谓，即间有结构弘伟，描写有力之作品，而终是民间的粗制物，不通之语，伪别之字，连篇累牍，读之使人脑昏头涨。敦煌钞本的最大珍宝乃是两种诗歌与散文联缀成文的体制，所谓"变文"与"俗文"者是。他们本身既是伟大的作品，而其对于后来的影响又绝为伟大。我们对于他们决不应该忽视！这两种体制在这时之前，是未之前闻的。这两种体制，显然都是受外来的影响的。在印度文学——连佛教文学也在内——里，像这一类的体制是很流行的，他们的戏曲如此，小说也有些如此；经典中也常是在散文之中夹杂以古诗，或于诗歌之中夹杂以散文。从前，我们的诗歌是决包括不了散文在内的，散文也决包括不了诗歌在内。偶有如《列女传》、《韩诗外传》之类的引诗以结束全文，或墓志铭碑文之类以韵语结束全篇者，然其作用却完全不同，彼是引古以证今，引诗以证事，或以铭语总括前文之意的，此则夹诗夹文，相映成趣，既非总结，又非举证，而是以诗引文，以文引诗，相引相生的。虽在最初，我们可以看出其所以递变演进的痕迹来，而在后来，则这种以文引诗的痕迹，却完全不见了。

上虞罗氏刊印《敦煌零拾》中载"俗文"三种，而题其名曰《佛曲三种》。我初亦以为他们是"佛曲"，在我作《佛曲叙录》（《中国文学研究》）时还将这三种及京师图书馆所藏的几种列于佛曲（即宝卷）之首。今经仔细的考察之后，知道这种"俗文"虽可说是"佛曲"的起源，却并不是"佛曲"，"变文"之体似更近于"佛曲。"所以，我们应该更正确的名之曰"俗文"①，曰"变文"②，不应加以后来的一种性质并不十分相同的名称。

"变文"与"俗文"粗视似为一物，实则十分相异，二者虽同以诗与散文合组而成，然而组配的性质却完全不同。综言之，此二者之大别有二：

第一，"俗文"是解释经典的，先引原来经文，后再加以演绎；换言之，即将艰深不为"俗人"所懂得的经文，再加以通俗的演绎，使人人都能明白知晓，所以可以称之曰"俗文"。"变文"二字的意义没有那末明了，但就其性质而言，我们亦可知其为采取古来相传的一则故事，拿时人听闻的新式文体——诗与散文合组而成的文体——而重加以敷演，使之变为通俗易解，故谓之曰"变文"。

第二，因此，在文字上"变文"与"俗文"两者便有了很大的差异。"俗文"是以"经文"提纲，先列原来经文，然后再将经文敷演为散文与诗句的。所以散文体的经文便是纲领，其他的全部散文与诗句便是"笺释"，便是"演文"，换言之即系覆述经文之意的。至于"变文"则其全部的散文与诗句皆相生相切，映合成篇，既无一段提纲的文字，又不是屡屡覆述前文的。换言之，则他们是整片的记载，纯全的篇章，其所取的故事，并不是仅仅加以敷衍，而是随意的用他们为题材的。

总之，"俗文"不能离了经典而独立，他们是演经的，是释经的。"变文"则与所叙述的故事的原来来源并不发生如何的关系，他们不过活用相传的故事以抒写作者自己的情文而已。

"俗文"与"变文"，哪一种产生得早呢？二者同源于佛教文学，我们是很明白的。但"俗文"则切近于佛教经典，"变文"则离了佛教经典较远；"俗文"必须以经典为提纲，不能离开了经典，所以他们必须叙述经典中的文意。"变文"则不然，他们亦可以演述佛教经典中的文意，如《大目犍连救母变

---

① 京师图书馆藏本的几种佛经的作品，编目者名为之"俗文"，如《维摩诘经俗文》，不知原文是否如此？然"俗文"二字甚好，比之"佛曲"之称似为更妥。

② "变文"为敦煌写本的常见的名称，如《目连救母变文》等。

文》，然而他们却不为佛教经典所拘束；他们可以在经典以外去找材料，如《舜子至孝变文》，因此之故我们或可以说"俗文"是较早于"变文"的。然而那种诗与散文交组而成的新文体，在印度本是极通行的；反倒是演释佛经的"俗文"，即那样的以经文为提纲的一种体制不大经见。所以我们也有理由去推测："变文"的一体是原来有的，"俗文"则有意的采取了"变文"的新体制，用以解释或敷演经典。将这个问题，下一个确切的定案，我们现在还不能够，所以且止于此。

"俗文"与"变文"虽至今才为我们所发见，然其影响则极为伟大；中国有许多民间流传的伟大作品，会经千百年代的口述、版印，曾经万万人的欣赏赞美，曾经鼓吹了、燃炽了万万人的兴趣，而给他们以种种教育——或者竟是唯一的教育——者，一考其来源，大都来自"俗文"与"变文"。在没有详细说到他们的影响之前，且先将这两种新的文体的本身研究一下。

"俗文"非即"佛曲"，上文已经讲过。今所知的"俗文"有京师图书馆所藏的《佛本行集经俗文》、《八相成道经俗文》（共有二部）、《维摩诘所说经俗文》（皆未有刊本），又《维摩诘所说经俗文》在伦敦及巴黎二处亦备藏有几卷，罗氏印行的《敦煌零拾》中亦有佛曲三种，其中，《文殊问疾》一种，亦为《维摩诘所说经俗文》之一部分，其他一种则未知出于何经。也许，将来敦煌遗书全部整理就绪后，或可更得到几种"俗文"，而今则所知者已止于此。今就所知者略加以撮述如下。

《佛本行集经俗文》叙佛从兜率降到人间，为净饭国王太子，生时，从母右肋而出，备诸祥瑞。到了太子长大，应婚之时，出外游历，到于东门，见一人忙忙急走。问其故，答言因家中有一生母，欲生其子，痛苦非常。太子为之不乐，回宫而去。次日，又到于西门，见一老人，白发面皱，形容憔悴。太子问之，具道年老之苦，太子又闷闷不乐而回。又次日，到于南门，见了病人之苦，又闷闷不乐。明日，到于北门，却又见尸身胀烂，卧于荒郊。于是太子经见了生老病死之苦，决意弃国弃家，出家修行。原文残缺太多，可以全段认得者仅有数段而已。

这部"俗文"的文字很流利明白，绝无不通重叠之处，——其实"俗文"皆是如此——与其他敦煌的俗文学，如《太子赞》之类，不同。

《八相成道俗文》叙释迦如来，于过去无量世时，不惜生命，常以己身及一切万物给施众生。某日，我佛观见阎浮提众生业障深重，苦海难离，欲拟下界，拔超生死，遂托生于迦毗卫国为太子。生时，从母氏右肋而出。既生之后，九龙吐水沐浴一身，举左手而指天，垂右臂而于地，东西徐步，起足莲花。诸大臣却以为太子本是妖精鬼魅，存立人间，必定破国灭家。当时文殊即化为一臣，越班奏对，救全了太子。太子十九岁时，恋着五欲，亏得天帝释劝化了他。某日，太子去巡游四门，天帝释遂各化一身于此四门，令太子悟出生死之道。在东门他化为一人，匆匆而走，说出生之苦；在南门他化为一个老人，说出老之苦；在西门，他为一个病夫，说出病之苦；在北门他为一个尸身，倒于地上，使太子悟出死之苦。于是太子遂决心到雪山去修道。

京师图书馆又藏一本《八相成道俗文》，文句与此本大同小异，颇可相证。惟仅至太子至东门见一人行色匆匆，说知家新妇难产为止，此下皆阙。

今引第一种《八相成道俗文》的一段于下：

> 我佛观见阎浮提众生，业障深重，苦海难离，欲拟下界劳笼，拔超生死，遂遣金团太子，先届凡间，选一奇方，堪降质。于此之时，有何言语？
>
> 我今欲拟下阎浮，汝等速须拣一国。
>
> 遍看下方诸世界，何处堪吾托生临。
>
> 尔时，金团天子奉遣下界，历遍凡间，数选奇方，并不堪世尊托质，唯有迦毗卫国，似膺堪居。却往天中，具由咨说。
>
> 当今金团天子，潜身来下人间。金朝井降生□，福报今生何处？遍看十二大国，旋□皆道不堪。唯有迦毗罗城，天子闻名第一。社稷万年国主，祖宗千代轮王。我观过去世尊，现皆生佛国□。看了却归天界，随于井下生□。时当七月中旬，托荫摩耶腹内，百千天子排空下，同向迦毗罗国生。

释迦托生下界，雪山修道，为"俗文"中最流行的题材之一，像以上的三种，皆述此事。这个故事的流行，便于民间发生了另一种相类的故事——大凡修道历劫的人，皆同是这个型式——例如，观世音菩萨的修行，便完全是脱胎于此。在后来，有一部《香山宝卷》，即叙妙庄王之女经历尽千辛万苦，方始成为观世音菩萨事。香山宝卷的作者为宋时人，实今日流行的宝卷的最早者。这个宝卷，不仅体裁脱胎于"俗文"，即题材亦脱胎于"俗文"，真是很有趣的一个巧合。在《香山宝卷》中，叙一个少女如何的弃家修道，恰好与一个少年太子弃家修道的释迦对照，而写得似较《八相成道俗文》等更是凄楚，更为有力。惟其阻碍愈多，魔焰愈高，故主人翁的人格便愈觉得伟大，愈觉得使人感动。《香山宝卷》之所以较《八相成道俗文》更足以感人，更为流行者，其原因似在于此。至今每逢开讲《香山宝卷》时，尚有许多老媪少女为那个坚苦修行，不畏艰险的妙庄王女流伤心同情之泪者；且每逢开讲一次，落泪总还不止一次二次（相传《香山宝卷》为宋普明禅师在崇宁二年八月受灵感而编撰者）！

《维摩诘经俗文》在今所已知的几篇"俗文"中是最伟大的一部著作，在中国文学史上，也许也是最伟大的著作之一。《维摩诘经》是佛经中最流行的一种，富有小说的趣味。而这个"俗文"也极为美丽精工，绝不像平常的做"俗语文学"的文笔不大通顺的人做的。我们猜想写这部"俗文"的人至少是一位极有文学素养的人，他能将一百字的原文，演成了三四千字，演得又生动，又美妙；假定全文俱在的话，至少要有好几百万字呢！可惜今所存者皆为零星残文，未能得其全部，然即就所存的残文而观之，已足以使人震骇于这位无名作家的作品是如何的精美伟大了。这位作者的时代也没有知道。但巴黎所存的这个"俗文"的一卷之末，有"广政十年（公元947年）八月九日，在西川静真禅院写此第二十卷文书，恰遇抵黑书了"，卷首又黏有一张问候帖子，末有"普贤院主比丘靖通"等字。此书的作者未必便是写此帖子的靖通，也未必便是作于广政十年，但至少是写作于广政十年之前。[①] 在那个时代，产生那末伟大的作品，产生那末精好的白话文学，真使我们再也不至于怀疑南宋时候之产生《京本通俗小说》了。今举京师图书馆所藏的本书第二卷的概略于下，然后再引其中的一段，以见本书作者的文字的一斑。

第二卷《持世卯中》叙的是持世卯坚苦修行，魔王波旬欲破坏其道行，便幻为帝释之状，从万二千天女，鼓乐弦歌，来诣持世卯修行之所。这群天女一个个都是如花似玉之貌，或擎鲜花，或献异香，或合玉指而礼拜，或出巧语而劝告，"或擎乐器，或即吟哦，或施窈窕，或即唱歌"，任伊铁作心肝，见了也许粉碎。持世卯并不识魔王，错认作帝释，与他谈了许久。魔王说："将天女一万二千奉上师兄，可酬说法，幸望慈悲鉴纳。"持世卯却坚辞不受，说："我是修行菩萨，我是出世高人，一身尚是有余，何要你许多天女。"第二卷至此即止。

> 经云：时魔波旬从万二千天女，状帝释，鼓乐弦歌，来诣我所。是时也，波旬设计，多排采女嫔妃，欲恼圣人。剩烈奢化艳质，希音魔女一万二

———

① 胡适之君的《伦敦读书记》(《留英学报》第一期)为方便计，即以靖通为这部大著作的作者。

千，最异珍珠，千般结果。出尘菩萨，不易恼他，持世上人如何得退。莫不剩装美貌，无非多著婵娟。若见时交巧出言词，税调著必生返退。其魔女者，一个个如花菡萏，一人人似玉无殊。身柔软兮，新下巫山，貌娉婷兮，才离仙洞。尽带桃花之脸，皆分柳叶之眉。徐行时若风飐芙蓉，缓步处似水摇莲亚。朱唇旖旎，能赤能红；雪齿齐平，能白能净。轻罗拭体，吐异种之馨香；薄縠挂身，曳殊常之声彩。排于坐右，立于宫中。青天之五色云舒，碧池之千般花发。罕有罕有，奇哉奇哉。空将魔女绕他，惟恐不能惊动。更请分为数队，各逞逶迤。擎鲜花者，殷勤献上，焚异香者，备切虔心。合玉指而礼拜重重，出巧语而诈言切切。或擎乐器，或即吟哦，或施窈窕，或即唱歌。休夸越女，莫说曹娥。任伊持世坚心，见了也须退败。大好，大好，希哉，希哉！如此丽质婵娟，争不妄生动念。自家见了，尚自魂迷；他人睹之，定当乱意。任伊修行紧切，税调著必见回头；任伊铁作心肝，见了也须粉碎。魔王道："我只没去，定是菩萨识我。不如作帝释队仗，问许伊时菩萨。"于是魔王大作奢花，欲出宫城，从天降下。周回捧拥，百迎千连，乐韵弦歌，分为二十四队。步步出天门之界，遥遥别本住宫中。波旬自乃前行，魔女一时从后。擎乐器者，喧喧奏曲，响珮清霄；爇香火者，澹澹烟飞，氤氲碧落。竞作奢华美貌，各申窈窕仪容。擎鲜花者，其花色无殊；捧珠珍者，其珠珍不异。琵琶弦上，韵合春莺；箫笛管中，声吟鸣凤。杖敲揭鼓，如挠碎玉于盘中；手弄秦筝，似排雁行于弦上。轻轻丝竹，太常之美韵莫偕；浩浩唱歌，胡部之岂能比对。娥容转盛，艳质更丰。一群群若四色花敷，一队队似五云秀丽。盘旋碧落，菀转清霄。远看时意散心惊，近睹者魂飞目断。从天降下，若天花乱雨于乾坤；初出魔宫，似仙娥芬霏于宇宙。天女咸生喜跃，魔王自己欣欢。此时计较得成，持世修行必退。容貌恰如帝释，威仪一似梵王。圣人必定无疑，持世多应不怪。天女各施于六律，今调弄五音。唱歌者诈作道心，供养者假为虔敬。莫遣圣人省悟，莫交菩萨觉知。发言时，直要停藤，税调处直须稳当。各请擎鲜花于掌内，为吾烧沉麝于炉中。呈珠颜而剩逞妖容，展玉貌而更添艳丽。浩浩箫韶前引，喧喧乐韵夺声。一时皆下于云中，尽入修禅之室内。吟魔王队仗利天宫，欲恼圣人来下界；广设香花申供养，更将音乐及弦歌。清冷空界韵嘈嘈，影乱云中声响亮。胡乱莫能相此并，龟慈不易对量他。遥遥乐引出魔宫，隐隐排于霄汉内；香爇烟飞和瑞气，花擎寮乱动祥云。琵琶弦上弄春莺，箫笛管中鸣锦凤。杨鼓杖头敲碎玉，春筝丝上落珍珠。各装美貌逞逶迤，尽出玉颜夸艳态；个个尽如花乱发，人人皆似月娥飞。从天降下闭乾坤，出彼宫中遮宇宙；乍见人人魂胆碎，初观个个尽心惊。〔韵〕波旬是日出天来，乐乱清霄碧落排；玉女貌如花艳坼，仙娥体是月宫开。妖桃强逞魔幷，说美质徒恼圣怀。鼓乐弦歌千万队，相随捧拥竞徘徊。夸艳质，逞身才，窈窕如花向日开。十指纤纤如削玉，双肩隐隐似刀裁。擎乐器，又吹唲，苑转云头渐下来。箫笛音中声远远，琵琶弦上韵哀哀。歌沥沥，笑哈哈，围绕波旬迫运排。队杖恰如帝释下，威仪直似梵王来。须稳审，莫教积，诈作虔诚礼法台；问讯莫教生惊觉，殷勤勿遣有遗乖。沉与麝，手中台，供养权时尽意怀；直待圣人心错乱，随伊动处烧将来。须记当，领心怀，莫遣修行法眼开。持世若教成道后，魔家眷属定须催。巧税调，好安排，强着言词说意怀；着相见时心堕落，随情倾处诱将回。歌与乐，竞吹唲，合杂喧诈盖路排。魔女魔王入室也，作生娆恼处唱将来。

《文殊问疾》第一卷为上虞罗氏所藏敦煌石室发见的钞本之一种，今刊于《敦煌零拾》中。叙佛使文殊到维摩诘处问疾事。佛先在会上问五百圣贤，八个菩萨，谁能前去，皆曰不任，无人敢去，酌量才辩，须是文殊。于是佛告文殊曰："吾为维摩大士染疾毗耶，汝今与吾为使，亲往毗耶，诘病本之因由，陈金仙之恳意。汝看吾之面，勿更推辞。"文殊乃合十指掌，立在筵中，说道："去即不辞为使去，幸凭圣力赐恩怜。"原来维摩辩才无碍，词江浩浩："能谈妙法邪山碎，解讲圣经障海隁。"故大众俱怕去。今见文殊肯去，无不欣慰，于是文殊遂别佛而至维摩方丈处。原文至此而止，底下尚未完。

这是演的《维摩诘所说经》的一节，也许竟是《维摩诘所说经俗文》的第一卷。其文气语调我们如仔细加以研究，便知与上面所引的一段无不相同者。"文殊受佛告勅，起立花台，整百宝之头冠，动八珍之璎珞。香风飒飒，摇玉佩以珊珊；瑞色氤氲，惹珠衣而沥沥。"这岂不与上文所引者同？"若遣毗耶问净名，遥凭大圣垂加护。维摩诘，金粟主，四智三身功久具。若遣须教问净名，遥凭大垂难加护。"这岂又不与上文所引者同？罗氏仅注《文殊问疾》第一卷，而并不注明这一卷演的是《维摩诘所说经》，故殊使人生疑。实则细察原文，便可知与持世幷第二卷同出于一个人的手笔，今引一小段于下：

经云：文殊师利乃至诣彼问疾。

此唱经文，分之为三：一，文殊谦让白佛；二，赞居士经云，道彼上人者至，皆以得度；三，托佛神力，敢往问疾。经云：虽然承佛圣旨，且第一，文殊蒙佛告勅，起立筵中，欲由师资之恩，谦让自己之事，合十指掌，立在筵中，启三界慈尊，问于会上。

文殊有偈白佛：　　　　　　　　　　　　　　　　　　　　　　断

特蒙慈父会中宣，感激牟尼争不专。自揣荒虚无辩海，度量智慧未周圆。金仁既遣过方丈，抄德须遵大觉仙。去即不辞为使去，幸凭圣力赐恩怜。

又有偈赞维摩：　　　　　　　　　　　　　　　　　　　　　　断

方丈维摩足辩才，词江浩浩泉难偕。能：谈妙法邪山碎，解讲真经障海隈。大通每朝兴教纲，三途长日救轮回，虽为居士同凡辈，心似秋蟾雾里开。　　　　　　　　　　　　　　　　　　　　　　　　　　白

陈情谦让，多为使于毗耶，赞彼净名，表上人之难对。声闻五百，证八智于身中；菩萨三千，超十地于会上。文殊虽承圣旨，当日思忖千般，只拟辞退于筵中，又怕逆如来之语，只欲便于方丈，有耻象内之高人。世尊若差我去时，今日定当过丈室。

时文殊有偈：　　　　　　　　　　　　　　　　　　　　　　断

既蒙圣主遗殷勤，不敢推辞向会陈。衔敕定过方丈室，宣恩要见净名尊。金冠动处祥光现，月面舒时瑞色新。此日圣贤皆总去，吾为首领尽陪轮。

《维摩诘经俗文》实是一部极伟大的著作，决可证其为出于文人学士之手，或有文学素养的和尚之手。文中的"白"皆为当时流行的俪偶的句子，一个俗字也看不见，这确是许多"俗文学"中所没有的一个特点，又其中有"断"、"白"之分，又有"唱"、"韵"之分，亦皆为他种"俗文"中所未有者。

我们不能得到《维摩诘经俗文》的全部，实是我们的一个大损失。但我们于这个大著已失的千年之后，又得以发见其一部分，又不可以说不是我们的大幸。

又有俗文一种，未知何名，亦为上虞罗氏所藏敦煌"佛曲"之一，与《文殊问疾》同见《敦煌零拾》中。叙西天有国名欢喜国，有王名欢喜王。王之夫人有名有相夫人者，容仪窈窕如春日之夭桃。自入宫中，极称王意。正当富贵欢悦之极处，于某日歌舞方酣之际，国王见夫人面上身边气色，知其只有七日之命，即当身亡，于是不禁泪下。夫人见王忽然下泪，再三诘问。王只得以实告，于是夫人乞归辞别父母。父母闻知此事，亦大惊失色，力求救治。闻石室比邱尼有威德，欲往求之以延身命，石室比邱尼却劝夫人了教求生天，莫求浮世寿。于是夫人日归，便乃日亡，生在天中，受诸快乐，原文至此，下阙。

按佛经中，演述有相夫人之事者甚多；吉迦夜、昙曜合译的《杂宝藏经》卷十《优陀羡王缘》载有相夫人生天事，又义净译的《根本说一切有部毘奈耶》卷四十五《入王宫门学处第八十二之二》载有仙道王及月光夫人事，亦与此同。可见这个故事流行甚广。

又有俗文一种，未知何名，亦见于《敦煌零拾》中，全文首尾不全，仅余中段；叙舍利佛与六师斗法事，波斯匿王令佛家立于东边，六师立于西畔，六师先化出宝山一座，顶侵天汉，顶上隐士安居，更有诸仙游观，驾鹤乘龙，仙歌撩乱，四众谁不惊嗟，见者咸皆称叹。舍利佛虽见此山，心里都无畏难。须臾之顷，忽然化出金刚，其大无比，口犹江汉之广阔，手执宝杵，杵上火焰冲天。用此杵打山，登时粉碎，莫知所在。原文至此即止，底下并皆残缺。

这个"俗文"虽仅余一小段，然全文气势尚可约略看出，实为弘伟之至、绚烂之至的一部大著作。姑引一小段于下：

> 舍利弗忽从定起，左右不见余人，唯见须达大臣兼有龙神八部，前后捧拥，四面周围，阿修罗执日月以引前，紧那罗握刀枪而从后。于是风师使风，雨师下雨，湿却嚣尘，平治道路。神王把棒，金刚执杵，简晓雄，排比队伍。然后吹法螺，击法鼓，弄刀枪，振威怒，动似雷奔，行如云布。亦有雪山象王，金毛狮子，震目扬眉，张牙切齿，奋迅毛衣，摇头摆尾。队仗□天，枪戈匝地。诤能各拟逞威，神加倍，被我如来大弟子，若为：
>
> 舍利弗与众而辞别，是日登途便即发。毗楼天王执金旌，提头赖吒将玉□。甲杖全身尽是金，刀箭浑论纯用铁。青面金刚色黯然，大头金刚瞋不歇。钟鼓轰轰声动天，瑞气明明而皎洁。天仙空里散名花，赞叹之声相逞口。降魔杵上火光生，智慧刀边起霜雪。但愿诸佛起慈悲，那撞不久皆摧折。神力不经弹指间，须臾即至城隍阙。
>
> 波斯匿王见舍利弗，即敕群臣，各须在意。佛家东边，六师西畔。朕在北面，官庶南边。胜负二途，各须明记。和尚得胜，击金鼓而下金筹；佛家若强，和金钟而点金字。各处本位，即任施张。舍利弗徐步安详，升师子之座；劳度之身□宝帐捧拥四边。舍利佛即升宝座，如师子之王，出雅妙之音，告大众而言曰："然我佛法之内，不乏人我之心，显正摧邪，假为施设。劳度又□何变，现即往施张。"六师闻语，忽然化出宝山，高数由旬，钦峰碧□，崔嵬白银，顶侵天汉，丛竹芳新。东西日月，南北参晨。亦有松树参天，藤萝万段，顶上隐士安居，更有诸仙游观，驾鹤乘龙，仙歌撩乱。

四众谁不惊嗟，见者咸皆称叹。舍利佛虽见此山，心里却无畏难。须臾之顷，忽然化出金刚，乃作何形状？其金刚☐，首顶☐天，天圆祇堪为盖；足方万里，大地才足为钻。眉郁翠☐☐☐☐，口叱咤犹江海之广阔，手执宝杵，杵上火焰冲天；☐☐☐，登时粉碎。山☐萎化☐零，竹木莫知所在。百
（下阙）

在"俗文"的韵句里，有两个不同的句法，像《佛本行集经俗文》、《八相成道俗文》等都是七言句到底的，例如"启口申说夫人孕，生下太子大奇哉！仙人忽见泪盈目，呼嗟伤叹手频腮"（《八相成道俗文》）等是。这是第一体。像《维摩诘所说经俗文》等，则于七言句之中往往杂以两句的三字句，例如："身命财中能悟解，使能久远出三灾，须记取，领心怀。上界天宫却情回，五欲业山随日灭。"（《维摩诘所说经俗文》，《持世丼》第二卷）等是。这是第二体。这两个体裁在后来都还承袭的运用着。

"俗文"的结构，就今所知者而言共有三种体裁：第一体是先引原来经文，然后再敷演此经文为散文的故事，而于其中更于紧要处敷演以韵语，以便歌唱。这是《维摩诘所说经俗文》等的一体。在上文所举的几段原文里，我们已可见到此种体裁的一斑。第二体是泛述本来经文，作为叙述的主干，然后便在紧要处敷演以韵语，而在将入韵语之前，必先之以"当尔之时，道何言语？道人道"或"当尔之时有何言语？"或仅说"当尔之时"，或仅举"云云"二字（此"云云"二字当即"当尔之时"的略语）这是《八相成道俗文》等的一体。这一体在上文也已举过例。第三体是开端或略述本文因由，入后即用诗与散文相间而写，相映相生，并不用什么"当尔之时"等语来引起"韵文"的。这一体是《有相夫人生天俗文》的体裁。这三种体裁，仔细观之，本无多大区别。例如，第三体之不用"当尔之时，有何言语"等字以引起"韵文"，或由于作者的省略，或出于本来不必用到；第二体之不引原来经文，或以为可以不必引述，只要叙述大意便够了。总之，不管是引述经文，或仅述经文大意，"俗文"的一体，毕竟是非依据于经不可的。"引经据典"四字，真可以送给了"俗文"的一体。所以"俗文"的特色便是依"经"（佛经）而作，专为了要将艰深的经典化为通俗的文字以便宣传"佛道"的。

在"俗文"中每一段之前，往往注明"白"、"断诗"、"平侧"、"经"、"侧"、"断"、"侧吟"、"经平"等字者，"白"即指散文的一节，"断诗"即指韵文的一节；"断"当即"断诗"的略语；"侧"当为"侧吟"的略语；

"侧吟"及"经"、"平侧"、"经平"皆指韵语的一节；其间究竟有何分别，今已不可考知。

六

"变文"不必依经附传，只不过叙述一种故事而已。上文已经说起过这一层了。"变文"的作者很有活用故事的余地，他可以振笔直书，随他的想像的奔驰而著作着，或者不必根据什么佛经、史传，而可以仅凭着民间的传说而写着。所以"俗文"的作者大多是一位有文人学士气概的"俗家"或和尚，至少也是一位文从字顺的"有文墨者"；"变文"的作者则与《太子赞》《董永行孝》的作者们一样的不通达的文理；他们尽有深入的想像力，宏伟的结构力，然而他们的那一支笔却不能听从他们的自由如意的指挥。所以在伟大的作品之中所驱遣的文语却多半是似通非通不成文理的；且还挟着了不少的伪字别体，使人无从辩白起，假定这些"变文"能有一个时期与文人学士相接触，他们还不会成为绝代的名篇巨制么？

敦煌文库中所藏的"变文"，尚未知道究竟有多少，今所知者仅有《舜子至孝变文》、《大目乾连冥间救母变文》、《明妃曲》残卷及《列国传》残卷数种而已。《舜子至孝变文》是叙舜的孝于父母，历遭厄害而并不怨望的事。《大目乾连冥间救母变文》则结构甚为伟大，且确能将作恶不悛的青提夫人，一心救母，经百厄而不悔，有殉教者的精神的目连都活现于我们之前。目连救母的故事在民间本有了相当的来历与威权，作者捉住了这个大流行的传说而加以烘染，使这个传说增上了不少的光彩。在其后，有了《目连救母行孝戏文》，三卷一百出的巨作，又有了《劝善金科》十二卷，一百二十出的巨作，又有了《目连救母宝卷》，可谓盛极一时，任何故事都不曾有过那末弘巨的篇幅过。而我们试一考查目连救母行孝戏文及殿板的《劝善金科》，便知他们原都是由这篇"变文"而来的，因内容所叙者极为相同（《劝善金科》原系润改《救母戏文》者），而在结构上，我们却只觉这篇"变文"的比较高明、紧凑、合理，而《救母戏文》比较松懈，不深入——虽然有时写得很好。《劝善金科》一作为尤散漫附会不大合理。

《大目乾连冥间救母变文》的概略如下：佛的弟子目连自父母双亡以后便出家为僧。他以善因，得证阿罗汉果。籍了佛力，他上了天堂，见到他的父亲，然而他的母亲却并不与父亲同在一处。他不知母亲究竟何在，他悲啼的向佛泣告，佛乃指示他说："你的母亲在地狱中呢。"他便哀苦的向地狱中求母，他在地狱中到处访问，遍历刀山剑河、油釜奈河之境，皆不见他的母亲。最后，到了阿鼻地狱中，问管狱者有无青提夫人时，管狱者却说仿佛是有的。于是管狱者一层一层的唤叫着："青提夫人；青提夫人！"青提夫人这时正被十八支大钉钉在铁床之上，不敢开口答应，恐怕他们要将她迁于更恶之地。最后她只得答应道："青提夫人，即老身便是。"狱卒告诉她说狱门外有她的一个儿子，目连和尚来访问她。她说她自己没有儿子做和尚的。狱卒即去质问和尚为何来此冒认犯人为母。目连乃含悲再告狱卒说，他的出家乃在母亲死后，他在家时原名为罗卜。青提夫人再闻狱卒传说，乃知和尚即为其子罗卜，即出来相见。目连藉了佛力，将母亲救出了这个阿鼻地狱之苦。然而佛力却不能救她出于饿鬼之道。她饥饿不堪，然而不能近食，见食即化为火，见水亦化为脓。目连无法，行乞供饭给她，亦皆化为猛火，不能食用。目连只得含悲又去问佛。佛乃告诉他于七月十五日建兰盆大会，可以使她一饱。她在那一天，果然饱了一顿。然自此以后，目连却再也寻不到她。目连不得已又去问佛，佛说她现在已转生人世，变为黑狗之身，并嘱目连到人间去化缘，不问贫富，沿途化去，便可见到她。果然，他竟又寻到了她，引她住于王舍城中佛塔之前，七日七夜，转诵大乘经典，忏悔念戒，乃得使她乘此功德，转却狗身，退却狗皮，挂于树上，还得女人身。此时，目连又引她至于佛前，得以修到："天女来迎接；前往忉利天受快乐。"这部"变文"的全部即结束于此。

全文之后，有附注二行，一行作："贞明七年辛巳岁四月十六日净土寺学郎薛安俊写。"一行作："张保达文书。"当系薛安俊为张保达书写，故此卷乃成为张保达的藏书之一。又此作系写于贞明七年，则其著作之时，自当还在其前，至迟也是唐末的东西。薛安俊仅仅钞写此文而已，当非此文的作者。

今引此作中间的一节如下，俾读者得见其一斑。

> 目连蒙佛威力，得见慈母。罪根深结，业力难排，虽免地狱之酸，堕在饿鬼之道，悲辛不等，苦乐玄殊。若并前途感□□千万信，咽如针孔，滞水不通。头似太山，三江难满。无闻浆水之名，累月经年，受饥赢之苦。遥见清源，冷水近看变作脓河。纵得美食香餐，便即化为猛火。嬢嬢见今饥困，命若悬丝，汝若不起慈悲，岂名孝顺之子。生死路隔，后会难期。欲救悬沙之危，事亦不应迟晓。出家之法，依信施而安存，纵有常住，饮食恐难消化。而辞嬢嬢向王舍城中，取饭与嬢嬢相见。目连辞母，掷钵腾空，须臾之

间，即到王舍城中，次第吃饭，行到长者门前。长者见目连非时乞食，盘问逗留之处："和尚且□□□□□，斋过食门已过，吃饭将用何为？"目连启言："长者，贫道阿孃□□，亡过已后，魂神一往落阿鼻。近得如来相救出，身如枯骨气如丝。贫道肝肠寸寸断，痛切傍人岂得知。计亦不合非时乞，为以慈亲而食之。"长者闻言大惊萼，思寸无常情不乐。金鞍永绝晶珠心，玉貌无由上妆阁。促且歌，促且乐，人命由由如转烛。何觅天堂受快乐，唯闻地狱罪人多。有时吃，有时着，莫学愚人财多积。不如广造未来因，谁能保命存朝夕！两两相看不觉死，钱财必莫子身惜。一朝擗手入长棺，空浇冢上知何益。智者用钱多造福，愚人将金买田宅。平生辛苦觅钱财，死后总被他分拍。长者闻语忽惊疑，三宝福田难可愚。急催左右莫交迟，家中取饭与阇梨。地狱忽然消散尽，明知诸佛不思议。长者手中执得饭，过以阇梨发大愿。非促和尚奉慈亲，合狱罪人皆饱满。目连吃得粳良（梁）饭，持钵将来献慈母。于时行至大荒交，手把金匙而自哺。青提夫人虽遭地狱之苦，悭贪久竟未除，见儿将得饭钵来，望风即生悋惜……

《目连救母变文》在中国的著作中，可以说是最早的一部叙述周历地狱的情况的。在希腊大诗人荷马（Homer）的《奥特赛》（Odyssey）里已有了游历阴府之记载，罗马黄金时代的"桂冠诗人"委琪尔（Virgil）在所作的《阿尼特》（Aoniead）里，也载着访问地狱之事。至于意大利大诗人但丁（Daute）的《神曲》中所叙的地下世界则更为人人皆知的了。而在中国本土的地狱，或第二世界的情形，则古代的作家绝少提起，仅有《招魂》、《大招》二文略略的说起其可怖之景色人物而已（那里所指的并不是地狱，不过是第二世界，即灵魂所往的地方而已）。直到了佛教输入之后，于是印度的"地狱"便整个的也搬入了中国。自阎罗王以下，几乎地狱中的人物及景色都还可显然的看出是印度的本来面目。但在前写此地狱者还不详细，直到了《目连救母变文》的出现，我们才知道在唐时已有了那末详细的地府描写了，后世的地府描写较此更详细的亦有之，然这已是很后代的事了，且大致也都脱离不了这部变文中所说的那种模式，故我们可以断定这部变文中的地府描写乃是最早且最详细中的一种。其他尚有好几点可以注意的，皆可略去了不提。

《列国志残卷》今藏于伦敦，前后皆残，不知始于何时，止于何事，但就所存者而观之，则完全是叙述伍子胥的始末的，或者仅为伍子胥故事的本末而非演述全部《列国志》者也难说。巴黎藏有一卷《伍子胥》，大约即为此作，其题似较"列国志"三字为切当（按全卷皆无题目"列国志"之名当为整理敦煌遗书的人所题的）。

在这部《列国志残卷》中，所叙述的伍子胥故事与几部通俗小说的《列国志》以及史传所记载者皆大为不同。今日最藉藉于人口的"过昭关一夜白了须发"的一段事也不见于此卷，而此卷所叙述的事中，则更有为后人所完全不知的，今且述全文的概略于后。

这个残卷的开场是：楚平王命使臣去追伍子胥，使臣却空手而回，只好自缚以见平王。平王听见使臣说子胥要"即日兴兵报父仇"，便大怒起来，立刻于狱中取出伍奢及子尚杀了，同时并下令严捉伍子胥。伍子胥闻知父兄被杀，便向南而逃，欲之越国，他逃到了颍水之边，听见有打纱之声，便循声而去，看见一个女子在水边打纱，女子知他是一个奇人，便将粮食供他吃；他再三推辞，却不过她的殷勤，便吃了她的饭。饭后将己事告诉了她，并托她不要宣扬出去。子胥走后，这女子却抱石自沉于河而死。子胥经历了许多山川泉涧，又到了一家，叩门乞食，这一门却是他自己姊姊的家。姊姊见他，乃设隐语命他迷去，二人抱头而哭，不得已而相别。他的外甥子承、子安二人却想捉他去献功，便去追他，亏他设了一计，假装身亡，得以逃脱。次后又至一家，向前乞食，开门出来的却是他的妻。他的妻一见即知为自己的丈夫，然不敢骤然的向前认识。她亦作为隐语，向他质问，他却以枝辞掩饰过去，不肯承认为她的丈夫，二人遂相别了。他到了一条大江边，江流浩阔，无法渡过去。忽见一位渔父垂丝钓鱼讴歌拨棹而来，子胥乃唤住了他，要他渡自己过江。渔父见他面有饥色，便请他在此看船，自己却到家中去预备酒饭。子胥等了一会，恐渔父要唤人同来捉他，便隐于芦苇之中，渔父将了酒饭而来，不见子胥，乃悲歌而唤道："芦中之士，何故潜身？出来此处相看，吾乃终无恶意，不须疑虑。"子胥遂出芦中，与他共酌，饱餐了一顿饭后，他便送子胥过江，子胥将怀中璧玉及宝剑赠他，他皆不受。他问子胥："只今逃逝拟投何处？"子胥说要到越国。他指示子胥说，越国不可投，因方与楚交好。吴与楚正相为仇，可投也。子胥上岸后，回头见渔父覆船而死，他哽咽悲啼不已，更复前行，遂到了吴国。披发佯狂，以泥涂面，东西奔走于市。吴王知其为异人，即命宣入朝中，乃大用他。数年之后，子胥治得吴国人口蕃殖，府库充实，乃启吴王，欲为父兄报仇。吴王乃下令召募勇士，应募者极多，凡选得七十万人，即交子胥为元帅，率之伐楚。这时，平王已卒，昭王即位。子胥连胜楚人，捉了昭王，掘出平王之尸，杀之亦见血，又斩昭王百段，以祭父兄，回师时并伐郑梁，郑梁皆望风而降。子胥乃策立渔父之子为楚帝而退。他班师回国后，吴王以之为相，后来越王勾践不用范蠡之谋，兴兵伐吴，又为子胥所大败，仅乃得免死。后来吴王死，其子夫差即位，因与子胥不合，乃赐他宝剑，叫他自杀。子胥道："我死后乞斩首挂于东门，待看越兵之入城。"果然过了几年，越王勾践便起兵攻吴国，百姓饥饿，气力衰弱，无人可敌。当夜，吴王又梦见伍子胥，告诉他说，越王将兵来伐了！残卷的叙述至此而止。全卷当系叙伍子胥的本末而以吴越事为余波者。

这部残卷，未记钞写年月，亦不知为何人所作，惟原文"文语"颇多，描写也颇不弱，似为读过史籍的文人所作的，而钞手则极为拙劣，别字讹字，连篇累牍，原文往往因之而晦。因此，我们可知此文的作者与钞者决不是一人，更可知作者当远在钞者之前。

原文见者绝少，今引一节于下以为例：

……"挖心并恋割，九族总须亡，若其不如此，誓愿不还乡！"作此语了，遂即南行。行得廿余里，遂乃眼瞤，画地而卜占，见外甥来趁，用水头上禳之，将竹插于腰下，又用木剧倒著，并画地户天门，遂即卧于芦中，咒而言曰："捉我者殃，趁我者亡，急急如律令！"子胥有两个外甥，子安子承，少解阴阳，遂即画地而卜占，见阿舅头上有水，定落河傍；腰间有竹，冢墓城荒；木剧倒著，不进傍徨。若著此卦，必定身亡。不假寻觅，废我还乡。子胥屈节著文，乃见外甥来趁，遂即奔走，早夜不停。川中又遇一家，墙壁异常严丽，孤庄独立，回迥无人，不耻八尺之躯，遂即叩门乞食。

子胥叩门从乞食，其妻敛容而出应。划见知是自家夫，即欲教言相识认。妇人卓立审思量，不敢向前相附近。以礼设拜乃逢迎，怨结啼声而借问："妾家住在荒郊侧，四迥无邻独栖宿，君子从何至此间，面带愁容有饥色。落草獐狂似怯人，屈节撙刑而乞食。妾虽禁闭在深闺，与君影响微相识。"子胥报言娘子曰："仆是楚人充远使，涉历山川归故里，在道失路乃昏迷，不觉行由来至此。乡关迢递海西头，遥遥阻隔三江水，适来专辄横相干，自侧于身实造次。贵人多望借相识，不省从来识娘子。今欲进发往江东，幸愿存情相指示。"

其妻遂作药名诗问曰："妾是仵茄之妇，细辛早仕于梁，就礼未及当归，使妾闲居独活。膏葽姜芥，泽泻无怜，仰叹槟榔何时远志。近闻楚王无道，遂发材狐之心，诛妾家破亡消，屈身苩蕬葳蕤怯□，石胆难当，夫怕逃人茉萸得脱。匿形菌草，匿影藜芦，状似被趁野干，遂使狂夫莨菪。妾忆泪霑，赤石结恨青箱衣寝，难可决明，日念右乾卷百。闻君乞声厚朴，不觉踯躅君前，谓言夫婿麦门，遂使苁蓉缓步。看君龙齿，似妾狼牙，桔梗若为，愿陈枳壳。"子胥答曰："余亦不是伍家之子，亦不是避难逃人，听说余之行李。余乃生于巴蜀，长在藿乡，蜈公生居，贝母遂使金牙采宝，交子远行。刘寄奴是余贼朋，徐长卿为之贵友。共渡襄河？被泥，寒水伤身，三伴芒消，唯余独活。每日悬肠断续，情思飘飒，独步恒山，石膏难度。坡岩巴戟，数值狼胡，乃意款冬，忽逢钟乳，留心半夏，不见郁金。余乃返步当归，芎穷至此。我之羊齿，非是狼牙。桔梗之情，愿知其意。"

妻答曰："君莫急急，即路途长。纵使从来不相识，错相识认有何方。妾是公孙钟鼎女，疋配君子事贞良。夫主姓伍身为相，束发千里事君王。自从一别音书绝，忆君愁肠气欲结。远道冥冥断寂寥，儿家不惯长欲别。红颜憔悴不如常，相思落泪何曾歇。年光虚掷守空闺，谁能度得芳菲节。青楼日夜减容光，只缘荡子事于梁。嬾向庭前睹明月，愁归帐里抱鸳鸯。远附雁书将不达，天寒阻隔路逢长。欲织残机情不喜，画眉羞对镜中妆。偏怜鹊语蒲桃架，念燕双栖白玉堂。君作秋胡不相识，妾亦无心学采桑。见君口中双板齿，为此识认意相当。粗饭一餐终不惜，愿君且住莫匆忙。"子胥被认相辞谢，方便软言而怗写。娘子莫漫横相干，人间大有相似者。娘子夫主姓伍身为相，仆是寒门居草野；傥见夫婿为通传，以理劝谏令归舍。今缘事急往江东，不得停留复日夜。……

《明妃传残卷》，今藏巴黎国立图书馆，有伯希和、羽田亨合编的《敦煌遗书第一集》本。编者在题上加了"小说"二字，其实《明妃传》乃是变文，并非小说，原题为何今已不可知，因已经残脱。王嫱远嫁匈奴的事，在中国的故事中原是最流行的一个。最古的记载，叙的比较详细的要算《西京杂记》，在那里说，王嫱因自恃美貌，不给贿赂于毛延寿，因此延寿遂故意将她画得丑陋。元帝遂不召幸。后匈奴请婚，元帝按册以王嫱许之。到了辞别之日，元帝却见王嫱是一位又聪明又娴雅的绝美少妇。他不欲失信于夷狄，仍遣王嫱北嫁，同时却案治诸画工欺罔之罪，同日，赐死者延寿等，凡十余人，京师画工为之减少。在这里，《西京杂记》的著者并没有说到王嫱嫁匈奴而死的事。元马致远的《汉宫秋》杂剧则别增波澜，另添新意，以为元帝在宫中发见了王嫱的美貌，便欲诛戮毛延寿，延寿逃到匈奴，将王嫱真像献给了单于，并说单于指名要王嫱为阏氏。元帝这时正与王嫱热恋着，因恐北敌的侵入，只得生生的割舍了王嫱给匈奴。王嫱辞帝之后到了边界，便自投黑水而死。单于闻知王嫱已死，便复与汉和亲，且缚送了毛延寿到汉廷。我们在此见到这一故事的前后变迁，如何的巨大，由不相干的宫人，一变而为至亲的情侣；由贪贿的画工，一变而为卖国的奸人，由明媚可爱的少女，一变而为贞烈的妇人。由远嫁匈奴一变而为自投黑水，这其间的变异，决不是一朝一夕所可臻及的（《双凤奇缘》的一部小说则根据于《汉宫秋》而又有所变更）。敦煌发见的《明妃传》恰可证明了这个明妃的故事的两个大殊点间的连琐，在《明妃传》里，不曾写到明妃的自杀，却着力于写出明妃在胡的抑抑不欢，以至病殁。这其间离"自投黑水"的那段事固已相距不远了。《明妃传》开始于什么地方，今已不可知，但以意推之，当系始于汉元帝的图画宫女与毛延寿的索贿不遂。其结束则远至于明妃死后，汉哀帝遣使祭她的"青冢"的一段事；最后录了汉使的一篇祭文，当系已经完结。《明妃传》分为两卷，作者不知何时代人，但传中有云："可惜明妃奄从风烛八百余年，坟今尚（原作上）在"，则当为唐末时人。这部变文亦多不甚可解之语，且多讹字自是俗文学的本色。但叙明妃怀乡悲怨与其见漠外景色而惊憎的心事则写得十分的细腻可爱。虽然单于费了许多气力去温存她；慰藉她，都减灭不了她的郁抑，且引下卷中的一段，以见一斑。

……心惊恐怕牛羊吼，头痛生曾奶酪羶，一朝愿妾为红□，万里高飞入紫烟。初来不信胡关险，久住方知虏塞□。祁雍更能何处在，只应弩那白云边。

昭军一度登千山，千回千泪。慈母只今何在？君王不见追来。当嫁单于，谁望喜乐。良由画匠捉妾陵持，遂使望断黄沙，悲连紫塞，长辞赤县，永别神州。虞舜妻贤能变竹，玘良妇圣，哭烈长城。乃可恨积如山，愁盈若海。……

俗文与变文的影响，在后来的中国文坛上是极大的。我们在此，不可不比较详细的叙述一下。他们的影响可分为四方面。这四方面虽其影响的痕迹有显有隐，有大有小，而其皆深受俗文与变文的影响，则为显然的事实。

第一，宝卷。宝卷在今日尚未成为一种公认的文学的著作，然而其中也有不少是可以列于文学名著之中而无愧的。宝卷之受俗文与变文的影响是最直接的最显然的，所以我从前便直捷的将"俗文"与"宝卷"并列于"佛曲"的一个名称。但宝卷的内容虽与"俗文"一样叙的是佛家的故事，然其体裁却与

"俗文"不大同，亦有于开卷时引"经云"一段者，然却与故事的本文无关，不像"俗文"之必须以经文为提纲而铺叙之也。惟其于每一段落处，须宣扬佛号之一点则与"俗文"十分的相合。在大体上看来，我们与其说"宝卷"是"俗文"，不如说他是"变文"，因为他也是活用佛家的故事，而非严正的经文的敷演。到了后来，宝卷的取材日益广大，已不复限于佛家故事，而且及于道家仙家的故事，一般的劝善故事更且及于与劝善一无干涉的孟姜女故事，梁山伯故事；更且及于惟以游戏记诵的花名宝卷一类了。所以今日的宝卷除了宣扬佛号的一节以外，已与弹词无大区别。宝卷杂用散文韵语以组成，这是与"俗文"、"变文"完全相同的，弹词也是如此，所以我们很可以说，宝卷初时流行于佛家，弹词则初时流行于俗家；宝卷带有劝善的色彩，弹词则不必有；总之，二者皆为"俗文"与"变文"的直系的子孙则为无可怀疑的事。

第二，弹词。在前文里，已略说弹词与俗文变文的关系了，这里不必更多说。惟我们如一玩赏弹词的文句的组织，则更可诧惊于他们的文调的如何的相同。且引一段于下：

……代巡一见安兄面，不由坐上自抬身。多情自喜还多恨，道是无情却有情。丝连藕断心如乱，几乎开口表兄称。见他下拜忙回拜，京动旁观人意情。春熹在侧忙拖住，大人尊重请平身。小人青衿居晚辈，况且深受大人恩。宋王那时含笑答，嗣吾涿君大才人。一番礼毕分宾坐，代巡烦恼一时生。（《安邦志》卷四）

在弹词里，道白，或散文，总较之韵文为少；我们可以说，弹词是以韵文为主的，不似俗文与变文之散文与韵文皆无什么侧重可见（在有的地方似乎还以散文为重要）。这当然是经了后来的变异之故。

第三，小说。宝卷与弹词是俗文与变文的直系子孙，小说则不然。粗观之，我们似寻不出小说如何的受有俗文与变文的影响，但我们如果仔细考察一下，便知小说虽以散文为主，而其中则也参入了"诗"与"词"，在论断引证处便引诗，在特殊的描写处便引词。例如："正是：恨小非君子，无毒不丈夫！""怎见得有昔人《满江红》一词，单道少女晓妆的美。"这些，不是与俗文变文里的每到入于韵文所在，必有"偈曰"，"若为陈说"，"当此之际有何言说"相同么？又小说的开端，每有"且说"、"话说"，在一回之末，将入于后文之前，必有"欲知后事如何，且听下回分解"。这类又不是与俗文变文的

"如何白佛，也唱将来"，"上卷立铺毕，此入下卷"有些关联么？印度的小说，原有"且说"，"下回分解"，"诗曰"，"有诗为证"之方式。中国小说的这样体裁，如果不是受有俗文变文的影响，则必是直接承受之于印度的小说无疑。在宋之前，我们没有看见过这种体裁的小说，即敦煌中所发见的《秋胡小说》、《唐太宗入冥记》，就其残文而观之，也不见有此种体裁，则此种体号的输入，当在五代以后，即在俗文与变文的盛行以后。我们至今除了佛教文学以外，尚未发见有其他印度文学的翻译本子，所以我颇疑心，说书体的中国小说似为深受俗文变文的影响，而不十分像是直接的受有印度小说的影响。

第四，戏剧。我国戏剧之可考者，直至宋时始有之：而在戏剧中，俗文与变文的影响也深可见到。像散文与韵文的交错体，我们在宋之前是没有的；别的不必说，戏剧中之有白有曲，便至少是深受了俗文与变文之影响的。演剧的艺术有许多理由可以相信是印度的来源（这将于下几章中有详细的讨论。）但剧本之由曲白的交错组成，则至少唐末的俗文与变文的盛行有给他们以很大的助力的。

就此四方面而观之，我们已可知俗文与变文的影响是如何的伟大了，我们在没有提到中国的小说、戏剧、弹词、宝卷等重要的文体之前，而先之以埋于敦煌的一千余年的俗文与变文的研究，当然不是一点也没有理由的。

参考书目：

① 《沙州文录》二卷 蒋斧编，罗福苌补。有上虞罗氏铅印本，在补编中有敦煌俗文学数种，但皆系节录不全者。

② 《敦煌零拾》七卷 罗振玉编。中有俗文学不少。有上虞罗氏铅印本。

③ 《敦煌遗书第一集》 法国伯希和、日本羽田亨合编，有上海东亚考究会印本。凡二册：一为大册，坷罗板印木；一为小册，活字本。活字本中有《明妃传》。

④ 《敦煌的俗文学第一集——俗文》 郑振铎编（在编辑中）。

⑤ 《敦煌的俗文学第二集——变文》 郑振铎编（在编辑中）。

⑥ 《敦煌的俗文学第三集——小说杂曲》 郑振铎编（在编辑中）。

⑦ 《敦煌掇琐第一辑》 刘复编，北新书局出版（在印刷中）。

⑧ 欲知敦煌遗书的发见经过，可看 A.Steine 的 "Serendis"（五巨册）及同人的 "Ruins of Desert Cathay"。又王国维的《王忠悫公遗书第三集》中亦有他译的Steine，在伦敦皇家地学会的报告一篇，但太简略。

——此文为我所作的《中国文学史》中世卷第三篇的第三章，在去年九月间仓促写成，未遑改削，有一部分的材料也因一时未能得到，而付诸阙如。一切都待将来的修正。

唐代俗讲考[*]

向　达

本文初稿曾刊《燕京学报》第十六期。其后获见英法所藏若干新材料，用将旧稿整理重写一过。一九四〇年五月向达谨记于昆明。

一　叙　言

光绪季叶，匈牙利人斯坦因 (M.A.Stein) 供职印度教育部，于吾国甘、新一带，首先发见敦煌石室藏书，捆载而归。法国伯希和 (P.Pelliot) 闻风继往，亦劫去一部分。于是清学部始收拾残余，运归北平。斯坦因所掠古写本以及刊本约七千卷，今藏英京不列颠博物院 (British Museum) ①。伯希和所掠约二千余卷，今藏法京国家图书馆 (Bibliotheque Nationale) ②。我国所得残余约九千余卷③，今国立北平图书馆所藏，称为唐人写经者是也。至于私家收藏，以目

----

① 不列颠博物院所藏敦煌遗书，素未公开，目录编制最近告竣，而尚待印行，是以入藏确数，不得而知。个人浏览所及，曾到六九六三号，外刊本二十余卷，非汉文写本二百余卷，则入藏总数当不下七千卷也。至于所掠敦煌壁画及画幡之属，率存于印度 New Delhi 之 Central Asian Antiquities Museum, F.H.Andrews 所编之 *Catalogue of Wall-paintings from Ancient Shrines in Central Asia and Sistan* 及 *A.Waley:A Catalogue of Paintings recovered from Tun-Huang by Sir A. Stein……Preserved in the Sub-department of Oriental Prints and Drawings in the B.M.and in the M.of Central Asian Antiquities* 二书叙述甚详，可以参阅。

② 自来所传法京国家图书馆藏敦煌书目，自二〇〇一号起，至三五一一号止，凡一千五百余卷。尚有五百余卷，在伯希和家，王君重民编国家图书馆所藏敦煌书目，始得尽窥其藏。伯希和所掠敦煌绘画之属，则另庋于 Musée Guimet 及 Musée Louvre。

③ 国立北平图书馆所藏敦煌遗书目录，具见陈援庵先生所编之《敦煌劫余录》，凡得八千六百七十九号。其后胡君鸣盛检阅未登记之残叶，又增编一千一百九十二号，都计九千八百七十一号。许君国霖《敦煌石室写经题记》与《敦煌杂录·序》述此甚详。私人庋藏确数，无从推知，惟德化李氏旧藏四百余卷有简目流传，今已售诸日本某氏，非我所有矣。

＊　原载《国文季刊》第 3 卷第 4 期。选自向达所著《唐代长安与西域文明》，河北教育出版社，2001。

录绝鲜传布，确数不得而知，约计当亦近千卷。敦煌石室藏书总数，宜在二万卷左右，绘画之类，尚不在内也。

石室藏书率为写本，刊本约居百分之一二。写本之时代，自公元后第五世纪至十世纪，绵历凡六百年。形式多属卷子，间见蝶装小册。

咸、同间莫友芝获唐写本《说文》木部残叶，一时说者便诧为惊人秘笈①。今敦煌石室藏书近二万卷，多属晋、唐旧写，莫氏所获，视此真微末不足道矣。石室书以佛经为多，其余四部诸籍亦复不少。四十年来以此二万卷新材料之发见，经史之考证，宗教史之研究，俱因而突焕异彩。时贤因为之特创一"敦煌学"之新名辞②。至其大概，则东西诸老宿之书具在，学者可以覆按，非区区此篇所能尽也。

顾在石室藏书中，尚有一种通俗文学作品，论体裁则韵散间出，其名称则变文、词文、押座文、缘起，不一而足；其内容则敷衍佛经，搬演史传。慧皎所谓"凡此变态，与事而兴"似正为此种作品而言。唯以作者之志在于化俗，是以文辞鄙俚意旨浅显。敦煌学者之于此种作品，非意存鄙弃，即不免误解；研究通俗文学者又多逞臆之辞，两者俱未为得也。旧为《敦煌丛抄叙录》及《唐代俗讲考》③，于此一问题，曾稍参末议。年来所见略多，颇有足以证成前说，勘正旧失者。因重写一过，藉以就正有道；至于论定，仍以俟诸博雅君子。

二　唐代寺院中之俗讲

梁慧皎《高僧传》卷十三《唱导》第十论曰：

昔草创高僧，本以八科成传。却寻经导二伎，虽于道为末，而悟俗可崇，故加此二条，足成十数。

经者转读赞呗，符靡宫商，导者宣唱法理，开导众心。盖俱以化俗为务也。转

---

① 曾国藩题莫氏所藏唐写本《说文》木部残叶诗云："插架森森多于笋，世上何曾见唐本。"

② 见陈寅恪先生《敦煌劫余录·序》。

③ 《敦煌丛抄叙录》见《国立北平图书馆馆刊》五卷六号。《唐代俗讲考》，初稿曾发表于《燕京学报》第十六期。

经唱导之制，逮于唐宋犹未尽衰，其间大师，具见道宣、赞宁所续《高僧传》中，顾敦煌所出通俗文学作品，有《禅门十二时》、《太子十二时》、《太子五更转》、《太子入山修道赞》、《两宗赞》、《辞娘赞》等，类似今日之小曲者甚夥。而为张议潮使唐之沙门悟真且有《谨上河西道节度公德政及祥瑞五更转兼十二时》共十七首①。《乐府诗集》卷三十三伏知道《从军五更转》序引《乐苑》云：

> 《五更转》商调曲。按伏知道已有《从军辞》，则《五更转》盖陈已前曲也。

按《五更转》隶于《相和歌》，为清商旧曲，自能被诸弦管。则唐世僧人于转经唱导之外，并能度曲矣。然其时寺院中且流行一种"俗讲"，社会上亦复乐闻其说，成为风尚，而《高僧传》既未著录，后来论究李唐一代史实者，亦多未措意及此。唐人书中时有纪及俗讲之文，兹因加以钩稽，著其梗概如次。

俗讲之兴，始于何时，不得而知。唐书中纪及俗讲二字，而时次较先者，似为段成式之《酉阳杂俎》，《杂俎》续集卷五《寺塔记》述及长安平康坊菩提寺有云：

> 佛殿内槽东壁维摩变，舍利弗角而转膝。元和末俗讲僧文淑装之，笔迹尽矣。

"角而转膝"一语，不得其解，疑有讹误，又文淑乃文溆之误。张彦远《历代名画记》卷三记菩提寺画壁有云：

> 殿西东西北壁并吴画。其东壁有菩萨转目视人。法师文溆亡何令工人布色损矣。

---

① 敦煌本《禅门十二时》，《敦煌零拾》收一种，北平图书馆藏鸟字十号残本一卷。《太子五更转》等，法京国家图书馆有之，收入刘复先生之《敦煌掇琐》上辑三五至三八，又四二诸号。北平图书馆有乃字七四号《辞娘赞》文一卷，咸字一八号《南宗定邪五更转》一卷，俱收入许君国霖之《敦煌杂录》中。悟真所作《五更转》及《十二时》，见法京国家图书馆所藏 Pelliot 3554 一卷纸背，有序无词。北平图书馆周字七〇号《五更调》一卷，又露字六号《五更转》一卷，俱见《敦煌杂录》。

作文淑，不作文淑，与后引圆仁诸人书合可证。至于"转睞"，明刊本《杂俎》如此，《学津讨原》本及《说郛》（商务本）卷三十六引段柯古《寺塔记》，俱作"角而转睞"，则"睞"字乃是"睞"字之误。"角"字，吴君晓铃谓疑与"日角龙颜"之"角"同义，唯如此用法，却甚罕见，则仍不无可疑也。元和末有以俗讲著称之僧人，则其兴不始于元和可知。会昌初日本僧圆仁入唐，长安小住，亦曾数闻俗讲。其《入唐求法巡礼行记》中屡纪此事云[①]：

> 开成六年正月九日五更时拜南郡了，早朝归城，幸在丹凤楼，改年号，改开成六年为会昌元年。及敕于左、右街七寺开俗讲。左街四处：此贺圣寺令云花寺赐紫大德海岸法师讲《花严经》，保寿寺令左街僧录三教讲论赐紫引驾大德体虚法师讲《法花经》，菩提寺令招福寺内供奉三教讲论大德齐高法师讲《涅槃经》，景公寺令光影法师讲。右街三处：会昌寺令内供奉三教讲论赐紫引驾起居大德文淑法师讲《法花经》，城中俗讲，此法师为第一；惠日寺、崇福寺讲法师未得其名。又敕开讲道教，左街令敕新从剑南道召太清宫内供奉矩令费于玄真观讲《南花》等经；右街一处，未得其名；并皆奉敕讲。从太和九年以来废讲，今上新开，正月十五日起首至二月十五日罢。
>
> 九月一日敕两街诸寺开俗讲。
>
> 会昌二年正月一日……诸寺开俗讲。
>
> 五月奉敕开俗讲，两街各五座。

"从太和九年以来废讲，今上新开"一语如兼指俗讲而言，则其间中断，将近七载。至于何以废讲，以书阙有间，不易推知。今按《太平广记》卷二百四"文宗"条引《卢氏杂说》云：

> 文宗善吹小管。时法师文淑为入内大德，一日得罪流之。弟子入内收拾院中籍入家具辈，犹作法师讲声。上采其声为《文淑子》。

则会昌时俗讲第一之文淑法师，于文宗时曾因罪流废也。赵璘《因话录》卷四"角部"亦及文淑事，其辞云：

---

① 《入唐求法巡礼行记》卷三，八四、八七、八八页（《大日本佛教全书游方传丛书》一）。

有文淑僧者，公为聚众谈说，假托经论，所言无非淫秽鄙亵之事。不逞之徒转相鼓扇扶树，愚夫冶妇乐闻其说，听者填咽寺舍，瞻礼崇奉，呼为和尚。教坊效其声调以为歌曲。其盺庶易诱，释徒苟知真理及文义稍精，亦甚嗤鄙之。近日庸僧以名系功德使，不惧台省府县，以士流好窥其所为，视衣冠过于仇雠。而淑僧最甚，前后杖背，流在边地数矣。

就上所引二则观之，俗讲之自太和九年以来废讲，与文淑之获罪流徙，或不无若干关系也。

至于《文淑子》一曲之起源，据上引《卢氏杂说》，谓为文宗所制，而段安节《乐府杂录》"文淑子"条云：

长庆中俗讲僧文淑善吟经，其声宛畅，感动里人。乐工黄米饭依其念四声观世音菩萨，乃撰此曲。

又以为系乐工黄米饭依文淑吟经声调，撰成此曲。两说未知孰是。唯《乐府杂录》以及《卢氏杂说》所纪之文淑法师，与《因话录》之文淑僧事迹大致相同，则文淑当即文淑之讹误；《酉阳杂俎》、《因话录》之文淑，与《卢氏杂说》、《乐府杂录》之文淑盖是一人，而假托经论云云，疑亦指俗讲而言也。

钱易《南部新书》戊云：

长安戏场多集于慈恩，小者在在青龙，其次荐福、永寿。尼讲盛于保唐，名德聚之安国，士大夫之家入道尽在咸宜。

此处所举慈恩、青龙、荐福、永寿、保唐、安国、咸宜七寺，全在长安城东，即所谓左街也。保唐寺原名菩提寺，在平康坊，会昌六年，始改名保唐[1]，故钱氏所述，当属大中以后事。关于尼讲一辞，赞宁《僧史略》卷上"尼讲"条云：

东晋废帝太和三年戊辰岁，洛阳东寺尼道馨，俗姓羊，为沙弥时，诵通《法华》、《维摩》二部。受大戒后，研穷理味，一方道学所共师宗，尼之讲

---

[1] 据《旧唐书·宣宗纪》，菩提寺改名保唐寺在会昌六年五月，徐松《两京城坊考》卷三"平康坊菩提寺"条谓在大中六年，盖承宋敏求《长安志》而误。

说，道馨为始也。

是所谓尼讲者，指比丘尼之讲经而言。然菩提寺于会昌末易名保唐，为僧寺而非尼寺，故《南部新书》所云"尼讲盛于保唐"一语颇难索解。就文溆曾住锡菩提寺一事而言，所谓"尼讲"云云，或者系"俗讲"一辞之讹误耳。

圆仁所纪长安俗讲名家文溆法师，其活动时期之长，就上引诸家纪载观之，亦至足惊异：元和末住锡菩提寺，即以俗讲僧见称当世；宝历时移锡兴福寺(见下引《通鉴·唐敬宗纪》)；文宗时为入内大德，虽因罪流徙，开成、会昌之际，当又复回长安，是以圆仁至长安时，文溆依然执"俗讲"牛耳，为京国第一人。历事五朝，二十余年，数经流放，声誉未堕。《因话录》谓其"听者填咽寺舍，瞻礼崇奉，呼为和尚"，圆仁谓"城中俗讲，此法师为第一"云云，皆可见其实有倾倒世俗之处，初非浪得虚誉。至于俗讲一科，以及文溆之名，竟未见于《僧传》，则《因话录》所谓"释徒苟知真理及文义稍精，亦甚嗤鄙之"，实其主因也。

《通鉴·唐纪·敬宗纪》亦及文溆事，其辞云：

> 宝历二年六月己卯，上幸兴福寺观沙门文溆俗讲。胡三省注：释氏讲说，类谈空有，而俗讲者又不能演空有之义，徒以悦俗邀布施而已。

以胡氏所释与《因话录》所纪文溆一条合而观之，则俗讲宗旨，当可了然矣。

圆仁《入唐求法巡礼行记》卷一有云：[1]

> 又有化俗法师与本国导飞教化师同也。说世间无常空苦之理，化导男弟子女弟子，呼导化俗法师也。讲经论律记疏等，名为座主和尚大德；若衲衣收心，呼为禅师，亦为道者；持律偏多，名律大德，讲为律座主；余亦准尔也。

文溆当亦化俗法师之流，而其魔力足以倾倒世俗，故至欲尊为和尚也。赞宁《续高僧传》卷下《释宝岩传》述宝岩登座唱导有云：

---

[1] 《入唐求法巡礼行记》卷一，一三页。

每使京邑诸集，塔寺肇兴，费用所资，莫非泉贝。虽玉石适集，藏府难开。及岩之登座也，案邑顾望，未及吐言，掷物云奔，须臾坐没。方乃命人徙物，设叙福门。先张善道可欣，中述幽途可厌，后以无常终夺，终归长逝。提耳抵掌，速悟时心。莫不解发撒衣，书名纪数，克济成造，咸其功焉。

宝岩所为，与文淑曾何以异! 故俗讲之与唱导，论其本旨，实殊途而同归，异名而共实者尔。

三　俗讲之仪式

唐宋以来寺院讲经，率有定式，宋元照《四分律行事抄资持记》卷三《释导俗篇》记其略云[①]：

夜下明设座，或是通夜，不暇陈设，故开随坐。三中六法。初礼三宝，二升高座，三打磬静众（今多打木），四赞呗（文是自作今多他作声并秉炉说偈祈请等），五正说，六观机进止，问听如法，乐闻应说（文中不明下座合加续之），七说竟回向，八复作赞呗，九下座礼辞。《僧传》云："周僧妙，每讲下座，必合掌忏悔云：佛意难知，岂凡夫所测。今所说者，传受先师，未敢专辄。乞大众于斯法义，若是若非，布施欢喜。"最初鸣钟集众，练为十法。今时讲导，宜依此式。

赞呗云者，即慧皎《高僧传·经师》篇论所谓"赞法于管弦则称之以为呗"是也。大率以协谐钟律符靡宫商为妙。

元照所述讲经仪式，科别十法，而仍语焉不详。日本僧圆仁于唐文宗开成三年入唐，四年六月至山东文登县，住清宁乡赤山院，曾预讲经之会。其《行记》卷三纪赤山院新罗僧讲经仪式云：[②]

辰时打讲经钟，打惊众钟讫。良久之会，大众上堂，方定众钟。讲师上堂，登高座间，大众同音，称叹佛名，音曲一依新罗，不似唐音。讲师登座

讫，称佛名便停。时有下座一僧作梵，一据唐风，即云何于此经等一行偈
矣。至愿佛开微密句，大家同音唱云，戒香定香解脱香等颂。梵呗讫，讲师
唱经题目，便开题，分别三门。释题目讫，维那师出来，于高座前，设申会
兴之由，及施主别名，所施物色。申讫，便以其状转与讲师，讲师把尘尾一
一申举施主名，独自誓愿。誓愿讫，论义者论端举问。举问之间，讲师举尘
尾，闻问者语，举问了，便倾尘尾，即还举之。谢问便答。帖问帖答，与本
国同，但难仪式稍别，侧手三下，后中解白前卒尔指申难声如大瞋人，尽音
呼诤。讲师蒙难，但答不返难。论义了，入文谈经。讲讫，大众同音，长音
赞叹，语中有回向词。讲师下座，一僧唱处世界如虚空偈，音势颇似本国。
讲师升礼盘，一僧唱三礼了，讲师大众同音，出堂归房。更有覆讲师一人，
在高座南，下座便谈讲师昨所讲文至如会义句。讲师牒文释义了，覆讲亦
读。读尽昨所讲文了，讲师即读次文。每日如斯。

圆仁尚纪及新罗一日讲仪式及新罗诵经仪式①，与上引赤山院论经仪式大致不
殊。唐宋寺院讲经仪式，参照元照、圆仁诸人所述，当可得其梗概。讲经时讲
师必登高座。苏鹗《杜阳杂编》卷下纪懿宗时事有云：②

上敬天竺教。(咸通) 十二年冬，制二高座赐新安国寺，一曰讲座，一
曰唱经座。各高二丈，研沉檀为骨，以漆涂之。镂金银为龙凤花木之形，编
覆其上。

此所谓讲座，疑是讲经律论疏记等座主大德和尚号为法师者所用，而唱经座则
特为唱释经题之都讲而备者耳。

"俗讲"虽假托经论利诱愚氓，辞意浅显，见讥大雅。然会昌时固曾奉敕开
讲，宝历时人主亲临礼听，则其开讲时必有庄严仪式，不能草草，盖不待烦

---

① 《入唐求法巡礼行记》卷二，四〇页。唐代新罗人流寓今江苏、山东一带者为数不
少。楚州以及泗州属涟水县俱有新罗坊；山东文登县亦有勾当新罗所；文登清宁乡赤山村新
罗人聚居，成为村落，张宝高且建赤山法华院。新罗人在中国沿海一带之盛如此，是以赤山
法华院讲经，参杂新罗语音，正无足怪也。

② 《旧唐书·懿宗纪》亦及此事，唯系于是年五月，不如《杜阳杂编》之详，只云"上
幸安国寺，赐讲经僧沉香高座"。

言。唯以前以无确证，说者只有依据讲经法式，悬测比傅而已。其后得见法京国家图书馆所藏Pelliot 3849号敦煌卷子一卷，正面为京兆杜友晋撰《新定书仪镜》及黄门侍郎卢藏用《仪例》一卷叙。纸背文字二段，一为《佛说诸经杂缘喻因由记》，一为俗讲仪式，后附虔斋及讲《维摩经》仪式。纪俗讲仪式一段，适足以解旧来之惑，其文云：

> 夫为俗讲：先作梵了；次念菩萨两声，说押座了；素旧（二字不解）。《温室经》法师唱释经题了；念佛一声了；便说开经了；便说庄严了；念佛一声，便一一说其经题字了；便说经本文了；便说十波罗密等了；便念念佛赞了；便发愿了；便又念佛一会了；便回向（原脱向字，今补）发愿取散云云。已后便开《维摩经》。讲《维摩》：先作梵，次念观世音菩萨三两声；便说押座了；便素唱经文了；唱日法师自说经题了；便说开赞了；便庄严了；便念佛一两声了；法师科三分经文了；念佛一两声，便一一说其经题名字了；便入经说缘喻了；便说念佛赞了；便施主各发愿了；便回向发愿取散。

此处之讲《维摩》，当亦指俗讲中之开讲《维摩经》而言。俗讲仪式之作梵，礼佛唱释经题，说经本文，回向发愿诸法，与讲经无甚出入。唯说押座，则元照、圆仁书俱未之及，不见于讲经仪式之中，盖为俗讲所特有者。汉魏以来释氏讲经，主讲者为法师，诵经论议者为都讲。谢康乐《山居赋注》所谓南倡者都讲，北居者法师是也。俗讲亦复具备法师、都讲二者。上引圆仁书纪文溆诸人俱为俗讲法师，而巴黎藏《长兴四年中兴殿应圣节讲经文》（见附录一）亦有都讲之名，是其明证。都讲唱释经题，与正式讲经亦无以异也。时贤对于俗讲仪式多所猜测，观以上所引，可以释然矣。[①]

四 俗讲之话本问题

宋代说话人以及傀儡戏、弄影戏者，俱有话本[②]。而齐梁以来僧人唱导，

---

① 北京大学《国学季刊》六卷二号有孙楷第先生一文，专论俗讲仪式，推断甚详。读者可以比观也。

② 参看吴自牧《梦粱录》卷二十，"百戏伎艺"条。

亦各有所依据，如释真观著诸导文二十余卷，释法韵诵诸碑志及古导文百有余卷，《释宝严传》亦谓"严之制用，随状立仪，所有控引，多取《杂藏》、《百譬》、《异相》、《联璧》，观公导文王孺（案当作王僧孺）忏法梁高、沈约、徐、庾、晋、宋等数十家。包纳喉襟，触兴抽拔"①。至今《广弘明集》卷十五尚收有梁简文帝《唱导文》一篇，王僧孺《礼佛唱导发愿文》一篇。凡此皆所谓唱导之话本也。

据上引Pelliot 3849号一卷纸背论俗讲仪式，说押座乃俗讲所特有。所谓押座，即指押座文（或作枰座文）而言，法京国家图书馆藏Pelliot 2187号一卷为《降魔变枰座文》，下即为《破魔变》②；《破魔变》即《降魔变》，盖述佛弟子舍利弗降六师故事者也。押座文与变文相联属，则变文之与俗讲有关，而即为俗讲之话本，从可知矣。

《敦煌零拾》中收有敷衍《维摩经》故事之《文殊问疾》第一卷一篇；北平图书馆藏有敷衍此经之《持世井》第二卷（光字九四号）一卷；法京藏Pelliot 2292号一卷，为敷衍此经之第二十卷；英京藏S.4571号一卷，亦属敷衍此经之作，顾不审卷第。英京又藏S.2140及S.2430两卷，俱属《维摩经押座文》。依《降魔变枰座文》之例推之，上举敷衍《维摩经》故事诸篇，其即为俗讲话本，当亦无可疑也。

敦煌所出俗讲文学作品，大别之可分为三类：标题为押座文者为第一类，以缘起为名者可归入此类。押座文其正确解释如何，不得而知，今按押座之押或与压字义同，所以镇压听众，使能静聆也。又押字本有隐括之意，所有押座文，大都隐括全经，引起下文。缘起与押座文作用略同，唯视押座文篇幅较长而已，此当即后世入话、引子、楔子之类耳。

标题为变文者为第二类。如《目连变文》、《降魔变》、《王陵变》之属，其体制大概相同。他如《季布歌》，或《大汉三年楚将季布骂阵汉王羞耻群臣妭骂收军词文》之属，就体裁而言，亦可归入此类。

敷衍《维摩经》故事诸篇为第三类。此一类作品，大都引据经文，偈语末总收以"□□□□唱将来"之格式。敷衍全经者为多，摘述一段故事如

———————

① 参看道宣《续高僧传》卷三十，真观诸人传。

② 卷末题记云："天福九年甲辰祀黄钟之月莫生十蓁冷凝呵笔而写记。居净土寺释门沙（疑应作法）律沙门愿荣写。"

《目连变》、《降魔变》之所为者甚少。俗讲话本之正宗，大约即为此类作品也①。

俗讲之当如齐梁唱导，宋代说话人应有话本，话本之即为敦煌所出押座文变文一类通俗文学作品，因有Pelliot 3849号一卷纸背所纪俗讲仪式一段文字，大致可以无疑。至于俗讲话本之名称如何，则议者纷纷犹无定论。罗氏《敦煌零拾》收俗讲话本三种，概名之为佛曲。按南卓《羯鼓录》有诸佛曲调之名。陈旸《乐书》并特著佛曲一部，凡收婆陀调八曲，乞食调九曲，越调二曲，双调一曲，商调二曲，徵调一曲，羽调四曲，般涉调一曲，移风调一曲。陈氏所著录者，与《羯鼓录》之诸佛曲调以及食曲名目多有同者。是所谓佛曲，乃属燕乐系统之一种乐曲，与俗讲话本固为两事。罗氏混为一谈，谬甚。拙著《论唐代佛曲》一文②，辨之甚悉，兹不赘。

说者亦有谓俗讲话本应一律称为变文者③，试加复按，可以知其不然。《目连变》、《降魔变》、《王陵变》、《舜子至孝变》等多以变文名，固矣。然《季布骂阵词文》固明明以词文或传文标题矣。而所谓押座文，缘起，以及敷衍全经诸篇，非自有名目，即体裁与变文迥殊。今统以变文名之，以偏概全，其不合理可知也。

《敦煌零拾》所收佛曲第二种为《文殊问疾》第一卷，文中杂引经文，韵散兼陈。其引经之一段云：

> 经云文殊师利乃至诣彼问疾。
>
> 此唱经文，分之为三，一文殊谦让白佛；二赞居士……三托佛神力，敢往问疾。

法京藏Pelliot 2418号一卷，大约敷演《父母恩重经》故事，卷首一段有云：

> 经：佛告阿难，我观众生，虽沾人品，心行愚懵，不思耶娘，有大恩德，不生恭敬，况有人慈。

---

① 本文第二节引圆仁《行记》会昌元年长安敕开俗讲，海岸、文溆诸人所讲为《华严》、《法华》、《涅槃》诸经，敦煌所出此类作品，亦以演全经者为多，可证也。

② 《论唐代佛曲》一文，原载《小说月报》二十卷十号，见本文集第二七五页至第二九二页（本书第二六八至二八五页。——校者注）。

③ 郑振铎先生之说如此。参看其所著《中国俗文学史》上册第六章。

> 此唱经文，是世尊呵责也。前来父母有十种恩德，皆父母之养商，是二亲之劬劳。……

曩与孙楷第先生讨论俗讲话本名目，孙先生据上引诸篇，谓应称为"唱经文"。当时颇以为然。迩来反覆此说，不无未安之处。所谓"此唱经文"四字，盖指上引经文而言，引经一段之后，下即随以偈语。偈语大都反覆上引经文，出以歌赞，故云为唱。"此唱经文"之句读应为二二句，今云"唱经文"，断为一三句，以唱字属下读，未免有割裂原文之嫌。故以唱经文名俗讲话本，其依据不无可议也。

私意以为俗讲话本名称，第一类之为押座文或缘起，第二类可以变文统摄一切，大概可无问题，所不能决者唯第三类耳。一、二两类大都撷取一段故事，敷衍而成，而第三类则敷陈全经为多。法京藏Pelliot 3808号一卷，卷末题《仁王般若经抄》，盖演《仁王般若经》故事者，卷首标题作"长兴四年中兴殿应圣节讲经文"。文中偈语末收以"□□□□唱将来"，亦引"经云"，间注"念佛"二字，具体裁与演《维摩经》、《父母恩重经》诸卷全同。则俗讲话本第三类之名称，疑应作讲经文，或者为得其实也 (参看附录一)。

五　俗讲文学起源试探

俗讲一辞，不见于唐以前书。唐人纪此，最早亦止于元和，然其兴于元和以前，似可以悬测而知也。顾其间自必有所秉承，而从来说者，于其渊源俱未之及。私意以为俗讲文学之来源，当不外乎两途：转读唱导，一也；清商旧乐，二也。今试申述之如次。

转读云者，既梵呗之谓也。齐梁以来相传，东土梵呗，创于陈思王曹植。慧皎《高僧传》卷十三《经师》论云：

> 自大教东流，乃译文者众，而传声盖寡，良由梵音重复，汉语单奇。若用梵音以咏汉语，则声繁而偈迫；若用汉曲以咏梵文，则韵短而辞长。是故金言有译，梵响无授。始有魏陈思王曹植，深爱声律，属意经音。既通般遮之瑞响，又感鱼山之神制。于是删治《瑞应本起》，以为学者之宗。传声则三千有余，在契则四十有二。

慧皎又云：

然东国之歌也，则结韵而成咏；西方之赞也，则作偈以和声。虽复歌赞为殊，而并以协谐钟律，符靡宫商，方乃奥妙。

梵呗所咏，即是偈语。上引圆仁纪赤山院讲经仪式，一僧作梵，即唱"云何于此经，究竟到彼岸。愿佛开微密，广为众生说"一偈，日本声明所谓《两界赞》者是也。而回向则多唱"愿以此功德，普及于一切。我等与众生，皆共成佛道。香花供养佛"一偈。圆仁并纪及赤山院之新罗诵经仪式，会众导师齐唱佛菩萨号，药师琉璃光佛及观世音菩萨。而俗讲仪式中亦有念佛，念菩萨念观世音菩萨。此皆属于梵呗，与转读有关。慧皎论转读，曾举十六字以明之，所谓"起掷荡举，平折放杀，游飞却转，反叠娇哢"是也。梵呗之学，中土久佚，日本传此称为声明。讲声明之书，即称为《鱼山集》。大概偈赞之属，各隶于一定宫调，而一字之中，又复高下抑扬，自具宫商，协谐钟律。所用乐器为横笛、笙、筚篥、琴、琵琶。至今规律具存，不难复演也。①

今日传世之俗讲话本，如《敦煌零拾》所收之《有相夫人生天因缘变》中时注以"观世音菩萨"、"佛子"辞句，英京藏《维摩经押座文》亦有"念菩萨佛子"、"佛子"等辞句。凡此皆指唱至此等处所，须行转读，会众同声唱偈也。此俗讲话本杂有转读成分之明证也。

至于《维摩经讲经文》中之偈语常注以"平"、"侧"、"断"诸字，甚难索解。颇疑此等名辞，亦与梵呗有关。日本所传声明有十二调子，或名为十二律。所谓十二调子，即一越、断金、平调、胜绝、下无调、双调、凫钟、黄钟、鸾镜、盘涉、神仙、上无是也。然则讲经文之平、侧、断诸辞，或者即指平调、侧调、断金调而言欤？姑悬此解，以待博雅论定。

唱导本旨，亦可于慧皎《高僧传》见之。《高僧传》卷十三《唱导》论曰：

唱导者盖以宣唱法理，开导众心也。……至如八关初夕，旋绕周行，烟盖停氛，灯帷靖耀，四众专心，又指缄嘿。尔时导师则擎炉慷慨，含吐抑扬，辩出不穷，言应无尽。谈无常则令心形战栗，话地狱则使怖泪交零，征

---

① 关于日本声明，日本大山公淳之《声明の历史及じ音律》一书言之綦详，可以参阅。此处所举之《两界赞》及《回向段》，《菁花集》以之为半吕半律曲（见大山氏书三三六页），金刚三昧院藏《吕律闻书》则以之属于黄钟宫中曲（大山氏书三三六至三三七页）。所谓半吕半律曲，或者即中曲之异名耳。

昔因则如见往业，覆当果则已示来报，谈怡乐则情抱畅悦，叙哀感则洒泣含酸。于是阖众倾心，举室恻怆，五体输席，碎首陈哀。各各弹指，人人唱佛。爰及中宵后夜，钟漏将罢，则言星河易转，胜集难留，又使惶迫怀抱，载盈恋慕。当尔之时，导师之为用也。

是唱导之用，盖在因时制宜，随类宣化。故"为出家五众，则须切语无常，苦陈忏悔。若为君王长者则须兼引俗典，绮综成辞。若为悠悠凡庶，则须指事造形，直谈闻见。若为山民野处，则须近局言辞，陈斥罪目。凡此变态，与事而兴"①。俗讲亦以化俗为务，与唱导同。唯唱导就近取譬，仍以说理为主，而俗讲则根本经文，敷衍陈篇，有同小说，为稍异耳。《广弘明集》卷十五有梁简文帝《唱导文》一篇，王僧孺《礼佛唱导发愿文》一篇。法京所藏《长兴四年中兴殿应圣节讲经文》及英京所藏《回向文》，其体制与《广弘明集》所收，俱约略相似。则俗讲者，疑当溯其渊源于唱导，而更加以恢弘扩大耳。

　　唐代俗讲话本，似以讲经文为正宗，而变文之属，则其支裔。换言之，俗讲始兴，只有讲经文一类之话本，浸假而采取民间流行之说唱体如变文之类，以增强其化俗之作用。故变文一类作品，盖自有其渊源，与讲经文不同，其体制亦各异也。欲溯变文之渊源，私意以为当于南朝清商旧乐中求之，《旧唐书·音乐志》云：

　　　　清乐者，南朝旧乐也……隋平陈，因置清商署，总谓之清乐。遭梁陈亡乱，所存盖鲜，隋室已来，日益沦缺，武太后之时，犹有六十三曲。今其辞存者有……《明君》……《长史》……等三十二曲。

《长史》本名《长史变》，《宋书·乐志》以之隶于徒歌，《尔雅》所谓徒歌曰谣是也。《宋书·乐志》述《长史变》云：

　　　　《长史变》者，司徒长史王廞临败所制。……凡此诸曲，始皆徒哥，既而被之弦管，又有因弦管金石造哥以被之，魏世三调哥词之类是也。

又谓"六变诸曲，皆因事制哥"。则《长史变》者，亦六变诸曲之一也。《乐

───────────

① 慧皎《高僧传》卷十三《唱导》论中语。

府诗集》卷四十四《吴声歌曲》序引《古今乐录》曰：

> 吴声歌旧器有篪、箜篌、琵琶，今有笙、笛；其曲有《命啸》、《吴
> 声》、《游曲》、《半折》、《六变》、《八解》。《命啸》十解，存者有
> 《乌噪林》、《浮云》、《驱雁归》、《湖马》、《让皆》，余不传。吴声十
> 曲：一曰《子夜》，二曰《上柱》，三曰《凤将雏》，四曰《上声》，五曰
> 《欢闻》，六曰《欢闻变》，七曰《前溪》，八曰《阿子》，九曰《丁督护》，
> 十曰《团扇郎》，并梁所用曲。……《游曲》六曲，《子夜四时歌》、
> 《警歌》，并十曲，中间游曲也。《半折》、《六变》、《八解》，汉世已来
> 有之。《八解》者……今不传。又有《七日夜》、《女歌》、《长史变》、
> 《黄鹄》、《碧玉》、《桃叶》、《长乐》、《佳欢好》、《懊恼》诸曲，亦
> 皆吴声歌曲也。

是汉世已来，南朝旧乐，自有所谓变歌，及以变名之《子夜》、《欢闻》、《长
史》诸曲，合之《明君》，举属于清乐也。《乐府诗集》卷四十五《子夜变歌》
序引《古今乐录》曰：

> 《子夜变歌》，前作持子送，后作欢娱我送。《子夜警歌》无送声，仍作
> 变，故呼为变头，谓六变之首也。

由此可以推知变歌前后，俱有送声，惟今存于《乐府诗集》中之《子夜变》、
《欢闻变》，以及《长史变》，不过为五言古诗四句。辞存声亡，所谓送声者，
已无由窥其梗概矣。《明君》本中朝旧曲，唐为吴声。《乐府诗集》卷二十九
《王明君》序引各家乐书，论此甚悉，今撮录如次：

> 《古今乐录》曰：晋宋以来《明君》只以弦隶少许，为上舞而已。梁天
> 监中斯宣达为乐府令，与诸乐工以清商两相间弦为《明君》上舞，传之至
> 今。王僧虔《技余》云：《明君》有间弦及契注声，又有送声。谢希逸《琴
> 论》曰：平调《明君》三十六拍，胡笳《明君》二十六拍，清调《明君》十
> 三拍，间弦《明君》九拍，蜀调《明君》十二拍，吴调《明君》十四拍，杜
> 琼《明君》二十一拍，凡有七曲。
> 《琴集》曰：胡笳《明君》四弄，有上舞，下舞，上间弦，下间弦。

《明君》三百余弄，其善者四焉。又胡笳《明君别》五弄，《辞汉》、《跨鞍》、《望乡》、《奔云》、《入林》是也。

是《明君》亦有送声，至于间弦及契注声，则不知应作何解。《旧唐书·音乐志》又谓：

> 旧乐章多或数百言。武太后时，《明君》尚能四十言。今所传二十六言，就之讹失，与吴音转远。

《乐府诗集》卷二十九所收晋乐《王明君》一曲，犹存三十句，百五十言。凡此皆可以见南朝清商乐中，本有变名之一种。其组织亦相当繁复，所谓前后送声，或即后世之楔子与尾声，而《明君》之属，多至数百言，三百弄，则其规模之宏伟，亦似非普通乐歌所能仿佛者也。

唐代变文宜亦可以被诸弦管，是以唐末吉师老有《看蜀女转昭君变》一诗①，

---

① 《全唐诗》第十一函第七册吉师老《看蜀女转昭君变》诗云："妖姬未著石榴裙，自道家连锦水渍。檀口解知千载事，清词堪叹九秋文。翠眉颦处楚边月，画卷开时塞外云。说尽绮罗当日恨，昭君传意向文君。"诗中"清词堪叹九秋文"一语，盖指转《昭君变》者所持之话本而言。当时之话本必为代图本，是以谓"画卷开时塞外云"也。传世诸敦煌俗讲文学作品，尚有可以见代图之迹者。法京藏Pelliot4524号一卷，内容为《降魔变》，正面为变文六段，纸背插图六幅，与文相应（参看本文第一图）。张彦远《历代名画记》以及段成式《酉阳杂俎》记述两京寺院壁画，多作种种变相，法京本《降魔变》纸背插图，当即变相之流耳。陈寅恪先生谓中国之变文与印度之所谓Avadana或者不无关系云云。案今人杨文瑛《暹罗杂记》"僧讲经"条云："暹俗凡有喜庆及丧葬事必延僧诵经。不论在家在寺，又有登座讲经之举，大抵皆说佛家故事，侨俗谓为和尚讲古。开讲时一僧趺坐高座，前供香花蜡烛，男女席地跪坐以听。主讲者若善滑稽，则听来常哄堂。察其大意，非以法化指述，引入同归正路，不过藉此以博愚夫愚妇之欢心耳。盖讲经之僧，以座上蜡炬为敛财之法宝，凡善男子善女人环而听者，皆须纳纸币或士丹于烛台中，以为佛祖之香火费，及该僧之茶果资，名曰贴蜡烛。故听者愈众，入款愈丰。每当听讲人归，只闻说今日所听如何有趣，如何可听，未闻有道及三乘五戒者，各处寺院，每因捐款修筑，亦派僧至各市镇讲经，藉筹经费。与各高僧及中华佛教会所讲多佛门真谛者，不可一例看也。"（页十六）又明马欢《瀛涯胜览》"爪哇国"条有云："有一等人以纸画人物鸟兽鹰虫之类，如手卷样，以三尺高二木为画干，止齐一头。其人蟠膝坐于地。以图画立地。每展出一段，朝前番语高声解说此段来历。众人围坐而听之，或笑或哭，便如说平话一般。"（冯承钧《校注》本页十五）今日暹罗之讲经似乎即为《高僧传》论《唱导》及《续高僧传·宝严传》所纪一段文字之重演。而马欢纪其在爪哇所见，与唐代转《昭君变》之情形，亦甚相仿佛。暹罗、爪哇之文化以秉承印度者为多，上举二例，当亦不能例外也。

变文之音乐成分，由此似可推知。而其祖祢，或者即出于清商旧乐中变歌之一类也。

六 俗讲文学之演变

北平图书馆藏云字二十四号《八相变文》卷末有云：

> 况说如来八相，三秋未尽根原，略以标名，开题示目。今具日光西下，坐久迎时。盈场皆是英奇仁，阖郡皆怀云雅操，众中俊哲，艺晓千端，忽滞淹藏，后无一出。伏望府主允从，则是光扬佛日。恩矣！恩矣！

此为说唱以后之收场白。红日西下听众将散之际，讲师乃向施主以及听众致辞，冀其能听崇金言，光扬佛法。陆放翁诗："斜阳古柳赵家庄，负鼓盲翁正作场。死后是非谁管得，满村听说蔡中郎。"其情景与《八相变文》后收场白所云，似乎并无二致也。

现存诸俗讲文学作品多写于五代，地点则自西川①以至于敦煌；可见俗讲至唐末犹甚盛行，并由京城普及于各地也。

宋朝说话人分小说、说经及说参请、讲史书、合生商谜四科，为后来小说张本，至于说话人来源，则史无明文。今从敦煌所出诸俗讲文学作品观之，宋代说话人宜可溯源于此。纪伍子胥故事，《汉将王陵变》、《季布骂阵词文》、《昭君变》，以及《张淮深变文》之类，即宋代说话人中讲史书一科之先声，而说经说参请，又为唐代诸讲经之支与流裔。弹词宝卷，则俗讲文学之直系子孙也。

赵令畤《商调蝶恋花》于序末用"奉劳歌伴，先听格调，后听芜词"三句引起以下一首之《蝶恋花》词，以后引传之末，俱用"奉劳歌伴，再和前声"二句，然后继之以《蝶恋花》词一首。《清平山堂话本》中《刎颈鸳鸯会》一篇，正用此体。唐代变文如《降魔变》等说白将终，每用"当尔之时若为陈说"引起以下韵语。《商调蝶恋花》与《刎颈鸳鸯会》中之"奉劳歌伴，再和前声"，与唐人之"当尔之时若为陈说"功用神味相同，韵散相兼，亦复一致。

---

① 法京藏Pelliot 2292号一卷，为《维摩经讲经文》第二十卷。卷末题记云："广政十年八月九日在西川静真禅院写此第二十卷文书，恰遇抵黑书了。不知如何得到乡地去！"又题云："年至四十八岁，于州中应明寺开讲，极是温热！"

话本中之入话似即出于俗讲文学中之押座文及缘起，而稍稍予以整齐简单。故由《商调蝶恋花》演至话本式之《刎颈鸳鸯会》，其线索虽难确知，而二者约略受有唐代俗讲文学作品之影响，则可以断言也。

至于由诸宫调演为院本杂剧，自应溯源于唐宋大曲，顾与俗讲亦不无些许瓜葛，如《文序子》即其一例。《文序子》即《文溆子》，据王灼《碧鸡漫志》，《文溆子》属黄钟宫，而在《刘知远诸宫调》及《董西厢》，则俱为正宫调。宋以后词及诸宫调中之《文溆子》，即当从唐代之《文溆子》嬗演而来，唯念观世音菩萨在梵呗中不知属何宫调，日本声明书亦未及此，致唐代《文溆子》之宫调无由推知，令人不无遗憾。又《因话录》纪文溆法师，谓"教坊效其声调以为歌曲"云云。颇疑唐代教坊歌曲中，除《文溆子》一曲而外，远承梵呗，近则俗讲，仿其声调，被诸弦管者，当尚不乏也。①

宋朝说话人中之合生一科，唐已有之。《新唐书·武平一传》云：

> 后宴两仪殿。……酒酣胡人袜子、何懿等唱合生，歌言浅秽……平一上书谏曰：……伏见胡乐施于声律，本备四夷之数。比来日益流行，异曲新声，哀思淫溺。始自王公，稍及间巷。妖妓胡人，街童市子，或言妃主情貌，或列王公名质，咏歌蹈舞，号曰合生。

是合生原出于胡乐。而与讲史书说经说参请以及杂剧有若干关系之俗讲，其中如变文之属，虽似因袭清商旧乐，不能必其出自西域，而乃大盛于唐代寺院，受象教之孕育，用有后来之盛。此为中国俗文学史上一有趣之现象，其故可深长思也。

俗讲一事，宋以后遂不见于史册，顾其痕迹未尽绝灭也。《佛祖统纪》卷三十九引《释门正统》曰：

> 良渚曰：准国朝法令，诸以二宗经及非《藏经》所载不根经文传习惑众者，以左道论罪。二宗者，谓男女不嫁娶，互持不语，病不服药，死则裸葬

---

① 英京藏有道家所作变文一种，余未见到。王君重民以告余者。号码名目内容俱未详，据王君告语，则系完全摹仿佛家作风。唐代寺院中俗讲对于当时之影响，除教坊效其声调以为歌曲而外，此亦是一大事也。

等。不根经文者，谓《佛佛吐恋师》、《佛说啼泪》、大小《明王出世经》、《开元括地变文》、《齐天论》、《五来子曲》之类。

二宗经指摩尼教经典戒律而言，《开元括地变文》，疑即唐代俗讲一类话本之遗存。良渚为南宋理宗时人，是俗讲至十三世纪时似尚未尽绝，唯以政治的原因，不幸与摩尼教等同其命运。殃及池鱼，俗讲有焉！

唐代"音乐文艺"研究发凡*

任半塘

一

唐代音乐颇盛，词章颇盛，伎艺颇盛。凡结合音乐之词章与伎艺，兹简称曰"音乐文艺"，订为此项研究之对象。

唐代音乐，应分雅乐与俗乐两部。俗乐包含朝野所有之燕乐。其小部分介乎雅、俗之间者（如琴曲，如雅乐之采用大曲、曲破等），宜划入俗乐范围。

词章凡结合音乐者，不外是歌辞，或称"曲辞"。而所谓"结合"之义则甚重要，乃词章之字句、平仄、叶韵、感情等，与音乐之抑扬、曲折、节拍、感情等，契合为一体，构成一曲调，共戴一名称。"歌唱"并非"吟哦"，"结合"不仅"配合"。若在词章吟哦之中间或后面，配合适宜之音乐，以相应和而已，是"配合"，非"结合"。

歌辞在形式上，显然有齐言与杂言之别。齐言指诗，而杂言指宋以后之所谓"词、曲"。在唐，二者同称"歌辞"或"曲辞"（"辞"或作"词"）。诗同样可以充曲辞，且为量甚多。曲辞或曲子辞，并不以长短句为限。诗与词、曲在形式与作用上分判而对立，乃宋以后之事，唐并不然。——此一概念，必须确立（最显著者，如皮日休论白居易荐徐凝，屈张祜，曰："祜元和中作宫体诗，词、曲艳发。"）。

唐代伎艺，除音乐外，按诸理论，宜有歌舞、讲唱、戏剧、角抵、百戏及杂伎、杂要等。但今所流传之唐讲唱内，仅见变文；而所见变文之韵语中，迄今尚未发现有如上述之曲调名称，亦未见其句法组织中，有形成一定之格调者（作五绝、五律、七绝、七律诸诗体者除外）。其与音乐之关系，是否有如上文所述之"结合"，尚不可知。拟俟他日另有发现后，再为研究。而百戏、杂伎等与音乐之关系，大都肤浅配音而已（白居易《立部伎》所谓"击鼓吹笙和杂

---

* 选自《教坊记笺订》，中华书局，1962。

戏"是），与上述之"结合"异，故亦不入研究。此外，在唐人社会生活中，尤其知识分子阶层，却广泛流行筵席间之酒令。其令之本身，固格律严密，技有专长，且凡有歌辞者，又皆入曲调，结合乐舞。谓非伎艺不可得，故属之此项研究范围（最显著者如张鷟《游仙窟》内有舞"著词"一首，六言八句）。

唐代歌辞，虽无唐人所编之专集或选集流传，而从盛唐至五代，竟有五百至一千首之多，存在于敦煌石室之卷子中。其来源有本属于西陲者，有传自京、洛各地者。内如《云谣集杂曲子》一卷之编订时代，远早于西蜀之编曲子词《花间集》。其曲调在表现初期形成之特征，文字多带民间真朴之风格；而内容广阔，体裁新异，尤非五代以后之曲辞所曾见。故敦煌曲之存在，乃此中一件突出之事实，应于研究专题内占一独立单位。

循上所引之端绪，初步拟定此项研究之编著计划如下——

《教坊记》整理——此书于研究唐代音乐、伎艺，颇开门径，不啻锁钥。整理之稿，名《教坊记笺订》。

盛唐太常寺、大乐署所掌乐曲曲名整理——指《唐会要》三三所载之曲名表。成稿后当附见于末一种"全面理论"内。

《羯鼓录》整理——稿名《羯鼓录笺订》。

《乐府杂录》整理——稿名《乐府杂录笺订》。

敦煌曲理论——曲内齐言杂言并见，稿名《敦煌曲初探》。

敦煌曲辞著录——稿名《敦煌曲校录》。

唐声诗理论——诗指齐言，稿名《唐声诗》。

声诗格调著录——稿名《声诗格调》。

声诗歌辞著录——稿名《声诗集》。以上三种，简称"声诗三稿"。

唐词理论——以杂言为限，稿名《唐词说》。

唐词格调著录——稿名《唐词格调》。

唐词著录总结——稿名《全隋唐五代词》。以上三种，简称"唐词三稿"。

唐大曲理论及著录——伎艺为歌舞类，稿名《唐大曲》。

唐变文理论——伎艺为讲唱类，稿名《唐讲唱》。

唐戏剧理论——伎艺为戏剧类，稿名《唐戏弄》。

唐著词理论——伎艺为酒令类，稿名《唐著词》。

唐代琴曲及雅乐理论——成稿后当附见于末一种"全面理论"之内。

唐代"音乐文艺"全面之理论——就上列十五稿所具种种结论，再有所总结，并略补其所未备，稿名《唐代"音乐文艺"》。

《教坊记》今日之传本，虽残剩二千余字，但其时间代表初、盛唐，其述伎艺兼及音乐、歌唱、舞蹈、戏剧、百戏。所见三百余曲名中，将杂曲与大曲分列。杂曲内包含歌曲、舞曲、戏曲、傀儡戏曲、鼓曲、琴曲等；大曲内亦包含舞曲、戏曲及与雅乐有关之部分。敦煌曲所有调名见于此书者，且达敦煌曲全部调名百分之六十五。若得此书之原著足本，加以阐明，于唐代"音乐文艺"之纲领便不难掌握，故指为全部研究之锁钥。

欲备陈乐、辞、伎三面之义，宜兼有理论、格调、词章等多面之事。理论为重，词章次之，格调其末。因于格调所能为者，此之清初《词律》、《词谱》之业，今日虽已有进，仍不能摆脱从文字追求格律之一定局限，作用不大。若词章之著录，在新近发现之辞则注重订讹，在旧传之辞则注重定体，并求博采。隋唐词、声诗、大曲、著词之所有，虽皆旧辞，而订入新体，又另有其新意义存在，需要阐明。

二

此项研究中，较之过去同性质之研究，可认为惟一特点者，仅在"趋向全面"四字而已。例如从结合音乐一点出发，即较专门主文而不主声之研究为全面（郑樵通志"乐略"序曰："古之诗曰'歌行'，后之诗曰'古''近'二体。歌行主声，二体主文。诗，为声也；不为文也。"）。于音乐外，兼重伎艺，即较过去专门词乐之研究为全面。上起隋代，下迄五代，即较偏信中唐以后始有长短句者为全面。确认齐言、杂言在充歌辞上有同等地位，即较偏信词曲之限于长短句辞体者为全面。考订唐戏之种种，即较不承认唐代有真正戏剧者为全面。……因从多方趋向全面之故，自可得历史上更多之事实，互相印证，掌握真象，乃有以改正过去因偏向而形成之误解，并弥补其因偏向而遗留之缺陷。

此项研究可以预期之作用与成果，首为阐明我汉民族在其所有之文化中，已能创造以音乐为中心之各种综合艺术，次在此种综合之成功，究于何时堪称发达，其深广之度为如何，予后世之影响为如何。兹就初步已得之结论看：此项文化活动，实以唐代最为开展；且对发展之全部过程言：在唐，已经树立一显著之中坚地位；后此之宋词元曲固基于此，即宋戏元剧亦基于此。各种民间伎艺亦基于此。并可由此上溯汉魏六朝所有之此类综合艺术，而求其自汉以来全部发展之确实经过。同时说明我民族于音乐、于歌舞、于讲唱、于戏剧等伎艺，均有其自发独立之创造能力与精神，初非事事因人而成，事事后人而有。设使类此之论证果确，对我国之文化史应不无贡献。于音乐史、文学史、艺术史、戏剧史等，自并有其重要之献替。

此种趋向全面之研究，祇须稍稍深入，便可觉察上述所谓偏向之误解与缺陷者，自宋人起，即已不免，可举最显著之一例以明之：郭茂倩《乐府诗集》一书，正是记录我国汉以来所谓结合音乐与伎艺之词章者，在与彼同性质之总集中，郭书价值特高。其内容分郊庙与燕射之歌辞、鼓吹与横吹之曲辞、相和歌辞、清商曲辞、舞曲、琴曲与杂曲之歌辞、近代曲辞、杂歌谣辞及新乐府辞，共十二类，亦正是趋向全面之表现。但试问：后周赵上交等三人所辑之《周优人曲辞》二卷，郭氏不应不睹，何以集内一首不录？即或谓此种曲辞中无五代以前人之作，已在其书原定之范围以外，但彼《旧唐书·李宸传》内所载成辅端之戏辞，郭氏亦不应不睹，何以集内亦不录？向使郭氏重视唐五代社会之现实，集内更进一步，在原有之"舞曲歌辞"后，增辟"戏曲歌辞"一类，而举当时所得见之古戏辞以充实之者，自今人眼光中看来，将属何等可惊可喜之事！盖今人居千载之下，倘得读其先民于七八世纪、甚至更早时期所作之戏辞，从而推想当时之剧本为如何也，演出为如何也，在估计我民族文化发展之能力方面，将如何更加自信与自慰！尚何致使人误会我国无十三世纪以前之剧作家，又何至强指"人为戏"是从"物为戏"（傀儡戏及影戏）蜕化而出，或误认元剧是直接受梵剧之影响而始有？——此郭氏之业，虽范围已比较宽阔，而终于未臻历史上此事已有发展之全面，遂尔遗误今人不浅也（郭集仅在五十六卷后，附见宋齐"散乐伎辞"三首而已）。

郭氏所业未能全面之弊，犹不止此也：其书内虽专录结合音乐与伎艺之词章，但于孰是歌辞，孰非歌辞，尚多不辨，致误认王建咏《霓裳舞》之绝句为《霓裳舞》曲之歌辞，误认张祜咏"热戏"之绝句为"热戏乐"（此三字本非曲调名）之歌辞。类此情形，不一而足，实予读者迷惑之甚。郭氏盖于"近代曲辞"内之唐代声诗一体，未经深切研讨，然后方有此失，乃其所业未曾顾到全面之一较大缺陷！郭氏于唐人词调，在"舞曲歌辞"、"杂曲歌辞"及"近代曲辞"三门所收，总不过唐人词调全数之什一而已。虽重要若温庭筠词所用之诸短调，郭书亦概遗不载，诚所不解！是又其于杂言歌辞体认不全之一种病象也。

他如洪迈《万首唐人绝句》内，曾将玄宗时盖嘉运所进之大曲歌辞多套悉予分拆，以补充五、七绝之数；而于原大曲辞之组织如何，总数如何，不留丝毫纪载，以致今日无从稽考。是于唐人绝句之流传，洪氏虽为有造，若于唐代大曲之流传，洪氏直破坏耳！洪氏于唐代之种种文艺，祇正视其一，而略不顾及其二。对于其原具音乐性者，削之使入徒诗、哑辞，废其主声之本，而专一主文，何其偏欤！王灼《碧鸡漫志》多考唐代杂言词调，于齐言之声诗，祇于其书开端处有总述，并不具体，未与杂言词调作等量齐观。如唐人之歌诗本事或其资料，今日至少犹见百条以上，而王氏在数百年前祇及十余条而已，何欤？虽曰书有体裁，不在铺叙，究觉唐人歌诗之业，并未能早数百年，就王氏之时即予考明；迟至今日，文献零落，条件已大不同，暗中摸索，所得益鲜，为失时矣！朱熹立说，谓就诗乐之泛声，填以实字，便是长短句，在朱氏并非全面核实以后之郑重肯定也。而后人见其说简，信为可以了事，争取作词体惟一之起源说，遂亦以偏概全，入歧不返。总之，赵宋于时间上踵接五代，宋人于先朝文献，濡染最多，宜得真传，以遗后世，庶几无病；而不图在诸贤所业之中，竟有适得其反者，岂非憾事！

近代学者涉猎此事，以王国维为早，取径亦较宽。王氏既成《宋元戏曲史》，同时并考唐、宋大曲，又辑五代词二十余家，正以唐、宋、元三朝所有结合音乐之词章、伎艺为其研究之对象，初非局限于一时一事、或一人一体而已。惟王氏于唐代声诗与戏弄二体，均未深讨，遂认音乐、词章、伎艺三事之结合，开始孕育变化于宋代，致构成许多误解。例如信唐人之歌诗不足与元人之唱南北曲并论，信戏曲之演故事，惟有套曲或大曲方为适合等，乃失却我国戏曲之真源。四十余年来，依倚王氏为说者，大抵回旋于类此之偏向中，其与历史事实多方乖忤，可概见矣。

三

虽然，如上所列之编著计划，不过对趋向全面，已有此意识与试探而已；不必一经计划，其事即果臻全面也。欲其果臻全面，除计划本身必须精确外，尤赖研究者之学与识有以举之。兹事虽小，却未见其易。先略言计划本身——

上文已云：唐代讲唱之确实有曲调、唱曲辞者，资料尚无所睹，有待于新发现。而以唐人音乐生活之活泼，与夫文艺应用之繁茂，谓除歌舞、讲唱、戏剧、酒令四端而外，唐人便不复有他种真正结合音乐与词章之伎艺存在，殊不敢信。罗庸、叶玉华既述唐代之著词，十余年来，似并无人注意。罗、叶二氏于此，果为从事有系统之研究而发现欤？抑于不经意中偶然得之？未详。安知他日不复有如二氏之收获于著词者，而别有所得欤？——此乃计划之果臻全面即为不易也。

余不学，固不知词章，不知伎艺，更不知音乐。故上述之研究对象，仅限于曾经结合音乐之词章与伎艺而已，若音乐本身，初未敢列，显然即其不全面之处，——一也。海内外研究隋唐燕乐者已不乏人，今后愿其就结合词章与伎艺一点，对于唐代燕乐有更深切之体认。若余所为，因外行故，虽未涉音乐本身，但或可对内行所为，作一种旁面之赞助耳。

在余所为之实际工作中，因不学与无术故，祇有向故纸堆中，寻摘有关资料，加以联系与推论而已。若离开书本，便一无所有。故面对敦煌曲之乐谱与舞谱等实物、实事，则一筹莫展，但拱手期待并世专家，有以早日启其秘奥，俾唐代乐舞之声容重现于今日，余以寄望殷切之人，幸得恭逢其盛，不胜鼓舞而已，其不容指余之研究为已达全面，自更无待言，——二也。虽然，使余之纸上谈兵，果能"谈言微中"，足以解纷一二者，于彼解决实际问题之盛业，或亦略得依附，从而参预荣宠。窃恐谈兵无益于疆场，徒乱彼秉符节者之主宰，则多一事诚不如少一事矣。

唐代音乐与伎艺，一部分来自西域，一部分曾流入东邦。西域来者，尚有其更西之远源，事颇荒渺，不易得其详确。彼东邦所受，有谓至今尚流传者，窃恐名称虽存，而实质早变，二者均待通晓有关外国之古今文字者，于各国之原记载中，有所征信，然后裁以炯识，庶得真诠。余于此中，每每妄参末议；因不通外文故，全无原记载或原资料为依据，则又何从云全面乎！——三也。余曾主"知己先于知彼"之说。彼与己，有先后则可，缺一则不可。愿海内硕学，于此留意致力，俾中外两方之基本数据，得有机缘相值一处，而互勘因果。凡如余之仅能钻研"国故"而已者，设若果有真实之收获，当可以与"知彼"者交易所有，融为定论，贡献国人。窃恐昌言"知己"，而余之所知于"己"者实际终于有限，或太琐屑，不得要领，斯为惭悚耳！

近日病考据之业者有二。一曰，为考据而考据，别无作用。在本研究中，倘果如上文所述，既足以阐扬我民族之文化特点，并于文化史、文学史等有所献替，应已不是无的放矢，未知事实上已可免此弊否（报纸载，挪威报纸评论我国古典歌舞剧，曾曰："艺术是怎样能够把几千年、几千里联结起来。"此语足为吾人研究古伎艺者说明意义）。二曰，搬弄奇书秘本，考核异文，饾饤琐碎，无当于大体。余于所业，取材向极平凡，皆得诸眼前习见之典籍，从无奇书秘本，足资矜炫，此失或亦未犯。虽然，奇书秘本所在，有具极大之作用者！遑遑求之，惟恐不及，实未容一概抹杀。如清初犹传之足本《教坊记》，明代犹传之足本《醉乡日月》，原编之《乐府杂录》，陆羽之《教坊录》，近世被伦敦劫藏，内容犹未公表之敦煌卷子等，在在与本业有莫大关系，余皆不及寓目，尤为研究中之不能全面处，——四也。此类文献，他日设有发现，无论多寡，必皆足以增益余业之所不逮，不胜其企望矣！

综上所述，可知此项研究之初步计划与个人尝试，诚然在此，若其真正之完成，则犹俟他日，并俟他人，未敢妄自期许。衰年力绌，不能为更有用之学，于此小图，犹恐难遂，用先就普通易得资料，将理论部分粗粗成稿，以立端绪，然后再多面深入，逐步修订。兹值《教坊记笺订》初稿印行之始，爰发其凡，就正国人。嘤鸣已切，友声宜闻，或纠绳大体，证明其事果当为；或商榷条贯，俾入手便准，精力不至枉费；或扩展范围，建分工合作之约；或多方增益其所不能，使接近于全面之时期并不过远，皆愚所至幸至祝者耳！

一九五六年，丙申端阳，半塘草于成都

图书在版编目（CIP）数据

20世纪中国文学研究论文选.隋唐五代卷/张燕瑾，赵敏俐丛书主编；吴相洲选编.
—北京：社会科学文献出版社，2010.1
ISBN 978-7-5097-1166-8

Ⅰ.①2… Ⅱ.①张… ②赵… ③吴… Ⅲ.①古典文学–文学研究–中国–隋唐时代–文集
②古典文学–文学研究–中国–五代十国时期–文集 Ⅳ.①I206-53

中国版本图书馆CIP数据核字（2009）第201345号

20世纪中国文学研究论文选·隋唐五代卷

丛书主编 / 张燕瑾 赵敏俐

选　　编 / 吴相洲

出 版 人 / 谢寿光
总 编 辑 / 邹东涛
出 版 者 / 社会科学文献出版社
地　　址 / 北京市西城区北三环中路甲29号院3号楼华龙大厦
邮政编码 / 100029
网　　址 / http://www.ssap.com.cn
网站支持 / (010) 59367077
责任部门 / 人文科学图书事业部 (010) 59367215
电子信箱 / bianjibu@ ssap.cn
项目经理 / 宋月华
责任编辑 / 薛　义　张晓莉　黄　丹
责任校对 / 赵灵杰　郑玉燕
责任印制 / 郭　妍　岳　阳　吴　波

总 经 销 / 社会科学文献出版社发行部
　　　　　 (010)59367080　59367097
经　　销 / 各地书店
读者服务 / 读者服务中心(010)59367028
排　　版 / 北京春晓伟业
印　　刷 / 三河市文通印刷包装有限公司

开　　本 / 787mm×1092mm　1/16
印　　张 / 28.75
字　　数 / 510千字
版　　次 / 2010年1月第1版
印　　次 / 2010年1月第1次印刷

书　　号 / ISBN 978-7-5097-1166-8
定　　价 / 1680.00元(共十卷)